文鏡秘府論彙校彙考（修訂本） 中册

〔日〕遍照金剛 撰　盧盛江 校考

（附）文筆眼心抄

中華書局

文鏡秘府論　東〔一〕

金剛峰寺禪念沙門遍照金剛　撰

論　對①

或曰②：「文詞妍麗③，良由對屬之能〔二〕；筆札雄通④，寔安施之巧〔三〕。若言不對〔四〕，語必徒申；韻而不切⑤，煩詞枉費〔五〕。」元氏云⑥：「《易》曰：『水流濕，火就燥〔六〕。雲從龍，風從虎⑦。』《書》曰：『滿招損，謙受益⑧。』此皆聖作切對之例〔七〕⑨。況乎庸才凡調，而對而不求切哉〔八〕。」

余覽沈、陸、王、元等詩格式等⑩，出没不同。今棄其同者，撰其異者〔九〕，都有二十九種對〔一〇〕，具出如後。其賦體對者，合彼重字、雙聲、疊韻三類，與此一名⑪。或疊韻、雙聲，各開一對，略之賦體⑫。或以重字屬聯綿對⑬。今者，開合俱舉，存彼三名⑭，後覽達人⑮，莫嫌煩冗。

【校記】

〔一〕東卷封頁原有「真十五／融源／□□秘府論　東」，卷首「文鏡秘府論　東」之下有紅方印「高山寺」。維寶箋本卷首作「文鏡秘府論箋第八／金剛峰寺密禪沙門　維寶　編輯／文鏡秘府論　東／金剛峰寺禪念沙門　遍照金剛　撰」。楊守敬藏本封面題署作「古抄文鏡秘府論」，扉頁作「文鏡秘府論古抄零本二卷／此亦狩谷望之所藏有掖齋印記」，扉頁裏頁有楊守敬頭像。祖風會本眉注「此一卷以拇尾高山寺所藏古寫本校合」。

〔二〕「對屬」，原作「對囑」，三寶、六寺、江户刊本、維寶箋本同，據醍甲、仁甲等本改。

〔三〕「通寔安施之巧」，豹軒藏本鈴木虎雄注：「『通』字可疑。『寶』，各本作『寔』，爲『寶』之俗字。」羅根澤《中國文學批評史》：「（寔）疑此下奪一字。」《考文篇》：「『安』上疑脱『是』字。」《校勘記》：「對句爲『良由對囑之能』，由此推測，『寔』下顯然脱一字。或以爲原文爲『寔是安施之巧』，或者因『寔、是』爲同訓字，而將『是』字誤删。」《校注》：「疑脱『賴』字。」

〔四〕「若言」，羅根澤《中國文學批評史》：「（「若言」下）疑奪一『而』字。」周校：「似爲『言若』二字倒置致誤。」《校注》：「原文不增不乙自可。」

〔五〕「枉」，寶龜、醍甲、仁甲、江户刊本、維寶箋本作「抂」。《校勘記》：「抂、枉通假。」

〔六〕「燥」，原作「燦」，六寺本同，據江户刊本、維寶箋本改。

〔七〕「例」下寶壽、六寺、松本、江户刊本、維寶箋本有「也」字。

〔八〕「而」，《考文篇》：「而對而不求切哉，『不』上『而』字疑衍。」《校注》：「『而』字重見，於文不順，當衍其一。」

〔九〕「撰」,《校勘記》:「撰其異者,『撰』爲『選』之假。」

〔一〇〕「二十」,原作「廿」,高甲、三寶、六寺、醍甲本同,據江户刊本改。

【考釋】

① 論對:「論對」二字,既爲東卷序之小題,又爲整個東卷之大題,標題當爲弘法大師自擬,如地卷「論體勢等」之體例,欲以概括東卷内容。依地卷體例,作爲東卷大題,「論對」之下,當有「二十九種對」、「筆札七種言句例」兩個細目,然被省略。

《校勘記》:「總序的目次中没有這個標目。『論對』是東卷的大題,與南卷的『論文意』、西卷的『論病』、北卷的『論對屬』相對應。西卷卷首以『論病』爲題,在其下舉出了『文二十八種病』、『文筆十病得失』的小目。因此,東卷在『論對』之下當然也應該列出『二十九種對』、『筆札七種言句例』的小目。《論》存在着形式上的不統一。」

《探源》:「東卷以對屬爲核心,『論對』標題出自弘法手筆。」

盛江案:此篇論對屬。重視對偶,由來已久,《文心雕龍》有《麗辭》,稱「造化賦形,支體必雙;神理爲用,事不孤立。夫心生文辭,運裁百慮,高下相須,自然成對」,蕭繹云「作詩不對,本是吼文」(《文鏡秘府論》南卷引),《顔氏家訓・文章》云「今世音律諧靡,章句偶對,諱避精詳,賢於往昔多矣」。

② 或曰:以下至「莫嫌煩冗」,爲弘法大師文,爲東卷序,序題即「論對」。《譯注》:「(或曰)這一段

出典不詳，也可以將此二字關連全文，把以下全部作爲空海自身的文字來讀。」

盛江案：「元氏云」以下至「不求切哉」引元兢説，「文詞妍麗」至「煩詞枉費」引或人之説，故稱「或曰」，與「元氏云」相對。引或人之説而稱「或曰」，《文鏡秘府論》中用例甚多，或草本時原如「元氏云」一般作「×氏曰」，至修訂本則改作「或曰」亦未可知。

③ 文詞：《史記·儒林列傳》：「是時天子方好文詞。」《譯注》：「『文詞』與下句『筆札』對應，各自表示『文』（有韻之文）和『筆』（無韻之文）。」

④ 筆札：維寶箋：「《文選》曰：『昉嘗以筆札見知。』善注：『陸機《表詣吴王》曰：臣以筆札見知。』」《校注》：「筆札見前地卷《六志》。」盛江案：《六志》之「筆札」即《筆札華梁》一書之名，此處之「筆札」則泛指文章，兩者並不相同。羅根澤《中國文學批評史》：「此序雖言及筆札，而篇中所論，實祇限於詩（偶爾及於文，但極少）。」雄通：維寶箋：「英雄而流通也。」

⑤ 韻而不切：《文心雕龍·聲律》：「詩人綜韻，率多清切。」「切韻之動，勢若轉圜。」

⑥ 元氏云：此下當出元兢《詩髓腦》。

⑦ 「水流」四句：《易·乾卦·文言》文。《文心雕龍·麗辭》：「《易》之《文》、《繫》，聖人之妙思也。序《乾》四德，則句句相銜；龍虎類感，則字字相儷。」

⑧ 「滿招」二句：《書·大禹謨》文。《文心雕龍·麗辭》：「唐虞之世，辭未極文。而皐陶贊云：『罪疑惟輕，功疑惟重。』益陳謨云：『滿招損，謙受益。』豈營麗辭，率然對爾。」

⑨聖作：維寶箋：「《唐文粹》三十六吕温《人文化成論》曰：『有聖作則，實爲人文。』」《校注》：「聖作，謂聖人之作，指上引《易》《書》。楊炯《王勃集序》：『幽贊神明，非杼軸於人事；經營訓導，迺優遊於聖作。』」盛江案：「聖作」即上引《文心雕龍·麗辭》所言之「聖人之妙思」也。又，《禮記·樂記》：「故知禮樂之情者能作，識禮樂之文者能述。作者之謂聖，述者之謂明。」切對：維寶箋：「切對，急切對偶也。」盛江案：「切對」之「切」當與上文所引《文心雕龍·聲律》「切韻之動」、「切韻」之「切」字同意。「切對」者，切近之對，貼切標準之對。

⑩沈、陸、王、元：此處之「王、元」指王昌齡、元兢，「沈」當指沈約，然「沈、陸」之「陸」指陸機抑或是陸厥，「沈、陸」時是否有詩格類著作，各家意見不一。

維寶箋以爲，「沈、陸」即指「沈約、陸士衡」。

羅根澤《中國文學批評史》：「所稱王蓋即王昌齡，元蓋即元兢（所引元氏説蓋亦即元兢説），都是唐人。至沈、陸似指沈約、陸厥，惟沈約、陸厥皆無詩格詩式書。且一則那時揣研聲勢，不另講對偶。二則那時以『文』名『詩』，不應以『詩格』名書。《新唐志》載元兢《宋約詩格》一卷，《宋志》文史類祇題『元兢《詩格》』，無『宋約』二字。《宋秘書省四庫闕書目》别集類則有沈約《詩格》一卷（文史類尚載有沈約《文苑》一卷），不列《六朝詩集》之中，而列唐人李洞集《賈島句圖》之後，似係後人譜的沈約詩的格律，不是沈約所作《詩格》。《新唐志·宋約詩格》的『宋』字如是『沈』字之誤，則作者爲元兢。以沈例陸，當亦後人所作。就是這種推測不對，無論如何，沈約、陸厥不會有講對偶的詩格書；講對偶的詩格書，大概作始於唐人吧？」

《校勘記》：「西卷小序云『顒約已降，兢融以往，聲譜之論鬱起，病犯之名争興』，三寶院本『顒約』之右注『周顒沈約草本如此』，『兢融』之左注『元兢崔融草本如此』。據此，『沈陸王元詩格』的『沈』也是沈約，指其所著《四聲譜》，這是很顯然的。『陸』指陸機雖無佐證，但既然把《四聲譜》與王、元的詩格並舉，則如維寶箋所説的那樣，把《文賦》與王、元的詩格並列，這樣理解我想也不是勉强的。又，《文賦》全文被收入於南卷，可知也是大師愛讀的文章之一。」

王夢鷗《初唐詩學著述考》：「沈約、陸厥《詩格》，則自《隋志》以來，即未見著録。《新唐志》文史類雖著有『元兢宋約《詩格》』，亦難定宋約即爲沈約。唯今存皎然《詩式》《中序》，嘗有『早歲曾見沈約《品藻》』之言，而所謂『品藻』者，或即沈約《珠叢》（見《隋志》雜家）同類之書，然陸厥《詩格》，終無所聞。抑且王昌齡《詩格》，流傳於今者亦無對屬之論，即其所列『二十九種對』中，亦僅有上官儀、元兢、崔融、皎然等人所提出者，並無所謂『沈陸王』三氏之遺説。意者，泛指『沈陸王元』，僅謂此數人之詩特工對仗乎？然則，陸氏之指陸厥，亦殊未有據矣。」「唐釋皎然《詩式》《中序》引李洪之言曰『昔年曾見沈約《品藻》，惠休《翰林》，庾信《詩箴》』云云，《品藻》與《詩箴》並言，則與詩評詩格之書差近。李洪年代，約當天寶至於貞元之間（七四二—七八五），則其所曾見者，可信爲唐初傳下之載籍。」

《校注》：「沈謂沈約」，「陸當謂陸厥，《南史·陸厥傳》載厥《與沈約書》論四聲」。是以爲陸厥的《詩格》類著作即論四聲的《與沈約書》。

《譯注》：「『沈』指『沈約』，特指他所著的《四聲譜》。『陸』指『陸機』可能性並非没有，但把沈約和二百年前的人並稱爲『沈陸』，頗覺不自然。這時姑作與沈約同時代的陸厥（四七三—四九九）。《南齊書》本傳載陸厥與沈約間討論四聲之論的往返書簡。『王』指王昌齡，他所著的《詩格》，本書地卷《十七勢》和南卷《論文意》等均有引用。『元』指此序也被引用的元兢《詩髓腦》。」

關於王昌齡《詩格》之對屬，中澤希男《王昌齡詩格考》：「（此處）特意説到元兢《詩髓腦》和王昌齡《詩格》，但二十九種對既没有表示依從王説的原注，也找不到可以推定爲王説之條目，也許因爲《詩格》載録的對目，都繼承前人之説而没有值得特意標記的東西。總之，二十九種對中可能混入了《詩格》之説（傳本王昌齡《詩格》有一條「勢對例五」〔勢對、疏對、意對、句對、偏對〕，其中意對和偏對之目，二十九種對中有，但例句不同）。」

關於唐之前詩格類著作，張伯偉《全唐五代詩格彙考》：「一般説來，在古代文學批評著作中，作爲專有名詞的『詩格』是到唐代纔有的。不過，在唐代以前，也已經出現了類似於『詩格』的著作。空海《文鏡秘府論》西卷『論病』云：『（周）顒、（沈）約已降，（元）兢、（崔）融以往，聲譜之論鬱起，病犯之名争興，家製格式，人談病累。』皎然《詩式》『中序』亦提到『沈約《品藻》』，《宋秘書省續編到四庫闕書目》列有『沈約《詩格》一卷』，據鄭元慶《湖録經籍考》説：『《詩格》又名《品藻》。』其書久佚，今亦無從詳考。……一、（王斌）《五格四聲論》。……在與文學批評有關的著作中，這是現在可考的第一部書名中出現『格』的著作。……《南史·陸厥傳》稱：『時有王斌者，不知何許人，著《四聲論》行於時。』書名中即無『五格』二字。所以，這恐怕還不算是嚴格意義上的『詩格』著作。二、《文筆式》。……這是一部較爲典型的詩格著作。但關於《文筆式》的産生年代，中外學者尚有不同意見。」

盛江案：「陸」指陸厥，王利器、興膳宏説爲是。本篇旨在「論對」，陸機時雖亦注意到對偶問題，如沈德潛《説詩晬語》卷上即指出，陸機「開出排偶一家」，然至陸厥時方有明確理論闡述。《文心雕龍・麗辭》辟專篇討論儷對，即其證。沈德潛亦謂，「降自齊梁」，始「專工隊仗」。雖史籍僅載沈約、陸厥論四聲，未見載其論對偶，然自來對偶，即包括聲韻之對，沈約所謂「兩句之中，輕重悉異」，即當包含兩句聲韻相異而對之意。沈約、陸厥論四聲著作雖不能稱爲「詩格式」，亦未有確證説明沈、陸時已有名爲「詩格」之著作（説詳見上引張伯偉説），然其時已有關於對偶之著作，如《隋書・經籍志》雜家類著録《對林》十卷、《對要》三卷，以及朱澹遠所撰之《語對》、《語麗》各十卷。前兩種尚不能確定其作者及産生年代，後一種，據陳振孫《直齋書録解題》卷一四著録，稱「梁湘東王曹參軍朱澹遠撰」，可知作於梁代。此外尚有前面提及之《文心雕龍・麗辭》著名專論。而且，空海所言乃「詩格式等」，則知其所「覽」不僅「詩格」、「詩式」，尚有「詩格式」外與對偶有關之著作。故而沈約、陸厥著作完全有可能論及對偶問題，此處之「陸」，指陸厥爲近是。又，本篇除提及王昌齡《詩格》、《論二十九種對》及《筆札七種言句例》引及元兢《詩髓腦》外，尚及於佚名作《文筆式》、上官儀《筆札華梁》、崔融《唐朝新定詩格》、皎然《詩議》等，故稱「沈、陸、王、元等」。王昌齡、元兢詩格著作已見天卷序考釋。又，《顔氏家訓・文章》：「挽歌辭者，或云古者《虞殯》之歌，或云出自田横之客，皆爲生者悼往告哀之意。陸平原多爲死人自歎之言，詩格既無此例,又乖製作本意。」此處所言之「詩格」,爲一般名詞,抑或指題爲「詩格」之書,未能遽定。若指書名,則六朝已有明確題爲《詩格》之書,此一詩文論著作形式不始於唐,而當始於六朝。又一問題,若「詩格」指書名,作者何人?由此處論述觀之,似爲當時流行之書,世人已以此書爲作詩標準,故有「詩格既無此例」之語。若然,則此書之産生當早於顔之推。進而思之,具體産生於何時,有無可能産生於齊梁時代?似未可遽爾論定「沈約、陸厥皆無詩格、詩式書」。又據《顔氏家訓》之材料,此時之《詩格》應包括歌辭寫法一類内容,是否尚有其他内容,是否有聲病之内容,用何種形式?推想《詩格》類著作自六朝至唐,自其内容至其形式,均有一演變發展過程。

關於詩格,羅根澤《中國文學批評史》:「詩格有兩個盛興的時代。一在初盛唐,一在晚唐五代以至宋代的初年。此兩時代雖都講詩格,但第一,前者所言,偏於粗淺的對偶,後者則進於精細的格律與微妙的比興。第二,前者祇講『詩格』,偶爾及於『賦』,很少及於『文』。後者雖亦以『詩格』爲主,但也涉及『賦格』、『文格』。此其原因,以前者的興起,其歷史的領導者是六朝的聲病説,社會的助力則由於初盛唐的以文治天下,以詩飾太平。聲病説祇是消極的避忌,所以僅能領導到進一步的粗淺的對偶。詩文的用途既異,所以對偶的巨手,不易伸展到文的園地。」

《譯注》:「『詩格式』,關於作詩的細則。」

張伯偉《全唐五代詩格彙考》:「詩格是中國古代文學批評中某一類書的名稱。作爲某一類書的專有名詞,其範圍包括以『詩格』、『詩式』、『詩法』等命名的著作,其後由詩擴展到其他文類,而有『文格』、

『賦格』、『四六格』等書，乃至『畫格』、『字格』之類，其性質是一致的。『詩格』一詞，《顏氏家訓·文章》篇中已經出現：『挽歌辭者，或云古者《虞殯》之歌，或云出自田横之客，皆爲生者悼往告哀之意。陸平原多爲死人自歎之言，詩格既無此例，又乖製作本意。』這可能是使用『詩格』一詞最早的例子。《禮記·緇衣》云：『言有物而行有格。』鄭玄注：『格，舊法也。』《孔子家語·五儀》云：『口不吐訓格之言。』王肅注：『格，法。』《後漢書·傅燮傳》云：『由是朝廷重其方格。』李賢注：『格，猶標準也。』作爲書名的『詩格』、『詩式』或『詩法』，其含義也不外是指詩的法式、標準。除了『詩格』之外，書法及繪畫批評中也用到類似的術語。徐靈府《天臺山記》載司馬承禎語曰：『子之書法，全未有功，筋骨俱少，氣力全無，作此書格，豈成文字。』繪畫批評中則多稱『法』。」「唐人將討論詩的法度、規則的書一例冠以『格』、『式』等名，除了從六朝的批評術語演變而來的可能外，也許還受到當時刑書的啓示。《新唐書·刑法志》云：『唐之刑書有四：曰律、令、格、式。』其中以格、式命名者尤多。詩格的大批出現，正是初唐律詩成型的過程中，其内容多爲討論詩的聲韻、病犯和對偶。所以借用當時流行的『格』、『式』之名，也是很自然的。從這個意義上來看，我們不妨可以説，古代文學批評中『詩格』這種形式，在性格上是更接近於法家思想的。」

⑪「合彼」二句：本篇「第七賦體對」包括重字、雙聲、疊韻三種對，故稱「合彼重字、雙聲、疊韻三類，與此一名」。合彼三類而爲賦體，是一種分類方法，爲空海所用。

⑫「各開」二句：《校勘記》：「『略之賦體』，應該點作『略スニ之賦體』（「之」爲「於」）。『或説立疊韻對和雙聲對之目，省略賦體對之目』之意。」盛江案：本篇第八爲雙聲對，第九爲疊韻對，是爲「各開一對」，

分列雙聲、疊韻，而不另列賦體，此種方法亦爲空海所用，故「第七賦體對」已有雙聲、疊韻，又另列「第八雙聲對」、「第九疊韻對」，蓋各種分類並存也。

⑬「以重字屬聯綿對」：本篇「第四聯綿對」「一句之中，第二字第三字是重字，即名聯綿對」，是所謂「以重字屬聯綿對」。此又一分類方法。「第七賦體對」中已有「重字對」，然與「第四聯綿對」中之「重字對」含義有别，或者因此於「第七賦體對」之外，並存另一説，「以重字屬聯綿對」，另列「第四聯綿對」。

⑭存彼三名：「第七賦體對」已含重字、雙聲、疊韻三對而另列「第四聯綿（重字）對」、「第八雙聲對」、「第九疊韻對」三名，爲並存諸説，故聲明「後覽達人，莫嫌煩冗」。

⑮達人：維寶箋：「陸士衡《弔魏武文》曰：『善乎達人之讜言矣。』（《文選》卷六〇）」《校注》：「《左傳》昭公七年：『聖人有明德者，若不當世，其後必有達人。』」

二十九種對①

一曰的名對〔一〕，亦名正名對，亦名正對〔二〕。二曰隔句對。三曰雙擬對。四曰聯綿對。五曰互成對。六曰異類對。七曰賦體對。八曰雙聲對。九曰疊韻對。十曰迴文對。十一曰意對②。

右十一種古人同出斯對〔三〕③。

十二曰平對。十三曰奇對。十四曰同對。十五曰字對。十六曰聲對。十七曰側對。

右六種對出元兢《髓腦》〔四〕④。

十八曰鄰近對。十九曰交絡對。廿曰當句對。廿一曰含境對。廿二曰背體對。廿三曰偏對。廿四曰雙虚實對。廿五曰假對。

右八種對出皎公《詩議》〔五〕⑤。

廿六曰切側對。廿七曰雙聲側對。廿八曰疊韻側對。

右三種出崔氏《唐朝新定詩格》〔六〕⑥。

廿九曰總不對對⑦。

【校記】

〔一〕「的名對」，寶壽、六寺本作「的名」。

〔二〕「亦名正名對亦名正對」，寶壽、六寺、楊、松本、江户刊本、維寶箋本作雙行小字注，醍甲、仁甲、義演本作「亦名正對又名正名對又名切對」並作雙行小字注。原旁注「以下證本注也」，三寶本同。「亦名正對」下三寶本注「以上注」。

〔三〕「右十一種古人同出斯對」，三寶、天海本用朱筆劃掉並朱筆注「御筆」，寶壽、寶龜、六寺本作雙行小字注在「意對」二字之下。寶龜本右旁注「亻本無」，「對」下注「已上」。松本、江户刊本、維寶箋本作別行大字，高乙、醍甲、仁甲、楊、義演本無此注。《考文篇》：「右十一種古人同出斯對，此即是初稿本文，後朱銷之。」盛江案：此注説明高乙、醍甲、仁甲、義演本從證本，其餘本子用草本校合過，而三寶、天海本保留草本修改痕跡。

〔四〕「右六種對出元兢髓腦」，三寶、天海本用朱筆劃掉並用朱筆注「御筆」，寶壽、寶龜、六寺本作雙行小字注在「側對」之下，松本、江户刊本、維寶箋本作別行大字，高乙、醍甲、仁甲、義演本無此注。寶龜本右旁注「已下亻無」，「腦」旁注「已上」。盛江案：寶龜本「已下亻無」，即指證本無此注。

〔五〕「右八種對出皎公詩議」，三寶、天海本用朱筆劃掉並用朱筆注「御筆」。寶壽、寶龜本作雙行小字注在「假對」二字之下，旁注「已下亻無」，寶龜本「議」字旁注「已上」。松本、江户刊本、維寶箋本作別行大字，六寺、醍甲、仁甲、楊、義演本無此注。

〔六〕「右三種出崔氏《唐朝新定詩格》」，三寶、天海本用朱筆劃掉並朱筆注「御筆」，寶壽、寶龜、六寺本作三行小字注在「疊韻側對」之下。「格」旁寶龜本注「已上」，左注「御筆」。松本、江户刊本、維寶箋本作大字別行，醍甲、仁甲、楊、義演本無此注。

【考釋】

①二十九種對：羅根澤《中國文學批評史》：「二十九種對，大半唐人之説。」《考文篇》：「這個篇立爲弘法大師文。」《探源》：「『二十九對』係實數，弘法大師輯録各種對偶説，整理而成，故標題爲大師所加。」盛江案：此《二十九種對》之目録，當爲空海所編。

②傳《魏文帝詩格》：「八對：一曰正名，二曰隔句，三曰雙聲，四曰疊韻，五曰連綿，六曰異類，七曰迴文，八曰雙擬。」王夢鷗《初唐詩學著述考》：「（傳《魏文帝詩格》所言「八對」）似應次於前（第二）對例之後，而對例之前，又當有『論對屬』一文爲之總叙。或因原書散亂，宋人重刊時，僅依其散亂次第編之於此。」

上官儀「六對」、「八對」：「詩有六對：一曰正名對，天地日月是也。二曰同類對，花葉草芽是也。三曰連珠對，蕭蕭赫赫是也。四曰雙聲對，黄槐緑柳是也。五曰疊韻對，彷徨放曠是也。六曰雙擬對，春樹秋池是也。」「又曰，詩有八對：一曰的名對，送酒東南去，迎琴西北來，是也。二曰異類對，風織池間樹，蟲穿草上文，是也。三曰雙聲對，秋露香佳菊，春風馥麗蘭，是也。四曰疊韻對，放蕩千般意，遷延一介心，是也。五曰聯綿對，殘河若帶，初月如眉，是也。六曰雙擬對，議月眉欺月，論花頰勝花，是也。七曰迴文對，情親因意得，意得逐情新，是也。八曰隔句對，相思復相憶，夜夜淚霑衣，空歎復空泣，朝朝君未歸，是也。」（《詩人玉屑》卷七引）

吟窗本皎然《詩議》：「詩對有六格：的名對（例略），雙擬對（例略），隔句對（例略），聯綿對（例略），互成對（例略），類對體（例略）。」

佚名撰《詩格》「七種對」：「詩格一部，第一的名對，第二隔句對，第三雙擬對，第四聯綿對，第五互成對，第六異類對，第七賦體對。第一的名對，上句……詩格一部，第一的名對，詩格一部，天青白雨多，山陡□□上，□□□□□□□□□花落□□」（敦煌殘卷斯三○一一背面，《敦煌寶藏》二五册二四五頁，新文豐出版公司一九八五年）

《札記》：「（《詩苑類格》所載）上官儀六對（盛江案：指正名、同類、連珠、雙聲、疊韻、雙擬）是《秘府論》這六對（盛江案：指一的名對、十四同類對、四聯綿對、八雙聲對、九疊韻對、三雙擬對）的省略，這一點是不用懷疑的。右六對是否上官儀説姑且不論，它們是同一人之説這一點是很清楚的。《秘府論》這六對都是排列在所引用的諸説的最末（但正名對排在最前），這也是這六對出自一人之手的旁證。」「又案：《秘府論》的右六對中，的名、聯綿、雙聲、雙擬均記『或曰』，而衹有疊韻對有『筆札云』。如果如前所推定，右六種對成於一人之手，這六對總體上就應該是《筆札》所説。但依《詩苑類格》，右六對似出自上官儀，《筆札》如前所述作者未詳，那麽，或者就是上官儀所撰，或者《筆札》引用上官儀之説。」「又案：《詩苑類格》又載上官儀八對（《詩人玉屑》、《事文類聚》引之），而且這八對的詩例均被《秘府論》引用，衹有一二字的異同。（八對是《詩苑類格》作爲上官儀之説引用的，然而前六對和這八對中有五對重複，六對有而八對未見的有同類對，八對有而六對未見的不過異類迴文隔句三對。若是同一人之説，不會有這樣重複的事情，恐怕其中有一個是僞託。）」

③羅根澤《中國文學批評史》：「沈約、陸厥既没有講對偶的詩格書，則所謂『古人』大半都是唐人，而元兢、皎公、崔氏或亦在内。惟既標爲『古人同出』，則元兢、皎公、崔氏，皆不得據爲私有，而其產生的時代，或者比元兢、皎公、崔氏還早些，所以他們能以承用。」「《宋四庫闕書目》文史類載上官儀《筆花九梁》二卷（盛江案：當爲《筆九花梁》之誤），六對與八對之説，當出此書。……就《詩苑類格》所迻録，雙聲、疊韻、雙擬，三對重出，的名就是正名，所以實祇十對。十對中的正名、雙聲、疊韻、雙擬、異類、聯綿、迴文、隔句八種，與《文鏡秘府論》所載古人同出的十一種對相同，其所舉例證，亦往往不異。……由此知上官儀的十種對，有九種是與古人同出的對偶説相同的。由此知這些對偶説，在唐初已形成普通知識，不是上官儀一人所創造。——九種對中或者不無上官儀的創造，但決不會都是他的創造，否則《秘府論》應當標爲上官儀説，不應標爲古人所同出。——上官儀的生年，遠在隋文帝大業年間，則隋代是否已有對偶説，雖無從推斷，而入唐之初，似即有了對偶的詩説了。」

④元兢《髓腦》：即《詩髓腦》，中國歷代書目未有著録，《日本國見在書目》小學家類著有「《詩髓腦》一卷」、「《注詩髓腦》一卷」，《詩髓腦》當即元兢所作。

羅根澤《中國文學批評史》：「中國史志祇載有元兢《詩格》，無《髓腦》，就《秘府論》所引看來，與他家詩格書相類，似『髓腦』即『詩格』異名。」《新唐書·藝文志》文史類祇載「元兢《宋約詩格》一卷」，而《宋志》略去「宋約」二字，僅題「元兢《詩格》一卷」，羅根澤以爲「宋約」爲「沈約」之訛。

王夢鷗《初唐詩學著述考》謂「元兢《詩格》」即元兢《詩髓腦》，説：「考之書志，『詩格』之稱，以晚唐至五代爲盛，其事蓋與當時考試進士之詩賦格式有關。前乎此者，但稱要訣、詩體、詩式等等。意者，沈約之《品藻》與元兢之著述，爲晚唐人混編爲一，故著此名；不然，則爲元兢有取於沈約四聲八病之緒論，而納爲定式，有如上官儀之《筆札華梁》；其始，雖無『詩格』之名，但具有後人所見之『詩格』之實，因以元兢沈約合題一書。質以現存元氏説詩之遺文，方其始論調聲之術，即引沈約之言爲據，後人遂以是稱之『元兢沈約《詩格》』乎？然據以上推論，任何一説皆可證知『元兢宋約《詩格》』，必非元兢著述之原名，有如上官儀《筆札華梁》之改稱《魏文帝詩格》，乃屬後起之事。今稽之以《文鏡秘府論》天卷『論調聲三術』，東卷『論對例』，南卷論『二十八種病』，多引述『元氏曰』、『元兢曰』，以及旁注『元兢《詩髓腦》』云云，則元兢實有詩論傳世，且其詩論當是以『詩髓腦』名書。」「《詩髓腦》既爲元兢詩論之原名，則自北宋著録爲『元兢宋約《詩格》』者，猶上官儀之《筆札華梁》、崔融之《新定詩體》、王昌齡之《詩中密旨》，一經晚唐五代人手之改編，皆變名爲『詩格』矣。」

鄺健行《初唐五言體律調完成過程之觀察及其相關問題之討論》：《詩髓腦》作於何時，「祇能從兩方面作間接推論。第一，這是一本討論作詩方法和詩歌體式的書，作者似乎要經過相當的創作實踐和對詩歌創作有深刻瞭解之後，纔能撰寫」。元兢在高宗咸亨二年左右編成《古今詩人秀句》二卷並作序言，那時對詩歌已深具識見。「第二，論『換頭』時元兢引自己的《蓬州野望》詩，此詩自述飄泊身世，可能於遭貶逐之後」，「寫於咸亨以後的可能性最高，那麼推論，《詩髓腦》一書也就成於咸亨以後了」。「書中稱上官儀爲『今代文人』，上官儀死於麟德元年，稱『今代』，總不致下距麟德元年太久」。（《詩賦與律調》）

張伯偉《全唐五代詩格彙考》：「『髓腦』一詞，本爲佛典用語，《大乘理趣六波羅蜜多經》卷六：『能探一切頭目、髓腦、身肉、手足，乃與身命心無恪惜。』《大方等大集經》卷二十三：『觀於内身，皮膚、肌肉、筋骨、髓腦，如空中云。』《佛説佛名經》卷六：『頭目髓腦，如棄涕涶。』『髓腦』爲人體最爲重要之部分，可引申爲關鍵、要旨等義。六朝著作已開始使用『髓腦』一名，如《隋書・經籍志》『五行類』有『《周易髓腦》二卷』（《舊唐書・經籍志》、《新唐書・藝文志》則著録爲《易髓》、《易腦》各一卷）。《詩髓腦》一書之書名亦有取於此，其意指作詩的秘訣或關鍵。」

《札記》：「從『右六種對出元兢《髓腦》』來看，好像是專載元兢之説似的。其實不然。這六種對的各目及其大體出自《髓腦》而已。如第十四對『同對者，若大谷廣陵薄雲輕霧；此「大」與「廣」、「薄」與「輕」，其類是同，故謂之同對。同類對者，雲霧星月，花葉風煙……車馬途路』，説『同對』又説『同類對』，明顯是二人之説（後説爲上官儀的同類對）。又十七側對『元氏曰側對者云云，或曰字側對者云云』，側對之目有『崔名字側對』，則『或曰』之下顯然爲崔融之説。如此，應該知道這六種對的解説並非專載《髓腦》之説。但這六對的解説中哪些部分出自《髓腦》，除十七側對有『元氏曰』之外，均未明確説明，但並非没有推測的餘地。『第十二平對。平對者，若青山、緑水，此平常之對，故曰平對。他皆效此。第十三奇對。奇對者，若馬頰河、熊耳山；此馬熊是獸名，頰耳是形名，既非平常，是爲奇對。他皆效此云云。第十四同對。（A）同對者，若大谷廣陵薄雲輕霧；此大與廣、薄與輕，其類是同，故謂之同對。（B）同類對者，雲霧星月花葉風煙云云。第十五字對。（A）或曰：字對者，若桂楫荷戈，荷是負之義，以其字草名云云。(B)或曰：字對者，謂義別字對是也。詩曰云云。第十六聲對。(A)或曰：聲對者，若曉路秋霜，路是道路，與霜非對，以其與露同聲故。(B)或曰：聲對者，謂字義俱別，聲作對，是也。詩曰云云。第十七側對。崔名字側對。(A)元氏曰：側對者，若馮翊地名，在右輔也、龍首山名，西京。此爲馮字半邊云云，以前八種切對。時人把筆綴文者多矣，而莫能識其徑路。于公義藏之于篋笥，不可棄示于非才。深々秘々人。(B)或曰：字側對者，謂字義俱別，形體半同，是也。詩曰云云。』右爲『右六種對出元兢《髓腦》』的六對。廿八種對中明確記載是元兢所説的有『第一正名對』、『第六異類對』。『第一正名對，兢曰：正對者，若堯年、舜日。堯、舜皆古之聖君，名相敵，此爲正對。若上句用聖君，下句用賢臣；上句用鳳，下句還用鸞：皆爲正對也云云。第七異類對（盛江案：當爲「第六異類對」）元氏曰：異對者，若來禽、去獸，殘月、初霞。此來與去，初與殘，其類不同，名爲異對。異對勝於同對。』案：平對奇對以及側對(A)爲兢説是没有疑問的。同對字對聲對哪一個都和側對一樣記載二説。其中哪一個(A)都酷似平對奇對側對(A)及正對異對的解説，這恐怕就是元兢之説。又案：側對(A)有『以前八種對云云』，即知道元兢屬對説記載有八對，由此知道八對即上載的八對。又，東卷卷首有『元氏云：《易》曰：水流濕，火就燥。雲從龍，風從虎』云云，這也是《髓腦》論對的遺文。」

⑤吟窗本皎然《詩議》云：「詩有八種對：一曰鄰近，二曰交絡，三曰當句，四曰含境，五曰背體，六曰偏對，七曰假對，八曰雙虚實對。」「假對」在「雙虚實對」前，其餘與本書順序同。羅根澤《中國文學批評史》：「《詩議》中有八種對，和《秘府論》所引符合，可知並非僞書。」

《札記》：「案，（《秘府論》的）鄰近對有『的名窄，鄰名寬』，又，雙虚實對有『不同互成』，由此可知，皎然的屬對説不止這八對。《詩議》另載有詩有六格，即的名雙擬隔句聯綿互成類對是也。這六對解説也被《秘府論》引用。」

⑥《札記》：「右爲『右三種出崔氏《唐朝新定詩體》』的三對。這全文應是崔融所説（疊韻對末『或曰』二條未詳爲何人所説）。前項側對（B）當出崔融。而且現在這三對和側對（B）和同對字對聲對的（B）其解説的筆致非常相似。因此，同對字對的（B）似應看作崔融之説。由此可以知道崔融屬對説有字對、字側對、聲對、切側對、雙聲側對、疊韻對這六對，既然有切側對也就應該有切對。又，既然有雙聲側對疊韻側對，也就必然應該有雙聲對疊韻對。可以推知崔融至少有前述的六對和切對雙聲對疊韻對這九對。這九對之目和李嶠《評詩格》詩有九對相一致，它們出典相同是没有疑問的。」

傳李嶠《評詩格》：「詩有九對：一曰切對，二曰切側對，三曰字對，四曰字側對，五曰聲對，六曰雙聲對，七曰側雙聲對，八曰疊韻對，九曰疊韻側對。」

⑦總不對對：羅根澤《中國文學批評史》：「其『總不對』一種，無所附麗。初疑古人同出斯對的十一種，爲十二種之誤。後不知然者，十二曰平對，十三曰奇對，二者相反相成，當同出元兢《髓腦》，纔比較合理；若以『奇對』屬元兢，以『平對』屬泛指的古人，那不惟是拆散鴛鴦譜，且恐不合事實。以故還是不自作聰明，妄事推測，讓『總不對』無所隸屬吧。」

王夢鷗《初唐詩學著述考》：「按其原注，不特二十九種對中，除元兢六種之外，既不見沈陸王之姓氏，即上官儀亦不在其列。唯注云『古人同出斯對』之十一種對，其中八種，有與《魏文帝詩格》所言八對全同者，其言『首尾不對』及『總不對』之例，亦見於《魏文帝詩格》。因疑上官儀《筆札華梁》之叙對屬，本有十種，唯《秘府論》係綜諸家之説，故不依原書叙次，而《魏文帝詩格》，則又由於原帙散亂，故二者皆無從見原次第如何。」

第一，的名對①。又名正名對②，又名正對③，又名切對〔一〕④。

的名對者，正也⑤。凡作文章，正正相對⑥。上句安天，下句安地；上句安山，下句安谷；上句安東，下句安西；上句安南，下句安北；上句安正，下句安斜；上句安遠，下句安近；上句安傾，下句安正⑦。如此之類〔二〕，名爲的名對。初學作文章，須作此對，然後學餘對也。

或曰⑧：天、地，日、月，好、惡，去、來，輕、重，浮、沉，長、短，進、退，方、圓，大、小，明、暗，老、少，凶、儜，俯、仰，壯、弱，往、還，清、濁〔三〕，南、北，東、西。如此之類，名正名對〔四〕。

詩曰〔五〕⑨：「東圃青梅發，西園緑草開〔六〕。砌下花徐去，階前絮緩來⑩。」

釋曰：上二句中，「東」、「西」是其對，「園」、「圃」是其對，「青」、「緑」是其對，「梅」、「草」是其對，「開」、「發」是其對。下二句中，「階」、「砌」是其對，「前」、「下」是其對〔七〕，「花」、「絮」是其對〔八〕，「徐」、「緩」是其對，「來」、「去」是其對〔九〕。如此之類〔一〇〕，名爲的名對〔一一〕。

又曰〔一二〕：「手披黃卷盡，目送白雲征〔一三〕。玉霜摧草色，金風斷雁聲。片雲愁近戍，半月隱遥城⑪。」

釋曰：上有「手披」，下有「目送」，上「黃」下「白」，上「玉」下「金」，故曰的名對。

又曰：「雲光鬢裏薄，月影扇中新。年華與妝面〔一四〕，共作一芳春〔一五〕⑫。」

釋曰：上有「雲光」〔一六〕，下有「月影」，落句雖無對，但結成上意而已。自餘詩皆放此最爲上〔一七〕⑬。

又曰⑭：「送酒東南去，迎琴西北來⑮。」

釋曰：「迎」、「送」詞翻，「去」、「來」義背，下言「西北」，上說「東南」，故曰正名也。

又曰〔一八〕：「鮮光葉上動，艷采花中出〔一九〕。疎桐映蘭閣，密柳蓋荷池⑯。」

釋曰：持「艷」偶「鮮」〔二〇〕，用「光」匹「采」〔二一〕，「疎桐」、「密柳」之相酬〔二二〕，故受的名〔二三〕。

又曰⑰：「日月光天德，山河壯帝居⑱。」有虚名實名〔二四〕，上對實名也⑲。又曰：「恒斂千金笑，長垂雙玉啼〔二五〕⑳。」

元兢曰〔二六〕㉑：正對者，若「堯年」、「舜日」㉒。堯、舜皆古之聖君，名相敵，此爲正對。若上句用聖君，下句用賢臣，上句用鳳，下句還用鸞，皆爲正對也〔二七〕。如上句用松桂，下句用蓬蒿，松桂是善木，蓬蒿是惡草，此非正對也〔二八〕㉓。

【校記】

〔一〕「又名切對」，醍甲、仁甲、義演本無。

〔二〕「如此」，松本、江户刊本、維寶箋本作「如是」。

〔三〕「清」，六寺本作「清浄」。

〔四〕「正名對」，原作「正對」，高甲、高乙、醍甲、仁甲、寶龜、松本、江户刊本、維寶箋本同。《考文篇》：「正名對，宫内府本等作『正對』。按，此即是上官儀説也。而《詩苑類格》云『唐上官儀曰，詩有六對，一曰正名對』。正對者是元兢之語。仍從三寶院本等。」《校勘記》：「據《詩苑類格》等引，上官儀『六對』均爲復號，因此，『正名對』是正確的。」據三寶、楊、六寺等本改。

〔五〕「詩曰」，寶壽、楊、六寺本作雙行小字注，下同。

〔六〕「西園」，寶龜本作「西圖」。

〔七〕「前下是其對」，醍甲、仁甲、義演本無。

〔八〕「其」，三寶本無，旁注「其亻」。

〔九〕「其」，寶龜本無。

〔一〇〕「類」上原有「對」字，醍甲、仁甲、義演、江户刊本、維寶箋本同。《考文篇》：「『對』字疑衍。」三寶本「類」作「對」。盛江案：作「如此之類」是，「隔句對」等與這一條同一系列的均作「如此之類」。今據寶壽、六寺本改。

〔一一〕「名爲」，三寶本作「爲」。

〔一二〕「又曰」，寶壽、楊、六寺本作雙行小字注，下同。

〔一三〕「征」，松本、江户刊本、維寶箋本作「往」。《校勘記》：「『往』爲『征』訛。（詩校）『往』爲養韻，『征』爲平聲庚韻。」

〔一四〕「妝」，原作「壯」，各本同。疑「壯」爲「妝」筆誤，據《全唐詩》改。

〔一五〕「芳」，醍甲、仁甲、義演本作「芬」。

〔一六〕「有」，寶龜本無。

〔一七〕「放」，江户刊本、維寶箋本作「效」。《校勘記》：「『放』『效』通假。」

〔一八〕「又曰」，高甲本作「又詩曰」，下文二「又曰」同。

〔一九〕「采」，松本、江户刊本、維寶箋本作「彩」。

〔二〇〕「持」，三寶、寶龜本作「待」。

〔二一〕「采」，松本、江户刊本、維寶箋本作「彩」。

〔二二〕「之」，祖風會本注：「『之』下恐脱『類』字。」盛江案：此處疑闕「蘭閣荷池之互應」類句。

〔二三〕「受」，高乙、醍甲、仁甲、義演本作「爰」，寶壽、松本、江户刊本旁注「爰イ」。維寶箋：「『的名』者，恐下脱一『名』歟，應『受的名名』也。」《校勘記》：「維寶箋以爲是『故受的名名』之訛，是錯誤的。和這一條同一系的第三隔句對的這一條，仍是以『故云隔句』四字連結。」

〔二四〕「有虚名實名」，《眼心抄》作小字旁注。

〔二五〕「恒斂」二句，《校注》：「（恒斂）詩例下疑脱釋文『上對虚名也』一句五字，謂『啼』『笑』虚名也。」

〔二六〕「元兢曰」，寶壽、六寺本作「元氏曰」。

〔二七〕「堯舜皆古之聖君」至「皆爲正對也」，寶壽、寶龜、楊、六寺本作雙行小字注，三寶、天海本「堯舜皆古之聖君」右旁注「已下證本注也」，「皆爲正對也」右旁注「已上注也」。

〔二八〕「此非正對也」，寶壽、楊、六寺本作雙行小字注。

【考釋】

① 的名對：兒島獻吉郎《支那文學考》第二篇《韻文考》：「正名對一名的名對，又名正對或切對，以名詞構成的對。」（目黑書店。轉引自松浦友久《的名對與總不對對》）

諸橋轍次《大漢和辭典》：「（的名對）最初步而且最基本的對句……又是取得勻稱平衡的對句。」（大修館書店。轉引自松浦友久《的名對與總不對對》）

《研究篇》下：「把正名對改作的名對，大概是由於上官儀的喜好。（的名對和正名對）異名同實。」「的名對的條件是，一、同位，二、同範疇，這兩者都有。第一同位雖然没有特别的表示，却是很重要的條件。」「第二同範疇，雖然是所有對偶共通的，但是的名對尤爲重視其形式的意義，因而作爲範疇來説最狹窄。」「因爲範疇的相同性要求那樣嚴格，作爲對偶其特點也最明顯，它的另一面也就有缺乏含蓄的傾向。所謂『初學作文章，須作此對，然後學餘對也』，這是最基本的，同時也有面向初學者的傾向。」

古田敬一《中國文學的對句藝術》：「『東—西』作爲方位，是『反對』，『青—緑』在色彩上是反對色。像這樣的對偶稱『的名對』。是對句表現法中最基礎的一種。」「在詩話中作爲對句的評語的『的』『切』，也就是常用的『的切』，兩者幾乎可以説是同義。……説『的』或『切』，指對句從直觀上説，是『ピタリ（恰合）』。從分析的意義上説是兩句的對語同位同範疇。……所謂對語内容的同範疇，可以有廣義狹義種種考慮，粗略説是實字對實字，虚字對虚字。稍細一點説，按今天的文法用語説，是同品詞相對。更嚴密點説，在同一品詞中，從内容説，用的是同一範疇内的語詞，對語的範疇越狹小，在某一點越縮小焦點，就越的切。」

松浦友久《的名對與總不對對》：「所謂『的名』就是『的（あきらかな，盛江案：漢語意爲明確、明顯）之名（概念）』之意，因而『的名對』就是『由明確的概念構成的對偶形式』。」從的名對的具體實例來看，有「園—圃」、「發—開」、「徐—緩」等這樣的「正對」（同義性的對比），有「遠—近」、「好—惡」、「去—來」等這樣的「反對」（反義性的對比），也有如「天—地」、「山—谷」、「正—斜」這樣雖不一定有嚴密的相關對比性却包含明確的相反要素的概念。「的名」之「的」，從《説文》、《玉篇》、《廣雅》等字書類的記述，和宋玉《神女賦》、《禮記·中庸》及漢魏以後作品中有疊韻語「的歷、的皪、的礫」、重言「的的」的許多用例，可以確認「的」字的「明確、明白」這一字義。「概念」這一概念是近代纔有的，「的名」的「名」解釋作「概念」，在字書類中没有明確規定，但《論語》中「必也正名乎」、「名不正則言不順」，諸子百家中的「名家」，所謂「名」，都指概念，指事物的實相。

《譯注》：「的名對，以下諸對中最基本的東西，清楚之對的意思。《説文解字》七上：『的，明也。』如天和地、山和谷、東和西一樣，用相同的範疇，或對照、或對立、或近似的概念構成對偶。從這個的名對到意對的十一對，基本上是由例詩、與此相關的解釋的方式構成。這和依據《文筆式》的地卷《六志》等的形式相同。這十一種關於對屬的論説，是以《文筆式》爲中心綜合而成。」

②正名對：松浦友久《的名對與總不對對》：「正名對」、「正對」恐怕不祇是異名同實的別稱，「『正名對』意味着祇是屬於『的名對』中『反對』一類，『正對』意味着祇是屬於『的名對』中『正對』一類。這一點是可以斷定的」。爲什麼呢？第一，「的名對」釋文分類引用例語例句時，和「名正名對」、「正名也」等注釋評語一起引用的，天—地、日—月、好—惡、去—來……等等，「原則上都祇是狹義的『反對』的例子」；與此相反，和「正對者」、「爲正對」等注釋一起引用的（「元兢曰」以下的部分），如「堯年—舜日」、「聖君—賢臣」……等，「都祇是『正對』的例子」。而且，「關於『松桂（善木）—蓬蒿（惡木）』這樣包含『反對』要素的語詞，特意加上説明：『此非正對也。』」第二，「從宋李淑《詩苑類格》（《詩人玉屑》卷七引）作爲上官儀説所引用的『六對』、『八對』的關係看，『六對』提出『正名對』（「天—地」、「日—月」等）名稱的同時，另外區分出『同類對』（「花—葉」、「草—芽」等）的名稱，兩個名稱並存。與此相反，提出『的名對』名稱的『八對』中，『同類對』的名稱消失了。這就是説，由於『正名對』意味着祇是『反對』一類，因此提出和它相對的『同類對』（「正對性」的屬對）是必要的。與此相反，由於『的名對』包含了『正對』和『反對』兩者，就没有必要再另提出『同類對』（「正對」類屬對），事情祇能是因爲這樣」。至於《秘府論》提出「第一的名對」的同時又提出「第十四同對」，是因爲「二十九種對」編集的目的，在於搜集當時各種對句形式作具體介紹。「因此，把『正名對』改作『的名對』，不祇是由於上官儀的喜好，而是因爲把『正名對』（「反對」類）和『正對』（「正對」類）合併在一起，作爲具有『明確概念』的對偶形式，有必要另外提出一個『的名對』的名稱來」。

③ 正對：《文心雕龍·麗辭》：「麗辭之體，凡有四對：言對爲易，事對爲難，反對爲優，正對爲劣。……正對者，事異義同者也。……孟陽《七哀》云：『漢祖想枌榆，光武思白水。』此正對之類也。」

④ 切對：傳李嶠《評詩格》：「切對一。謂家物切正不偏枯。」（「家物」二字，當從詩學指南本作「象物」爲是。）東卷《論對》引用《易》「水流濕，火就燥，雲從龍，風從虎」，《書》「滿招損，謙受益」等之後，曰：「此皆聖作切對之例。」又曰：「況乎庸才凡調而對，而不求切哉。」松浦友久《的名對與總不對對》：「據此，『雲—風』、『龍—虎』這樣的『正對』，和『滿—謙』、『損—益』這樣的『反對』，同時都作爲『聖作切對』的例子，因此，『切對』和『的名對』大體同一內容，是『包含正反兩對的，的切、適切的對偶形式』這樣的意思。」

王夢鷗《初唐詩學著述考》：「蓋以上官儀元兢崔融及後來之皎然《詩式》，關於此『對』之命名，各有不同。上官儀命此曰『正名對』，元兢曰『正對』，今證以《評詩格》，則『切對』之名，當出於崔融矣。」「《秘府論》於『的名對』引述頗多，均未注明何者爲誰氏之説，且無近似《評詩格》所作定義語，蓋未引及崔氏説也。」

盛江案：以上諸家對的名對（正名對、切對）之界説均有所見，均有可取之處，而以松浦友久之説最爲細緻、深入。要之，一、本節爲空海綜合各家之説，故而元兢之「正對」（若堯年與舜日爲正對、善木與惡草非爲正對云云），於上官儀《筆札華梁》則似視同同類對（見「第十四同對」）。元兢説亦有「同對」一類，元兢於「同對」之外又另列一「正對」，或者因其所謂「正對」，雖不指反對性之對偶，却於同類概念中有並列而相對之關係，同類而不同義，而同對則既同類又同義，或雖義稍有别，而因義近而可换，若「同對」中，「廣」即是「大」，「薄雲」亦可稱「輕霧」，而「正對」中，「堯」、「舜」皆古之聖君，可爲同類，然「堯」即堯，「舜」即舜，二者未可换稱换用，二者同類却並列相對，故元兢謂「名相敵，此爲正對」。同理，「聖君」、「賢臣」爲同類，然二者又並列相對，亦不可换稱换用。二、組成的名對之一對語詞，均爲實體性。或者其本身即爲有具體實在形貌之名物，如天、地、日、月之類，就此類語詞而言，「的名對」之「名」可稱爲概念之名，似亦可稱之爲名物之名。不具實體性之語詞，亦均爲直接説明實體性名物之狀態，其内涵明確且易於指實，如去來、大小、明暗之類。故而雙聲疊韻聯綿類純粹擬態性虚詞，的名對中未見其例。由此觀之，的名對乃「由明確（的）之概念（名）構成之對偶形式」。三、構成的名對之一對實體性名物性語詞，不僅在於其本身概念明確，因爲如異類對之語詞概念亦甚明確。所謂「明確（的）」，所謂「正」，所謂「切」，主要還應該指組成對偶之一對語詞概念名物，互相之間關係明確、密切，正相反或正相對。就反對性語詞而言，一部分有如哲學家所言處於相互對立又相互統一相互依存關係之中。如，未有「天」，即未有所謂「地」；未有「好」，即未有所謂「惡」；未有「大」，即未有所謂「小」。各自對立而又統一。一方面，它們是統一的，因其統一，故爲同範疇之概念，而此所謂同範疇，又不同於常言之同類，乃謂於此一統一體中，二者離開一方，另一方即不存在。然另一方面，二者又處在統一體相反之兩極，二者相互對立。此類名物概念對立統一之關係極爲明確，「的名對」之稱或者尚有此一含義。另一部分此類語詞雖未必有嚴格哲學意義之對立統一關係，然於特定之語言環境，二者實亦處於對立統一關係之中，如「前」

與「下」、「手披」與「目送」、「恒斂千金笑，長垂雙玉啼」之「笑」與「啼」。就同類性語詞而言，其同類之關係亦既密切又相對立，同類而不同義，不過此種對立非處於統一體相反之兩極，而是並列相稱之相對，習慣上見其一詞，自然想及另一詞。見君，自然想及臣，見鳳，自然想及鸞，見聖，自然想及賢。又，相對兩詞之間内涵關係密切且内容份量相當相稱，不至於一輕一重，一大一小，不至於失去平衡，元兢謂之「名相敵」。此類相稱相敵之關係，後世更爲嚴格，如非唯同範疇，且須經對經，史對史，釋氏事對釋氏事，道家事對道家事，甚至同一經書語對同一經書語（如《毛詩》語對《毛詩》語），同一時代事對同一時代事（如漢代事須對漢代事）。上官儀等雖尚未如此嚴格，然的名對要求對應兩詞關係密切份量相當，却甚顯然。恰切相敵，並列相稱，此種關係密切而明確的然，對應平衡恰切齊整，故而稱之爲的名對，或稱切對、正對。四、《文筆式》所言「初學作文章，須作此對，然後學餘對也」，非謂的名對適合初學者，非謂的名對較其他對偶易學，實謂初學者須先經過的名對嚴格基本之訓練，方可進而練習他類對偶形式，先學好的名對，則一通百通。五、唐人概念之使用與歸屬時亦未必嚴格。對屬自身因側重點有異時亦互有交叉。如同爲《筆札華梁》，同爲東西，既歸爲的名對，又歸爲同類對。如園圃、青緑、梅草、開發、階徹、花絮（《筆札華梁》），雲光、月影、鮮薵、光彩（《文筆式》），既歸爲的名對，實亦可歸入同類對。元兢所謂非正對之善木、惡草，松桂、蓬蒿，於《筆札華梁》、《文筆式》却可爲的名對、正對。《筆札華梁》即以好惡爲正對。

⑤「的名」二句：《考文篇》：「『的名對者正也』以下至『學餘對也』，《文筆式》歟？」盛江案：小西

説是。

⑥正正：《譯注》：「《孫子》軍争篇：『無邀正正之旗，勿擊堂堂之陣。』曹操注：『正正，齊也。』」

⑦「上句安天」十四句：以上均爲統一體中對立反對性實體性語詞。

⑧或曰：《考文篇》：「『或曰天地』以下至『如此之類名正名對』，《筆札華梁》。」盛江案：是。

王夢鷗《初唐詩學著述考》以爲：自「天、地」至「階前絮緩來」引上官儀《筆札華梁》，「疑《筆札》原文，此條當與下文（隔句對）同例，作『第一正名對。正名對者，天地、日月、好惡、去來……南北、東西，是也，詩曰：東圃青梅發……』云云。」

《譯注》：「這一段當引自上官儀《筆札華梁》。和第九疊韻對體例相同的一節以『筆札云』開頭。《詩苑類格》（《詩人玉屑》卷七引）所引上官儀『六對』有『一曰正名對，天地日月是也』，與這一段記述相一致。以下雙擬、聯綿、雙聲、疊韻、同對各對，有同樣基於上官儀説的論説。」

盛江案：《詩人玉屑》卷七引上官儀「詩有六對：一曰正名對，天地日月是也」，與此處之「天地日月」爲字例相合。本卷「第八雙聲對」「第九疊韻對」引《筆札華梁》均單列詞例，均作「如此之類，名曰雙聲（疊韻）對」，與此處之單列字例，作「如此之類名正對」，格式亦相合。故小西甚一及興膳宏説是，此節當出《筆札華梁》。然「詩曰東圃」以下非出《筆札華梁》，王夢鷗説誤。説詳下。

⑨詩曰：《考文篇》：「『詩曰東圃』以下至『故受的名』，《文筆式》。」

盛江案：「詩曰東圃」至「自餘詩皆放此最爲上」當出《文筆式》。此爲散句，「又曰送酒東南去」以下爲整齊儷對，文筆不一，當非同一出典。「又曰送酒東南去」一條可信出《筆札華梁》，「又曰鮮光葉上動」一條與「送酒東南去」一條同樣文筆，亦當出《筆札華梁》。小西説當誤。

⑩「東圃」四句：詩題及撰者未詳。傳《魏文帝詩格》：「正名一。古詩：『東圃青梅發，西園緑草開。砌下花徐去，階前絮緩來。』」維寶箋：「青梅，李詩曰：『繞床弄青梅。』」

⑪「手披」六句：詩題及撰者未詳。《校勘記》：「這首例詩押征、聲、城（平聲庚韻），恰好像一首詩。但是《二十九種對》中六句一篇的例詩除此之外没有，釋文也衹承上四句，而不涉及後二句，由此推測，前四句和後二句是分别的例子，前四句和釋文之間大概插入了别説的例子。」

《校注》：「皎然《詩式》：『偷勢詩例，如王昌齡《獨遊》詩：「手攜雙鯉魚，目送千里雁。悟彼飛有適，嗟此罹憂患。」取嵇康《送秀才入軍》詩：「目送歸鴻，手揮五絃。俯仰自得，遊心太玄。」』案：此詩之『手披』『目送』，亦《詩式》所謂偷勢也。」

⑫「雲光」四句：出李百藥（五六五—六四八）《戲贈潘徐城門迎兩新婦》（《全唐詩》卷四三）。全詩爲：「秦晉稱舊匹，潘徐有世親。三星宿已會，四德婉而嬪。雲光鬢裏薄，月影扇中新。年華與妝面，共作一芳春。」由李百藥詩，可知《文筆式》當作於李百藥之後。

⑬「上有手披」及「上有雲光」二段釋語均爲散句，與下引《筆札華梁》文風迥異，當爲另一家，當出《文筆式》。

⑭又曰：自此句至「故受的名」，引自《筆札華梁》。《校勘記》：「這一條，從抄出的順序及其舉例來

推測，與上官儀『八對』中的『的名對』同原，與《論》的『正名對』相合而其名目有異。現在無法知道哪一個是原目。」

⑮「送酒」二句：詩題及作者未詳。二句詩見《詩人玉屑》卷七引上官儀「八對」，可證此段出《筆札華梁》。

⑯「鮮光」四句：詩題及作者未詳。維寶箋：「一篇詠月也。」

⑰又曰：此句至「雙玉啼」，皎然《詩議》。

⑱「日月」二句：陳後主詩。《南史·陳後主紀》：「（後主從隋文帝東巡）登芒山，侍飲賦詩曰：『日月光天德，山川壯帝居。』」吟窗本皎然《詩議》「詩對有六格」：「的名對。詩曰：『日月光天德，山河壯帝居。』」可證此例出皎然《詩議》。

⑲「有虛」二句：《譯注》：「『實名』，表示有實體的具體概念的詞。『虛名』，表示没有實體的抽象的概念的詞。參南卷《論文意》：『夫語對者，不可以虛無而對實象。若用草與色爲對，即虛無之類是也。』」文映霞《語言學視野下的〈文鏡秘府論〉「二十九種對」》：「雖然皎然曾經從『虛』、『實』的關係入手，闡釋意境的内涵，但他主張的是虛境中有實境，實境中有虛境。這裏説的『上對實名』，相信與其意境説無關。」盛江案：文映霞説是，「上對實名」即謂上例「日月」對「天地」。又，南卷《論文意》引皎然説：「凡此等，可以對虛，亦可以對實。」與此處「虛名實名」之論同，可證此段出皎然《詩議》。

⑳「恒斂」二句：出隋薛道衡《昔昔鹽》。全詩爲：「垂柳覆金堤，蘼蕪葉復齊。水溢芙蓉沼，花飛桃

李蹊。採桑秦氏女，織錦竇家妻。關山别蕩子，風月守空閨。恒斂千金笑，長垂雙玉啼。盤龍隨鏡隱，彩鳳逐帷低。飛魂同夜鵲，倦寢憶晨鷄。暗牖懸蛛網，空梁落燕泥。前年過代北，今歲往遼西。一去無消息，那能惜馬蹄。」（《樂府詩集》卷七九）

㉑ 元兢曰：此句至「非正對也」，元兢《詩髓腦》。

㉒ 堯年、舜日：維寶箋引梁沈約《白苧歌》：「佩服瑶草駐容色，舜日堯年無歡極。」（《樂府詩集》卷五六）《譯注》：「沈約《瑞石像銘序》：『此皆舜日未書，堯年未降。』（《廣弘明集》卷一六）」

㉓ 王運熙、楊明《隋唐五代文學批評史》：「其説與上官儀的正名對似不盡同。它説到了對偶的語詞『相敵』的關係。依其所舉之例，若對偶者皆爲褒義詞或貶義詞，是爲正對；若一褒一貶，則非正對。」

第二，隔句對①。

隔句對者②，第一句與第三句對，第二句與第四句對。如此之類，名爲隔句對③。

詩曰：「昨夜越溪難，含悲赴上蘭。今朝逾嶺易，抱笑入長安〔一〕④。」

釋曰：第一句「昨夜」與第三句「今朝」對〔二〕，「越溪」與「逾嶺」是對。第二句「含悲」與第四句「抱笑」是對〔三〕，「上蘭」與「長安」對。並是事對，不是字對⑤。如此之類，名爲隔句對。

又曰：「相思復相憶，夜夜淚霑衣。空悲亦空歎，朝朝君未歸〔四〕⑥。」

釋曰：兩「相」對於二「空」，隔以「霑衣」之句；「朝朝」偶於「夜夜」〔五〕，越以「空歎」之言。從首至末，對屬間來，故名隔句對。

又曰〔六〕：「月映茱萸錦，艷起桃花頰。風發蒲桃繡，香生雲母帖⑦。」

又曰：「翠苑翠叢外〔七〕，單蜂拾蕊歸。芳園芳樹裏〔八〕，雙燕歷花飛⑧。」

釋曰：夫「艷起」對「香生」〔九〕，隔以「映茱萸」之錦；「月」、「錦」偶「風」、「繡」，又間諸「雲母」之帖〔一〇〕。其雙「芳」、「燕」匹兩「翠」、「蜂」〔一一〕⑨，「裏」、「外」盡間成，故云隔句⑩。

又曰⑪：「始見西南樓〔一二〕，纖纖如玉鈎。末映東北墀〔一三〕，娟娟似蛾眉⑫。」

【校記】

〔一〕「抱」，原作「拖」，據三寶等本改。

〔二〕「夜」，原作「日」，三寶、高甲、高乙、醍甲、仁甲、義演本同。《考文篇》：「夜，各本作『日』，與上『昨夜越溪難』不合。」據寶壽、六寺本改。

〔三〕「抱」，原作「拖」，據三寶等本改。

〔四〕「未」，三寶本補在行間。

〔五〕「於」，松本、江户刊本、維寶箋本無。

〔六〕「又曰」，醍甲、仁甲、義演本無。

〔七〕「翠苑」，《考文篇》：「翠苑，《眼心抄》作『翠花』，似是。」《校勘記》：「『花』爲『苑』之訛。（宋謝瞻《九日從宋公戲馬如集送孔令》詩：「繁林收陽影，密苑解華叢。」）」《譯注》「苑」作「菀」。

〔八〕「裏」，《眼心抄》誤作「動」。《校勘記》：「『裏』爲是。『動』與『外』不對，釋文也是『裏外盡間成』。」

〔九〕「生」，三寶作「王」，右旁注「生イ」。

〔一〇〕「間諸」下《校注》據上句文例補「生」字。

〔一一〕「匹」，原作「亦」，三寶、高乙、醍甲、仁甲、寶壽、義演本同，三寶本右注「匹イ」，寶壽、六寺本眉注「匹」，據江户刊本、維寶箋本改。

〔一二〕「始見」，《鮑參軍集》作「始出」。

〔一三〕「末」，原作「未」，各本同，今從《鮑參軍集》、六寺本作「末」。

【考釋】

①隔句對：《研究篇》下：「隔句對，如文字那樣，是把句子隔開之對，是第一句對第三句，第二句對第四句這樣的對。祇是在隔句和不隔句這一點上有差别，本質上似是的名對。即使祇在字面上相類，意思内容上不能異類。例如，桂楫對荷戈時，桂和荷似是對偶，但這個『荷』不是『蓮葉』這樣的名詞，而是『擔負』意的動詞，因此不成爲的名對。隔句對也一樣。……隔句對古代没有，似自漢代開始流行。如鈴木博士（盛江案：指鈴木虎雄）指出的（《賦史大要》），司馬相如《子虛賦》『交錯糾紛，上干青雲，罷池陂陀，下屬江河』等是其先蹤。但直到後漢不太使用，自晉代開始走向盛行，主要在賦裏。到晚唐，根

據字數的配合，區分爲輕隔句、重隔句、疏隔句、密隔句、平隔句、雜隔句六種，《詩人玉屑》稱爲『扇對』。」《譯注》：「自古先秦時代即多有其例。詩和散文各舉一例。《詩·周南·關雎》：『參差荇菜，左右流之；窈窕淑女，寤寐求之。』《易·繫辭上》：『是故蓍之德，圓而神；卦之德，方以知。』」

蔣紹愚《唐詩語言研究》：隔句對「從形式上看是一、三兩句相對，二、四句相對，更確切地說，應該是看成一聯與一聯相對」。（中州古籍出版社，一九九〇年）

盛江案：隔句對與其他對式之區別祇在是否隔句，因此，隔句對可以是的名隔句，亦可以是異類隔句，似亦可字側隔句、鄰近隔句，祇是作者未一一舉例罷了。

② 隔句對者：《考文篇》：「『隔句對者』至『故云隔句』，《文筆式》。」盛江案：「隔句對者」至「不是字對如此之類名爲隔句對」，當出《文筆式》。然「又曰相思復相憶」以下至「故云隔句」爲駢儷句式，文筆與上二段不同，當爲另一家之說，其中「相思復相憶」四句見於《詩人玉屑》卷七引上官儀「八對」，故當出《筆札華梁》。

③ 「如此」二句：王夢鷗《初唐詩學著述考》：「其中『如此之類，名曰隔句對』二語，疑係空海所增。原文或但用『是也』二字。（下文同此。）」盛江案：若二語爲空海所增，則各處對屬均當有統一之注。然《二十九種對》各對屬，或不作解釋，或解釋性語句不一，或作「如此之類，名××對」，或作「故名××對」，並不統一。 各對屬下此類解釋性語句，爲中國原典所有，非空海所增。

④ 「昨夜」四句：詩題及撰者未詳。 傳《魏文帝詩格》：「隔句二。古詩：『昨夜越溪難，含悲赴上蘭。

今朝逾嶺易，抱笑入長安。』」上蘭：《漢書·元后傳》顔師古注：「上蘭，觀名也，在上林中。」

⑤字對：《校勘記》：「第十五字對條：『字對者，謂義別字對是。』這裏是説字對不是正常的對偶關係，祇是字面上相對，與此相對，事對是正常的對偶關係。這裏是隔句的説明，故云『並是事對，不是字對』，這當是指出隔句對祇限於事對，而字對除外。又，例詩的『越溪』和『逾嶺』之對也當以此作爲實例加以説明。『越』和『逾』、『溪』和『嶺』互對，『越溪』和『逾嶺』是事對。但是，如果把『越溪』作爲固有名詞，則『逾嶺』的『逾』和『越』就成了字對。（宫内廳本訓點似把『越溪』和『逾嶺』看作固有名詞，可是，正確的看法似應把『越』和『逾』都看作動詞。）」

文映霞《語言學視野下的〈文鏡秘府論〉「二十九種對」》：「其中『隔句祇限於事對，而字對除外』的説法似有商榷的餘地。」「如果『越溪』就是指傳説中越國美人西施浣紗之處，那麽，它就是一個專有名稱，是固定的組合，可是『逾嶺』並不是固有組合，在這情況下，『越溪』和『逾嶺』便成了一種『字對』。不過，如果把『越溪』和『逾嶺』打拆爲『越＋溪』和『逾＋嶺』的動賓結構，那麽它們便整齊相對，《文鏡》所説的『事對』，可能就是這個意思。」

⑥「相思」四句：詩題及撰者未詳。

⑦「月映」四句：詩題及撰者未詳。　維寶箋：「茱萸，此詩一篇，以月花風香詠美人也。」茱萸錦：《校注》：「吴均《贈柳真陽》詩：『朝衣茱萸錦，夜覆蒲萄巵。』又《行路難》：『茱萸錦衣玉作匣。』《御覽》八一五引陸翽《鄴中記》：『織錦署有大茱萸、小茱萸。』謂織錦之圖案也。」

⑧「翠苑」四句：詩題及撰者未詳。維寶箋：「翠苑，此詩一篇，仲春景。」

⑨「其雙」句：文映霞《語言學視野下的〈文鏡秘府論〉「二十九種對」》：「其語意含糊」，「關乎誤抄的可能性」，「『釋曰』中的『兩翠蜂』的『兩』，本來是不能指『蜂』，如在没有文字訛誤的情況下，祇有兩種可能，一是行文上的連類而及，二是『雙燕』與『單蜂』相對，在互相吸引的情況下産生了近似『互文』的作用。」

⑩「又曰相思」至「故云隔句」，當出《筆札華梁》。

⑪又曰：此句以下至「似蛾眉」，皎然説。

⑫「始見」四句：出劉宋鮑照《翫月城西門廨中》。全詩爲：「始出西南樓，纖纖如玉鉤。末映東北墀，娟娟似蛾眉。蛾眉蔽珠櫳，玉鉤隔瑣窗。三五二八時，千里與君同。夜移衡漢落，徘徊帷户中。歸華先委露，别葉早辭風。客遊厭苦辛，仕子倦飄塵。休澣自公日，宴慰及私辰。蜀琴抽《白雪》，郢曲發《陽春》。肴乾酒未闋，金壺啓夕淪。迴軒駐輕蓋，留酌待情人。」（《鮑參軍集注》卷六）吟窗本皎然《詩議》：「隔句對。詩曰：『始見西南樓，纖纖如玉鉤。末映東北墀，娟娟似蛾眉。』」

【附録】

《苕溪漁隱叢話》前集卷九：律詩有扇對格，第一與第三句對，第二與第四句對，如杜少陵《哭台州鄭司户蘇少監》詩云：「得罪台州去，時危棄碩儒；移官蓬閣後，穀貴歿潛夫。」東坡《和郁孤臺》詩云：

「解后陪車馬，尋芳謝朓洲；淒涼望鄉國，得句仲宣樓。」又唐人絶句，亦用此格。如「去年花下留連飲，暖日夭桃鶯亂啼；今日江邊容易别，淡煙衰草馬頻嘶」之類是也。（人民文學出版社一九八一年）

《續金針詩格》：詩有扇對：「去年花下留連飲，暖日夭桃鶯亂啼。今日江邊容易别，淡煙衰草馬頻嘶。」

《滄浪詩話・詩體》：有扇對，又謂之隔句對。如鄭都官「昔年共照松溪影，松折碑荒僧已無；今日還思錦城事，雪消花謝夢何如」是也。蓋以第一句對第三句，第二句對第四句。

第三，雙擬對①。

雙擬對者②，一句之中所論，假令第一字是「秋」，第三字亦是「秋」，二「秋」擬第二字〔一〕，下句亦然。如此之類，名爲雙擬對。

詩曰〔二〕：「夏暑夏不衰〔三〕，秋陰秋未歸。炎至炎難却，涼消涼易追〔四〕③。」

釋曰：第一句中，兩「夏」字擬一「暑」字。第二句中，兩「秋」字擬一「陰」字。第三句中，兩「炎」字擬一「至」字。第四句中〔五〕，兩「涼」字擬一「消」字。如此之法〔六〕，名爲雙擬對。

又曰〔七〕：「乍行乍理髮，或笑或看衣〔八〕④。」

又曰：「結萼結花初，飛嵐飛葉始〔九〕⑤。」

釋曰：既雙「結」居初，亦兩「飛」帶末〔一〇〕；宜晝宜時之句〔一一〕，可題可憐之論⑥，準擬成對，故以名云〔一二〕。而又以雙擬爲名〔一三〕⑦。

又曰：「可聞不可見，能重復能輕⑧。」

又曰：「議月眉欺月，論花頰勝花⑨。」

釋曰：上陳二「月」〔一四〕，隔以「眉欺」；下説雙「花」，間諸「頰勝」〔一五〕。文雖再讀，語必孤來〔一六〕，擬用雙文，故生斯號⑩。

或曰〔一七〕⑪：春樹春花，秋池秋日〔一八〕⑫；琴命清琴〔一九〕，酒追佳酒〔二〇〕；思君念君，千處萬處。如此之類，名雙擬對〔二一〕。

【校記】

〔一〕「秋」，三寶本無。

〔二〕「詩曰」下三寶本衍一「詩」字。

〔三〕「暑」，原作「署」，三寶、高甲本同，高乙本作「四者」，據醍甲、仁甲、寶壽、六寺本改。「衰」，醍甲、寶壽、六寺、義演本作「襄」。

〔四〕二「涼」字，江户刊本、維寶箋本作「冷」，右旁注「涼亻」。

〔五〕「句」，松本、江户刊本、維寶箋本無。「中」，原無，三寶、高甲、高乙、醍甲、仁甲、寶壽、寶龜、義演本同，寶壽本右旁注「中亻」。《校勘記》：「前文有『第一句中』『第二句中』『第三句中』，故作『第四句中』是。」盛江案：《校勘記》是。今據六寺本補。

〔六〕「此」，原作「比」，據三寶、高甲等本改。

〔七〕「曰」，松本、江户刊本、維寶箋本作「云」。

〔八〕「看衣」，維寶箋：「『看衣』恐『着衣』歟。」

〔九〕「嵐」，《校注》：「『嵐』字無義，疑『風』之誤，『飛風』猶言『飆風』也。」「葉」，醍甲、仁甲、義演本作「菜」。

〔一〇〕「末」，原作「未」，據三寶、高甲等本改。

〔一一〕「晝」，原作「書」，三寶、高乙、六寺本同，據高甲、寶壽等本改。

〔一二〕「云」，寶龜本作「之」。《校勘記》：「(云，寶龜院本作「之」)『之』爲『云』訛。與這一條同一系的『迴文對』的一條即以『因以名云』四字構句。」

〔一三〕「而又以雙擬爲名」，寶壽、六寺本右旁注「已下七字亻本無也」。「以」，原作「所」，各本同，《考文篇》亦作「所」，維寶箋、《校注》作「取」。《校注》：「『取』原作『所』，形近致誤，《箋本》作『取』，今從之。」祖風會本作「所」，眉注「『所』恐『以』歟」。今從祖風會本注及《譯注》作「以」。《校勘記》：「此句(指「而又以雙擬爲名」句)與前句『準擬成對，故以名云』重複，給人以竹接木的感覺。『準擬』是連語，擬(比)之意。或者這一句以下是別一説，抄出之時，由於削去與前説重複的部分，勉强和前説連接，而成爲現在這個樣子。以這一句作爲界限，前後内容不同。此前是第一字和第三字同字疊用之例，此後是第一字和第四字還有第二字和第五字同字疊用之例。」《譯注》：「此句與前句『故以名云』重複，轉寫之際而生亂歟？」

〔一四〕「上」，原無，三寶、高甲、高乙本同，三寶本右旁注「上」，據醍甲、仁甲、寶壽、六寺等本補。

〔一五〕「間」，原作「襇」，各本同。《校注》：「『間』原作『襇』，誤增偏旁，『間諸』之『間』，猶上文『間來』『間成』之『間』也，今據改正。」盛江案：《校注》作「間」是，宮本、三寶、醍甲、寶壽、六寺、義演等本旁訓「ヘタツ」（間隔），可知。然《校勘記》認爲：「『襇』不是『ヘタツ』，而應訓『カサヌ』，《類篇》：『襇、裙相攝也。』訓『間』非。」此可備一説。

〔一六〕「語」，六寺本無，右補小字「語」，三寶本作「誦」，眉注「語イ」。

〔一七〕「曰」，寶壽、六寺本作「云」。

〔一八〕「日」，寶龜本作「月」。

〔一九〕「琴命清琴」，寶壽、六寺本作「清琴命琴」。「命」，醍甲、仁甲、義演本作「含」。

〔二〇〕「追」，醍甲、仁甲、義演本作「迢」。「佳」，原作「桂」，三寶、高甲、高乙、醍甲、仁甲、義演本同，三寶、高甲本右旁注「佳イ本」，從六寺本作「佳」。又，《校勘記》：「《眼心抄》作『命琴酒，追佳酒』。《秘府論》爲是。『命琴酒，追佳酒』是三言二句，不是雙擬對的例子。」

〔二一〕「名」，高甲、寶壽、寶龜、楊、六寺、江户刊本、維寶箋本作「名曰」。

【考釋】

①雙擬對：羅根澤《中國文學批評史》：「雙擬對似乎有三種。」「最普通的一種是一句之中，第一第三同字，以擬第二字。」如「夏暑夏不衰」一例。另一種如「可聞不可見」、「議月眉欺月」，「前者是第一第四同字，後者則是第二第五同字。還有一種是他引有界説的：『或曰，春樹春花，秋池秋日；……』此所列例句皆四言，未悉祇以此講明何謂雙擬對，抑雙擬對亦可施用於『文』?」

《研究篇》下：「同句中用同字的對。但作爲連語使用，不在這個範圍。如例詩：『夏暑夏不衰，秋陰秋未歸』（abacd，abacd），『議月眉欺月，論花頰勝花』（abcdb，abcdb），在一、同位，二、同範疇兩個條件基礎上，還要加上三、同字，可以看作是的名對的變型。就是説，兩個字同指向同一個字眼（「暑」或「陰」或「眉」或「頰」），似因此把這稱爲『雙擬』。《文筆式》説明中『假令第一字是秋，第三字亦是秋，二秋擬第二字』，就是這樣説的。」

《譯注》：「雙擬對，同一句中，相隔一字乃至二字而重用相同的文字的對偶法。鈴木虎雄説：『可稱之爲ハサミ對（剪刀對）。』如果把最初的幾對例詩圖式化，便如次：

○×○××

△×△××

意即第一字和第三字這兩字分從上下着眼於第二字，其内容帶着方向性，因而有雙擬對之名。」

文映霞《語言學視野下的〈文鏡秘府論〉「二十九種對」》：「如以『○』表示第一和第三字，以『◎』表示第二字，依《文鏡》的行文，三字的關係便是『○↓◎↑○』，其中『↓』和『↑』表示『擬』的方向性。」「《漢書·李廣蘇建傳》：『（衛律）復舉劍擬之，武不動。』『擬』作『指向、比劃』解。」「意思是説第二字是詩句的著眼點，第一和第三字圍繞第二字寫狀擬態，所謂『雙擬』，可能是指前後相同兩字指向中間一字。」

盛江案：由此段論述觀之，雙擬對有窄義與寬義二種。窄義之雙擬對，爲五言句中，第一第三字相重，而雙擬第二字即圍繞第二字寫狀擬態，如「夏暑夏不衰，秋陰秋未歸」。寬義者，則祇須同一句中有二字相重且隔開，又與下句相對，用同一字兩次擬寫某種情態，無論此二字處於句中何種位置均可，如「可聞不可見，能重復能輕」。

②雙擬對者：此句至「如此之法名爲雙擬對」，疑出《文筆式》。

③「夏暑」四句：詩題及撰者未詳。傳《魏文帝詩格》：「雙擬八。古詩：『夏暑夏復衰，秋陰秋未歸。』」

④「乍行」二句：詩題及撰者未詳。《譯注》：「（乍行）二句無釋文，恐轉寫時有脱誤。」盛江案：現存平安時各鈔本即均無釋文，若有脱誤，則當自平安時始，或者大師編撰時即已如此。乍：各本訓「タチマチニ」（立刻、突然）。《校勘記》：「『乍』訓『アルイハ』（或者）爲妥。這個『乍』與下句的『或』相對。北卷《句端》『乍可』的『乍』即訓『アルイハ』」。

⑤「結莩」二句：詩題及撰者未詳。維寶箋：「飛嵐，濮陽傳詩：『脱葉萬片逐西風。』」《譯注》：「嵐，山風也。」

⑥「宜晝」二句：《校勘記》：「二句文義不明，疑含誤字。」《譯注》：「可能例詩包含『宜晝宜時』『可題可憐』二句，但轉寫時有脱訛。」盛江案：與前例同，若有脱誤，當自平安時始，或大師時即已如此。

⑦而又以雙擬爲名：「又曰乍行乍理髮」至此句爲駢儷文筆，與前引《筆札華梁》均作「故××」（如：第一的名對「故曰的名對」，「故曰正名也」，「故受的名」，第二隔句對「故名隔句對」，「故云隔句」云

云），故當出《筆札華梁》。然未詳「釋曰」何以僅解釋後一詩例。

⑧「可聞」二句：出梁何遜《詠風》。全詩爲：「可聞不可見，能重復能輕。鏡前飄落粉，琴上響餘聲。」（《藝文類聚》卷一）吟窗本皎然《詩議》：「雙擬對。詩曰：『可聞不可見，能重復能輕。』」

⑨「議月」二句：詩題及撰者未詳。上官儀「八對」：「六曰雙擬對。議月眉欺月，論花頰勝花。」（《詩人玉屑》卷七引）

⑩故生斯號：《考文篇》：「『雙擬對者』以下至『故生斯號』，《文筆式》。」盛江案：「又曰乍行」以下至「故生斯號」，除「可聞不可見」二句出皎然《詩議》外，當出《筆札華梁》。

⑪或曰：此句以下至「名雙擬對」，《筆札華梁》。

⑫「春樹」二句：上官儀「六對」：「六曰雙擬對。春樹秋池是也。」（《詩人玉屑》卷七引）《譯注》：「這可能是開頭二句『春樹春花，秋池秋日』的省略。」

第四，聯綿對①。

聯綿對者②，不相絶也。一句之中，第二字、第三字是重字，即名爲聯綿對。但上句如此，下句亦然。

詩曰：「看山山已峻，望水水仍清〔一〕。聽蟬蟬響急，思卿卿別情〔二〕③。」

釋曰：一句之中〔三〕，第二字是「山」，第三字亦是「山」，餘句皆然。如此之類，名爲聯綿對。

又曰④：「嫩荷荷似頰〔四〕。殘河河似帶〔五〕，初月月如眉〔六〕⑤。」

釋曰：兩「荷」連讀〔七〕，放諸上句之中〔八〕；雙「月」並陳，言之下句之腹〔九〕。一文再讀，二字雙來，意涉連言，坐茲生號〔一〇〕。

又曰〔一一〕：「煙離離萬代，雨絶絶千年⑥。」

釋曰：情起多端，理曖昧難分〔一二〕，情參差迢述〔一三〕⑦。且自無關賦體〔一四〕，實乃偏用開格⑧。

又曰⑨：「望日日已晚，懷人人不歸。」

又曰〔一五〕：「霏霏斂夕霧，赫赫吐晨曦。軒軒多秀氣，奕奕有光儀。」又曰〔一六〕：「視日日將晚，望雲雲漸積⑩。」

或曰⑪：朝朝、夜夜，灼灼、菁菁，赫赫、輝輝，汪汪、落落，索索〔一七〕⑫、蕭蕭，穆穆、堂堂，巍巍、訶訶〔一八〕⑬。如此之類，名連綿對〔一九〕⑭。

【校記】

〔一〕「仍」，原作「乃」，高乙、醍甲、仁甲、義演本同，據江户刊本、維寶箋本改。

〔二〕「卿」，松本、江户刊本、維寶箋本旁注「鄉イ」。

〔三〕「之」，松本、江户刊本、維寶箋本無。

〔四〕「嫩」，原作「嬾」，醍甲、義演、松本、江户刊本、維寶箋本同。維寶箋：「『嬾』恐『嫩』歟？新荷詩多曰『嫩青』、『嫩莖』故也。」據寶壽、六寺本改。

〔五〕「殘」，寶壽、寶龜、六寺、松本、江户刊本、維寶箋本作「淺」，原旁注「淺歟」，江户刊本、維寶箋本注「殘イ」。《校勘記》：「『殘』爲『淺』之訛歟。」「嫩荷荷似頰殘河河似帶」，寶壽、楊、六寺本作雙行小字注。「殘河河似帶」，原旁注「一本以上五句注也」（盛江案：「句」當爲「字」），醍甲、仁甲、義演本作雙行小字注。《校勘記》：「『淺河河似帶』恐爲注記，而誤入本文。釋文未言及『淺河河似帶』一句。又，宮本『殘河』之右旁注『淺歟，一本以上五句注也』（宮本注中的「五句」當爲「五字」之誤。類似第九疊韻對的「鬱律棱層是以上五字證本注也」）恐當初抄作『嫩荷荷似頰初月月如眉，釋曰云云』，另一說有『淺河河似帶初月月如眉』的例句，於是添加上去。又，上官儀『八對』有『五曰聯綿對。殘河若帶，初月如眉，是也』，顯然，這裏的『河』下脱『河』，『月』下脱『月』。」

〔六〕「如」，寶壽、松本、江户刊本、維寶箋本作「似」，江户刊本、維寶箋本右旁注「如イ」。

〔七〕「讀」，《譯注》作「續」。

〔八〕「放」下原衍「請」字，據醍甲、寶壽、六寺等本删。

〔九〕「腹」，松本本作「勝」。

〔一〇〕「坐」，醍甲、仁甲、義演本作「並」。

〔一一〕「又曰」，松本本無。

〔一二〕「曖」，原作「暖」，三寶、高甲、寶壽、六寺、醍甲、仁甲、義演本同，高甲本左旁有抹消符號，眉注「曖」，據江户刊本、維寶箋本改。

〔一三〕「述」，《校勘記》：「『述』爲『遞』、『遥』之訛。」《校注》：「『述』疑『遭』之誤。」

〔一四〕「且」下原衍「辭也」二字，寶龜本同，「辭也」二字之右原有抹消符號「匕」，「且」字旁注「辭也」，醍甲本眉注「闕天」。據三寶、醍甲、六寺、江户刊本等删「辭也」二字。

〔一五〕「又曰」，松本本無。

〔一六〕「又曰」，松本本無。

〔一七〕「索索」，原作「素素」，各本同，據寶龜本改。

〔一八〕「訶訶」，原無，醍甲、楊、六寺、義演、松本本同，三寶本旁注「訶亻」，據江户刊本、維寶箋本補。《校勘記》：「『巍巍』和『訶訶』以外如『朝朝、夜夜，灼灼、菁菁』都排列對語，『巍巍』與『訶訶』不相對（《廣雅・釋訓》：「呵呵，笑也。」《論語・泰伯》「巍巍乎舜禹之有天下也」集解：「巍巍，高大之稱也。」）後注意到『訶訶』與『巍巍』不相對，因此草本把它抹消掉。但是要抹消而是否抹消掉則不清楚，可能一本保存原貌，一本則已省略。但是省略『訶訶』，『巍巍』則失對。或許『訶訶』爲『峨峨』的音假。《眼心抄》作了調整，作『或朝朝夜夜灼灼菁菁堂堂巍巍』，使之更爲齊整。」盛江案：據《眼心抄》，則「堂堂」與「巍巍」相對，而「穆穆」無對，或「訶訶」、「穆穆」俱爲衍文，或「訶訶」爲衍文，而「穆穆」前有闕文。

〔一九〕「連綿對」，周校：「連，宜據上文作『聯』。」《校注》：「此或因『聯綿』有『連珠』之名致誤。」

【考釋】

① 聯綿對：羅根澤《中國文學批評史》：「聯綿對有兩種説法，前者是『不相絶也，一句之中，第二字第三字是重字』，後者則凡重字皆曰聯綿對。」「但二十九種對中，有賦體對、雙聲對、疊韻對，而無重字

對。蓋重字對或以單爲一種，或以入賦體對，『或以重字屬聯綿對』。……所以聯綿對遂有了兩種，而重字對遂省掉了。」

《研究篇》下：「這是雙擬對的更特殊的形式，也就是同句中同字連續的雙擬對，如果兩個字分離開了就是雙擬對。《文筆式》限定『第二字第三字是重字』（例詩略），但皎然不限於第二字第三字，包括所有的連語。」「這是賦體對的一種。如東卷開頭小序『論對』所論述的（略），分開來是聯綿對、雙聲對、疊韻對三類，合起來是賦體對，後面説『乃偏用開格』，也是指所謂聯綿對是把賦體分開時的名稱。」

《譯注》：「聯綿對，一句中連用兩字的對偶法。」有二説，「第一説指着眼於把五言詩分爲二、三的節奏，把重字用於這個境界，即使同字連續，意義上也是各自獨立使用。與此相對，第二説如『朝朝』『夜夜』，指包含一般重字（疊字）的句子」。

盛江案：聯綿對即重字連綿而對。五言詩多前二字爲一意義與節奏單位，後三字爲另一意義節奏單位，七言詩則是四三句式或二二三句式。聯綿對分二種。一爲所重二字處同一意義節奏單位，如「軒軒多秀氣，奕奕有光儀」。二爲不處同一意義節奏單位，於二個意義節奏單位之連接處二字相連，如「看山山已峻，望水水仍清」。前一種一説不作聯綿對，而與雙聲對、疊韻對同爲賦體對，另一説則亦視作聯綿對。空海並存二説，並於東卷《論對》加以説明：「其賦體對者，合彼重字、雙聲、疊韻三類，與此一名。或疊韻、雙聲，各開一對，略之賦體。或以重字屬聯綿對。今者，開合俱舉，存彼三名，後覽達人，莫嫌煩冗。」然其傾向，乃以不同意義節奏單位相連處之二字相重作爲聯綿對。本段主要是論述此種情況。節奏上斷開而以二字相重，使語氣連若貫珠，語氣似斷却連貫，別有一種韻味，是爲聯綿對之特色。

文映霞《語言學視野下的〈文鏡秘府論〉「二十九種對」》：「聯綿對」與「雙擬對」均重字，二者的區別在於『聯綿對』上某字重疊連用，而『雙擬對』則衹是某字重複使用。」「由於重字出現的位置不同，二者有不同的藝術效果。『聯綿對』是『一文再讀，二字雙來，意涉連言』，『雙擬對』則是『文雖再讀，語必孤來』。」

《校勘記》：「聯綿對，這一條恐與上官儀『三曰連珠對，蕭蕭赫赫是也』同原，上官儀『六對』有『疊韻對』『雙聲對』，但沒有『重字對』（賦體對），不清楚『六對』的『賦體對』是否原目，但從舉例來看，這個對目相當於《論》所謂『重字對』，從而《論》把它列入連綿對是失當的。」

② 聯綿對者：此句至「如此之類名爲聯綿對」，當出《文筆式》。

③ 「看山」四句：詩題及撰者未詳。傳《魏文帝詩格》：「連綿五。古詩：『望山山似峻，看水水仍清。』」

羅根澤《中國文學批評史》：「第二字第三字固是重字，但第二字上屬，第三字下屬，中間斷而復續，所以說『不相絶也』。」

朱承平《對偶辭格》謂此例爲「銜名詞對」：「在銜名詞對中，兩個相連並用的名詞就是句子强調的物件。……上一名詞往往是人物行爲動作主動涉及的物件，似乎寄託着詩人的無限期望；但下一名詞却代表同樣一個不依人們心境意緒所轉移的客觀外物，其主體往往獨立行事，並與詩人意願相背。……字面上的前後相同與銜接和内容上的大起大落相違逆，這種格式常用來表現一種纏綿往復的哀涼意境，抒發詩人無可奈何的悲傷情感。」

④又曰：此句至「實乃偏用開格」，當出《筆札華梁》。

⑤「嫩荷」三句：詩題及撰者未詳。河，指天河。《詩人玉屑》卷七引上官儀「八對」有「五曰聯綿對，殘河如帶，初月如眉」，與此例似，故知此段當出《筆札華梁》。

⑥「煙離」二句：詩題及撰者未詳。維寶箋：「此句伸聖代也。離煙霧之奸計，而幾萬代云長久也。」「雨絶，此句又準上霖雨之災孽，絶絶而經千萬年也。」《校注》：「《文選》三十一江文通《雜體詩》三十首《潘黄門述哀》：『雨絶無還雲，花落豈留英。』李善曰：『《鸚鵡賦》曰：何今日之雨絶。』劉良曰：『雨絶、花落，喻死而不還。』」

朱承平《對偶辭格》以此例爲銜動詞對，謂：「兩個動詞連用，在語義的表達上，多是一種順説。順説的結果，往往帶來一種誇張，一種無極限的發揮。在這種順勢誇張的格式中，就有了對句子謂語的强調，能夠收到與名詞重複截然不同的修辭效果。同時，兩個動詞連用，也容易使人産生錯覺，給人以兩字一詞的模糊印象，從而帶來一種曖昧迷蒙的感覺。其用正如《文鏡秘府論》所説，是『理曖昧難分，情參差迢述』。」

⑦「情起」三句：此三句標點，各本不一。維寶箋、《考文篇》作：「情起多端理，曖昧難分情，參差迢述。」《札記續記》作：「情起多端，理曖昧難分情，參差迢述。」周校、《校注》、《譯注》、林田校作：「情起多

端，理曖昧難分，情參差迢述。」《校注》：「（情起多端）此句上疑脱『理□□□』四字一句，於文始儷。」

⑧「且自」二句：維寶箋：「謂聯綿無關賦體，故聯綿賦體開爲二格也。」盛江案：東卷《論對》：「其賦體對者，合彼重字、雙聲、疊韻三類，與此一名。或疊韻、雙聲，各開一對，略之賦體。或以重字屬聯綿對。今者，開合俱舉，存彼三名，後覽達人，莫嫌煩冗。」即此處「且自無關賦體，實乃偏用開格」之意。文映霞《語言學視野下的〈文鏡秘府論〉「二十九種對」》：「『雙聲對』和『疊韻對』固然是把『賦體對』分開來的稱呼，然『聯綿對』跟『雙聲對』、『疊韻對』的情況有點不同。因爲從《文鏡》内文可知，『聯綿對』不止一種。『且自無關賦體，實乃偏用開格』間針對『煙離離萬代，雨絶絶千年』而言的。之所以説『偏用開格』，是因爲要指出第二、三字是重字的『聯綿對』與不限於第二、三重字的『聯綿對』的不同，而不祗是説『聯綿對』和『賦體對』分類上的『開合』問題。」

《考文篇》：「『聯綿對者』至『偏用開格』，是《文筆式》。」盛江案：「聯綿對者」至「如此之類名爲聯綿對」出《文筆式》，然「又曰嫩荷荷似頰」以下至「實乃偏用開格」與前段文筆不一，顯非同一原典，當出《筆札華梁》。説已見前。

⑨又曰：《考文篇》：「『又曰望日』至『雲漸積』，《詩議》。」盛江案：小西説是。

⑩以上三例詩之詩題及撰者均未詳。吟窗本皎然《詩議》：「聯綿對。詩曰：『望日日已晚，懷人人未歸。』」是知此段出皎然《詩議》。

《校勘記》：「此例詩中的『霏霏』『赫赫』『軒軒』『奕奕』，從《秘府論》的分類來看，相當於『賦體對』的

『重字』之例，而與『連綿對』的定義不一致。産生這樣的齟齬，恐怕是因爲舉這一例的這一説，没有立『賦體對』或『重字對』的名目，而是把『重字對』包含在『聯綿對』之内。下面的『朝朝』『夜夜』條也是一樣。」《譯注》：「衹有這個例詩用重字之對，與開頭關於第二第三字用同字的定義不合，恐是引自《文筆式》以外的書。」

⑪ 或曰：此句以下至「名連綿對」，出《筆札華梁》。

⑫ 索索：《校注》：「王昌齡《淇上酬薛據兼寄郭微》：『自從別京華，我心乃蕭索。』以『蕭索』連文，與此之以『索索』、『蕭蕭』重文並舉，其義一也。《易·震卦》：『上六，震索索。』《正義》：『索索，心不安之貌。』」

⑬ 訶訶：維寶箋：「訶訶，大言而怒也。」《校注》：「『訶訶』，疑當作『呵呵』，顧雲《天威行》：『轟轟呵呵雷車轉，霹靂一聲天地戰。』」

⑭ 《校勘記》：「這一條恐與上官儀『六對』中的『三曰連珠對，蕭蕭赫赫是也』同原。上官儀『六對』，有疊韻對、雙聲對而没有列出重字對（賦體對）的名目，『六對』的『連珠對』是否是原目不太清楚，但是從舉出的這個例子推測，這個對目相當於《秘府論》的所謂重字對。因此，《秘府論》把它列入連綿對是失當的。」盛江案：《筆札華梁》之聯綿對實際爲重字對，即東卷序所言之「以重字屬聯綿對」，此與《文筆式》有異。

王夢鷗《初唐詩學著述考》：「《秘府論》引此，亦雜錯其文，茲依前例，整齊如次：『第五聯綿對。連綿對者：朝朝、夜夜……堂堂、巍巍，是也。詩曰：看山山已峻，望水水仍清。聽蟬蟬響急，思卿卿別情。又曰：嫩荷荷似頰，（下似脫一句）殘河河似帶，初月月如眉。』」

第五，互成對〔一〕。

互成對者①，天與地對，日與月對，麟與鳳對，金與銀對，臺與殿對，樓與榭對。兩字若上下句安〔二〕，名的名對；若兩字一處用之，是名互成對，言互相成也〔三〕。

詩曰：「天地心間靜，日月眼中明。麟鳳千年貴，金銀一代榮②。」

釋曰：第一句之中，「天地」一處；第二句之中〔四〕，「日月」一處；第三句之中〔五〕，「麟鳳」一處；第四句之中〔六〕，「金銀」一處。不在兩處用之，名互成對。

又曰〔七〕：「玉釵丹翠纏〔八〕，象榻金銀鏤。」「青映丹碧度〔九〕，輕霧歷簷飛③。」

釋曰：「丹翠」自擬，「金銀」別對，各途布列，而互相成。「飛」、「度」二言，並如斯例④。

又曰〔一〇〕：「歲時傷道路，親友念東西⑤。」

【校記】

〔一〕「互」，原作「㸦」，各本同，當爲「互」之俗別字，今改。下同。

〔二〕「安」下《校注》有「之」字，曰：「『之』字原無，今據下句例補。」

〔三〕「互成對言」，原無，三寶、天海本同，原注「互成對言」，三寶、天海本旁注「互成對言互成對言亻」，據底本旁注及六寺、維寶箋等本補。

〔四〕「之」，原無，寶壽本旁注「之亻」，據六寺、江户刊本、維寶箋本補。

〔五〕「之」，原無，據寶壽、六寺、江户刊本、維寶箋本補。

〔六〕「之」，原無，據江户刊本、維寶箋本補。

〔七〕「又曰」，松本本無。

〔八〕「釵」，醍甲、仁甲、義演、江户刊本、維寶箋本作「鈕」。

〔九〕「昳」，寶壽、寶龜、六寺、江户刊本、維寶箋本作「映」，松本本作「扶」。《考文篇》：「昳，附夫切，日。（見《玉篇》澤存堂本）」《校勘記》：「『昳』爲是。」《校注》：「『青昳』之説，義亦未安，疑當作『趺』，形近而誤。沈約《郊居賦》：『抽紅英於紫蔕，銜素芯於青跗。』『跗』通作『趺』。」

〔一〇〕「又曰」，松本本無。

【考釋】

①互成對者：此句至「名互成對」，當出《文筆式》。

朱承平《對偶辭格》：「漢語中多有用同類詞構成的複音詞，先秦以來就在典籍中應用，人們習以爲常，隨文致用，詩人不可能不注意到這一現象，並把它用到對偶句中。在對偶講究工對，特別是講究同類詞語對舉的要求下，如果語意表達與同類詞發生矛盾，不宜再用同類詞語對舉時，就要另外設法採用其他方法使同類詞語互對，以彌補這一缺憾。互成對就是在這一背景下形成的。」

文映霞《語言學視野下的〈文鏡秘府論〉「二十九種對」》：「『互成』除了可以表示互相成對的意思外，或者還有互相完成的意思。『天地』既用於上句，讀者自然會從下句相對的成分中尋索一種對稱的含意。」

②「天地」四句：詩題及撰者未詳。盛江案：互成對實含二義。當句互對，如例詩中「天—地」、「日—月」各當句對。又上下句中互對，如例詩之「天地—日月」。二義缺一不可。

③「青昳」二句：維寶箋：「青映，古詩：『翠袖捲紗紅映肉。』丹碧，赤緑也，言草色映榻釵之金翠也。輕霧，伸所見之景光也。」盛江案：陳泰《三月望楚昭王廟觀樂舞》：「晶瑩丹碧飛甍間，仿佛章華渚宮静。」（《佩文韻府》卷一〇〇上，上海書店一九八三年）則丹碧非指草色，當指塗抹於建築物上之色彩。趺爲花萼，昳爲日。句有「丹碧」，與下句「輕霧」相對，霧、日均爲天時之物象，作「青昳」（日）爲是。范静妻沈氏詩：「水宇澹青暉。」（《佩文韻府》卷五）青昳即青暉，指暗淡之日光。

以上四句，詩題及撰者未詳，《校注》、林田校均標點爲一篇。《校勘記》：「這四句没有押韻，因此不是一篇。前二句和後二句是各别的例子。」《譯注》：「『鏤』去聲，『飛』平聲，前二句與後二句本是不同的詩。」

④「飛度」二句：《校勘記》：「因爲『兩字一處用之，是名互成對』，因此『飛』、『度』不是互成對

是很清楚的，『如』字可能是『非』字之誤？如果是『非』字，意思可通。或許是這個例詩表示前聯『丹—翠』『金—銀』爲互成對，又『丹翠』與『金銀』爲對，而『度』、『飛』不是對。」《譯注》：「此二句不通，『飛』、『度』當然不成對。」盛江案：前句「丹—碧」自對，則下句「歷—簷」亦當自對，疑「歷」字有誤，或爲與「簷」義相類之字。則所謂「『飛』、『度』二言」云云，非單指「飛」、「度」二字，乃指有此二字之「青昳」二句。一「言」指一「句」，古有其例，如《論語・爲政》「《詩》三百，一言以蔽之，曰：『思無邪』」邢昺集解：「古者謂一句爲一言。」餘如《論語・子路》「一言可以興邦」，《左傳》昭公二十八年「一言則善」，並是其例。此處之「二言」亦當如是解。此「二言」指此「二句」，此二句「丹碧—歷（字有誤）簷」爲互對，故曰「並如斯例」，如上互對之例也。

《考文篇》：「『互成對者』至『並如斯例』，恐《文筆式》歟。此對《詩苑類格》、《魏文帝詩格》均佚，《秘府論》獨傳之而已。」盛江案：「又曰玉釵」至「並如斯例」，尤以「釋曰」部分，文筆與前段不同，若前段爲《文筆式》，則此段當爲《筆札華梁》。

⑤「歲時」二句：詩題及撰者未詳。吟窗本皎然《詩議》：「佚（當爲「互」之俗别字）成對。詩曰：歲時傷道路，親友在東西。」是知二句爲皎然《詩議》説。

第六，異類對①。

異類對者②，上句安天，下句安山；上句安雲，下句安微（一）；上句安鳥，下句安花；上句安風，下句安樹。如此之類，名爲異類對。非是的名對，異同比類〔二〕，故言異類對。但解如此對〔三〕，並是大才。籠羅天地，文章卓秀，才無擁滯〔四〕，不問多少，所作成篇〔五〕，但如此對，益詩有功。

詩曰：「天清白雲外，山峻紫微中。鳥飛隨去影，花落逐摇風③。」

釋曰：上句安「天」，下句安「山」，「天」、「山」非敵體〔六〕，「白雲」、「紫微」亦非敵體④。第三句安「鳥」，第四句安「花」，「花」、「鳥」非敵體〔七〕，「去影」、「摇風」亦非敵體⑤。如此之類，名爲異類對。

又曰：「風織池間字，蟲穿葉上文⑥。」

釋曰：「風」、「蟲」非類，而附對是同〔八〕；「池」、「葉」殊流，而寄巧歸一〔九〕。或雙聲以酬疊韻，或雙擬而對迴文。別致同詞，故云異類。

又曰：「鯉躍排荷戲，燕舞拂泥飛。」「琴上丹花拂，酒側黄鸝度〔一〇〕⑦。」

釋曰：鳥飛魚躍，琴歌酒唱〔一一〕，事跡既異。至如鳥飛樹動，魚躍水淺〔一二〕，葉潤憑水而成文，枝摇託風而制語，諺赤鯉爲對〔一三〕，引酒歌傍傳〔一四〕，酒唱二□〔一五〕，各相無敵〔一六〕，異類題目，空中起事〔一七〕⑧。

又曰⑨：「離堂思琴瑟，別路繞山川⑩。」又如以「早朝」偶「故人」，非類是也〔一八〕⑪。

元氏云⑫：異對者，若來禽〔一九〕、去獸，殘月、初霞。此來與去，初與殘，其類不同，名爲異對。異對勝於同對⑬。

【校記】

〔一〕「上句安雲下句安微」，原無，三寶、高乙、醍甲、仁甲、義演本同，據高甲、寶壽、六寺本補。《考文篇》、《譯注》亦無。《考文篇》：「上句安天下句安山，此下高山寺甲本等有『上句安雲下句安微』，蓋初稿本文，今從再治本删，《眼心抄》作『天（山）雲鳥風樹如此之類即是也』。按『雲』字是初稿本文。」《校勘記》：「《眼心抄》改作『天山雲鳥風樹如此類是也』。『上句安雲，下句安微』當是下面『天清白雲外，山峻紫微中』裏『白雲』『紫微』的誤讀。一本没有這二句，是因爲注意到這個錯誤，而草本抹消了這二句。」盛江案：下文有「上句安天下句安山天山非敵體白雲紫微亦非敵體」云云，山田氏刊《文筆眼心抄釋文》作「天山雲鳥風樹」，祖風宣揚會編《弘法大師全集》第三卷《冠注文筆眼心抄》作「天山雲微鳥花風樹」，可見此處「上句安雲下句安微」有據。

〔二〕「比」，原作「此」，醍甲、仁甲、義演本同，據高甲、寶壽、六寺等本改。

〔三〕「此」，松本、江户刊本、維寶箋本作「是」。

〔四〕「擁」，《校勘記》：「『擁』爲『壅』之假。」《校注》：「『擁』當作『壅』。」

〔五〕「成篇」，寶壽、楊、六寺本作「詩」，眉注「成篇イ」。

〔六〕「天山」，寶龜本無。

〔七〕「花鳥」，三寶本作「鳥花」。

〔八〕「而」，原無，醍甲、仁甲、義演本同。《校勘記》：「這兩句與『池葉殊流，而寄巧歸一』相對，有『而』爲是。」據三寶、高甲等本補。

〔九〕「而」，《考文篇》：「殊流而寄巧，『而』字疑衍。」盛江案：各本俱有「而」字，且與上句「而附對是同」相對，有「而」字爲是。

〔一〇〕「鸝」，醍甲、仁甲、義演本作「麗」。

〔一一〕「唱」，原偏傍「口」字簡草，祇在「昌」字左上角有兩點，三寶、高甲、高乙、醍甲、仁甲、寶壽、楊、寶龜、六寺等本均作「唱」，故當作「唱」。

〔一二〕「躍」，原作「跳」，各本同。前有「鳥飛魚躍」，此處「跳」當作「躍」，據江户刊本、維寶箋本改。「淺」，《校注》作「濺」，謂：「『濺』原作『淺』，無義，今改。李德裕《瀨鷀》詩：『欲起摇荷蓋，閑飛濺水珠。』『濺』字用法正同。」茲可備一説。

〔一三〕「諺」，原右旁注「魚遣切傳言也」，三寶、高甲、高乙本同，天海本注「魚票之反傳言也」。

〔一四〕「引」，原作「別」，醍甲、仁甲、義演本同，江户刊本、維寶箋本左旁注「別亻」。「傅」，原作「傳」，據三寶本改。《校勘記》：「『別』爲『引』之訛，『諺』與『引』不對，恐是訛字，或是『援』字音訛（「諺」「援」疊韻），或『傍傳』之『傳』爲『傅』字訛，『傍傳』爲『傅傍』之誤倒，『傅』爲『附』之意（維寶箋「傍傅，猶云爲對，傅與附同也」），『附』與『風織池間字』的釋文『附對是同』之『附』，『傍』與賦體對的『亦傍生疊字』的『傍』字同意。」

〔一五〕「酒唱二□」，原作「酒唱二」，各本同。《考文篇》：「酒唱二，此下疑有脱字。」《札記續記》：「酒唱一句意思不明，寶龜院本『各』作『名』，可能當從寶龜院本。又，『故』字爲『敵』字之訛，前文有『花鳥非敵體去影摇風亦非敵體』，如果這樣改意思就清楚。」《譯注》：「當補『字』或『言』等字。」今從之作脱字。

〔一六〕「各」，寶龜本旁注「名亻」。「敵」，原作「故」，各本同。《考文篇》：「各相無故，『故』疑當作『敵』。」《譯注》、林田校本從《考文篇》作「敵」，今亦從之。

〔一七〕豹軒藏本鈴木虎雄注：「諺赤鯉以下，文屈曲難解。」周校：「以上二十五字，文多脱誤。」《校注》：「『諺赤鯉』以下十二字，文有訛脱，疑當作『紫燕以赤鯉爲對，丹花傍黄鸝傳唱』，『燕』與『諺』音近之誤，『丹』與『引』則形近之誤也。」

〔一八〕「又如」二句，寶壽、寶龜、楊、六寺本作雙行小字注，三寶、天海本旁注「已上一行證本注也」。

〔一九〕「禽」，醍甲、仁甲、義演本作「會」。

【考釋】

①異類對：《研究篇》下：「異類對和的名對相對，範疇更廣。如其所説的『異類對者，上句安天，下句安山。……』讓範疇不全同的東西相對。例詩『天清白雲外，山峻紫微中』（abcde，abcde），『風織池間字，蟲穿葉上文』（abcde，abcde）。但必須嚴格遵守上下句同位的條件。元兢稱之爲『異對』，似與『同對』相配，這從引用元兢説的『其類不同名爲異對異對勝於同對』可以看出來。異類對比的名對含蘊更豐富，如果用日本俳諧歌打比方來説，我想的名對相當於在前句的語詞或事體中尋求緣語的物付，異類對相當於心付。又，或説『或雙聲以酬疊韻，或雙擬而對迴文。別致同詞，故云異類』，就是説，上句有雙聲而下句用疊韻，又上句用雙擬而下句用迴文，這樣上句和下句即使形式異趣，從用語同類這一點看，也可以看作對偶，這也算作是異類對。據此説，異類對的含意更爲寬泛。」

古田敬一《中國文學的對句藝術》：「相對的兩語在意義的範疇上不同的對句。」

《譯注》：「的名對把『天』和『地』、『日』和『月』那樣同一範疇、對稱性（或説近似性）十分明確的語詞作爲對句組合起來，與此相對，異類對把『天』和『山』、『鳥』和『花』這樣不是一看就構成明確對比的語詞組合起來。可以説，的名對是明確的相對事物的兩個方面，作爲技法比較單純、初步，與此相比，異類對是更爲含蓄、技法更爲高級的對偶方法。」

盛江案：元兢所言「異對」之舉例，均爲密切之統一對立關係，實爲「的名對」之反對，與其他各家所理解上下句兩語意義範疇不同之「異類對」含義不同。

文映霞《語言學視野下的〈文鏡秘府論〉「二十九種對」》：「可以嘗試把《文鏡『異類對』的特點歸納如下：一，相對的成分義類相異。二，相對的成分詞性相同。諸例中義類方面司於『異類』的，主要是名詞。三，語法結構方面，……相對的上下兩句語法結構可以是相同的，也可以是不同的。」「詞性相同可能就是『異類對』的底綫。」

② 異類對者：此句至「如此之類名爲異類對」，當出《文筆式》。

③「天清」四句：詩題及撰者未詳。傳《魏文帝詩格》：「異類六。古詩：『鳥飛隨去影，花落逐搖風。』」

④ 文映霞《語言學視野下的〈文鏡秘府論〉「二十九種對」》：「『紫微』可理解爲紫微垣，是天象的一種，如此，則與『白雲』同屬天文門。然如把『紫微』理解爲植物，則與『白雲』不同類。此外，還有一種解釋是，『紫微』是專有名稱，而『白雲』只是一個普通的組合，故二者『非敵體』。」盛江案：此處之「紫微」當

爲天象，而非植物。「雲」與「微」非敵體，「白雲」與「紫微」固然同爲天上之物，然亦不相稱，故亦「非敵體」。

⑤文映霞《語言學視野下的〈文鏡秘府論〉「二十九種對」》：「『的名對』有以『披』對『送』的例子，如果『披』和『送』可以是『的名對』，那麽按理推論『去』和『摇』不應被視爲『異類對』。如此看來，相異的衹有『影』和『風』。」

⑥「風織」二句：詩題及撰者未詳。二句見於《詩人玉屑》引上官儀「八對」，故知以下爲《筆札華梁》。《校注》：「（《詩苑類格》和《冰川詩式》）二文第一句俱作『風織池間樹』，此文『樹』作『字』，義勝，當據以改正。」

古田敬一《中國文學的對句藝術》：「『風』屬氣象的概念，『蟲』屬生物的概念。這個對句是範疇不同的概念的對照，『池』與『葉』也是如此，像這樣種類不同的對偶就是『異類對』。」

⑦「鯉躍」四句：分爲二詩，詩題及撰者均未詳。《校勘記》：「『飛』（平聲微韻），『度』（去聲遇韻），不協，前二句與後二句爲不同之詩例。又，從這個例句的記載順序和筆致推測，當與互成對『玉釵丹翠纏』是一系，兩方都包含『飛—度』之字面即其旁證。」盛江案：前二句與後二句分屬不同之詩例，此爲是。然中澤希男所言之後半意不明。謂此四句引詩與互成對所引「玉釵丹翠纏」云云之詩出同一系，抑或謂引有此類詩之關於「互成對」及「異類對」前後論述屬同一系，即出處相同（例，均同出於《文筆式》）？若爲後者，由記載順序及筆致觀之，確有道理。若爲前者，則未見根據。無論何種情况，包含

「飛—度」字面，似均難構成旁證。

⑧「諺赤鯉」六句：維寶箋：「赤鯉，崔豹《古今注》曰：『兗州人謂赤鯉爲玄駒，白鯉爲騹，黃鯉爲黃雄。』傍傅，猶云爲對，傅與附同也。酒唱，此二無赤鯉理，而以酒唱對赤鯉，赤鯉與酒唱類異，尋常非可對偶，而今對之，云異類對。」

《譯注》：「這一節一定針對什麼詩句，但是由於不引用詩句，因此其正確含義不清楚。」

此段各本標點不一。維寶箋本作：「諺赤鯉爲對，引酒歌傍傳。酒唱二各相無，故異類題目空中起事。」《考文篇》作：「諺赤鯉爲對，引酒歌傍傳。酒唱二，各相無故。異類題目，空中起事。」《札記續記》作：「……酒唱二名相無敵，異類題目，空中起事。」周校作：「諺赤鯉爲對引酒歌傍傳酒唱二各相無故異類題目空中起事。」《校注》作：「諺赤鯉爲對，引酒歌傍傳酒唱，二各相無，故異類題目，空中起事。」《譯注》作：「諺赤鯉爲對，引酒歌傍傳，『酒唱』二□，各相無敵，異類題目，空中起事。」林田校本作：「諺赤鯉爲對，引酒歌傍傳，『酒唱』二各相無敵，異類題目，空中起事。」

盛江案：《校注》謂疑當作「紫燕以赤鯉爲對，丹花傍黃鸝傳唱」，改動增補太多，且此處本論異類對，而「紫燕」與「赤鯉」，「丹花」與「黃鸝」，均屬正名對，非異類對。是則《校注》之說難從。或者「諺」爲「援」字音訛，「傳」爲「傅」字形訛，「傍傅」猶云爲對，「傅」與附同，「故」爲「敵」訛，「二」字後或脱「言」或「字」字，維寶箋及《校勘記》、《譯注》説有可取處。若然，則《譯注》之標點庶幾近是，當爲：「諺（援）赤鯉爲對，引酒歌傍傳，酒唱二□，各相無敵，異類題目，空中起事。」若此，雖仍有難解之處（如「酒唱」云云），但大意或可理解爲，引赤鯉酒歌爲對，各無相類相敵之處，故爲異類題目異類之對，此猶如空中起事，並無直接憑依。

《考文篇》：「『異類對者』至『空中起事』，《文筆式》。」盛江案：「如此之類名爲異類對」以上疑出《文筆式》，然此下，即「又曰風織池間字」至「空中起事」，由文筆風格及行文格式（「故云異類」，「故異類題目」）觀之，與前文不同，且又引有上官儀「八對」之例，故當出《筆札華梁》。

⑨ 又曰：此句至「非類是也」，皎然説。

⑩ 「離堂」二句：出唐陳子昂《春夜别友人》。全詩爲：「銀燭吐青煙，金樽對綺筵。離堂思琴瑟，别路繞山川。明月隱高樹，長河没曉天。悠悠洛陽道，此會在何年。」（《全唐詩》卷八四）

⑪ 吟窗本皎然《詩議》。「類對體。詩曰：『離堂思琴瑟，别路繞山川。』又宋員外詩（原注：缺），以『早潮』偶『故人』，非類爲類是也。」《校勘記》：「宋員外當爲宋之問。但宋之問集中没有相當此意的詩。」「宋之問集《答李司户夔》有『雙魚贈故人，明朝散雲雨』。」

⑫ 元氏云：此句以下爲元兢説。元兢説至何處，各家不同。《校注》至「初霞」，《考文篇》、《譯注》、林田校均至末尾。盛江案：當至末尾。

⑬ 羅根澤《中國文學批評史》：「據此，元兢不名爲『異類對』，而名爲『異對』。名此爲『異對』，與名『的名對』爲『正對』，正相對也。」

王運熙、楊明《隋唐五代文學批評史》：「據此所舉之例，異對似特指反義詞相對，相當於《文心雕龍・麗辭》所説反對。『異對勝於同對』，也與劉勰反對爲優、正對爲劣之説一致。」

第七，賦體對〔一〕①。

賦體對者，或句首重字〔二〕，或句首疊韻，或句腹疊韻，或句首雙聲，或句腹雙聲。如此之類，名爲賦體對。似賦之形體，故名賦體對。

詩曰：

句首重字：「裛裛樹驚風〔三〕，麗麗雲蔽月〔四〕②。」「皎皎夜蟬鳴，朧朧曉光發③。」

句腹重字：「漢月朝朝暗〔五〕，胡風夜夜寒。」

句尾重字：「月蔽雲曬曬，風驚樹裛裛〔六〕。」

句首疊韻：「徘徊四顧望，悵悢獨心愁④。」

句腹疊韻：「君赴燕然戍〔七〕，妾坐逍遥樓⑤。」

句尾疊韻：「疎雲雨滴瀝，薄霧樹朦朧⑥。」

句首雙聲：「留連千里賓，獨待一年春⑦。」

句腹雙聲：「我陟崎嶇嶺，君行嶢崅山⑧。」

句尾雙聲：「妾意逐行雲，君身入暮門⑨。」

釋曰：上句若有重字、雙聲、疊韻，下句亦然。上句偏安，下句不安，即爲犯病也⑩。但依此對，名爲賦體對。

又曰：「團團月掛嶺〔八〕，納納露霑衣〔九〕⑪。」頭。「花承滴滴露〔一〇〕，風垂褭褭衣。」腹。「山風晚習習，水浪夕淫淫⑫。」尾。

釋曰：有鸞鳴噲噲〔一一〕⑬，鹿響幼幼〔一二〕⑭，往往處處，婀娜之名〔一三〕，澤陂菡萏之狀〔一四〕⑮，模朝隮而薈蔚〔一五〕⑯，寫荇菜而參差⑰。既正起重言〔一六〕，亦傍生疊字者⑱。

【校記】

〔一〕「賦體對」，松本本無。

〔二〕「句首重字」，豹軒藏本鈴木虎雄注：「『句首重字』下脱『或句腹重字』五字。」

〔三〕「褭褭」，《校勘記》：「『褭褭』爲『裊裊』之訛。」

〔四〕「蔽」，原作「蔽」，各本同，爲「蔽」之俗字。

〔五〕「漢」，原作「漢」，六寺本同，據三寶、高甲等本改。

〔六〕「褭褭」，三寶本眉注「裊證」。

〔七〕「赴」，原作「起」，三寶、高乙、醍甲、仁甲、楊、寶龜、六寺、江户刊本同，三寶本脚注「赴證」，今據改。

〔八〕「掛」，原作「桂」，三寶、高甲、高乙、寶壽、六寺、義演本同，據江户刊本、維寶箋本改。

〔九〕「納納」，維寶箋本加地哲定注：「『納』疑當作『細』。」《考文篇》：「納納，《眼心抄》如此，加地師云『「納」疑作「細」』，非也。按，《劉子政集》：『衣納納而流露。』」「露」，醍甲、寶壽、六寺、義演本作「沾」。

〔一〇〕「滴滴」，《校注》：「『滴滴』疑『瀼瀼』之誤。《詩·鄭風·野有蔓草》、《小雅·蓼蕭》俱曰：『零露瀼瀼。』」

〔一一〕「有鸞鳴」句上《校注》補「詩」字，云：「『《詩》』字原無，據下文所舉，皆見《詩經》，應有此字，文義始順，今補。」

〔一二〕「幼幼」，三寶、高乙本作「幻幻」。

〔一三〕「往往」二句，《校注》：「『往往處處』四字，於此無義，當是『萇楚』二字之誤而衍爲重文者，蓋『萇楚』二字以音近誤爲『往處』，而『往處』二字，於此不詞，傳鈔者遂以臆重之爲『往往處處』也。《詩·檜風·隰有萇楚》：『猗儺其枝。』又：『猗儺其華。』又：『猗儺其實。』毛傳：『猗儺，柔順也。』《釋文》：『猗，于可反，儺，乃可反。』《楚辭·九歎》王逸注：『《詩》云：「旖旎其華。」』一作『猗狔』。」『猗儺』一作『旖旎』或『猗狔』，蓋《三家詩》異文。《文選》曹子建《洛神賦》：『華容婀娜。』李善注引張衡《七辯》：『婀娜宜顧。』《説文·女部》無文，蓋後起字也。《文選》張衡《南都賦》：『阿那蓊茸。』李善注：『阿那，柔弱之貌。』『阿那』即『猗儺』，亦即『婀娜』或『旖旎』若『猗狔』，蓋皆録其音，故字無定準也。據此，則『婀娜』即『猗儺』之異文，故知此書原文之『往往處處婀娜之名』實即『萇楚猗儺之名』而訛衍者。蓋亦本《詩》爲説，與句頭『《詩》有』之説合，故知原文定當如是也。」《校注》可備一説。又《詩·大雅·公劉》云：「于時處處。」

〔一四〕「陂」，原作「波」，三寶、醍甲、寶龜、義演、江户刊本、維寶箋本同，寶壽、六寺本注「波イ」，仁甲本作「岐」。《校勘記》：「《詩·陳風·澤陂》：『彼澤之陂，有蒲菡萏。』『澤陂菡萏之狀』和『婀娜之名』不對，恐『澤陂』爲『菡萏』出典之注，誤入正文。」今據《詩》改。

〔一五〕「模」，醍甲、仁甲、義演本作「横」。「朝」，原作「潮」，高甲本作「湖」，其餘各本作「潮」，《考文篇》據《詩》正之。《校勘記》：「『朝隮』爲『潮隮』之誤，《詩·曹風·候人》：『薈兮蔚兮，南山潮隮。』」盛江案：《詩》作「朝」，今從正之。「隮」，原作爲旁注。「薈」，寶壽、六寺本作「薈薈」。

〔一六〕「起」，醍甲、義演本無。

【考釋】

① 賦體對：《研究篇》下：「鈴木虎雄《賦史大要》認爲，這表明了從沈約他們開始把詩的形式融入賦中，到初唐，類似詩的賦作多有流行這樣一個事實，而這樣的賦和詩的交流對賦體對的形成起了很大的促進作用。」《譯注》：「賦體對，用重字、疊韻、雙聲的對句，因似賦的形體，故有是名。這三者的共通性在於，都用擬態語或擬聲語，如果再細分，各自應是獨立的一類。這一點在東卷《論對》已有論述。賦體對的名稱似據《文筆式》，除敦煌本《詩格》斷片外，他書中未見此名。重字、疊韻、雙聲三類，置於開頭、中間、末尾各不相同，如果細分則當有九種句法。」

盛江案：賦體作品需鋪采摛文，體物狀態，《詩經》之賦體亦然，並多用重字、雙聲、疊韻句式，故對屬中此體，或因此而稱爲「賦體對」。又，王昌齡《詩格》「常用體十四」：「賦體五。謝靈運詩：『皎皎天月明，奕奕河宿爛。』此呈其秋懷之物，是賦體也。」（盛江案：所引爲謝惠連詩，載《文選》卷二五，非爲謝靈運詩。）

《考文篇》：「這一條全部爲《文筆式》。」盛江案：小西説是。無論《文鏡秘府論》正文亦或李淑《詩苑類格》載上官儀「六對」「八對」，均未見有「賦體對」。第八雙聲對、第九疊韻對與第四聯綿對均編録有

《筆札華梁》相關内容，聯綿對恰恰有「重字」，恰符合東卷《論對》所言「或疊韻、雙聲，各開一對，略之賦體；或以重字屬聯綿對」之情況。既然「略之賦體」，則《筆札華梁》不當有賦體對。第七賦體對亦不當出《筆札華梁》。《文筆式》當有雙聲、疊韻二對，而第八雙聲對與第九疊韻對未見有《文筆式》内容，可證《文筆式》未在「賦體對」之外將雙聲、疊韻「各開一對」，而當是如東卷《論對》所説，「合彼重字、雙聲、疊韻三類，與此一名」，構成「賦體對」。「第七賦體對」均爲「或句首……或句首……或句腹……」，「上句……下句……上句……下句……」之類單調句式，結尾格式均爲「如此之類，名××對」，恰與《文筆式》文筆及格式相類。故「第七賦體對」當屬《文筆式》。

②「裊裊」二句：詩題及撰者未詳。賦體對所引詩之出處均不詳，疑爲假作詩。裊裊：劉宋謝靈運《擬魏太子鄴中集詩八首·平原侯植》：「白楊信裊裊。」（《文選》卷三〇）李善注：「裊裊，風摇木貌。」

③「皎皎」二句：《譯注》：「皎皎，白色光輝之狀。但如果用作蟬鳴之聲的擬聲詞，則或當是『咬咬』。」維寶箋：「潘岳賦曰：『朗月何朧朧。』」《校注》：「（裊裊樹驚風）此二句，下文句尾重字作『月蔽雲曬曬，風驚樹裊裊』，則此蓋亦所謂假作之詩也。」

④「徘徊」二句：徘徊：屬《廣韻》上平聲十一灰韻的疊韻。悵恨：去聲四十一漾韻的疊韻。

⑤「君赴」二句：燕然：山名，在今蒙古國境内，漢竇憲於此地大破匈奴。「燕」下平聲一先韻，「然」下平聲二仙韻。逍遥：下平聲四宵韻疊韻。

⑥「踈雲」二句：滴瀝：入聲二十三錫韻疊韻。朦朧：上平聲一東韻疊韻。

傳《魏文帝詩格》「八對」：「疊韻四。古詩：『徘徊四顧望，悵怏獨心愁。』此頭疊韻也。又古詩：『君赴燕然戍，妾守逍遥樓。』此腹疊韻也。又古詩：『踈雲雨滴瀝，薄霧樹朦朧。』此尾疊韻也。」

⑦「留連」二句：留連：屬半舌音來母雙聲。獨待：屬舌音定母雙聲。

⑧「我陟」二句：崎嶇：牙音群母雙聲。嶢崅：牙音疑母雙聲。《譯注》謂「嶢崅」或爲「嶢确」，石多的樣子。盛江案：嶢崅：土地瘠薄。《洛陽伽藍記》卷五：「入賒彌國，此國漸出葱嶺，土田嶢崅，民多貧困。」

⑨「妾意」二句：暮門：維寶箋：「『暮門』恐『墓門』歟？《寡婦賦》曰：『墓門兮肅肅。』《毛詩》曰：『墓門有棘。』」

傳《魏文帝詩格》「八對」：「雙聲三。古詩：『留連千里賓，獨待一年春。』此頭雙聲句也。又古詩：『我出崎嶇嶺，君行磝硆山。』此腹雙聲句也。又古詩：『野外風蕭索，雲裏日朦朧。』此尾雙聲句也。」盛江案：「朦朧」爲疊韻，非雙聲。

⑩南卷《論文意》：「凡文章不得不對。上句若安重字、雙聲、疊韻，下句亦然。若上句偏安，下句不安，即名爲離支。」與此同意。

⑪「團團」二句：維寶箋：「團團，班婕妤《怨歌行》曰：『團團似明月。』納納，廣大包容貌。杜詩：『納納乾坤大。』」《譯注》：「納納，物滋潤狀。」

⑫「山風」二句：《詩·小雅·谷風》：「習習谷風。」鄭玄箋：「習習，和調之貌。」《譯注》：「淫淫，水

流貌。」

⑬鸞鳴噲噲：《詩・小雅・庭燎》：「鸞聲噦噦。」（《魯頌・泮水》同）毛傳：「噦噦，徐行有節也。」「噦噦，言其聲也。」又《小雅・斯干》：「噲噲其正，噦噦其冥。」鄭玄箋：「噲噲，猶快快也。正，晝也。噦噦，猶熠熠也。冥，夜也。言居之晝日則快快然，夜則熠熠然，皆寬明之貌。」是知「噦噦」有二義，其一義可狀鸞聲，而「噲噲」乃寬明貌，不可狀鸞聲。《校注》謂因《小雅・斯干》「噲噲其正，噦噦其冥」連文，而誤「噦噦」爲「噲噲」。其説甚是。又，《譯注》謂「噲噲」、「噦噦」均用於描繪鳥聲。

⑭鹿響幼幼：《校勘記》：「『幼幼』爲『呦呦』之假。」《詩・小雅・鹿鳴》：「呦呦鹿鳴，食野之苹。」

⑮「澤陂」句：《詩・陳風・澤陂》：「彼澤之陂，有蒲菡萏。」

⑯「模朝隮」句：《詩・曹風・候人》：「薈兮蔚兮，南山朝隮。」

⑰「寫荇菜」句：《詩・周南・關雎》：「參差荇菜。」

⑱《譯注》：「這個釋文的内容，和前述三種例句不對應。此處看來是以《詩經》中重字、疊韻、雙聲的用例爲中心，説明它們的原始面貌，但脱文甚多，難以把握其正確意思。」

文映霞《語言學視野下的〈文鏡秘府論〉「二十九種對」》：「有三點值得注意：一是這段所言似乎不是在解釋『又曰』之例；二是『有鸞鳴噲噲』至『寫荇菜而參差』一段多引自《詩經》；三是這段文字用了四言六言的賦體句式。表面看來這段『釋曰』似乎是在追述重字、疊韻、雙聲的原始面貌，故此，這一段可以看作是有關『賦體對』的一個獨立注釋。」

【附録】

信範《九弄十紐圖私釋》：《秘府論》又云：句首雙聲：留連千里賓，獨待一年春。句腹雙聲：我陟崎嶇嶺，君行嶢崅山。句尾雙聲：妾意逐行雲，君身入暮門。句首疊韻：徘徊四顧望，悵恨獨心愁。句腹疊韻：君起燕然戍，妾坐逍遥樓。句尾疊韻：疎雲雨滴瀝，薄霧樹朦朧。

第八，雙聲對①。

詩曰②：「秋露香佳菊，春風馥麗蘭〔一〕③。」

釋曰：「佳菊」雙聲④，係之上語之尾；「麗蘭」疊韻〔二〕⑤，陳諸下句之末。秋朝非無白露，春日自有清風，氣側音諧⑥，反之不得〔三〕。「好花」、「精酒」之徒⑦，「妍月」、「奇琴」之輩⑧。如此之類，俱曰雙聲。

又曰：「颼颸歲陰曉〔四〕，皎潔寒流清。結交一顧重〔五〕，然諾百金輕⑨。」又曰：「五章紛冉弱〔六〕，三冬粲陸離⑩。」「悵望一途阻，參差百慮違⑪。」

釋曰：「颼颸」、「皎潔」，即是雙聲，得對疊韻〔七〕。「冉弱」、「陸離」即是知雙聲〔八〕⑫，自得成對〔九〕⑬。

又曰⑭：「洲渚遞縈映，樹石相因依⑮。」

或曰〔一〇〕⑯：奇琴、精酒，妍月、好花，素雪、丹燈〔一一〕，翻蜂、度蝶，黄槐、緑柳，意憶、心思，對德、會賢，見君、接子⑰。如此之類，名雙聲對〔一二〕⑱。

【校記】

〔一〕「蘭」，寶龜本旁注「蕙亻」。

〔二〕「疊韻」，維寶箋本加地哲定注：「『疊韻』二字，恐『雙聲』誤歟。」《考文篇》、《譯注》、林田校本均改作「雙聲」。

〔三〕「反」，高甲、寶壽、寶龜、六寺本作「返」。

〔四〕「颸」，醍甲、仁甲本眉注「颸子累反」，義演本眉注「颸」。

〔五〕「顧」，仁甲本作「碩」。

〔六〕「冉」，醍甲、仁甲、義演本作「舟」。

〔七〕「即是雙聲得對疊韻」，《考文篇》作「即是雙聲得對雙聲」。《校勘記》：「『颸颸』爲疊韻（質韻），『皎潔』爲雙聲（見母），『颸颸』、『皎潔』爲疊韻對雙聲。」盛江案：是也，此二句當爲「即是疊韻得對雙聲」。又，《校勘記》謂：「下句作『即是知雙聲云云』，由此推測，此處『即是雙聲』『是』下當脱一『知』字。」盛江案：亦可能是下句衍一「知」字。

〔八〕「即是知雙聲」，各本有「知」字，《校注》據上下文例删「知」字。

〔九〕「自得成對」，依前引詩例，此下當還有「『悵望』、『參差』，即是疊韻，得對雙聲」之句。

〔一〇〕「或曰」，寶龜本作「筆札云」，右注「或曰亻」。《校勘記》：「從這一條推測，『疊韻對』一條也冠有『筆札云』。」

〔一一〕「丹燈」，《校注》：「『丹燈』疑『丹磴』之誤。鮑照《登黄鶴磯》：『三崖隱丹磴，九派引滄流。』」

〔一三〕「名」，六寺本作「名爲」。

【考釋】

①雙聲對：《研究篇》下：「這已包括在賦體對中。特別在指雙聲這一點時用雙聲對之名。同性質的兩個詞的連續之處看到對偶性，不能不被看作聯綿對的變型。例詩如『秋露香佳菊，春風馥麗蘭』，『五章紛冉弱，三冬粲陸離』，都可以説是句尾雙聲的賦體對。」文映霞《語言學視野下的〈文鏡秘府論〉「二十九種對」》：「如果寬鬆地把『聯綿對』定義爲一種在句中連用兩個相同改天換地的字的對類，那麼屬於『賦體對』的『雙聲對』也可以説是一種『聯綿對』，或者説是『聯綿對』的變型。」

②詩曰：此句以下至「俱曰雙聲」，當出《筆札華梁》。

③「秋露」二句：詩題及撰者未詳。

④佳菊：三十六字母中牙音見母雙聲。

⑤麗蘭：半舌音來母雙聲。

⑥氣側音諧：《校勘記》：「『氣側音諧』，與天卷『上諧則氣類均調，下正則宮商韻切』的『氣類均調』同意。『氣』指聲的清濁輕重，從而『側』爲『旁、近』之意，當訓『氣ハ側(ちか)クシテ音ハ諧(かな)フ』。」

⑦好花：喉音曉母雙聲。精酒：齒音精母雙聲。

⑧ 妍月：牙音疑母雙聲。奇琴：牙音群母雙聲。

⑨「飋颵」四句：詩題及撰者未詳。飋颵：風迅疾貌。一顧：《戰國策·燕策二》有經伯樂一顧而馬價百倍之説，用以喻經人稱揚而有知遇之感意。然諾：《史記·季布欒布列傳》：「楚人諺曰：『得黄金百斤，不如得季布一諾。』」《譯注》：「『飋』，《廣韻》入聲七櫛韻。『颵』，同五質韻。『皎潔』，牙音見母雙聲。」「後半二句，衹有『結交』爲雙聲，不成爲雙聲對。」

⑩「五章」二句：詩題及撰者不詳。五章：五采。《書·皐陶謨》：「天命有德，五服五章哉。」離：四支韻。

⑪「悵望」二句：出南齊謝朓《酬王晉安》。全詩爲：「梢梢枝早勁，塗塗露晚晞。南中榮橘柚，寧知鴻雁飛。拂霧朝青閣，日旰坐彤闈。悵望一塗阻，參差百慮依。春草秋更緑，公子未西歸。誰能久京洛，緇塵染素衣。」（《文選》卷二六）悵望：去聲四十一漾韻之疊韻。參差：齒音清母之雙聲。違：五微韻。與前二句疑非同出一詩。

⑫ 冉弱：半齒音日母雙聲。陸離：半舌音來母雙聲。

⑬《考文篇》：「詩曰秋露，至『自得成對』，《文筆式》。」盛江案：《詩人玉屑》卷七引上官儀「八對」之「雙聲對」有「秋露香佳菊」二句詩例，又，由文筆觀之，「詩曰秋露香佳菊」至「俱曰雙聲」，亦當出《筆札華梁》。以下未必出《文筆式》，疑仍出《筆札華梁》。

⑭ 又曰：此句至「因依」，崔融説。

⑮「洲渚」二句：詩題及撰者未詳。洲渚：齒音照母雙聲。樹石：齒音禪母雙聲。縈映、因依：均喉音影母雙聲。

傳李嶠《評詩格》「九對」：「雙聲對六。詩曰：『洲渚近環映，樹石相因依。』」

王夢鷗《初唐詩學著述考》：互校《文鏡秘府論》與《評詩格》，「『環映』非雙聲字，當以『縈映』爲是。『近』字亦疑『遞』之訛文，蓋此二句，不特用『縈映』『因依』兩雙聲字作對，亦以『遞』、『相』爲對文也。」

⑯或曰：《詩人玉屑》卷七引上官儀「六對」之「雙聲對」有「黄槐緑柳」，可證此句以下至本節末尾出《筆札華梁》。

⑰「奇琴」八句：奇琴、精酒、妍月、好花：參前文考釋。素雪：齒音心母之雙聲。丹燈：舌音端母之雙聲。翻蜂：脣音敷母之雙聲。度蝶：舌音定母之雙聲。黄槐：喉音匣母之雙聲。緑柳：半舌音來母之雙聲。意憶：喉音喻母之雙聲。心思：齒音心母之雙聲。對德：舌音端母之雙聲。會賢：喉音匣母之雙聲。見君：牙音見母之雙聲。接子：齒音精母之雙聲。以上各成對偶。

⑱《考文篇》：「『詩曰秋露』以下至『名雙聲對』，《九弄十紐圖私釋》引爲『《秘府論》云：廿九種對八雙聲對』，異同如下：百慮—百處，素雪—素香，意憶—意隱。又，『俱曰雙聲』至『又曰颾颸』中間，加入『或曰奇琴』乃至『名雙聲對』四十二字。這樣的現象，前條引的賦體對也有。」

王夢鷗《初唐詩學著述考》：「《秘府論》所引此條，與前文所引正名對相同，皆係混合他書而爲之。

故其形式，前後稍異。其文曰：『第八雙聲對（下缺説明例語），詩曰：秋露香佳菊，春風馥麗蘭。』末又引或曰：『奇琴、精酒，姸月、好花，素雪、丹燈……如此之類，名雙聲對。』」是以爲前文「秋露香佳菊，春風馥麗蘭」之詩例亦屬《筆札華梁》。王夢鷗比較《文鏡秘府論》、《詩人玉屑》及傳《魏文帝詩格》所引上官儀雙聲對例，以爲：「今比並《秘府論》與《玉屑》所記者觀之，疑《筆札》原文或作：『第三雙聲對（此乃標題），雙聲對者，奇琴、精酒……黄槐、緑柳……是也。』下引『秋露』『春風』一聯，亦見於《玉屑》所引上官儀説。然則，（傳魏文帝）《詩格》所舉『頭』、『腹』、『尾』三例，當是雜綴他書之文以補其殘闕，故其所謂雙聲，多不成例，如朧朦之非雙聲也。」

【附録】

心覺《悉曇要抄》：或云：奇琴、精酒，姸月、好花，素雪、丹燈，翻蜂、度蝶，黄槐、緑柳，意憶、心思，對德、會賢，見君、接子。如此之類，名雙聲對。

信範《九弄十紐圖私釋》下：《秘府論》云：廿九種對。第八，雙聲對。詩曰：秋露香佳菊，春風馥麗蘭。（下略）對德、會賢，見君、接子。如此之類，名雙聲對。

第九，疊韻對①。

詩曰②：「放暢千般意〔一〕，逍遥一箇心。漱流還枕石，步月復彈琴③。」

釋曰：「放暢」雙聲〔二〕，陳之上句之初；「逍遥」疊韻，放諸下言之首。雙道二文，其音自疊；文生再字〔三〕，韻必重來。「曠望」、「徘徊」、「綢繆」、「眷戀」〔四〕④，例同於此，何藉煩論。

又曰〔五〕⑤：「徘徊夜月滿〔六〕，肅穆曉風清。此時一樽酒，無君徒自盈⑥。」又曰〔七〕：「鬱律構丹巘，稜層起青嶂⑦。」「鬱律」、「稜層」是〔八〕。

《筆札》云⑧：徘徊、窈窕、眷戀〔九〕、彷徨、放暢、心襟、逍遥、意氣、優遊、陵勝、放曠、虚無、䜌酌〔一〇〕、思惟、須臾⑨。如此之類，名曰疊韻對〔一一〕⑩。

【校記】

〔一〕「暢」下寶壽、楊、六寺本注「或曠」。

〔二〕「雙聲」，各本俱作「雙聲」，而「放暢」爲疊韻。維寶箋本加地哲定注：「『雙聲』二字恐『疊韻』誤歟。」《考文篇》、《校勘記》、《譯注》、林田校本俱改作「疊韻」。

〔三〕「文生」下醍甲、仁甲、義演本有「諸下」二字，此當是涉前文「放諸下言之首」之「諸下」而誤，與《九弄十紐圖》同源。

〔四〕「眷」，高乙、仁甲、寶壽、六寺、江户刊本、維寶箋本作「春」。

〔五〕「又曰」，松本本無。

〔六〕「徘徊夜月滿」至「自盈」，寶龜本移至「稜層是」和「筆札云」之間。

〔七〕「又曰」，寶龜、松本本無。

〔八〕「鬱律稜層是」，寶壽、楊、寶龜、六寺、江户刊本、維寶箋本作小字注，三寶、天海本旁注「已下五字證本注也」。

〔九〕「眷」，三寶、高乙、醍甲、仁甲、寶壽、六寺、松本、江户刊本、維寶箋本作「春」。

〔一〇〕「䕶」，醍甲、仁甲、義演、松本、江户刊本、維寶箋本作「獲」。

〔一一〕維寶箋本本段箋文後有尾題「文鏡秘府論箋卷第八終」。

【考釋】

① 疊韻對：《研究篇》下：「這也是賦體對的一種，疊韻連語互相成對，仍應看作聯綿對的變型。」

② 詩曰：《考文篇》：「『詩曰放暢』以下至『何藉煩論』，《文筆式》。」《校勘記》：「與上官儀『八對』『四曰疊韻對，放蕩千般意，遷延一介心』同原。」王夢鷗《初唐詩學著述考》以爲此詩例出《筆札華梁》，説詳下。

盛江案：中澤希男與王夢鷗説是。《詩人玉屑》卷七引上官儀「八對」亦引此處之例，由文筆觀之，與《二十九種對》中引《筆札華梁》同，「徘徊」、「眷戀」例同下引《筆札華梁》之文，故此段當出《筆札華梁》。

③「放暢千」四句：詩題及撰者未詳。

④「放暢雙」九句：放暢：同去聲四十一漾韻之疊韻。逍遥：同下平聲宵韻之疊韻。曠望：去聲四

十二宕韻之疊韻。徘徊：上平聲十五灰韻之疊韻。綢繆：下平聲十八尤韻之疊韻。眷戀：去聲三十三綫韻之疊韻。

⑤又曰：《考文篇》：「『又曰徘』以下至『層是』，疑崔融説。」

⑥「徘徊」四句：詩題及撰者未詳。肅穆：入聲一屋韻。後半二句非疊韻句。

⑦「鬱律」二句：出梁沈約《鍾山詩應西陽王教》其二。全詩爲：「發地多奇嶺，千雲非一狀。合沓共隱天，參差互相望。鬱律構丹巘，崚嶒起青嶂。勢隨九疑高，氣與三山壯。」（《文選》卷二二）鬱：入聲八物韻。律：入聲六律韻。稜層：下平聲十七登韻。

⑧《筆札》云：此句以下，《筆札華梁》。

⑨「徘徊」句：《校勘記》：「『陵勝』，是與『倰僜』同義的疊韻況字？（《廣韻》倰字注：「倰僜長貌。」）『護酌』，不知是否爲與『矍鑠』（老人精神健旺）、『矍踢』（驚懼的樣子）同樣旨趣的疊韻詞？」

⑩《考文篇》：「『第九疊韻對詩曰放暢』以下至『名曰雙韻對』，《九弄十紐圖》引，異同如下：文生再字—文生諸下再字，眷—春，護—獲。『又曰徘徊』至『鬱律棱層是』三十九字未引。據寶生院本。」盛江案：是知醍甲、仁甲、義演、松本、江户刊本、維寶箋本所據與信範《九弄十紐圖私釋》同源。「徘徊」、「眷戀」、「放暢」、「逍遥」見前考釋。窈窕：上聲二十九篠韻。彷徨：下平聲十一唐韻。心襟：下平聲二十一侵韻。意：去聲七志韻。氣：去聲八未韻。優遊：下平聲十八尤韻。陵勝：下平聲十六蒸韻。放：去聲四十一漾韻。曠：去聲四十二宕韻。虚，上平聲九魚韻。無，上平聲十虞韻。護，入聲二十陌韻。

酌：入聲十八藥韻。思：上平聲七之韻。惟：上平聲六脂韻。須臾：上平聲十虞韻。

王夢鷗《初唐詩學著述考》：「《秘府論》所引此條與前條相同，其間頗雜以他書句例。」以爲《筆札》之原文應作：「第四疊韻對。疊韻對者，徘徊、窈窕……彷徨、放曠……是也。詩曰：放曠千般意……步月復彈琴。」「（傳魏文帝）《詩格》此處三首詩例，與雙聲三例，同其繁複，或補自後出之書。」

【附録】

心覺《悉曇要抄》：又云：徘徊、窈窕、眷戀、彷徨、放暢、心襟、逍遥、意氣、優遊、陵勝、放曠、虚無、䕶酌、思惟、須臾。如此之類，名曰疊韻文。

第十，迴文對〔一〕①。

詩曰：「情親由得意，得意遂情親。新情終會故，會故亦經新〔二〕②。」

釋曰：雙「情」著於初、九，兩「親」繼於十、二。又顯頭「新」尾「故」，還標上下之「故」、「新」。列字也久〔三〕，施文已周，迴文更用〔四〕，重申文義，因以名云。

【校記】

〔一〕「第十迴文對」上維寶箋本有卷首「文鏡秘府論箋卷第九／金剛峰寺密禪沙門　維寶　編輯」。

〔二〕「情親由得意」四句，維寶箋：「此詩上官儀《詩格》列第七，載《事文類聚》一百四十八。……『情親』，《類聚》作『情新』，『遂情親』，又作『因新情』也。此詩難讀，恐文字錯誤歟？又，不會下釋也。釋云『頭新尾故』，故第三句之首尾應作『新故』也，又云『上下故新』，故第四句之上下應作『故新』也。今試讀之，則第二句『得意』作『意得』，第三句『新情』作『新經』，『會會』作『會故』，『故故』作『故會』，而亦可通歟？乃『情親由得意，意得遂情親；新經終會故，故會亦經新』，應如是讀焉歟也。」

「會故會故」，原作「會々故々」，各本同。《校注》：「蓋古書連語重文。率於當字下以小二（當爲々）代之。如本卷第十七側對『深々秘々之々』，即『深秘之，深秘之』，南卷《論文意》『意盡則肚々寬々則詩得』，即『意盡則肚寬，肚寬則詩得』，亦其比也。敦煌寫本、日本古鈔本書，如此類者，頗爲夥頤，不悉舉也。」盛江案：王利器説是。故本書此類「AABB」連語重文，均改作「ABAB」。

《校勘記》：「各本作『新情終會々，故々亦經新』，維寶箋云釋文有『顯頭新尾故』，又有『標上下之故新』，因此，『新情終會故，故會亦經新』爲是。『會故』和『故會』之『會』爲『會應』『會當』之意（簡文帝《和蕭侍中子顯春別四首》之第二首：「故人雖故昔經新，新人雖新復應故」）。『故會』『會故』之『會』，當與這個『應』字同意。《魏文帝詩格》『八對』，上官儀『八對』云云，均爲『情新』。《論》的釋文也有『兩親繼於十二』，因此，『新』當爲『親』之誤。」

盛江案：此處引詩例，各本有出入（詳下引）。如前所述，迴文對本有寬嚴兩種形式，《秘府論》此處所引，可能爲詞之迴文，未必上下句五字完全對應顛倒而用，而且各鈔本此處均無異文，因此，例詩之文字未必有誤，可能本來就保存了一種迴文形式。

〔三〕「久」，《校勘記》：「『久』疑爲『交』字之訛。」

〔四〕「文」，原作「又」，各本同，從《考文篇》改。

【考釋】

①迴文對：《考文篇》：「『第十迴文對』全部，引《文筆式》。」盛江案：《詩人玉屑》卷七引上官儀「八對」有「迴文對」，詩例與此同，又，「釋曰」爲駢儷文，故當出《筆札華梁》。

《研究篇》下：「上句和下句同語顛倒相對。因爲産生於遊戲詩，一般看不到。（例詩略）迴文對的標準可以表示爲：『A—B—C，C—B—A』。雖然可以從迴文詩想到，但是迴文詩和迴文對不是相同的東西。《詩人玉屑》卷二：『迴文體，謂倒讀亦成詩也。潮隨暗浪雪山傾，遠浦漁舟釣月明。橋對寺門松徑小，巷當泉眼石波清。迢迢遠樹江天曉，藹藹紅霞晚日晴。遙望四山雲接水，碧峰千點數鷗輕（東坡《題金山寺》）。』又《文體明辨》：『《迴文》，五言排律，齊王融：枝大柳塞北，葉暗榆關東。垂條逐絮轉，落蕊散花叢。池蓮照曉月，幔錦拂朝風。低吹雜綸羽，薄粉艷妝紅。離情隔遠道，歎結深閨中。《和湘東王後園迴文》，五言絶句，梁簡文帝：枝雲間石峰，脈水侵山岸。池清戲鵠聚，樹秋飛葉散。』《作文大體》也作爲雜體詩條『迴文詩，假令……』，舉了如下的例子：『春風是解凍，夜月祇敷霜（每句如此居韻也）。居韻如例詩，但倒讀，詞相合也。又初行始字居韻，可居平聲。』良季《王澤不竭抄》也言及此：『翔鳳常來已鶉去，和囀更出漸鶯鳴。光凝露下月明影，膚汪雲間雨灑聲。迴文者如此上下置韻，上韻陽唐，下韻庚耕清也。普通五言也。今暫詠七言。』據此，不論訓A—B—C—D—E還是訓E—D—C—B—A都可通，這就是迴文詩，而上句和下句没有什麽關係。所謂迴文對和這應該異趣，上下相反是共同的，但要承認兩者之間有聯繫。」

《譯注》：「迴文對，同樣的詞，上句和下句位置反轉這樣構成的對句。這是遊戲性的特殊的對句。所謂迴文詩，是不論從上讀還是從下讀意思都通的詩。」

黄耀堃《説「轉應」》：廣義的「迴文」包括了「轉應」，但「轉應」有别於「迴文」。「迴文」須無論順讀、倒讀，都可成文。而「轉應」只是部分地「迴文」，並且不可能從整體獨立出來，順讀、逆讀同時並存。（《中國語文研究》，一九八六年第八期）

盛江案：迴文詩之源起有諸説。一説起於竇滔妻。《晉書·列女傳》：「竇滔妻蘇氏，始平人也，名惠，字若蘭，善屬文。滔，苻堅（盛江案：前秦主，三五七——三八五在位）時爲秦州刺史，被徙流沙，蘇氏思之，織錦爲《迴文旋圖詩》以贈滔。宛轉循環以讀之，詞甚悽惋，凡八百四十字。」未言迴文即始於竇滔妻。而《滄浪詩話·詩體》六：「迴文，起於竇滔之妻，織錦以寄其夫也。」

又一説始自温嶠。皮日休《松陵集·雜體詩序》：「晉温嶠有《迴文虚言》詩云：『寧神静泊，損有崇亡。』由是迴文興焉。」（《全唐詩》卷六一六）《冰川詩式》卷二：「回文詩，自晉温嶠始。或云起自竇滔妻蘇氏，于錦上織成文，順讀與倒讀皆成詩句。今按：《織錦詩》體裁不一，其圖如璇璣，四言五言六言，横讀斜讀皆成章，不但回文。」

再一説始於道原，説見《文心雕龍·明詩》，云：「回文所興，則道原爲始。」梅慶生注《文心雕龍》云：「宋賀道慶作四言回文詩一首，計十二句，四十八言，從尾至首，讀亦成韻。而道原無可考，恐『慶』字之誤也。」（轉引自范文瀾《文心雕龍注》）《文心雕龍·明詩》范文瀾注引南齊王融《春遊回文詩》（《藝文類聚》作賀道慶）：「枝分柳塞北，葉暗榆關東。垂條逐絮轉，落蕊散花叢。池蓮照曉月，幔錦拂朝風。低吹雜綸羽，薄粉艷妝紅。離情隔遠道，歎結深閨中。」然《陔餘叢考》卷二三云：「迴文詩，世皆以爲始於蘇蕙，然劉勰謂『回文所興，道原爲始』，則非起於蘇蕙矣。道原不知何姓何時人。按梅慶生注《文心雕龍》云，宋有賀道慶，作四言迴文詩……但道慶宋人，而蘇蕙苻秦人，則蕙仍在道慶前，而勰謂始自道原，意或當時南北朝分裂，蕙所作尚未傳播江南，而道慶在南朝實創此體，故以爲首耳。」（乾隆五十五年刊本，上海文瑞樓書局）

又一説言魏曹植、晉傅咸亦有迴文詩。李詳《黄注補正》：「《困學記聞》十八《評詩》云：『《詩苑類格》謂回文出于竇滔妻所作。《文心雕龍》云云。又傅咸有《回文反覆詩》，温嶠有《回文詩》，皆在竇妻前。』翁元圻注引《四庫全書總目》宋桑世昌《回文類聚》四卷，《藝文類聚》載曹植《鏡銘》，回環讀之，無不成文。實在竇蕙以前。」（轉引自范文瀾《文心雕龍注》）

温嶠爲東晉元帝（三一七——三二三在位）時人，竇滔妻爲前秦苻堅時人，則温嶠在竇滔妻之前。傅咸、曹植、竇滔妻之迴文詩均已不存。温嶠詩今存僅二句，現存完整之迴文詩，仍當以南齊王融（一作宋賀道慶作）五言十句的《春遊迴文詩》爲最早。且温嶠詩二句並不成對，而王融（或賀道慶）《春遊迴文詩》非唯全詩迴環可讀，且十句中有六句對偶，是則迴文對當始於南齊王融（或宋賀道慶）。

或者齊梁時人們已能作成熟之迴文詩。王融《春遊迴文詩》是一例。又，其時梁簡文帝蕭綱亦有《和湘東王後園迴文詩》，詩爲：「枝雲間石峰，脈水浸山岸。池清戲鵠聚，樹秋飛葉散。」（《先秦漢魏晉

南北朝詩・梁詩》卷二二）

然由《文鏡秘府論》此處所論「迴文對」觀之，如小西甚一所言，迴文詩與迴文對有別。或言，迴文對（詩）或稱迴文體當有兩種。一種如王融《春遊迴文詩》，無論其中字詞是否迴環再用，文義是否因此而迴環抒寫重申，祇要順讀倒讀義皆可通即可。一種則如《文鏡秘府論》此處所言之「迴文對」。細審此處詩例及釋文，可知《文鏡秘府論》所言之「迴文對」，除要求迴環而讀義皆可通之外，還要求：

第一，「列字也久，施文已周」。此處之「久」字當如中澤希男所言，爲「交」字形訛，故而是謂列字須交互使用，使某種文義周貫全詩（所謂「周」），既是字眼之周遍交互使用，亦爲文義之周貫全詩）。如此處之例詩，「情」字交互出現三次，「親」、「新」、「得」、「意」、「故」、「會」六字均交互出現二次，是所謂「列字也久（交）」，故而「釋文」特别强調「雙情」、「兩親」、「頭新尾故」、「上下之故新」，此類字眼於詩中須反覆交互出現。反覆交互使用此類字眼之目的，在使「情」（親情或新情）之義周貫全詩，此詩之各句便均有「情」之義，一二句之言「情親」，三句之言「新情」，第四句雖無「情」字，然「經新」亦意指情而經新更新。是所謂「施文已周」。

第二，「迴文再用」。此爲形式上之要求。「迴文再用」並非通常之迴文再讀義皆可通，其意謂既需文字交互反覆使用，又更强調文字之迴環對應，即將一聯中上句數字（若五言詩則爲五字）全部反轉顛倒（是所謂「迴文」），「再用」此數字而構成下句之文。細而審之，「迴文再用」又應有二種。一種爲嚴格意義之「迴文再用」，以五言詩爲例，即上下句五字全部對應相同，且位置完全顛倒相反，上句第一字爲下句第五字即倒數第一字，上句第二字爲下句第四字即倒數第二字，第三字仍爲下句第三字，即上句之「A—B—C—D—E」迴文再用爲下句之「E—D—C—B—A」。上下句字之間迴文用之，其形式就應該是：

A—B—C—D—E，

E—D—C—B—A。

就理論言之，當有此類形式。此類形式無疑苛責過嚴，實際難行。或者因此，《秘府論》所舉例詩要求稍爲寬鬆一些。此類首先要求上下句五字基本對應相同，然允許個別字不同（如例詩四句中間一字即第三字分別爲「由」、「遂」、「終」、「亦」，均不同，當然由例詩觀之，由於需要文義迴環，此類不同之字其詞性仍須對應相同）。其次，五字位置之顛倒亦較靈活，可五字位置完全顛倒相反，即上句第一字爲下句第五字，上句第二字爲下句第四字，亦可大致顛倒，即上句之一二字顛倒而爲下句之四五字，此類迴文亦可理解爲詞之顛倒，而非單字之顛倒，即，一二字爲一個詞，四五字爲一個詞，組成同一詞二字之間位置不變，僅整個詞位置互相調換顛倒。如例詩第一聯上句之「情親」、「得意」，位置互相調換顛倒後至下句，詞內部二字之位置並未變，仍爲「情親」、「得意」。第二聯之「會故」一詞亦然。以符號示之，此類形式如下：

○○×△△

△△×○○

要言之，此爲詞之迴文。

然《文鏡秘府論》所言之「迴文對」，除「列字也久，施文已周」和「迴文再用」外，尚有第三個要求，即「重申文義」。其意謂，非唯文字迴環，亦須文義迴環，非唯文義周貫，亦須文義重申反覆，或者尚有文義遞進之意。如例詩，首句既言，感情親和融洽皆因得其心意得其歡心而來，次句重申此義，言今既得其心意歡心自然感情會親與融洽。第三句言新鮮親熱之情終究將過去，變得冷漠故舊，第四句則言，感情雖會變舊，但終究亦經歷過新鮮親熱之階段。要言之，《文鏡秘府論》所言之「迴文對」，既指文字之迴環，亦指文義之迴環，不僅僅如温嶠、王融詩僅顛倒讀之皆成詩句。《文鏡秘府論》之「迴文對」，其含義更爲豐富。

②「情親」四句：詩題及撰者未詳。傳《魏文帝詩格》「八對」：「迴文七。古詩：情親由得意，得意逐情親。」宋范晞文《對牀夜語》卷五：「『情新因意勝，意勝逐情新』，上官儀詩也。」（《歷代詩話續編》上）盛江案：或據此以爲此詩即是上官儀所作，實知其一而不知其二，案范晞文説所據，當爲上官儀論「八對」。初唐詩格論對屬，均無有根據證其論者自引其詩，上官儀此處亦然。又，梁簡文帝《和蕭侍中子顯春别四首》第二有句「故人雖故昔經新，新人雖新復應故」（《玉臺新詠》卷九，《藝文類聚》卷三二作陳江總《閨怨詩》），雖上下句對偶，「故」、「新」二字迴環用之，且有雙擬句特點，然迴環讀之則義不通。此處之「新情終會故，會故亦經新」或者由蕭綱詩脱胎而來，又迴環用之，然並非蕭綱原詩。

第十一，意對①。

詩曰：「歲暮臨空房〔一〕，涼風起坐隅。寢興日已寒，白露生庭蕪②。」又曰：「上堂拜嘉慶，入室問何之〔二〕。日暮行採歸，物色桑榆時③。」

釋曰：「歲暮」、「涼風」④，非是屬對；「寢興」、「白露」，罕得相酬。事意相因，文理無爽，故曰意對耳〔三〕⑤。

【校記】

〔一〕「臨」，松本、江户刊本、維寶箋本作「望」，寶壽、六寺本眉注「望」。

〔二〕「室」，醍甲、仁甲、義演本作「空」。

〔三〕「故曰意對耳」下三寶、天海本注「右十一種古人同出斯對證本如此」，又「右十一種古人同出斯對」十字用綫勾出，寶龜本注「右十一種古人同出斯對」。

【考釋】

①意對：《考文篇》：「『第十一意對』這一條爲《文筆式》，但《筆札華梁》没有，上官儀没有提到這一對，《魏文帝詩格》以及《詩苑類格》均無。」盛江案：「釋曰」駢儷文風，疑「第十一意對」亦出《筆札華梁》。

吟窗本王昌齡《詩格》「勢對例五」：「意對三。陸士衡詩：『驚飇褰友信，歸雲難寄音。』《古詩》：『四顧何茫茫，東風摇百草。』」

《研究篇》下：「以上是關於『語詞』的屬對，此外是説明以意爲『主體』的屬對。意對便屬這類。如例詩，看起來字面上不構成對偶，但如果仔細體味其意思，則各自成對，這就是意對。這有幾分像異類對，但比異類對更深。異類對如花和鳥，鯉和燕，琴和酒，殘月和初霞，兩個語詞比較，雖然不是很清楚的相同範疇，但人們還是能够把握其共通性。而意對的語詞自身則没有對偶性。例如，『嘉慶』和『何之』，什麼共通性都没有。但是，從整體的詩意來品味『拜嘉慶』和『問何之』，則兩個語詞都能感受到主客之間親切問候的情景，在這一點上就産生了對偶性。這種對偶性，不是産生自語詞自身的意思，而是由詩歌全體（至少是句全體）所賦寫感興。在辭書的意義上，把『何之』和『嘉慶』比較，決不構成對偶，但之所以在這首詩裏構成對偶，衹因爲作爲構成對偶的基礎的範疇共同性是由詩意而引起。這樣的由與整體詩意相依相關而産生的對偶，相應的富有深遠的餘韻，在對偶中屬於更高的層次。用日本的俳諧歌來説，雖然都是『心付』的世界，但如果把異類對看作接近於在前句的語詞或事體中尋求緣語的『物付』的『心付』，則可以説，意對接近於蕉風的俳諧，即接近於接受前句的餘情，與此相應，以附句相連接的『匂付』的『心付』。」

盛江案：「意」與「言」相對，《莊子・外物》所謂「言者所以在意，得意而忘言」，「意對」之「意」或者由此而來。所謂「意對」，當是得其内在内容之意，而忘其一字一詞外在形式之對。

②「歲暮」四句：出劉宋顔延之《秋胡詩》其四，全詩爲：「超遥行人遠，宛轉年運徂。良時爲此别，

日月方向除。孰知寒暑積，僶俛見榮枯。歲暮臨空房，涼風起坐隅。寢興日已寒，白露生庭蕪。」（《文選》卷二一）李善注：「陸機《青青河畔草》詩曰：『空房來悲風。』《鵩鳥賦》曰：『止于坐隅。』《毛詩》曰：『言念君子，載寢載興。』宋玉《諷賦》曰：『主人女歌曰：歲已暮兮日已寒。』《爾雅》曰：『蕪，草也。』」

古田敬一《中國文學的對句藝術》：「『歲暮』與『涼風』字面上不成對偶，但在意味上成對偶。『歲暮』與『涼風』在渲染冷颼颼的寂静氣氛這一點上具有共同性。」

③「上堂」四句：出劉宋顔延之《秋胡詩》其七，全詩爲：「高節難久淹，朅來空復辭。遲遲前塗盡，依依造門基。上堂拜嘉慶，入室問何之。日暮行採歸，物色桑榆時。美人望昏至，慙歎前相持。」（《文選》卷二一）李善注：「《閑居賦》曰：『太夫人在堂。』蘇亥《織女詩》曰：『時來嘉慶集。』室，妻之所居。《女史箴》曰：『正位居室。』《楚辭》曰：『浮雲兮容與，導余兮何之。』物色桑榆，言日晚也。《東觀漢記》：『光武曰：日出之東隅，收之桑榆。』」呂向注：「見母，故云拜嘉慶。妻未還，所以問何之。」「妻自採桑而歸也。桑榆時，言日暮也。」又，《淮南子·時則訓》：「西日垂景，在樹端曰桑榆。」《校注》引敖器之《詩話》：「拜家慶。唐人與親别而復歸，謂之拜家慶。盧象詩：『上堂家慶畢，顧與親思邇。』孟浩然詩云：『明朝拜家慶，須著老萊衣。』」

④歲暮、涼風：簡恩定《文鏡秘府論·導讀：中國詩法的入門指南》：「『歲暮』與『涼風』，雖然不是屬對，但是涼風必起於歲暮，意義接近，此爲『意對』。」盛江案：其餘句亦然，「白露生庭蕪」即「日已寒」之意，「物色桑榆時」即是「日暮」意，「桑榆」又暗示「行採歸」，意亦對。

⑤ 朱承平《對偶辭格》：「意對，是指字面不對而語意相對的格式。」「所謂『事意相因，文理無爽』，就是説，意對的兩句，在重其寓意。屬詞之類的外在形式是否對舉就可以不論了。」「從屬辭聯句的對偶規則上看，所謂意對之説，是決然不能成立的。」「詞性相違而語意相對的句子，只能算是散句，不能算是偶句。」

第十二，平對①。

平對者，若青山、緑水，此平常之對，故曰平對也。他皆放此〔一〕。

第十三，奇對②。

奇對者，若馬頰河、熊耳山〔二〕③，此「馬」、「熊」是獸名〔三〕，「頰」、「耳」是形名，既非平常，是爲奇對。他皆放此〔四〕。

又如漆沮、四塞〔五〕④，「漆」與「四」是數名，又兩字各是雙聲對〔六〕⑤。又如古人名〔七〕，上句用曾參〔八〕⑥，下句用陳軫⑦，「參」與「軫」者同是二十八宿名〔九〕。若此者，出奇而取對〔一〇〕，故謂之奇對。他皆放此〔一一〕。

【校記】

〔一〕「放」，松本、江户刊本、維寶箋本作「效」。盛江案：「放」通「倣」，亦通。

〔二〕「耳」，醍甲、仁甲、義演本作「可」，原右旁注「如始反」，三寶本同。

〔三〕「是」，寶龜本無。

〔四〕「放」，松本、江户刊本、維寶箋本作「效」。

〔五〕「又如漆沮四塞」右肩三寶、天海本有勾引記號，注「别行」。

〔六〕「漆與四是數名又兩字各是雙聲對」，寶壽、楊、寶龜、六寺本作雙行小字注。

〔七〕「人」，原作小字注在行間。

〔八〕「曾參」，三寶本右旁注「人名也」。

〔九〕「參與軫者同是二十八宿名」，寶壽、楊、寶龜、六寺本作雙行小字注，此句右肩三寶、天海本有勾引記號，注「别行也」。

〔一〇〕「奇」，原作小字注在行間。

〔一一〕「放」，松本、江户刊本、維寶箋本作「效」。

【考釋】

① 平對：據《二十九種對》篇目注，以下至「第十七側對」，爲元兢説，然附有上官儀《筆札華梁》和崔融説。「第十二平對」全爲元兢説。元兢論對與他人有不同之處。對句之名稱，「平」、「奇」、「同」、「字」、

「聲」、「側」，均爲單一字。分類之標準與他人亦有别。「奇對」與「平對」相對，而「平對」實際類於古人之的名對。「字對」、「聲對」、「側對」，均僅着眼於形式。

《研究篇》下：「（平對）和正對（的名對）以及同對的差别不明顯。這可能是雜取當時文人間流行的名目的結果。但是元兢本人可能認爲有什麽區别。和正對的『堯年舜日』比較，（青山緑水的）青和緑是正對，但是山和水却没有年和日那樣的親近性。如果要説差别，這就可以認爲是差别。這樣一來，平對可以認爲是正對和異對的折衷形式。而且，這種程度的屬對，作爲最得中庸的東西而常被人們使用，可能因此而得『平對』之名。」

古田敬一《中國文學的對句藝術》：「『青山』與『緑水』相對，十分平常，一點也不奇拔。」

② 奇對：《研究篇》下：「這種對似意味着屬對中的某個部分構成更爲特别的屬對。（引文略）如『漆沮』和『四塞』，作爲雙聲而通用，同時，『漆』字（音通「七」）又與『四』字對偶。還有『曾參』和『陳軫』作爲古人名字是正對，而『參』和『軫』作爲星宿名又構成别的正對。『馬頰河』和『熊耳山』是異對，但是『馬』和『熊』，『頰』和『耳』又另外成對。把這樣的屬對作爲奇對。『青山』對『白河』等等，各自『青—山』『白—河』的結合體構成對偶，但是，『曾參』如果不是『曾經的參宿』，並非就要和『陳列的軫星』相對。作爲星宿名的『參』和『軫』相對的時候，是把前一個字的『曾』和『陳』轉换爲完全割裂開來的範疇。這樣看來，所謂奇對，可以解作是主對偶和副對偶範疇相異之對。」

古田敬一《中國文學的對句藝術》：「『平對』與『奇對』是依據對偶是平板還是奇拔而定的名稱。」

「『奇』字應該有好壞二種意義，但不論有幾種意義，『奇』字却一定有不平常、變化、稀罕等意思。『奇對』的『奇』也是如此。」「關於『奇對』的説明中所舉諸對，第一例『馬頰』『熊耳』，其自身就是特異的，由此二物組成的對比，就更加奇異。第二例的『漆』『沮』也是二水之名，合稱『漆沮水』。這裏的『漆』是作爲諧音的『七』的數字，與『四塞』的『四』對照，而且，漆四二字是雙聲，這一點是不平凡的，故有理由稱爲『奇對』。又，第三例的『曾參』與『陳軫』，二者都是人名，同時『參』與『軫』又是星座名，這個對偶也很奇異，因此也被稱爲『奇對』。第一例是對偶用的素材奇拔，第二、三例是同音異字或同字轉化爲別義，這些都是不平凡的。」

《譯注》：「奇對，與平對相對，非常識性的，與衆不同的對句。就引例來説，似指一組詞以二重意義而成對。」

文映霞《語言學視野下的〈文鏡秘府論〉「二十九種對」》：奇對「都包含不祇一重的對偶」，「都包含專有名稱」。《文鏡》的「平對」既然是跟「奇對」相對，那麽「平」似乎不完全是平凡，對舉成分經常被使用的意思。「被視爲『平對』的『青山』與『緑水』，都祇是普通的組合，而不是專有名稱」，「以這兩個普通組合對舉，只能構成一重對偶」。

盛江案：「第十三奇對」全出元兢。

③ 馬頰河：《爾雅・釋水》所列九河之一，今已湮，故道約在今河北東光之北，泊頭之南。《書・禹貢》「九河既道」孔穎達正義：「馬頰河勢，上廣下狹，狀如馬頰也。」熊耳山：在河南宜陽。《書・禹貢》：

「導洛自能耳」孔傳：「在宜陽之西。」《水經注·洛水》：「洛水之北有熊耳，雙巒競舉，狀同熊耳。」維寶箋：「盛弘之《荆州記》曰：『南縣修縣北有熊耳山，東西各一峰，傍竦南北，望之若熊耳。』」

④漆沮：《詩·小雅·吉日》：「漆沮之從，天子之所。」《詩·大雅·緜》：「民之初生，自土沮漆。」毛傳：「沮水漆水也。」《書·禹貢》：「漆沮既從。」孔穎達正義：「漆沮本爲二水，《地理志》云：漆水出扶風縣西。闞駰《十三州志》云：漆水出漆縣西北岐山，東入渭。沮則不知所出。蓋東入渭時已與漆合。」四塞：《禮記·明堂位》：「四塞，世告至，此周公明堂之位也。」鄭玄注：「四塞，謂夷服、鎮服、蕃服在四方爲蔽塞者。」又，《戰國策·齊策一》：「齊南有太山，東有琅邪，西有清河，北有渤海，此所謂四塞之國也。」又《史記·秦始皇本紀》：「秦地被山帶河以爲固，四塞之國也。」

⑤又兩字各是雙聲對：羅根澤《中國文學批評史》：「唐初的一般人的意見，率以雙聲對獨爲一種，或者算爲賦體對之一，元兢則認爲也是奇對。的確，以『兩字各是雙聲對』，『既非平常』，所以是奇對，則傳下來的確知是元兢的對偶説雖祇六種，但如依一般人的見解，以雙聲對别爲一種，則實是七種了。」

⑥曾參：孔子弟子，武城人，字子輿，守孝道，孔子因之作《孝經》。

⑦陳軫：戰國時遊説家，《史記·張儀列傳》記有其事跡。

【附録】

《觀林詩話》：秦太虚用樂天《木藤謡》：「吾獨一身，賴爾爲二。」作六言云：「身與杖藜爲二，影將明

月爲三。」真奇對也。(《歷代詩話續編》上)

《玉林詩話》:天下未嘗無對,東坡以章質夫寄酒不至,作詩云:「豈意青州六從事,化爲烏有一先生。」或以緑研寄楊誠齋,爲人以柏木簡換去,誠齋用此意,作詩謝云:「如何緑玉含風面,化作青銅溜雨枝。」二事可爲奇對,亦善用坡詩也。(《詩人玉屑》卷一九引)

《冷齋夜話》卷四:對句法,詩人窮盡其變,不過以事、以意、出處具備謂之妙,如荆公曰:「平昔離愁寬帶眼,迄今歸思滿琴心。」又曰:「欲寄荒寒無善畫,賴傳悲壯有能琴。」乃不若東坡徵意奇特。如曰:「見説騎鯨遊汗漫,亦曾捫虱話辛酸。」又曰:「蠶市風光思故國,馬行燈火記當年。」又曰:「龍驤萬斛不敢過,漁舟一葉縱掀舞。」以「鯨」爲「虱」對,以「龍驤」爲「漁舟」對,大小氣焰之不等,其意若玩世,謂之秀傑之氣,終不可没者。此類是也。(中華書局,一九八八年)

第十四,同對①。

同對者②,若大谷、廣陵,薄雲、輕霧,此「大」與「廣」、「薄」與「輕」,其類是同,故謂之同對。

同類對者③,雲、霧,星、月,花、葉④,風、煙,霜、雪,酒、觴,東、西,南、北,青、黄,赤、白,丹、素,朱、紫,宵、夜,朝、旦,山、岳,江、河,臺、殿,宫、堂,車、馬,途、路。

【考釋】

①同對：羅根澤《中國文學批評史》：「同對就是同類對。而上官儀的『花葉草芽』的同類對，大概也就是這樣了。」

《研究篇》下：「一般認爲，上官儀所説的同類對，不過採用了自古以來的名目，和正名對是同一個人的説法吧。因此，它和正名對的區别也不會很明確，上官儀不把它採納入自説（八對）中，大概就是這個原因。元兢雖然在自説中利用了這一名目，但是在古説中不能把握其含義内容，而肯定是作爲和正對、平對有區别的東西提出來的。在這裏比較一下，正對——堯年舜日，同對——大谷廣陵，平對——青山緑水，異對——殘月初霜，同對的『大』對『廣』以及『谷』對『陵』，不如正對的『堯』對『舜』那樣親近，而又不像異對的『殘』對『初』那樣疏遠。就是説，可以説同對是介乎於正對和異對之間的東西。那麽，和平對的差别怎樣説呢？如前所述，平對一半（「青」和「緑」）是正對，一半（「山」和「水」）是異對，不消除正對和異對的性質，在平對中各自就加以分辨。同樣的，即使是正對和異對的中介形式，同對和平對相互的含義也不同。同對和正對以及異對，是以質的階段加以區别，而平對則是把正對和異對部分地加以組合。也許可以把同對比作A×B，平對比作A＋B。就是説，同對是和平對不同的系列。如果把同對叫作正對和異對的中間形態，那麽平對就是正對和異對的折衷形態。但是，把同對作這樣的解釋是否是通説還是個疑問，恐怕是元兢説體系中特别的用法吧。」

古田敬一《中國文學的對句藝術》：「在《文筆式》中，似無『同類對』。早在上官儀的八對説中，也祇設『正名對』與『異類對』，而不設『同類對』。大概是因爲與『正名對』區別不明顯吧。《秘府論》『正名對』、『同類對』二條，祇能見到作爲依據的上官儀的六對説一部分，在兩條中，都祇舉了『東—西』『南—北』的例子。由此看來，『正名對』與『同類對』的區别是不明確的。難怪上官儀在建立八對説時，省略了『同類對』。」「同對，以同類語爲對偶的句。大谷—廣陵，薄雲—輕霧。同樣内容的對句，元兢稱爲『同對』，上官儀的六對説稱爲『同類對』。上面例句見於元兢説。上官儀的六對説，作爲同類對舉了『雲霧、星月、花葉、風煙……』等例。但『雲』與『霧』，『星』與『月』作爲同類，可以理解，『東』與『西』，『南』與『北』，作爲同類語，就有一點問題。前面的『的名對』引的例句也有『東』與『西』的對偶。『的名對』是反型對，『同對』是同型對。把一類對偶歸於兩種類型是互相矛盾的。『東西』、『南北』自然仍應作反型考慮，爲什麽上官儀却作爲同類對呢？大概是從同屬方位這個角度考慮的吧。『赤白』『丹素』也是如此。上官儀的區别顯然有些含混。標準的説法，『日』與『月』是『的對』，『星』與『月』纔是同類對。」

《譯注》：「元兢的『同對』和前面第六異類對中所引的『異對』相對應。異對如來禽—去獸，殘月—初霞一樣，互相之間有接近關係的東西（禽和獸、月和霞）的形容詞（來和去、殘和初）異類。與此相對，同對是有近緣關係的東西（谷和陵、雲和霧）的形容詞（大和廣、薄和輕）同類。但可惜的是，同對和前述的平對同是元兢的分類，其界限却不清楚。後半的同類對，和同對是以别一種概念分類，而和前述的異類對相對應，與第一的名對相重的地方也不少。上官儀『六對』同類對有『花葉、草芽是也』，本章同類對的説明也是把上官儀《筆札華梁》作爲原據吧。」

盛江案：一、元兢論對偶之分類標準本與其他各家不盡相同。其所謂「同對」，既與其「正對」相對（元兢論「正對」見「第一的名對」末引），亦與其所謂「異對」相對（元兢論「異對」見「第六異類對」末引）。元兢之所謂「正對」、「異對」與其他各家雖名有相同者，其内在含義亦有不同處（其不同處已分見上述）。元兢所謂「同對」與「正對」、「異對」，似着眼於有聯繫又有區别之三個層面。相互依存統一體中既不同義，又處於相反對立兩極之一對語詞或稱概念之對偶，稱之「異對」（如「第六異類對」末所引之「來禽—去獸」「殘月—初霞」）。同類又同義，或雖意義稍有區别，然因意義相近，即使語詞互换，意義却未改變或歧義不大，此類對偶，稱之爲「同對」（如「廣—大」、「薄雲—輕霧」）。同類或稱同範疇，然不同義，雖不同義，然非是處於相反之兩極，衹是並列相依相對，此類對偶稱之爲「正對」（如「第一的名對」末所引元兢説，「堯—舜」、「聖君—賢臣」均爲同類，雖同類但不同義，「堯」即堯，「舜」即舜，「聖君」即聖君，「賢臣」即賢臣，二者不可换稱换用。雖對立不同義，却非處於反對性之兩極，衹是並列相對）。如是觀之，與其把同對比作A×B，視作「正對」與「異對」之中間形態，不如把「正對」比作A×B，視爲「同對」與「異對」之中間形態。二、元兢所謂「平對」，既不與「正對」相對，亦不與「異對」相對，而衹與「奇對」相對。「第十二平對」所引對句之例，「山—水」與「青—緑」，均爲正對或稱的名對（「第一的名對」中「山—谷」爲的名對，即是其證，「山—谷」之關係與「山—水」之關係無異，均爲在一定語言環境中對立而又依存之關係），然「平對」之所以爲「平對」，不在於其句中之對爲正對（或是異對），而在其爲「平常之對」，在其與「奇對」相比，雖兩詞關係恰切然造語未見奇特之處。换言之，既可爲正對之「平對」，亦可爲異對之「平對」，當然亦可爲同對之「平對」。同理，「奇對」亦既可爲正對之「奇對」，亦可爲異對或同對之「奇對」（如「馬頰—熊耳」即爲元兢之所謂正對），祇要造語奇特即可。故而「平對」並非正對與異對之折衷形態，並非A＋B。「平對」乃另一角度與「奇對」相對之分類。三、「雲霧」以下爲上官儀「同類對」説。上官儀「同類對」與元兢之「同對」有聯繫又有區别。其既含元兢「同對」説之内容，同類同義或近義，雖换用而義無大變之成對語詞，也被視作同類對，如「朝—旦」、「江—河」、「山—岳」、「途—路」等。然同類不同義之成對語詞，亦被視作「同類對」，如「花—葉」（同爲植物，甚至同爲一株花中之物，然「花」「葉」其義既不同亦不相近）、「星—月」（同爲天之象而别爲二物）、「車—馬」（同爲馬車所有之物而各有所指）等等，此類語詞於元兢視作「正對」（見「第一的名對」末引）。上官儀「同類對」較元兢之「同對」包容範圍要廣，既含元兢所説之「同對」，也含元兢所説之「正對」。四、此處之「同類對」與「第一的名對」中「天地日月」云云之「正名對」，當同出上官儀《筆札華梁》。上官儀之「正名對」着眼於統一體中成對概念對立兩極關係之明確恰切，而「同類對」着眼於其是否同類。故而「同類對」中多數語詞，不可列入其所謂「正名對」。「朝—旦」、「江—河」、「山—岳」、「途—路」之類自不必言，即使「星—月」、「花—葉」、「霜—雪」、「車—馬」亦然。尚有另一些語詞，如「東—西」、「南—北」、「青—黄」、「赤—白」之類，似可同時被列入「正名對」。然着眼點有異。作爲「正名對」，着眼明確恰切作爲統一體中成對概念對立兩極之關係，作爲「同類對」，則着眼其屬於同一類事物，比如「東—西」，因其方向相反，爲相互依存物中對立之兩極，可稱爲「正名對」，而都同爲方向類事物，故又可稱爲「同類對」。雖有可交叉，而區别甚爲明顯。

文映霞《語言學視野下的〈文鏡秘府論〉「二十九種對」》：「盧氏對元兢『同對』和『異對』之分析是可取的。然其對『正對』的分析，則有商榷的餘地。『同對』和『異對』明顯是一組的對偶範疇，但『正對』則是以另一個標準劃分出來的東西，是指在文化含義方面也整齊相對的對偶類別。」盛江再案：同對，異對，正對均爲元兢之説，三者各有側重，正對並非與同對、異對無關而另劃分出來之對屬形式。

②同對者：此句至「故謂之同對」，當爲元兢説。

③同類對者：此句以下至「車馬途路」，上官儀説。

文映霞《語言學視野下的〈文鏡秘府論〉「二十九種對」》：「同類對」衹有名詞對舉和形容詞對舉的組合。「『同對』指近義形容詞對舉，而『同類對』針對的似乎衹是義類相同與否，對舉的不一定是近義形容詞。」

④花、葉：《詩苑類格》引上官儀「詩有六對」：「二曰同類對，花葉草芽是也。」（《詩人玉屑》卷七引）

第十五，字對①。

或曰②：字對者，若桂楫、荷戈〔一〕，「荷」是負之義，以其字草名〔二〕，故與「桂」爲對。不用義對〔三〕，但取字爲對也。

或曰〔四〕③：字對者，謂義別字對是。詩曰：「山椒架寒霧〔五〕，池篠韻涼飈〔六〕④。」「山椒」，即山頂也。「池篠」，傍池竹也。此義別字對〔七〕。又曰〔八〕：「何用金扉敞，終醉石崇家〔九〕⑤。」「金扉」、「石家」即是〔一〇〕。又曰：「原風振平楚，野雪被長菅⑥。」即「菅」與「楚」爲字對〔一一〕⑦。

【校記】

〔一〕「楫」，寶壽、醍甲、仁甲、六寺、義演本作「梢」。

〔二〕「草」，醍甲、仁甲、義演本無。

〔三〕「義」，原無，各本同。維寶箋：「『對』上恐脱『義』字歟。」《校勘記》：「下文有『或曰，字對者，謂義別字對是』，維寶箋説疑是。」今據補。

〔四〕「或曰」，三寶、天海本左旁注「崔氏證本」，寶龜本作「崔氏曰」。《校勘記》：「可能草本將『崔氏曰』抹消（見セ消チ），改爲『或曰』。」

〔五〕「椒」，原作「柳」，寶壽、六寺本同，據三寶、高甲、醍甲、仁甲、江户刊本、維寶箋本改。「寒」，寶壽、六寺本作「塞」。

〔六〕「篠」，原作「條」，三寶、高乙、醍甲、仁甲、義演本同。「池篠」意指傍池竹，與上句「椒」字相對，爲仄聲，故當作「篠」，據高甲、六寺、楊、江户刊本、維寶箋本改。

〔七〕「山椒即山頂也池篠傍池竹也此義別字對」，寶壽、楊、寶龜、六寺本作雙行小字注。「椒」，原作「柳」，寶壽、六寺本同，據三寶、高甲等本改。「篠」，原作「條」，三寶、高乙、醍甲、仁甲、義演本同，據高甲、六寺、楊、江户刊本、維寶箋本改。

〔八〕「又曰」，原無，高乙本同，據三寶、高甲、醍甲、仁甲、寶壽、楊、寶龜等本補。

〔九〕「石崇家」，醍甲、仁甲、義演本作「石家崇」。《校勘記》：「從與『金扉敞』相對考慮，『石家崇』爲是。」

〔一〇〕「金扉石家即是」，寶壽、寶龜、六寺、松本、江户刊本、維寶箋本作雙行小字注，楊本作單行小字注，三寶、天海本右旁注「此一行證本是注也」。「石家」，高甲、高乙、江户刊本、維寶箋本作「石崇」，三寶本右旁注「崇亻」。《校勘記》：「從對偶考慮，『金扉石家即是』爲是。」

〔一一〕「即菅與楚爲字對」，松本、江户刊本、維寶箋本作大字正文。

【考釋】

① 字對：羅根澤《中國文學批評史》：「觀此三例（指所舉的三個詩例），參彼界説，知字對並不是平常的字與字對，而是以字的别義相等（盛江案：當爲「相對」），所以説『字别義對』（盛江案：當爲「義别字對」）。」

《研究篇》下：「這種對偶，不管意義上全無關聯，其字面便構成對偶。這是明顯的形式上的對偶，如隔句對條的『並是事對，不是字對』，和事對（意義内容構成對偶）相反。如例句（例句略），金扉是普通名詞，石崇是固有名詞，本來不成對，但如果僅僅取其『金』和『石』，就構成同對。平楚是草木廣遠貌，與長菅不構成對偶，但如果『楚』取其灌木之意，則和『菅』構成正對。這一點有點象奇對，不過，衹有副對偶没有主對偶，這一點有所不同。」

文映霞《語言學視野下的〈文鏡秘府論〉「二十九種對」》：「『字對』這種對偶形式，就是利用異字同形的特點，透過選取一個形體所代表的兩個字（兩字代表兩義），分别構成詩意和對偶層面上的組合。」「『字對』是對字組的層次上不對，而在字的層次上成對的對偶形式，這就是所謂『不用義對，但取字爲對』。」

②或曰：此句以下至「但取字爲對也」，引自元兢《詩髓腦》。

羅根澤《中國文學批評史》：「此既注明出『元兢髓腦』，而於界説又迭引或曰，自然這也不妨是元兢原引的『或曰』，但《秘府論》中的『或曰』太多，似乎有出於遍照金剛的嫌疑。且側對的界説，發端即標明『元氏曰』，以彼之絶對出於元兢，益知此不一定出於元兢。大概注明『出元兢髓腦』的六種對，其名稱及定義，當然採自元兢《髓腦》，而解説則未必不參考他書，尤其是皎公《詩議》，崔氏《唐朝新定詩格》。同樣注明『出皎公詩議』的八種對，『出崔氏《唐朝新定詩格》』的三種對，其情形亦當然與此相仿，也未必没有滲入元兢及他人的解説。」

③或曰：此句以下至本條末尾「爲字對」，引例與傳李嶠《評詩格》同，「謂……是」「……即是」格式與崔融「字側對」（詳「第十七側對」）同，故當出崔融《唐朝新定詩格》。

④「山椒」二句：詩題及撰者未詳。傳李嶠《評詩格》「九對」：「字對三。詩曰：『山柳架寒露，池篠韻涼飇。』」

⑤「何用」二句：詩題及撰者未詳。

⑥「原風」二句：詩題及撰者未詳。南齊謝朓《郡内登望》：「寒城一以眺，平楚正蒼然。」（《文選》卷

三〇）《説文》：「楚，叢木也。」

⑦《譯注》：「這一段認爲引崔融《唐朝新定詩格》（李嶠《評詩格》也引自這一系統）之説。值得注意的是，平對以後元兢説没有引用詩句，而這裏則有，而且引用的詩多與李嶠《評詩格》相一致，這一點和元兢説有不同。」

第十六，聲對①。

或曰②：聲對者，若曉路、秋霜，「路」是道路，與「霜」非對，以其與「露」同聲故。

或曰〔一〕③：聲對者，謂字義俱別，聲作對是。　詩曰：「彤騶初驚路〔二〕，白簡未含霜④。」「路」是途路，聲即與「露」同，故將以對「霜」〔三〕。

又曰：「初蟬韻高柳〔四〕，密蔦掛深松〔五〕⑤。」「蔦」，草屬，聲即與「飛鳥」同〔六〕，故以對「蟬」〔七〕⑥。

【校記】

〔一〕「或曰」，寶龜本作「崔氏曰」，三寶、天海本左旁注「崔氏證本如此」。

〔二〕「初驚」，原作小字注，三寶、天海本同，高乙本無，據六寺本補入。「初驚路」，醍甲、仁甲、義演本作「路初驚」。

〔三〕「故」下三寶、天海本有「路聲即」三字，「霜」下原有「路聲即」三字，據高甲、高乙、醍甲、仁甲、寶壽、楊、寶龜、六寺、江户刊本、維寶箋本改。「路是途路聲即與露同故將以對霜」，據本章體例，當爲大字正文。

〔四〕「初蟬」，王夢鷗《初唐詩學著述考》：「疏蟬，詩人常詞，作『初』者或爲聲近之誤。」

〔五〕「掛」，原作「桂」，高乙、醍甲、仁甲、寶壽、寶龜、六寺本同，據三寶、高甲、江户刊本、維寶箋本改。

〔六〕「聲即與飛鳥」，原作「飛聲即與鳥」，三寶本作「飛鳥」，旁注「聲即與」，據高甲、高乙、醍甲、仁甲、寶壽、楊、寶龜、六寺、義演、江户刊本、維寶箋本改。

〔七〕「故以」，原作「故聲即與以」，三寶、高乙、松本本同，「聲即與」三字三寶本用朱筆劃掉。盛江案：「聲即與」三字涉上衍，據高甲、醍甲、仁甲、寶壽、楊、寶龜、江户刊本、維寶箋本删。「蔦草屬聲即與飛鳥同故以對蟬」，寶壽、楊、寶龜、六寺本作小字雙行注。

【考釋】

① 聲對：《研究篇》下：「與字對是相同意義的對，之所以成爲對，基於聲音相通，這一點和字對不同。在『初蟬韻高柳，密蔦掛深松』中，『蔦』和『鳥』同聲，基於同樣在天上飛這一點上，把兩者看作對偶。與字對相比，聲對的對偶性更加淡薄。異對、意對和正對、同對相比，對偶的緊密程度雖然淡薄了，但這是形式上的映發度減少了，至於對偶自身，勿寧説走向更爲深化的方向。但是，字對和聲對則放棄實質上的對偶性，作爲對偶採取了淺化的方向。」

《譯注》：「聲對説的是意義上没有任何對應關係的二個語詞，把其他的同音異義詞(homonym)介入進來，構成對偶的情況。」

②或曰：此句以下至「同聲故」，當引自元兢《詩髓腦》。

③或曰：此句以下至「對蟬」，引例與傳李嶠《評詩格》同，「謂……是」格式與「第十七側對」引崔融「字側對」同，故當出崔融說。

④「彤騶」二句：詩題及撰者未詳。

⑤「初蟬」二句：詩題及撰者未詳。傳李嶠《評詩格》「九對」：「聲對五。謂字義別，聲名對也。詩曰：『疎蟬韻高柳，密鳥（盛江案：當爲「蔦」字）掛深松。』」王夢鷗《初唐詩學著述考》：「『聲名對』三字當爲『聲作對』之誤。」盛江案：「聲名對」當爲「聲各對」之誤，「名」「各」形近而誤。又，吟窗本王昌齡《詩中密旨》「犯病八格」：「對聲（當作「聲對」）病八。字義全別，借聲類對。詩曰：『疏蟬高柳谷，掛鳥（盛江案：當爲「蔦」字）隱松深。』」聲對及側對，既爲李嶠《評詩格》所引，亦爲王昌齡《詩中密旨》「犯病八格」所引，鄭阿財《空海文鏡秘府論之研究》：「恐李嶠與王昌齡所言乃同據崔融《唐朝新定詩格》之説故也。或聲對、側對彼時甚爲流行，而爲各家所共採，或恐李嶠《評詩格》出後人掇輯依托。」

維寶箋：「密蔦，《本草》曰：『蔦，一名寓木，凡桑槲櫸柳楊楓等樹上皆有之。』」

⑥「蔦」四句：王夢鷗《初唐詩學著述考》：「『蔦草屬』以下十三字，三寶院本見於小字雙行注，則亦空海之釋語。謂鳥與蔦同音，此借爲蔦，以蔦之讀音與『蟬』作對也。」盛江案：「蔦草屬」以下十三字，與前一文「路是途路」十四字，及「第十七側對」等崔氏的解釋性文字文筆相同，當同爲一人即爲崔融所作，

而不應獨此十三字爲空海之釋語。

第十七，側對①。崔名「字側對」②。

元氏曰③：側對者，若馮翊、地名，在右輔也〔一〕。龍首，山名，在西京也。此爲「馮」字半邊有「馬」，與「龍」爲對；「翊」字半邊有「羽」，與「首」爲對。此爲側對。又如泉流、赤峰，「泉」字其上有「白」，與「赤」爲對。凡一字側耳，即是側對，不必兩字皆須側也。以前八種切對④。時人把筆綴文者多矣，而莫能識其徑路。于今義藏之於篋笥〔二〕⑤，不可示於非才〔三〕。深秘之，深秘之〔四〕。

或曰⑥：字側對者，謂字義俱別，形體半同是。詩曰：「忘懷接英彥，申勸引桂酒⑦。」「英彥」與「桂酒」⑧，即字義全別〔五〕，然形體半同是〔六〕。又曰：「玉雞清五洛，瑞雉映三秦⑨。」「玉雞」與「瑞雉」是〔七〕⑩。又曰：「桓山分羽翼，荊樹折枝條〔八〕⑪。」「桓山」與「荊樹」是⑫。如此之類，名字側對〔九〕⑬。

【校記】

〔一〕「右輔」，《校注》據《漢書・景帝紀》訂正爲「左輔」。

〔二〕「于今」，原作「于公」，各本同，「于」字高乙本作「王」，據義演本改，說詳下。「于」，醍甲、仁甲、義演本無。

〔三〕「示於非才」上原有「棄」字，各本同，高乙本上有「垂」字，據高甲本正之。《校勘記》：「『棄』疑爲『垂』字訛，『非』疑爲『菲』字訛。」

〔四〕「深秘之深秘之」，原作「深々秘々之々」，三寶、高甲、高乙、醍甲、仁甲、寶龜、義演本同，松本、江户刊本、維寶箋本作「深二秘二之人」，據寶壽、六寺本改。

〔五〕「即字義」，三寶本作小字注在行間。

〔六〕「形體」下原有「即字義」三字，三寶、高乙、醍甲、仁甲、義演、松本、江户刊本、維寶箋本同，「即字義」三字三寶本用朱筆劃掉，朱筆附點「レ」，注「イ本」。盛江案：「即字義」三字，證本已抄入本文，寶壽、寶龜、六寺本從證本，故無誤，而其餘本子以草本校合，故有誤。據寶壽、寶龜、六寺本正之。

「英彦與桂酒即字義全別然形體半同是」，寶壽、楊、寶龜、六寺本作雙行小字注，三寶、天海本注「已下一行證本注也」。

〔七〕「玉雞與瑞雉是」，寶壽、楊、寶龜、六寺、醍甲、仁甲、義演、松本、維寶箋本作雙行小字注。

〔八〕「折」，原作「析」，三寶、高乙、寶壽、六寺本同，據高甲、醍甲等本改。

〔九〕「側對」，原右旁注「是如」，三寶、高甲、松本本前有「是如」二字，三寶本用朱筆劃掉「是如」二字，右旁注「イ無」。

「桓山與荆樹是如此之類名字側對」，寶壽、楊、寶龜、六寺本作雙行小字注，三寶、天海本右旁注「已下一行證本注也」。

【考釋】

①側對：《研究篇》下：「元兢叫側對，崔融叫字側對。討論文字部分性相對。例如，『泉流』和『赤峰』，上之『泉』字分解開來則成『白』和『水』，其『白』與下句的『赤』成正對。這讓人想到離合詩。崔融定義爲『字義俱別，形體半同』，可以看作是字對的變型，但比字對聲對更缺乏對偶性。」《譯注》：「按本來的意義不成對，字形的一部分（偏或者旁）對應而成對，『側』，是偏的意思。」

②崔名字側對：《譯注》：「崔名字側對，崔融《唐朝新定詩格》說。本章後段引自同一書。崔融的命名，關連到第二十六切側對，第二十七雙聲側對，第二十八疊韻側對。」

③元氏曰：此句以下至「深秘之」，引自元兢《詩髓腦》。

④以前八種切對：羅根澤《中國文學批評史》：「《秘府論》列側對爲第十七種對，所謂『以前八種切對』，假如是就《秘府論》而言，則所指除出於元兢的六種以外，須添上古人同出的迴文對與意對。這似乎不很合理，因爲不應無端的拉入古人同出的二種。故知此節是元兢《髓腦》的原文，而『以前八種切對』云云，是指《髓腦》所列的八種。然則元兢的對偶說，不衹六種，而且也許不衹八種。《秘府論》既就沈陸王元的詩格，『棄其同者，撰其異者』，則元兢的對偶說，似乎也出不了《秘府論》的二十九種對，而所謂古人同出的十一種對中，當然有元兢之說。不過既與其他古人同出，所以元兢不得專有。」《校注》：「前文《二十九種對》：『十二曰平對……十七曰側對。右六種對，出元兢《髓腦》。』此文引『元氏曰』云云，明此『八種』爲『六種』之誤也。」

《研究篇》下：「以上元兢説討論已完，值得注意的是，這個側對條又有：『以前八種切對。時人把筆綴文者多矣，而莫能識其徑路。』但自平對以下是六種，必須還有二種。不過，提出的名對條作爲『元兢曰』的正對，異類對作爲『元兢曰』的異對，合併起來就是八對。由前文還可知，元兢没有説到這八種對之外的屬對。」

⑤ 于今義藏之於篋笥：維寶箋：「于公者，漢有于公，唐又有于公異，未知誰。」羅根澤《中國文學批評史》：「文云：『于公義藏之於篋笥，不可棄，示於非才。』則元兢的造對偶説，似得之於公義，可惜不知其人。」

《校勘記》：「（「于公」）作人名難有合適的解釋，「于」或爲「乎」形訛，「公」或爲「八」字之訛。如果訓作『莫能識其徑路乎，八義藏之篋笥云云』，不會是勉强的。『八義』即前所説『八種切對』。」

《校注》引《新唐書·文藝傳》：「于公異，蘇州吴人。進士擢第，李晟表爲招討府掌書記。朱泚平，露布於德宗曰：『臣既肅清宫禁，祗奉寢園，鐘簴不移，廟貌如故。』帝覽泣下，曰：『誰爲之辭？』或以公異對，帝咨歎一再。始，公異與陸贄故有隙，時贄在翰林，聞不喜。世多言公異不能侍後母，既仕不歸省。及贄當政，乃奏其狀，詔賜《孝經》，罷歸田里。……公異繇是不自振而卒。」《校注》謂：「竊疑此文之『于公義』即『于公異』音近之訛，考其時在建中、貞元之間，元兢與于公異或相值也。」

《譯注》：「『于公義』，一説即《新唐書·文藝傳》所見之于公異（中唐之人），筆者元兢爲初唐時人，此説不妥。此處或有誤字。」

盛江案：元兢大致活動於唐高宗至武則天時，唐高宗龍朔元年（六六一）爲周王府參軍，與上官儀之子上官庭芝爲同僚，總章（六六八—六七〇）中爲協律郎，預修《芳林要覽》，中唐于公異活動於建中（七八〇—七八三）貞元（七八五—八〇五）間，相距百餘年，元兢與于公異固難相值。于公異之行事即使其時或有記述，空海於貞元末來唐時亦難有較廣之流佈，空海似難以得到記述于公異行事之文字並帶回日本。中澤希男謂「公」爲「八」字形訛，可備一説，然「公」字上半其形固可爲「八」字，其下半之形「厶」則作何解釋？余謂「于公」本不是人名，「公」字或爲「今」字形訛。當訓爲「于今義藏之篋笥」，乃謂筆者即元兢欲將此義藏之，本非指他人也。

⑥或曰：由「第十七側對」注「崔名字側對」，知「字側對者」以下至末尾「名字側對」爲崔融説。其格式爲「……是」（「謂……是」「即……是」）。亦可知傳李嶠《評詩格》襲崔融《唐朝新定詩格》。

⑦「忘懷」二句：詩題及撰者未詳。

⑧英彦、桂酒：維寶箋：「『英』『桂』草木對焉，『彦』『酒』『彡』『氵』同焉。『彡』毛長也，以對『酉』也。」《譯注》：「『英』的『艹』和『桂』的『木』，『彦』的『彡』和『酒』的『氵』（「酒」本由「酉」和表示水滴樣子的「氵」組成）相對應。」

⑨「玉雞」二句：詩題及撰者未詳。傳李嶠《評詩格》「九對」：「字側對四。謂字義俱别，形體半同。詩曰：『玉雞清五洛，瑞雪映三秦。』」（盛江案：「雪」當爲「雉」之誤。）玉雞：《帝王世紀》：「太上皇之妃曰媪，是爲昭靈后，名含始，遊於洛池，有玉雞銜赤珠出，刻曰：『玉英，吞此者王。』含始吞之，生邦字季。」

（《太平御覽》卷八七）《水經注·洛水》：「（洛水）東流會于伊是也。……含始又受玉雞之瑞于此水。」瑞雉：《校注》謂出《太平御覽》卷九一七引《列異傳》秦穆公時二童子化爲雉之事：「秦穆公時，陳倉人掘地得物，若羊非羊，若猪非猪，牽以獻諸公，道逢二童子，童子曰：『此名爲媪，常在地食死人腦，若欲殺之，以柏捶其首。』媪復曰：『彼二童名爲陳寶，得雄者王，得雌者霸。』陳倉人捨媪逐二童子，童化爲雉，飛入平林。陳倉人告穆公。穆公發徒大獵，果得其雉，又化爲石，置之汧、渭之間，至文公爲立祠，名陳寶。今南陽雉縣其地也，秦欲表其符，故以名縣。每陳寶祠時，有赤光長十餘丈，從雉縣來入陳祠中，有聲如雄雉。」

⑩ 玉雞與瑞雉是：「玉」和「瑞」均屬「玉」旁，「雞」和「雉」均屬「隹」旁，故謂形體半同，然「玉雞」爲神鳥，「瑞雉」指雉堞，故曰字義俱別。

⑪「桓山」二句：詩題及撰者未詳。吟窗本王昌齡《詩中密旨》「犯病八格」：「側對病七。凡詩字體全別，其義相背。詩曰：『桓山分羽翼，荆樹折枝條。』」盛江案：「字體全別」當爲「字體半同」之誤。桓山：《校注》引《孔子家語·顔回》：「聞桓山之鳥，生四子焉，羽翼既成，將分于四海，其母悲鳴而送之。」晉左思《悼離贈妹》：「桓山之鳥，四子同巢，將飛將散，悲鳴忉忉。惟彼禽鳥，猶有號咷。况我同生，載憂載勞。」（《先秦漢魏晉南北朝詩·晉詩》卷七）荆樹：《校注》謂典出周景式《孝子傳》：「古有兄弟，忽欲分異，出門見三荆同株，接葉連陰，歎曰：『木猶欣然聚，况我而殊哉！』遂還爲雍和。」（《太平御覽》卷九五九）

⑫ 桓山與荆樹是：「桓」之側「木」和「荆」之側「艹」對應，「樹」之側「村」與「山」成對。

⑬ 趙晶晶《王昌齡文藝思想研究》：「今本《詩中密旨》裏，將此種情況納入詩病，『犯病八格』之七曰『側對病』（略，見上）。……我進一步懷疑，第十七側對空海所引的『元氏曰』後的『或曰』部分，是王昌齡的意見，這樣講纔可能解釋通『桓山分羽翼，荆樹摘枝條』句在《詩中密旨》側對病中出現之原因。」盛江案：崔融説之用語習慣爲「××××是」，如「第十五字對」，「謂義別字對是」，「第十六聲對」，「謂字義俱別，聲作對是」，「第廿六切側對」，「謂理別文同是」，「第廿七雙聲側對」，「謂字義別，雙聲來對是」，「第廿八疊韻側對」，「謂字義別，聲名疊韻對是」，此處言「謂字義俱別，形體半同是」，「即字義全別，然形體半同是」，「玉雞與瑞雉是」、「桓山與荆樹是」，句式全同，故「或曰字側對」以下至「名字側對」，當爲崔融説，非爲王昌齡説。

第十八，鄰近對①。

詩曰：「死生今忽異，歡娱竟不同②。」又曰〔一〕：「寒雲輕重色，秋水去來波③。」上是義，下是正名也〔二〕。此對大體似的名〔三〕，的名窄〔四〕，鄰近寬〔五〕④。

第十九，交絡對〔六〕⑤。

賦詩曰〔七〕：「出入三代，五百餘載〔八〕⑥。」或謂〔九〕：此中「餘」屬於「載」，不偶「出入」〔一〇〕。古人但四字四義皆成對，故偏舉以例焉〔一一〕。

第廿，當句對⑦。

賦詩曰〔二〕：「薰歇燼滅〔三〕，光沉響絶⑧。」

第廿一，含境對⑨。

賦曰〔四〕：「悠遠長懷，寂寥無聲⑩。」

第廿二，背體對⑪。

詩曰：「進德智所拙，退耕力不任⑫。」

【校記】

〔一〕「又曰」，三寶、高乙本作「又詩曰」，寶龜本作「又詩云」。

〔二〕「是」，原無，寶龜本同，三寶本作小字注在行間。

〔三〕「也此」，原作「此也」，各本同，當是「也此」之誤倒，今正之。「似」，醍甲、仁甲、義演本作「以」。

〔四〕「似的名的名窄」，原作「似的名々窄」，醍甲、義演本同，寶壽、六寺本作「似的名名窄」，「々」蓋爲「的名」之疊字符號。

〔五〕「上是義」至「鄰近寬」，寶壽、楊、六寺本作雙行小字注，寶壽、六寺本下注「以上注或本兼書之」。

〔六〕「絡」，三寶本作「終」。

〔七〕「賦」下三寶本一字空白，《考文篇》删此字下之「詩」字，謂：「按『出入三代』者，是《蕪城賦》之句，非是詩也，且

《詩議》云『賦曰出入三代』，『賦曰薰歇燼滅』，並無『詩』字，今删。」然羅根澤《中國文學批評史》謂賦乃介於詩文間之文字（說詳下），且各本均作「賦詩曰」。今不改。

〔八〕「百」，原作「有」，各本同，據《鮑參軍集注》及《文選》所收《蕪城賦》改。

〔九〕「或」，三寶、天海本右旁注「已下二行證本注也」。「謂」，松本、江户刊本、維寶箋本作「曰」。

〔一〇〕「不」，《校勘記》：「『不』爲『而』形訛。」

〔一一〕「或謂此中」至「故偏舉以例焉」，寶龜本作雙行小字注。

〔一二〕「賦詩曰」，《考文篇》、林田校本删「詩」字。

〔一三〕「滅」，六寺本左旁注「消又」。

〔一四〕「賦」，原作「詩」，各本同，從《詩議》作「賦」。

【考釋】

①鄰近對：據《二十九種對》篇目注及皎然《詩議》，「第十八鄰近對」至「第廿五假對」，皎然說。

吟窗本皎然《詩議》：「詩有八種對：一曰鄰近，二曰交絡，三曰當句，四曰含境，五曰背體，六曰偏對，七曰假對，八曰雙虚實對。鄰近對一。詩曰：『死生今忽異，歡娱竟不同。』又詩曰：『寒雪輕重色，秋水去來波。』上是義，下是正名。交絡對體。賦曰：『出入三代，五百餘載。』當句對體。賦曰：『薰歇燼滅，光沉響絶。』含境對體。賦曰：『悠遠長懷，寂寥無聲。』背體對。詩曰：『進德智所拙，退耕力不任。』偏對體。《詩》曰：『蕭蕭馬鳴，悠悠旆旌。』謂非極對也。古詩：『古墓犁爲田，松柏摧爲薪。』又詩：『日月光太清，列宿耀紫微。』又詩：『亭皋木葉下，隴首塞雲飛。』全其文采，不求至切。沈給事詩：『春豫遇靈沼，雲旌出鳳城。』但天然語，雖虛亦實。假對體：詩曰：『不獻胸中策，空歸海上山。』或有人以推薦偶拂衣是也。至如渡頭浦口，水面波心，俗類也。雙虛實對。詩曰：『故人雲雨散，空山來往疎。』此互成。」

羅根澤《中國文學批評史》：「鄰近對是爲補救的名對的太窄而設的。」《研究篇》下：「（鄰近對）比元兢所說的同對稍微接近異對。就是說，『寒』是冬的屬性但又不是冬自身。如果是的名對就應是『冬雲』，由於太切近了所以作『寒』。又，『死生』是人生的事實，而『歡娛』是心情的表現。範疇不同，大概就是將這一點稱作鄰近。」古田敬一《中國文學的對句藝術》：「鄰近對，所詠詩的境界相近的對偶。不像『的名對』一樣有明確的對照，但在詩的地位上，上下二句是相通的。」

文映霞《語言學視野下的〈文鏡秘府論〉「二十九種對」》：「在同位相對方面，『鄰近對』和『的名對』無異。在義類和詞性方面，兩者有點不同。這可能就是所謂『的名對』和『鄰近對』的『窄、寬』之別。」「一組對句可以兼屬『鄰近對』和『互成對』，但二者並不相同。」「『鄰近對』又與『意對』不同。雖然『鄰近對』講求相對成分意義相鄰，但對偶性始終仍獨立存於各成分之中，而非全由詩意建構出來。」「『鄰近對』和『異類對』之間並沒有清晰的界限，嚴格來說，『鄰近對』是『異類對』一種，祇是構成『鄰近對』的成分之間於意義上有鄰近的關係。然而，『鄰近』的含義是模糊的。」

②「死生」二句：出北周無名法師《過徐君墓》，全詩爲：「延陵上國返，枉道訪徐公。死生命忽異，

歡娱意不同。始往邙山北，聊踐平陵東。徒解千金劍，終恨九泉空。日盡荒郊外，煙生松柏中。何言愁寂寞，日暮白楊風。」（《文苑英華》卷三〇六）盛江案：「命」當爲「今」之誤，「意」當爲「竟」之誤。

③「寒雲」二句：出陳後主《幸玄武湖餞吴興太守任惠》：「寒雲輕重色，秋水去來波。待我戎衣定，然送《大風歌》。」（《文苑英華》卷二六六）

古田敬一《中國文學的對句藝術》：「在上二例中，後例的『寒雲』是指秋季那種冷颼颼的雲，是秋天的景色。『寒雲』與『秋水』對偶，兩者均是引起相同感慨的自然景物。這一點從大的方向區分，可以説在『同』的方面相近的對句。對句本有相對二語以同一品語構成的原則。在這個對句裏，『寒』（虚詞）與『秋』（實詞）相對，説明鄰近對不像『的名對』那樣在對語範疇上有嚴密的限制。另一説把『寒雲』作『冬雲』解。但，庾肩吾的詩中也有『寒雲起石間，秋葉飛山下』之句，也是『寒』與『秋』對偶，和前面的例句同樣，這裏描寫秋天景物。像『行雲流水』語中的『雲』與『水』，本來就是對偶性很强的詞。這個對句裏，『雲』與『水』都指秋天景色，關係更近，在這一點上可以稱爲『鄰近』吧。」

④《校勘記》：「『上是義』意當爲『例句的死生和歡娱，寒雲和秋水之對不是適切之對，而是意義相關連之對』，『下是正名』意當爲『今忽異和竟不同，輕重色和去來波是適切之對』。」

《譯注》：「『死生』『歡娱』二詞並没有一詞一詞的嚴密對應，但在意義上作爲全體卻成屬對。一方面，『寒雲』二句如：

寒雲—輕重—色，

秋水—去來—波。

一字一詞整齊的對應。所謂『下是正名』大概就是因此吧。如果更仔細一點看，『寒』和『秋』是虚實對應，較之的名對條件更爲寬松。」

盛江案：鄰近對，即不用其直接之意，而用其鄰近之義相對。「死生」與「歡娱」，一爲實事，一爲情緒，本不相對，然「死生」之義與或歡樂或悲哀之情相鄰，故可與「歡娱」相對。「寒雲」爲秋寒之雲，字與「秋」義相鄰，同爲寫秋天之景，用其鄰近之義，則與下句爲正名或稱的名之對。此二例上半均爲義相鄰而對，而下半爲整齊之正名對，故而曰「上是義，下是正名」。因祇需部分（如此二例爲下半）爲正名（即的名），而另一部分可用鄰近之義以成正對，的名對（即正對）嚴，而鄰近對寬，故説：「大體似的名，的名窄，鄰近寬。」

⑤ 交絡對：《研究篇》下：「這是拋棄『同位』這一對偶的重要條件的對偶方式。『出入三代，五百餘載』……下句『餘』字是修飾『載』字的從屬語，和上句的『出』和『入』處於同格關係不同。大體上，古人如果是四字句，則四字要組成整齊的對仗，這是正常的。上句和下句構成如下的同位關係：

A　B　C　D
—　—　—　—
A　B　C　D

如果不是這樣，就成爲交絡對。就是説，出入—餘，三—五百，代—載。組成交叉錯絡之對，所以叫作交

絡對。『出入』是『にも亘り』（竟經過了很長時間）之意，在表示『ゆとり』（有餘地）的語感上與『餘』構成對仗。」

《校勘記》：「所謂交絡對，是上句和下句未取對句的形式。如『出入三代，五百餘載』中『出入和餘』、『三和五百』、『代和載』那樣，上句和下句的語詞各自在意義上有關聯，相互纏繞糾絡構成實質上的對偶，這從『交絡對』這一名目及其例句也可以窺知。所謂『此中餘屬於載』意爲『五百餘載』這一句從中分爲『五百』和『餘載』。從而下一句『不偶出入』是説，如果不是『餘偶出入』就不成其意。『不』或爲『而』字形訛。『偏舉』的『偏』與連綿對的『偏用開格』的『偏』同意，『ことさらに』（特意特別）之意。」

《校注》：「『出』、『入』，『五』、『百』，『三代』、『餘載』四字四義皆成對，所謂交絡也。」

《譯注》：「上下句之語詞並非一一對應，而是上下相稱，句間成對。」

盛江案：小西甚一、中澤希男、興膳宏諸家之説可從，而王説意含混。此二句非交絡本不成對，「四字四義皆成對」所言並非此二句中「出」、「入」、「五」、「百」等等相應成對，非指此二句交絡對之情形，而是指古人整齊之正對。古人多作整齊之對偶，「但四字四義皆成對」，故而特地提出交絡對，「偏舉以例焉」。

⑥「出入」二句：劉宋鮑照《蕪城賦》：「出入三代，五百餘載，竟瓜剖而豆分。」（《文選》卷一一）李善注：「王逸《廣陵郡圖經》曰：『郡城，吴王濞所築。』然自漢迄於晉末，故云『出入三代，五百餘載』也。」

⑦當句對：《研究篇》下：「（當句對）『當』句即『其句自身』之意，其句自身中成對。如例詩，上句自

身，薰歇—燼滅成對，下句自身，光沉—響絶成對。又，上句全句和下句全句如果要看也能看作對，但我想那不成爲當句對的條件。」

《譯注》：「這一句没有説明，當是説一句之中成對（句中對）吧。」「上句中，薰—燼、歇—滅，下句中，光—響、沉—絶，句中對。」

⑧「薰歇」二句：出劉宋鮑照《蕪城賦》（《文選》卷一一），吕延濟注：「芳香已歇，化爲灰燼，華光以沉，歌樂絶矣。」

吟窗本王昌齡《詩格》「勢對例五」：「句對四。曹子建詩：『浮沉各異勢，會合何時諧。』」實亦爲當句對，可與參看。

以上兩對，均舉賦爲例。羅根澤《中國文學批評史》：「賦是介於詩文之間的文字，加之唐代以詩賦取士，所以詩的格律，有時移植於賦。皎然的交絡對有當句對，都舉賦爲例，且稱之爲『賦』，可以給我們以充分的證明了。」

⑨含境對：《研究篇》下：「從名稱及其例詩推測，或者是形容某種狀態的語詞上句和下句互相對應。如例句，『悠遠』和『寂寥』，在意義上並不成爲對偶，祇是在都是形容心情之語詞這一點上互相對應，這大概可以認爲是異類對的特殊形態。」

古田敬一《中國文學的對句藝術》：「『含境對』也是近似『意對』的對句。『悠遠長懷，寂寥無聲』……不論是生物的物體，還是使用的用語，都不是構成對偶的要素，但是，詩句的意境却具有對偶性。這樣看來，『含境對』和『意對』可以合併爲一吧。」

《譯注》：「含境對可能意爲包含被描寫的對象（境）之對。如例句，二句都描寫河水奔流之狀。『悠遠』『寂寥』對應，包含描寫對象河水之狀，可能因此稱爲含境對。」

盛江案：皎然提出「含境對」時，王昌齡《詩格》已提出「詩有三境」。一曰物境：「欲爲山水詩，則張泉石雲峰之境，極麗絶秀者，神之於心，處身於境，瑩然掌中，然後用思，了然境象，故得形似。」皎然《詩議》亦曰：「夫境象非一，虚實難明。有可覩而不可取，景也；可聞而不可見，風也；雖繫乎我形，而妙用無體，心也；義貫衆象，而無定質，色也。凡此等，可以偶虚，亦可以偶實。」（本書南卷《論文意》引）「含境對」一體或與其時提出此種境界説有關。蓋「悠遠長懷，寂寥無聲」二句，「悠遠」與「寂寥」均爲狀詞，本可成對，又「長懷」「無聲」亦可成對（《文選》李善注：「郭璞曰：『懷亦歸變文耳。』」是「懷」當爲「歸」字變文），然「含境對」者，意本不在此類尋常字面之對，而當同時指句中所含境界之對。所謂含境，既在於景象描寫，所謂「張泉石雲峰之境，極麗絶秀者，神之於心，處身於境」，更在於實中含虚，所謂「境象非一，虚實難明」，「可以偶虚，亦可以偶實」。「悠遠長懷，寂寥無聲」二句，就景象描寫而言，上句「悠遠長懷（當爲「歸」）」寫大河悠悠遠去，長歸於淵海。下句「寂寥無聲」，「寥」，《文選》作「漻」，李善注引《説文》：「漻，清深也。」又，《莊子・天地》：「漻乎其清也。」亦其證，則此句當是寫長河水之清澈流淌，而側重點似在寫悠遠而歸却静寂無聲之狀。讀此二句，確可讓人「神之於心，處身於境」。然此二句又「虚實難明」，實中含虚，亦實亦虚。蓋悠遠寂寥是實景，亦爲心境，於曠遠無聲之境中興悠然空寂之情。二句不僅字面相對，且所含之景狀及内藴之心境均成對應。是謂「含境對」。

⑩「悠遠」二句：此二句出漢司馬相如《上林賦》，見《文選》卷八、《史記》卷一一七。

⑪背體對：《研究篇》下：「這可看作異類對的變型。異類對是如天和山、鳥和花那樣，自身相互即使没有關係，但總在什麽地方包含某種共通性的感覺性的要素。背體對字義完全相反，而對偶性反而表現得更鮮明，如例詩：（略）『進』和『退』便是這樣，説到其顯著性，也許比同對更爲强烈。」

古田敬一《中國文學的對句藝術》：「背體對，構成對偶的兩者互相背向的對句。」「從名稱可推想，大概像進—退那樣，由反方向的動作構成的對偶，因而名爲『背體對』。這是衹着眼於『進』與『退』的屬於『的名對』的一種對句。」

《譯注》：「背體對，指相背的東西相互之間成對。指例詩的『進』和『退』這樣的情況。但是，『進』和『退』已經在的名對中例舉過，在背體對裏，看作是『進德』和『退耕』的對應也許更爲妥當。」

盛江案：一、《滄浪詩話》在「詩體」一章論詩對，是認爲詩對亦詩體之一。皎然《詩議》：「一體者，由不明詩對，終未皆大道。」（本書南卷《論文意》引）「詩對」，《吟窗雜録》作「詩體對」，《詞府靈龜》作「詩體」。是知「詩對」亦可稱「詩體」。此處之「背體對」，稱之爲「背對」或「背體」「背對體」亦可。二、「背體對」就其字義相背一點而言，與元兢所言之「異對」有相通之處，然與「第六異類對」前段所引（可能是《文筆式》）之「異類對」則異趣，因《文筆式》之「異類對」謂未有對應依存關係不同範疇之語詞相對，而「背體對」成對之語詞却有此種關係，「進—退」、「智—力」均可謂互相依存統一體中對立之兩極，此與「異類對」「天—山」「鳥—花」之類未見相同之處。三、由例詩觀之，「背體對」並非僅就個別詞而言，而當就全體而言。如劉良注所言，「言進德濟世，智則疎拙；退耕自給，力不堪任」，上句（「進德」句）與下句（「退耕」句）整體之意完全相背，所寫爲完全相背之人生道路。語詞相對整體之意亦相對，「的名對」之「反對」（上官儀稱之爲「正名對」）亦有，如「送酒東南去，迎琴西北來」，「背體對」或可謂爲「的名對」之一種，然「的名對」之「反對」時有詩句整體並不相背之意，二者有別。

⑫「進德」二句：出劉宋謝靈運《登池上樓》，全詩爲：「潛虬媚幽姿，飛鴻響遠音。薄霄愧雲浮，棲川怍淵沈。進德智所拙，退耕力不任。徇祿反窮海，卧疴對空林。衾枕昧節候，褰開暫窺臨。傾耳聆波瀾，舉目眺嶇嵚。初景革緒風，新陽改故陰。池塘生春草，園柳變鳴禽。祁祁傷豳歌，萋萋感楚吟。索居易永久，離群難處心。持操豈獨古，無悶徵在今。」（《文選》卷二二）劉良注：「言進德濟世，智則疎拙；退耕自給，力不堪任。」

【附録】

交絡對後來又有交股對、蹉對等名。《校注》引《夢溪筆談》卷一五：「古人文章，自應律度，未以音韻爲主。自沈約增崇韻學，其論文則曰：『欲使宮羽相變，低昂殊節，若前有浮聲，則後須切響，一簡之内，音韻盡殊，兩句之中，輕重悉異，妙達此旨，始可言文。』自後浮巧之語，體制漸多。如傍犯、蹉對、假對、雙聲、疊韻之類。詩又有正格、偏格，類例極多。故有三十四格、十九圖、四聲八病之類。今略舉數事。……如《九歌》：『蕙肴蒸兮蘭藉，奠桂酒兮椒漿。』當曰『蒸蕙肴』，對『奠桂酒』，今倒用之，謂之蹉對。」又引《藝苑雌黄》：「蹉對法，僧惠洪《冷齋夜話》載介甫詩云：『春殘葉密花枝少，睡起茶多酒盞疏。』『多』字當作『親』，世俗傳寫之誤。洪之意，蓋欲以『少』對『密』，以『疏』對『親』。予作荆南教官，與江朝宗匯者同僚，偶論及此，江云：『惠洪多妄誕，殊不曉古人詩格。此一聯以「密」字對「疏」，以「多」字對「少」，正交股用之，所謂蹉對法也。』」皆可備參考。

關於當句對，《滄浪詩話·詩體》五：「有就句對，又曰當句有對。如少陵『小院迴廊春寂寂，浴鳧飛鷺晚悠悠』，李嘉祐『孤雲獨鳥川光暮，萬里千山海氣秋』是也。前輩於文亦多此體，如王勃『龍光射斗牛之墟，徐孺下陳蕃之榻』，乃就句對也。」

第廿三，偏對①。

詩曰：「蕭蕭馬鳴〔一〕，悠悠旆旌②。」謂非極對也③。

又曰：「古墓犂爲田〔二〕，松柏摧爲薪〔三〕④。」

又曰〔四〕：「日月光太清，列宿曜紫微〔五〕⑤。」

又曰〔六〕：「亭皋木葉下，隴首秋雲飛⑥。」

全其文彩〔七〕，不求至切⑦，得非作者變通之意乎〔八〕！若謂今人不然，沈給事詩亦有其例⑧。詩曰〔九〕：「春豫過靈沼〔一〇〕，雲旗出鳳城〔一一〕⑨。」此例多矣〔一二〕，但天然語，今雖虚亦對實〔一三〕。如古人以「芙蓉」偶「楊柳」⑩，亦名聲類對。

【校記】

〔一〕「蕭蕭」，原作「肅肅」，三寶、高甲、高乙等各本同，從寶壽、六寺本作「蕭蕭」。

〔二〕「古」上寶壽、六寺本有「如」字。

〔三〕「柏」，三寶、天海本右旁注「樹證本」。

〔四〕「曰」，原無，三寶、寶龜本同，據高甲、高乙、寶壽、楊、六寺等本補。「又曰」，松本本無。

〔五〕「紫微」，寶龜本作「秋樹」，注「紫微イ」。

〔六〕「曰」，原無，三寶、高乙、寶龜本同，據高甲、寶壽、六寺等本補。「又曰」，松本本無。

〔七〕「全其文彩」至「沈給事詩亦有其例」，寶壽、楊、寶龜、六寺本作雙行小字注，「例」字後寶壽、寶龜、六寺本旁注「已上或本兼」，「全其文彩」三寶、天海本右旁注「已下三行證本注也」（三行至「亦有其例」），「亦有其例」三寶、天海本右旁注「已上注」。

〔八〕「作者」下原有「洗給事詩亦」五字，三寶、高乙、天海本同，「洗給事詩亦」五字之左三寶、天海本有墨點作抹消符號，注「イ無」。《考文篇》：「宫内府本等衍『洗給事詩亦』五字，案：自筆草稿本初『今人不然』下脱此五字，補之行間，走筆亂次，承接難辨，後人遂誤入『作者』下而已。」《校勘記》：「『洗給事詩亦』五字涉次行而衍。」據高甲、醍甲、仁甲、寶壽、楊、寶龜六寺等本删。

〔九〕「詩曰」上寶龜本有「沈給事」三字。

〔一〇〕「春」，三寶本作「眷」，江户刊本、維寶箋本右旁注「眷亻」。「豫」，松本、江户刊本、維寶箋本作「預」。作「豫」爲是，《校勘記》引宋之問《奉和晦日幸昆明池應制》「春豫雲池會，滄波帳殿開」，是其證。「豫」上寶壽、六寺本有「預」字。「靈」，當從《全唐詩》作「鯨」（詩詳下）。「沼」，原作「詔」，三寶、高乙、醍甲、仁甲、義演本同，據高甲、寶壽、六寺本改。

〔一一〕「鳳」，醍甲、仁甲、義演本作「風」。

〔一二〕「此例多矣」至「亦名聲類對」，寶壽、楊、寶龜、六寺本作雙行小字注，「聲類對」下寶壽、六寺本注「已上或本兼」，「此例多矣」三寶、天海本右旁注「已下三行證本注也」（三行至「亦名聲類對」）。

〔一三〕「今」，《眼心抄》作「全」，三寶、天海本右旁注「全證本」。《考文篇》：「全，各本誤作『今』，《眼》作『全』，今從改『全』。」《校勘記》：「『今』爲『全』訛。」周校：「如作『全』，則宜斷入上句。」

【考釋】

①偏對：《研究篇》下：「這個『偏』當是部分的意思，指對偶不是全體性的。『謂非極對也』和『全其文彩，不求至切』的説明，或者就是説對偶不太完整。（例詩略）所舉例詩都能這樣解釋。『蕭蕭』和『悠悠』是賦體對（或説含境對），後面的『馬鳴』和『旆旌』則不成對。『過』和『出』爲同對，但其他的『春豫』和『雲旗』，『靈沼』和『鳳城』，則難以承認有對偶性。可能這樣殘留不對的部分，就叫作偏對。又所謂『今雖虚，亦對實』，崔融雖然把虚（風和空等）和實（山和水等）之對叫作『眇』，提出這樣的對偶是不行的，但部分的使用就叫作偏對。又『古人以芙蓉偶楊柳』，僅這幾個字是不通的，恐怕是指北齊蕭慤作《秋思》

中的句子『芙蓉露下落，楊柳月中疎』，『芙蓉』和『楊柳』是同對，後面的『露下落』和『月中疎』則難以認作是對偶，又進一步説『亦名聲類對』，這不就是説偏對和聲類對異名同實嗎？『聲類對』是聲對，祇是部分的音相對，對偶性比較淡，也可以算是偏對，大概是説這樣的意思吧。」

古田敬一《中國文學的對句藝術》：「構成對偶的兩句從正面看是直綫的對偶，或稱『的名對』或稱『正對』，與此相反，兩句間無論哪一個，在對偶的方向上有偏斜的稱『偏對』。……『的對』如『天—地』，從正面對照，『偏對』如（「古墓犁爲田，松柏摧爲薪」）『古墓—松柏』，則是偏對。『松柏』是種在墓四周的植物，因此，『松柏』與『古墓』既有密切關係，但二者之間還有傾斜。把『偏對』與『的名對』、『同類對』比較，圖示如下：的名對：A↔B；同類對：A=B；偏對：A/B。『的名對』『同類對』中，其對應語 A與B直接按『反』『同』的方向對峙，偏對則具有傾斜性，對應語之間失去匀稱。」「這裏的『支離』（盛江案：指《詩中密旨》中的「支離」）和前面的『離支』（盛江案：指南卷《論文意》王昌齡説的「離支」）是同一概念。上句的『春酒』是雙聲，下句的『新花』既不是雙聲，也不是疊韻，犯了支離病。另一方面，『缺偶』是説歷史故事和不是歷史故事的對應，可以説是內容上的『偏對』。上句蘇秦用錐刺股讀書的故事是真實的歷史故事，下句却不是故事。和《詩中密旨》有關的文獻，《秘府論・文二十八種病》中第十一『闕偶』、第二十一『支離』，各舉了和上面所引相同的例句。傳本《詩格》、《詩中密旨》均傳爲王昌齡所撰，前引《秘府論・論文意》部分也爲王昌齡之説。把這些論説加以概括，可以説『偏對』、『偏枯』、『離支』、『欠偶』，所有這些，無論是內容，還是形式，上下句的對偶都有失匀稱，有所偏斜。」

《譯注》：「偏對，如開頭的例詩後的説明『非謂極對也』那樣，不是字和字、語詞和語詞逐一對應，圓滿完整的對句，而是偏頗的對句。王昌齡《詩格》『勢對例五』第五『偏對』：『重字與雙聲疊韻是也。』就是説，對於重字，用雙聲或疊韻相對應的對偶，也相當這裏所説的偏對的一部分吧。」

吟窗本王昌齡《詩格》「勢對例五」：「偏對五。重字與雙聲疊韻是也。」吟窗本王昌齡《詩中密旨》「犯病八格」：「支離病一。五字之法須切對也，不可偏枯。詩曰：『春人對春酒，芳樹間新花。』缺偶病二。詩中上句引事，下句空言也。詩曰：『蘇秦時刺股，勤學我便登。』」可與參看。

②「蕭蕭」二句：見《詩·小雅·車攻》。上句下二字「馬鳴」主謂結構，由名詞與動詞組成，下句下二字「旆旌」並列結構，由兩個名詞組成，嚴格而言，並不成對偶。

③極對：完全工整之切對。非極對則指對偶而不工整。

④「古墓」二句：見《古詩十九首》：「去者日以疎，生者日以親。出郭門直視，但見丘與墳。古墓犂爲田，松柏摧爲薪。白楊多悲風，蕭蕭愁殺人。思還故里閭，欲歸道無因。」（《文選》卷二九）盛江案：「古墓」二句之下半「犂爲田」與「摧爲薪」爲異類對，上句之上半「古墓」爲形容詞加名詞之偏正結構，下句之上半「松柏」爲兩名詞並列結構，不成整齊之對偶，故爲偏對。

⑤「日月」二句：出晉傅咸《贈何劭王濟》，全詩爲：「日月光太清，列宿曜紫微。赫赫大晉朝，明明闢皇闈。吾兄既鳳翔，王子亦龍飛。雙鸞遊蘭渚，二離揚清暉。攜手升玉階，並坐侍丹帷。金璫綴惠文，煌煌發令姿。斯榮非攸庶，繾綣情所希。豈不企高蹤，麟趾邈難追。臨川靡芳餌，何爲守空坻。槁

葉待風飄，逝將與君違。違君能無戀，尸素當言歸。歸身蓬蓽廬，樂道以忘饑。進則無云補，退則恤其私。但願隆弘美，王度日清夷。」(《文選》卷二五)太清：天空。紫微：紫宮垣十五星，在北斗之北，以北極星爲中心，天帝的居所。列宿：衆星宿，特指二十八宿。

「光太清」和「曜紫微」爲同對，「日月」爲兩名詞並列結構，「列宿」爲形容詞加名詞，爲偏正結構，不成整齊之對偶，故二句爲偏對。

⑥「亭皐」二句：出梁柳惲《擣衣》其二，全詩爲：「行役滯風波，遊人淹不歸。亭皐木葉下，隴首秋雲飛。寒園夕鳥集，思牖草蟲悲。嗟矣當春服，安見禦冬衣。」(《玉臺新詠》卷五)

盛江案：漢司馬相如《上林賦》：「亭皐千里，靡不被築。」(《文選》卷八)李善注：「服虔曰：皐，澤也，堤上十里一亭。」《史記》裴駰集解引郭璞曰：「爲亭候於皐隰，皆築地令平。」是「亭皐」爲下字限定上字，「隴首」(隴山之頂)爲上字限定下字，二句僅下半「木葉下」和「秋雲飛」爲同對，上半不成整齊之對，故爲偏對。

⑦「全其」二句：古田敬一《中國文學的對句藝術》：「『全其文彩，不求至切』，在修辭的表現上優先，不要求嚴密的對偶性，就是『偏對』。」

⑧沈給事：唐詩人沈佺期(?—七一三)，《舊唐書·文苑傳》、《新唐書·文藝傳》有傳。

⑨「春豫」二句：出唐沈佺期《昆明池侍宴應制》，但文字略有異，全詩爲：「武帝伐昆明，穿池習五兵。水同河漢在，館有豫章名。我后光天德，垂衣文教成。黷兵非帝念，勞物豈皇情？春仗過鯨沼，雲

旗出鳳城。靈魚銜寶躍，仙女廢機迎。柳拂旌門暗，蘭依帳殿生。還如流水曲，日晚棹歌清。」（《全唐詩》卷九七）豫：古代帝王秋天出巡。晉左思《魏都賦》：「既苗既狩，爰遊爰豫。」（《文選》卷六）張銑注：「春出曰遊，秋出曰豫。」此言春豫，當亦指帝王春天出巡。靈沼：《詩・大雅・靈臺》：「王在靈沼。」毛傳：「靈沼，言靈道行於沼也。」後喻帝王恩澤所及之處。從《全唐詩》則當作「鯨沼」。雲旗：畫有熊虎圖案的大旗。

《札記續記》：「沈佺期《昆明池侍宴應制》有『春仗過鯨沼，雲旗出鳳城』之句，又，宋之問《奉和晦日幸昆明池應制》有『春豫靈池會，滄波帳殿開』之句。《秘府論》引用的詩句似混同這二詩之句。這一條，皎然《詩議》八對『偏對』有引用，《詩議》所引詩句和《秘府論》一樣，因此恐怕是出於皎然的誤記。」

盛江案：上例「春豫過靈沼，雲旗出鳳城」二句下半「過靈（當爲鯨）沼」與「出鳳城」成的名對，上半「春豫」爲抽象之事，爲虚，「雲旗」爲具體之物，爲實，不成整齊之對，故曰偏對。

⑩　芙蓉偶楊柳：指北齊蕭慤《秋思》中句：「芙蓉露下落，楊柳月中疎。」（《顔氏家訓・文章》，又見《北齊書・顔之推傳》）

崔融曰：「風與空則無形而不見，山水則有蹤而可尋，以有形對無色，如此之例，名爲眇。」（見本卷「第廿八疊韻側對」）是知當時人有認爲虚本不可以對實，然元兢認爲此二句是天然之語，可成偏對，故云「雖虚亦對實」。各本在「雖虚亦對實」下標逗點「，」，以爲此句説明「以『芙蓉』對『楊柳』」，實誤。

「芙蓉露下落，楊柳月中疎」二句下半之「露下落」和「月中疎」可成同對，上半之「芙蓉」和「楊柳」均爲名詞，雖亦可成對，然「芙蓉」爲聯綿詞，「楊柳」爲兩名詞並列結構，並非整齊之對仗，故亦爲偏對。小西甚一氏認爲「芙蓉」與「楊柳」爲同對，後之「露下落」與「月中疎」則難以認作爲對偶，説有不同。

第廿四，雙虚實對①。

詩曰：「故人雲雨散，空山來往疎②。」此對當句義了，不同互成〔一〕③。

第廿五，假對④。

詩曰：「不獻胸中策，空歸海上山⑤。」

或有人以「推薦」偶「拂衣」之類是也〔二〕。

【校記】

〔一〕「此對當句義了不同互成」，松本、江户刊本、維寶箋本作大字正文。「當」，松本、江户刊本、維寶箋本作「常」。維寶箋：「常句，異本作『當句』，尤佳也。」

〔二〕「或有人以推薦偶拂衣之類是也」，寶壽、楊、寶龜、六寺本作雙行小字注，「或有人」，三寶、天海本右旁注「此一行證本注也」，寶壽、六寺本右旁注「或本兼」。

【考釋】

① 雙虚實對：古田敬一《中國文學的對句藝術》：「實字與虚字相對的則是『虚實對』，《詩人玉屑》卷三稱之爲『輕重對』。『雙虚實對』則是指實字與虚字相對，而且實字語與虚字語在句中成對。」

② 「故人」二句：詩題及撰者未詳。古田敬一《中國文學的對句藝術》：「『故人雲雨散，空山往來疎』，在這個例句中，『雲雨』是實象，『往來』是虚象，是很明確的。像這樣虚實相對的對句就是『虚實對』。又，『雲雨』中的『雲』與『雨』是二『實』，『往來』中的『往』與『來』是二虚，因『雙實』與『雙虚』相對，就成爲『雙虚實對』。另一種對『雙』的字義的解釋是，上句與下句合併爲二句稱爲『雙』。但對句原則上總是由雙句組成，實在没有冠以『雙』字的必要。而按前面對『雙』字的字義的理解，則和『虚實對』没有任何不一致處。」

《譯注》：「例句中的『雲雨』，『雲』和『雨』是兩個有實體的東西（實）在句中相對，『來往』，『來』和『往』是兩個没有實體的事項（虚）在句中相對。再進一步，二虚和二實在兩句間構成對偶。可能因此稱之爲雙虚實對。又，南卷《論文意》『夫語對者，不可以虚無而對實象』，也有否定雙虚實對的觀點。」

③ 「此對」二句：《研究篇》下：「釋云『此對當句，義了不同互成』。『對當句』相當於『當句對』，又『不同互成』的反面當包含『大致相當於互成對』的意思。例詩『故人雲雨散，空山來往疎』，上句的『雲』和『雨』，下句的『來』和『往』成對是當句對，進一步，『雲雨』和『來往』相對是互成對。但是，不同的是，『雲雨』是具體的實象，與此相對，『來往』爲動作性的虚事，如前所述，實和虚相對是不行的，在一般的互

成對中是没有的。可以看作是偏對的特殊形式。」

《校注》：「《詩議》此句，疑當作『此非互成也』，蓋『故人』對『空山』，實也；『雲雨散』對『來往疎』，虚也：故名雙虚實對，而非互成也。」張伯偉《全唐五代詩格校考》據《文鏡秘府論》改《詩議》「此互成也」作「不同互成」，注云：「『雲雨』『來往』雖爲互成，但當句義了，故不同互成。」

此十字，《考文篇》斷句作「此對當句，義了不同互成」。又，《校勘記》引青木正兒《詩文書畫於虚實理》(《支那學》卷一〇)同。盛江案：「雙虚實對」爲雙虚詞(另一句是雙實詞)當句自對，而自對之雙虚詞又與對句之雙實詞互成對偶，與「互成對」有相通之處，故不可謂「義了不同互成」。然而，「互成對」非唯上句二字組成詞後與下句互成對偶，而且組成詞之二字與下句對應之字亦可成對偶。如「第六互成對」例詩之「天地—日月」，不僅「天地」與「日月」可成對偶，而且，上下句二字各自之間，如「天—日」，「地—月」，雖不同範疇，然均爲名詞，仍可成寬泛之異類對。「雙虚實對」則不同，如所舉詩例，「雲」和「雨」各爲實體性名詞，「來」與「往」乃非實體性事項動作，名詞與動詞本不能成對。雙虚詞和雙實詞組成詞之後能上下互成對偶，而二字分别而言，即如果不作爲雙虚詞或雙實詞，衹能當句成對，即「雲」衹能當句對「雨」，「來」衹能當句對「往」，上下句之間二字分别不能成對(即「雲」不能對「來」，「雨」不能對「往」)，故謂「此對當句義了」。此點不同於「互成對」(「互成對」當句對之二字之間即使成組成詞亦能與對句相應之詞成對)，故而又謂「不同互對」。故此處之斷句，當爲「此對當句義了，不同互對」，而非「此對當句，義了不同互對」。

羅根澤《中國文學批評史》：「釋云：『此對當句義了，不同互成。』可見皎然也有互成對，不知是否與古人同出者相同？此對以『雲雨』實字，對『來往』虛字，不拘板的實對實，虛對虛，也是以天然的對偶，代替人工的對偶。」

④假對：唐楊炯《王勃集序》：「嘗以龍朔初載，文場變體……影帶以徇其功，假對以稱其美。」（《楊盈川集》卷三）

羅根澤《中國文學批評史》：「此對意義不甚明晰。或者本來非對，姑且假借爲對，如『推薦』哪能對『拂衣』，但姑借『拂衣』爲對。如此推測不錯，真是最寬泛的對偶了。」

《研究篇》下：「這是就對偶性濃淡而提出的名目，有似意對。例詩：『不獻胸中策，空歸海上山。』這兩句看不到像樣的對偶，祇有深深的失意之感流注兩句之間，在這一點上相對。又『以推薦偶拂衣之類是也』，『推薦』和『拂衣』不太容易構成對偶。但是，語句中潛藏着『赴官仕』的意思，可以看作是暗對。就是説，形式上或者意義上的對偶性很淡薄，不如説是感覺世界之對。大概相當於俳諧歌中接近於接受前句的餘情，與此相應，以附句相連接的『匂付』。假對的名稱，大概是既不是對又不是非對的意思吧。」

《校勘記》：「『假對』這一對目是建立在和『意對』相同的觀點上，其内容和『流水對』近似，指本來不是對偶的事物，但是取其對偶之形，一意貫穿兩句的句法。」

《探源》：「我認爲『假』確是『假借』，雖然整個詞語是不對，拆開來，個别字却是可對的：『推』對

『拂』，都是動作，『薦』本是草席，對『衣』也無不可。……同卷第十五『字對』以桂楫對荷戈，山椒對池篠，金扉對石崇，不都是『不用對，但取字爲對』嗎？」

古田敬一《中國文學的對句藝術》：「在後代詩話中，『假對』的名稱用的是《秘府論》説的『字對』『聲對』的意思。……『推薦』與『拂衣』是『寬對』的極端的例子。這樣的對偶可以解釋爲『假對』。但《文鏡秘府論探源》中作如下解即：『推薦』作『薦推』，『拂衣』作『衣拂』，『薦』假借爲席子，『席子』與『衣』同一範疇，成對偶。……但是，『不獻』二句，應如何解釋呢？現在還未見明快的解説。筆者認爲，『策』不當『謀略』解，而應解作『筮竹』，即占卜用的竹簽。像這樣，『山生竹』，『山』與『策』即成對偶。依然是這個在詩中的字的意思爲另外的意思置替，再借用成對偶。」

《譯注》：「假對有諸説，可惜現在尚不得確解。『假』肯定是『假借』之意，從例句來看，可能是説，即使從意義上來説不成對，但從文型上姑且構成對偶。」

盛江案：由附録所引的《夢溪筆談》、《邵氏聞見後録》、《詩人玉屑》、《觀林詩話》、《蔡寬夫詩話》等引例觀之，假對不同於意對。假對爲假借而對。具體而言，或假同音另字而對，如「廚人具鷄黍，稚子摘楊（音羊）梅」、「枸（音狗）杞因吾有，鷄棲奈汝何」、「五峰高不下（夏），萬木幾經秋」、「根非生下（夏）土，葉不墜秋風」、「黄耇（狗）日」對「白鷄年」、「水春雲母碓，風掃石楠（男）花」。此類對，實爲假聲對，或者元兢謂之聲對，而皎然及後來人謂之假對。然所謂假對較之聲對含義更廣泛。有假音而對，又有所謂假色而對，如「因尋樵子徑，偶到葛洪家」、「殘春紅藥在，終日子規啼」、「卷簾黄葉落，開户子規啼」、「姓名雖蒙齒録，袍笏未换牙緋」。以「子」（音紫）對「洪」（音紅）或「黄」「紅」，以「録」（音緑）對「緋」。又有所謂假數而對，如「閑聽一夜雨，更對柏（音百）巖僧」、「住山今十載，明日又遷（音千）居」。又有不假音而假同字别義。不用句中實際意義，而用同字另一意義。如：「牀頭兩甕地黄酒，架上一封天子書」，假酒名之地對天子之天。「當時物議朱雲小，後代聲名白日懸」，假人名之朱雲爲自然界朱色之雲以對白日。「竹葉於人既無分，菊花從此不須開」，假酒名之竹葉爲植物之竹葉以對菊花。「杜若芳洲翠，嚴光釣瀨喧」，假草名中的「杜」字爲姓氏，以對「嚴」字。等等。就皎然引例而言，既有假同音另字而對，亦有假同字别義而對，前者如「不獻胸中策，空歸海上山」，「策」（澤）對「山」，後者如「推薦」之「薦」，句中義用作動詞，借其作爲名詞的墊席、褥子之義，以對「拂衣」之「衣」。本篇南卷《論文意》引皎然《詩議》例名亦然，借「渡頭浦口水面波心」之「頭」、「口」、「面」、「心」爲人體之「頭」、「口」、「面」、「心」以相對。

⑤「不獻」二句：詩題及撰者未詳。

【附録】

《夢溪筆談》卷一五：「古人文章，自應律度，未以音韻爲主。自沈約增崇韻學……自後浮巧之語，體制漸多，始傍犯、磋對、假對、雙聲、疊韻之類。」「如『自朱邪之狼狽，致赤子之流離』，不唯『赤』對『朱』，『邪』對『子』，兼『狼狽』『流離』，乃獸名對鳥名。又如『廚人具鷄黍，稚子摘楊梅』、『當時物議朱雲小，後代聲名白日長』，以『鷄』對『楊』，以『朱雲』對『白日』，如此之類，皆爲假對。」

《邵氏聞見後録》卷一七：「唐詩家有假對律，曰『牀頭兩甕地黄酒，架上一封天子書』，又『三人鐺脚坐，一夜掉頭吟』，又『鬚欲霅青女，官猶佐子男』等句是也。或鄙其不韻，如杜子美：『枸杞因吾有，鷄棲奈汝何。』又：『飲子頻通汗，懷君想抱珠。』杜牧之：『當時物議朱雲小，後代聲名白日懸。』亦用此律也。」（四庫全書本）

《詩人玉屑》卷二「詩體上」：「有借對。孟浩然：『廚人具鷄黍，稚子摘楊梅。』太白：『水春雲母碓，風掃石楠花。』少陵：『竹葉於人既無分，菊花從此不須開。』言之者有是也。」

《詩人玉屑》卷七「借對」：「沈佺期《回波詞》云：『姓名雖蒙齒録，袍笏未換牙緋。』杜子美詩：『飲子頻通汗，懷君想報珠。』以『飲子』對『懷君』，亦『齒録』『牙緋』之比也。（東坡）」又：「荆公和人詩以『庚桑』對『五柳』，『黄耇日』對『白鷄年』。（《漫叟詩話》）」又：「『根非生下土，葉不墜秋風。』『五峰高不下，萬木幾經秋。』以『下』對『秋』，蓋『夏』字聲同也。『因尋樵子徑，偶到葛洪家』，『殘春紅藥在，終日子規啼』，以『子』對『洪』，以『紅』對『子』，皆假其色也。『閑聽一夜雨，更對柏巖僧』，『住山今十載，明日又遷居』，以『一』對『柏』，以『十』對『遷』，假其數也。（《禁臠》）」又：「詩家有假對，本非用意，蓋造語適到，因以用之。若杜子美『本無丹竈術，那免白頭翁』，韓退之『眼穿長訝雙魚斷，耳熱何辭數爵頻』，『丹』對『白』，『爵』對『魚』，皆偶然相值，立意下句，初不在此。而晚唐諸人，遂立以爲格。賈島『卷簾黄葉落，開户子規啼』，崔峒『因尋樵子徑，偶到葛洪家』爲例，以爲假對勝的對，謂之高手。所謂『痴人面前不得説夢』也。（《蔡寬夫詩話》）」

第廿六，切側對①。

切側對者，謂精異粗同是。詩曰：「浮鍾霄響徹〔一〕，飛鏡曉光斜②。」「浮鍾」是鍾，「飛鏡」是月〔二〕，謂理別文同是〔三〕③。

第廿七，雙聲側對④。

雙聲側對者，謂字義別，雙聲來對是。詩曰：「花明金谷樹，葉映首山薇⑤。」「金谷」與「首山」字義別，同雙聲對〔四〕⑥。又曰〔五〕：「翠微分雉堞〔六〕，丹氣隱簷楹〔七〕⑦。」「雉堞」對「簷楹」，亦雙聲側對〔八〕⑧。

【校記】

〔一〕「浮鍾」下松本本有「者」字。

〔二〕「飛鏡是」，三寶本無，右旁朱筆注「飛鏡是亻」。

〔三〕「別」下三寶本有「飛鏡是」三字，此三字之左標有表示抹消之黑點，右朱筆注「亻無三字」。「浮鍾是鍾……謂理別文同是」十四字，原作小字注於行間，「理別」二字用更小字注於「文同」二字之右，寶壽、楊、寶龜、六寺本作雙行小字注，據三寶、高甲、高乙、醍甲、仁甲、江户刊本、維寶箋本正之。「浮鍾」，三寶、天海本右旁注「已下一行證本注也」，寶壽、六寺本旁注「或本兼」。

〔四〕「金谷與首山字義別同雙聲對」，寶壽、楊、寶龜、六寺本作雙行小字注，「金谷與首山」三寶本右旁注「此一行證本注也」。「對」上松本、江户刊本、維寶箋本、《校注》有「側」字。《校勘記》：「『同雙聲對』是。」

〔五〕「又」，寶壽、六寺本作「詩」。

〔六〕「堞」，原作「蝶」，各本同，從高乙本作「堞」。《考文篇》：「疑爲『堆堞』，『堆』字通『墀』。」《校勘記》：「『堞』爲是。」《校注》引韓愈《鄖城聯句》「連空隳雉堞，照夜焚城郭」，盧肇《甘露寺》詩「一隅通雉堞，千仞聳樓臺」，謂「俱以『雉堞』連文」。盛江案：中澤希男及王利器説是，鮑照《蕪城賦》「是以板築雉堞之殷，井幹烽櫓之勤」，亦是其例。

〔七〕「隱」，原作「陰」，三寶、高甲、高乙、醍甲、仁甲、寶壽、六寺等本同，據松本、江户刊本、維寶箋本改，寶壽、六寺本眉注「隱イ」。

〔八〕「雉堞對簷楹亦雙聲側對」，松本、江户刊本、維寶箋本作大字正文。「堞」，原作「蝶」，各本同，據上例改。「亦」，三寶、高乙本作「之」，醍甲、仁甲、義演本作「云」。《考文篇》：「（「之」「云」）並是由草體之誤。」

【考釋】

①切側對：《文心雕龍·詮賦》：「象其物宜，則理貴側附。」《譯注》：「這個切側對之後，至雙聲側對、疊韻側對的三對，出自崔融《唐朝新定詩格》，加上側對中的『字側對』，本來應該是四對一組。」盛江案：《譯注》説是，然「第廿八疊韻側對」附有皎然與《文筆式》之説。

傳李嶠《評詩格》「九對」：「切側對二。詩曰：『漁戲新荷動，鳥散餘花落。』」「疊韻切對九。詩曰：『浮鍾霄響徹，飛鏡晚光斜。』」（「切」爲「側」之訛，「晚」爲「曉」之訛。）「漁戲新荷動」二句出南齊謝朓《遊東田》：「戚戚苦無悰，攜手共行樂。尋雲陟累榭，隨山望菌閣。遠樹曖阡阡，生煙紛漠漠。魚戲新荷動，鳥散餘花落。不對芳春酒，還望青山郭。」（《文選》卷二二）

王夢鷗《初唐詩學著述考》：李嶠《評詩格》此處引謝朓《遊東田》詩句爲例，而上無定義之語，前例即切對例有定義而無詩例，與此恰恰相反，而此處引詩，毫無意義，「疑是後人妄增者」。「疑《評詩格》此處原本全脱其定義語與詩句例，後人誤以『切對』之詩句補之，故文例既與他處相異，而詩句又與切側對之義不符。」

盛江案：傳李嶠《評詩格》「漁戲新荷動，鳥散餘花落」二句作爲切側對之例，其意難解，恐引例有誤。

《考文篇》：「『第二十六切側對』至『字聲勢疊韻』，並是崔融説。」盛江案：「第廿六切側對」至「第廿八疊韻側對」（至「如此之例名眇」）均爲崔融説，不僅至「字聲勢疊韻」。

② 「浮鍾」二句：詩題及撰者未詳。

③ 王夢鷗《初唐詩學著述考》：「其中『精異粗同』已是切側對之定義語，後之『浮鍾是鍾』以下十五字，疑爲空海補釋。蓋『精異粗同』，謂粗看似皆指『物』之對，但精思之，一爲實物，一爲借喻之物，二者不同，故以『精異粗同』爲切側對之定義，已足説明。又言『理別文同』者，增之也。」

羅根澤《中國文學批評史》：「理既有别，本不能對，惟文既相同，所以可對；不是正面相對，所以稱爲切側對。」

《研究篇》下：「崔説提出『側』是其特色，他提出『側』的三種對。切側對是切對的『側』。例詩『浮鍾宵響徹，飛鏡曉光斜』。（《評詩格》誤引爲疊韻側對之例。）就是説，『浮』和『飛』，『鍾』和『鏡』爲切對，但作爲連語時又不成對偶。因爲浮鍾是鍾，飛鏡是月的異名。」

《探源》：「因爲不是正面相對，故稱爲切側對，所謂『理別文同』，近乎皎然的『假對』，元兢的『字對』。」

王運熙、楊明《隋唐五代文學批評史》：「鍾與鏡，若粗粗一看，均爲器物，可爲切對，但仔細分析，『飛鏡』乃指月亮，並非器物。其實『鍾』『月』本可成對，不過乃屬於上官儀所謂『異類對』，不甚切當而已。但以『鏡』喻月，則從字面上便可稱切當了。」

盛江案：切側對之特點爲「精異粗同」、「理別文同」，粗識同而細辨則不同，其文同而其理則有別。其例「浮鍾宵響徹，飛鏡曉光斜」，「浮鍾」、「飛鏡」均爲名詞器物，粗識其文相同而可爲切對或稱的名對。然細爲辨之，一爲直寫，一是借代，其用詞之理有別。「文同」是「粗同」，「理別」是「精異」。文粗同故可爲切對，理細別，故祇爲切對之一側，爲不完全之切對，故而爲切側對。又，「浮鍾是鍾」以下十五字，並無根據謂爲空海補釋。

④雙聲側對：羅根澤《中國文學批評史》：「蓋切側對，理別而文同，此則字義皆別，所以能用爲對者，祇側取雙聲一點，故稱爲雙聲側對。」

《研究篇》下：「一般的雙聲對，如『佳菊』對『麗蘭』，或『洲渚』對『樹石』，即使除掉雙聲這一條件，也能成對偶。但在這裏，『花明金谷樹，葉映首山薇』的『金谷』和『首山』，祇是以雙聲這一點上構成對偶。但是，把雙聲定義爲雙聲之外也有對偶，祇限於把雙聲對和雙聲側對區分開來的崔融説中通用，其他諸家似都把它們放在一起泛稱爲雙聲對。」

⑤「花明」二句：詩題及撰者未詳。傳李嶠《評詩格》「九對」：「雙聲側對七。詩曰：『花明金谷樹，菜映首山薇。』」王夢鷗《初唐詩學著述考》互校《文鏡秘府論》與《評詩格》，指出：「唐人諱『世』，書『葉』字爲『菜』，《評詩格》因誤作『菜』，猶可見其録自唐本。」「《秘府論》此處未引『或曰』，蓋爲崔融獨創之例，故無他書可並録。」

⑥「金谷」二句：《探源》：「兩個詞都是雙聲，本來地名相對，而且『山』對『谷』，應該是可以的。」盛江案：「首山」即首陽山，爲「山」名，「金谷」爲金谷澗或金谷園之名，非爲「谷」名，故曰「字義別」。「同雙聲對」謂僅因同雙聲而成對，即上言「雙聲來對是」。此處作「同雙聲對」自通，不必改作「同雙聲側對」。「金谷」牙音見母雙聲，「首山」齒音審母雙聲。

⑦「翠微」二句：詩題及撰者未詳。

⑧「雉堞」二句：「簷」（屋簷）、「楹」（堂前柱）分爲兩個名詞，爲二名詞同位並列，「雉」爲計算城墻面積單位，城墻長三丈廣一丈爲「雉」，「堞」爲城上齒狀女墻，「雉堞」合爲一個名詞，泛指城墻，並非二名詞同位並列，故與「簷楹」亦「字義別」，僅因同雙聲而對，故亦雙聲側對。「雉堞」舌音澄母和定母雙聲。「簷楹」喉音喻母雙聲。

第廿八，疊韻側對①。

疊韻側對者，謂字義别，聲各疊韻對是〔一〕②。詩曰：「平生披黼帳，窈窕步花庭③。」「平生」「窈窕」是〔二〕④。又曰：「自得優遊趣，寧知聖政隆⑤。」「優遊」與「聖政」，義非正對，字聲勢疊韻〔三〕⑥。

或曰〔四〕⑦：夫爲文章詩賦，皆須屬對，不得令有跛眇者〔五〕⑧。跛者〔六〕，謂前句雙聲，後句直語⑨，或復空談⑩。如此之例，名爲跛。眇者，謂前句物色⑪，後句人名，或前句語風空〔七〕，後句山水。如此之例，名眇〔八〕。何者？風與空則無形而不見，山水則有蹤而可尋〔九〕，以有形對無色〔一〇〕。如此之例，名爲眇⑫。

或云：景風心色等，可以對虛，亦可以對實⑬。

今江東文人作詩⑭，頭尾多有不對。如：「俠客倦艱辛，夜出小平津〔一一〕⑮。馬色迷關吏⑯，鷄鳴起戍人〔一二〕⑰。露鮮花劍影〔一三〕，月照寶刀新。問我將何去？北海就孫賓⑱。」此即首尾不對之詩，其有故不對者若之〔一四〕⑲。

【校記】

〔一〕「各」，原作「名」，各本同。祖風會本注：「『聲名』間恐脱『同』字。」「聲」下《譯注》、林田校本有「同」字。《校勘記》：「第二十七雙聲側對『謂字義別雙聲來對是』，參考此句，則此處『名』爲『各』之訛，這裏當訓爲『字義別，聲各疊韻對』。」盛江案：細審文義，此例明確説明名爲「疊韻側對」，故此句如「第廿七雙聲側對」例作「同疊韻對」或「名疊韻側對」則可，作「名疊韻對」則不可。又考明治四十一年京都山田鈍刊行《文筆眼心抄釋文》，「聲名」下無「同」字，而明治四十三年刊行《弘法大師全集》第三輯本《冠注文筆眼心抄》有「同」字，此「同」字當爲刊行者以意校補，而實無據。故中澤希男説或近是，「名」爲「各」形訛，今據改。

〔二〕「平生窈窕是」，醍甲、仁甲、寶壽、六寺、義演、松本本作雙行小字注。王夢鷗《初唐詩學著述考》：「味此逸詩語意，（平生）當以『平明』爲近是。」

〔三〕「優遊與聖政義非正對字聲勢疊韻」，寶壽、楊、寶龜、六寺本作雙行小字注。

〔四〕「或曰」，寶龜本作「崔氏云」，三寶、天海右旁注「崔氏證本」，「崔氏」二字右劃一綫，爲抹消（見せ消ち）痕跡。

〔五〕「令」，原作「合」，高乙、醍甲、仁甲、義演本同，三寶本作「合」而改「令」，訓「シム」，從《眼心抄》及三寶本注引異文作「令」。

〔六〕「跛者」，三寶、天海本無。

〔七〕「語風空」，《校勘記》：「『語』字或衍，如果不是這樣，則『後句』之下或脱『語』字。」《眼心抄》無「語」字。

〔八〕「眇」上高甲、寶龜本有「爲」字。《校勘記》：「前有『如此之例名爲跛』，則此處『名爲眇』爲是，但與下面重複。」

〔九〕「山」與「水」間，《校注》依上句例補「與」字。

〔一〇〕「無色」，寶壽、六寺本作「無形色」。

〔一一〕「小」，原作「少」，各本同，據寶龜本及《文苑英華》改。

〔一二〕「戍」，原作「戎」，各本同，據《眼心抄》及《文苑英華》改。

〔一三〕「劍」，《考文篇》作「斂」，謂：「各本及《眼心抄》均誤作『劍』，據《魏文帝詩格》改。」盛江案：此詩首尾不對而中間四句對，與下句「寶刀」相對，此處作「花劍」爲是。又，據《校注》引江淹《蕭驃騎讓太尉增封第三表》「文軒華劍」。「華劍」即「花劍」，又引江淹《蕭太尉上便宜表》「文彩利劍」。因此「華劍」非不詞。「影」，高乙本作「彩」。

〔一四〕「此即首尾」至「不對者若之」，寶壽、楊、寶龜、六寺本作雙行小字注，「此即首尾」三寶、天海本右旁注「已下一行證本注也」。

【考釋】

① 疊韻側對：羅根澤《中國文學批評史》：「疊韻側對當然是側取疊韻一點。」「崔氏的對偶説，其作用與元兢的字對、聲對、側對相仿，都是一面似嚴密，一面又似寬泛。但元兢衹提出『字義俱別，形體半同』的側對，而此則益以切側對、雙聲側對、疊韻側對三種，顯然較元兢益臻嚴密，益轉寬泛，其時代當在元兢以後無疑。」

《研究篇》下：「疊韻對和疊韻側對的關係，與雙聲對和雙聲側對的關係相同，衹在疊韻這一點上相對。如『優遊』『聖政』便是。這是崔氏獨自的名稱，一般衹作爲疊韻對來看待。」

《探源》：「以上三種（盛江案：指切側對、雙聲側對、疊韻側對），相信是崔融獨創的，另外雙聲對、疊韻對、字對、聲對和側對也屢引崔融説，到底崔融有多少對，無法知道確數。」

②「謂字」二句：此二句各家標點理解不一。豹軒藏本作：「字義別聲，當言字義別聲勢同。」《譯注》、林田校作：「謂字義別聲同，名疊韻對是。」《考文篇》、《校注》作：「謂字義別，聲名疊韻對是。」

③「平生」二句：詩題及撰者未詳。傳李嶠《評詩格》「九對」：「疊韻對八：詩曰：平明披黼帳，窈窕步花庭。疊韻切對九。詩曰：浮鐘霄響徹，飛鏡晚光斜。」（盛江案：「疊韻切對」《評詩格》「九對」標目作「疊韻側對」。）王夢鷗《初唐詩學著述考》：「《評詩格》此處原文皆已脱佚，故上無定義語，而『詩曰』以下，亦係妄移『疊韻側對』之詩例爲之補充，非原文所有。蓋『平明』『窈窕』，雖同爲疊韻語，而義非正對，故曰『疊韻側對』也。」

④平生：下平聲十二庚韻疊韻。窈窕：上平聲二十九篠韻疊韻。二者相對是謂「疊韻對」。「平生」爲名詞，「窈窕」爲聯綿狀詞，是謂「字義別」。「披黼帳」與「步花庭」成對而其一側之「平明」「窈窕」僅因疊韻而成對，故稱「疊韻側對」。

⑤「自得」二句：詩題及撰者未詳。聖政：《孟子·滕文公上》：「聞君行聖人之政，是亦聖人也。」

⑥「義非」二句：《探源》：「所謂『義非正對，字聲勢疊韻』，與『雙聲側對』類似。」聲勢：慧琳《一切經音義》及智廣《悉曇字紀》稱梵文「迦」等三十五父音字母爲「體文」，「阿」等十二母音字母（摩多文）爲「聲勢」。「優遊」狀詞，「聖政」名詞，是亦「字義別」。「優遊」下平聲十八尤韻疊韻，「聖政」去聲四十五勁韻疊韻。二者是謂「疊韻對」。「自得」與「寧知」，「趣」與「隆」各自成對，而「優遊」與「聖政」僅因疊韻而成對，

故稱「疊韻側對」。以上崔融説。

⑦ 或曰：此句至「如此之例名爲眇」，仍爲崔融《唐朝新定詩格》。此非具體對屬之論述，僅爲一般之原則，帶有總結性。

⑧ 「夫爲」三句：《文心雕龍·麗辭》：「造化賦形，支體必雙。神理爲用，事不孤立。」「若夫事或孤立，莫與相偶，是夔之一足，趻踔而行也。」本書南卷《論文意》：「凡文章不得不對。」可與參看。

⑨ 直語：《文心雕龍·書記》：「諺者，直語也。」中澤希男《王昌齡詩格考》：「直語，指不是重字、雙聲、疊韻之語。」

⑩ 空談：劉宋范曄《獄中與諸甥侄書》：「言之皆有實證，非爲空談。」（《宋書·范曄傳》）《文心雕龍·封禪》：「然則西鶼東鰈，南茅北黍，空談非徵，勛德而已。」中澤希男《王昌齡詩格考》：「所謂『或復空談』，是説上句用故事，而下句用不是故事之語（空談）。」

⑪ 物色：《文心雕龍》有《物色》篇，云：「春秋代序，陰陽慘舒，物色之動，心亦摇焉。」《文選》卷一三有「物色」賦，李善注：「四時所觀之物色而爲之賦。」又云：「有物有文曰色。風雖無正色，然亦有聲。」

⑫ 南卷《論文意》：「夫語對者，不可以虚無而對實象。若用草與色爲對，即虚無之類是也。」可與此參看。

古田敬一《中國文學的對句藝術》：「傳爲王昌齡所撰的《詩格》有『勢對例五』項……釋其中『偏對』爲『重字與雙聲疊韻是也』。重字與重字相對爲正對，重字與雙聲疊韻相對就成偏對。」「這裏關於『跛』

的論述，近似於王昌齡所説的『偏對』的概念。以雙聲對雙聲是『正對』，以『雙聲』對『直語』（不是雙聲疊韻語）是『偏對』。『跛』是形式的『偏對』，『眇』是内容的偏對。」

⑬「或云」四句：《考文篇》：「『或云景風』至『對實』十六字，皎然説。」吟窗本皎然《詩議》：「夫境象不一，虚實難明。有可覩而不可取，景也；可聞而不可見，風也；雖繫乎我形，而妙用無體，心也；義貫衆象，而無定質，色也。凡此等，可以偶虚，亦可以偶實。」此段論述又見本書南卷《論文意》引皎然之説。

《校勘記》：「（或云景風心色等可以對虚亦可以對實）這十六字可能從皎然《詩議》抄出（參《秘府論》南卷）。前説（崔融説）把『以有形對無色』作爲病（南卷《論文意》推測從王昌齡《詩格》抄出的部分裏「不可以虚無而對實象」，與崔融説同意）。與此相對，皎然説『景風心色等，可以對虚，亦可對實』（南卷），『但天然語，今雖虚亦對實』，又立『雙虚實對』之目，在虚無對實象的問題上提出寬鬆的要求。恐怕爲了説明在對偶的虚實論上對於前説（崔融説）有别的意見，所以在前説之末加（皎然説的）這十四字。」

⑭江東文人：維寶《箋》：「江東文人者，指顏之推也。」

⑮小平津：漢靈帝時所設，在今河南孟津東北黄河上，爲河南八關之一。

⑯馬色迷關吏：用戰國時詭辯家公孫龍以「白馬非馬」理論迷惑關吏，越關而去之故事（見《初學記》卷七引劉向《七略》）。

⑰鷄鳴起戍人：用孟嘗君食客模仿鷄鳴聲打開函谷關的故事（見《史記·孟嘗君列傳》）。

⑱ 傳《魏文帝詩格》：「頭尾不對例。古詩：『使客倦艱辛，夜出小平津。馬色迷關吏，鷄鳴越戍人。露鮮花斂影，月照寶刀新。問我將何去？北海問孫賓。』」

北齊顔之推《從周入齊夜度砥柱》：「俠客重艱辛，夜出小平津。馬色迷關吏，鷄鳴起戍人。露鮮華劍彩，月照寶刀新。問我將何去？北海就孫賓。」（《文苑英華》卷二八九，又《吟窗雜録》卷一四李商隱《梁詞人麗句》亦載，題《犯虜將逃作》，作惠慕道士作）維寶箋謂「孫賓」即孫臏。《校注》謂「孫賓」即「孫賓石」，引《後漢書·趙岐傳》：中常侍唐衡兄唐玹，盡殺趙岐家屬，岐逃難江湖間，匿名賣餅。時孫嵩察岐非常人，曰：「我北海孫賓石，闔門百口，埶能相濟。」遂俱歸，藏岐複壁中數年。諸唐滅，岐因赦得免。並云：「『孫賓石』之作『孫賓』，此六朝人割裂人名爲文之習慣用法也。」盛江案：詩云「北海就孫賓」，《後漢書》云「我北海孫賓石」，王利器説爲是。

⑲ 羅根澤《中國文學批評史》：「《秘府論》在疊韻側對後，有此下一段文字（盛江案：指自「或曰夫爲文章詩賦」至「北海就孫賓」），另行書寫，自非疊韻對的解釋，不知是否出於皎然？」《考文篇》：「『今江東文人』至『不對者若之』，以及『如平生』以下，《筆札華梁》。」

《校勘記》：「『今江東文人』以下從其例句一致這一點推斷，與《魏文帝詩格》『頭尾不對例』『側不對例』同原，想是不會有錯的。從文脈看，『或云』管到以下。但如前所述，『或云』以下十六字恐抄録皎然《詩議》。因此，『今江東文人』之上可能省去了一個『或曰』。既説『江東文人』，又以隋顔之推詩爲例，『總不對』以沈約詩爲例，又言『如此作者，最爲佳妙』，從這些推斷，這一條的原典當是六朝人的著作。」

《札記續記》：「（這一條）可以猜想爲《文筆式》。又，成簣堂本地卷之首有『八對元、六對札、二種十對、七言句例札』的注，假如十對的原典是《文筆式》，則這『二種』或者可以臆測『頭尾不對例』和『側不對例』。」「小西氏《考文篇》認爲這一條的原典是上官儀《筆札華梁》，這是不妥當的。」

松浦友久《的名對與總不對對》：「『第二十九總不對（對）』之前的一段釋文中，『或曰，夫爲文章，皆須屬對』至『或曰，風景心色等，可以對虚，亦可以對實』這一部分，可以認爲是『第二十八疊韻側對』的釋文。而繼此的自『今江東文人』至『其有故不對者若之』這一部分，是關於『第二十九總不對（對）』的釋文。因而有必要把這兩者各自作爲别一條來處理。」

盛江案：顔之推爲北齊人，且下引「俠客倦艱辛」例詩寫北地邊戍生活，當爲北朝人作，不當稱「江東文人」，疑「頭尾多有不對」句下先引有江東文人詩，後再引顔之推詩，或衹是指出「江東文人作詩頭尾多有不對」一事實，本無意引詩例證，「如俠客」云云以下轉述河朔詩例。若詩爲江東文人所作，則當如李商隱《梁詞人麗句》所言，爲梁惠慕道士作，題爲《犯虜將逃作》。引北朝詩爲例，「江東文人」爲北朝人稱江東人習用口吻，如本書西卷《文二十八種病》「第四鶴膝」引劉善經稱謝朓、任昉、王融等人爲「江東才子」，故此段文字亦可能與西卷《文筆十病得失》同時，爲隋時人所作，而爲《文筆式》所引。

第廿九，總不對對〔一〕①。

如：「平生少年日，分手易前期。及爾同衰暮〔二〕，非復别離時。勿言一樽酒〔三〕，明日難共持。夢中不識路，何以慰相思②？」此總不對之詩〔四〕，如此作者，最爲佳妙。夫屬對法，非直風花竹木用事而已〔五〕。若雙聲即雙聲對，疊韻即疊韻對③。

【校記】

〔一〕「總不對對」，原作「總不對」，各本同，據《眼心抄》補一「對」字。

〔二〕「衰」，醍甲、仁甲、寶壽、六寺本作「褰」。

〔三〕「樽」，寶壽、六寺本作「蹲」。

〔四〕「此總不對之詩」至「疊韻即疊韻對」，寶壽、楊、寶龜、六寺本作雙行小字注，「此總不對之詩」三寶本旁注「已下之三行證本注也」。

〔五〕「直」，原作「真」，各本同。《校勘記》：「『真』爲『直』之誤。」《校注》：「『真』疑當作『直』。」今亦從之。

【考釋】

① 總不對對：羅根澤《中國文學批評史》：「總不對，不知作始何人，就其性質而言，當爲皎然同時或稍後之作，因爲雖名爲對，而實在不對，充其量也是不對之對，純是晚期的對偶説。」

《研究篇》下：「《秘府論》本文作『總不對』，恐是因所據的《筆札華梁》的筆誤。篇立爲『總不對對』，《眼心抄》同，如果不是『總不對對』，不能算作是『第二十九』吧。」「上官儀的原文裏不存在這樣的對，例詩祇不過表示『頭尾不對』以及『側不對』，上官儀提出有的作品没有對偶，因此是承認對是對，不對是不對。《秘府論》把它轉换爲『總不對之對』，我想斷定這是根據弘法大師專門的見識。篇立中没有指出典據，我想也是這個原因。」沈約所作「平生少年日」的例詩，表面上不體現對偶，却在深層充滿無形的對。因此上官儀把這作爲「最爲佳妙」，而弘法大師「一點也不改變上官儀的原文，祇是在原題上加了一個『對』字，就把『總不對之詩』提高到『總不對之對』」。

《校勘記》：「這一條與《魏文帝詩格》『側不對例』同原。也許《詩格》中的『側』爲『總』之訛。三浦梅園《詩轍》卷五：『總不對ハ唐人詩式ノ外ニ見エタレバ空海ノ加フル所ナルベシ散詩ノコトナリ下ノ對ノ字闕ヘズ。』（總不對如果見於唐人詩式之外，則當爲空海所加，爲散詩，下之對字看不清。）」「『總不對』爲『總不對對』的看法爲妥。但是，『總不對對』這一對目意思不通。」盛江案：吟窗雜録本傳《魏文帝詩格》作「俱不對例」。

《考文篇》以爲此節出《筆札華梁》，已見前注。《譯注》：「這裏所引的例詩，在《魏文帝詩格》裏，接在前段顔之推的詩之後，作爲『俱不對例』而被例舉。從這點看，想這一段也當引自《文筆式》。《魏文帝詩格》的『俱不對例』和『八對』分别對待，從這一點看，《文筆式》恐也不會作爲原來對句的一種而提出『總不對』這一名目來。把它編入二十九種對句中的一種，大概是編者空海的創見。」

松浦友久《的名對與總不對對》：「關於《秘府論》本論部分的記述是否作『總不對對』，多少有些疑問。理由大體能想出二點：第一，《秘府論》現存各種傳本的這一部分全部作『總不對』。這包括所謂

『再治本』的各本，不管哪一本都没有例外，這至少留下了這樣的可能性，即關於本論部分，本來是『總不對』。第二，這一部分的釋文，是『此總不對之詩』，而不是『總不對對之詩』（其他各對同樣的體例都是這樣），如果這一部分完全引自所依據文獻的本文，和其他大多數場合一樣（作爲再治本的本文），加上『或曰』二字是很自然的。但是，空海自己把『總不對』的詩例作爲『二十九種對』最後的實例而設置這件事自身，必須説是不可動摇的事實。」「『總不對對』是和『的名對』形式上差異最大的一個實例，例詩八句全是散句。但是，『一、這首詩是把對偶作爲常式的『五言八句』的近體式的詩型；二、前半二聯構成在聯想上的對偶』，『應該包含對偶的詩型而不採用這一形式』，『意義上『過去』和『現在』對比，這種對比構成『對』的聯想』，因此，『把這首詩作爲『總不對例』、『總不對之詩』、『總不對對』的例詩，可以説能够具有具體適應性』。『上官儀的意圖是把『總不對例』和『頭尾不對』的實例並列，而顯示它的特殊性（《魏文帝詩格》可以看作上官儀《筆札華梁》同一系統的殘本，其中有『俱不對例』一條，和緊接的前例『頭尾不對』一條並列，衹停留在作品例子的介紹上，這一事實，或者在某種程度上可以證實這一點），空海的意圖則是把『總不對』的實例作爲『二十九種對』之一，放在一個積極的位置上：對偶性最明顯的實例（的名對）；對偶性最潛在的實例（總不對）。可以認爲，對對偶論這樣系統性的把握，較之上官儀遠爲明確』。

盛江案：此處可能重『對』字，作『總不對對』。第一，《二十九種對》之篇立與《文筆眼心抄》作『總不對對』（大正十二年即一九二三年祖風宣揚會《弘法大師全集》刊《冠注文筆眼心抄》作『總不對對』，一九〇八年京都山田鈍氏版《文筆眼心抄釋文》作『總不對二』，『二』爲《文筆眼心抄釋文》習用疊字符號，如聯綿對，「看山山已峻，望水水仍清，聽蟬蟬響急，思卿卿別情」，即作「看山〻已峻，望水〻仍清，聽蟬〻響急，思卿〻別情」）。第二，前例言「首尾不對之詩」（傳《魏文帝詩格》作「頭尾不對詩格」），言下之意即謂首尾不對而中間四句成對（實際例詩亦然）。此例言「此總不對之詩」（傳《魏文帝詩格》作「俱不對例」），言下之意也應是雖總不對而實內含屬對（實際例詩亦然）。釋文謂「如此作者，最爲佳妙」，亦應指表面雖總不對而實內含屬對「最爲佳妙」。釋文又謂「夫屬對法」云云，均説明無論頭尾不對例也好，抑或總不對例也好，雖屬例外，但仍爲屬對。「第廿九」一例，實際論總不對之對。第三，何以《文鏡秘府論》各本均作「總不對」，而不作「總不對對」，可有各種解釋。可能因第二個「對」字作疊字符號即作「〻」，並作草體，筆劃簡單得衹看得清上下兩點「、、」，現存京都山田鈍氏刊行本《文筆眼心抄釋文》「總不對對」作「總不對ニ」（此「ニ」字原即爲是兩點），到祖風宣揚會全集本《冠注文筆眼心抄》纔作「總不對對」，即是其證。表示疊字「〻」之兩點，抄寫者可能誤以爲爲訓點，或是片假名表示助詞之「ニ」。因認爲其非正文，後來抄寫者即不予抄録。此節疑當出《文筆式》。

②「平生」八句：傳《魏文帝詩格》：「俱不對例：古詩：『平生年少日，分首易前期。及爾同衰暮，無復別離時。勿言一樽酒，明日難重持。夢中不識路，何以慰相思？』」

例詩爲梁沈約《別范安成》。見《文選》卷二〇。李善注引《韓非子》：「六國時，張敏與高惠二人爲友，每相思，不能得見，敏便於夢中往尋，但行至半道，即迷不知路，遂回，如此者三。」

吟窗本王昌齡《詩中密旨》亦引此詩，謂：「詩有二格，詩意高謂之格高，意下謂之格下。古詩：『耕田而食，鑿井而飲。』此高格也。沈休文詩：『平生少年分，白首易前期。』此下格也。」

何偉棠《永明體到近體》：「這是一首五言八句平韻的永明體律體詩」，「全詩自首至尾，每一句五字異聲，每一聯上下句之間二五字異聲」。

③《校勘記》：「各本都把這一條連屬於前條，但這一條和『總不對』沒有直接的關連，應該另作爲一條。」

《札記續記》：「(「今江東文人作詩」至「其有故不對者若之」)和接着的第二十八(盛江案：當爲「第二十九」)總不對對和《魏文帝詩格》的頭尾不對例及側(盛江案：「側」當爲「俱」字之訛)不對例是同原之文，這是很清楚的。收入《魏文帝詩格》的這二條其原典是什麽，雖然尚不能弄清，但文中説『江東文人』，又以顔之推《從周入齊夜度砥柱》爲例，在總不對中又以沈約詩爲例，並且評價『如此作者，最爲佳妙』，等等，從這些推想，説它是六朝末的作品，大概没有多少疑問。由此也不能不讓人想到可能就是《文筆式》。又，成簣堂本地卷之首注有『八對元，六對札，二種十對，七種言句例札』，假如『十對』的原典是《文筆式》，則我猜想『二種』就是『頭尾不對例』和『側不對例』。」

王夢鷗《初唐詩學著述考》：「(傳《魏文帝詩格》)首尾不對與俱不對，本亦爲『屬對』之例，《秘府論》雖雜採衆書，列成二十九種對，但以之與正名對、隔句對等相連屬，是也。《詩格》則以之附於篇末，割裂之跡甚顯。疑《筆札》原文，於言八種對之後，又繫此二例以解消前文之約束，故當仍附於前八種對之末爲是。」

關於《魏文帝詩格》之真僞，王夢鷗《初唐詩學著述考》謂：「自陳振孫以下，皆謂《魏文帝詩格》爲僞書，其確證乃在於魏文帝不至於引六朝人詩爲例。但細察其中所引諸詩，皆不傳於後代，其能證知六朝人詩者，亦惟有『俠客倦艱辛』及『平生年少日』二首。前者見於《吟窗雜録》卷之十四題名李商隱集之《梁詞人麗句》（疑即元思敬《古今詩人秀句》一書之殘帙），謂惠道士作。此詩亦輯入丁福保輯《全梁詩》卷十三，署名惠慕道士，題作《犯虜將逃》詩。丁氏據《文苑英華》注稱：顏之推從周入齊夜渡砥柱時作。要之，任何一説，皆屬梁人作品無疑。後者，則見於《沈約詩集》卷二、《全梁詩》卷四。而『夢中不識路』一語尤爲後人樂道不置者，可證其必非魏文帝所及聞之詩句。然用爲上官儀所引述者，則甚妥適無礙。故曰，《魏文帝詩格》，書名則僞，而内容未嘗不真。」

關於《二十九種對》原典的考證：

《研究篇》下：「（二十九種對）第一部分（盛江案：「第一的名對」至「第十一意對」）。這一部分，通常形式都是先舉例詩，接着作爲『釋曰』加以駢儷體的説明。但是，從其他卷的例子推測，採取這種形式的地方，是引自上官儀《筆札華梁》或者一般認爲據此增補而成的《文筆式》，這一部分大概也是這樣吧！還有，傳《魏文帝詩格》有『一曰正名，二曰隔句，三曰雙聲，四曰疊韻，五曰連綿，六曰異類，七曰迴文，八曰雙擬』八對，李淑《詩苑類格》將這八對作爲『唐上官儀曰』而著録，這似乎更是確實的。但是，如果這樣推測，就會出現以下的疑問。（一）如果把這一部分作爲上官儀説，那麽，疊韻對中有作爲『筆札云』而引用的内容，那是爲什麽？（二）《秘府論》在上面八對之外引用了互成對、賦體對和意對，和這前後形式相同，但爲什麼李淑没有引用？這當中，（一）點尤爲重要。這一部分如果整體是上官儀説，却特意表示『筆札云』，這是很奇怪的。而且，實際從《筆札》所引用的，並不止這些。（第一的名對「或曰天地云云」，第三雙擬對「或曰春樹春花云云」，第四聯綿對「或曰朝朝夜夜云云」，第八雙聲對「或曰奇琴云云」，第九疊韻對「筆札云徘徊云云」，第十四同對「同類對者雲霧云云」）這六條都應該看作是引自《筆札華梁》，因此這是更爲值得注意的。這當中，（第八雙聲對「或曰奇琴云云」的）『或曰』，寶龜院本作『筆札云』，其他幾例，其例詞都有共通之處，又用『如此之類……對』的形式結束，從這些方面看，可以斷言這幾例引據同一原典。然而，《詩苑類格》在（上官儀）『八對』之外，還載有『六對』（盛江案：引上官儀「六對」略）。這些例子，全部和《秘府論》相合。這樣看，前述六對是上官儀説是没有疑問的。被認爲是上官儀之説，又在其中的某一部分，把那些上官儀説特意改作『筆札云』或者『或曰』，用這樣的引用方式來表示，一般不會有這樣的形式。但是，這第一部分至少有八對是上官儀説，這是可以肯定的。要解決這一矛盾，第一部分的原據恐怕衹能具備下面的條件：（A）包含和上官儀説内容（以及形式）相同之説；（B）和上官儀的《筆札華梁》是另一本書。和這二點很恰合的就是《文筆式》。《文筆式》之外，没有充分符合這樣特殊條件的資料。至少大師没有見過。這樣考慮，剛纔的疑問之（二）自然也就解決了。就是説，李淑所引的八對是《筆札華梁》中有的對屬之説，而衹存在於《秘府論》的三對則是《文筆式》的撰者所增補的。在這裏更成爲疑問的是，李淑把六對和八對都作爲上官儀説而引用的理由。這一點中澤希男氏有疑問，但是，這大概是把上官儀之前已有之説歸納爲六種加以介紹，（正名對和同類對合指也是這個緣故吧！）爾後加以修改，重新提出自己的八種對吧！我認爲，《文筆式》從《筆札華梁》衹取八種對，然後再加上自己的三種對。這種關係可以表示如下：

筆札華梁
正名　同類　聯綿
雙聲　疊韻　雙擬　先人説

文筆式
（的名　聯綿　雙聲　疊韻　雙擬）
隔句　異類　迴文——上官儀附
互成　賦體　意——文筆式附

正名對和的名對異名同實，把正名對改作的名對是根據上官儀的愛好。《詩苑類格》把聯綿對作爲連珠對，恐怕是訛傳，據《秘府論》『第四聯綿對』所引，仍以聯綿對爲是。省略同類對，是因爲和正名對的區別不明顯。但是提出異類對，好像是因爲想到同類對。賦體對實質上是雙聲對及疊韻對的綜合，之所以設立一個別名，我想是因爲加上被稱之爲重字對的東西，爲表示『似賦體之形體』。根據以上分析，可以認爲，第一部分（盛江案：第一的名對」至「第十一意對」）以《文筆式》爲主，而附加了《筆札華梁》的六對説。另外還一併著録了崔融説、元兢説和皎然説。」

「第二部分（盛江案：「第十二平對」至「第十七側對」）。這一部分，初稿本文有『右六種對元兢《髓腦》」，顯然據《詩髓腦》。但是，的名對條引用有『元兢曰正對者』，異類對條引用有『元氏云異對者』，把這合在一起，大概有以下八種：正對、同對、異對、平對、奇對、字對、聲對、側對。前三對是修改前人名目的産物。後五對不太清楚到哪裏爲止是元兢之説。還有，元兢説雖然專門用單字名，但即使同是單字名，元兢説似不包含意對。因爲意對這一條，始終是《文筆式》的論述形式，看不出元兢説的特色。」

「第三部分（盛江案：「第十八鄰近對」至「第廿五假對」）。這一部分，初稿本文有『右八種對出皎公《詩議》』，顯然是皎然説。傳本《詩議》作爲『詩有八對』，有如下諸對（略），和《秘府論》相合。這八種對全然看不到他人之説，可以認作是皎然提出的。」「但是傳本《詩議》作爲『詩對有六格』有『的名對、雙擬對、隔句對、聯綿對、互成對、類體對』。這些在前人之説中都能看到，因此仍然是要介紹前人説中有代表性的對偶説的意思。這六對所示例詩，全部著録於《秘府論》第一部分中，據此可以判别第一部分中的皎然説。元兢説之前作爲『又曰……』而被引用，例詩爲『日月光天德』、『可聞不可見』、『始見西南樓』、『視日日將晚』、『歲時傷道路』、『離堂思琴瑟』的是皎然説。」

「第四部分（盛江案：「第廿六切側對」至「第廿八疊韻側對」）。這也表示『右三種出崔氏《唐朝新定詩格》』，但並不是崔融祇有這三種對屬之説。被認爲引用很多崔融説的傳本《評詩格》，劈頭作爲『詩有九對』有『切對、雙聲對、疊韻對、字對、字側對、聲對、切側對、側雙聲對、疊韻側對』。前三對附在第一部分，中三對附在第二部分，可能因爲後三對别處未見，所以特别提出來。崔融説的創見，是在各對加一個『側』（和平側的側相同吧），除了聲對，『疊韻對——疊韻側對，雙聲對——雙聲側對，切對——切側對，字對——字側對』，一一對應。但是，帶有『側』字的這四種，都是前人所列舉的對屬，因此，並不純然是創見。」

「第五部分，最後的總不對對。……可能是大師自己的見解。但又不全是大師自己的創見，它所依據的，可能是上官儀説。把兩者作一對照就不難知道。

文鏡秘府論	魏文帝詩格
今江東文人作詩，頭尾多有不對。如：俠客倦艱辛，夜出少平津。馬色迷關吏，鷄鳴起戍人。露鮮花斂影，月照寶刀新。問我將何去，北海就孫賓。此即首尾不對之詩，其有故不對者若之。	頭尾不對例 使客倦艱辛，夜出小平津。馬色迷關吏，鷄鳴越戍人。露鮮花斂影，月照寶刀新。問我將何去，北海問孫賓。
第二十九　總不對對 如：平生少年日，分手易前期。及爾同衰暮，非復别離時。勿言一樽酒，明日難共持。夢中不識路，何以慰相思。此總不對之詩，如此作者，最爲佳妙。	側不對例 古詩：平生少年日，分手易前期。及爾同衰暮，無復别離時。勿言一樽酒，明日難重持。夢中不識路，何以慰相思。（格致叢書本）

就是説，上官儀把這一詩作爲『不對』之例舉出來，總不對對這樣的對没有提出過。因爲《筆札華梁》的六

對以及八對當中，這樣的對都没有。把它作爲對偶的一種列爲第二十九，這是根據大師的見解在解釋上作了轉换。」

《研究篇》下：「《二十九種對》所據的原典用表表示如下：

第一部分					
的名	文筆式	筆札華梁	詩議	詩髓腦	
隔句	文筆式		詩議		
雙擬	文筆式	筆札華梁			
聯綿	文筆式	筆札華梁	詩議		
互成	文筆式		詩議		
異類	文筆式		詩議	詩髓腦	
賦體	文筆式				
雙聲	文筆式	筆札華梁			唐朝新定詩格
疊韻	文筆式	筆札華梁			唐朝新定詩格
迴文	文筆式				
意	文筆式				

第二部分	平	詩髓腦			
	奇	詩髓腦			
	同	詩髓腦	筆札華梁		
	字	詩髓腦		唐朝新定詩格	
	聲	詩髓腦		唐朝新定詩格	
	側	詩髓腦		唐朝新定詩格	
第三部分	鄰近	詩議			
	交絡	詩議			
	當句	詩議			
	含境	詩議			
	背體	詩議			
	偏	詩議			
	雙虛實	詩議			
	假	詩議			

第四部分	切側	唐朝新定詩格			
	雙聲側	唐朝新定詩格			
	疊韻側	唐朝新定詩格			
第五部分	總不對	（筆札華梁）			

第一段是主要原典。應該在《唐朝新定詩格》的的名對和應該在《詩議》的雙擬對，沒有著録。但是，這是《秘府論》沒有引用的結果。不過，的名對題下有『又名切對』的夾注，顯然依據了《唐朝新定詩格》。爲什麽不引用其説，可能因爲和《文筆式》是同樣的説明，爲了避免重複吧。《詩議》的雙擬對也是同樣的情形。據傳本《詩議》，皎然説似還有例詩『可聞不可見，能重復能輕』，但因爲《秘府論》已在《文筆式》的那一部分著録了這一例詩，這也可看作是避免重複的結果。」

《札記續記》把東卷《二十九種對》目録注「右十一種古人同出斯對」的「十一種對」列表如下：

名目＼原典	（一）	（二）詩苑類格 上官儀六對	（三）魏文帝詩格 八對	（四）	（五）詩苑類格 上官儀八對
的名	的名對者正也……然後學餘對也	或曰天地……名正名對	詩曰東圃青梅發……名爲的名對	又曰手披……（片雲愁近）……此最爲上	又曰送酒東南去……故曰正名也
隔句	隔句對者……名爲隔句對		詩曰昨夜越溪難……名爲隔句對		又曰相思……故名隔句對
雙擬	①雙擬對者……名爲雙擬對	⑥或曰春樹……名雙擬對	②詩曰夏暑夏不衰……名爲雙擬對		又曰議月眉欺月……故生斯號
聯綿	①聯綿對者……下句亦然	⑥或曰朝朝……名連綿對	②詩曰看山山已峻……名爲聯綿對		③又曰嫩荷荷似頰……坐茲生號
互成	互成對者……言互相成也		（詩曰天地……名互成對）		

異類	異類對者……益詩有功		詩曰天清白雲外……名爲異類對		又曰風織池間字……故云異類
賦體	賦體對者……故名曰賦體對		詩曰（句首重字……）句首疊韻……（句尾雙聲……）……名爲賦體對		
雙聲		④或曰奇琴精酒……名雙聲對			①詩曰秋露香佳菊……俱曰雙聲
疊韻		④筆札云徘徊……名曰疊韻對			①詩曰放暢千般意……何藉煩論
迴文					詩曰情親由得意……因以名云
意					

名目＼原典	（六）	（七）皎然詩議	（八）崔融唐朝新定詩格	（九）元兢詩髓腦
的名	又曰鮮光葉上動……故受的名	又曰日月光天德……上對實名也（又曰恒斂千金笑）		元兢曰正對者……此非正對也
隔句	又曰月映茱萸錦……故云隔句	又曰始見西南樓……		
雙擬	③（又曰乍行……）又曰結萼……取雙擬爲名	④又曰可聞不可見……		
聯綿	④又曰煙離離萬代……偏用開格	⑤又曰望日……（又曰霏霏斂夕霧……又曰視日日將晚……）		
互成	又曰玉釵……並如斯例	又曰歲時傷道路……		

異類	又曰鯉躍排荷戲……空中起事	又曰離堂思琴瑟……非類是也		元氏云異對者……異對勝於同對
賦體	又曰……腹……尾……釋曰……生疊字者			
雙聲	②又曰颼飀歲陰晚……自得成對		③又曰洲渚遞縈映……	
疊韻	②（又曰徘徊夜月滿……）		③又曰鬱律……鬱律稜層是	
迴文				
意	詩曰歲暮臨空房……故曰意對耳			

〔表中有括號（　）的爲原典不明〕

《札記續記》以爲：

「（一）大約是就某一原典進行删修的東西，但其原典爲何無法弄清。（二）和《詩苑類格》所載上官儀六對，（五）和同書所載上官儀八對爲同原之文，這幾乎是不容懷疑的。（二）的疊韻對有『筆札云』，符合《詩苑類格》作爲上官儀載録的内容。又，成簣堂本地卷卷首注記有『八對元、六對札、二種十對、七種言句例札』，（二）相當於『六對札』，注的『札』可能就是《筆札華梁》的簡稱。即使根據這一點，（二）的原典也顯然是上官儀的《筆札華梁》。」

「（五）和《詩苑類格》的上官儀八對不論名目還是例詩都大體一致。又，上官儀八對缺『釋曰』的部分。上官儀載録有所重複的六對和八對兩説，有令人懷疑的餘地。但是，不論從《秘府論》記載的順序和體裁看，還是從《詩苑類格》的八對和《秘府論》這一部分大體一致來看，都不用懷疑這是一系之説。」

「（三）和《魏文帝詩格》的八對爲同原之文，這也幾乎不用懷疑。如果比較（三）和《魏文帝詩格》，八對一方缺『釋』的部分，又缺互成、賦體二對。但是，（三）的互成對從記載順序和筆致推測，都不得不認爲是（三）這一系。如果真是這樣，那麽《魏文帝詩格》的八對中互成對就已佚，實際應是九對説。（三）賦體對中的疊韻和雙聲的例詩除去其中一例，都和《魏文帝詩格》八對的雙聲、疊韻對一致。因此，（三）的賦體對顯然是合併這八對的雙聲疊韻二對，再加上重字之例而組成一目。重字之例的原典無法弄清，我想這一系的對屬之説本來就應該有重字對一目。如果真是這樣，那麽，《魏文帝詩格》八對就佚互成對和重字對，其原形當是十對。成簣堂本地卷之首有注『八對元、六對札、二種十對、七言句例札』。載録了上官儀六對、元兢八對、崔融九對、皎然八對，這是很清楚的。但是，找不到相當於地卷注所説的『十對』之説，也許就相當於（三）一系。（三）構成從的名對到賦體對的骨幹。（一）和（三）是同一系，也許大師以此爲基礎，多少作了些修補。（一）和（三）字句相應，雙聲、疊韻、迴文、意裏没有（一）和（三），這大約也成爲這樣推測的綫索。迴文對（五）的詩例和《魏文帝詩格》迴文對一致，但是（五）不是（三）一系，而是（五）一系，這從體裁看可能很清楚。就是説，大概因爲（三）和（五）的迴文對載録了相同的例子，所以（三）就把它省略了。（三）一系的原典弄不清。衹是前面載録的成簣堂本地卷注記的『二種十對』中的『十對』是指（三）一系，而『二種』仍然是指《魏文帝詩格》的『頭尾不對例』和『側不對例』，假定『頭尾不對例』和『側不對例』的原典是《文筆式》，就會産生這樣的猜想，即，『十對』即（三）一系的原典正是《文筆式》。」

「不清楚（四）爲一説還是兩説。但其筆致類似姑且作爲一説載録。（四）之外找不到可以認作同一系的東西。（六）雖然没有作爲一系的佐證，但是，從記載順序和筆致推測，作爲一系好像不會有錯。隔句、雙擬、雙聲、意對載録了兩個例詩，雙擬對作爲例外，隔句和雙聲的『釋曰』的内容都關連到兩方。意對的例詩爲宋顔延之的詩，因此顯然是同一説。聯綿對『釋曰』有『且自無關賦體，實乃偏用開格』，據此，這一系顯然有賦體對，因而自然很清楚，賦體對的（六）屬這一系。這一系的原典没有佐證可以確定，衹是這一系和二十八種病中的推定以『詩格』作爲原典部分的體裁覺得有些類似。也許（六）和二十八種病中的這一部分原典相同。」

「（七）以皎然《詩議》，（八）以崔融《唐朝新定詩格》，（九）以元兢《詩髓腦》作爲原典，這是很清楚，無庸繁説。」

「要之，我們推想，從的名對到意對這十一種對，至少依據了八種原典。」

「小西氏《研究篇》一六〇頁把（一）（三）（四）（五）（六）作爲一説，認爲其原典是《文筆式》。認爲

（二）的原典爲《筆札華梁》，這是正確的。但是，其推定根據有誤。」「賦體對的（三）和（六）明顯爲兩説。同一個人，不會用不同的體裁重複説明相同的問題。的名對目下注有『又名正名對，又名正對，又名切對』，正對爲元兢説，切對爲崔融説，都有佐證。（一）爲的名對，（二）爲正對，（三）和（四）爲的名對，（五）爲正名對，（六）爲的名對，這些名目（一）和（三）（四）（五）（六）都不一致，大概可以證明（一）和（三）（四）（五）（六）不是同一人之説。」

盛江案：前十一種對除去明顯屬元兢《詩髓腦》、《筆札華梁》、皎然《詩議》、崔融《唐朝新定詩格》之部分，剩下之内容，可分爲兩類。「第一的名對」開頭「的名對者正也」至「然後學餘對也」，「詩曰東圃青梅發」至「自餘詩皆放此最爲上」；「第二隔句對」開頭「隔句對者」至「字對如此之類名爲隔句對」；「第三雙擬對」開頭「雙擬對者」至「如此之法名爲雙擬對」；「第四聯綿對」開頭「聯綿對者」至「如此之類，名爲聯綿對」；「第五互成對」開頭「互成對者」至「不在兩處用之名互成對」；「第六異類對」開頭「異類對者」至「如此之類，名爲異類對」。以上一類可稱之爲A類。「第一的名對」「又曰送酒東南去」至「故受的名」；「第二隔句對」「又曰相思復相憶」至「裏外盡間成故云隔句」；「第三雙擬對」「又曰乍行乍理髮」至「故生斯號」；「第四聯綿對」「又曰嫩荷荷似頰」至「實乃偏用開格」；「第五互成對」「又曰玉釵丹翠纏」至「並如斯例」；「第六異類對」「又曰風織池間字」至「異類題目，空中起事」；「第八雙聲對」「詩曰秋露香佳菊」至「即是雙聲，自得成對」；「第九疊韻對」「詩曰放暢千般意」至「何藉煩論」；「第十迴文對」和「第十一意對」之全部。此可爲一類，稱之爲B類。比較此二類，不難看出，A類文字比較質樸，而B類華美得多。

B類基本爲駢儷文體，四六駢對，基本爲描述性文字，富於文采，更爲生動，且同是描述闡釋例詩之對屬義，遣詞造句富於變化，極少重複。相比較而言，A類則一般散文句式居多，多爲理論論述性文字，而極少生動描述，嚴謹而質木少文，句式、用詞均單調少變，「上句」「第一句」「上二句」如何，然後「下句」「第二句」「下二句」如何，「第×句……與第×句……對」「第×字」「第×字」如何，×與×對。A類尚有一特點，即結語多用「如此之類，名××對」。文字風格迥異，故此二類當出自不同的原典。《詩苑類格》引上官儀「八對」，從對目到例詩，恰均在B類，且B類亦合於上官儀文風，故B類原典當爲《筆札華梁》（然其中「第三雙擬對」「乍行乍理髮」二句及「可聞不可見」二句，當出皎然《詩議》，又，「而又以雙擬爲名」句也當引自另一説。説已見前）。B類不當屬《文筆式》，祇有A類纔屬《文筆式》。

據東卷《論對》，對各家詩格式，「棄其同者，撰其異者」，「其賦體對者，合彼重字、雙聲、疊韻三類，與此一名。或疊韻、雙聲，各開一對，略之賦體。或以重字屬聯綿對」，可知一些詩格式著作，疊韻、雙聲在賦體對之外，單獨作爲一種對。「十一種對」正文，「第八雙聲對」與「第九疊韻對」，均編録有《筆札華梁》相關内容，故所謂將雙聲、疊韻「各開一對」，當指《筆札華梁》。《筆札華梁》既然將「雙聲」「疊韻」兩對「各開一對」，則不當同時「合彼重字、雙聲、疊韻三類，與此一名」，不當同時有「賦體對」一目。不論《文鏡秘府論》正文抑或李淑《詩苑類格》載上官儀「六對」、「八對」，均未見上官儀有「賦體對」。此正符合《論對》所言「各開一對，略之賦體」，因爲「雙聲」「疊韻」均各開一對，故未另列「賦體對」。而且，「或以重字屬聯綿對」,《筆札華梁》恰有聯綿對,聯綿對恰有類似「重字」之對屬形式,均符合《筆札華梁》之情況。可知「第七賦體」不當爲《筆札華梁》。《文筆式》恰相反,「十一種對」正文,「第八雙聲對」與「第九疊韻對」,未能證實有《文筆式》之内容。《文筆式》當末於「賦體對」之外將「雙聲」「疊韻」「各開一對」。《文筆式》當如東卷《論對》所説「合彼重字、雙聲、疊韻三類,與此一名」,構成「賦體對」。「第七賦體對」正文開頭綜述,「或句首……或句首……或句腹……」,句式單調,又以「如此之類,名××對」結尾。例詩之後「釋曰」,亦爲「上句……下句……上句……下句……」之單調句式,與《文筆式》文風相似。正文以「句首重字」「句腹重字」「句尾重字」……依次排列之形式。又云:「……頭。……腹。……尾。」均在例句尾用一小字作注。西卷《文筆十病得失》可見到相似排列形式(如「詩得者」、「失者」、「筆得者」、「失者」之形式,「蜂腰」一病,同樣於例句下有小字注等)。故而「第七賦體對」當出《文筆式》。

據以上分析,則前引《研究篇》下所列之表有可修正之處。「隔句」、「互成」、「異類」、「迴文」、「意」諸對當有《筆札華梁》之内容,而「雙聲」、「疊韻」二對當主要出典於《筆札華梁》而非《文筆式》,「雙擬」對中當有《詩議》之内容。

《札記續記》所説(六)一系,由筆致觀之,疑大部出《筆札華梁》。其中有出皎然《詩議》者(如「第三雙擬對」之「可聞不可見」二句例詩及「乍行乍理髮」二句)。至於「第九疊韻對」之「又曰徘徊夜月滿」四句,與下文相連,疑同出崔融《唐朝新定詩格》(並見各段考釋)。

筆札七種言句例〔一〕①

一曰，一言句例。二曰，二言句例。三曰，三言句例。四曰，四言句例。五曰，五言句例。六曰，六言句例。七曰，七言句例〔二〕②。

一曰，一言句例③。一言句者：天，地。陰，陽。江，河。日，月。是也。

二曰，二言句例〔三〕④。二言句者：天高〔四〕，地下〔五〕。露結，雲收。是〔六〕。又翼乎，沛乎等。是〔七〕⑤。

三曰，三言句例〔八〕⑥。三言句者：斟清酒，拍青琴。尋往信，訪來音。是也。又云：春可樂，秋可哀〔九〕⑦。

四曰，四言句例〔一〇〕⑧。四言句者：朝燃獸炭，夜秉魚燈〔一一〕。宋臘已歌〔一二〕⑨，秦姬欲笑⑩。是也。

五曰，五言句例⑪。五言句者：霧開山有媚〔一三〕，雲閉日無光⑫。燥塵籠野白，寒樹染村黃⑬。是也。

六曰，六言句例⑭。六言句者〔一四〕：訝桃花之似頰〔一五〕，笑柳葉之如眉。拔笙簧而數煖〔一六〕，促箏柱而劬移〔一七〕⑮。

七曰，七言句例⑯。七言句者〔一八〕：素琴奏乎五三拍〔一九〕，緑酒傾乎一兩卮〔二〇〕。忘言則貴於得趣，不樂則更待何爲⑰。

八曰，八言句例⑱。八言句者〔二一〕：吾家嫁我兮天一方〔二二〕，遠託異國兮烏孫王〔二三〕⑲。

九曰，九言句例⑳。九言句者：嗟余薄德從役至他鄉〔二四〕，筋力疲頓無意入長楊㉑。

十曰，十言句例㉒。

十一曰，十一言句例㉓。《文賦》云〔二五〕㉔：「沈辭怫悦〔二六〕，若遊魚銜鈎而出重淵之深；浮藻聯翩，猶翔鳥纓繳而墜曾雲之峻。」下句皆十一字是也〔二七〕。

【校記】

〔一〕「筆札七種言句例」，寶壽、楊、六寺本作「言句例」，寶壽、六寺本眉注「筆札七種イ」。「句」，原作小字注在行間。

〔二〕「一曰一言句例」至「七曰七言句例」，醍甲、仁甲、義演本無。

〔三〕「例」，原作「々」，據三寶等本改。

〔四〕「高」，三寶本作小字注在行間。

〔五〕「下」，《眼心抄》作「卑」。

〔六〕「收是」下寶壽、寶龜、六寺本有「也」字。《校勘記》：「一言、三言、四言、五言句例均爲『是也』，作『是也』爲是。」

〔七〕「又翼乎沛乎等是」，《眼心抄》無。

〔八〕「例」，原作「々」，據三寶等本改。

〔九〕「又云春可樂秋可哀」，《眼心抄》無，寶壽、楊、六寺本作單行小字注，寶龜本作雙行小字注，三寶、天海本右旁注「已下八字證本注也」。

〔一〇〕「句」，原作小字注在行間。

〔一一〕「秉」，寶龜本作「康」。「燈」，寶壽、六寺本作「燭燈」。

〔一二〕「臘」，原作「獵」，各本同，當爲「臘」字形訛。豹軒藏本鈴木虎雄注：「獵，『臘』訛乎？疑『臘』誤作『臈』，轉成『獵』。」

〔一三〕「霧」字左寶壽、六寺本劃一綫，眉注「霞亻」。傳《魏文帝詩格》「霧」作「雪」，「閉」作「蔽」。

〔一四〕「句」下原衍「例」字，三寶本同。《校勘記》：「『例』爲衍字。」據此章體例及高甲、高乙等本刪。

〔一五〕「桃」，醍甲、仁甲、義演本作「排」。傳《魏文帝詩格》「似頰」作「類錦」，「如眉」作「齊眉」。《校勘記》：「從對偶來看，『似頰』、『如眉』爲好。」王夢鷗《初唐詩學著述考》：「類錦齊眉，不若『似頰』、『如眉』之爲切對。」

〔一六〕「拔」，寶龜本作「枝」，右旁注「拔亻」。「煖」，王夢鷗《初唐詩學著述考》：「『數煖』二字恐有筆誤。」《校注》：「『煖』，疑當作『緩』。」

〔一七〕「劬」，原作「欨」，三寶、醍甲、仁甲、義演本同，高甲、高乙本作「敂」。《校勘記》：「『劬』爲是，《廣雅・釋詁》：『劬，數也。』」據寶壽、六寺、江户刊本、維寶箋本改。

〔一八〕「句」下原有「例」字，三寶、醍甲、仁甲、義演本同，據高甲、高乙、寶壽、六寺等本刪。

〔一九〕「五」，三寶本右旁注「亦亻」。

〔二〇〕「卮」，原作「厄」，三寶、高乙、醍甲、仁甲、寶壽、寶龜、六寺、義演本同，爲「卮」之誤，據江户刊本、維寶箋本改。

〔二一〕「句」，原無，三寶、高甲、高乙、寶壽、寶龜本同，寶壽本右旁注「句亻」，據江户刊本、維寶箋本補。

〔二二〕「家」，松本、江户刊本、維寶箋本作「夫」，寶壽、六寺本右旁注「夫亻」。《校勘記》：「『夫』爲『家』之誤。」「家嫁我」，醍甲、仁甲、義演本作「嫁我家」。「兮」，原作「号」，三寶、高乙、醍甲、仁甲、義演本同，據高甲、寶壽、寶龜、六寺、江户刊本、維寶箋本改。

〔二三〕「兮」，原作「号」，三寶、高乙、醍甲、寶壽、六寺、義演本同，據高甲、松本、江户刊本、維寶箋本改。

〔二四〕「鄉」，高甲、醍甲、仁甲、寶壽、六寺、義演本作「卿」。

〔二五〕「文賦云」，三寶、寶龜、天海本右旁注「文選第十七卷也」。

〔二六〕「怫」，原作「胇」，三寶、高甲、高乙、寶壽、楊、寶龜、六寺本同，醍甲、仁甲、義演、松本、江户刊本、維寶箋本作「拂」，據《文選》載《文賦》改。

〔二七〕「下句皆十一字是也」，寶壽、寶龜、六寺本作單行小字注，楊本作雙行小字注，三寶、天海本右旁注「已下皆證本注也」。

「下句皆十一字是也」之下一行有尾題，尾題原作「東」字，寶龜本同，醍甲、仁甲、寶壽、楊、六寺、義演本作「文鏡秘府論　東」，松本本作「文鏡秘府論　一校了」，江户刊本、維寶箋本作「文鏡秘府論卷三終」，維寶箋本箋文後有「文鏡秘府論箋卷第九終」。

尾題再下一行起，六寺本有識語「右此論真言宗文體之龜鏡貴哉吾大師非釋家爲棟梁又是儒家奥穴也哀哉爲末資而作文不知烏焉馬迷徒狂醉酒肆而不仰三地之遺風耳仍寫之矣土龍/惠範五十九」。義演本有識語「時天正廿稔姑洗上澣求御作内外之論章願早速寫功之周備/染禿毫勿出閫之外矣準三宫義演」。

尾題後原有「二校了」，封底一有「願主僧浄玄之本」，封底二有「傳持僧行願之本」。

【考釋】

① 筆札七種言句例：《札記》：「『筆札七種言句例』，這裏記載的細目爲七種而實際叙列的達到十一言句例。故七種言句例當作十一種言句例（《眼心》止七種言句例，八言句例以下被删除）。又案，既題作『筆札七種言句例』，則『七種言句例』採自《筆札》是没有疑問的。而十言句例有目未舉例。又十一言句例有『十一曰，十一言句例。《文賦》云：「沈辭佛悦，若遊魚銜鈎而出重淵之深；浮藻聯翩，猶翔鳥纓繳而墜曾雲之峻。」下句皆十一字是也』，這在南卷有『篇既連位而合，位亦累句而成。然句無定方，或長或短。長有逾於十，如陸機《文賦》云沈辭佛悦云云。下句皆十一字也。短有極於二，如王褒《聖主得賢臣頌》云：「翼乎，若鴻毛之順風；沛乎，若巨鱗之縱壑。」上句皆兩字也』，這應是取自某人之説。又二言句例有『二言句者：天高，地下。露結，雲收。是。又翼乎，沛乎等。是』，這裏的『翼乎沛乎』，似從上説的南卷《定位》之文中補充而來。這樣考慮，八言句例以下似爲大師據《筆札》之外的某書附加上去的。」

《研究篇》下：「説到其他卷和《筆札華梁》有密切關係還是《文筆式》，因此（八言句例以下至第十一言句例）恐怕是依據《文筆式》吧。《筆札華梁》和《文筆式》有共同内容時，先引兩書共同的部分，然後，載録祇有其中哪一本書中纔有的内容，《秘府論》中有這樣的例子，這裏恐怕也是這樣吧。」

王夢鷗《初唐詩學著述考》：「此七種悉與《魏文帝詩格》所載者相同，《詩格》此處雖無『一曰……二曰』等提示語，但以下言『六志』『八對』，則皆有之，因疑《筆札華梁》原本如是，而《詩格》漏落或删略之。」

《探源》：「一至七言句例引自《筆札華梁》，八至十一言句例引自《文筆式》。」「標題説明是録自《筆札華梁》的『七種言句例』，雖然全節有十一種言句例，而標目云『七種言句例』，當然不是弘法大師整理後所加，而是直接抄録自《筆札華梁》的，否則不會前後矛盾。」

《譯注》：「這一章舉出自一言到十一言對偶的用例。不明出典之處甚多，但從句法考察，並非祇限於詩，從賦和其他種類文體也收集了不少句子。考察各種長短句的起源的句子文章，古代還有晉摯虞（？—三一一）的《文章流别論》（《藝文類聚》卷五六）提出見解，認爲《詩經》中能找到自三言至九言的詩句的源流。後來梁劉勰《文心雕龍》第六章《明詩》和第三十四章《章句》兩篇，也考察了句型問題。這一章不祇着眼於句型的長短，與此同時也把它和結合對偶表現作考察，在這一點上有其特色。從章題『筆札』看，原典爲上官儀《筆札華梁》是没有疑問的。但是，目次祇到『七言句例』，本文則到『十一言句例』，體例上不統一。這恐怕是《筆札華梁》祇到七言，進一步用《文筆式》之類加以補充。一般認爲，本書南卷《定位》的前半有可能取自《文筆式》，那裏一部分内容也論及句型問題，和本章的論旨也有關連之處。又，《魏文帝詩格》也列舉了一言句到七言句的句例，全部被包含在本書的例句中，這也是基於《筆札華梁》吧。」盛江案：一至七言句例以《筆札華梁》爲主。

②「一曰」十四句：傳《魏文帝詩格》：「一言句。天、地，江、河，日、月。二言句。天高，地下；露結，雲收。三言句。斟清酒，撫素琴。四言句。朝燃獸炭，夜秉魚燈。五言句。雪開山有媚，雲蔽日無光。

六言句。仰桃花之類錦，笑柳葉之齊眉。七言句。素琴奏兮三五弄，緑酒傾兮一兩巵。」

王夢鷗《初唐詩學著述考》：「（傳魏文帝）《詩格》所言句例，文字皆甚簡短，或因删略所致。然《秘府論》叙語重沓，似爲日本語式，二者疑皆非原文。」

③ 一言句例：《校注》引《日知録》卷二一以爲《詩・鄭風・緇衣》中「敝」字一句，「還」字一句。《日知録》又曰：「《吴志》歷陽石文：『楚，九州渚，吴，九州都。』『楚』字一句，『吴』字一句，亦是一言之詩。」

④ 二言句例：《文心雕龍・章句》：「至於詩頌大體，以四言爲正，唯『祈父』、『肇禋』，以二言爲句。尋二言肇於黄世，《竹彈》之謡是也。」盛江案：「祈父」爲《詩・小雅・祈父》中文，「肇禋」爲《詩・周頌・維清》中文，《竹彈》即《吴越春秋》載《斷竹》歌。

《續文章緣起》：「二言詩，黄帝時《竹彈歌》。……其歌云：『斷竹，續竹，飛土，逐宍。』《小雅・祈父》，二言之屬也。」（《叢書集成初編》）

《研究篇》下：「上官儀説也没有特别之處。祇是區别一言句和二言句值得注意。就是説，像天和地、日和月一樣，兩字能够分開來的是一言句，像天高和露結那樣，靠語法結合起來的是二言句。但是在音數律上，這種區别是没有意義的。《文筆式》的理論也是常識性的，其大要如下：（一）有各種各樣的句型，比較好的在三言句到七言句之間。（二）其中最平正的是四言句，以此爲主幹，可以裨以五言六言句。（三）三言適於描寫情狀，抑揚情理，可以到處調整文勢，但是不能用太多。（四）五言適於叙寫事由，調和聲律。（五）六言句的作用在於引起話題或承接其他句式。（六）七言用於轉換格調，或句子連接時起和緩作用，但不能頻繁出現。」

⑤ 又翼乎沛乎等是：漢王褒《聖主得賢臣頌》：「翼乎，如鴻毛遇順風；沛乎，若巨魚縱大壑。」（《文選》卷四七）張銑注：「言君臣道合，如鴻鵠遇風，一舉千里；如大魚遊縱於大川，得其性也。翼，飛疾貌。沛，大水貌。」此句自南卷《定位》「短有極於二」條補來，當出《文筆式》。王夢鷗《初唐詩學著述考》以爲「又」作「又云」，説：「既曰『又云』，自非《筆札》所有，然則此例，《秘府論》與《詩格》全同。」

⑥ 三言句例：關於三言句之起源，諸家有説。晉摯虞《文章流別論》：「古詩之三言者，『振振鷺，鷺于飛』之屬是也。」（《藝文類聚》卷五六）（盛江案：「振振鷺」之詩，出《詩·魯頌·有駜》。）《文心雕龍·章句》：「三言興於虞時，『元首』之詩是也。」「元首」之詩，見《書·益稷》：「帝……乃歌曰：『股肱喜哉，元首起哉，百工熙哉。』皋陶……乃賡載歌曰：『元首明哉，股肱良哉，庶事康哉。』」其中「哉」屬助詞不算，是三字一句。又梁任昉《文章緣起》：「三言詩，晉散騎常侍夏侯湛所作。」（《叢書集成初編》）梁蕭統《文選序》：「自炎漢中葉，厥塗漸異……又少則三言，多則九言，各體互興，分鑣並驅。」吕向注：「文始三字起夏侯湛。」《校注》引《詩·召南·江有汜》之「江有汜」、「江有渚」、「江有沱」，《禮記·大學》所載湯之《盤銘》之「苟日新，日日新，又日新」，俱爲三言句。而《後漢書·廉范傳》載：「百姓爲便，乃歌之曰：『廉叔度，來何暮？不禁火，民安作。平生無襦今五袴。』」謂：「全首爲三言，則又在夏侯湛之前矣。」

盛江案：上所引録，雖爲三言，可稱爲三言對句例者唯《書·益稷》載「元首」歌「股肱喜哉，元首起哉，百工熙哉」、「元首明哉，股肱良哉，庶事康哉」，然已成排比。《書·大禹謨》「滿招損，謙受益」，《論語·學而》「入則孝，出則悌」，《爲政》「言寡尤，行寡悔」，《陽貨》「性相近也，習相遠也」，或爲較早之三言對句例。《論語》中對偶例句之多，在先秦尤爲突出。

古田敬一《中國文學的對句藝術》：「在《論語》中，對偶表現約二百五十例。《論語》由五百章組成，從比例看，平均每二章有一個對偶。《論語》作爲普通的散文體文章，其中有這麽多的對偶表現，是一個驚人的數字。」這除了與孔子的個性有關外，還因爲《論語》是由弟子們各自掌握的材料集中而成，弟子們記録的過程，有的是依據記憶，有的是依據口傳，「在《論語》固定下來的過程中，爲便於口誦，在表現時，便有意無意地用了對偶句法。再進一步看，還有一個前提，中國文字本身就具有構成對偶的十分方便合適的特性」。

盛江案：《論語》中之對偶句例，三言至十一言均有，以下將各舉數例。

⑦ 以上所舉三言句例出典未詳。《校勘記》：「《眼心抄》删（「又云春可樂秋可哀」）這八字，這大約不是原文，而爲大師補記。」盛江案：《眼心抄》删去《文鏡秘府論》原文之處不少，此處尚無確據説爲大師補記。可能「春可樂，秋可哀」一例出《文筆式》，故稱「又云」。

王夢鷗《初唐詩學著述考》：「《筆札》前後所引句例，至少四句，而（傳魏文帝）《詩格》自此條下皆僅餘兩句，似亦省略原文所致。」

⑧ 四言句例：關於四言之起源，諸家有説。《文心雕龍·明詩》：「漢初四言，韋孟首創，匡諫之義，繼軌周人。」（盛江案：韋孟四言諷諫詩見《漢書·韋賢傳》。）又《章句》：「至於詩頌大體，以四言爲

正。……四言廣於夏年，『洛汭』之歌是也。」（盛江案：「洛汭」之歌，見《書・五子之歌》，其歌大部分爲四字一句。）梁任昉《文章緣起》：「四言詩，前漢楚王傅韋孟《諫楚夷王戊》詩。」（《叢書集成初編》）吟窗本皎然《詩議》：「四言本於《國風》，流於夏世，傳至韋孟，其文始具。」

盛江案：《易・屯卦》上六爻辭：「乘馬班如，泣血漣如。」《論語・爲政》：「導之以政，齊之以刑。」《雍也》：「知者樂水，仁者樂山。」《八佾》：「爾愛其羊，我愛其禮。」《憲問》：「君子上達，小人下達。」《學而》：「食無求飽，居無求安。」「貧而無諂，富而無驕。」《述而》：「用之則行，舍之則藏。」或爲較早之四言對句例。

⑨ 宋臘：三國魏人，善歌。已見地卷《六志》注。

⑩ 以上所舉四言句例出典未詳。

⑪ 五言句例：關於五言詩句之起源，諸家有説。晉摯虞《文章流别論》：「五言者，『誰謂雀無角，何以穿我屋』之屬是也。」（《藝文類聚》卷五六）（盛江案：詩見《詩・召南・行露》。）《文心雕龍・明詩》：「至成帝品録，三百餘篇，朝章國采，亦云周備，而辭人遺翰，莫見五言，所以李陵、班婕妤，見疑於後代也。按《召南・行露》，始肇半章；孺子《滄浪》，亦有全曲；『暇豫』優歌，遠見春秋；『邪徑』童謡，近在成世：閱時取證，則五言久矣。」（盛江案：《滄浪》詩見《孟子・離婁上》。「暇豫」優歌，見《國語・晉語二》。「邪徑」童謡，見《漢書・五行志》。）又《章句》：「五言見於周代，《行露》之章是也。」鍾嶸《詩品序》：「夏歌曰『鬱陶乎予心』，楚謡曰『名余曰正則』，雖詩體未全，然是五言之濫觴也。逮漢李陵，始著五言之目

矣。」（盛江案：「鬱陶乎予心」句見《書・五子之歌》，「名余曰正則」句見《楚辭・離騷》，又曹旭《詩品集注》引古直箋：「六朝人不辨僞書，仲偉舉《五子之歌》，以爲五言濫觴，可也。然此下不舉《毛詩》，而舉《楚詞》，則所未喻。夫五言，《毛詩》多有，如《小雅・九罭》、《北山》，《大雅・緜》，皆是。」）梁任昉《文章緣起》：「五言詩，漢騎都尉李陵《與蘇武詩》。」（《叢書集成初編》）吟窗本皎然《詩議》：「五言之作，《召南・行露》已有濫觴，漢武帝時屢見全什，非本李少卿也。」

盛江案：以上謂五言詩句之起源則可，謂五言對偶句之源起則不可。《論語・子罕》：「出則事公卿，入則事父兄。」《八佾》：「君使臣以禮，臣事君以忠。」《微子》：「往者不可諫，來者猶可追。」或始可稱爲五言對句例。

⑫「霧開」二句：王夢鷗《初唐詩學著述考》：「（傳魏文帝）《詩格》之雪開雲蔽，亦似不及霧開雲閉之近似於原文。」

⑬以上所舉五言句例出典未詳。

⑭六言句例：關於六言句式，諸家有説。晉摯虞《文章流別論》：「六言者，『我姑酌彼金罍』之屬是也。」（《藝文類聚》卷五六）（盛江案：詩見《詩・周南・卷耳》。）《文心雕龍・章句》：「六言、七言，雜出《詩》、《騷》。」梁任昉《文章緣起》：「六言詩，漢大司農谷永作。」《後漢書・班固傳》：「固所著《典引》、《賓戲》、《應譏》、詩、賦、銘、誄、頌、書、文、記、論、議、六言，在者凡四十一篇。」又《孔融傳》：「所著詩、頌、碑文、論、議、六言、策文、表、檄、教、令、書記，凡二十五篇。」《校注》：「則漢人自有六言之作。」

盛江案：此所引，仍祇爲六言句式，非六言對句。《論語·憲問》：「古之學者爲己，今之學者爲人。」《爲政》：「君子周而不比，小人比而不周。」《雍也》：「己欲立而立人，己欲達而達人。」或爲較早之六言對句例。

⑮ 以上所舉六言句例出典未詳。

⑯ 七言句例：關於七言句式，諸家有説。晉摯虞《文章流别論》：「七言者，『交交黄鳥止于桑』之屬是也。」（《藝文類聚》卷五六）（盛江案：詩見《詩·秦風·黄鳥》。）梁任昉《文章緣起》：「七言詩，漢武帝《柏梁殿連句》。」（《叢書集成初編》）《文心雕龍·章句》：「六言、七言，雜出《詩》、《騷》，而□（兩）體之篇，成於兩漢。」范文瀾注：「《吴越春秋》所載《窮劫》等曲，通首皆七言，此書出趙長君手，後漢人也。又史游《急就章》以七言成句，蓋今時里閭歌括之類，亦可以證漢世民間七言之行用。彦和所指成於兩漢者，其即六言七言二體乎！」

《校注》引吴承仕《絸齋筆記》：「《後漢書》東平王蒼、杜篤、崔琦、崔瑗、崔寔等《傳》，並云著『七言』若干篇，《班固傳》則有『六言』若干篇，由是推之：知漢人稱詩，皆以四言爲限，其六言、七言、八言者，或本爲琴歌，或質稱六言、七言、八言，皆不與之詩名也。漢人七言之詞，今世已不數見，唯《文選》李注所引數事而已。《西京賦》注引劉向《七言》曰『博學多識與凡殊』；王仲宣《贈士孫文始詩》注引劉歆《七略》（是「劉向《七言》」之訛）曰『宴處從容觀《詩》、《書》』；嵇叔夜《贈秀才入軍詩》注引劉向《七言》曰『山鳥群鳴動我懷』；張景陽《雜詩》注引劉向《七言》『朅來歸耕永自疏』。按：李引《七言》四句，其三句以殊、書、疏爲韻，明其同出一篇。」

《校注》：「《日知録》卷二一引《靈樞·刺節真邪》篇：『凡刺小邪日以大，補其不足乃無害，視其所在迎之界。凡刺寒邪日以温，徐往徐來致其神，門户已閉氣不分，虚實得調其氣存。』宋玉《神女賦》：『羅紈綺繢盛文章，極服妙采照萬方。』謂：『此皆七言之祖。』黄汝成《集釋》引楊氏曰：『《道德經》已有之，如「視之不見名曰希」是也。』」

盛江案：明謝榛《四溟詩話》卷一：「《塵史》曰：王得仁謂七言始於《垓下歌》，《柏梁篇》祖之。劉存以『交交黄鳥，止于桑』爲七言之始，合兩句爲一，誤矣。《大雅》曰：『維昔之富不如時。』《頌》曰：『學有緝熙於光明。』此爲七言之始。亦非也。蓋始於《擊壤歌》：『帝力於我何有哉？』《雅》《頌》之後，有《南山歌》、《子産歌》、《採葛婦歌》、《易水歌》，皆有七言，而未成篇，及《大招》百句，《小招》七十句，七言已盛於楚。但以參差語間之，而觀者弗詳焉。」(《歴代詩話續編》)但早期之七言對句例，似仍可舉出《論語》例，如《季氏》：「不患寡而患不均，不患貧而患不安。」

⑰ 以上所舉七言句例出典未詳。王夢鷗《初唐詩學著述考》：「五言句例以下，末『是也』二字，或有或無，蓋轉録者隨意省略，至於(魏文帝)《詩格》則全省去。比較二者，雖詳略有異，然同出一書，則可無疑。」

⑱ 八言句例：關於八言句式，諸家有説。《續文章緣起》：「八言詩，漢中大夫東方朔作。按：《史記》(盛江案：當作《漢書》)《本傳》曰『八言、七言上下』，謂八言、七言各有上下篇。《小雅》『我不敢效我

友自逸』，八言之屬也。」（《叢書集成初編》）蕭統《文選序》：「三言八字之文。」吕延濟注：「八字，謂魏文帝樂府詩。」

盛江案：《論語》有八言對句例，如《雍也》：「知之者不如好之者，好之者不如樂之者。」《子罕》：「苗而不秀者有矣夫，秀而不實者有矣夫。」

⑲ 以上八言句例出《漢書·西域傳》，爲烏孫公主歌，詩爲：「吾家嫁我兮天一方，遠託異國兮烏孫王。穹廬爲室兮旃爲墻，以肉爲食兮酪爲漿。居常土思兮心内傷，願爲黄鵠兮歸故鄉。」（又見《樂府詩集》卷八四）

⑳ 九言句例：關於九言句式，諸家有説。晉摯虞《文章流别論》：「九言者，『洞酌彼行潦挹彼注兹』之屬是也。」（《藝文類聚》卷五六，引例見《詩·大雅·洞酌》）蕭統《文選序》：「多則九言。」吕向注：「九言出高貴鄉公。」梁任昉《文章緣起》：「九言詩，魏高貴鄉公所作。」（《叢書集成初編》）陳懋仁注：「《大雅》：『洞酌彼行潦挹彼注兹。』《文章流别》謂『九言之屬』。按：《洞酌》三章，章五句。《夏書·五子之歌》：『懔乎若朽索之馭六馬。』九言也。」

盛江案：以上似均非九言對句之例，《論語》中亦有九言對句例，如《陽貨》：「好仁不好學，其蔽也愚；好知不好學，其蔽也蕩。」

㉑ 以上所舉九言句例出典未詳。

㉒ 十言句例：此下各本俱無例句。

盛江案：《論語》中亦有可看作較早之十言對句例者，如《子路》：「既庶矣，又何加焉，曰富之；既富矣，又何加焉，曰教之。」

㉓ 十一言句例：《論語》中有較十一字更多字數的對偶，兹例舉一二。如《里仁》：「富與貴，是人之所欲也，不以其道得之，不處也；貧與賤，是人之所惡也，不以其道得之，不去也。」可看作十七言對句例（加上兩虚字「也」則爲十八言對句例）。又，《詩經》中一些復沓表現，也可看作早期寬泛的對偶形式，如《周南·樛木》：「南有樛木，葛藟纍之，樂只君子，福履綏之。南有樛木，葛藟荒之，樂只君子，福履將之。」

㉔《文賦》：陸機《文賦》，見《文選》卷一七。南卷《定位》亦引此條，並有「下句皆十一字也」。《校勘記》：「這一條從南卷《定位》中抄出。」盛江案：此一條有可能自南卷抄出，然二言句例條也見於南卷《定位》，亦可能兩條都同源。「八言句例」以下當出《文筆式》。

【附録】

菅江兩流《作文大體》：

第六字對

凡詩有八對。其中常可用者，色對、數對、聲對是也。色對者，上句用丹青，下句用黑白之類等是也。數對者，上句用三千，下句用一萬之類等是也。聲對者，上句用仙字，下句用萬字之類等是也。夫仙字聲涉千，故與萬字爲對耳。其外風雲草木，魚蟲禽獸，年月日時，天地明暗，貴賤上下，以其名爲對者也。又色對之中，以烏代黑，以雪代白。數對之中，以雙準二，以孤準一等類是也。發句落句，强不求對，啻可盡理，是絶句體也。四韻之中胸句腰句必可求對字。長韻可準知之。今案諸集，絶句之中，或發句或落句，有對字者是邂逅也。

……

字對體。每字有對。

蒼鷹低望雉，白鷺下看魚。

旌懸白雲外，騎列紅塵中。

霜雰草頭白，風吹荷面黄。

雲埋九州地，山藏八極天。

似葉隨風落，如萍逐水流。

山遠疑無樹，河遥似不流。

巖花落雲上，洲鳥宿窗前。

南國美人至，西鄰槐夢來。

步兵南國詠，都尉北方歌。

隱士蒼山北，仙人碧海東。

拂草看離扇，開箱見別衣。
野外長風起，山邊短日趁。
月低疑扇落，日綴誤珠連。
天無兩分日，春唯一種風。
傍路竹堪垂，樹蒼熊可居。
涸鱗常思水，飛鳥每羨林。
澗底參差樹，華間飄颺涔。
野外風蕭索，雲表月玲瓏。
紛紜葉下暗，颸颮青柯振。
野外蹉跎雁，嶺上嵯峨山。
山人恒放曠，隱士止逍遥。
泛泛花浮酒，飄飄風啰琴。
望帆帆去遠，聽鼓鼓聲懸。
野風寒肅肅，枯葉亂紛紛。
溟濛塞雲起，蕭瑟野風寒。
……

文章有十二對。詩賦雜筆等同用之。

一色對，二物對，三同對，四異對，五數對，六疊對，七聯綿對，八正對，九音對，十傍對，十一義對，十二雙對。

第一色對。

青黄，赤白，雲煙，雨露，霞霧，冰雪，砂塵，長短，方圓，光景，明暗，高下，深深（盛江案：疑作「淺」），遠近等之類。

句云：黄河波闊含風色，蒼嶺雲寒帶雨音。

第二物對。

有情非情等也。

所謂：鷩魚浮水面，飛蝶上花心。

句云：亂華漸欲迷人眼，殘草纔能認馬蹄（盛江案：「殘」當作「淺」）。

第三同對。

山岳，海潮，水流，巖峰，谷洞，林叢，瓦石，塔寺，佛經，内外，表裏等也。

所謂：朝見一時雲，夜成千里雨。

句云：山上採薇雲不厭，洞中栽樹鶴先知。

第四異對。

水火，人物，春秋，夏冬，東西，南北，子午，卯酉，巽艮，乾坤，上下，天地，定散，大小，勝負，甲乙，遠近，開闔，閑鬧，河海，輕重，魚雁，砧杵，二更，風雨。

所謂：山色映芳水，鳥聲語麗人。

句云：嵩山表裏千里雪，洛水高低兩顆珠。

千峰鳥路含梅雨，五月蟬聲送麥秋。

第五數對。

一二，萬億，雙兩，多群，衆洪（廣亻），孤集。

所謂：百川水一片，五夜月千里。

句云：千峰石筆千株玉，萬樹松蘿萬朵銀。

孤檜學寒雨，雙桐鳴暮嵐。

第六疊對。

悠悠，眇眇，迢迢，濟濟，斑斑，瑟瑟，纖纖，焰焰，皓皓，時時，尅尅，年年，歲歲，門門，家家，往往，行行，散散，段段，穆穆，楚楚，溶溶，湛湛，巍巍，蕩蕩，泛泛，沉沉，綿綿，連連，耿耿，明明，孫孫，忽忽，喧喧，杳杳。

所謂：泛泛花泛酒（盛江案：「泛酒」當作「浮酒」），飄飄風竮琴。

句云：池色溶溶藍染水，花光焰焰火燒香。

第七聯綿對。

一句之中有同字，上下不同，離讀之。

所謂：看山山遠眇眇，思水水深清清等也。

句云：雪深深谷愁旅移，雲遠遠峰訪客稀。

第八正對。

高低，去來，男女，一萬，山水，鳥螢，蒹葭，楊柳。

句云：蒹葭水暗螢知夜，楊柳風高雁送秋。

蒹與葭，是句之中對也。楊與柳，是句之中對也。

第九音對。

一二三對先專朽，謂先字千音也，專字又千音也，朽亦九聲也，故謂之。又，午字五音也，質字七音等也。

句云：二藍經幾夏，朽葉送殘秋。

九與朽同音，故以朽對二也。

第十傍對。

春對西，春是東故。秋對東，秋是西故。金對東，金是西故。木對西，木是東故。陰對南，陽對北，子對南，午對北。水對陽，陽是火故，火對陰，陰是水故也。

句云：南陽日暖看寒菊，子夜霜深翫火爐。

子北也，夜陰也。

侏儒飽咲東方朔，薏苡纔憂馬伏波。

馬南，故對東，傍對之體，可知而已。

第十一義對。

白對烏，雪對紅，明對黑，月對景等也。

所謂：林静藏烏，雲連渡嵐。烏西嵐東故。

句云：三千里裏頭梳雪，四五年前淚拭紅。

第十二雙對。

隔龣字用同疊字是也。

句云：華色遠依華色映，鳥音深和鳥音歌。

……

句中對體。

秋夜作，江以言。

林叢唯住蕭條色，九月纔殘二月光。

林叢與蕭條，九月與二月，一句中有對，故云句中對也。

聲對體。

香亂花難識題，江相公。

若非百松籠中透，定是旃檀浪底沉。

百與旃，以音對也，旃是千音故也。

側對事。

滿月明如鏡題，平佐幹。

光清不辨青銅冶，影散更疑百練消。

青與百對也。百白作有之，故爲對也。

數對次字强不求對事。

王昭君詩。江相公。

胡角一聲霜後夢，漢宫萬里月前腸。

一與萬對之，聲與里非對也。

方角對事。

山中述懷題。江相公。

商山月落秋鬢白，潁水波揚左耳清。

秋西也，左東也。仍爲對也。

人名對事。

橘在列。

陳孔璋詞空愈病，馬相如賦祇凌雲。

凡不限人名，對物名之時，未必求對字。世間内典外典有情非情等，準以如此矣。

人名何公對事。

雨晴對月題。菅家。

親對偷言玄度友，高登漫疑庾公樓。

以玄度對庾公，是非對字也。

抑近來詩體，二四不同，二九對，二六對，下三連許去之。委在先達之口傳耳，妄以不可推量，愚案，能能向（問歟）先達，必可察之而已。

雜筆大體

發句、壯句、緊句、長句、傍句、隔句，此内有六隔句。謂輕句、重句、疎句、密句、平句、雜句、已上外二句在之。漫句、送句焉。已上十三句，雜筆之大概也。賦是雜云，古詩體也。其玉章皆納此中。更無別大體。頗以愚意不可推量。必可問先達，定有口傳歟。

雜序，願文，奏狀，敕詔，敕答，表白。已下雜筆悉納此體。

發句：（略）

壯句：三字有對，發句之次用之，但賦及序未必用之。隨形可調平他聲，二句爲一句，上三下三壯句云。
萬國會，他。百工休。平。一句。
夜苦長，平。晝樂短。他。一句。
春花鮮，平。秋月朗。他。一句。
春風和，平。曉月朗。他。一句。
命筆硯，他。調管絃。平。一句。
雲眇眇，平。月蒼蒼。他。一句。
南枝梅，平。東岸柳。他。一句。
林有鳥，他。池有魚。平。一句。
春朝花，平。秋夜月。他。一句。
緊句：四字有對，或施胸，或施腰，賦多可施胸，可調平他聲，二句爲一句。
四海交會，他。六府孔修。平。一句。
夢斷淚續，他。老來腰斜。平。一句。
早春之候，他。上句之天。平。一句。
林花漸開，平。岸柳初嫋。他。已上二句爲一句，頗不似例，仍出爲證。
東郊馳車，平。南山鞭馬。他。一句。

三月三日，他。有鳥有花。平。一句。

節已移焉，平。景已美矣。他。已上三句爲一句。

長句：從五字至九或十餘字，有對可調平他聲也。或施頭，或施腰，賦或猶施腰見。

五字：

石以表其貞，平。變以彰其異。他。已上一句。

三秋之佳期，平。九日之慶節。他。已上一句。

六字：

感上仁於孝道，他。合中瑞於祥徑。平。已上一句。

金商七月之候，他。銀漢二星之期。平。已上一句。

七字：

因依而上下相遇，他。修分而貞剛夫全。平。已上一句。

本雖孕他之異勢，平。猶未加人之潤色。他。已上一句。

八字：

秋月澄澄而遠近明，平。夜風颯颯而東西冷。他。一句。

今屬泉聲之傳萬歲，他。始動風情之備六義。平。一句。

九字：

咲我者謂量力而徒爾，他。見我者難成功之遥遠。平。一句。
尋林花而入東山之麓，他。望漢月而泛南池之波。平。一句。
十字：
織忍辱以爲薜衣之領袖，平。構止觀以爲桑門之樞鍵。他。一句。
梵唄播聲於遍法界之風，平。幡蓋飄影於盡虚空之峰。他。一句。
十一字：
排月窗以仰天人師於其際，他。卷風幌以屈龍象衆於其前。平。一句。
十四字：
紫宸殿之皇居七迴畫賢聖之障子，他。
大嘗會之寶祚兩度黷畫圖之屏風。平。一句。
抑古賢何必以此句定長句哉。皇居之字，寶祚之字，爲上句終字。若又七迴字，兩度字，雖爲上句之終，已是去聲，頗可謂雜隔句。縱雖不得去聲，輕重疎密平雜隔句。尚未必去聲。何況爲足去聲。須謂雜隔句之異名。仍所定非無不審矣。

傍句：（略）

隔句有六種體，謂輕、重、疎、密、平、雜也。輕重爲最，疎密爲次，平雜又爲次，六體同謂平他聲也。
輕隔句：上四下六。

器壯道志，他。五色發以成文。平。

仁盡歡心，平。百獸舞以調曲。他。已上一句。

隴山雲暗，他。李將軍之在家。平。

穎水波閑，平。蔡征虜之未仕。他。以上一句。

瓢簞屢空，平。草滋顔淵之巷。他。

藜藿深鎖，平。雨濕原憲之樞。平。已上一句。

重隔句：上六下四。

化輕裙於五色，他。猶認羅衣。平。

變纖手於一拳，平。以迷紈質。他。已上一句。

東岸西岸之柳，他。遲速不同。平。

南枝北枝之梅，平。開落已異。他。已上一句。

淵變作瀨之聲，平。寂寂閉口。他。

砂長爲巖之頌，平。洋洋滿耳。他。已上一句。

疎隔句：上三下一，多少不定，去平他聲，又未必去之。

酒之光，平。必資於麴蘗。他。

室之用，他。終在乎户牖。平。已上一句。

山復山，平。何工削成青巖之形。平。水復水，他。誰家染出碧潭之色。他。已上一句。
密隔句：上五已上，下六已上，多少不定，下三有對。
徵老聃之説，他。柔弱勝於剛强。平。驗夫子之文，平。積善由乎馴致。他。一句。
南樓雲晴曉，他。秋月明。平。上林風扇時，平。春花綻。他。一句。
山桃復野桃，平。日曝紅錦之幅。他。門柳復岸柳，他。風宛麴塵之絲。平。一句。
果則上林苑之所獻，他。含自消。平。酒是下若村之所傳，平。傾甚美。他。一句。
平隔句：上下或四或五或六。去聲又不去。
小山桂樹，他。權奇可同。平。上林桃花，平。顔色相似。他。一句。
寸進而尺退，他。常以一貫之。平。日往而月來，平。則就甚深矣。他。一句。

燕姬之袖暫收，平。猜繚亂於舊柏。他。一句。

周郎之簪頻動，他。顧問關於新花。平。一句。

羅綺之爲重衣，平。妒無情於機婦。他。

管絃之在長曲，他。怒不關於伶人。平。一句。

雜隔句：上四下五或七八，或下四，上七八。去聲，或不去，又上九十下七八，或上四下九十一二三也。或上七下六，或上六下五。

悔不可還，平。空勞於駟馬。他。

行而無跡，他。豈繫於九衢。平。一句。

孤煙不散，他。若籠香爐峰之前。平。

圓月斜臨，平。似對鏡廬山之上。他。一句。

布政之庭，風流未必彰於崐岡，兼之者此地也，

好文之代，德化未必光于黄炎，兼之者我君也。

漫句：不對合。不調平他聲。或四五字，或十餘字，或施頭或施尾，或代送句，不可調平他聲。

我聖之有國。一句。甚哉言之出口。一句。

此地之爲體也，一句。夫春之爲氣也。

……

五島慶太氏藏《賦譜》：

凡賦句有壯、緊、長、隔、漫、發（中澤希男《賦譜校箋》「『發』下脱一『送』字」），合織成，不可偏舍。

壯：三字句也。

若「水流濕，火就燥」、「悦禮樂，敦詩書」、「萬國會，百工休」之類。綴發語之下爲便，不要常用。

緊：四字句也。

若「方以類聚，物以群分」、「四海會同，六府孔修」、「銀車隆代，金鼎作國」之類。亦綴發語之下爲便，固今所用也。

長：上二字、下三字也。其類又多，上三字，下三字。

若「石以表其貞，變以彰其異」之類是五也。「感上仁於孝道，合中瑞於祥經」是六也。「因依而上下相遇，修分而貞剛失全」是七也。「當白日而長空四朗，披青天而平雲中斷」是八也。「吠我者謂量力而徒爾，見機者料成功之遠而」是九也。六七者堪常用，八次之，九次之。其者時有之得。但有似緊體，勢不堪成緊，則不得已而施之，必也不須綴緊承發下可也。

隔：隔句對者，其辭云，隔體有六。輕、重、疎、密、平、雜。

輕隔者，如上有四字下六字，若「器將道志，五色發以成文；化盡歡心，百獸舞而叶曲」之類也。

重隔，上六下四，如「化輕裾於五色，猶忍羅衣；變纖手於一拳，以迷紈質」之類是也。

疎，上三，下不限多少，若「酒之先，必資於麴蘖；室之用，終在乎户牖」、「倏而來，異緑蛇之宛轉；忽而往，同飛燕之輕盈」、「府而察，焕乎呈科斗之文；静而觀，炯爾見雕蟲之藝」等是也。

密：上五已上，下亦已上字（中澤希男《賦譜校箋》：「『下亦已上字』之『亦』爲『六』之訛。《筆大體》有『密隔句上五已上，下六已上，或上多小，下三有體』（類聚本有「密隔句上五已上，下六已上，多少不定，下三有對」，《筆大體》的「多小」爲「多少」之訛，「有體」的「體」爲「對」之訛）」）。若「徵老聃之説，柔弱勝於剛强；驗夫子之文，積善由乎馴致」、「詠團扇之見託，班姬恨起於長門；履堅冰以是階，袁安驚起於陋巷」等是也。

平者：上下或四或五字等，若「小山桂樹，摧奇可比；丘林花（盛江案：此句疑作『上林桃花』），顔色相似」、「進寸而退尺，常以一貫之；日往而月來，則就其深矣」等是也。

雜者：或上四，下五七八，或下四，上亦五七八字。若「悔不可追，空勞於駟馬；行而無跡，豈繫於九衢」、「孤煙不散，若籠香爐峰之前；團月斜臨，似對鏡廬山之上」、「得用而行，將陳力於休明之世；自强不息，必苦節於少壯之年」、「及素秋之節，信謂逢時；當明德之年，何憂淹望」、「採大漢强幹之宜，裂地以爵；法有周維城之制，分土而王」、「虚矯者懷不材之疑，安能自持；賈勇者有攻堅之懼，豈敢争先」等是也。

此六隔，皆爲文之要，堪常用。但務量澹耳。就中輕重爲最，雜次之，疎密次之，平爲下。

漫：

不對合。少則三四字，多則二三句。若「漢武」、「賢哉南容」、「我聖上之有國」、「甚哉言之出口也，電激風趨過乎馳驅」、「守静勝之深誡，冀一鳴而在此」、「歷歷遊遊宜乎涼秋」、「誠哉性習之説，我將爲教之先」等是也。漫之爲體，或棄或俗，當時好句施之尾可也、施之頭亦得也、項腹不必用焉。

發語：（略）

送：（略）

凡句字少者居上，多者居下，緊、長、隔以次相隨，但長句有六七字者，八九字者相連不要，以八九字者似隔故也。自餘不須，且長隔雖遥望，要異體，爲住其用字「之、於、而」等暈澹爲綺矣。

凡賦，以隔爲身體，緊爲耳目，長爲手足，發爲脣舌，壯爲粉黛，漫爲冠履，苟手足護其身，脣舌叶其度，身體在中而肥健，耳目在上而清明，粉黛待其時而必施，冠履得其美而即用，則賦之神妙也。

赤澤一《詩律》：

詩對

凡對有十二種，如左所載。第一的名對。一名正名對，又名正對，或切對。如西園東圃相對，平野高山相對，千金雙玉相對等。第二隔句對。一曰扇對。以第一句對第三句，第二句對第四句。如：「昔年共照松溪影，松折碑荒僧已無；今日還思錦城事，雪消花謝夢何如。」鄭都官。第三疊字對。如：「夏暑夏不衰，秋陰秋未歸。」「琴命清琴，酒進佳酒。」又：「學懶真成懶，知休却得休。」楊萬里。名曰雙擬對。「看山山已峻，望水水仍清。」又：「絶壁入天天入水，亂篙鳴石石鳴船。」楊萬里。名曰聯綿對，俱疊字對格也。第四互成對。如天地對日月，麟鳳對金銀。若天地相對，日月相對，即爲的名對。又如天山相對，花鳥相對，名曰異類對。亦互成對之類也。第五賦體對。如皎皎朦朦相對，名曰重字對；徘徊悵恨相對，名曰疊韻對；崎嶇嶢峭相對，名曰雙聲對。俱皆賦體對也。句頭句腹句尾，各擇用。第六折句對。如：「鳳皇樂奏鈞天曲，烏鵲橋通織女河。」「靜愛竹時來野寺，獨尋春偶過溪橋。」第七流水對。「春日鶯鳴修竹裏，仙家犬吠白雲間。」第八意對。如歲暮涼風相對，寢興白露爲對。事意相因，文理無爽，故爲對。第九錯綜對。如：「紅稻啄餘鸚鵡粒，碧梧棲老鳳皇枝。」老杜。第十借對。如曉路秋霜，路露同；初蟬密蔦，蔦鳥同，名爲假音對。馬頰河熊耳山爲對。漆沮四塞，漆四數名。曾參陳軫，參軫星名爲對。是不平常，故名爲奇對。馮翊龍首爲對。泉流赤峰，泉字有白，與赤對。英彥桂酒爲對，義別字形半對，名爲側對。一曰字側對。「廚人具雞黍，稚子摘楊梅。」孟浩然。「水春雲母碓，風掃石楠花。」李白。「竹葉與人既無分，菊花從此不須開。」少陵。名爲假對，共皆借對之類也。第十一交絡對。如：「裙拖六幅瀟湘水，鬢縱巫山一段雲。」李群玉。「野老就耕去，荷鋤隨牧童。」孟浩然。「欲作一晴多少日，早知祇費數朝寒。」楊萬里。第十二當句對。一曰就句對。如：「小院回廊春寂寂，浴鳧飛鷺晚悠悠。」少陵。「孤雲獨鳥川光暮，萬里千山海氣秋。」李嘉祐。前輩於文亦有此體。如：「龍光射斗牛之墟，徐孺下陳蕃之榻。」王勃。右十二種對，古人所常用也。他如鄰近體，偏對，一曰聲類對。雙虛實對，疊韻側對，雙聲側對，切側對，背體對，含境對，字對，同對，平對，同文對等，皆略之。對有四病：如前雙聲，後句直語，或空談，名曰跛對。前句有形，後句無色，前句物色，後句人名，名曰眇對。言換而意不換，名曰合掌對。花柳相對，龍鳳爲對，名曰板腐對。共皆可忌，雙聲即雙聲對，疊韻即疊韻對，爲佳。

《仁和寺圓堂供養願文》（摘録）：

長句　一生瞻仰之基，平。三昧觀念之所也。

傍字（略）

輕隔句　法界皆謂道場，平。何方非修行之地。他。
　世間總是虚僞，他。何處爲常住之棲。平。

傍字（略）

壯句　爲慕德，他。爲戀恩。平。

長句　追山之陵近邊，平。望松柏之荒色。他。

傍字（略）

漫句　思古人之廬墓側之意也。不對也。

緊句　至於今春，平。如法供養。他。
　開會一月，他。請衆百僧。平。

輕隔句　各各連心，平。觀虚空之月。他。
　聲聲異口，他。任周邊之風。平。

傍字（略）

緊句　國王有敕，供樂一部。

長句　紅櫻亂飛之候，他。黄鳥和鳴之晨。平。
飄舞衣於花間，平。混歌曲於聲裏。他。
將以驚動諸尊之境界，他。娱樂諸天之降臨也。平。
傍句（略）
雜隔句　昔爲人君，平。萬姓所犯之罪自歸於我。他。
今作佛子，他。一身所修之善盡利於他。平。
緊句　既云有恩，平。更亦誰别。他。
長句　凡厥四生之類，他。被以一子之悲。平。
（轉引自《研究篇》下）

文鏡秘府論　西〔一〕

金剛峰寺禪念沙門遍照金剛　撰

論病〔二〕①　文二十八種病②　文筆十病得失〔三〕③

夫文章之興，與自然起④；宮商之律，共二儀生⑤。是故奎星主其文書〔四〕⑥，日月煥乎其章⑦，天籟自諧，地籟冥韻〔五〕⑧。葛天唱歌⑨，虞帝吟詠⑩，曹、王入室摛藻之前，游、夏昇堂學文之後⑪，四紐未顯⑫，八病莫聞〔六〕⑬。雖然，五音妙其調，六律精其響⑭，銓輕重於毫忽〔七〕，韻清濁於錙銖〔八〕⑮，故能九夏奏而陰陽和，六樂陳而天地順⑯。和人理，通神明⑰，風移俗易，鳥翔獸舞⑱，自非雅詩雅樂，誰能致此感通乎⑲。顒、約已降〔九〕，兢、融以往〔一〇〕⑳，聲譜之論鬱起〔一一〕，病犯之名爭興㉑，家製格式，人談疾累㉒，徒競文華，空事拘檢，靈感沈秘，雕弊寔繁㉓。竊疑正聲之已失㉔，爲當時運之使然㉕。洎八體〔一二〕㉖、十病〔一三〕㉗、六犯〔一四〕㉘、三疾㉙，或文異義同〔一五〕，或名通理隔〔一六〕，卷軸滿机㉚，乍閲難辨，遂使披卷者懷疑〔一七〕㉛，搜寫者多倦〔一八〕。予今載刀之繁〔一九〕，載筆之簡〔二〇〕㉜，總有二十八種病〔二一〕，列之如左〔二二〕。其名異意同者，各注目下。後之覽者，一披總達〔二三〕。

【校記】

〔一〕高乙本封面有「文鏡秘府論卷第□」，「第」字後之字當爲「四」字，被墨筆塗掉，右旁補一「五」字，旁補之「五」字較正文字體拙劣，墨跡較新，封面紙質則與正文一樣。「文鏡秘府論西」之前維寶箋本有「文鏡秘府論箋卷第十四／金剛峰寺密禪比丘　維寶　編輯」。

〔二〕「論病」，三寶本作「論體病」，右旁注「亻」，眉注「論力昆力困二反思理也議也」，天海本眉注「論力昆力困二反思理也」。

〔三〕「十病」，六寺、松本本作「十八病」，「文筆十病得失」下三寶、天海本有「筆四病異本無也」七字。「文二十八種病文筆十病得失」十二字原作大字標題，各抄本同。

〔四〕「書」，六寺本作「畫」，左旁注「書亻」，三寶、天海本眉注「畫亻」。

〔五〕「冥韻」，《「文二十八種病」解説》作「冥調」，謂：「調字諸本皆作『韻』字，非也。」《校注》：「『冥』，儲皖峰校本作『宜』，云：『「宜」，別本作「冥」。峰按：本書《第十五忌諱病》條云：「於國非所宜言。」「宜」，《古鈔本》正作「冥」。疑係日人傳寫異體，今校改。』」

〔六〕「莫」，松本、江户刊本、維寶箋本作「無」。

〔七〕「毫」，三寶、天海本右旁注「長毛也」。「忽」，三寶、天海本作「偬」，右旁注「毫忽可骨反輕也一蠶力一｜十｜爲一絲」，六寺本作「悤」，眉注「可骨反輕也此爲一｜忽爲一絲絲爲一忽」。

〔八〕「韻」，《「文二十八種病」解説》作「調」，謂：「調字諸本皆作韻字，非也。」

〔九〕「顒約」，三寶、天海本左旁注「周顒沈約草本如此」。

〔一〇〕「兢融」，三寶、天海本左旁注「元兢崔融草本如此」。

〔一一〕「譜」，《考文篇》：「『譜』疑作『韻』。」

〔一二〕「泊」，原作「泊」，三寶、高甲、高乙、醍甲、仁甲本同，據六寺、江户刊本、維寶箋本改。

〔一三〕「十病」下三寶本有「亦」字。

〔一四〕「犯」，三寶本無。

〔一五〕「文」，三寶本作「久」，旁注「文」。「異」，三寶本作「矣」，旁注「異」。

〔一六〕「名」，三寶本作「各」，旁注「名」。「通」，三寶本作「遍」，旁注「通」。

〔一七〕「披卷者懷疑」，三寶本作「搜光將抔」，旁注「披卷者懷疑」。

〔一八〕「寫」，三寶本作「字」。

〔一九〕「予」，三寶、天海本右旁注「余」。「刀」，原作「力」，三寶、高甲、高乙、醍甲、仁甲本同，三寶本右旁注「刀亻」，據六寺、江户刊本、維寶箋本改。「之」，三寶本無。

〔二〇〕「載」，《考文篇》：「各本並然，姑仍之。」「筆」，三寶本作「藥」。「簡」，三寶、天海本注「居限切牒也」。以上「予今載刀之繁載筆之簡」一句，三寶、天海本左旁注「今删彼數卷重疊留此一家名單總有如御草本寫之」，其中「删彼數卷重疊留此一家單名總有」數字用朱筆綫劃掉。

〔二一〕「總有」，三寶、天海本無。「有」，六寺、楊本無。「種」，原無，三寶、高乙、醍甲、六寺、義演本同，據高甲、江户刊本、維寶箋本補。「病」，三寶本旁注「種草本」，六寺本旁注「種御草本」。盛江案：蓋草本作「總有二十八種病」之意。

〔二二〕「列」，三寶、天海本作「引」，注「草本列」。

〔二三〕「後之覽者一披總達」，三寶、天海本左旁注「庶使後生進學者一披總達云爾草案本如此」，「庶使後生」四字用朱筆劃掉，其右三寶本注「之覽」。

【考釋】

① 論病：《校勘記》：「天卷的目次没有『論病』之目，『論病』是這一卷的大題，與地卷的『論體勢等』、東卷的『論對』、南卷的『論文意』、北卷的『論對屬』相對。」盛江案：仿東卷體例，「論病」二字既是西卷之大題，又爲西卷序之小題。

② 文二十八種病：《「文二十八種病」解説》：「《文二十八種病》是説明有韻的文的二十八種病犯。」《「文二十八種病」考》：「文二十八種病，從其種目來看，如目次『九曰水渾，十曰水滅，九曰木枯，十曰金缺』所示，九和十數字重複，所以實際之數爲三十種。又，《秘府論》序也記作『三十種病累』。但是本文的表題和傳本諸本都作『二十八』，如果説到是什麽原因，那是因爲高野山三寶院本第一平頭目下注記的那樣：『私云，見御草案本，舊別立水渾火滅病，爲第九第十，而總有三十種病。後改屬第一病，成二十八病也。』據這個三寶院本抄寫者的話，空海最初所編之目爲三十種，序所看到的也是三十，那是

初稿本寫成時的樣子，直到後來删去第九水渾第十火滅二目，作爲二十八，而在御草本予以訂正。因此《文筆眼心抄》作『文廿八種病』，從這點看可以認爲，至遲在撰述《眼心抄》時，已經改過來了。這樣經過訂正之後的數目，二十八種病是正確的。但是再進一步看，第十二繁説有注『或名相類（目次作「或名疣贅崔名相類」（類爲濫字之誤））』，而第二十二犯相濫有『或名繁説（崔名相濫）』的注，如果把這二種看作同一病，全體應該是二十七種病。如果把這二病分别看待，則仍是二十八種病。」

③文筆十病得失：《「文二十八種病」解説》：「《文筆十病得失》是就有韻的文和無韻的筆的十種病犯加以説明，並對照其得失。」《校勘記》：「『文筆十病得失』在天卷的目次裏作『十種疾』。又，《眼心抄》作『筆十病得失』，删去詩的例子，祇列舉筆的例子。」盛江案：「文二十八種病」與「文筆十病得失」當爲西卷細目。

④「夫文」二句：《文心雕龍·原道》：「文之爲德也大矣……心生而言立，言立而文明，自然之道也。」本書天卷序：「龜上龍上，演自然之文。」南卷《論文意》引王昌齡《詩格》：「自古文章，起於無作，興於自然。」《「文二十八種病」考》：「這裏所説的『文章』可以看作是有韻之『文』。這從下面的葛天子唱歌和虞帝吟歌可以知道。」

「夫文章之興」至「一披總達」，弘法大師文，爲西卷序，序題即「論病」。《譯注》：「（西卷序）和東卷的序相對應。」

⑤「宫商」二句：梁鍾嶸《詩品序》：「齊有王元長者，嘗謂余云：『宫商與二儀俱生，自古詞人不知用

之。』」二儀：指天、地。《易·繫辭上》：「是故易有太極，是生兩儀。」《文心雕龍·原道》：「仰觀吐曜，俯察含章，高卑定位，故兩儀既生矣。」《周禮·春官·典同》：「典同掌六律六同之和，以辨天地四方陰陽之聲。」鄭玄注：「陽聲屬天，陰聲屬地，天地之聲，布於四方。」

⑥奎星主其文書：奎星：即奎宿，二十八宿之一。《孝經援神契》：「奎主文章，蒼頡效象。」（《初學記》卷二一）宋均注：「奎星屈曲相鈎，似文字之畫。」

⑦日月焕乎其章：《文心雕龍·原道》：「日月疊璧，以垂麗天之象。」《論語·泰伯》：「焕乎其有文章。」

⑧「天籟」二句：《莊子·齊物論》：「子游曰：『地籟則衆竅是已，人籟則比竹是已。敢問天籟。』子綦曰：『夫吹萬不同，而使自己也，咸其自取，怒者其誰邪？』」《九弄十紐圖私釋》引「天籟自諧地籟冥韻」八字。

⑨葛天唱歌：《吕氏春秋·古樂》：「昔葛天氏之樂，三人操牛尾，投足以歌八闋。」

⑩虞帝吟詠：虞帝：即虞舜，《禮記·樂記》：「昔者舜作五絃之琴，以歌《南風》。」《文心雕龍·明詩》：「昔葛天氏樂辭云：玄鳥在曲。……至堯有《大唐》之歌，舜造《南風》之詩。」

⑪「曹王」二句：入室、昇堂：參天卷《四聲論》「或昇堂擅美，或入室稱奇」句釋。曹、王：曹植（一九二—二三二）、王粲（一七七—二一七），建安時代表詩人，鍾嶸《詩品》將其列入上品，稱：「故孔氏之門如用詩，則公幹（劉楨）升堂矣，思王（曹植）入室。」摛藻：班固《答賓戲》：「摛藻如春華。」（《文選》卷四

五）游、夏：子游、子夏，《論語·先進》：「文學：子游，子夏。」「由也升堂矣，未入於室也。」《論語·學而》：「行有餘力，則以學文。」

⑫ 四紐：即四聲，本書天卷《調四聲譜》：「凡四字一紐。」（安然《悉曇藏》卷二引作「凡四聲字爲紐」）「四聲紐字……凡四聲，竪讀爲紐。」西卷「第八正紐」引劉善經説：「凡四聲爲一紐。」

⑬ 八病：今所知「八病」之名較早見於：隋王通《中説·天地》：「四聲八病，剛柔清濁，各有端序。」唐盧照鄰《南陽公集序》：「八病爰起，沈隱侯永作拘囚；四聲未分，梁武帝長爲聾俗。」（《全唐文》卷一六六）唐殷璠《河岳英靈集叙》：「夫能文者，匪謂四聲盡要流美，八病咸須避之。」（本書南卷）唐皎然《詩式》「明四聲」：「沈休文酷裁八病，碎用四聲，故風雅殆盡。」據此處引盧照鄰《南陽公集序》及皎然《詩式》及下引南宋魏慶之《詩人玉屑》，則「八病」似爲沈約提出，但沈約時代是否提出過「八病」，尚有争議。又，齊梁時未見「八病」之名，可能其時稱爲「八體」，宋齊梁間沈約（四四一—五一三）、北魏常景（？—五五〇）已提出「八體」之説。沈約《答甄公論》：「善用四聲，則諷詠而流靡；能達八體，則陸離而華潔。」常景《四聲讚》：「四聲發彩，八體含章。」（均見本書天卷《四聲論》引，又詳參天卷《四聲論》「能達八體」考釋及西卷《論病》「八體」句考釋）「八病」之具體内容，據宋魏慶之《詩人玉屑》卷一一，謂：「詩病有八（沈約）：一曰平頭，二曰上尾，三曰蜂腰，四曰鶴膝，五曰大韻，六曰小韻，七曰旁紐，八曰正紐。」又，宋王應麟《困學紀聞》卷一〇「諸子」：「李百藥曰：分四聲八病。按《詩苑類格》，沈約曰：詩病有八：平頭、上尾、蜂腰、鶴膝、大韻、小韻、旁紐、正紐。唯上尾鶴膝最忌，餘病亦通。」則恰爲本卷「文二十八種病」之前

八種，然「八病」之原貌，亦有争議。

關於曹、王之前「四紐未顯，八病莫聞」，本書天卷序亦云：「游、夏得聞之日，屈、宋作賦之時，兩漢辭宗，三國文伯，體韻心傳，音律口授。」《四聲論》云：「曹植、王粲、孔璋、公幹之流，潘岳、左思、士龍、景陽之輩，自《詩》、《騷》之後，晉、宋已前，杞梓相望，良亦多矣。莫不揚藻敷萼，文美名香，颺彩與錦肆争華，發響共珠林合韻。然其聲調高下，未會當今，脣吻之間，何其滯歟。」可參看。

《譯注》末附《解説》：「成於奈良時代寶龜三年（七七二）的藤原浜成和歌理論書《歌經標式》裏，已説到七種『歌病』，明顯受了『詩八病』的影響，因而大概可以確定，至八世紀中葉爲止，講『八病』的有關詩學書已經流傳到了日本。」

⑭ 六律：《周禮·春官·大師》：「大師掌六律六同，以合陰陽之聲。……皆文之以五聲，宫商角徵羽。」《書·益稷》：「予欲聞六律、五聲、八音，在治忽，以出納五言。」

⑮ 「銓輕」二句：輕重、清濁：《禮記·樂記》：「倡和清濁，迭相爲經。」鄭玄注：「清謂蕤賓至應鐘也，濁謂黄鐘至中吕。」《後漢書·律曆志》：「量有輕重，平以權衡；聲有清濁，協以律吕。」鍾嶸《詩品序》：「但令清濁通流，口吻調利。」本書天卷《調聲》：「律調其言，言無相妨，以字輕重清濁間之須穩。」維寶箋：「輕重，凡物不輕重則上聲，因其重而重之則去聲。」陸機《文賦》：「考殿最於錙銖，定去留於毫芒。」

⑯ 「故能」二句：《禮記·樂記》：「及夫禮樂之極乎天而蟠乎地，行乎陰陽而通乎鬼神，窮高極遠而

測深厚。」「大樂與天地同和，大禮與天地同節。」「樂者天地之和也，禮者天地之序也。」九夏：周之九種音樂。《周禮·春官·鍾師》：「掌金奏。凡樂事以鍾鼓奏九夏：《王夏》、《肆夏》、《昭夏》、《納夏》、《章夏》、《齊夏》、《族夏》、《祴夏》、《驁夏》。」六樂：謂黄帝、堯、舜、禹、湯、周武王六代之古樂。《周禮·地官·大司徒》：「以六樂防萬民之情，而教之和。」《周禮·地官·保氏》：「掌諫王惡，而養國子以道，乃教之六藝：……二曰六樂。」鄭玄注：「六樂：《雲門》、《大咸》、《大韶》、《大夏》、《大濩》、《大武》也。」

⑰「和人」二句：《禮記·樂記》：「禮節民心，樂和民聲。」「樂文同則上下和矣。」又：「樂行而倫清。」鄭玄注：「言樂用則正人理，和陰陽也。」又：「禮樂偩天地之情，達神明之德，降興上下之神，而凝是精粗之體，領父子君臣之節。」《易·繫辭下》：「近取諸身，遠取諸物，於是始作八卦，以通神明之德，以類萬物之情。」

⑱「風移」二句：參《禮記·樂記》，已見前注。又《樂緯》：「是以清和上升，天下樂其風俗，鳳皇來儀，百獸率舞。」（《藝文類聚》卷四一）

⑲「自非」二句：《論語·陽貨》：「惡紫之奪朱也，惡鄭聲之亂雅樂也。」《荀子·樂論》：「先王惡其亂也，故制《雅》、《頌》之聲以道之。……足以感動人之善心。」《禮記·樂記》：「樂者，音之所由生也，其本在人心之感於物也。……樂者，通倫理者也。」《毛詩序》：「故正得失，動天地，感鬼神，莫近於詩。」《易·繫辭上》：「《易》，無思也，無爲也，寂然不動，感而遂通天下之故。」

⑳「顒約」二句：顒謂周顒，參天卷《四聲論》考釋。約謂沈約，兢謂元兢，融謂崔融，均參天卷序

考釋。

㉑「聲譜」二句：聲譜之論，天卷有「調四聲譜」，謂「諸家調四聲譜」。《校勘記》：「『聲譜』即《四聲譜》之略。」盛江案：「聲譜」既指沈約《四聲譜》，又泛指當時論音韻聲律類著作，故曰「聲譜之論鬱起」，「鬱起」者，非指一種，此類著作衆多之謂也。病犯：天卷序：「沈侯、劉善之後，王、皎、崔、元之前，盛談四聲，争吐病犯。」

㉒疾累：《顔氏家訓·文章》：「江南文制，欲人彈射，知有病累，隨即改之。」鍾嶸《詩品》上「張協」評：「文體華浄，少病累。」以上六句另參天卷序「即閲諸家格式等」及東卷《論對》「余覽沈、陸、王、元等詩格式等」等句考釋。

㉓「徒競」四句：隋李諤《上高祖革文華書》：「下之從上，有同影響，競騁文華，遂成風俗。……競一韻之奇，争一字之巧。」（《隋書》卷六六）《後漢書·左雄傳》：「虚誕者獲譽，拘檢者離毁。」鍾嶸《詩品序》：「文多拘忌，傷其真美。」本書南卷《論文意》：「律家之流，拘而多忌，失於自然。」靈感沈秘：陸機《文賦》：「及其六情底滯，志往神留，兀若枯木，豁若涸流。攬營魂以探賾，頓精爽而自求。理翳翳而逾伏，思軋軋其若抽。」雕弊：《後漢書·左雄傳》：「漢初至今，三百餘載，俗浸凋弊，巧僞滋萌。」

㉔正聲：《禮記·樂記》：「正聲感人而順氣應之。」李白《古風五十九首》其一：「大雅久不作，吾衰竟誰陳？……正聲何微茫，哀怨起騷人。」（《李白集校注》卷二）

㉕爲當：《校勘記》：「爲當，假設之詞，變文等中常見。」《校注》：「《秋胡變文》：『秋胡，汝當遊學，

元期三周。爲何去今三載？爲當命化零落？爲當身化黄泉，命從風化？爲當逐樂不歸？』爲當，義與此同，猶今言『或許是』也。」《譯注》：「『爲當』，與『爲復』『爲是』等同，表示遊移於兩個事項間難以作出判斷的心情的助辭。相當於文言的『抑』，口語的『還是』的意思。《顔氏家訓·書證篇》：『未知即是通俗文，爲當有異。』」時運：謂時代之運會，《文心雕龍·時序》：「時運交移，質文代變。」又，唐楊炯《王勃集序》：「歷年滋久，遞爲文質，應運以發其明。」（《全唐文》卷一九一）「應運」即「時運」。

㉖八體：維寶箋：「八體，上曰：《八階》《文筆式》，又《詩格》轉爲八體。」《校注》：「庾肩吾《詩品論》：『均其文總文書之要指，其事擅八體之奇。』」盛江案：此處之「八體」當不是指《八階》題下注《詩格》之「八體」，維寶箋有誤。《校注》所引爲庾肩吾《書品論》而非「詩品論」，「文書」爲「六書」之誤。此所謂「八體」，乃指書法之「八體」，與空海此處所言詩文聲病之「八體」毫無干涉，固不須辨也。

鈴木虎雄、郭紹虞、逯欽立、劉躍進等各家論「八體」，已見天卷《四聲論》「能達八體，則陸離而華潔」句考釋。

《札記續記》論及「八體（八病）」説之名目、細目、佚文、内容之變遷。關於八病之名目，《札記續記》謂：此「八體」即「四紐未顯，八病莫聞」之「八病」，指沈約所謂「八病」。「沈約的『八病』説自『第一平頭』至『第八正紐』各條的劉善經説中作爲『沈氏曰』而被引用，據此則可知其大體。」「沈約之説一般稱作『四聲八病』，原名似作『四聲八體』。天卷《四聲論》所引沈約的《答（魏）甄琛論》：『作五言詩者，善用四聲，則諷詠而流靡；能達八體，則陸離而華潔。』又，魏常景《四聲讚》：『四聲發彩，八體含章。』都記作『八體』，是其證據。又《見在書目》(小學家)有『四聲八體一卷』，《秘府論》八病各條的開頭都在『平頭詩』『上尾詩』這樣的名目下記『詩』而不記『病』等等，也是其傍證。」「唐人遺文中未見記作『八體』，都記作『八病』，如果這樣看，唐時似已專門稱作『八病』。」《梁書》及《南史》的《沈約傳》載約「撰《四聲譜》」，而《日本國見在書目》(小學家)載「《文章四聲譜》一卷」，但缺撰者人名，如果「《文章四聲譜》一卷」與「《四聲譜》一卷」爲同一書，則「文章四聲譜」當爲其原名。唐封演《封氏聞見記》載沈約撰「《文章八病》」，據此似「八體」説原題爲「文章八病」。而「八病」的原名爲「八體」，因此，「文章八病」似當作「文章八體」。「或許『八體』其原名就是『文章八體』」。

八病之細目。《札記續記》以爲指平頭、上尾、蜂腰、鶴膝、大韻、小韻、旁紐、正紐。但旁紐、正紐爲後人之説，沈約説爲大紐、小紐。

八體説之佚文。《札記續記》以爲：「漢土八體説似早失傳，唐以前書中，梁鍾嶸《詩評》有蜂腰、鶴膝二目，唐劉知幾《史通》(雜説)有平頭、上尾二目，《南史·陸厥傳》及《封氏聞見記》有平頭、上尾、蜂腰、鶴膝四目。但是全未涉及其内容。大韻、小韻、旁紐、正紐四病連其名目也未見流傳。繁盛時八體説的記録如此缺乏，主要原因可能是律體形成以後八體説化作了空文。」八體説不存，現在流傳衹是片斷，有三説：「(A)南宋祝穆《事文類聚》(卷十)、魏慶之《詩人玉屑》(卷十一)之説。(B)收入明胡文煥編《格知叢書》的《魏文帝詩格》之説。(C)收入《格知叢書》的唐白居易《金針詩格》之説。(A)承收録於北宋李淑《詩苑類格》的古詩格之説，(B)承收録於北宋蔡傳《吟窗雜録》的古詩格説。」這些片斷雖然資料來源不明，即使不可避免有後人加工的成分，但如果將它與《文鏡秘府論》相對照，有不少地方相符，可證實其來源在隋唐的古書。

關於内容變遷，《札記續記》謂：天卷《四聲論》云：「沈氏乃著其譜論，云起自周顒。」「所謂八體和四聲是一體之説。因而沈約説『起自周顒』，這不是祇限於《四聲譜》，把八體説的先河看作由周顒開創，而由沈約繼承下來，進一步加工，達於成熟，這也是很正常的。」「當時和沈約説一起，王斌説也流行，由此可知，至少沈約創立的不是八體説的全部。」王斌撰有《五格四聲論》，西卷《文二十八種病》「鶴膝」、「傍紐」條引有王斌説。同條劉善經説，「沈氏云，人或謂鶴膝爲蜂腰，蜂腰爲鶴膝，疑未辨」，這也可以看作指王斌説。「雖不清楚王斌聲病説的全部内容，但是據此可以知道，王斌聲病説至少有鶴膝、蜂腰二目，並且其名目和沈約同而内容有異。此事合理的解釋應是，這二個名目已經由誰提出，沈約和王斌一起接受此説，而又各自提出自己的看法。」又，天卷《四聲論》和西卷「上尾」、「蜂腰」、「傍紐」條劉善經説詳細引述了劉滔説。「從其引用來推測，可以認爲，劉滔説在沈約説的基礎上加以補訂，而不是別一系統之説。」「劉滔不用沈約説的大紐和小紐，而提出傍紐、正紐之名。」而劉善經《四聲指歸》、可能是隋人著的《文筆式》以及唐元兢《詩髓腦》則誤以爲「傍紐」、「正紐」可能是沈約之説。「大紐、小紐之外的其他六種病，不論名目還是其内容，六朝時似都没有什麽變動，直到唐初元兢的《詩髓腦》纔有大幅度的修正。」

㉗ 十病：多以爲即水渾病「聊説十規」之「十規」。此「十病」何所指，有三説。一、即指下所云之「文筆十病得失」（維寶箋説）；二、指水渾、火滅、木枯、金缺、土崩、鬬偶、繁説、落節、雜亂、文贅（中澤希

男《札記》、吉田幸一《「文二十八種病」考》、興膳宏《譯注》説）；三、指水渾、火滅、金缺、木枯、土崩、闕偶、繁説、觸絶、傷音、爽切，認爲落節、雜亂、文贅三病不屬這「十病」，而《文筆眼心抄》記載有説明之「觸絶、傷音、爽切」三病屬「十病」（小西甚一《研究篇》説，中澤希男《札記續記》後來亦從小西甚一之説）。

一説未述理由。

二説，《札記》以爲，「第九水渾」至「第十四繁説」（即水渾、火滅、木枯、金缺、闕偶、繁説）六病，都有類似的形式，即「謂……假作××詩曰……釋曰……」，「水渾、火滅、木枯、金缺從筆致和名目上推測，顯然當爲同一人之説」。闕偶和繁説的前半「有『假作某詩云云』，『釋曰云云』的筆致，和前面的四病相仿佛，蓋與前四病當爲同一人之説」。另外，「廿五落節、廿六犯雜亂、廿七犯文贅也有『假作某詩云云』，『釋曰云』。至少這一部分和前六病應看作同一人之説」。而「目次的上尾及本文第二上尾之下有『或名土崩病』，水渾火滅木枯金缺如果成爲一類，這土崩病和前九病合在一起成爲十病」。

《研究篇》下提出第三説，認爲，水火金木土諸病引典相同是不用説的，緊接着的闕偶和繁説體例與此也相通，即「全部都是A病名，B要點（「謂……」），C例詩（「假作……詩曰」），D解説（「釋曰……」）」。但是再後面的落節、雜亂、文贅雖然也和水渾等病有幾乎相同的形式，但它們並不是同一原典。因爲據三寶院本以及天海藏本「第二十三支離」條空白處如下的注文：「《詩式》六犯：一犯支離，二犯缺偶，三犯相濫，四犯落節，五犯雜亂，六犯文贅。」這説明落節、雜亂、文贅原典爲《詩式》，即屬西卷《論病》中所説的「六犯」。《文鏡秘府論》「支離」以下本文除「缺偶」外，正是按照「六犯」的順序。值得注意的是，《文鏡秘府論》中「缺偶」一條没在「支離」和「相濫」之間，而前面有「第十三闕偶」（修訂本第十一）。而「第十三闕偶」這一條，前半和水渾等條一樣，有如前所述的體例。而後半，是作爲「或曰」之説的一段。這一段，「據三寶院本，初稿本時它的句頭似是以『凡』字開始。這一部分，A病名，B要點（「凡……」），C例詩（「犯詩曰……不犯詩曰……」），D解説（「釋曰……」），由這樣的體例組成。但是，B以『凡』開始，不論落節、雜亂、文贅都一樣，因此可以斷定，『或曰』以下明顯與落節等原典相同，爲了避免名目重複，而和已經列出的項目合併。『或曰』以下是把原來别的地方的内容移過來，這就意味着其前半部分和『或曰』的部分（從而落節、雜亂、文贅的部分）不是同一原典。這樣，如中澤説把水渾等和落節等看作一致的東西，就是一個疑問。仍然是把水渾到繁説作爲同類比較穩妥些。水渾乃至繁説這一塊，如前所述，A至D的體例有其特色，這一體例和地卷《六志》條完全一樣，因此，推斷它們和《六志》一樣引自《文筆式》，當無大錯」。

六犯中A至D的體例，與水渾等中A至D體例極爲近似，如何解釋？《研究篇》認爲，一方面，「兩者有密切關係是不可否認的」。水渾等病可能引自《文筆式》，而和《文筆式》有同樣内容的文獻還有《筆札華梁》，三寶院本的校者特意標明「《詩式》六犯」，説明這六犯引自《詩式》，而《詩式》可能攝取了《筆札華梁》的文字。《研究篇》指出：「即使六犯，也不是全部具備A乃至D的形式，支離祇有C而其他闕如。這恐怕是《筆札華梁》没有支離的緣故。還有，B以『凡』開始，似是《詩式》撰者的筆癖。相濫以下C一項形式稍有不同，我想這仍然是《詩式》編述方面造成的結果。把現存的詩病説借用過來作爲自己的著述，這並不是特别稀奇的事情。《詩中密旨》舉出『犯病八格』『一曰支離病，二曰缺偶病，三曰落節病，四曰叢木病，五曰相反病，六曰相重病，七曰側對病，八曰聲對病』，其中支離、缺偶、落節的例詩已見於《秘府論》。蹈襲前人之説，這在論家恐怕是常事。《詩式》似也用這一方法。」

所謂「十病」，水火金木土諸病及闕偶和繁説之外，當有三病。《研究篇》下：「曾想過是大師省略掉了。但是《秘府論》的編撰思想是儘可能把材料彙集起來，如果没有特别的理由，一般不會省略。這三種一定在什麽地方保留着它的隻鱗片爪。因此想起來的是，《眼心抄》記載的觸絶病、傷音病和爽切病的説明。這三病，西卷篇立以及大韻以下的題目之下注中存有其名稱，而《秘府論》没有什麽説明，如果《眼心抄》徵引的話，顯然是根據某一什麽文獻的名稱。而且從其文來看，開始是以『謂』字説起，下面再舉例詩，總有和水渾病等條相仿佛的感覺。把這三病合在一起，推測它們就是『十規』。」也就是「十病」。

關於「十病」或「十規」之原典及時代。

《「文二十八種病」考》以爲與地卷《六志》形式一樣，《六志》原典當是《筆札》，十病和所謂《筆札華梁》的内容關係密切，闕偶一病又和王昌齡《詩中密旨》相類，因此其中夾雜有王昌齡之説。

《研究篇》以爲其形式與地卷《六志》相似，而《六志》原典爲《文筆式》。

《札記續記》則認爲：「『十規』（盛江案：即指「十病」）原典不明，從内容推測，當是初唐人的著作。」「水渾、火滅、木枯、金缺、土崩五病中，除木枯、金缺外，另外三病和永明體的八病實質相同，衹不過名目有異。排除永明體的八病而重新提出這樣的病犯，從六朝時期的風尚考慮，大概終究是不可想像的。

因此我推想這『十規』是唐人所説。這『十規』中，缺少相當於八病中蜂腰、鶴膝的東西，大約因爲這二病對於律體已不太恰當，所以把它排除在外。因此，『十規』衹是律體完成前後出現的病犯説，我想這大體是正確的。」「從體裁推想，《六志》以《文筆式》作爲原典的説法是有很多疑問的。據我考證的結果，『十規』至少不是《文筆式》，這是可以肯定的。如前所述，『十規』取代舊八病而由誰提出來，從内容來看是不用懷疑的。不可想像，載録這『十規』的原典，還會進一步陳述舊八病。但是，《文筆式》却明顯因襲舊八病。既然如此，這『十規』不是以《文筆式》爲原典，這是不言自明的。」

㉘六犯：三寶院本以及天海藏本「第二十三支離」（修訂本第二十一）條空白處注：「《詩式》六犯：一犯支離，二犯缺偶，三犯相濫，四犯落節，五犯雜亂，六犯文贅。」三寶院本「第十三闕偶」（修訂本第十一）條之右朱筆注：「與六犯中缺偶同。」「『六犯』即指撰者不明《詩式》之『六犯』。

㉙三疾：三寶院本、天海藏本「第二十九相重」（修訂本第二十七）條頁邊空欄注：「《四聲指歸》云：又五言詩體義中含疾有三：一曰駢拇，二曰枝指，三曰疣贅。異本。」「三疾」即指此。

㉚卷軸滿机：維寶箋：「机，几也。魏嵇康《絶交書》曰：『堆案盈机。』」《校注》：「『机』通作『几』，《左傳》襄公十年：『授之以几。』《釋文》：『本又作机。』又昭公元年：『圍布几筵。』《釋文》：『本亦作机。』」

㉛披卷：《校注》：「《宋書·孝武皇后傳》：『夜步月而弄琴，晝拱袂而披卷。』《文選·琴賦注》：『披，開也。』」

㉜「予今」二句：維寶箋：「載，則也；刀，刀削也。載筆，乃揮筆鋒載簡策也。」《札記續記》：「保延

本（盛江案：即宫内廳本）送假名作『載（サイ）刀之繁（シゲキ）、載筆之簡（オロカネル）』，詩話本讀作『予今載刀の繁き，載筆の簡なる』，當如原來的標記讀。」《譯注》：「舊訓此二句『予（われ）今載刀の繁き，載筆の簡（おろ）かなる』，不達意。恐怕『刀』爲『削』之意，『筆』爲『書』之意，合起來爲『筆削』之意。」《考文篇》：「予今，初稿本作『予今删彼數卷重疊，留此一家名單，總有二十八種病，列之如左。其名異意同者，各注目下。庶使後生進學者一披總達云爾』。」

文二十八種病①

一曰平頭。或一六之犯名水渾病〔一〕，二七之犯名火滅病〔二〕②。

二曰上尾。或名土崩病〔三〕。

三曰蜂腰。

四曰鶴膝。

五曰大韻。或名觸絶病。

六曰小韻。或名傷音病。

七曰傍紐。亦名大紐，或名爽切病〔四〕。

八曰正紐〔五〕。亦名小紐，或名爽切病〔六〕③。

九曰水渾。

十曰火滅〔七〕。

九曰木枯〔八〕。

十曰金缺〔九〕④。

十一曰闕偶〔一〇〕。

十二曰繁説。或名疣贅⑤，崔名相類〔一一〕。

十三曰齟齬〔一二〕⑥。或名不調〔一三〕。

十四曰叢聚。或名叢木〔一四〕。

十五曰忌諱〔一五〕。或名避忌之例〔一六〕。

十六曰形跡。崔同。

十七曰傍突。

十八曰翻語。崔同。

十九曰長擷腰。或名束〔一七〕。

二十曰長解鐙⑦。或名散。

二十一曰支離〔一八〕。

二十二曰相濫。崔同。

二十三曰落節。

二十四曰雜亂。

二十五曰文贅〔一九〕。或名涉俗。

二十六曰相反〔二〇〕。

二十七曰相重⑧。

二十八曰駢拇〔二一〕⑨。

【校記】

〔一〕「渾」，三寶本作「澤」，旁注「渾」。

〔二〕「之」，三寶本無。

〔三〕「名」，三寶本無。

〔四〕「切」，松本、江户刊本、維寶箋本作「絶」。《考文篇》：「『切』，版本作『絶』，非也。按《眼心抄》云：『爽切。謂從平至入，同氣轉聲爲一紐是。此即正紐傍紐同。』則正紐、旁紐同爲爽切。」《校勘記》：「版本爽絶病也許因爲和『八曰正紐』下注『亦名小紐或名爽切病』重複，而改作『爽絶病』。」《校注》仍作「爽絶」，謂：「《古鈔本》等作『爽切病』，與下『八曰正紐，或名爽切病』重複，今不從。」

〔五〕「曰」，三寶本無。

〔六〕「名爽切病」，天海本無。

〔七〕「九曰水渾十曰火滅」，《眼心抄》、三寶、楊、六寺本無。原眉注「第一卷中詩病有三十唱安屬今盡三十篇以知此水渾與火滅二名此篇立之中落失也」，高乙本同。

〔八〕「九曰木枯」旁楊本注「水渾イ」。「曰」，《眼心抄》無。

〔九〕「十曰金缺」旁楊本注「火滅イ」。「曰」，《眼心抄》無。以上「九曰水渾十曰火滅九曰木枯十曰金缺」十六字，松本、江户刊本、維寶箋本作「九曰水渾或本九曰木枯十曰火滅或十曰金缺」。《研究篇》下：「宫内府本西卷篇立『九曰水渾十曰火滅九曰木枯十曰金缺』重複，是初稿本和再治本的混合形態，若依初稿本當爲『十一曰木枯十二曰金缺』，若依再治本則應抹消『九曰水渾十曰火滅』。就是説，考慮到水渾和火滅不過是平頭的下位區分，後來不要而删去，各本間的不同表明草稿本的抹消不十分清楚。」

〔一〇〕「偶」，三寶本作「偈」，旁注「偶」。

〔一一〕「或名疣贅崔名相類」，天海本作「或名相類亦名疣」，三寶、六寺本注「疣贅行珀云上可作肬有求反丨結也病也釋名丨丘也出皮上聚高如地之有丘也下之稅反肉起也」（六寺本注在「十二曰繁説」之左的行間，三寶本注在這一頁的左頁邊）。

〔一二〕「齟齬」，三寶、高甲本左旁注「才與反又牀吕反下字牛吕反説文云齒不相值也」。

〔一三〕「或名不調」，天海本無。

〔一四〕「木」，原作「不」，醍甲、仁甲、義演本作「不木」，據三寶、高甲、高乙、六寺等本改。

〔一五〕「忌諱」，三寶、天海本左旁注「諱許貴反隱也避也忌」。

〔一六〕「或名避忌之例」，松本、江户刊本、維寶箋本無。

〔一七〕「束」，三寶本作「東」。

〔一八〕「支離」，三寶、天海本作「離支」。

〔一九〕「文贅」，三寶本右旁注「之鋭切賣人子與人爲贅子又以物質錢也取也得也聚也定也屬也」。

〔二〇〕「反」，原作「及」，各本同，當爲「反」誤。祖風會本注：「『及』恐『反』歟？」各校本均改作「反」，今從之。

〔二一〕「拇」，三寶、天海本作「梅」。「二十八曰駢拇」，三寶本左旁注「私云見御草案本舊別立水渾火滅病爲第九第十而總有三十種病後改屬第一病合成廿八病也」。

【考釋】

① 文二十八種病：《探源》：「標題自然出於弘法大師手。」《考文篇》：「這個篇立爲弘法大師文，當爲本文完成之後加上去的。」

② 「或一六」二句：五言詩一六之犯名水渾病者，蓋據《書·洪範》，五行以水爲首，且如一六犯同聲，而聲韻不清亮，猶如清澈之水而至渾濁，故以水渾名也。同理，二七之犯名火滅病者，蓋火於五行中居第二，若犯此病，則猶如火滅，頓時闇然，失詩之光彩。

③ 傳《魏文帝詩格》：「八病：一曰平頭，二曰上尾，三曰蜂腰，四曰鶴膝，五曰大韻，六曰小韻，七曰正紐，八曰旁紐。」宋王應麟《困學紀聞》：「李百藥曰：分四聲八病。按《詩苑類格》，沈約曰：詩病有八：平頭，上尾，蜂腰，鶴膝，大韻，小韻，旁紐，正紐。惟上尾、鶴膝最忌，餘病亦通。」

④「九曰水渾」四句：《考文篇》：「九曰木枯十曰金缺，是再治本文也。九曰水渾十曰火滅，是初稿本文也。」

⑤ 疣贅：《莊子・駢拇》：「駢拇枝指，出乎性哉！而侈於德。附贅縣疣，出乎形哉！而侈於性。」《文心雕龍・鎔裁》：「駢拇枝指，由侈於性，附贅懸疣，實侈於形。一意兩出，義之駢枝也；同辭重句，文之疣贅也。」

⑥ 齟齬：南齊陸厥《與沈約書》：「岨峿妥帖之談，操末續顛之說，興玄黃於律呂，比五色之相宣。」（《南齊書・陸厥傳》）《校注》：「岨峿與齟齬義同。」晉陸機《文賦》：「或妥帖而易施，或岨峿而不安。」李善注：「岨峿，不安貌。」方廷珪注：「岨峿者，詞意相距。」（《文賦集釋》）

⑦ 長解鐙：吟窗本王昌齡《詩中密旨》：「詩有六病例：一曰齟齬病，二曰長擷腰病，三曰長解鐙病，四曰叢雜病，五曰形跡病，六曰反語病。」

⑧ 相重：吟窗本王昌齡《詩中密旨》：「犯病八格：一曰支離病，二曰缺偶病，三曰落節病，四曰叢木病，五曰相反病，六曰相重病，七曰側對病，八曰聲對病。」

⑨ 中澤希男《王昌齡詩格考》：「《文二十八種病》既没有依據王（昌齡）說的原注，也找不到可以推定爲王說之條。從當時風尚推測，可以想像，（王昌齡）《詩格》也載録了病目。但是《文二十八種病》没有這樣的痕跡，之所以這樣，也許因爲和對目的情況相同，《詩格》的病目都是繼承前人之說，没有特意記述的必要。《詩格》如果載録了病目，大師一定要參照，因此，這個《文二十八種病》可能也混入了這樣

的病目。」

梅維恒、梅祖麟《梵語對近體詩形成之影響》：「所有《文鏡秘府論》中二十八種病的排列種類都遵循着梵語手册的一般排列規則。以詩體學或音調學的内容開頭，這爲所有剩餘的詩學構成了其假設的基礎。最後以風格上的、語義上的、句法意義上的，與邏輯學意義上的結構結束。甚至《文鏡秘府論》二十八種病的格式，也與印度詩學著作中典型的doṣa所包括的範圍相一致。『病』或『doṣa』先被命名（如果有，也會列出可供選擇的定義），接着描述與評論，最後以一首或多首短詩句來解釋説明，一般是śloka（偈頌）或五言四行詩。……有時，相似的解釋性的詩句也會被發現，《文鏡秘府論》第二十三種病引用了一首五言四行詩，其中一句涉及到菊花和春天的關係。而婆摩訶（Bhāmaha）引用一首偈頌（śloka）描述芒果在冬季開花（《詩莊嚴論》〔Kāvyālaṅkāra〕）。在梵語與漢語兩者中，批評家都運用諸如此類的判斷性短語，如『重病』、『巨病』、『非病』等。印度詩人修辭格的整個分類已經被合併進入二十八種病的一種或其他一種中。例如，upamā（明喻，字面義確切爲緊鄰或搭配），最有可能是《文鏡秘府論》第十一種病來源。婆摩訶（Bhāmaha）在《詩莊嚴論》（Kāvyālaṅkāra）一書給出的有關upamā—doṣa（明喻病）的七項内容，或某些相似的印度文獻，被推測是《文鏡秘府論》第十一中『八種病』的來源。」「從第十一種病起，漢語每種詩中可以輕易地追溯到印度前驅者那裏。無論從名稱、功能，還是精神、體質上。非常明顯，《文鏡秘府論》的詩病，除第十三之外，都是有關語法、語義、句法、措詞或邏輯方面的病犯。」「總之，沈約及其追隨者們，在梵語詩病理論的影響下，在四八八—五五〇年間發明了聲體詩，試圖用漢語來創造在梵語韻律中所達到的悦耳的效果。特别是：（一）梵語laghu（輕）與guru（重）給予沈約的不僅是概念術語，而且還有在詩體中二元對立的觀念。（二）sloka（偈頌）以其神聖的意義導致了中國詩體學者去發展一種在他們自己詩歌中的韻律或近似於韻律的結構。並且（三）梵語詩學中的詩病的規則給他們統御聲調的詩歌原則的形成提供了理論上的框架。」

第一，平頭。

平頭詩者〔一〕①，五言詩第一字不得與第六字同聲，第二字不得與第七字同聲。同聲者，不得同平上去入四聲〔二〕，犯者名爲犯平頭。

平頭詩曰②：「芳時淑氣清，提壺臺上傾③。」如此之類，是其病也〔三〕。又詩曰：「山方翻類矩，波圓更若規。樹表看猿掛〔四〕，林側望熊馳④。」又詩曰〔五〕：「朝雲晦初景〔六〕，丹池晚飛雪〔七〕。飄枝聚還散，吹楊凝且滅〔八〕⑤。」

釋曰⑥：上句第一、二兩字是平聲，則下句第六、七兩字不得復用平聲〔九〕，爲用同二句之首〔一〇〕⑦，即犯爲病。餘三聲皆爾，不可不避〔一一〕。三聲者，謂上去入也⑧。

【校記】

〔一〕「平頭詩者」，三寶、天海本眉注「或本下書之次々又如此」。

〔二〕「不得」，《札記續記》：「『不得』二字疑衍。」

〔三〕「如此之類是其病也」，三寶、醍甲、仁甲、義演、天海本作雙行小字注。

〔四〕「掛」，原作「桂」，三寶、高甲、醍甲、仁甲、義演、天海本同，六寺本眉注「桂」，據高乙、六寺、江户刊本、維寶箋本改。

〔五〕「又詩曰」，松本本無。

〔六〕「朝雲晦初景」至後「同乘共載北遊後」八百十字，高乙本無。

〔七〕「丹」，原作「舟」，據三寶、高甲等本改。「雪」，松本、江户刊本、維寶箋本作「雲」。

〔八〕「聚還散吹楊凝且滅」，三寶本作「遠發明楊濫滅」，注「聚還吹散」。「凝」，江户刊本、維寶箋本作「疑」。

〔九〕「復」，原作「度」，高甲、醍甲、仁甲、義演本同，據六寺、松本、江户刊本、維寶箋本改。

〔一〇〕「爲用」，三寶、天海本作「用爲」。「首」，三寶本作「音」，旁注「首」。盛江案：「用」字疑衍，疑爲「同」字之校而誤入正文。

〔一一〕「避」，三寶本作「轉」，眉注「避」。

【考釋】

①平頭詩者：《札記》：前八病首段名稱、意義、例詩、釋曰，「都似是大師綜合諸説提出來的」。其

説詳下。

《「文二十八種病」考》：前八病首段名稱、意義、例詩、釋曰這一部分「並不就是原原本本地抄某一特定的典籍，應當是二三種典籍，如《詩髓腦》、《文章儀式》、《文筆式》，經空海概括綜合而成（鶴膝就用了王斌説）。因此我以爲，整個八病這一部分是撰者空海根據主觀對諸説加以選擇取舍綜合而成的東西，可以看作是諸家八病説完全融合而形成了空海的新八病説」。其説詳下。

《考文篇》：「『平頭詩者』至『謂上去入也』，引上官儀《筆札華梁》，《文筆式》略同。」《研究篇》下：這一部分「應當全部看作是上官儀説，決不是數説的融合」；「『芳時淑氣清』條爲《筆札華梁》説」；「是諸書共通説明中能見到的東西，恐怕出自沈約的原説」。

《札記續記》：「此説原典似是《文筆式》。此説和沈約説在結果上是一致的，但不是把第一字和第二字、第六字和第七字各自看作一組，而是把它們分開考慮，結果則不合沈約的原意。」《札記續記》：「平頭詩者」至「名爲犯平頭」，《文筆式》。其説詳下。

《譯注》：「『平頭』之名表現在其他資料裏，《南史》卷四十八《陸厥傳》『約等文皆用宫商，將平上去入四聲，以此製韻，有平頭、上尾、蜂腰、鶴膝』是最早的。自平頭至鶴膝，是關於四聲的病，取人或動物的身體部分爲名是共通的。第五大韻至第八正紐這四病是關於雙聲疊韻的病。最早的這八者是關於音聲的病，這一點有共通性。這些相當於所謂『八病』。」「第一平頭到第八正紐論的構成，有一定的格式。就是説，由（一）各病之名及其説明、（二）補説（其一）、（三）補説（其二）幾部分構成。這當中，（一）

爲以唐爲基礎的八病論，小西氏説保存的是上官儀《筆札華梁》以及一般認爲和這内容大體相同的《文筆式》之説。（二）爲（一）的修正説，有時以『元氏曰』爲開頭，一般認爲引自唐元兢《詩髓腦》。（三）爲六朝時的八病論，多以『劉氏曰』開始，引自隋劉善經《四聲指歸》，這是不用懷疑的。」與膳宏《空海與漢文學》：「按照三——一——二的順序回溯這些論述，則應當可能推測出八病論的時代相革。」

平頭：維寶箋：「平頭，平均也，均平篇頭之字之聲也。芳時等出犯格詩例，謂芳時、提壺，山方、波圓，朝雲、丹池，皆平聲，而上下二句用平聲，故犯格也。」

梅維恒、梅祖麟《梵語對近體詩形成之影響》：「pādādi—Yamaka（Nāṭyaśāstra〔《舞論》〕XVII 七六—七七）：當每句詩的開頭重複出現同一個詞時，這種情況被視爲pādādi—Yamaka。……平頭是我們規則四的原型（盛江案：規則四指此文前面所述的「所有詩對應具有模式○A○○○/○B○○○，這裏A與B是價值上相對立的平與仄，這條規則是避免『平頭』的一個修改的形式」）。pādādi意思是韻脚的開頭。可見，整個『平頭』的含義，與梵語的中pādādi是相似的，雖然它們有區别，即梵語的弊病是一個詞彙的重複，而漢語的詩病是關於四聲之中一個聲調的重複。」

蔡瑜《唐詩學探索》：「（平頭）其旨在調節一聯中上下對應位置的聲律，但因是以四聲互調，比之後來的平側二元實相對寬鬆，如上下句可同爲側聲祇要不同上去入即可。」

何偉棠《永明體到近體》：「（平頭、上尾、蜂腰、鶴膝）這些病犯規條都在强調一個聲調異同對立、避免同聲調字彼此相犯的用聲原則，在具體做法上則要求字聲對立回换的安排跟五言詩『上二、下三』的節律結合起來，跟平上去入四聲分用的『四聲律』結合起來。」「平頭條要求一聯中上句居前的那個二字節不與下句居前的那個二字節同聲相犯。」「稱上句第一、二字與下句第一、二字同聲作『平頭』，這分明是把詩句的頭兩個字看成一個音步。」

盛江案：八病首段爲《文筆式》雜編諸家之説而成。説詳下。下引《四聲指歸》引沈約云：「第一、第二字不宜與第六、第七同聲。」知此處「平頭詩者」至「與第七字同聲」爲《文筆式》所引沈約原説。

②平頭詩曰：《札記續記》：「平頭詩曰」至「如此之類是其病也」，也許是提示下引《詩髓腦》或《四聲指歸》的例詩。説詳下。

③「芳時」二句：詩題及撰者未詳。《譯注》：「『芳』和『提』，『時』和『壺』都屬平聲。平頭如果進一步分析，第一字和第六字同聲爲水渾病，第二字和第七字同聲爲火滅病。這首例詩同時犯水渾、火滅二病。」

④「山方」四句：詩題及撰者未詳。《支那詩論史》：「（第二首）第二字表和第七字側，表爲上聲字，側爲入聲字，聲雖異以之爲病，如果同仄聲就爲病。」

《「文二十八種病」解説》：「第二首的後二句樹（去）和林（平）非同聲，表（上）和側（入）非同聲，不爲平頭病。」盛江案：西澤道寬以頭兩字均爲平聲爲平頭病，其説詳下。

《研究篇》下：「蓋就第一句第二句表示平頭，第三句第四句可能不求其例。（鈴木虎雄和西澤道寬）兩家之説都考慮過深了。」

《札記續記》：「『樹表』爲高枝，『表』爲『標』的假字。」「這之外的例詩，如『芳時(平平)—提壺(平平)』、『朝雲(平平)—丹池(平平)』、『飄枝(平平)—吹楊(平平)』，都祇限於『平平—平平』的情況。但是這一例却不限於平聲。開頭的定義也有説明：『同聲者，不得同平上去入四聲。』這一例詩的前二句『山方(平平)—波圓(平平)』是平頭，但後二句『樹表(平上)—林側(平入)』不是平頭。一説或許『表』和『側』都是仄字，因此仍被看作平頭，但平仄是律詩的概念，把它套在永明體上没有道理。一説可能有誤字，但此説有點武斷。一説這一例詩上二句表示平頭而下二句和平頭没有關係，這一看法比較正確。和這一例詩同一系的上尾的例詩『可憐雙飛鳧』，蜂腰的例詩『青軒明月時』，都由四句構成，上尾祇是第一、二句，蜂腰祇是第一句表示病，其他句與病没有關係，這或者可以作爲參考。」

《譯注》：「(第二首)前二句『山』和『波』，『方』和『圓』都爲平聲，犯平頭病。後二句『樹』(去)和『林』(平)，『表』(上)和『側』(入)，都不是平頭病的對象。」

⑤「朝雲」四句：詩題及撰者未詳。《譯注》：「『朝』和『丹』，『雲』和『池』，『飄』和『吹』，『枝』和『楊』都爲平聲，犯平頭。」四句亦見《詩苑類格》沈約「八病」及傳《魏文帝詩格》「八病」引。《詩苑類格》、《金針詩格》、《冰川詩式》、《詩家全體》、傳《魏文帝詩格》、《續金針詩格》均載録對平頭等「八病」的解釋，參「第八正紐」後附録。

⑥釋曰：《札記續記》：「此『釋曰』條當原原本本承傳了沈約之原説。」王夢鷗《初唐詩學著述考》：「『釋曰』以下，雖以空海之釋語，然觀上尾之例，則以《筆札華梁》本有附釋，而(魏文帝)《詩格》或脱或

存，故書例不一。」《譯注》：「這一段，是就前述例詩説明平頭的文章。以下諸病都有同樣旨趣的説明。地卷《八階》、《六志》以及東卷《二十九種對》也能看到同樣的構成。」盛江案：若「朝雲」詩例可證爲沈約「八病」引詩，則「釋曰」或爲《文筆式》所引沈約原説。

⑦ 爲用同二句之首：《「文二十八種病」解説》：「『爲用』二字未詳。」「『二句之首』指上句第一、二兩字和下句第六、七兩字。如果這樣，平頭就是上下二句句首文字均爲平聲之病的意思。因此維寶師説『平頭，平均也，均平篇頭之字之聲也』，就是恰當的。例詩第一首，芳、時、提、壺均爲平聲，因此是病，第二首前二句及第三首前後各二句句首二字均爲平聲，因此爲平頭病。」盛江案：下文云：「餘三聲皆爾，不可不避。三聲者，謂上去入也。」説明二句之首不僅同平聲爲病，同上去入亦是病。

《札記續記》：「『爲用同』的『爲』是『如』（清王引之《經傳釋詞》卷二「爲」條有「爲猶如也」）。」「『同二句之首』六字可能是『平頭』適當的解釋。就是説，『平』顯然是『同』之意，『頭』顯然指『二句之首』。但是，『二句之首』有點疑問，説到『二句之首』，似乎指第一字和第六字比較合理，但在這裏，已經明確記載指『上句第一、二字』和『下句第六、七字』。這和『或曰』條『沈氏云：第一、第二字不宜與第六、第七同聲。若參差用之，則可矣』（盛江案：見下文）一致，因此，可知這個『釋曰』條是原原本本的承傳了沈約之原説。蜂腰『劉氏曰』條有『沈氏云五言之中分爲兩句上二下三云云』。這種想法構成沈約調聲説的基調。把五言詩的構造區分爲上二下三，把第一字和第二字，第六字和第七字，各自看作一組，因此第一字和第二字，第六字和第七字當然不能分開。平頭的『頭』不衹指兩句的首一字，而是指第一第二字、第六第七字兩個字，其理由據此自然而然也明確了。」

⑧盛江案：開頭「平頭病者」至「謂平上去入也」爲「平頭」首段。《文二十八種病》前八病首段均有名稱、意義、例詩、釋曰之例。八病首段當同一出典。謂其爲空海綜合諸説而成，並無根據。檢《文鏡秘府論》全書，《筆札華梁》與《文筆式》均習用「釋曰」之例，均引王斌之説（見地卷《八階》之「和詩階」，「第三蜂腰」首段亦引有王斌之説），八病首段有詩例當出《筆札華梁》，故八病首段當編有《文筆式》與《筆札華梁》共有之内容。然其基本出典當爲《文筆式》。其文多「上句……下句……」之句，質樸單調，近於《文筆式》，而與《筆札華梁》之駢儷文體迥異。日本《省試詩論》引《文筆式》，以上句即首句第二字與第五字同聲爲蜂腰病，八病首段論蜂腰，即謂「初腰事須急避之」，所謂「初腰」，即首句蜂腰，與日本《省試詩論》引《文筆式》者相合。「第六小韻」引《文筆式》謂「凡小韻，居五字内急」，「第七傍紐」首段即謂傍紐詩者「五字中犯最急」，均主五字内急避病，當均出《文筆式》。據「第八正紐」引《文筆式》，知《文筆式》論聲紐之病，以元、阮、願、月等爲例字，元、阮、願、月等聲紐例字，未見其他原典引用。「第七傍紐」首段恰用此類聲紐例字。《文筆式》本爲雜編之著，故其編入《筆札華梁》之内容，亦編入齊梁遺説，包括沈約聲病説之内容乃或原文。

或曰〔一〕①：此平頭如是〔二〕，近代成例，然未精也。欲知之者，上句第一字與下句第一字，同平聲不爲病〔三〕，同上去入聲一字即病。若上句第二字與下句第二字同聲，無問平上去入，皆是巨病〔四〕。此而或犯〔五〕，未曰知音〔六〕②。今代文人李安平③、上官儀④，皆所不能免也。

【校記】

〔一〕「或曰」，三寶本作「元兢本」，「元兢」二字用朱筆劃掉，右旁注「或」，六寺本左旁注「元兢」。

〔二〕「如」，楊、六寺本無。

〔三〕「爲」，楊本無。

〔四〕「巨」，原作「臣」，三寶本同，據高甲、六寺等本改。下同。

〔五〕「此而」，《「文二十八種病」解説》：「『此而』二字誤寫。」

〔六〕「音」，三寶本作「常」，旁注「音」。

【考釋】

①或曰：據三寶本、六寺本注，如此句至「不能免也」引元兢《詩髓腦》。

②本書天卷《調聲》引元兢説：「雙换頭，是最善也。若不可得如此，即如篇首第二字是平，下句第二字是用去上入；次句第二字又用去上入，次句第二字又用平。如此輪轉終篇，唯换第二字，其第一字與下句第一字用平不妨。此亦名爲换頭，然不及雙换。又不得句頭第一字是去上入，次句頭用去上入，

則聲不調也。可不慎歟。」

《眼心抄》：「此换頭，或名拈二。拈二者，謂平聲爲一字，上去入爲一字，安第一句第二字，若上去入聲，與第二第三句第二字，皆須平聲，第四第五句第二字，還須上去入聲，第六第七句第二字安平聲，以次避之。」

《大江朝臣匡衡申進申文事》引《髓腦》云：「平頭有二等之病：上句第二字與下句第二字同聲者，巨病也，必避之；上句第一字、下句第一字同上去入者，雖立爲病之文，不避之。」（《本朝文粹》卷七）均爲元兢説，可與此参看。

《札記續記》：「沈約平頭説的原意，在《文筆式》（？）説時已不太很清楚，到元兢説時，沈約的原意就完全失去了，其内容也有顯著不同。可以把元兢説歸納如下：（A）若第一字和第六字同聲，平聲不爲病，上去入爲病；（B）第二字和第七字同聲，不問平上去入皆爲巨病。據此，沈約説中不成爲病的，如『澄暉（平平）—夜月（入平）』（《文筆十病得失》「平頭」舉例）、『範金（去平）—擒思（平平）』（沈約《和劉雍州繪博山香爐》）、『元長（平平）—弱冠（入平）』（沈約《傷王融》）、『得理（入平）—失路（入去）』（沈約《八關齋》）等，自然都要成爲病。這不是元兢個人的想法，而是當時比較廣泛流行的説法，這從『此平頭如是，近代成例』可以看出。但從『今代文人李安平、上官儀皆所不能免也』來看，大概還没有成爲通規。」

《譯注》：「比起第一字來更重視第二字，這已接近近體詩的規則。又，把平聲和上去入三聲對應起來，也前進了一步。」

③ 李安平：安平公李百藥（五六五—六四八），字重規，定州安平（今屬河北）人，《舊唐書》卷七二、《新唐書》卷一〇二有傳。

④ 上官儀：參地卷《六志》考釋。

或曰〔一〕①：沈氏云：「第一、第二字不宜與第六、第七同聲。」若能參差用之，則可矣②。謂第一與第七、第二與第六同聲，如「秋月」、「白雲」之類③，即《高宴》詩云〔二〕：「秋月照緑波，白雲隱星漢〔三〕④。」此即於理無嫌也〔四〕。

四言、七言及詩賦頌〔五〕，以第一句首字，第二句首字，不得同聲，不復拘以字數次第也。如曹植《洛神賦》云「榮曜秋菊，華茂春松」是也⑤。銘誄之病〔六〕⑥，一同此式，乃疥癬微疾，不爲巨害⑦。

【校記】

〔一〕「或曰」，三寶、天海本注「指歸草」，「指歸」二字用朱筆劃掉，注「或」，六寺本左旁注「指歸」。

〔二〕「云」，松本、江户刊本、維寶箋本作「曰」。

〔三〕「秋月」二句，原作另行別書，三寶、義演、醍甲、天海本同，三寶、天海本朱筆眉注「證本此詩相次而書之不別書之草本亦然」，從六寺本相次書之。

〔四〕「此即於理無嫌也」，三寶、維寶箋、天海本作單行小字注，高甲、醍甲、仁甲、義演、江户刊本作雙行小字注，此七字下三寶、天海本朱筆注「已上七字點本兼書之」。

〔五〕「四言七言及詩賦頌」，《「文二十八種病」解説》謂：「當作『四言七言詩及賦頌』」。」《札記續記》：「『詩賦頌』的『詩』可能爲『諸』字之訛。蜂腰、鶴膝『劉氏曰』條有『其諸賦頌云云』可以旁證。」《譯注》：「應該將『及』和『詩』顛倒，讀作『四七言詩及賦頌』。」儲皖峰《文二十八種病》：「『諸』，别本作『詩』，從《古鈔本》（盛江案：此爲楊守敬攜回之另一古鈔本，非宫内廳藏本）。按第三蜂腰有『其諸賦頌』，第四鶴膝有『凡諸賦頌』等文可證。」《校注》：「儲説是，第二上尾條言『其賦頌』，無『詩』字，亦以文筆分言也。彼文亦善經語，足證作『詩』字之誤。今從儲説校改。」「詩」，楊、六寺本作「諸」。

〔六〕「銘誄」，《眼心抄》作「賦頌銘誄」。「誄」，三寶、六寺本作「詠」，楊本作「綵」，三寶本右旁注「誄」，左旁注「誄」。

【考釋】

①或曰：三寶院本注「指歸草」，「指歸」即劉善經《四聲指歸》，是知「沈氏云」以下至「不爲巨害」引自劉善經《四聲指歸》。

②「沈氏云」至「則可矣」：《校注》、《譯注》、林田校本斷句作：「沈氏云：『第一、第二字不宜與第六、第七同聲。若能參差用之，則可矣。』」《「文二十八種病」考》斷句作：「沈氏云：『第一、第二字不宜與第六、第七同聲。』若能參差用之，則可矣。」注曰：「劉善經引用的沈約之説，範圍在何處不很明了，據《詩人玉屑》引沈約説：『一曰平頭，第一、第二字不得與第六、第七同聲，「今日良宴會，歡樂莫具陳」，今、歡皆平聲。』因以私見斷之。」《考文篇》：「『沈氏云』至『則可矣』，劉善經引沈約説。」《札記續記》：「可能『沈

氏曰』到『同聲』，此後爲劉氏補説。上尾劉善經説也引沈約説：『沈氏亦云：「上尾者，文章之尤疾。自開辟迄今，多慎不免，悲夫。」若第五與第十故爲同韻者云云。』其中『若第五』以下爲劉氏補説，此處與之筆致類似。據此，沈約説的平頭指第一第二兩字和第六第七兩字同聲，越來越清楚。據沈約説，（A）『平喬（平平）——東方（平平）』（沈約《酬謝宣城朓卧疾》），（B）『出空（入平）——入庭（入平）』（沈約《宿東園》）這樣上下句的上二字完全同聲的情況是平頭，如（C）『上平——平平』『平入——平平』『平入——入平』這樣的情況不成爲病。因此劉善經補充説『若能參差用之則可矣』，接着舉『秋月（平入）——白雲（入平）』的例子，論述『此即於理無嫌』。又，《文筆十病得失》平頭條作爲『詩得者』，舉例『澄暉（平平）——夜月（入平）（盛江案：原文如此，疑有誤）』，作爲失者舉例『今日（平入）——歡樂（平入）』，又作爲『筆得者』舉例『開金（平平）——鈎玉（平入）』，作爲『失者』舉例『嵩巖（平平）——雲漿（平平）』，都是按照沈約原説解釋平頭。」盛江案：兹從中澤希男説，沈氏説至「同聲」。

③「謂第一」二句：《譯注》：「（「謂第一與第七」之句）如下引例詩那樣，第一字（秋）和第七字（雲）同聲（例如都是平聲），第二字（月）和第六字（白）同聲（入聲）則無妨。」

④「即高」三句：《高宴》詩：撰者未詳。高宴：猶言盛宴，盛大宴會。

⑤「如曹」二句：《洛神賦》：見《文選》卷一九。李善注：「朱穆《鬱金賦》曰：『比光榮於秋菊，齊英茂於春松。』」《「文二十八種病」解説》：「案例，榮與華同平聲，曜與茂同去聲，這樣看來，此所謂『首字』，當指第一、第二兩字。」《譯注》：「第一句首字『榮』和第二句首字『華』都爲平聲。」

⑥銘誄：魏曹丕《典論・論文》：「銘誄尚實。」（《文選》卷五二）《文心雕龍・銘誄》：「銘者，名也，觀器必也正名，審用貴乎盛德。」又《誄碑》：「誄者，累也，累其德行，旌之不朽也。」

⑦「乃疥」二句：《顔氏家訓・書證》：「疥癬小疾，何足可論。」《國語・吴語》：「夫齊魯譬諸疾，疥癬也，豈能涉江、淮而與我争此地哉？」韋昭注：「疥癬在外，爲疾微也。」

《札記續記》：「這一條是劉善經説，劉善經先引沈約説説明平頭，因此『第一句首字』、『第二句首字』顯然是指第一、第二字和第六、第七字。這從『榮曜（平去）——華茂（平去）』的詩例也可以得到證明。」「『乃疥癬微疾，不爲巨害』，與『銘誄』關聯，和『四言七言及詩（諸）賦頌』没有關係，從文脈上看也是很清楚的。《眼心抄》把『如曹植洛神賦云』以下抄下，『銘誄』之上有『賦頌』二字，但這是《眼心抄》誤記，按照原文是很清楚的。劉善經的意思是説，平頭本來是五言詩的病犯，但也適合於四言七言及賦頌，但對於銘誄是微疾。」

《校注》：「本卷《文筆十病得失》云：『然五言頗爲不便，文筆未足爲尤。但是疥癬微疾，非是巨害。』造詞與此從同，明是一人手筆，蓋皆出劉善經之《四聲指歸》也。」

郭紹虞《中國文學批評史》：「八病應分四組：平頭上尾爲一組，是同聲之病；蜂腰鶴膝爲一組，是同調之病；大韻小韻爲一組，是同韻之病；旁紐正紐爲一組，是同紐之病。」「四組之中再應分爲兩類。平頭、上尾、蜂腰、鶴膝是就兩句的音節講的，大韻、小韻、旁紐、正紐是就一句的音節講的。因爲它是一句中的音節，所以在兩句中就比較寬些，不爲病犯。因此，可以知道《南史・陸厥傳》所以衹舉平頭、上尾、蜂腰、鶴膝四種而不舉其他四種的緣故。」「《文鏡秘府論》引劉氏説云『韻紐四病皆五字内之疵，兩句中則非巨疾』，不是説得很明白嗎？我們明白了八病有這兩類的區分，那麽再來讀沈約《宋書·謝靈運傳論》中『一簡之内音韻盡殊，兩句之中輕重悉異』二語……就可以知道所謂『音韻』，真應當如鄒勛《五韻論》所講謂爲紐和韻的問題；而這紐與韻的問題，也很明顯的是一句内的問題。」

《研究篇》下謂：按照元兢説，「澄暉侵夜月，覆光亂朝霜」依然爲「巨病」（盛江案：因「暉」、「光」同聲），但《文筆十病得失》卻以之爲「詩得者」；「開金繩之寶曆，鈎玉鏡之珍符」二句可免病（雖然上句第一字「開」和下句第一字「鈎」同聲，但其第二字「金」和「玉」不同聲），《文筆十病得失》也以之爲「筆得者」。後者「可能出自沈約原説」。「沈約原説中的平頭和唐朝人所説的平頭，稍微有些不同。就是説，考查可以肯定屬於沈約説的例詩，便可注意到這樣一個事實，即全部是『第一第二字兩字一齊同聲』。（如例）『朝雲晦初景，丹池晚飛雪。飄枝聚還散，吹楊疑且滅』，其説明也禁止『上句第一、二兩字』和『下句第六、七兩字』同聲。衹是第一字和第六字，第二字和第七字同聲，似不作爲平頭。這一點，劉善經引沈約説：『或曰：沈氏云：第一、第二不宜與第六、第七字同聲。若能參差用之，則可矣。謂第一與第七、第二與第六同聲，如秋月、白雲之類，即《高宴》詩云：秋月照緑波，白雲隱星漢。此即於理無嫌也。』（見平頭前述）這也是一個證明。就是説，參差用之不成爲病。這説明，沈約所説的平頭病，不是第一字和第六字，第二字和第七字那樣的單聲的同調，而必定是『第一、第二字』和『第六、第七字』關於複合字的同調。劉善經和上官儀當然祖述沈約之説，剛纔所引的『澄暉』和『覆光』、『開金』和『鈎玉』不是平頭的例子，其理由也就涣然冰釋了。」「這樣看，元兢説和沈約説之間，存在内容上的變化。但這種變化並不開始於元兢。一般認爲是《文筆式》的部分，有水渾病和火滅病。這是指第一字和第六字（水渾）及第二字和第七字（火滅）的同聲。就是説，單字同聲爲平頭之説，元兢之前就提出來了。一般認爲是《筆札華梁》的部分，同時又有複字爲平頭之説。雖然可以看到像這樣的矛盾，但是，上官儀首先提出沈約一系的古時之説，再涉及當時的新説，如果考慮到這一點，剛纔的矛盾也就涣然冰釋了。這新説，祇能是前項所述的作爲第二群諸病原形的『十病』。這樣的論述方式，即使在元兢《詩髓腦》，也是很清楚的。這個水渾病和火滅病可能被元兢的平頭論吸收了！但是，元兢和上官儀未必全同。如前所述，元兢那裏，第一字和第六字同平聲（即平聲的水渾）不作爲病，可以看出，比上官儀觀察更爲細緻。」

馮春田《永明聲病説的再認識》：「從《南史·陸厥傳》上『將平、上、去、入四聲，以此製韻，有平頭、上尾，蜂腰，鶴膝』的講求裏，完全可以看出，平頭、上尾等四種病犯的避忌，就是『以四聲製韻』的具體内容。也就是説，平頭、上尾等四者，是關於四聲的調節問題」，以沈約《宋書·謝靈運傳論》提到的曹植、王粲、孫楚、王讚四人詩作（簡稱爲「四子詩」）和沈約詩爲根據，互相印證，「『平頭』説的是五言詩一聯是平聲之頭，它指的並且是一聯首四字統是平聲」。因爲《秘府論》西卷詩例「芳時淑氣清，提壺臺上傾」，「『時芳』和『提壺』都是平聲」，「四子詩」一聯首四字是平聲的，一共五例，而「如果是一聯首二字同聲就犯平頭，『四子詩』二十四例」，「這跟所謂『闇與理合』不符」，「再看沈約的五言詩，一聯首二字同平聲的也不少，但首四字同平聲的卻很不多見，而同上、去、入三聲的更是沒有發現」。從定名上説，「五言詩一聯首四字同平聲叫『平頭』，一是平聲，二是位於一聯之首，所以纔稱它爲『平頭』」。

清水凱夫《沈約聲律論考——探討平頭、上尾、蜂腰、鶴膝》把《文鏡秘府論》本節關於平頭之説分爲三種：（一）爲開頭之説；（二）爲元兢之説；（三）爲劉善經引沈約説「或曰：沈氏云：『第一、第二不宜與第六、第七字同聲，若能參差用之，則可矣』」。並將沈約一百零三首五言詩作了犯則表，指出：（一）説中第一字與第六字的同聲病犯（後來稱之爲水渾病），在沈詩中犯則六十九首一百七十二個，符合規則的詩不過三十四首。第二字與第七字同聲病犯（後來稱之爲火滅病），犯則六十七首一百二十七個，符合規則的詩三十六首，犯則在半數以上，「很難認爲沈約有意識忌避犯則」，「不能説（一）説原封不動地傳達了沈約當時的平頭規定」。至於（二）説，上句第一字與下句第一字，「同平聲」的犯則六十八首一百六十個，而使用「同上去入聲」的有十二首十二個。「『同平聲』不爲『病』，『同上去入聲』爲規則，大概是沈約等人認可的」。（二）説的後半部分即所謂「火滅病」（第二字與第七字同聲）看作「巨病」，表明當時沈約等人平聲已從水渾病（第一字與第六字同聲）中排除，「此『病』的拘制有逐漸鬆弛的趨勢，而第二字與第七字犯同聲的『火滅病』就相對地成了重要病犯」。至於（三）説中提到的沈氏之説，恐怕是他的見解。「沈氏説，第一字與第六字，第二字與第七字不宜同聲，參差（交互）用之則可。這就是説，如上句『平平』，下句『平平』，句頭二字都是同聲，則爲病犯，最好交互使用，如上句『平入』，下句『入平』」。若從此説進行考察，則沈詩的病犯，有二十一首三十七個，如果考慮到在沈約這些詩中夾雜有「少時」非「永明體」的詩文，則永明以後的詩作，其犯則更少。「因此可以説，（三）説是符合沈約的所謂『平頭』的解釋的」。

金子真也《聲律説和空海》從空海現存作品中選取四首五言詩、十四首七言詩，與《文鏡秘府論》所載詩病説比較。與平頭病各説比較，指出：第一字與第六字同聲的，有四十九例，如果以「同平聲不爲病」，則僅有六例犯病。第二字與第七字同聲的五言詩四首中有四例。第一、第二和第六、第七複字同聲的，七言詩除外衹有一例。

何偉棠《永明體到近體》：「作爲用同聲調字條例的『平頭、上尾、蜂腰、鶴膝』，它們的用聲要求集中到一點，就是指導人們如何避免在五言句中的第二和第五兩個結構位置上出現同聲相犯。」「這些病犯規條都在强調一個聲調異同對立、避免同聲調字彼此相犯的用聲原則，在具體做法上則要求字聲對立回换的安排跟五言詩『上二、下三』的節律結合起來，跟平上去入四聲分用的『四聲律』結合起來。」

盛江案：沈約平頭説之解釋仍應以有文獻記載之明確理論闡述爲根據。上句與下句第一字同平聲不爲病，爲唐代元兢之説，不可視作是永明時沈約之聲病説。《文鏡秘府論》引明確曰：「同聲者，不得同平上去入四聲。」又曰：「餘三聲皆爾，不可不避。三聲者，謂上去入也。」説明上句與下句首二字不僅同平聲爲病，同上去入亦爲病。據劉善經引沈約説「第一、第二不宜與第六、第七字同聲」，此句之意可作兩種解釋。一種解釋，第一字和第六字，第二字和第七字單聲同調。一種解釋，非爲單聲同調，必定是第一、第二字和第六、第七字關於複合字之同調，參差用之不成爲病。兩種解釋均有根據。《文二十八種病》「第一平頭」首段引例，「芳時」對「提壺」，「山方」對「波圓」，「朝雲」對「丹池」，均爲複合詞同聲。然《文鏡秘府論》引説：「平頭詩者，五言詩第一字不得與第六字同聲，第二字不得與第七字同聲。」此指單字同聲爲病。西卷《文筆十病得失》所引詩失者，「今日良宴會，歡樂難具陳」，「今日」「歡樂」亦祇是單聲同調，並非兩個複合字同調，卻作爲「詩失者」。或者先由沈約提出「第一、第二不宜與第六、第七字同聲」之大致思想，並未細辨單字同聲抑或複合詞同聲。所謂「參差用之」，可視作沈約之語，亦可視作劉善經補充説明之語。後人於此基礎上分辨更細，遂有單字同聲、同平聲或者同上去入聲之説。平頭病中第一字和第六字同聲又稱爲水渾病，第二字和第七字同聲又稱爲火滅病，亦爲後來之名稱與認識。

第二，上尾。或名土崩病〔一〕①。

上尾詩者②，五言詩中，第五字不得與第十字同聲，名爲上尾。

詩曰〔二〕：「西北有高樓〔三〕，上與浮雲齊③。」如此之類，是其病也。又曰〔四〕：「可憐雙飛鳧〔五〕，俱來下建章。一箇今依是，拂翮獨先翔〔六〕④。」又曰：「蕩子別倡樓，秋庭夜月華。桂葉侵雲長，輕光逐漢斜⑤。」若以「家」代「樓」，此則無妨〔七〕⑥。

釋曰⑦：此即犯上尾病，上句第五字是平聲，則下句第十字不得復用平聲，如此病，比來無有免者〔八〕。此是詩之疣〔九〕，急避〔一〇〕⑧。

【校記】

〔一〕「土」，原作「云」，醍甲、仁甲、義演本同，據三寶、高甲等本改。

〔二〕「詩曰」，六寺本作雙行小字注，下同。

〔三〕「北」，三寶本作「方」，旁注「北」。

〔四〕「又曰」，六寺本作雙行小字注，下同。

〔五〕「雙」，江户刊本、維寶箋本作「比」，右旁注「雙イ」。「鳬」，三寶、松本、江户刊本、維寶箋本作「鳥」，江户刊本、維寶箋本注「鳬イ」，維寶箋本加地哲定注：「當作『鳬』。」《「文二十八種病」解説》：「作『鳥』非也。」

〔六〕「先」，三寶本作「光」，右朱筆注「先」。

〔七〕「若以家代樓此則無妨」，醍甲、義演、江户刊本、維寶箋本作雙行小字注，天海本作大字本文。「無妨」，松本、江户刊本、維寶箋本作「無嫌」。

〔八〕「比」，原作「此」，各本同。儲皖峰《文二十八種病》：「『比』，别本作『此』，從《古鈔本》。峰按：陶淵明《飲酒詩序》：『余閑居寡歡，兼比夜已長。』一本『比』作『此』，當係形近致誤。」今從三寶、六寺本作「比」。

〔九〕「疣」，《「文二十八種病」解説》謂當作「病」，曰：「諸本作『疣』，非也。」

〔一〇〕「急」，原作「忽」，三寶、醍甲、仁甲、楊、六寺、義演本同，三寶本右旁注「急」，「急」爲是，蜂腰有「須急避之」，據高甲、江户刊本、維寶箋本改。「急避」，《「文二十八種病」解説》作「須急避之」，謂：「案諸本皆無『須』、『之』二字，今補之。」

【考釋】

① 上尾、土崩：《眼心抄》上尾病下有土崩例：「土崩。謂以平居五而不疊韻者，此與上尾同。『追涼遊竹林，對酒如調箏。』箏字言琴即好。又：『避熱暫追涼，攜琴入水宮。』宮云堂乃妙。」

關於上尾之解釋，維寶箋：「上尾者，以章首二字論，上首篇頭字爲上，以第二句尾爲尾，犯聲故曰上尾病。土崩，第十字在下，如土地，篇頭字，犯第十土，如土地崩烈，故曰土崩也。」

《「文二十八種病」解説》謂維寶箋上述對上尾的解釋爲「妄論」，以爲：「上下二句之末文字雖諱同聲，但因下句之末爲韻脚而不能改動，因此，上尾詩其病主要在上句之末字，這是得名爲上尾的原因。」「《書·洪範》曰：『五行，一曰水，二曰火，三曰木，四曰金，五曰土。』就是説，『土』的順序在第五。上尾病是關於五言詩第五字的病，因此稱爲土崩病。」「土崩以五行得名，對照下面列舉的水渾、火滅、木枯、金缺這四病則自然清楚。」

《「文二十八種病」考》贊成西澤道寬之解釋，又曰：「如果看看《秘府論》抄出的關於上尾的諸説，元兢就『五言詩』，劉善經就『賦頌』和『銘誄』，沈約就『詩賦』和『手筆』，都是以第一句尾和二句尾同聲爲病。但本朝的《作文大體》：『上尾病者，近來尤避之。五言詩第五字與第十字，又七言詩第七字與第十四字，同平上去入是也。隨四聲詩分別之，但發句連韻不爲病矣。』則也適用於七言。」

《譯注》：「第十字韻脚爲詩的基礎，與此相並列的第五字如果用同聲的字，就會顯著的削弱韻脚的效果。大概是在這個意義上給予『土崩』的别名。」

盛江案：「土崩」既因「土」爲五行之末，上尾又是五言末字同聲之病，因而得名。又取「土崩」字面意義，蓋五言上下兩句句末字若不押韻而用同聲字，則律不調而韻不協，自然聲韻猶如土崩瓦解，頓時遭到破壞。「上尾」爲沈約説，「土崩」爲「十病」説。「十病」説當爲初唐説，疑爲《筆札華梁》之説。

《札記續記》：「蜂腰」條劉善經説：「沈氏云：五言之中，分爲兩句，上二下三，凡至句末，並須要殺。」「這個『要殺』是『弱細』的意思，所謂『凡至句末，並須要殺』的意思可能是説，『句末之字的音響必須做到弱細』（中澤希男注：鈴木虎雄博士《支那詩論史》對此解釋：「這是説各句末字（即第二字第五字）必須在音調上很好的斷句（殺）。」但是我想，這個「要殺」是連言，是「弱細」之意，「要」應該解作「約」，「衰也」（《國語・楚語》韋注「不爲豐約舉」），「弱也」（《荀子・宥坐》韋注「淖約微達似察」），「殺」應該依《樂記》「聲之鴻殺也疎」，「殺謂細小」來解釋）。」基於這個解釋，「沈氏云」一條之文當意釋如下：「蜂腰是五言句第二第五字同聲之禁。五言句分爲上二下三，上二下三各自相當一句，必須注意句末字的音響做到弱細。然而如果第二字和第五字同聲，這二字相互作用而音響變大變高，上二下三兩句本來就使五言一句全體違反句構造的定律，因此二五同聲成爲病。」但是，「因爲在押韻句裏，押韻字的第五字當然要變『大』變『高』」，因此，「『句末字的音響弄細』這一定律，顯然把押韻句作爲例外」。蜂腰條劉善經説「此（蜂腰）是一句中之上尾」，這説得很清楚，上尾和蜂腰其原理是一致的。按照這一定律，上尾可解釋如下：「上尾爲第五字和第十字同聲之禁。第五字如果和押韻的第十字同聲，則第五字就很刺耳而變

『大』變『高』，就違反第一句『句末必須細』的定律，從而十字全體的音律就要不協調。因此把這作爲病。」「上尾的『上』是『大』『高』的意思，『尾』是指『上句之尾』。所謂『上尾』是『尾比頭「大」「高」的意思』。也許這個名目出於《左傳》昭公十一年『末大必折，尾大不掉』。」上尾的「上」字看作動詞可能比較合理。把它解作「犯」「陵」，大意也不會有變化。但是可能是因爲和平頭一樣，要使用和四聲有關的字面。「上尾的『上』不是去聲（「上下」的「上」），而當解作上聲（陵也、大也）。」

盛江案：「上尾」之「上」解作「高」與其「大」，有牽强繁瑣之嫌。「平頭」之「平」即平上去入之平，「上尾」之「上」即平上去入之上。宋末以來始有四聲之目，以平上去入命名四聲，尚係新事物新名詞。故以新事物新名詞，命名新發現之平頭上尾之病。平頭爲聲調四病中第一病，故用平上去入四聲中之第一聲即平聲命名，上尾爲聲調四病中之第二病，故用平上去入四聲中的第二聲來命名。

梅維恒、梅祖麟《梵語對近體詩形成之影響》：「Samudga—Yamaka（Nātyaśāstra〔《舞論》〕XVII六八—六九）：當通過重複同樣的半句詩來完成詩行時，這種情況爲Samudga—Yamaka。……Samudga意味着『上升，一塊上升』，與『上尾』中的『上』相對應。中國關於聲病的術語包含解剖上的指示義。如『頭』『尾』『腰』『膝』這些在『平頭』『上尾』『蜂腰』『鶴膝』中的詞。這些是梵語中相應的術語所缺乏的。研究比較佛學的幾位學者曾經指出，當梵語術語被輸入中國時，它們被弄得非常具體。」

何偉棠《永明體到近體》：「上尾條要求一聯中上句居後的那個三字節的末字不與下句居後的那個三字節的末字同聲相犯。」

②上尾詩者：《考文篇》：「上尾詩者，以下至『詩之疣急避』，上官儀説。」《札記續記》以爲「上尾詩者」至「是其病也」引《文筆式》，説詳下。盛江案：八病首段爲《文筆式》雜編諸家之説而成，説已見前。又「第一平頭」首段首句爲沈約原説，據體例，則「第二上尾」首段首句所引亦當爲沈約原説。

③「西北」二句：出《古詩十九首》其五，全詩爲：「西北有高樓，上與浮雲齊。交疎結綺窗，阿閣三重階。上有絃歌聲，音響一何悲。誰能爲此曲，無乃杞梁妻。清商隨風發，中曲正徘徊。一彈再三歎，慷慨有餘哀。不惜歌者苦，但傷知音稀。願爲雙鳴鶴，奮翅起高飛。」（《文選》卷二九）盛江案：「樓」與「齊」同平聲。二句亦見《詩家全體》、《冰川詩式》引沈約「八病」及《金針詩格》「八病」，參「第八正紐」後附録。

④「可憐」四句：詩題及撰者未詳。建章：漢武帝離宫。

⑤「蕩子」四句：詩題及撰者未詳。四句亦見《詩苑類格》沈約「八病」及傳《魏文帝詩格》「八病」。參「第八正紐」後附録。

⑥《「文二十八種病」解説》：「例詩第一首『樓』『齊』二字平聲，第二首前二句『凫』『章』二字是平聲，第三首『樓』『華』二字並平聲，因此犯上尾病。以『家』代『樓』則無妨，因爲『家』、『華』二字雖同聲，但均屬麻韻而成爲連韻。」《譯注》：「如果以『家』代『樓』，與『華』『斜』同韻（《廣韻》下平聲九麻），便成首句押韻。」

王夢鷗《初唐詩學著述考》：「（傳魏文帝）《詩格》引詩，『倡樓』作『娼家』，故其下略去『若以家代樓是則無妨』九字，使解説有所不明。疑此處原文當作：『内樓字與華字同聲，若以家代樓，是韻，即不妨。若側聲，是同上去入，即是犯也。』」「其中『桂華』二字，當從《秘府論》作『桂葉』，形似而誤。」盛江案：傳《魏文帝詩格》引「八病」詳附録。

⑦釋曰：王夢鷗《初唐詩學著述考》：「《秘府論》之『釋曰』云云，疑皆爲空海改寫之文句。」盛江案：《文鏡秘府論》之「釋曰」當出中國原典，非爲空海所作。王夢鷗説恐誤。又，若前引「蕩子」詩例可證爲沈約「八病」所引詩，則此「釋曰」或爲《文筆式》引沈約遺説。

⑧「此是詩之疣」二句：據下引《四聲指歸》引沈氏言「上尾者，文章之尤疾」，「釋曰」既言「此是詩之疣」，可證當爲沈約遺説。

或云〔一〕①：如陸機詩云：「衰草蔓長河〔二〕，寒木入雲煙〔三〕②。」河與煙平聲〔四〕。此上尾〔五〕，齊梁已前，時有犯者。齊梁已來，無有犯者。此爲巨病③。若犯者，文人以爲未涉文途者也〔六〕。唯連韻者，非病也。如「青青河畔草，綿綿思遠道」是也〔七〕④。下句有云「鬱鬱園中柳」也〔八〕⑤。

【校記】

〔一〕「或云」，六寺本旁注「髓腦」，三寶本旁注「髓腦如本」，「髓腦」二字朱筆劃掉，改作「或」字。「云」，松本、江户刊本、維寶箋本作「曰」。

〔二〕「河」，《校勘記》：「『河』爲『柯』之訛（《全晉文》）。」

〔三〕「衰草」二句，三寶、天海本旁朱筆注「此詩下可書之證本如此」，六寺本緊接上文未另行。

〔四〕「河」，原作「珂」，醍甲、仁甲本作「阿」，據三寶、高甲本改。

〔五〕「此」，三寶本作「比」，右旁注「元兢曰」，又用朱筆劃掉。「此」上天海本有「元兢曰」三字。

〔六〕「以爲」，三寶本朱筆脚注「以爲字二度讀之」。

〔七〕「也」，醍甲、仁甲、義演本無。

〔八〕「也」上天海本有「善經」二字。

【考釋】

①或云：據三寶本、六寺本旁注，知此句以下至「園中柳也」爲元兢説。

②「衰草」二句：出晉陸機《尸鄉亭》，全詩爲：「東遊觀鞏洛，逍遥丘墓間。秋草蔓長柯，寒木入雲煙。發軫有夙晏，息駕無愚賢。」（《藝文類聚》卷二七）《校注》：「此本所引，遠勝今本，『秋草』句，如今本且不成義矣。」盛江案：本書南卷《集論》引可能是元兢的《古今詩人秀句》亦引陸機《尸鄉亭》詩例，謂：「並有巧句，互稱奇作。」

③此爲巨病：《研究篇》下：「把上尾作爲巨病，諸説皆同，恐怕因爲句尾同聲，削弱押韻的效果吧。」

④「青青」二句：出古樂府《飲馬長城窟行》，全詩爲：「青青河邊草，綿綿思遠道。遠道不可思，夙昔夢見之。夢見在我傍，忽覺在佗鄉。佗鄉各異縣，輾轉不可見。枯桑知天風，海水知天寒。入門各自媚，誰肯相爲言。客從遠方來，遺我雙鯉魚。呼兒烹鯉魚，中有尺素書。長跪讀素書，書上竟何如？上有加餐食，下有長相憶。」（《文選》卷二七）維寶箋：「草、道二字俱上聲皓一韻字，故非病。」

⑤鬱鬱園中柳：出《古詩十九首》其二：「青青河畔草，鬱鬱園中柳。盈盈樓上女，皎皎當牕牖。娥娥紅粉妝，纖纖出素手。昔爲倡家女，今爲蕩子婦。蕩子行不歸，空牀難獨守。」（《文選》卷二九）「青青河畔草，鬱鬱園中柳」二句亦見《詩苑類格》沈約「八病」。參「第八正紐」後附録。

《札記續記》：「（鬱鬱園中柳）這是元兢之説，還是大師據某説的補充，不太清楚。（青青河畔草，鬱鬱園中柳）草是上聲皓韻，柳是上聲有韻，韻不同而聲同，『青青河畔草，綿綿思遠道』，因是連韻因此不是病，但後句如果是『鬱鬱園中柳』則是病，大約是簡略記下這樣的意思。」

或云〔一〕①：其賦頌，以第一句末不得與第二句末同聲。如張然明《芙蓉賦》云〔二〕②「潛靈根於玄泉，擢英耀於清波」是也。蔡伯喈《琴頌》云③「青雀西飛④，《别鶴》東翔⑤，《飲馬長城》〔三〕⑥，楚曲《明光》」是也⑦。其銘誄等病，亦不異此耳〔四〕。斯乃辭人痼疾〔五〕，特須避之。若不解此病，未可與言文也⑧。沈氏亦云〔六〕：「上尾者，文章之尤疾〔七〕。自開闢迄今，多慎不免〔八〕，悲夫。」若第五與第十故爲同韻者⑨，不拘此限。即古詩云：「四座且莫諠，願聽歌一言〔九〕⑩。」此其常也〔一〇〕，不爲病累。其手筆⑪，第一句末犯第二句末，最須避之。如孔文舉《與族弟書》云〔一一〕⑫「同源派流，人易世疎〔一二〕，越在異域〔一三〕，情愛分隔」是也⑬。

凡詩賦之體〔一四〕，悉以第二句末與第四句末以爲韻端〔一五〕⑭。若諸雜筆不束以韻者，其第二句末即不得與第四句同聲，俗呼爲隔句上尾⑮，必不得犯之。如魏文帝《與吳質書》云〔一六〕⑯「同乘共載，北遊後園〔一七〕。輿輪徐動，賓從無聲。清風夜起，悲笳微吟」是也⑰。劉滔云⑱：「下句之末，文章之韻，手筆之樞要。在文不可奪韻，在筆不可奪聲⑲，且筆之兩句，比文之一句〔一八〕⑳，文事三句之內，筆事六句之中〔一九〕㉑，第二、第四、第六，此六句之末〔二〇〕，不宜相犯。」此即是也㉒。

【校記】

〔一〕「或云」，六寺本左旁注「善經」，三寶本右旁注「善經」，又用朱筆將「善經」二字劃掉，旁朱筆注「或」字。「云」，松本、江户刊本、維寶箋本作「曰」。

〔二〕「然」，松本、江户刊本、維寶箋本作「休」。《校勘記》：「『然』爲是。」

〔三〕「飲」，原作「餘」，旁注「鈇」，據三寶、高甲等本改。

〔四〕「異」，三寶本用朱筆劃掉，右旁注「累」字，三寶、天海本左旁注「證本異字也」。

〔五〕「痼疾」，三寶、天海本眉注「痼玉云古護切久病也」。

〔六〕「沈」，原作「洗」，醍甲、仁甲、楊、義演本同，據三寶、高甲、六寺、江户刊本、維寶箋本改。

〔七〕「疾」，楊、六寺、松本、江户刊本、維寶箋本作「病」。

〔八〕「慎」，儲皖峰《文二十八種病》作「懼」，謂：「『懼』，各本均作『慎』，疑是俗書『懼』字之誤，今校改。」《校注》從之。

〔九〕「四座」二句，三寶本朱筆眉注「證本此詩下書之」，天海本注「證本下書」，六寺本緊接上文未另行。

〔一〇〕「此其常也」，三寶、天海本作小字注。

〔一一〕「弟」，原作「第」，高甲、醍甲、仁甲、六寺、松本、江户刊本、維寶箋本同，今以意改。

〔一二〕「人」，三寶本作「又」，右旁注「人」。

〔一三〕「域」，原作「城」，三寶、高甲、醍甲、仁甲、六寺、義演本同，三寶本右旁注「域或」，朱筆脚注「御草本域字也」。《「文二十八種病」考》：「『域』字，據圖書寮本（盛江案：即宫内廳本）作『城』，今爲病犯之例，故從通行本。」據江户刊本、維寶箋本改。

〔一四〕「凡詩賦之體」，三寶、天海本朱筆眉注「證本以下皆下書也」。

〔一五〕「以」，《「文二十八種病」解説》：「案，諸本『爲』上皆有『以』字，此爲衍字。」

〔一六〕「帝」，三寶本作「章」，旁注「帝」。「云」，松本、江户刊本、維寶箋本作「曰」。

〔一七〕「北」，維寶箋本加地哲定注：「當作『以』。」本卷「第一平頭」「朝雲晦初景」至此「同乘共載北遊後」八百十字，高乙本無。

〔一八〕「比」，原作「此」，三寶本同，據高甲、高乙、六寺等本改。「文」下三寶本有一「章」字。

〔一九〕「筆事」，松本本作「事筆」。

〔二〇〕「第二第四第六此六句之末」，此句之左三寶本朱筆注「以上證本皆下書之御草本無行上下衹文之始闕字許也始終如此」。「此六句之末」之「六」字楊本無。《「文二十八種病」解説》作「第二第四第六句之末」，謂：「案諸本『第六』下皆有『此六』二字，非也。」盛江案：「第二、第四、第六」，則當爲「三句之末」，或爲「數句之末」，不當爲「六句之末」。

【考釋】

①「或云」：據三寶本、六寺本旁注，知此句以下至「不宜相犯此即是也」爲劉善經《四聲指歸》。

②張然明：漢張奂（一〇四——一八一），然明爲其字，敦煌淵泉（今屬甘肅）人，原有文集二卷，《後漢書》卷九五有傳。《芙蓉賦》：張奂《芙蓉賦》，《初學記》卷二七引有佚文：「緑房翠蒂，紫飾紅敷。黄螺圓出，垂蕤散舒。纓以金牙，點以素珠。」但未見本文所引二句。《札記續記》：「《淵鑒類函》卷四〇七『芙蓉』項有：『夏侯湛賦云：潛靈藕於元泉，濯修莖乎清波。』」《「文二十八種病」考》：「泉先韻，波歌韻，别韻而同平聲。」

③蔡伯喈：漢文人蔡邕，參天卷《四聲論》考釋。《琴頌》：《藝文類聚》卷四四等作《琴賦》。《太平御覽》卷九二二引三國時糜元詩亦有「青雀西飛，别鵠東翔」二句。

④青雀：據《琴頌》辭意，「青雀」當爲琴曲名。

⑤《别鶴》：即《别鶴操》，琴曲名，晉崔豹《古今注》卷中：「《别鶴操》，商陵牧子所作也。娶妻五年而無子，父兄將爲之改娶。妻聞之，中夜起，倚户而悲嘯。牧之聞之，愴然而悲，乃援琴而歌。後人因爲

樂章焉。」（《樂府詩集》卷五八引）

⑥《飲馬長城》：即樂府古辭《飲馬長城窟行》，載《文選》卷二七，李善注引《音義》：「行，曲也。」則《飲馬長城》亦曲名。

⑦《明光》：琴曲《楚明光》，見《太平御覽》卷五七八引《琴歷》。又，《太平御覽》卷五七九引吴均《續齊諧記》記《楚明光》曲事，言王彦伯行至吴郵亭，見一女子取琴調之，「似琴而聲甚哀，雅有類今之登歌，女子曰：『子識此聲否？』彦伯曰：『所未曾聞。』女曰：『此所謂《楚明光》者也。唯嵇叔夜能爲此聲。自此以外，傳習數人而已。』彦伯欲受之，女曰：『此非艶俗所宜，唯巖棲谷隱，可以自娱耳。』」

以上四句，「飛」與「翔」，「城」與「光」，均爲平聲，故犯上尾。

⑧《「文二十八種病」解説》：「右引用劉善經《四聲指歸》，就賦頌銘誄的上尾病加以説明。所舉之例，上下句之末皆同聲，因此爲病。」

⑨「沈氏亦云」以下至「悲夫」，《四聲指歸》引沈約説。若第五與第十故爲同韻者：《「文二十八種病」考》：「（同韻）非同聲。」

⑩「四座」二句：《古詩八首》其六：「四座且莫諠，願聽歌一言。請説銅爐器，崔嵬象南山。上枝以松柏，下根據銅盤。雕文各異類，離婁自相聯。誰能爲此器？公輸與魯班。朱火然其中，青煙颺其間。從風入君懷，四坐莫不歎。香風難久居，空令蕙草殘。」（《玉臺新詠》卷一）盛江案：「諠」、「言」同韻，故言「不拘此限」。

⑪ 手筆：《「文二十八種病」考》：「（手筆）散文。」《校注》引《後漢書·趙壹傳》「遠辱手筆」、陸雲《與兄平原書》「手筆云復更定」，謂：「手筆，謂手書、親筆也。」

盛江案：「手筆」非指尋常之親筆手書之類，而當指一特定文體，或即指無韻之「筆」。劉宋范曄《獄中與諸甥侄書》：「手筆差易，文不拘韻故也。」（《宋書·范曄傳》）既然「文不拘韻」，則指無韻之「筆」無疑。「手筆」一詞亦爲本卷常用。本節「第四鶴膝」條下，先既言「其詩、賦、銘、誄，言有定數……」，隨後又言「自餘手筆，或賒或促，任意縱容，不避此聲，未爲心腹之病」，以「手筆」與有韻之「文」（即詩、賦、銘、誄等）相對，即使「不避此聲」亦未爲大病，其所言之「手筆」顯謂無韻之「筆」。又，下引劉滔亦言「下句之末，文章之韻，手筆之樞要」，「第四鶴膝」「其諸手筆，第一句末不得犯第三句末」云云，「及江東才子，每作手筆，多不避此聲」云云，《文筆十病得失》「上尾」條末「又諸手筆」、「鶴膝」條「若手筆得故犯」云云，「凡手筆之式」云云，「凡諸手筆，亦須避之」云云，並多作此義，可證。又，本卷常用「雜筆」、「筆體」等（如「今世筆體」云云），並當與此義同。

⑫ 孔文舉：孔融（一五三—二〇八），字文舉，漢末文人，魯國（今山東曲阜）人，《後漢書》卷一〇〇有傳。《與族弟書》：現存文集中未見。又，陶淵明《贈長沙公族祖》詩亦有「同源分流，人易世疎」（《陶淵明集》卷一）二句。

⑬ 「同源」四句：「流」與「疎」均爲平聲，「域」與「隔」均爲入聲，犯上尾。維寶箋：「若就二句末、四句末論，則疎（平）隔（入），故非病也。」

《「文二十八種病」解説》：「右引沈氏之説論上尾病。恐此爲劉氏所引，和前段同在《四聲指歸》歟？」「右蓋亦沈氏之説。前段所謂『文章』，指詩賦及手筆等云云，而前段論詩，此處説手筆。」

盛江案：未知劉氏引沈氏説範圍至何處。《「文二十八種病」解説》將「沈氏亦云」以下直至此處「情愛分隔是也」均作沈氏説。《考文篇》：「『沈氏亦云』以下至『悲夫』，劉善經引沈約説。」疑小西氏説爲是。

⑭ 韻端：《「文二十八種病」考》：「（韻端）韻脚。」

⑮ 「俗呼」句：《「文二十八種病」解説》：「案，右（盛江案：自「凡詩賦之體」至此）就隔句上尾加以説明，上尾就第一第二而論，此則隔着第三句而論第二第四句，故名。」

⑯ 《與吴質書》：見《文選》卷四二。

⑰ 「同乘」六句：《文選》「共」作「並」，「北」作「以」，「賓」作「參」，文字稍異。

《「文二十八種病」考》：「『園』爲平聲元韻，『聲』爲平聲庚韻，『吟』爲平聲侵韻，皆同聲而未押韻，因此爲隔句上尾。」「所謂『隔句上尾』，是散文的情況，第二句之尾和四句之尾，四句之尾和六句之尾，以下順序忌避同聲之説。由《秘府論》可以知道，這是以劉滔説爲基礎，而劉善經隨從之。值得注意的是，沈約手筆（散文）的上尾之説，是和韻文的情況相同的，但如果依照劉滔還有劉善經之説（在於文筆的隔句上尾），則不是病犯。因此這在文章可能是沈約説的異説。又，如果把隔句上尾適用於韻文，就成爲鶴膝病，如果是散文的場合，就不把它作爲鶴膝，我想有這樣的區別。」

《札記續記》：「詩賦偶數句爲韻字，上尾爲第一句末和第二句末同聲，文的一句相當於筆的二句，因此，把文的上尾移之於筆，則是第二句末和第四句末同聲。因此意思顯然是説，筆的情況叫作隔句上尾。如果祇把這一條割裂開來，就會産生誤解，以爲詩賦的上尾就是雜筆的隔句上尾，從而以爲手筆不必忌避上尾。但是，既然前文有『其手筆第一句末犯第二句末，最須避之』，《文筆十病得失》中《文筆式》條有『筆有上尾、鶴膝、隔句上尾、踏發等，詞人所常避也』，那麽，即使是『筆』，上尾也是病，還有，隔句上尾也是病，這本來是不用論述的吧？」因此，吉田幸一的看法「顯然是誤解」。

⑱ 劉滔云：《考文篇》：「『劉滔云』，以下至『不宜相犯』，劉善經引劉滔説。」劉滔：參天卷《四聲論》考釋。

⑲「在文」二句：《文心雕龍・總術》：「今所常言，有文有筆，以爲無韻者筆也，有韻者文也。」奪韻：《校注》：「本書南卷《論文意》：『若以清爲韻，餘盡須用清；若以濁爲韻，餘盡須濁；若清濁相和，名爲落韻。』落韻，當即此所言奪韻也。」奪聲：本卷《文筆十病得失》：「筆復有隔句上尾。第二句末字，第四句末字，不得同聲。」

⑳「且筆」二句：本卷《文筆十病得失》：「但筆之四句，比文之二句。故雖隔句，猶稱上尾，亦以次避。」《「文二十八種病」考》：「（筆）賦，（文）詩。」《四聲指歸定本箋》：「六朝人以有韻者謂之文，無韻者謂之筆，故云筆之兩句相當於文之一句也。」

㉑「文事」二句：維寶箋：「『三句』者，恐『二句』歟？依文論之，則『載』（上聲）、『園』（平聲）、『動』（仄）、『聲』（平）、『起』（仄）、『吟』（平）是非病也。若依筆論之，則『園』（平）、『聲』（平）、『吟』（平）別韻而

同聲，故是病也。」

《「文二十八種病」解説》此二句作「文事二句之内，筆事四句之内」，謂：「（二句）諸本作『六句』（盛江案：當作「三句」）非也。」「（四句）諸本作『六句』非也。」「右引用劉滔之説，就上尾病比較文和筆。《文筆式》曰：『韻者爲文，非韻者爲筆。文以兩句而會，筆以四句而成。故筆之四句，比文之二句。』因此可以斷定『三句』爲二句之誤，『六句』爲四句之誤。又，所謂『第二第四第六句末不宜相犯』蓋爲第二和第四、第四和第六、第六和第八，不可逐次奪其末字之聲而同聲之意。」

羅根澤《中國文學批評史》：「案此指『隔句上尾』。」

《札記續記》：「文以二句，筆以四句，各自作爲單位，因此不用説，文之一句相當於筆之二句。又，之所以可以説『文事三句之内』，可能是指文雖有平頭、上尾、蜂腰、鶴膝之禁，結果是三句内之禁。把這移之於筆，因爲『筆之兩句，比文之一句』，當然説『筆事六句之内』。」因此，《「文二十八種病」解説》斷定「三句」爲二句之誤，「六句」爲四句之誤，「實是一種曲解」。

《研究篇》下：「因此，如果超過六句則不忌避同聲，其中隔了三句被稱作『踏發聲』病，但這要在鶴膝病中論述。」

㉒ 郭紹虞《永明聲病説》：「大抵上尾之病比較最嚴，故諸家歧説亦最少。」「而齊梁以來之詩亦罕有犯此病者。待到律體既定則更無犯之之理。沈約所謂前有浮聲則後須切響，當即指此。鄒漢勛《五韻論》解《南史·陸厥傳》『兩句之内角徵不同』二語，謂『猶言兩句住句之字一平一仄耳』，大體不誤，然尚

有可商者二事：（一）此文所稱兩句之内的角徵不同並不專指上尾之病；（二）即就上尾而言，永明體的浮聲切響，也不必定指平仄。蓋永明體避上尾之病不是平仄相間，而是指平上去入四聲之相間。」

王力《漢語詩律學》：「上尾的避忌，至多也祇能認爲技巧上應注意之點。」「古詩不限用平韻，出句也不限用仄脚，所以五言第五字和第十字有同聲的可能。若依這個説法，下例《古詩十九首》的句子可認爲是上尾：『令德唱高言（平），識曲聽其真（平）』，『昔爲倡家女（上），今爲蕩子婦（上）』，『人生忽如寄（去），壽無金石固（去）』，『洛中何鬱鬱（入），冠帶自相索（入）』。《十九首》是五言的圭臬，沈約似乎不該規定一個排斥它們的形式的規律。」

馮春田《永明聲病説的再認識》：「我們考察『四子詩』，一聯兩句句尾一字同聲的有十八例。如果上尾病包括四聲而言，又是輕易不能犯的『巨病』，『四子詩』竟犯十八例，這怎麽能説『闇與理合』呢？」「如果説上尾是指一聯第五與第十字同聲調，沈約的五言詩將有很多地方犯了這種『巨病』。」「所以我們又認爲，所謂『上尾』，説的是上聲之尾。也就是説，上尾病指的是五言詩一聯兩句句尾一字同是上聲。」從實例看，「四子詩」一聯出句和對句句尾同上聲的祇有一例，「沈約五言詩一聯兩句句尾一字也没有同上聲的情況（包括一聯兩句押韻的五言詩）」。從定名上説，「五言詩一聯最後二字同上聲叫『上尾』，一是上聲，二是位於句尾，所以纔稱它爲『上尾』」。

金子真也《聲律説和空海》統計，空海詩犯上尾病僅四例（五言二例，七言二例）。

第三，蜂腰①。

蜂腰詩者②，五言詩一句之中，第二字不得與第五字同聲。言兩頭粗，中央細，似蜂腰也③。

詩曰〔一〕：「青軒明月時，紫殿秋風日。朣朧引夕照〔二〕，晻曖映容質〔三〕④。」又曰〔四〕：「聞君愛我甘，竊獨自雕飾⑤。」又曰：「徐步金門出〔五〕，言尋上苑春⑥。」

釋曰⑦：凡一句五言之中而論蜂腰，則初腰事須急避之〔六〕⑧。復是劇病⑨。若安聲體〔七〕⑩，尋常詩中〔八〕，無有免者。

【校記】

〔一〕「詩曰」，六寺本作雙行小字注。

〔二〕「朣朧」，原作「童朧」，高乙本同，高甲、醍甲、仁甲、江户刊本、維寶箋本作「瞳矓」，據六寺本改。

〔三〕「曖」，原作「暖」，三寶、高甲、高乙本同，據六寺、江户刊本、維寶箋本改。

〔四〕「又曰」，六寺本作雙行小字注，下一「又曰」同。

〔五〕「徐」，三寶、天海本作「條」。

〔六〕「事須」，《「文二十八種病」解説》：「案：『腰』下『事』字難訓。」《札記續記》：「『事須』當爲『常須』之訛。」「急」，原作「忽」，楊、六寺本同，據三寶、高甲、高乙本改。

〔七〕「安聲體」，《札記續記》：「『安聲體』，如果參考《文筆十病得失》條『四聲中安平聲者』等，當是『安平聲體』之誤，文意爲『通例避上去入的蜂腰，但平聲的蜂腰幾乎沒有忌避』。」

〔八〕「尋常」上醍甲、仁甲、義演本有「爲」字。

【考釋】

① 蜂腰：「蜂腰」及「鶴膝」之名，中國傳世文獻最早見於鍾嶸《詩品序》：「至如平上去入，則余病不能，蜂腰、鶴膝，閭里已具。」《譯注》：「此病之意，五言句分爲二、三，上二字和下三字最後之字和句末同樣避同聲之字。」

② 蜂腰詩者：《考文篇》：「『蜂腰詩者』以下至『無有免者』，上官儀說。」《札記》：自「蜂腰詩者」至「無有免者」，「蜂腰這一部分出自《文筆式》」。《札記續記》：「(「似蜂腰也」)以上《文筆式》。」說詳下。

盛江案：八病首段出《文筆式》，其中或編有前人遺說，說已見前。

③ 「言兩頭粗」三句：《札記續記》：「所謂『兩頭』即『兩端』，『兩端』指上二的第二字和下三的第五字，『中央』指第三字。根據『凡至句末，並須要殺』的定律，『兩頭』(上二的第二字和下三的第三字)(盛江案：即五言詩的第五字)必須『細』，上二的第一字和下三的第一字必須『粗(大)』。然而如果第二字和第五字同聲，其結果就反過來了，『兩頭』『粗』而『中央』(下三的第一字)變『細』。用形體來表示，可以比作蜂之腰。不用說，上二相當於蜂的頭胸，下三相當於其腹尾。元兢新提出來的病犯中的長擷腰有說明：『每句第三字，擷上下兩字，故擷腰。』還有天卷《調聲》條元兢說中『護腰』的『腰』，也說明『謂五字

之中第三字也』，這也可以作爲蜂腰的『腰』指第三字的旁證。」

梅維恒、梅祖麟《梵語對近體詩形成之影響》：「Kāñci — Yamaka（Nāṭyaśāstra〔《舞論》〕XVII 六六—六七）：兩個相似的詞發生在開頭或結尾，每個韻脚構成Kāñci — Yamaka。……在梵語中『Kāñci』的含義是『腰帶』『帶』，這一點引發了在漢語中『腰』的相似聯想。如果一個梵語的音步（節拍）（pāda，四分之一段詩），被認同於漢語四行詩中的一聯詩的話，那麽，這第二個音節（在韻脚的開頭）與第五個音節（在末尾），可以被看作是『兩個相似的詞同時出現在每個詩韻脚（節拍）的開頭與末尾』，在漢語音韻傳統中有幾個例子，其中中古漢語聲調實際上被扭曲以使符合梵語音素的結構。我們懷疑『蜂腰』是一模仿Kāñci — Yamaka 的失敗的嘗試。」

④「青軒」四句：出南齊虞炎《詠簾》，全詩爲：「青軒明月時，紫殿秋風日。曈曨引光暉，晻曖映容質。清露依簷垂，蛸絲當户密。褰開誰共臨，掩晦獨如失。」（《初學記》卷二五）《札記續記》：「這一例詩『軒』『時』均平聲，『殿』爲去，『日』爲入，第三句『朧』爲平，『照』爲去，第四句『曖』爲去，『質』爲入，因此犯蜂腰的祇有第一句。這和『釋曰』條的『初腰事須急避之』相應。」

盛江案：《文筆式》以初句論蜂腰，與「青軒明日時」詩例相符，據此，則「釋曰」與詩例當並出《文筆式》。

⑤「聞君」二句：出《古詩》：「橘柚垂華實，乃在深山側。聞君好我甘，竊獨自雕飾。」（《太平御覽》卷九七三）二句亦見《詩苑類格》、《冰川詩式》引沈約「八病」及《金針詩格》「八病」。參「第八正紐」後附

録。《「文二十八種病」解説》：「君與甘均平聲，獨與飾均入聲。」

⑥「徐步」二句：詩題及撰者未詳。二句亦見《詩家全體》引沈約「八病」及傳《魏文帝詩格》「八病」。參「第八正紐」後附録。

⑦釋曰：《札記續記》以爲前八病「釋曰」以下的原典可能爲《本朝文粹·省試詩論》論及之佚名《詩格》，可能爲齊梁之交時著作。説詳下。王夢鷗《初唐詩學著述考》：「《秘府論》之『釋曰』以下，疑其文有脱誤，故意義不明。」

⑧「則初」句：楊明《讀〈文鏡秘府論校注〉附録〈本朝文粹·省試詩論〉》：「『初腰』二字費解，是不是有訛文奪文？是不是指『初句』而犯蜂腰？將此『釋曰』和大江氏所説『《詩格》所釋』相比較，覺得二者有相似之處。『文二十八種病』的大多數病均有『釋曰』云云，不知出於何書，不知是不是空海所釋？是否有可能即出於《大江狀二》所説的《詩格》？這些問題，都苦於缺乏資料，難於作進一步的研究。」

盛江案：「初腰」當指「初句」避蜂腰，《文鏡秘府論》之「釋曰」不當爲空海自釋，説已見前。日本《本朝文粹》卷七《省試詩論》：「夫蜂腰病者，上句可避之由，見《文筆式》。因之先儒古賢不避下句蜂腰。」「《文筆式》云：『蜂腰者，第二字與第五字同聲也。所爲證詩，以上句第二字與第五字同聲爲病云云。』又《詩格》所釋：『初句第二字不得與第五字同聲，又是劇病云云。』然則依下句不可避蜂腰，《文筆式》、《詩格》下句已不載蜂腰之有無。」説明蜂腰重視首句初腰爲《文筆式》和佚名《詩格》之説。另參《文筆十病得失》「蜂腰」條考釋。又案：近體詩律句型中，平平仄仄平必犯蜂腰，故齊梁之後仍多犯此病，下引元兢則言平聲非病。五言詩多押平聲韻，平平仄仄平之句型必在第一句，另一仄仄平平仄句型多在第一句，雖二五同爲仄聲，卻可以不同去上入聲，故此處又曰初腰事須急避之。

⑨此言「復是劇病」，前引「第二上尾」沈氏言「上尾者，文章之尤疾」，又「釋曰」言「此是詩之疣」，與之相應，疑此處亦爲沈約遺說。

⑩若安聲體：《「文二十八種病」解説》：「『病』字下『若安聲體』四字難訓。」

或曰〔一〕①：「君」與「甘」非爲病。「獨」與「飾」是病。所以然者，如第二字與第五字同去上入，皆是病，平聲非病也②。此病輕於上尾、鶴膝，均於平頭，重於四病〔二〕③，清都師皆避之④。已下四病〔三〕，但須知之，不必須避。

【校記】

〔一〕「或曰」，六寺本左旁注「元兢」，三寶本右旁注「元兢」，用朱筆劃掉，朱筆改作「或」字。

〔二〕「四病」，醍甲、仁甲、義演本作「四重」。

〔三〕「下」，原作「上下」，三寶、高乙本同，三寶本「上」字左旁標一抹消符號「〇」，右旁注「或本止下也」，據高甲、六寺、醍甲、江户刊本、維寶箋本删「上」字。

【考釋】

①或曰：據三寶本、六寺本注，此以下至「不必須避」，元兢說。

《札記續記》：「此說與前說有異。前說第一句的蜂腰不分平上去入都是劇病，與此不同，此說主張：(A)平聲的同聲不作爲病。(B)不僅第一句，其他句上去入同聲都是病(「釋曰：凡一句五言之中而論蜂腰，則初腰事須急避之。復是劇病。若安聲體，尋常詩中，無有免者」)。可能是初唐人修正之說，『若安(平)聲體，尋常詩中，無有免者』講的是初唐的趨勢。(此處的)『平聲非病』可能是反映了這種趨勢。下面的『劉氏(善經)曰』一條引沈約和劉滔說，但看不到如(三)(四)(盛江案：《札記續記》以「釋曰」條爲(三)，以「或曰」條爲(四))那樣的修正說。這可能是(三)(盛江案：指「釋曰」條)說是六朝末或初唐之說的一個旁證。」「鶴膝所引的和(三)(盛江案：指「釋曰」條)同一系之說裏，有『沈玉東陽云云』，如果把它看作《詩格》引用齊梁時的古說，大概不會妨礙這個推定。」

《省試詩論》引元兢說：「《詩髓腦》云：『蜂腰者，每句第二字與第五字同聲是也。如古詩云：「聞君愛我甘，竊獨自雕飾。」君與甘同平聲，獨與飾同入聲是也。』元兢曰：『君與甘非爲病，獨與飾是病，所以然者，如第二字與第五字同上去入皆是病，平聲非爲病也。此病輕於上尾、鶴膝，均於平頭，重於四病。』」「案《髓腦》，八病之中，以四病爲可避之，所謂平頭、上尾、鶴膝、蜂腰也。此四病之中，平頭、蜂腰，斟酌避之。」(日本《本朝文粹》卷七)

②《譯注》：「元兢在這裏把平聲和其他三聲對應，可以說修正了六朝以來的規則，向唐代律體靠近

了一步。」

③ 四病：維寶箋：「四病：大韻、小韻、小紐、旁紐也。」

④ 清都：維寶箋：「清都，長安也，稱云清都也，紫微帝之所都也，李白詩：『相攜上清都。』」

劉氏云〔一〕①：蜂腰者，五言詩第二字不得與第五字同聲〔二〕。古詩云〔三〕「聞君愛我甘，竊獨自雕飾」是也〔四〕。此是一句中之上尾〔五〕②。沈氏云〔六〕：「五言之中〔七〕，分爲兩句，上二下三③。凡至句末，並須要煞④。」即其義也。

劉滔亦云〔八〕⑤：「爲其同分句之末也。其諸賦頌，皆須以情斟酌避之〔九〕。如阮瑀《止欲賦》云〔一〇〕：『思在體爲素粉〔一一〕，悲隨衣以消除。』即『體』與『粉』、『衣』與『除』同聲是也⑥。又第二字與第四字同聲，亦不能善。此雖世無的目，而甚於蜂腰⑦。如魏武帝《樂府歌》云〔一二〕『冬節南食稻〔一三〕，春日復北翔』是也⑧。」

劉滔又云：「四聲之中，入聲最少，餘聲有兩，總歸一入⑨，如征整政隻、遮者柘隻是也〔一四〕⑩。平聲賒緩〔一五〕⑪，有用處最多〔一六〕，參彼三聲，殆爲太半〔一七〕⑫。且五言之內，非兩則三⑬，如班婕妤詩云〔一八〕⑭：『常恐秋節至，涼風奪炎熱⑮。』此其常也〔一九〕。亦得用一用四⑯。若四，平聲無居第四〔二〇〕。如古詩云『連城高且長』是也〔二一〕⑰。用一，多在第二〔二二〕。

如古詩云〔二三〕『九州不足步』〔二四〕⑱，此謂居其要也〔二五〕。然用全句平〔二六〕，止可爲上句〔二七〕，取固無全用⑲。如古詩云『迢迢牽牛星』⑳，亦並不用〔二八〕㉑。若古詩云『脈脈不得語』㉒，此則不相廢也〔二九〕。猶如丹素成章，鹽梅致味㉓，宫羽調音㉔，炎涼御節，相參而和矣〔三〇〕㉕。」

【校記】

〔一〕「劉氏云」，六寺本左旁注「善經云」，三寶本右旁注「善經」，用朱筆劃掉，旁朱筆注「劉氏」，眉注「證本以下下書之」，天海本眉注「證本下」。

〔二〕「第五」下原有「言」字，據三寶、高甲、高乙等本删。

〔三〕「云」，松本、江户刊本、維寶箋本作「曰」。

〔四〕「獨」，原作「欲」，三寶、高甲、高乙、六寺本同，上有「竊獨自雕飾」即作「獨」，從江户刊本、維寶箋本作「獨」。

〔五〕「中之」，松本、江户刊本、維寶箋本作「之中」。

〔六〕「沈」，原作「洗」，高甲、高乙、醍甲、仁甲、義演本同，據三寶、六寺、江户刊本、維寶箋本改。

〔七〕「五言」下松本、江户刊本、維寶箋本有「詩」字。

〔八〕「亦」，醍甲、仁甲、義演本作「又」。

〔九〕「情」，原無，據三寶、高甲、高乙、六寺等本補。「斟」，醍甲、仁甲、義演本無。

〔一〇〕「璃」，三寶、高甲本作「璃」。「止」，醍甲、仁甲、義演本作「上」。「欲」，松本、江户刊本、維寶箋本作「怨」，右旁注「欲イ」。

〔一一〕「體」，祖風會本注：「『體』下恐脱字。」

〔一二〕「武」，原作「文」，各本同。維寶箋本加地哲定注：「當作『武』。」《樂府歌》爲魏武帝作，今據改。

〔一三〕「冬」上三寶、天海本有「各」字。「南食稻」，《考文篇》：「『南食稻』，本集作『食南稻』，然上云『第二字與第四字同聲』，《眼心抄》亦作『南食稻』，今未遽改。」《校勘記》：「『南食』爲『食南』誤倒。」

〔一四〕「遮」，三寶、天海本作「鹿」，三寶本注「遮」。

〔一五〕「賒緩」，《「文二十八種病」解説》作「徐緩」，謂：「諸本均作『賒緩』，非也。」

〔一六〕「有」，三寶、楊、六寺本作「在」，《「文二十八種病」解説》改作「而」。

〔一七〕「太半」，三寶本作「太平」，「平」字用朱筆劃掉，旁注「半」。

〔一八〕「云」，松本、江户刊本、維寶箋本作「曰」。

〔一九〕「此」，三寶本作「比」。

〔二〇〕「聲」，原無，各本同。《文筆十病得失》：「若四平聲，無居第四。」《考文篇》據以校補，今從補之。

〔二一〕「連城」，《校勘記》：「據《文選》，『連』爲『東』之訛。」

〔二二〕「第二」，原作「第四」，各本同。《研究篇》下：「『多在第二』，諸本作『多在第四』，但這和『九州不足步』相矛盾。九、不、足、步是仄聲，衹有州是平聲，不管怎樣都必須是『第二』。《文筆十病得失》也有『若一平聲，多在第二』，並且各本均作『第二』。《眼心抄》也有：『又，九州不足步，用一平居二其要。』『多在第四』顯然有誤。」據《「文二十八種病」解説》及《考文篇》改。

〔二三〕「云」，松本、江户刊本、維寶箋本作「曰」。下同。

〔二四〕「州」，高乙、江户刊本、維寶箋本作「洲」。

〔二五〕「此」，原無，高甲、醍甲、仁甲、義演本同，三寶本作「比」，據六寺、江户刊本、維寶箋本改補。「謂」，三寶本作「謁」，旁注「謂」。

〔二六〕「全句」，三寶、六寺、江户刊本、維寶箋本作「余句」，三寶本右旁注「全本」。豹軒藏本鈴木虎雄注：「余，全，下文疑有誤。」羅根澤《中國文學批評史》：「案疑有誤。」《「文二十八種病」解説》：「『其要也』之下『然用』以下十五字難訓，疑有缺。」《校勘記》：「『余』爲『全』之訛。『平上』之『上』爲衍。前後文意爲『如果一句全部用平時，限於上句』之意，當標點爲『然用全句平，可爲上句』。」盛江案：中澤希男説大體可從，然「止」字或作「上」字，或作「正」字，並疑爲「止」誤，而疑非衍字。

〔二七〕「止」，原作「上」，醍甲、仁甲、楊、義演本同，六寺、松本本作「正」，當爲「止」誤，今改。

〔二八〕「不用」，三寶、天海本作「用不」。

〔二九〕「此」，三寶本作「比」。「相」，三寶、天海本作「札」。「廢」，原作「癈」，三寶、醍甲、仁甲、楊、六寺、義演本同，據江户刊本、維寶箋本改。

〔三〇〕「而」，三寶本作「文」，注「而」。

【考釋】

① 劉氏云：維寶箋：「劉氏劉滔。」豹軒藏本鈴木虎雄注同。《考文篇》：「『劉氏云』以下至『相參而和矣』，劉善經説。」盛江案：小西氏説是，下引有劉滔言可知。

②下云，五言分爲上二下三兩個分句，第二字第五字恰爲分句之尾，二五同聲，故言一句中之上尾。

③沈氏：沈約。「沈氏云」以下至「要煞」，劉善經引沈約説。「五言」三句：本書天卷《詩章中用聲法式》（一説爲劉善經《四聲指歸》）：「上二字爲一句，下三字爲一句。五言。」

④要煞：維寶箋：「要殺，殺，減也，散貌也，須要減卻散去也。」《「文二十八種病」解説》：「案『殺』字恐是『約』字之誤寫，當訓爲『須要約』。總之，上部二字，下部三字，此兩部末的文字，換言之，五言一句的第二字和第五字是音調上最重要之處，因此，此處之句讀需要處理好的意思。」

何偉棠《永明體到近體》：「句末『要殺（煞）』，就是在句中二、五兩個結構位置上安排異聲對立。」

⑤劉滔亦云：此以下至「相參而和矣」，劉善經引劉滔説。

⑥「如阮瑀」四句：阮瑀（？—二一二）：建安詩人，《三國志》卷二一有傳。《止欲賦》：佚文輯入《藝文類聚》卷一八，而仍佚此二句。「體」與「粉」、「衣」與「除」，是三、六同聲，被視爲病。由前後文觀之，此病被視作筆之蜂腰。究其由，則因其「爲其同分句之末」，所例舉《止欲賦》二句分句之末，正是「體」與「粉」、「衣」與「除」字。詩句爲「五言之中，分爲兩句，上二下三」，賦頌一句之節奏點與詩句不同，未能固定於第幾字和第幾字不得同聲，如「思在體爲素粉，悲隨衣以消除」，分爲二句，爲上三下三，故而三、六同聲爲病，故而謂之「其諸賦頌，皆須以情斟酌避之」，然無論賦頌抑或詩，分句之末均不得同聲。此乃

劉滔之説，實際亦爲劉善經所接受。而此説與《文筆十病得失》前半有别，可證二者非同一原典。

⑦《札記續記》：「劉滔所提倡的二、四不同包括平上去入整個四聲，必須和律體二、四不同之禁指平和平、仄和仄區别開來。又，天卷《調聲》條載録元兢説自作的《蓬州野望》詩和可以推定爲唐初所作的『十規』的例詩中，有平聲的二、四同，但看不到上去入的二、四同。」

高木正一《六朝律詩的形成》列表統計永明之後二、四同聲之作品，調查謝靈運八百九十四句中二、四同聲有四百五十九句，犯則率百分之五十一；沈約一千三百五十六句中，二、四同聲四百四十句，犯則率百分之三十三；庾肩吾八百二十句中，二、四同聲六十七句；庾信二千三百二十八句中，二、四同聲一百七十二句；江淹八百二十句中，二、四同聲六十句，犯則率分别爲百分之八、百分之七、百分之七。指出：「作爲和這裏的四聲有所不同的不變的鐵定的規則，以永明體爲界限，後世二、四同聲的律詩猛減。從這樣一個事實，知道第二字和第四字一定是諧律的關鍵要點，雖然不同於四聲，但是，卻是後來詩人所用力的一項重要工作。」

《譯注》：「這是今體詩的所謂『二、四不同』的原則。即使在六朝，特别是梁中期以後的詩人中，都事實上相當忠實地實踐着這一點，以第二字和第四字平仄交替，這對於近體詩的形成起了很大的作用。其重要性可以説超過了蜂腰。」「蜂腰病除初腰之外，實際上並不那麼嚴格遵守，這從天卷《調聲》中『齊梁調詩』四首張謂《題故人别業》『園林接汝濆』、『山明斂霽雲』，何遜《傷徐主簿》詩『世上逸群士』、『人間徹總賢』、『千秋送北邙』五句中可以看到此病。」

杜曉勤《齊梁詩歌向盛唐詩歌的嬗變》：由於劉滔强調二四異聲，就使原來雖符合永明體二五異聲聲律體系，但二四同聲的句式變得不合律，這類句式在梁大同間逐漸減少，而永明詩人很少使用的二五同聲但二四異聲的句式的興趣有所增加。

盛江案：二、四同聲爲甚於蜂腰之病，《文筆十病得失》前半未見此説。

⑧「冬節」二句：出曹操《卻東西門行》（《樂府詩集》卷三七），全詩爲：「鴻雁出塞北，乃在無人鄉。舉翅萬餘里，行止自成行。冬節食南稻，春日復北翔。田中有轉蓬，隨風遠飄揚。長與故根絶，萬歲不相當。奈何此征夫，安得去四方。戎馬不解鞍，鎧甲不離傍。冉冉老將至，何時反故鄉。神龍藏深泉，猛獸步高岡。狐死歸首丘，故鄉安可忘。」

維寶箋：「節、食，日、北，並病也。」

⑨「四聲」四句：維寶箋：「四聲，平上去入也。入聲最少於平上去，故云最少也。餘聲，平上去也。有兩，平上去，各有三紐，則總歸一入聲也。上引沈約《四聲譜》曰：『凡四聲字爲紐，或六字總歸一入：皇晃璜鑊戈果過。』」

《「文二十八種病」解説》：「案據《廣韻》，四聲之内，若論文字多少，則平聲第一，入聲第二，去聲第三，上聲第四，若論音之多少，則平聲第一，去聲第二，上聲第三，入聲第四。劉滔所謂『四聲之中，入聲最少』，蓋以詩章中用聲之多少而論。」

《校注》：「四聲相配，數目應相等，然入聲多有音無字，故云：『四聲之中，入聲最少。』『餘聲有兩』，謂上去二聲也。『總歸一入』者，謂凡平聲同紐而音復相近之字，其上去二聲，同歸一入聲也。如遮者拓晢、⿱衍食(音旃，粥也)⿰耳善(旨善切，耳門)戰晢是也(皆照紐字)。此例極夥，不復備舉。是皆原於入聲多有音無字，故聊用音近之字著之耳。」

《譯注》：「餘聲有兩二句，天卷《調四聲譜》以入聲爲中心，上下兩組平上去三聲對應成爲一組，有『上三字，下三字，紐屬中央一字，是故名爲總歸一入』。」

梅維恒、梅祖麟《梵語對近體詩形成之影響》：「餘聲有兩，指的是上聲和去聲，因此，劉滔説上聲、去聲與入聲應該聚合在一起，形成一個詩體聲調類别，與另一個包含了平聲的聲調類别相對應。」

盛江案：「餘聲有兩」，《校注》等謂指上去二聲。説無據。蓋謂以入聲爲中心，上下兩組，故「總歸一入」，與天卷《調四聲譜》所言者合。「兩」者，非二字之謂也，上下兩組之謂也。《譯注》爲是。

⑩ 征整政隻：本書天卷《四聲論》：「且夫平上去入者，四聲之總名也；征整政隻者，四聲之實稱也。」遮者柘隻：《韻鏡》内轉第二十九開齒音清第三等有「遮者柘◯」。《「文二十八種病」解説》：「所謂『征整政隻，遮者柘隻』，是説征(平)整(上)政(去)及遮(平)者(上)柘(去)並歸一入聲隻。」

⑪ 賒緩：維寶箋：「賒緩，遲緩爲賒也，緩，舒遲也。」盛江案：神珙《四聲五音九弄反紐圖序》引《四聲譜》：「平聲者哀而安。」哀而安即賒緩。

王運熙、楊明《隋唐五代文學批評史》：「這段話是今日所見將平聲單獨提出與其他三聲相對而言的最早材料。可説初步反映出四聲二元化的意識。但是，齊梁八病之説中並不曾體現出這種意識，因爲與聲調有關的四病，都是以同聲調的字在一定位置上重複出現爲病，而所謂『同聲調』，係指與同爲平聲、或同爲上聲、同爲去聲、同爲入聲」，「齊梁八病説是未曾將四聲歸爲兩大類的」。

⑫「參彼」二句：維寶箋：「平聲較彼上去入三聲用處最多，故云大半也。」漢班固《西都賦》：「軼雲雨於太半。」（《文選》卷一）李善注：「《漢書音義》，韋昭曰：『凡數三分有二爲太半。』」

⑬非兩則三：維寶箋：「非兩，五言詩中，兩處用平聲，乃如『常恐秋節至』，是『常』、『秋』二字平聲也。則三，如『涼風奪炎熱』，是乃『涼』、『風』、『炎』三字俱平聲也。」

⑭班婕妤（前四八？—前六？）：漢辭賦家，事見《漢書·外戚傳》。

⑮「常恐」二句：出《怨歌行》，全詩爲：「新裂齊紈素，皎潔如霜雪。裁爲合歡扇，團團似明月。出入君懷袖，動摇微風發。常恐秋節至，涼風奪炎熱。棄捐篋笥中，恩情中道絶。」（《文選》卷二七）或疑此詩爲後人僞託。

⑯亦得用一用四：維寶箋：「五言詩中平聲字或一或四用之也。」

⑰連城高且長：見《古詩十九首》其三，全詩爲：「東城高且長，逶迤自相屬。迴風動地起，秋草萋已緑。四時更變化，歲暮一何速。晨風懷苦心，蟋蟀傷局促。蕩滌放情志，何爲自結束。燕趙多佳人，美者顔如玉。被服羅裳衣，當户理清曲。音響一何悲，絃急知柱促。馳情整中帶，沈吟聊躑躅。思爲雙飛燕，銜泥巢君屋。」（《文選》卷二九）

盛江案：「連城高且長」句四字均爲平聲，祇有第四字「且」字爲上聲，非平聲，是所謂「若四，平聲無居第四」，「若四」者，若四字爲平聲之謂也。

⑱九州不足步：出魏曹植《五遊詠》，全詩爲：「九州不足步，願得凌雲翔。逍遥八紘外，遊目歷遐荒。披我丹霞衣，襲我素霓裳。華蓋紛晻藹，六龍仰天驤。曜靈未移景，倏忽造昊蒼。閶闔啓丹扉，雙闕曜朱光。徘徊文昌殿，登陟太微堂。上帝伏西欞，群后集東廂。帶我瓊瑶佩，漱我沆瀣漿。躊躇玩靈芝，徙倚弄華芳。王子奉仙藥，羨門進奇方。服食享遐紀，延壽保無疆。」（《藝文類聚》卷七八）「九州不足步」句中平聲字唯「州」字，且居第二，故曰「用一，多在第二」。

⑲「然用」三句：維寶箋：「注上，然用若作餘句，平聲上聲雜用爲上句也，强雜用平聲上聲一格，必不可固執，故古詩五字俱平聲，五字皆仄聲詩有之，不可執一途也。」《「文二十八種病」考》譯作：「那麼説到在整個一句的使用方法怎樣呢？則當把平上作爲上句（五言的上二字），（五言詩如果全部平則平）祇偏執平一方是不行的。」《譯注》譯作：「但是如果一句全部用平聲這種情況，則最好祇限於上句，要好好的造詩句，不可（連下句也）全部用平聲。」取固：《譯注》：「晉潘尼《扇賦》（《北堂書鈔》卷一三四）：『或託形於竹素，或取固於膠漆。』」盛江案：「取固無全用」意或爲固無上下句全用平聲者。

⑳迢迢牽牛星：此句與下「脈脈不得語」二例詩均出《古詩十九首》其十，全詩爲：「迢迢牽牛星，皎皎河漢女。纖纖擢素手，札札弄機杼。終日不成章，泣涕零如雨。河漢清且淺，相去復幾許。盈盈一水間，脈脈不得語。」（《文選》卷二九）盛江案：「迢迢牽牛星」爲上句，五字全爲平聲。而下句「皎皎河漢女」祇有第三字「河」爲平聲，餘全爲仄聲，正所謂「然用全句平，止可爲上句」。

㉑ 亦並不用：維寶箋：「不用，五字並皆不用仄聲之字。」《校勘記》：「『亦並不用』爲『並不全用平聲』之意。」《譯注》：「上下句間，暫且保持平聲對其他三聲的平衡。」盛江案：「迢迢牽牛星」全爲平聲，因此，「亦並不用」不當是不全用平聲，而當是不用仄聲之意。維寶箋是。

㉒ 脈脈不得語：維寶箋：「五字俱仄聲之詩亦不可廢棄也。」《探源》：「依照劉滔的説法，五言詩平常要有二至三個平聲字，而詩句可以是『平平平仄平』，或『仄平仄仄仄』，這正符合後來的律詩『平平仄仄平』的最低要求。他引古詩爲例，但對古詩似不苛求，所以説『此則不相廢也』。他以陽聲和陰聲同歸一入，這與天卷《調四聲譜》的韻紐圖相同。」《譯注》：「（脈脈不得語）聲調爲『入入入入上』，五字全部平聲之外，就是屬於仄聲。和這一句對應的上句，『盈盈一水間』，聲調爲『平平入上平』，可能是認爲即使下句全部是仄聲，也能暫且保持二句間聲調的平衡。」

㉓ 鹽梅：《文心雕龍・聲律》：「聲得鹽梅，響滑榆槿。」

㉔ 宫羽調音：《宋書・謝靈運傳論》：「欲使宫羽相變，低昂互節。」

㉕ 何偉棠《永明體到近體》：這段文字的價值和意義在於，「在字聲的選用方面，它特别重視平聲，强調多用平聲」；「在聲律格式的調組方面，它另闢蹊徑，首創舉平聲之法」；「在用字位置的安排方面，它提到了一項使平聲『居其要』的原則」。它「較有系統地闡明了一個以平聲爲中心，使四聲實際分别爲平仄兩類的二元化的詩律理論」。

關於蜂腰之解釋：

《蔡寬夫詩話》：「聲韻之興，自謝莊、沈約以來，其變日多，四聲中又別其清濁，以爲雙聲，一韻者以爲疊韻。蓋以輕重爲清濁爾，所謂『前有浮聲，則後有切響』是也。王融《雙聲詩》云：『園蘅眩紅蘤，湖荇燡黄華。迴鶴横淮翰，遠越合雲霞。』以此求之可見。自唐以來，雙聲不復用，而疊韻間有。杜子美『卑枝低結子，接葉暗巢鶯』，白樂天『户大嫌甜酒，才高笑小詩』之類，皆因其語意所到，輒就成之，要不以是爲工也。陸龜蒙輩遂以皆用一音，引『後牖有朽柳，梁王長康强』爲始於梁武帝，不知復何所據。所謂蜂腰鶴膝者，蓋又出於雙聲之變，若五字首尾皆濁音，而中一字清，即爲蜂腰。首尾皆清音，而中一字濁，即爲鶴膝，尤可笑也。」（《苕溪漁隱叢話》前集卷二引，人民文學出版社一九八一年）

《杜詩詳注》卷一《鄭駙馬宅宴洞中》仇兆鰲注：「《蔡寬夫詩話》云：『蜂腰鶴膝，蓋出於雙聲之變。若五字首尾皆濁音，中一字獨清，則兩頭大而中間小，即爲蜂腰。若五字首尾皆清音，中一字獨濁，則兩頭細而中間粗，即爲鶴膝矣。』今按張衡詩『邂逅承際會』，是以濁夾清，爲蜂腰也。如傅玄詩『徽音冠青雲』，是以清夾濁，爲鶴膝也。」

劉大白《白屋説詩》歸納爲二説：「（一）在五言停（盛江案：當作「詩」字）中，第二字和第五字忌用同聲」，「這是《詩苑類格》、《文鏡秘府論》、《詩人玉屑》、《丹鉛總録》、《冰川詩式》、《二中歷》和《拾芥抄》等所主張的」；「（二）不論五言和七言，第二字和第四字忌用同聲，而求合乎近體詩所謂『四二不同』的聲律。這是《作文大體》和《藝苑卮言》所唱導，而《文鏡秘府論》也取爲一説」；「（三）以五言停底首尾都是濁言，而中一字獨是清音爲忌。這是《蔡寬夫詩話》所説，而《詩法度鍼》所取的」（中國書店，一九八三年）。劉大白《舊詩新話》：「蜂腰是指第三字與第八字同聲的病」，因爲「第三字和第八字都在五言句底腰上」（中國書店，一九八三年）。

《「文二十八種病」考》歸納各家關於蜂腰病之不同説法爲三：「（一）五言詩二、五同聲的病」；「（二）沈約説（劉善經一句中之上尾），把五言分爲上二字、下三字二部分，各句尾字（即二、五）音調上必須有清楚的句讀」，「劉滔擴大到賦頌，一句如○○●，○○○●那樣句讀的情況下，把三和五（盛江案：當爲七）作爲蜂腰（一句中上尾之意）」；「（三）劉滔説，忌避第二第四字同聲」。

郭紹虞《永明聲病説》：第二字與第五字同聲爲蜂腰，第五字與第十五字同聲爲鶴膝，「此説卻不甚可信。（一）與蜂腰鶴膝的名稱不很有關係。（二）永明體的聲律衹就兩句而言，此卻論及三句。（三）劉大白謂蜂腰病仄聲可免，平聲卻無從避免，而平平仄仄平的句子，便不能有了（《舊詩新話・八病正誤》）」。「（四）即就律體而言，唐人詩犯此蜂腰病者也是很多」。劉大白以爲「蜂腰是指第三字與第八字同聲的病，鶴膝是指第四字與第九字同聲的病」，對此郭紹虞也不贊成，以爲：「假使也如劉氏所用的方法以律體言之，便不能有『仄仄仄平平，平平仄仄平』的句子了。而且永明體的聲律，還不重在黏對。」郭紹虞以爲：「衹有《蔡寬夫詩話》所言，似較近理。」理由有二：「（一）蜂腰鶴膝之義，當是指兩頭粗中央細者爲蜂腰，兩頭細中央粗者爲鶴膝，並不是指腰與膝的地位。」「（二）蜂腰鶴膝，也以別爲一組而又僅僅是兩頭粗細的分別，所以極易混淆，《文鏡秘府論》引沈氏説云：『人或謂鶴膝爲蜂腰，蜂腰爲鶴膝，疑未辨。』假使果如昔人所説爲第二字第五字或第五字第十五字的關係則極易辨別，又何致誤之有。」「（三）

鍾嶸《詩品序》言『蜂腰鶴膝，閭里已具』，這是聲病初起時人説的，是關於蜂腰鶴膝最早的議論，假使蜂腰鶴膝真是避忌第二字與第五字的同聲，第五字與第十五字的同聲，則何能謂爲『閭里已具』。」

逯欽立《四聲考》：「（蜂腰鶴膝）此兼言同聲同韻同調（四聲）之病。……依詩例，蜂腰者，指第二字第五字不得同聲同韻或同調也。君與甘同聲，步出及尋春同韻，獨飾則同調。沈云：第二字第五字須煞，故此二字其聲韻及調皆須異，否則音韻互沓，即不能煞矣（雖第五字可煞，第二字則不能煞）。」

鈴木虎雄《支那詩論史》：「蜂腰病指犯二五同聲時，頗多疑問。首先，這是説的一般的句子呢，還是就特殊的句子説的，有疑問。」「此病當是就平韻詩上句即不押韻的句子而説的，若是仄韻詩則是就其下句即押韻句子説的。就是説，此病必須是論第五字仄（上去入）的時候，而第五字平聲時則不須論。」

《研究篇》下：蜂腰指二、五同聲，「律詩仄起式的起聯和頸聯，平起式的頷聯和結聯，就要出現二、五同聲。如果禁止這一點，律體就不能成立。但是，若是平韻，則二、五同聲相當於仄字，仄字因有上去入的不同，可以參差互用，平聲就没有這種便利。這樣看來，蜂腰可以適用於平韻詩的上句，但不適用於仄韻詩的上句。仄起式起聯和頸聯的下句，平起式頷聯和結聯的下句，都要産生二、五同聲」。「《秘府論》的詩病説祇用律體的標準簡單地加以理解是不行的，這從同一條所引用的劉滔之説和律體不相容也可以知道這一點」。「劉滔之説容許五言中的四平聲和一平聲。若四平聲當然是孤仄，孤仄是律體所忌避的。誠然，孤仄的例子並不是完全没有，而孤平（一平聲）在律體中是最嫌忌的，第二字的孤平更是絶對不會有的」。「因爲第二字用平聲是爲回避蜂腰，而既然第五字是仄聲，第二字若不是平聲就必然要犯蜂腰。就是説,隋代爲了回避蜂腰,第二字甚至特意採用孤平,至於是否合於律的規格,本來就不成爲問題」。

《研究篇》不贊成郭紹虞以《蔡寬夫詩話》説解釋蜂腰鶴膝,謂:「第一,即使永明體的蜂腰鶴膝是清濁之病,也未説明爲什麽後來轉變成聲調之病,當然也不可能指出其轉變過程。」「第二,隋人把蜂腰鶴膝解釋成聲調之病,而且引用沈氏之説予以證明。劉善經認爲蜂腰是『第二字不得與第五字同聲』,引用沈約『五言之中,分爲兩句,上二下三。凡至句末,並須要殺』的説法作爲證據,而且平頭上尾和蜂腰鶴膝,由於下一個字都是頭尾腰鶴這種身體上的名稱,因此可認爲是同範疇的病犯。」「第三,假定蜂腰鶴膝是清濁病,那就和同樣是頭音病的正紐傍紐相重複。」

馮春田《永明聲病説的再認識》:「蜂腰就是指五言詩一聯兩句第三位上的字同去聲。」因爲按照《文鏡秘府論》的解釋,「『四子詩』一句中第二字與第五字同聲,就是犯蜂腰病的有三十九例」,「這與所謂『闇與理合』又是不相符合的」,而沈約五言詩犯蜂腰病的將有很多。而「考察『四子詩』,一聯兩句當中第三字同平聲的有十一例,同上聲、同去聲和同入聲的各二例」,「沈約五言詩一聯兩句第三字同其他聲的並不少見,惟有同去聲的很少見」。從定名上説,「五言詩一聯中央二字同去聲叫『蜂腰』,一是去聲低下,二是位於一聯中央,所以纔稱它爲『蜂腰』。《文鏡秘府論》天卷講『護腰』,稱『腰謂五字之中第三字』,可以參證」。「《南史·周弘直傳》説:『或問:三周孰賢?人曰:若蜂腰矣。』三周,指長兄弘正、次弘讓、幼弘直三兄弟。『蜂腰』這裏是指中間的低下,用來譏刺排行在中的弘讓不如前後的兄弟。此例的『蜂腰』指中央，可以作爲我們認爲『蜂腰』指五言詩一聯中央二字同去聲的旁證」。

清水凱夫《沈約聲律論考》：若二、五同聲爲蜂腰病，則「一百零三首沈詩中，犯則多達六十七首一百二十九個，符合規則的不過三十六首，犯則詩超過百分之六十五。所以很難説沈約是以此説爲標準進行創作的」。若第二字與第五字「同去上入」時爲「病」，「同平聲」時不爲「病」，「一百零三首沈詩中，犯則詩不過十首十三個，九十三首大半以上的詩皆符合規則。從這個結果看來，恐怕可以説這就是沈約所謂『蜂腰』的規則」。

金子真也《聲律説和空海》統計空海詩作犯蜂腰病者，五言詩一句中第二字和第五字犯者二十一例，如果平聲非病，則違反者衹有四例。

楊明《蜂腰鶴膝旁紐正紐辨》：「蔡寬夫之説與永明聲病説的蜂腰、鶴膝實在並非一回事」。「第一，沈約、劉滔釋蜂腰，正是指五言詩一句第二、第五字的問題」。「第二，細審上引蔡寬夫之語，可知他所謂蜂腰鶴膝並非指聲病，而是指一種帶有文字遊戲性質的詩體。『四聲中又別其清濁以爲雙聲，一韻者以爲疊韻』，意謂作詩用字不但講究四聲，又區別字母之清濁而爲雙聲詩，使用同一韻部之字而爲疊韻詩。他所説的『清濁』，正應以等韻學之清濁即字之清濁釋之」，「蔡氏所謂『別其清濁以爲雙聲』，意即詩中多用相同（或相近）字母的字，亦即多用雙聲字，此種詩稱爲雙聲詩。而因字母皆分清濁，故曰『別其清濁』，如所舉王融雙聲詩，二十字凡十三字爲喉音匣母，六字爲喉音喻母，一字爲喉音曉母。匣音爲濁，喻母爲次濁，曉母爲清」。蔡氏所説「蓋以輕重爲清濁」的「輕重」，不一定與沈約相同，而「與（宋代）《反音頌》、《七音略序》一樣，是就聲母而言」。「蔡氏所謂『蜂腰鶴膝者，蓋又出於雙聲之變』云云，乃是説由雙聲詩中，又變化出蜂腰詩和鶴膝詩來。若雙聲詩的一句五字之中首尾用濁聲字母，中間一字用清聲字母，即爲蜂腰詩，反之則爲鶴膝詩。他不以此種遊戲式的詩體爲然，所以説『尤爲可笑也』。此段話中所説王融雙聲詩、陸龜蒙疊韻詩，均是遊戲詩體。緊接着便説蜂腰鶴膝，也自然是指遊戲詩體，不可能忽然又扯到聲病説上去」。關於郭紹虞所説的「後來律體也不以此爲病犯」，楊明説：「竊以爲由齊梁聲病説到唐代律體的成立，有頗長的發展過程，恐不能説後者不以爲病的，前者也不一定不以爲病。」關於「與蜂腰鶴膝的名稱没有關係」，楊明曰：「千載之下，祇能做一些揣測。蜂之腰兩頭粗中間細，鶴之膝兩頭細中間粗，都是兩端相同。五言句的二、五兩字，相對於第四字，可視作兩端，若以三句而言，一、三兩句末，相對於第二句末，也可視爲兩端。其兩端同聲調，故謂之蜂腰或鶴膝。」

何偉棠《永明體到近體》：「蜂腰條要求一句之内居前的那個二字節的末字不與居後的那個三字節的末字同聲相犯。」「『蜂腰』條似乎祇規定了第二字，其實是兼管前頭的第一字的。」「空海書在『平頭』條下採録的『異説』就有這樣一段關於此寬彼嚴的話：『上句第一字與下句第一字，同平聲不爲病；同上去入聲一字即病（按，此即我們所説的第一字寬）。若上句第二字與下句第二字同聲，無問平上去入，皆是巨病（按，此即我們説的第二字嚴）。』依此類推，蜂腰條所提到的第五字也該是連其上的第三、第四字一起來講的，第三、第四、第五是三個音合成的一個音步，即三個音共爲一個三字節。」

蔡瑜《唐詩學探索》：「由於五言第二字是節奏頓挫處，第五字則是句尾，此病乃在規範一句之中兩個節奏點應迭代四聲，以免兩頭因重複而顯粗重頓斷，中央則相對過細。」

第四，鶴膝①。

鶴膝詩者②，五言詩第五字不得與第十五字同聲。言兩頭細，中央粗，似鶴膝也，以其詩中央有病③。詩曰：「撥棹金陵渚〔一〕，遵流背城闕。浪蹙飛船影〔二〕，山掛垂輪月〔三〕④。」又曰〔四〕：「陟野看陽春〔五〕，登樓望初節。緑池始霑裳，弱蘭未央結⑤。」

釋曰〔六〕：取其兩字間似鶴膝〔七〕⑥，若上句第五「渚」字是上聲，則第三句末「影」字不得復用上聲，此即犯鶴膝⑦。故沈東陽著辭曰〔八〕⑧：「若得其會者，則脣吻流易；失其要者，則喉舌蹇難〔九〕⑨。事同暗撫失調之琴〔一〇〕，夜行坎壈之地〔一一〕⑩。」

蜂腰、鶴膝，體有兩宗，各立不同〔一二〕。王斌五字制鶴膝，十五字制蜂腰⑪，並隨執用⑫。

【校記】

〔一〕「棹」，三寶、高甲、醍甲、仁甲、義演本作「掉」。

〔二〕「蹙」，六寺本作「慼」，松本、江户刊本、維寶箋本作「戚」。

〔三〕「掛」，原作「桂」，三寶、高甲、高乙、醍甲、仁甲、楊、義演本同，據六寺、江户刊本、維寶箋本改。

〔四〕「曰」，松本、江户刊本、維寶箋本作「云」。

〔五〕「陟」，維寶箋：「『陟』疑『涉』訛。」

〔六〕「曰」，松本、江户刊本、維寶箋本作「云」。

〔七〕「似」，原作「以」，各本同。《札記續記》：「『以』爲『似』訛。」《校注》改作「似」，云：「上文云：『似鶴膝。』梅聖俞《續金針詩格》云：『所以兩頭細，中心粗，似鶴膝之形。』字俱作『似』。」周校、《譯注》亦並作「似」，今從之改。

〔八〕「沈」，楊本作「洗」。「沈」字下原有「玉」字，各本同。維寶箋：「恐『玉』字衍，應沈東陽，沈東陽，沈約也。」維寶箋本加地哲定注：「當作『約』。」《「文二十八種病」解説》：「案『玉』字爲『約』誤。」《考文篇》：「（維寶箋）甚是，蓋『玉』係『東』字草體之訛。鈴木博士《沈休文年譜》云：『約永明十一年爲東陽太守。』」《校勘記》：「『玉』爲『約』之訛。」維寶箋是，今從之删「玉」字。

〔九〕「蹇」，原作「塞」，據楊、六寺本改。

〔一〇〕「事同」，《「文二十八種病」解説》以「事」作「而」，謂：「諸本作『事』字，非也，蓋『事』與『而』草體相似。」「琴」，原作「瑟」，三寶、六寺本同，三寶本右旁注「琴草本」，據高甲、高乙、江户刊本、維寶箋本改。

〔一一〕「坎壈」，原作「壈炊」，醍甲、仁甲、義演本同，三寶、六寺本作「壈坎」，三寶本注「炊」，據高甲、高乙、江户刊本、維寶箋本改。

〔一二〕「立」，《校注》作「互」，曰：「『互』，原作『立』，今從《無點本》校改。」盛江案：《校注》誤，《考文篇》：「加地師校語云『立』，高山寺乙本作『互』，是尤妄誕，高山寺乙本實作『立』，或人據加地師校語改作『互』，非也。」盛江案：王利器所謂《無點本》即高山寺乙本。加地哲定校語見維寶箋。

【考釋】

①鶴膝：《研究篇》下：「左思《吴都賦》有『家有鶴膝』，李善注：『上大下小，謂之鶴膝。』」《校注》：「《類説》四九引《盧氏雜説》：『有舉人以詩謁沛師王智興，智興曰：莫有鵝腿子否？謂鶴膝也。』則此病又有『鵝腿子』之名。又按：《文選》五左太沖《吴都賦》：『家有鶴膝。』劉淵林注：『鶴膝，矛也，矛骹如鶴脛，上大下小，謂之鶴膝。』則矛亦有『鶴膝』之名，且其形爲『上大下小』，而非『兩頭細，中央粗』也。」《譯注》：「把鶴之脚用作比喻，揚雄《方言》卷九：『凡矛骹細如雁（或「鶴」之誤）脛，謂之鶴膝。』」「作爲聲病之名，和蜂腰一樣，最早見於《詩品序》。」

②鶴膝詩者：《考文篇》：「『鶴膝詩者』以下至『並隨執用』，上官儀説。」《札記續記》：「『鶴膝詩者』以下至『中央有病』，《文筆式》。説詳下。盛江案：八病首段爲《文筆式》，説已見前。雜編各家之説，其中或有沈約所引之例，有沈約原説，有王斌五字制鶴膝，十五字制蜂腰之説。

③「言兩頭」四句：《札記續記》：「『顯然，『兩頭』指第五字和第十五字，『中央』指第十字。之所以把這叫作『兩頭細，中央粗』，是説由於把押韻的第十字夾住，第五字和第十字同聲，兩端的音變得平板，因此第十字音明顯的特别强，而韻律的協調受到損害。」

梅維恒、梅祖麟《梵語對近體詩形成之影響》：「中國人與印度人看待詩歌結構並對之作説明時，在方式上有一個根本的歧異。一個梵語的半句詩（半行詩），等於中國的四句詩（絶句）中的一行。換言之，中國人看作詩的四行的東西，印度人看作是二行詩（每行包括兩個半行〔半拍〕）。假如給出一個梵語的詩例，一個熟悉梵語的中國人將會視Samudga—Yamaka爲要求避免相連句子中的音節的重複。

漢語中類比物應是『上尾』，但是一個中國人對梵語傳統較之印度人更爲陌生，故觀察同樣的例子，從一個中國人的視角，將會看Samudga—Yamaka爲要求鼓勵替换詩行音節的重複。在奇數行的最末音節避免聲音的重複當然是不可能的，因爲這些載有韻律的音節，必須應在四聲的同一個聲調之中。避開奇數行最末音節在聲調上的重複的唯一可能的闡釋，這個闡釋類似的東西，其結果就是『鶴膝』。」

④「撥棹」四句：詩題及撰者未詳。第一句末「渚」和第三句末「影」都爲上聲字，故犯鶴膝。《眼心抄》：「上之犯。」

逯欽立《四聲考》：「此條未引沈説。又沈約言聲律，皆止於十字兩句，與此第五字第十五字之説不同，且第五字與第十五字同聲，亦毫無兩頭細中央粗之現象可言。疑《秘府論》此説已涉傳誤，殆不盡符舊義也。依所舉詩例，渚與影皆上聲字，似此爲鶴膝也。」

⑤「陟野」四句：詩題及撰者未詳。《詩家全體》引沈約「八病」鶴膝病、傳《魏文帝詩格》「八病」引此四句。參「第八正紐」後附録。《眼心抄》：「平之犯。」初節：《校注》：「初節，謂元日。魏文帝《孟津詩》：『良辰啓初節，高會構歡娱。』許敬宗《元日應制詩》：『天正開初節，日觀上重輪。』」

⑥取其兩字間似鶴膝：《「文二十八種病」解説》：「『取其』以下八字難訓。」此二句《「文二十八種病」考》譯作：「（於第一第三句末）取（同聲的）二字，其間（如果隔一句）就像鶴膝一樣。」《札記續記》譯作：「（這個名目）取其兩字間似鶴膝。」

⑦《札記續記》：「因爲有『若上句第五渚字云云』，可知這一條和『撥棹金陵渚』的例詩同一系。這

一條的原典，可能是六朝末或初唐時題爲『詩格』的著作。」

⑧「故沈」句：沈東陽：沈約。《梁書》本傳：「隆昌元年（四九四），（約）除吏部侍郎，出爲寧朔將軍，東陽太守。」鈴木虎雄《支那詩論史》：「約之此辭，未詳出於何文，俟考。」《考文篇》：「『沈東陽』以下至『坎壈之地』，上官儀所引沈約説。」《四聲指歸定本箋》：「鶴膝病下沈東陽之辭，乃《秘府論》轉引唐上官儀之説。」盛江案：爲《文筆式》引沈約説。

⑨「若得」四句：維寶箋：「流易，無滯云流易。《漢書·東方朔傳》：『樹頰胲，吐脣吻。』」盛江案：鍾嶸《詩品序》：「但令清濁通流，口吻調利，斯爲足矣。」《文心雕龍·聲律》：「吐納律呂，脣吻而已。」「吹律胸臆，調鍾脣吻。」《金樓子·立言》：「脣吻遒會，情靈搖蕩。」本書天卷《四聲論》：「然其聲調高下，未會當今，脣吻之間，何其滯歟。」並以脣吻喻聲韻。

⑩「事同」二句：梁沈約《與陸厥書》：「若以文章之音韻，同絃管之聲曲，則美惡妍蚩，不得頓相乖反，譬由子野操曲，安得忽有闡緩失調之聲。」（《南齊書·陸厥傳》）坎壈：維寶箋：「坎壈，不平也，《顔氏家訓》上曰：『然人有坎壈，失於盛年。』」

⑪「蜂腰」五句：維寶箋：「蜂腰等，示蜂腰、鶴膝不一軌也。沈約之蜂腰，王斌之鶴膝。王斌之鶴膝，乃沈約之蜂腰也。」

《校注》：「（王斌五字制鶴膝十五字制蜂腰）此當出王斌《五格四聲論》。」

⑫《札記續記》：「從這一條（盛江案：『釋曰』以下）可以考慮以下問題：（一）聲病説雖然傳爲沈約

創説，但其源流並不是祇有沈約一説，而有别家之説與之並行。（二）沈約説和王斌説雖然都載録蜂腰、鶴膝兩個名目，但兩説其内容有異。（三）沈約八體説中，至少蜂腰、鶴膝不是他的創説。總之，齊梁之交的聲病説不僅沈約和王斌兩説對立，當時圍繞這個問題展開了熱烈的討論，這是不難想像的。但其結果是，作爲文學大家的沈約之説占據了優勢地位而成爲定説，以至於被沈約獨占其功。」

王夢鷗《初唐詩學著述考》：「此病，（傳魏文帝）《詩格》與《秘府論》引詩，雖大意相同而押韻全異，惜以此等詩，未能傳後，無以勘定何者爲正。《秘府論》釋語，特引沈約王斌二説，蓋蜂腰鶴膝之名與實，向有相反之言，《秘府論》復引劉善經之説曰：『沈氏云：人或謂鶴膝爲蜂腰，蜂腰爲鶴膝。疑未辨。』蓋此二病名，自沈約時，即已莫定，故曰『並隨執用』也。」

或曰〔一〕①：如班姬詩云②：「新裂齊紈素，皎潔如霜雪。裁爲合歡扇，團團似明月③。」「素」與「扇」同去聲是也。此云第三句者，舉其大法耳。但從首至末，皆須以次避之，若第三句不得與第五句相犯〔二〕，第五句不得與第七句相犯。犯法準前也。

【校記】

〔一〕「或曰」，六寺本左旁注「筆札曰」，三寶本眉注「筆札」，「筆札」二字用朱筆劃掉，其左有朱筆改「或」，又其右朱筆注「證本下書之」，天海本眉注「證本下書」。

〔二〕「第五句」之「句」字原脱，各本同，據周校本補。

【考釋】

①或曰：《「文二十八種病」考》：「平頭、上尾的『或曰』，三寶院本加傍注『或元兢本』『或髓腦如本』，而鶴膝的『或曰』傍注『或筆札』，這些注記根據什麽未詳。」盛江案：三寶院本多保留空海自筆草本痕跡，此處之注記，當爲原本照録草本痕跡。

《考文篇》：「『或曰如班姬詩』以下至『準前也』，《筆札華梁》有而《文筆式》無之説。」「筆札」參地卷《六志》考釋。

《札記續記》：「三寶院本和天海藏本注爲『筆札』。但是這一條和《金針詩格》八病中的論述也大體一致。《筆札》祇有這一條被引用，和其他不太平衡，感到其筆致和（六）（盛江案：指《文筆式》）類似，我懷疑，與其依據三寶院本和天海藏本的注，不如相信《金針詩格》的記載。」因此中澤氏以爲這一條是《文筆式》。盛江案：仍當據三寶本、六寺本注，此條屬《筆札華梁》。

《譯注》：「祇有鶴膝章未引元兢説。」

②班姬：即班婕妤。

③「新裂」四句：出班婕妤《怨歌行》，參「第三蜂腰」條「班婕妤詩」考釋。《詩家全體》引沈約「八病」鶴膝病及《續金針詩格》亦引此四句。參「第八正紐」後附録。

劉氏云〔一〕①：鶴膝者，五言詩第五字不得與第十五字同聲〔二〕。即古詩云〔三〕「客從遠方來，遺我一書札。上言長相思，下言久離别」是也②。皆次第相避，不得以四句爲斷③。吴人徐陵④，東南之秀⑤，所作文筆，未曾犯聲。唯《横吹曲》〔四〕⑥：「隴頭流水急〔五〕，水急行難渡。半入隗囂營，傍侵酒泉路。心交贈寶刀〔六〕，少婦裁紈袴〔七〕。欲知别家久，戎衣今已故⑦。」亦是通人之一弊也⑧。

凡諸賦頌，一同五言之式。如潘安仁《閑居賦》云⑨：「陸攎紫房〔八〕⑩，水掛赬鯉〔九〕。或宴于林，或禊于汜〔一〇〕⑪。」即其病也。其諸手筆，第一句末不得犯第三句末，其第三句末復不得犯第五句末，皆須鱗次避之。温、邢、魏諸公⑫，及江東才子⑬，每作手筆⑭，多不避此聲。故温公爲《廣陽王碑序》云⑮：「少挺神姿⑯，幼標令望〔一一〕⑰。顯譽羊車⑱，稱奇虎檻⑲。」邢公爲《老人星表》云⑳：「定律令於遊麟〔一二〕㉑，候宣夜於鳴鳥㉒，醴泉代伯益之功㉓，甘露當屏翳之力㉔。」魏公爲《赤雀頌序》云〔一三〕㉕：「能短能長，既成章於雲表；明吉明凶，亦引氣於蓮上〔一四〕㉖。」謝朓《爲鄱陽王讓表》云〔一五〕㉗：「玄天蓋高㉘，九重寂以卑聽㉙；皎日著明㉚，三舍迴於至感㉛。」任昉《爲范雲讓吏部表》云㉜：「寒灰可煙㉝，枯株復蔚㉞。鎩翮奮飛㉟，奔蹄且驟㊱。」王融《求試效啓》云㊲：「蒲柳先秋㊳，光陰不待。貪及明時，展志愚效〔一六〕㊴。」劉孝綽《謝散騎表》云㊵：「邀幸自天〔一七〕，休慶不已〔一八〕。假鳴鳳之條〔一九〕㊶，躡應龍之跡㊷。」諸公等㊸，並鴻才麗藻㊹，南北辭宗㊺，動静應於風雲，咳唾合於宫羽〔二〇〕㊻，縱情使氣㊼，不在此聲〔二一〕㊽。後進之徒，宜爲楷式㊾。

其詩、賦、銘、誄〔二二〕，言有定數，韻無盈縮㊿，必不得犯，且五言之作，最爲機妙(51)，既恒充口實〔二三〕(52)，病累尤彰，故不可不事也。自餘手筆，或賒或促〔二四〕，任意縱容〔二五〕，不避此聲，未爲心腹之病(53)。又今世筆體，第四句末不得與第八句末同聲〔二六〕，俗呼爲踏發聲〔二七〕(54)。譬如機關，踏尾而頭發〔二八〕，以其軒輊不平故也〔二九〕(55)。若不犯此病，謂之鹿盧聲〔三〇〕(56)，即是不朽之成式耳。沈氏云〔三一〕(57)：「人或謂鶴膝爲蜂腰，蜂腰爲鶴膝。疑未辨(58)。」然則孰謂公爲該博乎！蓋是多聞闕疑，慎言寡尤者歟〔三二〕(59)。

【校記】

〔一〕「劉氏」，三寶本左旁注「善經」並朱筆抹消，右朱筆注「劉氏」，六寺本左旁注「善經」。

〔二〕「同聲」下原有「々」，高甲、高乙、醍甲、仁甲、義演本同，據三寶、六寺等本删。

〔三〕「云」，松本、江户刊本、維寶箋本作「曰」。

〔四〕「曲」，原無，高乙本同，據三寶、高甲、醍甲、仁甲、楊、六寺等本補。

〔五〕「水急」，楊本無。

〔六〕「交」，三寶本作「文」，旁注「交」。

〔七〕「少」，原作「小」，醍甲、楊、江户刊本同，據三寶、高甲、高乙、六寺本改。

〔八〕「攎」，楊、六寺本、《文選》作「擿」，《眼心抄》作「摘」。

〔九〕「挂」，原作「桂」，三寶、高甲、高乙、醍甲、仁甲、楊、義演本同，據六寺、江户刊本、維寶箋本改。

〔一〇〕「氾」，三寶本作「泡」，左朱筆注「洱于反水名也」，天海本注「詳于切水名也」。

〔一一〕「幼」，原作「幻」，高乙本同，三寶本作「輿」，注「幼」，據高甲、醍甲、六寺等本改。「令」，六寺本作「金」，三寶本作「今」，注「令イ」。

〔一二〕「鱗」，松本、江户刊本、維寶箋本作「鳞」。

〔一三〕「云」，松本、江户刊本、維寶箋本作「曰」。

〔一四〕「亦」，三寶本無。「引」，三寶、天海本作「充」。

〔一五〕「眺」，原作「晀」，醍甲、仁甲、六寺、義演、松本、江户刊本、維寶箋本同，據三寶、高甲等本改。「表」，原無，各本同，從周校本補。

〔一六〕「志」，《校勘記》：「『志』爲『悉』訛。」《校注》：「《南齊書·王融傳》『志』作『悉』，未可據。」《譯注》、林田校本據《南齊書》改作「悉」。今姑從《校注》。

〔一七〕「邀幸」，原無，高乙本同，據三寶、高甲、醍甲、六寺本補。

〔一八〕「休」，原作「体」，醍甲、義演本同，據三寶、高甲等本改。「慶」，三寶本作「痴」，注「慶」。

〔一九〕「鳳」，原作「風」，據三寶、高甲、醍甲、楊、六寺等本改。

〔二〇〕「咳」，江户刊本作「該」，維寶箋本作「𧿳」。

〔二一〕「此」，高乙本作「比」，江户刊本、維寶箋本作「其」，注「此イ」。

〔二二〕「誄」，三寶本作「詠」，旁注「誄」，仁甲本作「誅」。

〔二三〕「充」，原作「宛」，各本同。《四聲指歸定本箋》：「案『充』字六朝寫體似『宛』字，故讀者多誤爲『宛』。」今從之改。

〔二四〕「賖」，《「文二十八種病」解説》作「徐」，注云：「諸本作『賖』非也。」《考文篇》：「西澤師云『賖』字當必是『徐』字，非是，悉曇書常用『賖切』之語。不知而曲爲之説，似太鑿矣。」

〔二五〕「縱容」，豹軒藏本鈴木虎雄注：「『縱』當作『從』。」

〔二六〕「第四句」之「句」字醍甲、義演本無。

〔二七〕「踏」，原作「蹹」，高甲、醍甲、仁甲、楊、義演本同，據三寶、六寺、江户刊本、維寶箋本改。

〔二八〕「機關踏尾」，高乙本作「踏機關尾」。「頭」，三寶本作「交」，注「頭」，醍甲、義演本作「顯」，醍甲本眉注「頭」。

〔二九〕「輊」，原作「輕」，各本同。維寶箋：「『輕』恐『輊』歟。」今從之改。「不平」上原有「和」字，三寶本同，「和」字三寶本用朱筆消之，據高甲、醍甲、六寺本删。高乙本「和」作「加」。

〔三〇〕「謂」，醍甲、仁甲、義演本作「顯」。「鹿盧」，三寶、天海本左旁注「轆轤略之歟」。

〔三一〕「云」，松本、江户刊本、維寶箋本作「曰」。

〔三二〕維寶箋本箋文後題記「元文元年夏六月二十九日殺青訖　沙門維寶／文鏡秘府論箋卷第十四　終」。元文元年爲公元一七三六年。

【考釋】

①劉氏云：據三寶本、六寺本旁注，此以下至「寡尤者歟」爲劉善經說。

②「客從」四句：出《古詩十九首》其十七，全詩爲：「孟冬寒氣至，北風何慘慄。愁多知夜長，仰觀衆星列。三五明月滿，四五詹兔缺。客從遠方來，遺我一書札。上言長相思，下言久離別。置書懷袖中，三歲字不滅。一心抱區區，懼君不識察。」（《文選》卷二九）此四句《詩苑類格》、《冰川詩式》引沈約「八病」鶴膝病及《金針詩格》「八病」亦引。參「第八正紐」後附録。

③不得以四句爲斷：《「文二十八種病」解説》：「謂不衹限定首四句而論此病犯，應該第三和第五、第五和第七，次第相避。」

④吴人：北朝人對南朝人之稱謂。參見天卷《四聲論》「吴人劉勰」考釋。徐陵（五〇七—五八三）：南朝梁陳間詩人、駢文家，字孝穆，祖籍東海郯（今山東郯城）人，《陳書》卷二六、《南史》卷六二有傳。

⑤東南之秀：《譯注》：「《爾雅·釋地》：『東南之美者，有會稽竹箭。』」《三國志·吴書·陸抗傳》裴松之注引《機雲别傳》：「機兄弟既江南之秀，亦著名諸夏。」《世説新語·言語》：「會稽賀生，體識清遠，言行以禮，不徒東南之美，實爲海内之秀。」《四聲指歸定本箋》：「此云吴人徐陵，與《四聲論》同一口吻。」

⑥《横吹曲》：樂府古題。

⑦「隴頭」八句：見《樂府詩集》卷二一横吹曲辭陳張正見《隴頭水》二首其二，下一「水急」作「流急」，「半入」作「遠入」，「贈」作「賜」，「少婦」作「小婦」，「裁」作「成」。現行徐陵文集未收此詩，《樂府詩集》卷二一有徐陵《隴頭水》一首，但非此詩。第三句末「營」與第五句末「刀」同平聲，犯鶴膝。隗囂：字季孟，漢天水成紀人，《後漢書》卷一三有傳。

⑧通人：《論衡·超奇》：「博覽古今者爲通人。」《抱朴子·尚博》：「故通人總原本以括流末，操綱領而得一致焉。」

⑨潘安仁：潘岳，見天卷《四聲論》考釋。《閑居賦》：收入《文選》卷一六。維寶箋：「翰曰：『《禮記》有《閑居篇》，岳取以爲賦名。』」

⑩陸摭紫房：李善注：「馬融《高第頌》曰：『黄果揚芳，紫房潰漏。』張載《安石榴賦》：『紫房獨熟。』」

⑪或禊于汜：李善注：「《風俗通》曰：『禊者，絜也，仲春之時，於水祓除，故事取於清絜也。』《爾雅》曰：『窮瀆曰汜。』郭璞注曰：『水無所通也。』《爾雅》曰：『水決復入曰汜。』」

以上所引《閑居賦》四句，「房」與「林」共平聲，犯鶴膝。

⑫温、邢、魏：温：温子昇（四九五—五四七），北魏文人，字鵬舉，自稱太原人，《魏書》卷八五、《北史》卷八三有傳。邢：邢邵（四九六—？），北齊文人，字子才，河間鄚人，《北齊書》卷三六、《北史》卷四三有傳。魏：魏收（五〇六—五七二），北齊文人，字白起，巨鹿下曲陽（今河北晉縣西）人，《北齊書》卷

三七、《北史》卷五六有傳。

⑬江東才子：即指下文所舉謝朓、任昉、王融、劉孝綽等。《四聲指歸定本箋》：「此亦北人口吻。」

⑭手筆：指文筆，釋已見前。

⑮《廣陽王碑序》：此序《温侍讀集》佚載。廣陽王：謂北魏廣陽王元淵。

⑯神姿：維寶箋：「《世説》曰：『淵既神姿鋒穎。』」

⑰令望：《詩·大雅·卷阿》：「令聞令望。」

⑱顯譽羊車：《世説新語·容止》注引《玠别傳》：「（衛玠）齠齔時乘白羊車於洛陽市上，咸曰：『誰家璧人？』」

⑲稱奇虎檻：維寶箋引《搜神記》：「漢江之域，貙人能化爲虎。長沙居民作檻捕虎，檻發明日，衆人共往格之，見一亭長，赤幘大冠，在檻中坐。因問：君何以入此中。亭長大怒，曰：昨忽被縣召，夜避雨誤入此中，急出我。民曰：君見召，不當有文書耶。即出懷中召文書，於是即出之，尋視乃化爲虎。」《校注》引《世説新語·雅量》：「魏明帝於宣武場上斷虎爪牙，縱百姓觀之。王戎七歲，亦往看。虎承間攀欄而吼，其聲震地，觀者無不辟易顛仆。戎湛然不動，了無恐色。」《譯注》：「虎檻，可能據解除虎害的後漢宋均的故事。」引《後漢書》卷七一《宋均傳》：「遷九江太守。郡多虎暴，數爲民患，常募設檻穽，而猶多傷害。均到，下記屬縣曰：『夫虎豹在山，黿鼉在水，各有所託，且江淮之有猛獸，猶北土之有鷄豚也。今爲民害，咎在殘吏，而勞勤張捕，非憂恤之本。其務退姦貪，思進忠善，可一去檻穽，除削課制。』

其後傳言虎相與東遊渡江。」盛江案：《碑序》寫廣陽王「少挺神姿，幼標令望」，據此意，當以王戎觀虎事爲是。

以上四句，「姿」與「車」爲平聲，犯鶴膝。

⑳《老人星表》：楊守敬注：「今佚。」《老人星表》收入《藝文類聚》卷一天部星，但無以下數句。老人星：維寶箋：「《漢書・天文志》曰：狼北地有大星，曰南極老人星，見，治安，常以秋分時候之於南郊。」

㉑律令：維寶箋：「杜預《律序》曰：律以正罪名，令以存事制。」遊麟：維寶箋：「晉左思賦曰：『北山亡其翔翼，西海失其遊麟。』」晉潘尼《贈侍御史王元貺》詩：「遊鱗萃靈沼，撫翼希天階。」（《文選》卷二四）李善注：「遊鱗，龍也。」

㉒宣夜：維寶箋：「《抱朴子》曰：宣夜之書亡而郗萌記，先師相傳。宣夜説，天無質，仰而瞻之，高遠無極。」《譯注》：「宣夜，關於天體學説的一種。《後漢書》卷五十九（盛江案：當爲卷八十九）《張衡傳》注引蔡邕説：『言天體者有三家，一曰周髀，二曰宣夜，三曰渾天。宣夜學絶無師法。』」盛江案：此處之宣夜當指司天之官夜間宣報時辰星象等。南齊王融《三月三日曲水詩序》：「挈壺宣夜，辯氣朔於靈臺；書笏珥彤，紀言事於仙室。」（《文選》卷四六）鳴鳥：指鳳凰。梁任昉《天監三年策秀才文》：「鳴鳥蔑聞。」（《文選》卷三六）呂延濟注：「鳴鳥，鳳也。」

㉓醴泉：《禮記・禮運》：「故天降膏露，地出醴泉。」維寶箋引《禮稽命徵》：「王者刑殺當罪，賞賜當

功，得禮之儀，則醴泉出。」伯益：舜時東夷部落的首領，爲嬴姓各族的祖先，相傳伯益助禹治水有功，禹讓位於益，益避居箕山之北。見《書·舜典》、《孟子·萬章上》。維寶箋：「伯益，《論語》曰：『舜有臣五人，而天下治。』注：『五人者，禹、稷、契、皋陶、伯益。』」

㉔甘露：維寶箋引《瑞應圖》：「王者德至於天，和氣感則甘露降於松柏。」屏翳：古代傳説中的神名，所指各異，或謂指雲神，或謂指雷師、指風師，此處當指雨師。《山海經·海外東經》「雨師妾在其北」晉郭璞注：「雨師，謂屏翳也。」陸機《贈尚書郎顧彦先二首》之一：「望舒離金虎，屏翳吐重陰。」（《文選》卷二四）

以上四句，「麟」與「功」共平聲，犯鶴膝。

㉕《赤雀頌序》：《魏特進集》及《全上古三代秦漢三國六朝文·全齊文》佚載。赤雀：傳説中的瑞鳥。《禮記·中庸》：「國家將興，必有禎祥。」孔穎達正義：「言人有至誠，天地不能隱，如文王有至誠，招赤雀之瑞。」維寶箋引《北齊書》：「天保元年，京師獲赤雀，獻於南郊。」孫氏《瑞應圖》：「赤雀者，王者動作應天，則銜書來。」

㉖亦引氣於蓮上：維寶箋：「《史記·龜策傳》曰：龜千歲於蓮葉之上。」

以上四句，「長」與「凶」都爲平聲，犯鶴膝。

㉗謝朓：見天卷《四聲論》考釋。《爲鄱陽王讓表》：《謝宣城集》佚載。鄱陽王：維寶箋：「《帝王譜》四曰：宋文帝下，鄱陽王休業。」《譯注》：「鄱陽王，可能是南齊太祖蕭道成的第七子鄱陽王鏘。」

㉘ 玄天：《易·坤卦·文言》：「夫玄黄者，天地之雜也，天玄而地黄。」蓋高：《詩·小雅·正月》：「謂天蓋高，不敢不局。謂地蓋厚，不敢不蹐。」

㉙ 九重：天子宫殿，引申指天子。《楚辭·九辯》：「豈不鬱陶而思君兮，君之門以九重。」洪興祖注：「君門深邃，不可至也。」

㉚ 皎日：《詩·王風·大車》：「謂予不信，有如皦日。」著明：《易·繫辭上》：「變通莫大乎四時，縣象著明莫大乎日月。」

㉛ 三舍迴於至感：維寶箋引《淮南子·覽冥訓》魯陽援戈，日反三舍之事。《校注》引《吕氏春秋·制樂》：「宋景公之時，熒惑在心。公懼，召子韋而問焉，曰：『熒惑在心，何也？』子韋曰：『熒惑者，天罰也；心者，宋之分野也，禍當於君；雖然，可移於宰相。』公曰：『宰相，所與治國家也，而移死焉，不祥。』子韋曰：『可移於民。』公曰：『民死，寡人將誰爲君乎！寧獨死。』子韋曰：『可移於歲。』公曰：『歲害則民饑，民饑必死，爲人君而殺其民以自活也，其誰以我爲君乎？是寡人之命固盡已，子無復言矣。』子韋還走，北面載拜曰：『臣敢賀君。天之處高而聽卑；君有至德之言三，天必三賞君。今昔熒惑其徙三舍。君延年二十一歲。』公曰：『子何以知之？』對曰：『有三善言，必有三賞，熒惑有三徙舍，舍行七星，星一徙當一年，三七二十一，臣故曰君延年二十一歲矣。臣請伏於陛下以伺候之，熒惑不徙，臣請死。』公曰：『可。』是夕，熒惑果徙三舍。」盛江案：事又見《淮南子·道應訓》和《史記·宋微子世家》。子韋答景公問之事更爲切意。

以上四句，「高」與「明」爲平聲，犯鶴膝。

㉜任昉（四六〇—五〇八）：字彦昇，樂安博昌（今山東）人，齊梁間文人，《梁書》卷一四、《南史》卷五九有傳。《爲范雲讓吏部表》：《四聲指歸定本箋》：「彦昇《爲范雲讓吏部第一表》載於《文選》（卷三八），此蓋其《續讓表》中語也。嚴氏未輯。」范雲（四五一—五〇三）：齊梁間文人，字彦龍。

㉝寒灰：猶死灰。《三國志·魏書·劉廙傳》：「揚湯止沸，使不燋爛，起煙於寒灰之上，生華於已枯之木。」維寶箋引《古詩》：「心死著寒灰。」

㉞枯株：《焦氏易林》卷一：「霜冷蓬室，更爲枯株。」

㉟鎩翮：《世説新語·言語》：「支公好鶴……有人遺其雙鶴，少時翅長欲飛，支意惜之，乃鎩其翮，鶴軒翥不復能飛。」

㊱奔蹄：維寶箋引北周庾信《謝滕王集序啓》：「孫陽一言，奔蹄成於駿馬。」（《庾子山集》卷九）以上四句，「煙」與「飛」均平聲，犯鶴膝。

㊲王融：見天卷《調聲》考釋。《求試效啓》：見《南齊書》卷四七本傳，《校勘記》：「《王融集》作《求自試表》。」《校注》：「《王融傳》此文在《求自試啓》中，不在《乞自效》内，此作《求試效啓》，疑有誤。」盛江案：《南齊書》本傳載此文本無題，而云「啓世祖求自試」，或因此編輯者題爲「求自試啓」，然文中有「展志愚效」，則本有求試其才而效其力之意，或因此一題作「求試效啓」，亦未嘗不可。

㊳蒲柳先秋：《世説新語·言語》：「顧悦與簡文同年，而髮蚤白。簡文曰：『卿何以先白？』對曰：

『蒲柳之姿，望秋而落；松柏之質，經霜彌茂。』」晉崔豹《古今注》卷下：「蒲柳，生水邊，葉似青楊，一曰蒲楊。」

㊴愚效：維寶箋：「《漢書・韓信傳》：願效愚忠。」

以上四句，「秋」與「時」爲平聲，犯鶴膝。

㊵劉孝綽（四八一—五三九）：南朝梁文人，本名冉，字孝綽，以字行，原籍彭城（今江蘇徐州）人，《梁書》卷三三、《南史》卷三九有傳。劉孝綽曾爲散騎常侍，《謝散騎表》當爲其時所作。此表《劉秘書集》、《全上古三代秦漢三國六朝文・全梁文》佚載。

㊶鳴鳳：鳳凰，傳説中瑞鳥。魏何晏《景福殿賦》：「故能翔岐陽之鳴鳳，納虞氏之白環。」（《文選》卷一一）鳴鳳之條指梧桐之枝，《莊子・秋水》：「夫鵷鶵，發於南海而飛於北海，非梧桐不止，非練實不食，非醴泉不飲。」鵷鶵即鳳凰屬。晉陸機《吴王郎中時從梁陳作》詩：「假翼鳴鳳條，濯足升龍淵。」（《文選》卷二六）

㊷應龍：古代傳説中一種有翼的龍。《大業拾遺記》轉引杜寶《水飾圖經》：「禹治水，應龍以尾畫地，導決水之所出。」（《太平廣記》卷二二六，中華書局一九六一年）《楚辭・九問》：「應龍何畫，河海何歷。」（據洪興祖所引另本）漢班固《答賓戲》：「應龍潛於潢汙，魚黿媟之。」（《文選》卷四五）呂延濟注：「應龍，有翼之龍也。」

以上四句，「天」與「條」爲平聲，犯鶴膝。

㊸諸公：維寶箋：「諸公，温、邢、魏、謝、任、王、劉等也。」

㊹鴻才：才能卓越的人。梁裴子野《南齊安樂寺律師智稱法師碑》：「鴻才鉅學，連軸比肩。」（《廣弘明集》卷三二）陳江總《大學講碑》曰：『鳴鳳之占，兼以鴻才。』」麗藻：陸機《文賦》：「遊文章之林府，嘉麗藻之彬彬。」

㊺南北辭宗：《漢書・叙傳》：「多識博物，有可觀采。蔚爲辭宗，賦頌之首。」《文心雕龍・風骨》：「相如賦仙，氣號凌雲，蔚爲辭宗。」文分南北，各有所宗，初唐多有其説，唐盧照鄰《南陽公集序》：「北方重濁，獨盧黄門往往高飛；南國輕清，惟庾中丞時時不墜。」（《全唐文》卷一六六）盧照鄰《樂府雜詩序》：「言古興者，多以西漢爲宗。」（同上）《隋書・文學傳序》：「此其南北詞人得失之大較也。」

㊻咳唾：《莊子・漁父》：「竊待於下風，幸聞咳唾之音。」《文心雕龍・辨騷》：「顧盼可以驅辭力，咳唾可以窮文致。」

㊼縱情使氣：《文心雕龍・明詩》：「慷慨以任氣，磊落以使才。」

㊽不在此聲：即篇中所言「不避此聲」。

㊾「後進」二句：謂不可不避此聲，以避犯爲楷式也。楷式：《文心雕龍・定勢》：「符檄書移，則楷式於明斷。」

㊿韻無盈縮：《「文二十八種病」考》：「韻無盈縮，因爲是押韻不可變動的自然法則。」

51「且五言」二句：梁鍾嶸《詩品序》：「五言居文詞之要，是衆作之有滋味者也。故云會於流俗，豈不以指事造形，窮情寫物，最爲詳切者耶。」

52 口實：《易・頤卦》：「自求口實。」《書・仲虺之誥》：「予恐來世以台爲口實。」孔傳：「恐來世論道我放天子，常不去口。」南齊王僧虔《戒子書》：「又『才性四本』、『聲無哀樂』，皆言家口實，如客至之有設也。」（《南齊書・王僧虔傳》）鍾嶸《詩品序》：「觀王公縉紳之士，每博論之餘，何嘗不以詩爲口實。」

53 「自餘」五句：《「文二十八種病」解説》：「案此説明此病以詩賦銘誄爲急，自餘手筆緩也。」心腹之病：《左傳》哀公十一年：「越在，我心腹之疾也。」《後漢書・陳蕃傳》：「今寇賊在外，四支之疾；内政不理，心腹之患。」

54 踏發聲：《文筆十病得失》及《文筆眼心抄》舉有得與失兩種例證。

55 輊軒：《詩・小雅・六月》：「戎車既安，如輊如軒。」

56 鹿盧：《文心雕龍・聲律》：「沈則響發而斷，飛則聲颺不還，並轆轤交往，逆鱗相比。」《詩人玉屑》卷二「進退格」引《緗素雜記》：「鄭谷與僧齊己、黄損等，共定《今體詩格》云：『凡詩用韻有數格：一曰葫蘆，一曰轆轤，一曰進退。……轆轤韻者，雙出雙入……失此則謬矣。』」《冰川詩式》卷四《轆轤韻法》：「單轆轤者，單出單入，兩句换韻；雙轆轤者，雙出雙入，四句换韻。」「疑如前二韻在東字韻，次二韻入冬字韻，第三兩韻還入東，第四兩韻卻入冬。」《紺珠集》卷一一：「轆轤體。唱和聯句之起，其來久矣，自舜作歌，皋陶賡載，及《柏梁聯句》，至唐始盛，元稹作《春深》題二十篇，並用家、花、車、斜四字爲韻。劉、白和之亦同。令狐楚所和詩多次韻，始

於此。凡聯句，或兩句，或四句，亦一對用之。或只一句出、一句對者，謂之轆轤體耳。」（四庫全書本）

57 沈氏云：此以下至「疑未辨」，劉善經引沈約說。

58 「人或」三句：鈴木虎雄《支那詩論史》：「或人蓋指王斌輩。」羅根澤《中國文學批評史》：「其他各病亦時引沈氏說，但似非沈約。知者，鶴膝病下引沈氏云：『人或謂鶴膝爲蜂腰，蜂腰爲鶴膝。疑未辨。』沈約是八病的創始者，不會有這樣的疑問。」

《四聲指歸定本箋》仍認爲沈氏是沈約，因爲劉善經還說：「然則孰謂公爲該博乎！蓋是多聞闕疑，慎言寡尤者歟。」「不知八病之說，雖唱於沈約，然鍾嶸《詩品序》稱：『王元長創其首，謝朓沈約揚其波。』則八病之名，當時容有異同。」盛江案：潘重規說是。

59 「蓋是」二句：《論語·爲政》：「多聞闕疑，慎言其餘，則寡尤；多見闕殆，慎行其餘，則寡悔。言寡尤，行寡悔，祿在其中矣。」《「文二十八種病」考》：「廣泛參考諸說而保留疑問。」

《「文二十八種病」考》：「鶴膝分爲二說。（一）第五字和第十五字同聲之病（《詩髓腦》和沈約之說）。（二）第一句末字和第三句末字同聲的情況（《筆札》和《詩髓腦》之說）。前者（一）祇適用於五言詩（《詩人玉屑·詩病》、《續金針詩格》、《冰川詩式》、《拾芥抄上》等從之），後者（二）適用於賦頌銘誄手筆，但是本朝的《作文大體》的鶴膝和上記《秘府論》所說不同。（三）五言詩上句第二字和下句第九字（謂之二、九對矣），七言詩上句第二字和第六字（謂之二、六對矣）忌避同聲的病。」「關於鶴膝的可否，本朝《春記》長久二年三月十三日條有議論。」

《研究篇》下解釋鶴膝病的「兩頭細，中央粗」：「蜂腰把第二第五字作爲兩頭，第三第四字作爲中央，鶴膝則把第五第十五字作爲兩頭，第十字作爲中央。」就鶴膝來説，「第五字（第一句尾字）和第十五字（第三句尾字）同聲雖然不是同韻，但聲調是相等的，其效果僅次於同韻。第十字（韻字）一旦夾在同聲兩字之間，它和第二十字的押韻關係就會因第五字和第十五字同聲關係而受到干涉，削弱其押韻效果。誠然，同韻關係較之同聲關係占有優勢，其押韻效果並非完全消失，但免不了要受到夾在同聲兩字的第十字的連累。大概這就叫『中央有病』吧！」就蜂腰來説，「第二字和第五字同聲，效果僅次於同韻而居於重要位置，和夾在中間的第三第四相比，不管怎樣音響要强，這似乎就叫作粗」。「鶴膝則不同，較之前後的句尾兩字，韻字的音響當然要强一些，大概因此同聲的句尾兩字作爲細，與此相反而把韻字作爲粗」。

《研究篇》下論鶴膝與律體之關係：「律體時，平韻時即使還可以，仄韻時第一句和第三句尾字就不得不是平聲，必然要犯鶴膝。但是，那是别的問題。『新裂齊紈素，皎潔如霜雪。裁爲合歡扇，團團似明月。』素和扇都是去聲，這是全句尾字都是仄聲的鶴膝。這類是律體不會有的用聲。還有：『客從遠方來，遺我一書札。上言長相思，下言久離别。』這首詩，若是律體並不是病，但劉善經把詩中的來和思（均爲平聲）作爲病。這樣看，蜂腰鶴膝不能適用於律體之格，是越來越清楚了。」

劉大白《舊詩新話》：「鶴膝是指第四字與第九字同聲的病」，因爲「第四字和第九字都在五言的膝上」。（中國書店，一九八三年）

馮春田《永明聲病説的再認識》謂，按照《文鏡秘府論》對鶴膝之解釋，「打破了一聯兩句的界限」，「『四子詩』犯鶴膝的將多達二十餘例」，而「沈約五詩犯鶴膝病的簡直太多了」，因此，「鶴膝仍然是指五言詩一聯兩句來説的」，「五言詩平頭占一聯首四字的位置，蜂腰占一聯正中央二字的位置，上尾占一聯最後二字的位置，這樣，就祇剩下五言詩一聯兩句第四字的位置了。料想，鶴膝就在這個位置上」。「平頭指犯同平，上尾指犯同上，蜂腰指犯同去。這樣，平、上、去、入四聲就祇剩下入聲了。料想，鶴膝就是指犯同入」。「五言詩一聯的出句和對句在第四字的位置上同入相犯就是犯鶴膝」。「四子詩」一聯兩句和四位二字同聲的共有二十三例，其中同入聲的只有兩例，兩例中可靠的祇有一例。而沈約五言詩一聯兩句第四字同入聲的，勉强祇有一聯。從定名上説，「五言詩一聯第四位二字同入聲叫『鶴膝』，一是入聲，入聲音『促』（塞音韻尾，發音短促），二是位於『腰』後，所以纔有可能稱它爲『鶴膝』」。「根據傳統的説法，平頭、上尾、蜂腰、鶴膝依次排列」，「平頭和上尾相對言，一指一聯之首，一指一聯之尾，先言『頭』而後言『尾』；蜂腰和鶴膝相對而言，『腰』在『膝』前，『膝』在『腰』後，先言『腰』而後言『膝』」。「再者，《南史・陸厥傳》上説『將平、上、去、入四聲，以此製韻，有平頭、上尾、蜂腰、鶴膝』，這裏『平、上、去、入』四聲和『平頭、上尾、蜂腰、鶴膝』四病相對待，『聲』和『病』的順序恰好能對得上號：『平』對『平頭』、『上』對『上尾』、『去』對『蜂腰』、『入』對『鶴膝』」。這和我們的分析正相契合，恐怕也不是偶然的巧合」。

清水凱夫《沈約聲律論考》説，以第五字與第十五字同聲爲鶴膝，「在一百零三首沈詩中，犯則四十首六十三處，符合規則的詩六十三首。犯則率接近百分之四十，不能依舊把這説成是沈約的所謂鶴膝。

但是，既然平頭和上尾是一聯中上下句間的同聲病犯，蜂腰是一句中上下兩字間的同聲病犯，那麽可以完全推定，其同一系列病犯中的鶴膝是二聯中上下聯間的同聲病犯」。「爲什麽近百分之四十的詩有犯則呢？這可能是由於沈約本人的標準含糊不清，多少有些變通的地方。換句話説，雖然在鶴膝病中未記録例外的規定，但是在其他兩類病犯中卻有平聲除外的規定，在《文鏡秘府論》各種見解中所舉出的犯則都是『上去入』聲韻，完全没有平聲韻的詩。由此推測，當初很可能是在鶴膝病犯中，平聲韻的詩也是禁忌鬆弛，不算作病犯的。若以這個觀點考察沈約的詩，則犯則爲二十二首四十四個。但是，大概是由於這個規定在音韻和諧上的效果差，因此，逐漸嚴格起來，按照原則把平聲韻的詩也作爲病犯了」。關於「鶴膝」的名稱，清水凱夫以爲「小西氏的解釋稍有誤解」。「其實鶴腿有兩條，所以鶴膝當然應該認爲是兩個，即『第一——四字、第六——十字、第十一——十四字、第十六——二十字』當爲各自的『兩頭』，第五字和第十五字當爲『中央』。這樣一來，把『粗』和『細』理解爲和蜂腰時相同的意思，既無矛盾而且兩病名義的由來也不無道理，可以得到完滿的解釋」。

金子真也《聲律説和空海》統計，空海詩中犯鶴膝者（五言詩第五字和第十五字同聲）僅四例。

何偉棠《永明體到近體》：「鶴膝條要求兩聯之間上聯起句居後的那個三字節的末字不與下聯起句居後的那個三字節的末字同聲相犯。」

蔡瑜《唐詩學探索》：「鶴膝進一步規定各非韻脚字亦不能同聲，而須四聲迭代，如此全篇句尾之字便皆須儘可能的四聲變化。」

盛江案：若就齊梁而言，仍當以五言詩第二字與第五字同聲爲犯蜂腰病，第五字與第十五字同聲爲犯鶴膝病，直至隋劉善經時仍如此。《秘府論》所引論述可證。就蜂腰病而言，蓋其時以分句之末爲詩之節奏點，而節奏點同聲不合前有浮聲、後須切響之原則，其時恰恰以上二下三爲詩之分句，以第二字第五字爲詩之節奏點。二節奏點之間之字爲「腰」，二節奏點之字同聲，是謂「兩頭粗」，而兩個節奏點之間之字爲「中間細」。亦因此劉滔推衍至賦，如其所舉阮瑀《止欲賦》，則以第三字與第六字同聲爲病。其時自亦知詩之節奏點在第二字與第四字，故劉滔曰，第二字與第四字同聲爲甚於蜂腰之病。至於鶴膝病，或者以第五字與第十五字爲「兩頭」，因其同聲，是爲「兩頭細」，而第十字爲「膝」，因上下兩句尾字同聲，夾於其間，是爲「中間粗」，因其粗，是謂「鶴膝」。或者當時提出含蜂腰、鶴膝在內之種種詩病，因故未能實行於創作。故未可以用後來律體之標準衡量齊梁詩病說。唐代元兢時，方提出第三字與第八字同聲爲病，是所謂「護腰」之説（見本書天卷《調聲》）。此爲後來之説。至於蔡寬夫蜂腰鶴膝之説，如楊明所論，並非指聲病，而是指帶文字遊戲性質之詩體，與齊梁詩病説無關。以蜂腰第三字第八字犯去聲之病，鶴膝爲第四字第九字犯入聲之病，多爲推測，並無史料根據。

第五，大韻〔一〕①。或名觸絶病〔二〕②。

大韻詩者③，五言詩若以「新」爲韻，上九字中，更不得安「人」、「津」、「鄰」、「身」、「陳」等字④，既同其類，名犯大韻⑤。詩曰〔三〕：「紫翮拂花樹，黄鸝閑緑枝〔四〕。思君一歎息，啼淚應言垂⑥。」又曰：「遊魚牽細藻，鳴禽哢好音。誰知遲暮節，悲吟傷寸心⑦。」釋曰〔五〕：如此即犯大韻。今就十字内論大韻，若前韻第十字是「枝」字〔六〕，則上第七字不得用「鸝」字，此爲同類〔七〕，大須避之。通二十字中，並不得安「籭」、「羈」、「雌」、「池」、「知」等類〔八〕⑧。除非故作疊韻，此即不論〔九〕⑨。

【校記】

〔一〕「第五大韻」前維寶箋本有卷首「文鏡秘府論箋卷第十五論本五/金剛峰寺瑜伽乘教苾蒭　維寶　編輯」。

〔二〕「觸絶病」，原作「觸地病絶」，高甲、高乙、醍甲、仁甲、義演本同，三寶、松本、江户刊本、維寶箋本作「觸地病」。《考文篇》：「觸絶病，《眼心抄》如此，三寶院本等作『觸地病』，蓋是初稿本文，後改『地』爲『絶』，後人不辨孰是，遂在『觸地病』下加一『絶』字，宫内廳本是也。」從《眼心抄》作「觸絶病」。

〔三〕「詩」，三寶本作「又」字，注「詩」。

〔四〕「閑」，《眼心抄》、三寶、醍甲、仁甲、義演、江户刊本、維寶箋本作「閒」，六寺本注「閒イ」。《考文篇》：「《眼心抄》作『閒』，宫内廳本訛作『閑』。」《校勘記》：「『閒』是。」《校注》作「閒」，謂：「丁福保曰：『宋刻《玉臺》作「間青枝」，《藝文類聚》作「度青枝」。』案：鍾嶸《詩品》言學謝朓，劣得「黄鳥度青枝」。則作「度」爲是。』器按：『間青枝』之『間』，本讀去聲，迻寫者讀爲平聲，與『閑』音近，遂誤爲『閑』；若『閒』，則又『閑』形近之誤也。」

〔五〕「曰」，松本、江户刊本、維寶箋本作「云」。

〔六〕「前韻」，《校勘記》：「『前韻』二字疑衍。」

〔七〕「同」，原作「用」，醍甲、楊、義演、江户刊本、維寶箋本同。「同類」，六寺本作「用韻」。《「文二十八種病」解説》：「案『同』字諸本作『用』非也。」《札記續記》：「『此爲用類』，『用』當爲『同』訛。」《校勘記》：「『同類』爲『同韻』之訛。」盛江案：前有「既同其類」，「用」爲「同」字形近而誤，今從之改。

〔八〕「雌」，原作「準」，高乙本同，據三寶、高甲等本改。

〔九〕「論」，三寶本作「須」。

【考釋】

①大韻：《文筆眼心抄》：「大韻。謂本韻之外九字内用同韻字，是。或名觸絶病。」「觸絶。謂趣有餘文觸絶正韻，是。此即大韻同。『英桂浮香氣，通照碎簾光。』香、光是。又：『簾密明翻碎，雲趁轍倒行。』明、行是。」

②觸絶病：維寶箋：「觸地，是一詩之地基，乃韻字也。而用一韻之字，則觸犯於地，故爲病也。」《校注》：「或乃以『觸地是一詩之地基』釋之，非是。」《「文二十八種病」考》：「别名觸絶，大約是説要觸絶使用和韻脚同韻的字。」《研究篇》下引《眼心抄》對「觸絶」之解釋，謂：「犯正韻則是觸絶病，又和大韻相同，因此，和正韻相對，可能還存在傍韻的名目。《四聲譜》説通韻及落韻，作爲其異稱，正韻和傍韻的名目不也是流行過嗎？」《札記續記》：「觸絶的名目可能據《淮南子·天文訓》『共工與顓頊争爲帝，怒而觸不周之山，天柱折，地維絶』，此病和大韻同，因此，可能是把本韻作爲『天柱、地維』，而把除本韻外九

字中和本韻同韻之字看作『共工』。」因此，《眼心抄》「觸絶」條「當讀作『餘文觸，絶正韻』，『餘文』指本韻之外的九字，『趣』字恐是衍字。小西氏《研究篇》句讀作『觸絶，謂趣有餘，文觸正韻是』，意思不通」。《譯注》：「『觸絶』之名，可能用《淮南子・天文訓》『昔者共工與顓頊争爲帝，怒而觸不周之山，天柱折，地維絶，天傾西北』。」但不認爲把本韻作爲「天柱」「地維」，而認爲「把句子看作天柱地維，而中間斷絶」。「大韻以下的四種病都是關於疊韻以及雙聲的規則，它們有相通之處。可以説是把《文心雕龍・聲律》篇『雙聲隔字而每舛，疊韻離句其必睽』的規則應用於實際創作」。盛江案：「觸絶」爲「十病」之一。「十病」當爲初唐之説，疑爲《筆札華梁》之説。

③ 大韻詩者：《考文篇》：「『大韻詩者』以下至『此即不論』，上官儀説。」《札記續記》：「『大韻詩者』以下至『名犯大韻』，《文筆式》。」説詳下。盛江案：「八病」首段出《文筆式》，説已見前。王夢鷗《初唐詩學著述考》：「（傳魏文帝）《詩格》與《秘府論》言大韻以下諸病，雖詳略有差，而大意犯同，唯所引詩例則全異，未知孰是《筆札》原文。」

④ 新、人、津、鄰、身、陳：均屬上平聲十七真韻。

⑤ 名犯大韻：《「文二十八種病」考》：「大韻爲第十字爲韻脚時，上九字用同韻字之病。」

⑥ 「紫翮」四句：出南齊虞炎《有所思》：「紫藤拂花樹，黄鳥間青枝。思君一歎息，苦淚應言垂。」（《玉臺新詠》卷一〇）

《「文二十八種病」解説》：「上二句，第十字『枝』字（平聲支）爲韻字，自餘九字中有和『枝』同韻的

『鸝』字。下二句，『垂』字是韻，自餘九字中有和『垂』同韻的『思』字，因此犯大韻。」《研究篇》下：「『淚』爲至韻，如果不看重聲調，這也可能是病。」

⑦「遊魚」四句：詩題及撰者未詳。《「文二十八種病」解説》：「上『禽』（第七字）和『音』（第十字）同韻，下『吟』（第七字）和『心』（第十字）同韻，故犯大韻。」

⑧鸝、籭、羈、雌、池、知：均與韻字「枝」同上平聲五支韻。

《札記續記》：「（前説）十字中爲病，與彼不同，此説則適用於整個二十字。沈約説到底是哪一個不太清楚，但『劉氏曰』（案見下文）條祇舉『一句内犯者』、『十字内犯者』之例，由此推測，沈約説不就是十字内論大韻嗎？『二十字』可能爲『十字』之訛。」盛江案：此就「前韻」即「紫翮拂花樹」一詩爲例言，此詩二十字中，「枝」、「垂」均爲平聲支韻，故不唯十字内不得有與韻脚同韻之字，而且「通二十字中」，並不得安此類字。此本來不訛。

⑨「除非」二句：《「文二十八種病」解説》：「『除非』二字難訓。」《譯注》：「『除非』，具有俗語性影響的助辭。劉淇《助辭辨略》和『除是』同解作『猶如云唯有』。」盛江案：「除非」二句意爲：除非同韻字爲疊韻字，如此則十字中即使有同韻字也可以不論。

元氏曰〔一〕①：此病不足累文，如能避者彌佳〔二〕。若立字要切②，於文調暢③，不可移者④，不須避之。

【校記】

〔一〕「元氏」，三寶本眉注「元兢」，又朱筆消之，其右朱筆改作「元氏」，又朱筆眉注「以下證本下書之」。《眼心抄》無「元氏曰」三字。

〔二〕「彌」，維寶箋本作「爾」。

【考釋】

① 元氏曰：據三寶本注，此以下至「不須避之」，元兢説。《札記續記》：「此條爲元兢説，據此，則知初唐大韻幾乎不成爲問題。」盛江案：既然大韻在初唐不成爲問題，則大韻最早提出當在六朝，在六朝齊梁時。

② 立字要切：晉陸機《文賦》：「立片言而居要，乃一篇之警策。」《文心雕龍·檄移》：「文不雕飾，而辭切意明。」

③ 調暢：《文心雕龍·養氣》：「清和其心，調暢其氣。」

④ 不可移者：《文心雕龍·風骨》：「捶字堅而難移。」

劉氏云〔一〕①：大韻者，五言詩若以「新」爲韻，即一韻内，不得復用「人」、「津」、「鄰」、「親」等字②。若一句内犯者，曹植詩云：「涇渭揚濁清〔二〕③。」即「涇」、「清」是也。十字内犯者，古詩云〔三〕：「良無槃石固〔四〕，虛名復何益④。」即「石」、「益」是也⑤。

【校記】

〔一〕「劉氏云」，松本、江户刊本、維寶箋本作「劉氏曰」，三寶、六寺本右旁注「善經」，三寶本「善經」二字又朱筆消之，其右朱筆改作「劉氏」。

〔二〕「涇」，原作「經」，高乙、醍甲、仁甲、義演本同，據高甲、六寺、江户刊本、維寶箋本改。下一「涇」同。「濁」，原作「渴」，據三寶、高甲、高乙、六寺等本改。

〔三〕「云」，松本、江户刊本、維寶箋本作「曰」。

〔四〕「槃」，高甲、高乙、醍甲、仁甲、六寺、義演本同，六寺本眉注「盤亻磐亻」，三寶本作「盤」，江户刊本、維寶箋本作「磐」。「石」，三寶本作「名」，注「石」。

【考釋】

①劉氏云：據三寶本、六寺本注，此以下至「即石益是也」，劉善經説。

②新、人、津、鄰、親：並上平聲十七真韻。

③涇渭揚濁清：出魏曹植《又贈丁儀王粲》，全詩爲：「從軍度函谷，驅馬過西京。山岑高無極，涇渭揚濁清。壯哉帝王居，佳麗殊百城。員闕出浮雲，承露概泰清。皇佐揚天惠，四海無交兵。權家雖愛

勝，全國爲令名。君子在末位，不能歌德聲。丁生怨在朝，王子歡自營。歡怨非貞則，中和誠可經。」（《文選》卷二四）李善注：「毛萇《詩傳》曰：『涇、渭相入，而清濁異。』」

《譯注》：「韻字的『清』屬下平聲十四清韻，『涇』屬下平聲十五青韻，據《廣韻》的韻目，清韻和青韻並不通用，但這裏明顯看作是同韻。」

④「良無」二句：出《古詩十九首》其七，全詩爲：「明月皎夜光，促織鳴東壁。玉衡指孟冬，衆星何歷歷。白露霑野草，時節忽復易。秋蟬鳴樹間，玄鳥逝安適。昔我同門友，高舉振六翮。不念攜手好，棄我如遺跡。南箕北有斗，牽牛不負軛。良無盤石固，虚名復何益。」（《文選》卷二九）李善注：「良，信也。《聲類》曰：『盤，大石也。』」

⑤石、益：並入聲十二昔韻。

《「文二十八種病」考》：「本朝的例子，《江談抄》大江朝綱説王昭君詩『胡角一聲霜後夢，漢宫萬里月前腹』，説『霜字，此韻要須字也，然而犯大韻作之』。」

《杜詩詳注》卷一《鄭駙馬宅宴洞中》仇兆鰲注：「所謂大韻者，如微、暉同韻，上句第一字不得與下句第五字相犯，阮籍詩『微風照羅袂，明月耀清暉』是也。」盛江案：仇氏所引詩例是而所注之義未必如是，蓋上九字中任一字與下句第五字即押韻之字同韻者即爲犯大韻，非必爲上句第一字也，仇氏謂爲「第一字」者，或因所引例詩相犯之「微」字恰在第一字之故。

郭紹虞《永明聲病説》：「論大韻小韻旁紐正紐，韻紐四病，是一句中的病，所以在永明體不爲巨病，而在律體則以病對病，反成聲美，也更不是病。」

清水凱夫《沈約韻紐四病考》調查沈約詩之音韻作一犯則表，謂：「具有與韻字同韻的字的犯則詩很少，在一百零三首（共一千零五十二句）中有十五首（二十三句），不到百分之十五」，「若以沈約、王融、謝脁等人盛行唱和的四句、八句、十句等典型的『永明體』的詩形來看，衹有七首」。這七首，除去一首可疑，則衹有六首。這六首，有四首是「支」「脂」「之」韻之犯，王力《南北朝詩人用韻考》認爲沈約將「支」「脂」「之」三韻作爲「獨用」處理，如果這樣，則沈約本來就没有意識犯大韻病。

金子真也《聲律説和空海》統計，空海詩犯大韻有二十一例。

第六，小韻①。或名傷音病〔一〕②。

小韻詩③，除韻以外，而有迭相犯者〔二〕，名爲犯小韻病也。詩曰：「搴簾出户望，霜花朝瀁日。晨鶯傍杼飛〔三〕，早燕挑軒出〔四〕④。」又曰：「夜中無與悟〔五〕，獨寤撫躬歎。唯慚一片月，流彩照南端⑤。」

釋曰〔六〕：此即犯小韻。就前九字中而論小韻〔七〕，若第九字是「瀁」字，則上第五字不得復用「望」字等音，爲同是韻之病〔八〕。

【校記】

〔一〕「傷音病」，松本、江户刊本、維寶箋本作「傷音」。

〔二〕「而」，三寶本作「可」，旁注「而」。

〔三〕「傍」，原作「絝」，各本同，當爲「傍」之訛。「杼」，三寶本右旁注「持吕切機持緯者也」。

〔四〕「挑」，原作「排」，三寶、高甲、高乙、六寺本同，《考文篇》、《譯注》、林田校本均作「排」。盛江案：《文鏡秘府論》鈔本中「兆」旁字多有作「非」者，如「桃」作「排」者，天卷《詩章中用聲法式》「五平聲」「可憐春日桃花敷」、「六平聲」「桃花藠蔀無極妍」，東卷《筆札七種言句例》中「六言句者」「訝桃花之似頰」，地卷《九意》「夏意」「分桃入寵」數處中的「桃」字，醍甲、義演本等均誤作「排」字。據松本、江户刊本、維寶箋本改。

〔五〕「悟」，《眼心抄》及《考文篇》、周校、《譯注》、林田校本均作「語」。祖風會本注：「『悟』恐『語』誤。」《考文篇》：「『夜中無與語』，『語』，各本並作『悟』，理不可通。從《眼心抄》改。」《校勘記》：「『語』爲『悟（晤）』之訛，晤、悟去聲遇韻。」《校注》：「梁元帝《關山月》：『夜長無與晤，衣單誰爲裁。』薛道衡《重酬楊僕射山亭詩》：『寂寂無與晤，朝端去總戎。』任希古《和李公七夕詩》：『層漢有靈妃，仙居無與晤。』《文選》二二謝惠連《泛湖歸出樓中翫月》一首：『悟言不知罷。』李善注：『《毛詩》曰：「彼美淑姬，可與晤言。」鄭玄曰：「晤，對也。」「悟」與「晤」同。』據此，則作『悟』者是，作『語』者非也。」今從《校勘記》及《校注》不改。

〔六〕「曰」，原作「若」，高乙本同，據三寶、高甲、六寺等本改。

〔七〕「就前」，楊本作「前就」。「論」，原作「須」，高甲、高乙、醍甲、仁甲、義演本同，據三寶、六寺、江户刊本、維寶箋本改。

〔八〕「爲同是韻之病」，各本均如此。《「文二十八種病」解説》：「音爲以下七字難訓。」《「文二十八種病」考》：「『爲同是韻之病』當作『爲同是小韻之病』。」《考文篇》：「吉田幸一氏謂『韻』上當添『小』字，此説似未當。」《譯注》以意改作「是爲同韻之病」，林田校本從之。

【考釋】

① 小韻：五言詩除韻字之外二句九字中，使用隔字同韻之字，與大韻同爲關於疊韻之病。

② 傷音：《文筆眼心抄》：「傷音。謂不當是目中間自犯，是。此即小韻同。『四鳥□憎見，三荆不用□。』□、荆。又：『弦心一往過，泉□萬行流。』弦、泉。」維寶箋：「傷音，傷痛也，同韻之字，十字之中，用兩處則音便苦痛焉。故名傷音也。」盛江案：「傷音」爲「十病」之一，疑出初唐《筆札華梁》。

③ 小韻詩：《札記續記》：「『小韻詩』至『名爲犯小韻病也』，《文筆式》。」説詳下。盛江案：首段出《文筆式》，説已見前。

④ 「搴簾」四句：詩題及撰者未詳。維寶箋：「瀁，同漾，水溢貌也。」「挑，撥也。」上二句第五字「望」和第九字「瀁」在《廣韻》中同屬去聲四十一瀁韻，犯小韻。

⑤ 「夜中」四句：詩題及撰者未詳。《「文二十八種病」解説》：「『中』與『躬』同平聲東韻，『悟』與『寤』同上聲遇韻，『慚』和『南』同平聲覃韻，並犯小韻病。」盛江案：「慚」屬下平聲二十三談韻，「南」屬二十二覃韻，兩韻通用，故犯小韻。

元氏曰〔一〕：此病輕於大韻，近代咸不以爲累文〔二〕①。

或云〔三〕：凡小韻，居五字内急，九字内少緩〔四〕。然此病雖非巨害，避爲美〔五〕②。

【校記】

〔一〕「元氏曰」，三寶本眉注「元兢」，又朱筆消「兢」字，右旁注「氏」字，並且朱筆注「證本下書」。

〔二〕「咸」，三寶、天海本作「盛」。

〔三〕「或云」，三寶、六寺、天海本左旁注「文筆式」，「文筆式」三字三寶本朱筆消之，其右朱筆改作「或」。

〔四〕「少」，松本、江户刊本、維寶箋本作「小」。

〔五〕「美」，原作「義」，高乙本同，據三寶、高甲、六寺等本改。

【考釋】

①「元氏曰」三句：據三寶本注，爲元兢説。《札記續記》：「由此條可知大韻和小韻在初唐已不被看作是病。」

②「或云」六句：爲一家之説。《札記續記》：「這似爲《文筆式》之説。『劉氏曰』條有『小韻者，五言詩，十字中，除本韻以外，自相犯者』，雖然『五字内犯者』和『十字内犯者』的例子分開來了，但是似乎没有注意到五字内和十字内的差别。《文筆式》説『九字内稍緩』是看到要緩和這一病，因此，推想沈約原

説仍和劉氏之説相同。是作爲十字内之病。」

劉氏曰〔一〕①：小韻者，五言詩十字中，除本韻以外自相犯者，若已有「梅」〔二〕，更不得復用「開」、「來」、「才」、「臺」等字〔三〕②。五字内犯者，曹植詩云：「皇佐揚天惠③。」即「皇」、「揚」是也。十字内犯者，陸士衡《擬古歌》云：「嘉樹生朝陽，凝霜封其條〔四〕④。」即「陽」、「霜」是也。

若故爲疊韻，兩字一處，於理得通，如「飄颻」、「窈窕」、「徘徊」、「周流」之等，不是病限〔五〕⑤。若相隔越，即不得耳〔六〕⑥。

【校記】

〔一〕「劉氏」，三寶本右旁注「善經」，又朱筆消之，朱筆改爲「劉氏」，六寺本注「善經」。

〔二〕「梅」，醍甲、仁甲、義演、江户刊本、維寶箋本作「悔」。《「文二十八種病」解説》：「案木版本作『悔』非也。」《校勘記》：「『梅』是，『梅、開、來、才、臺』爲平聲灰韻，『悔』爲上聲賄韻。」

〔三〕「更」，三寶、維寶箋本無。

〔四〕「凝」，原作「𠘰」，三寶、高乙、江户刊本、維寶箋本同，三寶本脚注「凝亻」，據高甲、六寺本改。

〔五〕「病限」，《眼心抄》作「病」。盛江案：「第七傍紐」有「於理即通，不在病限」，作「病限」是。

〔六〕「不」，三寶本作「一」。

【考釋】

①劉氏曰：據三寶本、六寺本注，此以下至末尾「即不得耳」，劉善經説。

②「若已」二句：《譯注》：「『梅』，上平聲灰韻，『開』、『來』、『才』、『臺』同十六咍韻，兩韻通用。」

③皇佐揚天惠：見上引《又贈丁儀王粲》詩（《文選》卷二四）。李善注：「皇佐，太祖也。」「皇」下平聲十一唐韻，「揚」下平聲十陽韻，兩韻通用，因此犯小韻。

④「嘉樹」二句：出晉陸機《擬古詩十二首》其七《擬蘭若生朝陽》，全詩爲：「嘉樹生朝陽，凝霜封其條。執心守時信，歲寒終不彫。美人何其曠，灼灼在雲霄。隆想彌年月，長嘯入飛飈。引領望天末，譬彼向陽翹。」（《文選》卷三〇）「陽」、「霜」均屬下平聲陽韻，故犯小韻。

⑤「如飄飖」二句：飄飖：同平聲蕭韻。窈窕：同上聲篠韻。徘徊：同平聲灰韻。周流：同平聲尤韻。以上均爲疊韻詞，故曰不是病限。

⑥「若相」二句：《文心雕龍·聲律》：「雙聲隔字而每舛，疊韻雜句而必睽。」《杜詩詳注》卷一《鄭駙馬宅宴洞中》仇兆鰲注：「所謂小韻者，如清、明同韻，上句第四字不得與下句第一字相犯，詩云『薄帷鑒明月，清風吹我襟』是也。」盛江案：仇注所引例詩恰好上句第四字與下句第一字相犯，故如是言。若謂所有犯小韻詩均是上句第四字與下句第一字相犯，則誤也。

逯欽立《四聲考》：「（大韻小韻）此言同韻之病。……《秘府論》之解小韻病云：『小韻詩，除韻以外，而有迭相犯者，名爲犯小韻病也。』與大韻者無異，似非休文始義。疑大韻言宮羽韻類之異，小韻即指韻字之異也。」

《「文二十八種病」考》：「小韻以劉善經説爲主，《文筆式》和元兢都不太重視這一病犯。但是因爲和《詩苑類格》所引沈約説相同，因此，可能本來出自沈氏。」

清水凱夫《沈約韻紐四病考》指出，沈約詩犯小韻病犯，「在一百零三首（一千零五十二句）中犯則多達五十三首（八十四句），超過百分之五十一」。但劉善經區分「五字内犯」和「十字内犯」，沈約詩，一句五字中犯則的衹有十首，其中永明體典型詩形（四句、八句和十句詩）僅有五首。因此，「沈約的小韻是基於《宋書·謝靈運傳論》中『一簡之内，音韻盡殊』的聲律諧和原則導出來的聲病」，「小韻在實際創作時難以應用時，衹要不『相對』，兩句中同韻也可不算作問題，是可以容許的」。「小韻是作爲在一句五字間禁止使用同韻的規定而應用的」。

金子真也《聲律説和空海》統計，空海詩犯小韻者有四十二例之多。

第七，傍紐。亦名大紐。或名爽切病〔一〕①。

傍紐詩者②，五言詩一句之中有「月」字，更不得安「魚」、「元」、「阮」、「願」等之字，此即雙聲，雙聲即犯傍紐③。亦曰，五字中犯最急，十字中犯稍寬。如此之類，是其病。詩曰④：

「魚遊見風月，獸走畏傷蹄〔二〕⑤。」如此類者，是又犯傍紐病〔三〕。又曰：「元生愛皓月，阮氏願清風。取樂情無已，賞翫未能同⑥。」又曰：「雲生遮麗月〔四〕，波動亂遊魚。涼風便入體，寒氣漸鑽膚〔五〕⑦。」

釋曰：「魚」、「月」是雙聲，「獸」、「傷」並雙聲，此即犯大紐，所以即是〔六〕，「元」、「阮」、「願」、「月」爲一紐〔七〕。今就十字中論小紐，五字中論大紐⑧，所以即是，「元」、「阮」、「願」、「月」爲一紐。王斌云：「若能迴轉，即應言『奇琴』、『精酒』、『風表』、『月外』，此即可得免紐之病也⑨。」

【校記】

〔一〕「或名爽切病」，松本本作大字正文。

〔二〕「走」，三寶本作「素」，又朱筆消之改作「走」。

〔三〕「如此類者是又犯傍紐病」，楊、六寺、松本、江户刊本、維寶箋本作雙行小字注。「此」，三寶本作「比」。「又」，六寺本無。「類」上松本本有「之」字。

〔四〕「遮」，三寶本作「粗」，旁注「遮」。

〔五〕「鑽」，醍甲、仁甲、義演本作「錯」。

〔六〕「所以」，《「文二十八種病」解説》以爲此二字俱衍。「即」，原無，高甲、醍甲、仁甲、義演本同，據三寶、高乙、六寺、江户刊本、維寶箋本補。

〔七〕「所以即是元阮願月爲一紐」，《考文篇》：「按『此即犯大紐』下，亦言『所以即是元阮原願月爲一紐』，則『五字中論大紐』下十一字，可疑爲衍。然各本俱有此十一字，今未遽删，姑仍之。」周校、《譯注》、林田校本並疑此十一字爲衍文，此十一字當删。盛江案：重出之兩處十一字，可以肯定有一處爲衍，然衍出者當爲前出之十一字，即「今就十字中論小紐」之前之十一字，非爲後出之十一字。理由詳後。

【考釋】

①《文筆眼心抄》「八正紐」之下：「爽切。謂從平至入，同氣轉聲爲一紐，是。此即正紐、傍紐同。『矚目轉鍾興，風月最關情。』鍾、矚。又：『光音同宴席，歌嘯動梁塵。』同、動。又：『望懷申一遇，敦交訪二難。』望、訪。又：『交情猶勞到，得意乃歡顔。』勞、到，歡、顔。又：『未告班荆倦，寧辭倒屣勞。』倒、勞。」

傍紐、大紐、爽切：維寶箋：「傍紐，此中自有三格，謂：一、就雙聲論傍紐；二、就詩句之中論大小紐；三、就疊韻論傍紐也。」「大紐，簡正紐之一而就兩紐而論焉，故云大紐也。」「爽切，標目作爽絶，詩若犯傍紐則大絶清爽，故名矣。爽，《增韻》曰：清快也。」

《札記續記》：「爽切，是紐之病。切是切韻的『切』，爽爲『傷』之意（參《廣韻·釋詁》四）。爽和切都是齒音，也許因此用這二字作爲名目。（《眼心抄》）『從平至入，同氣轉聲，爲一紐』可能是一紐的説明。所舉例子參照《韻鏡》如下：

例字	内外轉開合	五音	清濁	字母	等位	四聲	韻	
腫	内二	齒	清	精	三	平	鍾	一紐
矚	内二	齒	清	精	三	入	燭	
同	内一	舌	濁	定	一	平	東	一紐
動	内一	舌	濁	定	一	上	董	
望	内三一	脣	清濁	明	三	平	陽	
訪	内三一	脣	次清	滂	三	去	漾	
勞	外二五	舌音齒	清濁	來	一	平	豪	
到	外二五	舌	清	端	一	上	皓	
歡	外二四	喉	清	曉	一	平	桓	
顔	外二三	牙	清濁	疑	二	平	寒	

這是表示(《眼心抄》「矚目轉鍾興，風月最關情」，「光音同宴席，歌嘯動梁塵」)是正雙聲相犯。相當於沈約説的大紐、劉滔説的正紐、劉善經説的正紐。(「望懷中一遇，敦交訪二難」)的『望、訪』、(「未告班荆倦，寧辭倒屐勞」)的『勞、到』，包含沈約説的大紐，相當於劉滔説的傍紐。(「交情猶勞到，得意乃歡顔」)的『勞、到』『歡、顔』因是用雙聲或疊韻的連言的情況而不成爲病。例句中也包含着傍雙聲相犯的例子和被作爲目標的字，但没有把它摘出來，難道是省略了嗎？總之，爽切病是以往關於紐的病總括於一目

的東西。」

《譯注》：「紐爲聲母的别稱，漢字音節發聲的子音。又指聲母和韻母同樣平上去入順序連接四字一組的文字。如『郎朗浪落，黎禮麗捩』那樣。傍紐是關於語頭子音相同的雙聲的病，一句五字或二句十字中，隔字用雙聲。但是如本文所看到的，根據論者的定義，又有若干的區别。」盛江案：由下面材料觀之，「大紐」有二説。一説，十字中論小紐，五字中論大紐。二爲沈約説，以五字之中復用韻母相同或相近聲紐聲調均不同之字爲犯「大紐」。説均詳下。「爽切」爲「十病」之一，疑上官儀説。

② 傍紐詩者：《考文篇》：「『傍紐詩者』以下至『紐之病也』，上官儀説。」《札記續記》：「『傍紐病者』至『是其病』，《文筆式》。」説詳下。盛江案：八病首段爲《文筆式》，或雜編有前人遺説。説已見前。

③「五言」四句：維寶箋：「元、阮、願、月，一紐也，而魚是别韻，而自旁來紐之，故犯焉，乃病也。故云不得安魚也。若以月、願、阮、元爲正紐，則魚、語、御等則旁紐也。以魚等爲正紐，則元等亦旁紐也。」《札記續記》以爲，此處之傍紐説不是劉善經之説而當是劉滔的正紐之説，「魚元阮願等之字」七字有誤脱。説詳下。

《譯注》：「『元』、『阮』、『願』、『月』四字，各屬平上去入四聲調，成爲一紐（《韻鏡》外轉第二十二合）。即後面所説的正紐。祇有『魚』字屬别一紐（《韻鏡》内轉第十一開的「魚語御◯」）。二紐聲母雖然相同，但前者是陽聲，後者是陰聲，有不同。在這裏不論紐相同還是相異，一句中用雙聲字即説是犯雙聲。」

④ 詩曰：《札記續記》：「『詩曰魚遊』至『是又犯傍紐病』，也許是下引元兢《詩髓腦》的例詩。」説詳

下。盛江案：中澤希男説未見所據。

⑤「魚遊」二句：詩題及撰者未詳。維寶箋：「風、月，南宋謝靈運曰：『今夕止可談風月。』」「獸、走，《原道》：『獸以走之。』《春秋後語》：『天帝使我長百獸，子隨我，百獸見我能無走乎。』」「如此，魚、月，獸、傷也。如上，就雙聲論傍紐也，魚、月、獸、傷即雙聲也。」《「文二十八種病」考》：「（「魚遊」句）此爲五字内犯雙聲。」

⑥「元生」四句：詩題及撰者未詳。維寶箋：「『又曰』下，辨大小紐。元生，陳元老，元老詩曰：『良夜待月遲，欄邊久侍伊。』皓月，謝莊賦：『怨皓月而長歌。』阮氏，阮嗣宗，嗣宗詩曰：『夜中不能寐，起坐彈鳴琴。薄帷鑒明月，清風吹我衿。』……元、阮、願、月，十字之内有之，故爲病也。」《譯注》：「元生指誰不明。阮氏，魏詩人，阮籍《詠懷詩》第一首：『薄帷鑒明月，清風吹我衿。』」第一、第二句中有「元」、「月」、「阮」、「願」同屬一紐之四個雙聲字。

⑦「雲生」四句：詩題及撰者未詳。上二句之「麗」與「亂」來紐，「月」與「魚」疑紐，各爲雙聲。

⑧「今就」二句：維寶箋：「十字中『雲生』等中月、魚字雙聲，故犯小紐也。五字中魚、月、獸、傷，元、月、阮、願字雙聲，故犯大紐也。五字之中犯，其過重，故云大；十字之中犯，其過輕，故云小也。」《「文二十八種病」考》：「『今十字』以下文意難通。案可能當解作『今就十字而論大紐（如例詩「雲生」云云），就五字中而論小紐（如例詩「元生」云云）』，之所以這樣，是因爲元、阮、願、月爲（正雙聲的）一紐。（因此，因爲月、魚是傍雙聲，所以是大紐，因爲元、月、阮、願是正雙聲，所以是小紐。）因爲是針對例

詩的『釋曰』，所以當這樣解。不這樣解，大紐、小紐就没有區别。」

盛江案：大紐、小紐之分，《文筆式》等各家説當有異。就此處「釋曰」而論，既已明言「就十字中論小紐，五字中論大紐」，且前句言「『魚』、『月』是雙聲，『獸』、『傷』並雙聲，此即犯大紐」，「魚」與「月」（「魚遊見風月」句），「獸」與「傷」（「獸走畏傷蹄」），均就五字中雙聲而言，而明確謂「此即犯大紐」。故而不當是就十字論大紐，五字論小紐，而當是就五字論大紐，十字論小紐。又，此段有「所以即是元阮願月爲一紐」十一字重出，當有一處爲衍，由段意觀之，前述「此即犯大紐」，緊接着補充説明「今就十字中論小紐，五字中論大紐」，語意似更緊凑連貫，故而重出之十一字，衍出者當爲前十一字，而非後十一字。

《詩苑類格》卷五一引沈約「八病」：「七曰旁紐，八曰正紐。謂十字内兩字雙聲爲正紐，若不共一紐，而有雙聲爲傍紐。如流、六爲正紐，流、柳爲傍紐。」

楊明《蜂腰鶴膝旁紐正紐辨》以爲《詩苑類格》「其説頗爲費解」，「『兩字雙聲爲正紐』，按理説應包括『四聲一紐』内的雙聲和不共一紐的雙聲，這正與沈約、劉滔所説一致。但又説『不共一紐而有雙聲爲旁紐』，則又與隋朝初唐人説法相同，而實已包括於『兩字雙聲爲正紐』之中。這豈非不合邏輯？疑是因雜取齊梁説和隋唐説而又不細加分析所致。至於所舉病例尤不可解。流、六是不同紐的雙聲字（即聲母同而韻母不同），固與『兩字雙聲爲正紐』相合，而流、柳乃共紐雙聲字，不知爲何作旁紐」。

《詩人玉屑》卷一一引沈約「八病」：「七曰旁紐，八曰正紐。十字内兩字疊韻爲正紐，若不共一紐而有雙聲爲旁紐。如流、久爲正紐，流、柳爲旁紐。」楊明《蜂腰鶴膝旁紐正紐辨》謂其有錯亂：「『兩字疊韻』應是大韻、小韻之病，而不是紐病。所舉病例，流、久聲母、聲調均不同，但韻母相同，應屬沈約、劉滔所説的旁紐（大紐），而不是正紐。流、柳則應是正紐，而不是旁紐。紀昀《沈氏四聲考》説《詩人玉屑》舉例有誤，認爲『流、久當作流、柳，爲正紐，流、柳當作流、久，爲旁紐』，這説法倒是與齊梁説的旁紐、正紐相合的。看來，《詩苑類格》、《詩人玉屑》都因未能將齊梁説與隋唐説細加區别，以致錯亂而難以究詰。」

《續金針詩格》：「七傍紐。一句中已有月字，不得着魚、元、阮、願字，此是雙聲，即爲傍紐也。詩曰：『丈人且安坐，梁塵將欲起。』丈、梁之類，即謂犯耳。」

楊明《蜂腰鶴膝旁紐正紐辨》：「以月、魚、元、阮、願爲旁紐，係來自『文二十八種病』旁紐條的開頭部分。這幾個字都是疑母雙聲字。而所舉例子卻來自旁紐條所引『或曰』，乃是齊梁人的旁紐説，其中『丈』、『梁』並非雙聲字。二者雖都出於『文二十八種病』的旁紐條下，其實並不一致。《續金針詩格》的撰者將它們合在一處，殊爲可笑。」

傳《魏文帝詩格》「八病」：「旁紐八。謂十字中有田字，又用寅、延字是犯。古詩：『田夫亦知禮，寅賓延上坐。』」

王夢鷗《初唐詩學著述考》：「此處所引詩例與（傳魏文帝）《詩格》全異，而《詩格》所言田與寅延不得同在十字之中，寅延二字，固屬雙聲，然與『田』字何關？宜乎《秘府論》未引爲例。惟其又引『或云』，其言曰：『傍紐者，據傍聲來而相忤也，（下略）亦金飲之類，是犯也。』以是觀之，然則田寅延之例，係據此而作乎？」

⑨「王斌云」四句：王斌：見天卷《四聲論》考釋。《考文篇》：「『王斌云』以下至『之病也』，上官儀引王斌説。」《譯注》：「可能引自王斌著《五格四聲論》。」「若能迴轉二句，言重用雙聲字作連語」。奇琴、精酒、風表、月外：此四組雙聲語，見天卷《調四聲譜》。維寶箋：「奇琴，若聯綿言奇琴，則雖雙聲非犯旁紐也。若於奇琴之間交雜餘字，則成病也。奇（居宜切角清音）、琴（渠金切角清音）。精酒，精（咨盈切商清音）、酒（子酉切商清音）。……風表，風（方馮切次宫次清）、表（彼少切宫次清音），謂風雲表也。月外，雲月外也，是乃就詩句之中論大小紐也。」奇琴，群紐。精酒，精紐。月表，帮紐。月，疑紐。外，邪紐。

【附録】

信範《九弄十紐圖私釋》下：《秘府論》云：文廿八種病：第七，傍紐。亦名大紐。或名爽切病。傍紐詩者，五言詩一句之中有月字，更不得安魚、元、阮、願等之字，此即雙聲，雙聲即犯傍紐。亦曰，五字中犯最急，十字中犯稍寬。如此之類，是其病。詩曰：「魚遊見風月，獸走畏傷蹄。」如此類者，是又犯傍紐病。釋曰：魚、月是雙聲，獸、傷並雙聲，此即犯大紐，所以即是。元、阮、願、月爲一組。今就十字中論小紐，五字中論大紐，所以即是，元、阮、願、月爲一紐。王斌云：「若能迴轉，即應言奇琴、精酒、風表、月外，此即可得免紐之病也。」（京都大學文學院哲學科圖書室藏本）盛江案：《九弄十紐圖私釋》闕「又曰元生愛皓月阮氏願清風取樂情無已賞翫未能同又曰雲生遮麗月波動亂遊魚涼風便入體寒氣漸鑽膚」

四十四字，餘與《文鏡秘府論》全同。

《調聲要訣抄》：又《論》（盛江案：指《文鏡秘府論》）傍紐者雙聲是也。又《論》曰，以雙聲亦曰正紐。（觀智院本，轉據《考文篇》）

《九弄十紐真訣抄》：詩ノ律ヲ審ニ論ズルトキハ。正紐傍紐ヲモ一句一詩ノウチニ用ユルヲ詩ノ病トス。ソノウチ一詩ノ内ニ用ユルハ。ナヲ律ヲ犯スコト緩ナリ。一句ノウチニ用ルハ犯スコト急ナリ。必ズ避ベシト秘府論ニ論ゼリ。（神宮文庫本，轉據《考文篇》）

或云〔一〕①：傍紐者，據傍聲而來與相忤也〔二〕。然字從連韻〔三〕，而紐聲相參②，若「金」、「錦」、「禁」、「急」③，「陰」、「飲」、「蔭」、「邑」〔四〕④，是連韻紐之〔五〕。若「金」之與「飲」，「陰」之與「禁」〔六〕，從傍而會〔七〕，是與相參之也〔八〕⑤。如云：「丈人且安坐〔九〕，梁塵將欲飛⑥。」「丈」與「梁」〔一〇〕，亦「金」、「飲」之類，是犯也〔一一〕⑦。

【校記】

〔一〕「或云」，三寶、天海本眉注「文筆式」，「文筆式」三字三寶本朱筆消之，又右旁注「證本下書之」，六寺本左旁注「文筆」。《「文二十八種病」解説》：「自『或云傍紐者』以下至『將欲飛文與梁亦金飲之類是也』，脱誤難訓。」

〔二〕「而」，原作「事」，三寶、高甲、高乙、醍甲、仁甲、義演本同。三寶本「事」左旁注抹消符號，右旁注「而」字。

「與」，原作「而」，三寶、高乙本同，高甲、醍甲、仁甲、義演本無。《考文篇》：「『據傍聲而來』，宮内府本等作『據傍聲事來而』，高山寺甲本等作『據傍聲事來』，版本作『據傍聲而來與』，皆文義不通。按三寶院本校語以『事』爲『而』，即與版本合。蓋『事』字係『而』字之訛，兩字草體相似，版本『與』字，亦恐『而』字之訛。然『聲』下『而』字，恐非原文，後文云『從他字來會成雙聲，是傍也』，亦『來』上無『而』字。蓋初『來』下脱『而』字，推敲時添之行間，後人誤移『聲』下，別有作『來而』之本，校寫之間，彼此混合，遂訛『據傍聲而來而』。後人更誤作『聲事』又『來與』而已。」《札記續記》：「版本把『據傍聲事來而相忤』的『事』改爲『而』，『而』改爲『與』是正確的。三寶院本『事』注『而』。又《金針詩格》『八病』的傍紐，和《秘府論》的原文似相同，此處作『傍紐者，緣聲而來相忤也』。這可能可以作爲這裏的『事』是『而』之訛的一個旁證。又，『從傍會是與相參』的『與』，三寶院本、天海藏本注，一本『與』誤爲『而』。這可以作爲『而相忤也』的『而』爲『與』之訛的一個旁證。」《校注》：「(據傍聲而來與相忤也)《冰川詩式》四此句作『傍紐者，緣聲而來相忤也』，疑此文『據』字亦『緣』字之誤。」均據楊、六寺、松本、江户刊本、維寶箋本改。

〔三〕「連」，原作「遭」，三寶、高甲、高乙、六寺本同，據醍甲、仁甲、楊、義演、松本、江户刊本、維寶箋本改。

〔四〕「陰飲」，原作「飲陰」，各本同。《札記續記》：「『飲陰蔭邑』顯然是『陰飲蔭邑』之訛。《金針詩格》作『連韻陰飲蔭邑』。」據楊、六寺本改。二字松本、江户刊本、維寶箋本脱。

〔五〕「韻紐」，原作「飲陰」，高乙本同，據三寶、高甲、醍甲、仁甲、楊、六寺、義演、松本、江户刊本、維寶箋本改。

〔六〕「若金之與飲陰之與禁」，原作「與錦禁」，高乙本同。《考文篇》：「『是連韻紐之若金之與飲』，宮内府本、高山寺乙本『韻紐之若金之與』誤移於後文『是與相參』下，非也。今移正。按：初由『韻』之與『飲』同音，誤以『蔭邑是連』連下文『飲陰之與禁』，後添『韻紐之若金之與』於行間，後人不辨其連屬，濫在『是與相參』下而已。」據三寶、高甲、醍甲、仁甲、楊、六寺、義演、松本、江户刊本、維寶箋本改。

〔七〕「而」，楊、六寺本作「與」，三寶本右旁注「與」和「而本」，又右旁注「草本祇有而字無與會二字也」，天海本脚注「草本祇有而字與會二字無之」。「會」，醍甲、仁甲、義演本無。

〔八〕「相參」下原衍「韻紐之若金之飲與」八字，高乙本同，天海本衍「韻紐之若金之與」七字，據三寶、高甲、醍甲、仁甲、楊、六寺、義演、松本、江户刊本、維寶箋本删。「參」，醍甲、義演本作「泰」。

《考文篇》：「『從傍而會是與相參之也』，據三寶院本校語，自筆草稿本『而』下無『會』字，以文義推之，當有『會』字也，《金針詩格》亦云『此傍會與之相參』，恐後人以《文筆式》原本增『會』字歟。又，《秘府論》『相參』下『之』字，疑當在『是與』下。」

以上「若金錦」至「是與相參之也」，楊、六寺本作雙行小字注。

〔九〕「丈」，原作「大」，高甲、高乙、醍甲、仁甲、義演本同，三寶、高甲、醍甲、仁甲、義演、江户刊本、維寶箋本作「文」，三寶本注「大亻」。《考文篇》：「『丈人且安坐』，『丈』，宫内府本等作『大』，三寶院本等作『文』，並非。今改。按《周易・師卦》王注云：『丈人，嚴莊之稱也。』張照考證云：『師稱丈人，不可與大人混也。作大人，蓋傳寫之訛。』《眼心抄》作『丈』也。」據《眼心抄》、楊、六寺、松本本改。

〔一〇〕「丈」，原作「大」，三寶、高甲、高乙本同，松本、江户刊本、維寶箋本作「文」，三寶本右旁注「丈亻」，據醍甲、仁甲、楊、六寺、義演本改。

〔一一〕「丈與梁亦金飲之類是犯也」，楊、六寺、松本、江户刊本、維寶箋本作雙行小字注。

【考釋】

① 或云：《考文篇》：「『或云傍紐』以下至『類是犯也』，《文筆式》有而《筆札》無。」維寶箋：「『或云』

下，就疊韻論傍紐也。」盛江案：據三寶本注，此段典出《文筆式》，然所據則爲劉滔傍紐説。劉滔以異紐異聲同韻之字相犯爲傍紐，恰與此段所論相合。劉滔傍紐説詳下《四聲指歸》引。

②「然字」二句：《「文二十八種病」考》：「傍紐是根據相傍之聲的病，事理是兩字來相忤的，這樣文字隨從連韻而紐聲相參，即：

金（侵韻）　錦（寑韻）　禁（沁韻）　急（緝韻）

陰（侵韻）　飲（寑韻）　蔭（沁韻）　邑（緝韻）

如『金』和『陰』，『錦』和『飲』是連韻，（不論金行還是陰行）各成一紐（聲和韻相同，衹有四聲不同的一組字），但這兩組互相從傍而會，相參而成爲一紐。例如『丈』和『梁』、『金』和『飲』之類是病。」

③金、錦、禁、急：此四聲爲一紐，見於《韻鏡》内轉第三十八合牙音清第三等，見紐。

④陰、飲、蔭、邑：爲四聲一紐，見於《韻鏡》内轉第三十八合喉音清第三等（作「音飲蔭邑」），影紐。

⑤「若金」四句：《譯注》：「『若金之與飲』四句，在《文筆式》説中，傍紐被解作和聲調沒有關係而用有相同韻母的疊韻字。因此，如果是平行的屬於不同紐的『金』（平聲）和『飲』（上聲）、『陰』（平聲）和『禁』（去聲）各自在二句内使用，被看作犯傍紐。此説接受了引自劉善經論的梁劉滔的思想。」盛江案：此處確爲劉滔之説。然不僅異聲，而且異紐。如所舉例字，「金」之與「飲」、「陰」之與「禁」，「金」爲見紐平聲，「飲」爲影紐上聲，「陰」爲影紐平聲，「禁」爲見紐去聲，是則聲紐聲調均不同，而韻母相同。此則爲劉滔傍紐之説。

⑥「丈人」二句：出劉宋荀昶《擬相逢狹路間》，全詩爲：「朝發邯鄲邑，暮宿井陘間。井陘一何狹，車馬不得旋。邂逅相逢值，崎嶇交一言。一言不容多，伏軾問君家。君家誠易知，易知復易博。南面平原居，北趣相如閣。飛樓臨名都，通門枕華郭。入門無所見，但見雙棲鶴。棲鶴數十雙，鴛鴦群相追。大兄珥金璫，中兄振纓緌。伏臘一來歸，鄰里生光輝。小弟無作所，鬬鷄東陌逵。大婦織紈綺，中婦縫羅衣。小婦無所作，挾瑟弄音徽。丈人且卻坐，梁塵將欲飛。」(《玉臺新詠》卷三，《樂府詩集》卷三五作《長安有狹斜行》)

《詩家全體》、《冰川詩式》引沈約八病及《金針詩格》、《續金針詩格》「旁紐」病亦引「丈人且安坐，梁塵將欲起」二句。參「第八正紐」後附録。《札記續記》：「例詩的『將、梁』(陽韻)、『人、塵』(真韻)是同韻，因此是小韻。」

⑦「丈與」三句：《譯注》：「『丈』爲上聲三十六養韻，『梁』屬下平聲陽韻，都有『iang』這樣的韻母。」《札記續記》：「『丈與梁』至『是犯也』，可能爲劉滔説。」詳考見下。盛江案：「丈」爲上聲定紐，「梁」爲平聲來紐。與「金」之與「飲」、「陰」之與「禁」一樣，均屬異紐異聲而同韻母。是爲劉滔説。

元氏云〔一〕①：傍紐者，一韻之内，有隔字雙聲也②。元兢曰〔二〕：此病更輕於小韻，文人無以爲意者〔三〕。又若不隔字而是雙聲，非病也〔四〕。如「清切」、「從就」之類是也③。

【校記】

〔一〕「元氏」，三寶、六寺本旁注「髓腦」，「髓腦」二字三寶本用朱筆劃掉，其右朱筆注「元氏」。祖風會本注：「『元氏云』，信範《九弄十紐圖私釋》所引文作『詩髓腦云』。」

〔二〕「元兢曰」，《校注》：「《眼心抄》無『元兢曰』三字，是也，此蓋衍文。」《「文二十八種病」解説》：「文中言『元兢』，是元兢自稱。」

〔三〕「意」，《「文二十八種病」解説》：「案：『意』當作『累』。」

〔四〕「非病也」，據《九弄十紐圖私釋》引，「非」下當有「爲」字。

【考釋】

① 元氏云：據三寶本、六寺本注，此以下至「之類是也」，元兢説。

② 隔字雙聲：《文心雕龍·聲律》：「雙聲隔字而每舛，疊韻雜句而必睽。」

③ 清切、從就：維寶箋：「清切、從就，俱雙聲之字也。」

【附録】

信範《九弄十紐圖私釋》下：《秘府論》云：文廿八種病：第七，傍紐。……《詩髓腦》云：傍紐者，一韻之内，有隔字雙聲。元兢曰：若不隔字，而是雙聲，非爲病也。如清切、從就之類是也。

劉氏曰〔一〕①：傍紐者，即雙聲是也。譬如一韻中已有「任」字〔二〕，即不得復用「忍」、「辱」、「柔」、「蠕」、「仁」、「讓」、「爾」、「日」之類〔三〕②。沈氏所謂「風表」、「月外」、「奇琴」、「精酒」是也〔四〕③。劉滔亦云④：「重字之有『關關』〔五〕⑤，疊韻之有『窈窕』〔六〕，雙聲之有『參差』〔七〕，並興於《風》如《詩》矣〔八〕。」王玄謨問謝莊⑥：「何者爲雙聲？何者爲疊韻〔九〕？」答云：「『懸瓠』爲雙聲，『碻磝』爲疊韻〔一〇〕。」時人稱其辨捷〔一一〕⑦。如曹植詩云〔一二〕：「壯哉帝王居，佳麗殊百城〔一三〕⑧。」即「居」、「佳」、「殊」、「城」〔一四〕，是雙聲之病也⑨。凡安雙聲唯不得隔字〔一五〕，若「踟躕」、「躑躅」、「蕭瑟」、「流連」之輩〔一六〕，兩字一處，於理即通，不在病限。

沈氏謂此爲小紐〔一七〕⑩。劉滔以雙聲亦爲正紐。其傍紐者，若五字中已有「任」字〔一八〕，其四字不得復用「錦」、「禁」、「急」、「飲」、「蔭」、「邑」等字，以其一紐之中，有「金」、「音」等字，與「任」同韻故也⑪。如王彪之《登冶城樓》詩云〔一九〕⑫：「俯觀陋室〔二〇〕，宇宙六合，譬如四壁〔二一〕⑬。」即「譬」與「壁」是也〔二二〕。沈氏亦云以此條謂之大紐〔二三〕⑭。如此負犯〔二四〕，觸類而長〔二五〕⑮，可以情得。韻紐四病⑯，皆五字内之瑕疵〔二六〕，兩句中則非巨疾〔二七〕，但勿令相對也⑰。

【校記】

〔一〕「劉氏」，三寶本眉注「善經」，又朱筆消之，其右朱筆改「劉氏」，六寺本注「善經曰」。

〔二〕「譬」，原作「避」，據三寶、高甲、高乙、六寺等本改。

〔三〕「復」，原無，高甲、高乙、醍甲、仁甲、義演本同，據六寺、江户刊本、維寶箋本補。「蠕」，三寶本作「煙」，注「蠕」。

〔四〕「沈」，原作「洗」，高甲、高乙、醍甲、仁甲、義演本同，據三寶、六寺、江户刊本、維寶箋等本改。「氏」下松本、江户刊本、維寶箋本有「云」字。「奇」，原無，高乙、醍甲、仁甲、義演本同，據三寶、高甲、楊、六寺、江户刊本、維寶箋本補。

〔五〕「闕闕」，原作「開之」，高甲、高乙、醍甲、仁甲、義演本同，三寶本作「闕之」，右旁注「々」，六寺本作「闕々」，據江户刊本、維寶箋本改。

〔六〕「之」，三寶、天海本無。

〔七〕「聲」，義演本無。

〔八〕「風如詩」，《「文二十八種病」解説》：「諸本『風』下有『如』字，非也。」《校勘記》：「『如詩』二字原是對『風』的注，後來誤入本文。」《校注》：「『風』下原有『如』字，義不可通。今删。」盛江案：據《校勘記》則當並删「如詩」二字，不當衹删「如」一字而已。

〔九〕「爲」，原無，高甲、高乙、醍甲、仁甲、義演本同，據三寶、楊、六寺、江户刊本、維寶箋本補。「韻」，三寶本無，眉注「韻」字。

〔一〇〕「礅」，三寶本作「礙」，左旁注「礅」。

〔一一〕「稱」，原作「消」，高甲、高乙本同，據三寶、六寺、江户刊本、維寶箋本改。「其」，天海本作「六」。

〔一二〕「曹」，高甲、天海本作「曾」。

〔一三〕「佳」，三寶本作「住」，注「佳」。

〔一四〕「佳」，三寶本作「住」，注「佳」。

〔一五〕「聲」，原無，高甲本同，據三寶、高乙、醍甲、仁甲、楊、六寺等本補。

〔一六〕「連」，松本、江户刊本、維寶箋本作「通」。

〔一七〕「沈」，原作「洗」，三寶、高甲、高乙、醍甲、仁甲、義演本同，三寶本注「沈イ」，據三寶本注及六寺本改。「此」，三寶本作「比」。

〔一八〕「任字」，豹軒藏本鈴木虎雄注：「『任字』下蓋脱『陰字』二字。」

〔一九〕「治」，原作「治」，各本同，當爲「冶」之訛。

〔二〇〕「室」，松本、江户刊本、維寶箋本作「窒」。

〔二一〕「俯觀」三句，《札記續記》：「例詩是四言三句，肯定至少脱落了一句。」

〔二二〕「譬」，原無，據三寶、高甲、高乙、醍甲等本補。

〔二三〕「沈」，原作「洗」，高甲、高乙、醍甲、仁甲、義演本同，據三寶、六寺、江户刊本、維寶箋本改。「云」，羅根澤《中國文學批評史》：「『云』疑衍。」周校本據删。

〔二四〕「負」，江户刊本、維寶箋本作「員」，右旁注「負イ」，三寶本注「員イ」。

〔二五〕「而」，楊、六寺本作「之」。

〔二六〕「瘕」，原作「二瘕」，三寶、高乙本同，三寶、高甲、江户刊本注「瘕イ」，義演本作「瘢」。《譯注》：「『二』與兩同，當在『疵』之下。」《校注》引儲皖峰《文二十八種病》曰：「『瘕』與『瑕』同。《舊唐書》：『韋后稱制，負犯瘕病。』又杜甫詩：『幽人見瑕疵。』可證。」據醍甲、仁甲、楊、六寺等本改。

〔二七〕「兩」，原無，高乙本同，據三寶、高甲、醍甲、六寺等本補。「巨」，原作「臣」，三寶、高甲、高乙、醍甲、仁甲、義演本同，據六寺、江户刊本、維寶箋本改。

【考釋】

①劉氏曰：據三寶本、六寺本注，此以下至「但勿令相對也」，劉善經説。

②任、忍、辱、柔、蠕、仁、讓、爾、日：九字均屬半齒音日母第三等。

③沈氏所謂風表：《四聲指歸定本箋》：「據此引沈氏説，知《調四聲譜》中傍紐確爲沈氏之舊式。」盛江案：前文引王斌説也有「奇琴精酒風表月外」之説，是傍紐説者爲當時通説，非止沈氏一人之説。

④劉滔亦云：《考文篇》：「『劉滔亦云』以下至『如詩矣』，劉善經引劉滔説。」《校勘記》：「『劉滔亦云』管到『不在病限』。」

⑤關關：《詩·周南·關雎》：「關關雎鳩，在河之洲。窈窕淑女，君子好逑。」

⑥王玄謨（三八八—四六八）：劉宋將領，《宋書》卷七六、《南史》卷一六有傳。謝莊（四二一—四六六）：劉宋辭賦家、詩人，《宋書》卷八五、《南史》卷二〇有傳。

⑦《南史·謝莊傳》：「王玄謨問莊：『何者爲雙聲？何者爲疊韻？』答曰：『玄護爲雙聲，碻磝爲疊韻。』其捷速若此。」「玄護」，「玄」爲王玄謨，「護」爲垣護之，均劉宋將領，元嘉末均參與北伐。「懸瓠」（在

今河南）和「碻磝」（在今山東），均爲南北朝時要塞之地。劉裕北伐時，王玄謨爲寧朔將軍，在碻磝被魏兵大敗，流矢中臂，並與徐州刺史垣護之共被免官。謝莊巧妙應對，以雙聲疊韻語挖苦王玄謨。

《冰川詩式》卷一〇《學詩要法》下：「《南史·謝莊傳》曰：王玄謨問莊：『何者爲雙聲？何者爲疊韻？』答曰：『玄護爲雙聲，碻磝爲疊韻。』某按：古人以四聲爲切韻，紐以雙聲、疊韻，必以五音爲定。蓋謂東方喉聲爲木音，西方舌聲爲金音，南方齒聲爲火音，北方脣聲爲水音，中央牙聲爲土音也。雙聲者，同音而不同韻也；疊韻者，同音而又同韻也。『玄護』同爲脣音，而二字不同韻，故謂之雙聲；『碻磝』同爲牙音，而二字又同韻，故謂之疊韻。」

⑧「壯哉」二句：出魏曹植《又贈丁儀王粲》（《文選》卷二四），已見前「第五大韻」考釋。《札記續記》：「帝、麗均爲霽韻，犯小韻。」

⑨「即居」二句：《札記續記》：「劉滔說不區分正雙聲、傍雙聲而把雙聲之相犯一總稱之爲正紐，因而舉例的『居佳』『殊城』是傍雙聲之相犯。按劉滔說應該載録在正紐條，但劉善經卻把它作爲『傍紐』條而引用，大約因爲它相當於劉善經自說的傍紐。」

⑩沈氏謂此爲小紐：《札記續記》：「『沈氏謂此爲小紐』的『此』直接承接（上文）的『沈氏云：所謂風表、月外、奇琴、精酒是也』，因而是指傍雙聲相犯。」盛江案：前已述「今就十字中論小紐，五字中論大紐」，知此處所謂「沈氏謂此爲小紐」，或亦指曹植詩「居」、「佳」爲十字之中犯傍雙聲。

⑪「劉滔」七句：《「文二十八種病」解說》：「案劉滔之說，意爲因爲如『金』、『任』那樣，同是平聲侵

韻，因此不可用，不是關於雙聲的病，而成爲疊韻之病。」《「文二十八種病」考》：「此處劉滔所説的『同韻爲傍紐』是一種異説。」羅根澤《中國文學批評史》：「案劉滔説與衆不同者有二點：一、傍紐正紐相反。二、正紐病，即他所謂傍紐病，衆率釋爲一句中不得用一紐四聲各字，他則謂不但不得用一紐四聲各字，而且不得用同韻的他紐四聲各字。真是嚴格極了。」《研究篇》下：「劉滔以正紐爲雙聲，傍紐爲疊韻。劉滔似爲梁代人，這時『紐』的概念剛剛成立，可能還没有確定正和傍的定義。還是『人或謂鶴膝爲蜂腰，蜂腰爲鶴膝』的狀態，因此這不是没有道理的。雖然不能斷定孰是孰誤，但沈約八病體系應該是採用第一説（盛江案：即傍紐爲雙聲）。劉滔之論也許没有包含大韻小韻，而沈約特别設置了韻的病，因此，如果從第二説（盛江案：指以疊韻爲傍紐），因有重複，因此不好。而且，據劉善經所引，傍紐有『沈氏所謂風表、月外、奇琴、精酒是也』。沈約很明確把傍紐解釋爲雙聲。劉滔之説不太流行，似乎被沈約説壓倒而消亡了。保存這樣的古説，是《秘府論》獨特的地方。」盛江案：隔字雙聲相犯，沈約稱爲小紐，劉滔稱爲正紐。異紐同韻四聲各字相犯，劉滔稱爲傍紐，沈約稱爲大紐。

⑫ 王彪之（三〇五—三七七）：晉詩人、辭賦家，字叔虎，琅邪臨沂（今屬山東）人，《晉書》卷七六有傳。《全晉詩》未收此詩。《世説新語·言語》：「王右軍與謝太傅共登冶城，謝悠然遠想，有高世之志。」

⑬「俯觀」三句：《札記續記》：「（俯觀陋室）這首詩，從文脈上看必須是劉滔傍紐説的例子。從而這首例詩必須與劉滔傍紐説一致。但是，『譬、壁』與此不相合，現在把這首例詩的各字和《韻鏡》對照如下：

例字	内外轉開合	七音	清濁	字母	等位	四聲	韻
俯	内一二	脣	清	非	三	上	晉
觀	外二四	牙	清	見	一	平	桓
陋	内三七	半舌	清濁	來	一	去	侯
室	外一七	齒	清	審	三	入	質
宇	内一二	喉	清濁	喻	三	上	晉
宙	内三七	舌	濁	澄	三	去	宥
六	内一	半舌	清濁	來	三	入	屋
合	外三九	喉	濁	匣	一	入	合
譬	内六	脣	次清	滂	三	去	至
如	内一一	半齒	清濁	日	三	平	魚
四	内六	齒	清	心	四	去	至
壁	外三五	脣	清	幫	四	入	錫

從對照表來看，這首詩好像本來就是爲表示聲病而作的。

(A)『俯觀陋室』一句爲『上平去入』四聲並用；

(B)俯（脣音）、觀（牙音）、陋（半舌音）、室（齒音）、宇（喉音）、宙（舌音）、如（半齒音）七音並用；

(C)包含『陋、六』『譬、壁』相犯（劉滔説的正紐），『陋、宙』相犯（劉滔説的傍紐）；

(D)包含『俯、宇』『譬、四』的小韻病。

這不得不讓人考慮它是僞作。總之，這一條既然是劉滔傍紐説之例，就應該是『即陋與宙是也』。至少『即譬與壁是也』是誤記。或者讓人懷疑原文注有『陋、六』『譬、壁』是正紐，『陋、宙』是傍紐，傳寫的時候誤爲省略。又，《眼心抄》這五字省去，也許是大師對此抱有疑義的結果。」

《校勘記》：「此詩可能『室』（質韻）和『壁』（錫韻）押韻。如果是這樣，從押韻推測，『俯觀陋室』之前可能脱一句。」盛江案：「譬」爲滂紐去聲，「壁」爲幫紐入聲，而韻母相同，恰合劉滔異聲異紐而同韻母之傍紐之説。

⑭沈氏亦云以此條謂之大紐：《札記續記》：「『沈氏亦云以此條謂之大紐』的『此條』，從文脈上看，當然必須看作承『其傍紐者』一條而來。因此可知，沈約的大紐和劉滔的傍紐内容相同。」

⑮觸類而長：《易·繫辭上》：「引而伸之，觸類而長之。」維寶箋：「觸類，謂大紐之類甚多也。」

⑯韻紐四病：維寶箋：「韻紐，大韻、小韻、正紐、旁紐也。」

⑰但勿令相對也：《「文二十八種病」考》：「不要讓（雙聲、疊韻的文字在兩句中）相對。」

金子真也統計，空海詩中一聯雙聲犯傍紐病有一百五十八例。

第八，正紐①。亦名小紐，或亦名爽切病〔一〕②。

正紐者③，五言詩「壬」、「衽」、「任」、「入」④，四字爲一紐。一句之中，已有「壬」字〔二〕，更不得安「衽」、「任」、「入」等字。如此之類，名爲犯正紐之病也。詩曰〔三〕：「撫琴起和曲〔四〕，疊管泛鳴驅〔五〕⑤。停軒未忍去，白日小踟躕〔六〕⑥。」又曰：「心中肝如割，腹裏氣便燋〔七〕。逢風迴無信，早雁轉成遥〔八〕⑦。」「肝」、「割」同紐，深爲不便〔九〕。

釋曰⑧：此即犯小紐之病也。今就五字中論，即是下句第九、十雙聲兩字是也〔一〇〕。除非故作雙聲〔一一〕，下句復雙聲對〔一二〕，方得免小紐之病也。若爲聯綿賦體類〔一三〕⑨，皆如此也。

【校記】

〔一〕「亦名小紐或亦名爽切病」，原作大字正文，三寶、高甲、天海本同，三寶本注「以下證本注也」，醍甲、仁甲、義演本作雙行小字注，據宮内廳本體例及六寺本作單行小字注。「或」，高甲、高乙本無。

〔二〕「已」，各本作「以」，《「文二十八種病」解説》作「已」，謂：「案『已』字諸本作『以』非也。」周校：「『以』疑當作

『已』。」《校注》：「『已』，原作『以』。按：梅堯臣《續金針詩格》作『已』，下文亦云：『五言詩一韻中已有任字云云。』今據改正。」《譯注》、林田校本同，今從改之。

〔三〕「詩」，原作「又」，三寶、醍甲、仁甲、義演本同。王夢鷗《初唐詩學著述考》：「細稽《秘府論》此文，間有脱佚。依其叙例，皆於叙明詩病犯理由之下，繼以『詩曰』云云。一首詩例不足，更舉他詩爲例時，即用『又曰』。今此不見詩曰，遽云『又曰』，如非脱佚『詩曰』云云一例，則此『又曰』當是『詩曰』之誤。」據六寺、江户刊本、維寶箋本改。

〔四〕「曲」，三寶本作「回」，旁注「曲」。

〔五〕「泛」，原作「洗」，三寶、高乙同，三寶本旁注「泛歟アマネク」。《札記續記》：「宮本『沈』均作『洗』，由此例推想，此處之『洗』也可能是『沈』字之誤。《路史》有『（高辛氏）命柞卜作鼙鼓，製笭筦壎篪祥金之鐘沈鳴之磬』，大約可以作爲參考。又，『驅』恐是『謳』之訛。」據六寺、江户刊本、維寶箋本改。

〔六〕「小」，醍甲、仁甲、義演本作「少」。「白日」句下《眼心抄》小字注「此十字中犯又踟蹰兩字雙聲犯也」。

〔七〕「腹」，六寺、江户刊本、維寶箋本作「腸」。《校勘記》：「『腹』當爲『腸』訛。」

〔八〕「雁」，醍甲、仁甲、義演本作「馬」。

〔九〕「肝割同紐深爲不便」，松本、天海本作大字正文。

〔一〇〕「第九十」，原作「第十九」，各本同。《校注》：「『九、十』，原作『十、九』，今改，謂指『白日』句之『踟蹰』二字也。」《譯注》、林田校本從之。盛江案：「九」「十」字之間原有鈔本中可能有顛倒符號，後來抄者未改正顛倒過來，遺誤至今。

〔一一〕「除非」，三寶本作「除作」。《「文二十八種病」解説》：「案『除非』二字難訓，缺疑。」

〔一二〕「下句」，《「文二十八種病」解説》：「『下句復雙聲』五字有脱誤，難訓。」《「文二十八種病」考》：「『下句』云云六字爲竄入文字，意思不通。」「『除非』以下二十字文意難讀，但如果把『下句復雙聲對』六字看作竄入文字，意思可通。」《考文篇》：「『下句復雙聲對』，吉田幸一氏云：『此六字疑衍。』非是。」《校勘記》：「『即是下句第十九雙聲兩字是也』意思不明，恐有誤。《眼心抄》『撫琴起和曲』例詩末，注『此十字中犯又踟躕兩字雙聲犯也』，據此此處『下句第十九雙聲兩字』當是『下句第十九第二十雙聲兩字』之訛，是指『踟躕』。但是，『踟躕』雙聲連語不是病。《文鏡》明確有言：『凡安雙聲唯不得隔字，若踟躕……流通之輩，兩字一處，於理即通，不在病限。』『除非故作雙聲下句復雙聲對方得免小紐之病也』，因爲有『下句復雙聲對』，所以上句可能脱『上句』二字。如果是『除非上句故作雙聲』之訛，則是主張雙聲連言單用是病，雙聲語必須對用。《眼心抄》的『踟躕兩字雙聲是犯也』也當這樣解釋。但是，如果是『除非故作雙聲又上句作雙聲下句復作雙聲』之訛，則是不論單用雙聲連語還是對用雙聲連語都不是病的意思。但是《眼心抄》的話就解釋不了。」

〔一三〕「綿」，六寺本作「錦」。

【考釋】

① 正紐：維寶箋：「正紐，撰旁韻旁聲，故名焉。小紐就一韻四聲論，故名焉。」《譯注》：「同爲關於雙聲的病，正紐的規則是禁用屬同一紐的字。換句話説，狹義的雙聲是正紐，廣義的雙聲是傍紐。傍紐正紐的別稱各自爲大紐小紐，也是就雙聲範疇取義廣還是取義狹而言。祇是如本文所論述的那樣，正紐的定義及其重要性，論者間想法有不同。」

② 爽切：維寶箋：「爽切，若犯小紐則聲韻一切無快爽也。」《譯注》：「傍紐、正紐又都名爽切病，這暗示人們，從根本上來説兩者應該歸屬同一種病。」盛江案：「小紐」有三説：一以正紐爲小紐；一爲沈

約説，以隔字雙聲爲小紐；一以十字内隔字雙聲爲小紐。

③正紐者：《考文篇》：「『正紐者五言詩』以下至『皆如此也』，上官儀説。」《札記續記》以爲此處之定義爲劉善經説，「正紐者」至「名爲犯正紐之病也」爲《文筆式》，説詳下。盛江案：「八病」首段爲《文筆式》，説已見前。

④壬、袵、任、入：四字均見於《韻鏡》内轉第三十八合半齒音清濁第三等。

⑤鳴驅：維寶箋：「鳴驅，嵇叔夜《琴賦》曰『駢馳翼驅』，謂鳴管驅馳也。」《校注》：「『驅』，疑當作『謳』。」《譯注》：「第二句『泛鳴驅』不成句意，或有誤字。」

⑥「撫琴」四句：詩題及撰者未詳。《「文二十八種病」考》：「踟爲平聲支韻，蹰爲蹰韻，不是正雙聲，因此不成爲正紐。是原作者引用有誤呢，還是在古音韻中爲正雙聲呢？」盛江案：第三句「忍」（上聲）與第四句「日」（入聲）屬《韻鏡》外轉第十七開半齒清濁第三等「人忍刃日」之紐，犯正紐。據此下及《眼心抄》之解釋，「踟蹰」亦犯正紐。

⑦「心中」四句：詩題及撰者未詳。「肝」（平聲）與「割」（入聲）屬《韻鏡》外轉第二十三開牙音清見母第一等「干笴肝葛」之紐，犯正紐。

⑧釋曰：《「文二十八種病」考》：「這是『撫琴』云云的詩的解釋。」

⑨聯綿賦體：關於「聯綿賦體」，參看東卷《二十九種對》「第七賦體對」。

【附録】

「第八正紐」以下至「今分爲兩處是犯正紐」，信範《九弄十紐圖私釋》引，異同如下：「撫琴」以下至「賦體類皆如此也」一百十字無。「從一字紐之得雙聲」作「從一々字紐之得雙聲」。「一紐之内名正雙聲」作「一紐之内正名正雙聲」。「羅裙裾結裙是」作「羅裾々結紐是」。「又一法凡入雙聲者皆名正紐」十二字無。「元氏云」作「詩髓腦云」。「有一字四聲分爲」作「有聲方爲」。「是一字之四聲今爲」作「是一字之句聲今分」。

或云〔一〕①：正紐者，謂正雙聲相犯。其雙聲雖一，傍正有殊，從一字紐之得四聲〔二〕，是正也〔三〕。若「元」、「阮」、「願」、「月」是〔四〕。若從他字來會成雙聲，是傍也②。若「元」、「阮」、「願」、「月」是正，而有「牛」、「魚」、「妍」、「硯」等字來會「元」、「月」等字成雙聲是也〔五〕③。如云：「我本漢家子，來嫁單于庭④。」「家」、「嫁」是一紐之内⑤，名正雙聲，名犯正紐者也〔六〕。傍紐者，如：「貽我青銅鏡，結我羅裙裾⑥。」「結」、「裾」是雙聲之傍〔七〕⑦，名犯傍紐也〔八〕。又一法，凡入雙聲者〔九〕，皆名正紐⑧。

【校記】

〔一〕「或云」，三寶本眉注「文筆式」，朱筆消之改爲「或」，右旁朱筆注「以下證本下書之」，六寺本左旁注「文筆式」，天海本眉注「證本下書」，松本、江户刊本、維寶箋本作「或曰」。

〔二〕「紐之」，松本、江户刻本、維寶箋本作「之紐」。《校勘記》：「次行有『若從他字來會成雙聲是也』，此處作『從一字紐之得……』爲是。」

〔三〕「是正也」下原衍「若元阮願月是若元阮願硯等字來」十四字，三寶、高乙、天海本同，十四字首尾三寶本有删節號「┐」「└」。《札記續記》：「『若元阮願硯等字來若元阮願月是』十四字可能誤衍，觀智院本《調聲要訣抄》引用此條無此十四字。」據高甲、醍甲、仁甲、楊、六寺、義演、松本、江户刊本、維寶箋本删。《考文篇》：「『紐之得四聲是正也』，以下訛脱錯亂尤甚，推尋文義，微信範所引，醍甲本最是也。」盛江案：小西甚一説是。

〔四〕「若元阮願月是」，楊、六寺、松本、江户刊本、維寶箋本作雙行小字注。

〔五〕「若元阮願月是正」至「成雙聲是也」，楊、六寺、松本、江户刊本、維寶箋本作雙行小字注。「願」下三寶、天海本有「硯等字來」四字。

〔六〕「家嫁」至「犯正紐者也」，楊、松本、江户刊本、維寶箋本作雙行小字注。「雙聲名犯正」，高甲本無。「名正」，醍甲、義演本作「正名正」，仁甲本作「正名」。「名正雙聲名犯正紐者也」，原誤作「正名紐者也也名正雙聲名犯正紐者也」，高乙本無第一個「也」字，餘同宫本，醍甲、仁甲、義演本無「者」字。此二句《「文二十八種病」考》校作「名正紐者也，也名正雙聲，名犯正紐者也」，云：「諸本作『正名紐者』爲『名正紐者』之誤。這幾句諸本有異同，圖書寮本（盛江案：指宫内廳本）最好。」《校勘記》：「宫本『一紐之内』的『内』字右肩的符號與『名正雙聲』的『名』字右肩的符號相應，表明『名正雙聲名犯正紐者也』十字連接在『一紐之内』之下。」「『正名紐者也也』六字爲衍字。」此句「意爲『家嫁是一紐之内的字，因爲是正雙聲，所以名爲犯正紐』。下句『結我羅裙裾』之下有『結裙是雙聲之傍名犯傍紐也』的注可證」。盛江案：《校勘記》説是，第二個「也」字中央原有抹消墨點，故當删去，宫本此處或保留「草本」痕跡，然空海或有塗改，或已將「正名紐者也」四字抹消，今據三寶、楊、六寺、松本、江户刊本、維寶箋本改。

〔七〕「裾」，松本、江户刊本、維寶箋本作「裙」，此處作「裾」爲是。「結裾」林田校本作「結裙裾」，似不妥。説詳「考釋⑦」。

〔八〕「傍紐者」至「名犯傍紐也」，原無，高乙、三寶、天海本同，三寶、天海本旁注「傍紐者如貽我青銅鏡結我羅裙裾結裾是雙聲之傍名犯傍紐也證本有之」。據三寶本夾注及高甲、醍甲、仁甲、楊、六寺、義演、松本、江户刊本、維寶箋本補。「結裾是雙聲之傍名犯傍紐也」十二字，楊、六寺、松本、江户刊本、維寶箋本作雙行小字注。

〔九〕「入」下松本、江户刊本、維寶箋本有「銅鏡結我羅裙裾」七字。盛江案：此七字恐因空海「草本」塗改較多而爲後人誤書。

【考釋】

①或云：《考文篇》：「『或云』以下至『皆名正紐』，《文筆式》有而《筆札》無。」《札記續記》以爲「又一法」句可能爲劉滔之説，其考詳下。

王夢鷗《初唐詩學著述考》：「按此一段，小西氏以爲出於《文筆式》，亦即《文筆式》與《筆札華梁》混同之處。《文筆式》二卷，絶未見於中國書志著録，亦未見前人引稱。其見於著録者，惟有藤原佐世之《日本見在書目録》，及日本學者之引述。故疑此書與《魏文帝詩格》爲同一性質，亦即《筆札華梁》歷唐至宋，變爲《魏文帝詩格》，其流往日本者，又改寫合抄而爲《文筆式》乎？羅根澤之《文筆式甄微》一文，斷爲隋人著作，但因證據薄弱，未爲定論也。然則《秘府論》所引此一段『或云』，與（傳魏文帝）《詩格》相合者，其猶《筆札》遺文歟？」

盛江案：據三寶本、六寺本注本段出《文筆式》，然「又一法」三句或爲劉滔説，而爲《文筆式》所引，中澤希男説是。王夢鷗《初唐詩學著述考》謂此段與《筆札華梁》混同，未見根據，小西甚一説實無此意。《文筆式》一書原原本本保留隋乃至齊梁時材料，然其自身作年當在初唐李百藥乃至《筆札華梁》之後。王夢鷗《初唐詩學著述考》云《文筆式》一書爲《筆札華梁》流入日本改寫合抄而成，亦未見其根據。

②「若從」二句：此説已見於「傍紐」條。

③牛、魚、妍、硯：據《韻鏡》，「牛」（平聲）屬内轉第三十七開牙音清濁第三等「牛○鼽○」，「魚」（平聲）爲内轉第十一開牙音清濁第三等「魚語御○」，「妍」（平聲）爲外轉第二十三開牙音清濁第三等「妍齴彥孽」，「硯」（去聲）爲外轉第二十三開牙音清濁第四等「研齞硯齧」。

④「我本」二句：見晉石崇《王明君詞》，全詩爲：「我本漢家子，將適單于庭。辭訣未及終，前驅已抗旌。僕御涕流離，轅馬悲且鳴。哀鬱傷五内，泣淚濕朱纓。行行日已遠，遂造匈奴城。延我於穹廬，加我閼氏名。殊類非所安，雖貴非所榮。父子見陵辱，對之慚且驚。殺身良不易，默默以苟生。苟生亦何聊，積思常憤盈。願假飛鴻翼，乘之以遐征。飛鴻不我顧，佇立以屏營。昔爲匣中玉，今爲糞上英。朝華不足歡，甘與秋草併。傳語後世人，遠嫁難爲情。」（《文選》卷二七）《文選》和本文所載二句有異，

《譯注》：「和《烏孫公主歌》（《漢書・西域傳》）『吾家嫁我兮天一方』混同並不是没有可能性。」《詩家全體》卷一〇、《冰川詩式》卷四卷五引沈約「八病」、傳《魏文帝詩格》、《金針詩格》正紐病亦引此二句，文字有異。

⑤家、嫁：據《韻鏡》，「家」（平聲）與「嫁」（去聲），屬内轉第二十九開牙音清第二等「嘉賈駕〇」。

⑥「貽我」二句：出漢辛延年《羽林郎》，全詩爲：「昔有霍家姝，姓馮名子都。依倚將軍勢，調笑酒家胡。胡姬年十五，春日獨當壚。長裾連理帶，廣袖合歡襦。頭上藍田玉，耳後大秦珠。兩鬟何窈窕，一世良所無。一鬟五百萬，兩鬟千萬餘。不意金吾子，娉婷過我廬。銀鞍何煜爚，翠蓋空踟躕。就我求清酒，絲繩提玉壺。就我求珍肴，金盤鱠鯉魚。貽我青銅鏡，結我紅羅裾。不惜紅羅裂，何論輕賤軀。男兒愛後婦，女子重前夫。人生有新故，貴賤不相踰。多謝金吾子，私愛徒區區。」（《樂府詩集》卷六三）

⑦「結裾」句：《札記續記》：「『結裙是雙聲之傍』的『結、裙』，據《韻鏡》，『結』爲見母入聲第四等字，『裙』爲群母平聲第三等字，但是如果是舉傍雙聲的例子，與其舉『裙』，可能不如舉『裾』吧！『裾』爲見母平聲第三等的字。我想，《眼心抄》作『結裾』不是更爲正確嗎？又，『鏡』也是『見母去聲第三等』的字，和『結、裙』同聲母。舉『結、裙』而不舉『鏡』，是因爲此説把傍紐作爲五字内之病。」盛江案：中澤希男説是。

⑧「又一法」三句：維寶箋：「此格不論旁正，都入雙聲者，名正紐也。」《「文二十八種病」考》：「『又一法』以下之説和已述的正紐在定義上不合。」《譯注》：「這個定義，關於雙聲的病説的衹是正紐。這可能與

傍紐一項中所引的『或曰』（《文筆式》）説把傍紐看作一種疊韻病相稱。」盛江案：「又一法」爲劉滔之説。

【附録】

《悉曇字記創學抄》卷八：「《秘府論》云：《文筆式》云：正紐者，謂正雙聲相犯。其雙聲雖一，傍正有殊，從一字紐之得四聲，是正紐也。若元、阮、願、月是正，而有牛、魚、妍、硯等字來會而成雙聲是也。」下有行間夾注：「如云：『我本漢家子，來嫁單于庭。』家、嫁是一紐之内，名正雙聲，名犯正紐者也。傍紐者，如：『貽我青銅鏡，結我羅裙裾。』結、裾是雙聲之傍，名犯傍紐也。」眉注：「《調聲要決抄》曰：《論》曰：傍紐者，雙聲是也。私云：此是以元、阮、願、月名傍紐，先爲正紐，正紐即以雙聲故也。又《論》曰：以雙聲亦曰正紐云云。私云：此是以壬、衽、任、入爲雙聲，雙聲即以正紐故也。以前二紐中，傍紐邊圈傍紐，正紐令圈正紐。各又分傍正，謂於五言詩中，若有元、阮、願、月中二字者，名犯傍紐，亦名大紐。十字中有元、阮、願、月中二字者名犯正紐，亦名小紐。壬、衽、任、入，傍正分别付五言詩，準元、阮、願、月，可知是以十字中論小紐，五字中論大紐。又曰：五字中犯最急，十字中犯稍寬。私犯大紐爲急，犯小紐者爲寬。具臨文可知，此等文，紐聲即雙聲，雙聲即紐聲也。」

元氏云〔一〕①：正紐者，一韻之内，有一字四聲分爲兩處是也。如梁簡文帝詩云：「輕霞落暮錦，流火散秋金②。」「金」、「錦」、「禁」、「急」〔二〕，是一字之四聲〔三〕，今分爲兩處，是犯正紐也。元兢曰：此病輕重，與傍紐相類〔四〕。近代咸不以爲累〔五〕，但知之而已。

【校記】

〔一〕「元氏」，三寶本左旁注「髓腦」，又朱筆消之，朱筆改作「元氏」。祖風會本注：「元氏曰同所引作詩髓腦云」。「云」，江户刊本、維寶箋本作「曰」。

〔二〕「金錦禁急」至「是犯正紐也」，高甲、楊、六寺、松本、江户刊本、維寶箋本作雙行小字注。

〔三〕「之四聲」，原作「犯之正四聲」，高乙本同，松本本作「之正四聲」，據三寶、高甲、醍甲、仁甲、楊、六寺等本改。

〔四〕「與」，原無，高甲、高乙、醍甲、仁甲、義演本同，據三寶、楊、六寺、江户刊本、維寶箋本補。

〔五〕「咸」，三寶、天海本作「盛」。

【考釋】

①元氏云：據三寶本注，此以下至「但知之而已」，元兢《詩髓腦》説。此段文字亦見於信範《九弄十紐圖私釋》下，已見上。

②「輕霞」二句：梁簡文帝現存作品中未見，爲佚句。

劉氏曰〔一〕①：正紐者〔二〕，凡四聲爲一紐，如「任」、「荏」、「衽」、「入」，五言詩一韻中已有

「任」字〔三〕，即九字中不得復有「荏」、「衽」、「入」等字〔四〕。古詩云：「曠野莽茫茫②。」即「莽」與「茫」是也③。凡諸文筆〔五〕，皆須避之。若犯此聲〔六〕，即齟齬不可讀耳④。

【校記】

〔一〕「劉氏曰」，三寶本眉注「善經云」，又朱筆消之，其右朱筆改作「劉氏」。

〔二〕「正紐」下原衍「正紐」二字，高乙本衍「紐」一字，據三寶、醍甲、六寺等本删。

〔三〕「詩」，醍甲、仁甲、義演本作「語」。

〔四〕「不」，醍甲、仁甲、義演本無。「得」，天海本無。「等字」，三寶本作「五言詩」，朱筆消之，旁注「等字」。

〔五〕「筆」上原衍「章」字，高甲、高乙本同，據三寶、醍甲、仁甲、六寺等本删。

〔六〕「若」，原無，高乙本同，據三寶、高甲、醍甲、仁甲、六寺等本補。

【考釋】

①劉氏曰：據三寶本注，此以下至「不可讀耳」，劉善經説。

②曠野莽茫茫：出魏阮籍《詠懷詩》其十二，全詩爲：「徘徊蓬池上，還顧望大梁。緑水揚洪波，曠野莽茫茫。走獸交横馳，飛鳥相隨翔。是時鶉火中，日月正相望。朔風厲嚴寒，陰氣下微霜。羈旅無疇匹，俛仰懷哀傷。小人計其功，君子道其常。豈惜終憔悴，詠言著斯章。」（《文選》卷二三）

③ 莽、茫：均屬内轉第三十一開脣音清濁明母第一等「茫莽漭莫」。

④《杜詩詳注》卷一《鄭駙馬宅宴洞中》仇兆鰲注：「所謂正紐者，如溪、起、憩三字爲一紐，上句有溪字，下句再用憩字。庾闡詩：『朝濟清溪岸，夕憩五龍泉。』是正紐也。所謂旁紐者，如長、梁同韻，長上聲爲丈，上句首用丈字，下句首用梁字，是亦相犯。詩云：『丈夫且安坐，梁塵將欲起。』此旁紐也。在七律，如杜詩『遠開山岳散江湖』，山、散爲正紐；如『丈人才力猶强健』，丈、强爲旁紐矣。」

郭紹虞《永明聲病説》：「傍紐正紐完全是聲的問題。不過於此也有數種歧解：（一）以爲完全是雙聲的問題，早一些的如沈道寬之《六義郛郭》，謂『正紐如用「公」爲韻，二句中不得用「江」、「幾」、「居」、「均」等字，傍紐如用「公」爲韻，不得用「羌」、「强」、「欺」、「奇」、「卿」、「鯨」、「丘」、「求」等字』。近一些的，如劉大白《舊詩新話》云：『正紐就是正雙聲，例如「關關雎鳩」，關鳩兩字同屬見紐。旁紐就是準雙聲，例如「君子好逑」，君是見紐，逑是群紐，同屬淺喉音。又如「胡然而天也，胡然而帝也」，天是透紐，帝是端紐，同屬舌頭音。』此二説，一指與韻同聲者言，一指十字中任何字之同聲。雖稍有出入，然似乎均就三十六字母確定以後的情形而言。以字母未定以前，恐所謂旁紐正紐，未必如沈、劉二氏所解。（二）以爲完全是雙聲而兼韻的問題。如仇兆鰲《杜詩詳注》，（略，説已見上）案，此説較爲近是。《封氏聞見記》云：『周顒好爲體語，因此切字皆有紐，紐有平上去入之異。』正以紐兼指韻，故有平上去入之異。《九經字樣》云『紐以四聲』，孫緬《唐韻序後論》：『切韻者本乎四聲紐以雙聲疊韻。』是則舊説對於紐兼聲與韻而言，故馮班《鈍吟雜録》以正紐爲四聲相紐。因此，可知正紐斷不是正雙聲。至於旁紐，則如仇氏所解，亦足備一説。《文鏡秘府論》引劉氏説云：『其傍紐者，若五字中已有「任」字，其四字不得復用「錦」、「禁」、「急」、「飲」、「蔭」、「邑」等字，以其一紐之中有「金」、「音」等字與「任」同韻故也。』此即爲仇氏所本。不過以此爲病，恐避不勝避。所以《文鏡秘府論》、《詩人玉屑》諸書，均以雙聲爲旁紐。旁紐本異於正紐，所以不必更有四聲的關係。馮班《鈍吟雜録》云：『郭忠恕《佩觿》云：「雕弓之爲敦弓，則又依乎傍紐。」按徵音四字端透定泥，敦字屬元韻端母，雕字屬蕭韻端母，則是旁紐者以聲之字也。』此卻找到了昔人所謂旁紐的根據，所以較爲可靠。」「（三）更有以爲雙聲與四聲均有正紐旁紐者。此則是周春《杜詩雙聲疊韻譜》之説。周氏議馮班之失謂：『三十六字母有正紐旁紐，平上去入四聲亦有正紐旁紐。字母之正紐旁紐，如「隆」、「閭」爲正，「宫」、「居」爲旁是也。四聲之正紐旁紐，如「真」、「軫」、「震」、「質」爲正，「之」、「止」、「至」、「質」爲旁是也。』此説也未嘗不可通。然而祇是後世音韻家之見，當時人何嘗知道見母之有一部分將分化爲舌面音『ㄍ』『ㄐ』二音，何嘗知道陰陽聲之對轉全以入聲爲樞紐，而有所謂二平一入之例。所以此説與永明體之八病亦無關。」

《「文二十八種病」解説》：「案所謂正紐，是指屬同一系統之韻而言」，「而所謂正紐病，是在一句五字内還有二句十字内，用異聲同音字的病。這之所以成爲病，不僅因爲已成爲雙聲而犯傍紐病，還因爲又用同系統之韻的字恰好有近似疊韻的嫌疑」。

《「文二十八種病」考》謂：正紐和傍紐一樣是雙聲之病，區别在於雙聲的傍和正。所謂正雙聲，是像「元、阮、願、月」（《韻鏡》中屬外轉第二十二合牙音清濁疑母第三等）那樣同一紐的四聲字，《文鏡秘府論》正紐項舉出的正雙聲都是這樣，如「金、錦、禁、急」爲内轉第三十八合牙音清見母第三等所屬的四聲，「陰、飲、蔭、邑」爲内轉第三十八合喉音清影母第三等所屬的四聲，「〇、〇、肝、割」爲外轉第二十三開牙音清見母第一等所屬的去入，「任、荏、衽、入」爲内轉第三十八合舌音清濁日母第三等所屬的四聲。聲相同而韻不同的一系列字，如《文鏡秘府論》所舉的，牛、魚、妍、硯等字來會元、阮、願、月等字成雙聲。牛爲内轉第三十七開牙音清濁疑母第三等一紐的平聲，魚爲内轉第十一合牙音清濁疑母第三等的平聲，妍、硯爲外轉第二十三開牙音清濁疑母第四等的平、入聲，這樣成爲傍雙聲。這樣看，「《秘府論》所説多少有些錯誤。即：（一）傍紐的例詩，元月、阮願是正雙聲應是正紐而被作爲傍紐之例。（二）正紐的例詩踟蹰是傍雙聲，而且其『釋』又祇記關於傍紐之對（盛江案：疑爲「例」字之誤），而作爲正紐的例子就没有必要」。「大紐注記是傍紐的别名，即『釋』所説把魚、月和獸、傷的傍雙聲之犯作爲大紐。但是，沈約把詩中『宇宙六合譬如四壁』譬、壁即有疊韻的字稱作大紐」。「小紐據注記和大紐一樣，是作爲正紐的别名。但是正紐這一項就此没有專門記載，傍紐『釋』：『魚、月是雙聲，獸、傷並雙聲，此即犯大紐，所以即是，元、阮、願、月爲一紐。』原原本本看這段文字，是十字中紐之病爲小紐，五字中紐之病爲大紐。維寶師箋解作『五字之中犯其過重，故云大，十字之中犯其過輕，故云小』，但是，和前面把魚月等傍紐稱作大紐不一致。因此一説應該是把傍紐稱爲大紐，與此相反，把正紐作爲小紐。又，沈約也有異説：『凡安雙聲唯不得隔字，若踟蹰、躑躅、蕭瑟、流連之輩，兩字一處，於理即通，不在病限。沈氏謂此爲小紐。』就是説，把雙聲兩字一處作爲病，小紐是作爲這種場合的病名。這樣看來，當時關於大紐、小紐還没有定説，可能各家見解還有異」。後世詩對正紐、傍紐的解釋有三種情況：「（一）把正紐作爲正雙聲之犯，把傍紐作爲傍雙聲之犯的有《困學紀聞》、《魏文帝詩格》、《拾芥抄》正紐：張、長、帳、著之類是也。傍紐：張與珍字之類是也，或曰櫛與柳之類是也等。但是（二）《二中歷》有『正紐：一韻内兩處用如金錦等。傍紐：五字内不用禁急等字。』因此正和傍都是正雙聲，兩者的不同是十字内之犯爲正，五之犯爲傍。這是一種解釋。（三）把正紐作爲疊韻之病，有《詩苑類格》以及《詩人玉屑》所引被稱沈約八病的東西，説：『七曰傍紐，八曰正紐。十字内兩字疊韻爲正紐，若不共一紐而有雙聲，爲旁紐。如流、久爲正紐，流、柳爲旁紐』（《詩人玉屑》）。」

《研究篇》下：「正紐也叫小紐。説小紐比傍紐更重，有點不合道理，犯正紐的情況實際比傍紐少，也許因此而得名。」「正紐和傍紐，寬嚴有不同。如劉善經所説，二句（十字）内不可用正紐之字，傍紐則五字内忌避。這恰好相當於大韻和小韻的區别。爲了明確表示這樣的關係，所想的辦法，是例舉的韻紐圖。這個韻紐圖能够簡單明了的表示正紐和傍紐的相互關係。韻紐圖裏，如果採用自紐（若上段即上段，若下段即下段）的字，則爲正紐，若採用對紐（上段對下段，下段對上段）的字則爲傍紐。用圖明確表示詩病的正紐和傍紐的區别，這種實用性的觀點，也許就是作這個韻紐圖的動機。」「劉善經説：『凡諸文筆，皆須避之。若犯此聲，即齟齬不可讀耳。』從劉善經所説看，直到隋代，正紐似還是比較嚴重的病。但是元兢説，『近代咸不以爲病，但知之而已』。唐代以後，律體流行，調聲規定專門從『平仄』，大概因此對正紐不需要太留意。但是，永明體應當相當嚴格，把正紐作爲微疾是太輕率。沈約説，大韻小韻正紐傍紐『兩句中則非巨疾』，反過來，就是説，一句中就不是微疾。」

《札記續記》：「旁紐、正紐二條的記述很混亂，乍讀難以把握其要領。這可能是因爲旁紐、正紐本來就有數説，《秘府論》把這些都雜抄在一起。」「沈約説沒有傍紐、正紐之目，與此相當的是大紐和小紐。所謂大紐，是指把（一）本來不是雙聲但屬韻形相同之紐的字的相犯，（二）和正雙聲的相犯合在一起的東西。所謂小紐是指傍雙聲的相犯。劉滔説的正紐是指不區別正雙聲和傍雙聲所有的雙聲相犯，傍紐是指沈約説的大紐的（一）（即本來不是雙聲但屬韻形相同之紐的字的相犯）。正紐、傍紐的名目似始於劉滔。隋劉善經《四聲指歸》的傍紐、正紐和劉滔説名目相同而其内容有異。劉善經説的正紐是指正雙聲的相犯，傍紐是傍雙聲的相犯。推定是隋人著作的《文筆式》和初唐元兢《詩髓腦》的正紐、傍紐説，都是繼承了劉善經之説。看到這一點，則可以看到，劉善經説在六朝末到初唐已成爲了定説，而沈約説、劉滔説已不流行。」「這兩例通常的順序排列是『七傍紐、八正紐』，《文二十八種病》及《金針詩格》、《詩人玉屑》等所引八病均爲這個順序。但《文筆十病得失》反過來，以『正紐、傍紐』的順序排列，《魏文帝詩格》與此相同。但是，考慮它們哪一個有誤是輕率的。這本來就是不同的説法。所説相異，排列順序自然相異。」

《札記續記》對傍紐、正紐二説作了詳細考證。把《秘府論》傍紐、正紐二説原文列表對照如下：

	一			二			三					
	A	B	C	A	B	C		A	B	C	D	E
第七傍紐（亦名大紐或名爽切病）	傍紐詩者……雙聲即犯傍紐	亦曰五字中犯最急十字中犯稍寬	如此之類是其病	詩曰魚遊見風月獸走畏傷蹄	如此之類是又犯傍紐病	又曰元生愛皓月……寒氣漸鑽膚	釋曰	魚月是雙聲獸傷并雙聲	此即犯大紐……元阮願月爲一紐	今就十字中論小紐五字中論大紐	所以即是元阮願月爲一紐	王斌云……可得免紐之病也
	A′		C′	A′	B′	C′			B′	C′		E′
第八正紐（亦名小紐亦名爽切病）	正紐者……更不得安衽任入等字		如此之類名爲犯正紐之病也	又曰撫琴起和曲……白日小踟躕	又曰心中肝如割……早雁轉成遥	肝割同紐深爲不便	釋曰		此即犯小紐之病也	今就五字中……第十九雙聲兩字是也		除非故作雙聲……皆如此也

四	A	(傍紐者如貽我青銅鏡結我羅裙裾結裾是雙聲之傍名犯傍紐也)	A′	或云正紐者謂正雙聲相犯……名正雙聲名犯正紐者也
	B	或云傍紐者據……亦金飲之類是犯也	B′	又一法凡入雙聲者皆名正紐
五	A	元氏云傍紐者……從就之類是也	A′	元氏云正紐者……但知之而已
六		劉氏曰		劉氏曰
	A	傍紐者……柔蠕仁讓爾日之類	A′	正紐者……即齟齬不可讀耳
	B	沈氏云所謂……奇琴精酒是也		
	C	劉滔亦云重字……於理即通不在病限		
	D	沈氏謂此爲小紐		
	E	劉滔以雙聲……即譬與壁是也		
	F	沈氏亦云以此條謂之大紐		
	G	如此負犯……但勿令相對也		

然後首先在(四)尋找解釋之綫索。先指出「(四)的原典是《文筆式》」,「(A′)自『我本漢家子』到『名犯正紐者也』和A相對」。又將傍紐、正紐二説原文列表對照如(四)之A′與B的雙聲之例和《韻鏡》對

照，謂：（四）之「（A′中）『元阮願月』爲外轉第二十二合牙音清濁疑母第三等所屬的一紐。『牛魚妍硯』都爲疑母。『家嫁』爲内轉第二十九開牙音清見母第二等所屬一紐的平聲和去聲」。「（B中）『飲陰蔭邑』爲『陰飲蔭邑』之訛。《金針詩格》有『陰飲蔭邑』，又，（六）E也作『音飲蔭邑』。『陰飲蔭邑』屬内轉第三十八合喉音清影母第三等的一紐。又，『音』和『陰』一樣爲『於金切』（《廣韻》）。『丈』屬内轉第三十一開舌音濁澄母上聲第三等養韻。『梁』爲内轉第三十一開半舌音清濁來母平聲第三等陽韻。『金錦禁急』屬内轉第三十八合牙音清見母第三等的一紐。『金』『今』均爲『居吟切』（《廣韻》）」。對照之後謂曰：「A和B説有異。A把傍雙聲的相犯作爲傍紐，與此不同的是，B指像『金錦禁急』和『陰飲蔭邑』二紐那樣雖不是傍雙聲但屬韻形相似字的相犯。五字内或十字内同用處於這樣關係的紐之字，要産生和雙聲容易混淆的結果，這可能就是這一犯目的主旨。『金錦禁急』和『陰飲蔭邑』二紐的『金、陰』『錦、飲』『禁、蔭』『急、邑』均同韻，因此它們的同用屬韻之病。因此，有『若金（平）之與飲（上），陰（平）之與禁（去），從傍而（會）是與相參』，顯然是要弄清這個病不包含同韻字的同用吧。」

《札記續記》接着分析（四）中A之異文，謂：「A在保延本（盛江案：指宫内廳本）没有，三寶院本用細字記在『名犯正紐者也』之傍。又《眼心抄》載録有此條。可能（四）的原文是A A′ B B′連記着，但當《秘府論》把它們分開來抄於正紐和傍紐的時候，分斷在『名犯正紐者也』之處，把A注記作筆記，或者用看得見的形式把它抹消了。但是，三寶院本載録了A，《眼心抄》也有載録，從這點推測，勿寧説保延本（案即宫内廳本）轉抄之際漏抄了這個注記，這樣看可能合理一些。」

《札記續記》比較(四)中A′與A之體例，謂：「A′以對正紐的解説爲主，舉出正紐的詩例而連結起來，但中間又夾着傍紐的解説。從這種體例推測，原文一定有和傍紐的解説相應的詩例。這一點從A條自然可以看得很清楚。」

作以上分析之後，《札記續記》將表中之(四)歸納如下：

「(a)雙聲區别爲正雙聲和傍雙聲。(A′)

(b)所謂正雙聲是指一紐内的雙聲。(A′)

(c)所謂傍雙聲是指異紐間的雙聲。(A′)

(d)正雙聲相犯叫正紐。(A′)

(e)傍雙聲相犯叫傍紐。(A′)(A)

(f)不分正雙聲、傍雙聲，雙聲相犯一併叫正紐。(B′)

(g)本來不是雙聲，但韻形屬相似的二紐的字相犯(同韻字的相犯除外)叫傍紐。(B)」

謂其結論爲：「(d)(e)和(f)(g)是一系之説，總之，可知傍紐和正紐名目雖然相同，但二説存在相異的内容。」

《札記續記》接着分析表中之(六)。謂曰：

(六)的原典是劉善經《四聲指歸》。「(六)中A、A′的定義和(四)中A、A′相同」。將A、A′、B的雙聲舉例和《韻鏡》對照如下：「『任、忍、柔、蠕、任、讓、爾、日』爲日母第三等。『風、表』爲幫母第三等。『月、外』爲疑母第三等。『奇、琴』爲群母第三等。『精、酒』爲精母第四等。『任、荏、衽、入』屬内轉第三十八合半舌音清濁日母第三等。『莽、茫』屬内轉第三十一開脣音清濁明母第一等的『茫、莽、漭、莫』之紐的上聲和平聲。」將C的舉例也和《韻鏡》對照：「『參（平）、差（平）』爲清母，『懸（平）、瓠（平）』爲匣母，『殊（平）、城（平）』爲禪母，『居（平）、佳（平）』爲見母，『踟（平）、躕（上）』爲知母，『躑（入）、躅（入）』爲澄母，『蕭（平）、瑟（入）』爲心母，『流（平）、連（平）』爲來母。」

又謂：「（六）D『沈氏謂此爲小紐』的『此』直接承接B的『沈氏云：所謂風表、月外、奇琴、精酒是也』，因而是指傍雙聲相犯，我想是不錯的。（六）E的所謂『劉滔以雙聲亦爲正紐』是『劉滔以傍雙聲的相犯作爲正紐』的意思，和（四）中B′的『凡入雙聲者，皆名正紐』同樣的意思。自『其傍紐者』到『即（譬）與壁是也』是劉滔的傍紐説，這和（四）中B是同一内容。恐怕（四）中的B、B′是基於劉滔之説吧。」

「劉滔説不區分正雙聲、傍雙聲而把雙聲之相犯一總稱之爲正紐。因而舉例的『居、佳』『殊、城』是傍雙聲之相犯，按劉滔説應該載録在正紐條，但劉善經卻把它作爲『傍紐』條而引用，大約因爲它相當於劉善經自説的傍紐。」

《札記續記》聯繫天卷《四聲譜》進一步分析劉滔説與沈約説的區别，指出：「天卷所載《四聲譜》的二個片斷中，『六字總歸一入』爲劉滔一系，而四字一組與沈約一系有關聯。」「沈約説的大紐、小紐和四字一組之聲譜的關係有如下的考慮。其小紐指傍雙聲的相犯，因此，用它的聲譜來説，則相當於屬同行的上下二紐的字的同用。又，其大紐是：（a）正雙聲的相犯和（b）『從連韻而紐聲相參』的病，因此，如果用它的聲譜來説，則（a）相當於屬於同紐的字的同用，（b）相當於屬於某一紐的字和屬橫列之紐的字的同用。〔但是，同韻字的同用是韻之病，因此要從（b）之病中除外。〕」

「劉滔説的正紐、傍紐和『六字總歸一入』的聲譜的關係有如下的考慮。四字一紐，正雙聲和傍雙聲的區别是很明確的。但是，六字總歸一入，則因爲把正雙聲和傍紐聲二紐總括在一起，結果是正雙聲和傍雙聲的區别被取消了。在沈約説那裏，屬一紐的字的雙聲是正雙聲，正雙聲的相犯是正紐。如果把這一想法應用於六字總歸一入，當然屬一紐的正雙聲和傍雙聲的相犯要成爲正紐。這和劉滔説對正雙聲的相犯和傍雙聲的相犯不作區别，總括起來規定爲正紐是一致的。我以爲，在劉滔説那裏，不正是把沈約説的小紐（傍雙聲的相犯）和大紐（a）（正雙聲的相犯）合在一起作爲正紐，而把沈約説的大紐（b）（從連韻而紐聲相參）規定爲傍紐嗎？總之，沈約説和劉滔説的相異，起因可能在於根據這一聲譜的紐圖。」

「沈約説的大紐、小紐的大小，和大韻、小韻一樣表示其病的大小。小紐衹是同聲母的病，與此不同，大紐（a）（正雙聲相犯）不僅關係到聲母而且關係到韻母，因此把這種病作爲重病。之所以把『從連韻而紐聲相參』之病包含在大紐之中，可能因爲和（a）一樣，這一病的韻形相似吧？如果以大紐、小紐的大小表示病的輕重，那就不難想像，這二目本來就和『大韻、小韻』一樣，並列爲『大紐、小紐』。」

《札記續記》又分析關於傍紐、正紐問題劉善經説與劉滔説及沈約説之關係，謂：「劉善經説的『正紐、傍紐』和劉滔説的名目相同但其内容有異。（六）A′有『凡四聲爲一紐，如任荏衽入』，因此，所根據的聲譜顯然是沈約一系的四字一紐。劉善經繼承了劉滔提出的正紐、傍紐的名目，一方面卻仍據『四字一紐』的聲譜，恢復了正雙聲和傍雙聲的區別。因而，這一犯目的提出方法，既不同於沈約説，也不同於劉滔説，這是理所當然的。在劉善經那裏，把正雙聲的相犯作爲正紐，傍雙聲的相犯作爲傍紐，把『從連韻而紐聲相參』之病附於傍紐。總之，劉善經似是從劉滔説採用正紐、傍紐的名目，而其内容則依據沈約之説。衹是『從連韻而紐聲相參』之病，在沈約説那裏和正雙聲的相犯相合，而在劉善經説那裏，則把它附説於傍雙聲的相犯，它們在這一點上有所不同。」

「如前所述，這二目有『正紐、傍紐』、『傍紐、正紐』這二種排列方法。前者不正是劉滔之説，而後者不正是劉善經之説嗎？劉滔説的正紐是指所有雙聲的相犯，傍紐指『從連韻而紐聲相參』之病。作爲紐之病，傍紐是特例。因此，不正是把常例放在前面而採用『正紐、傍紐』的排列方法嗎？劉善經之説的傍紐是傍雙聲相犯，正紐是將（a）正雙聲相犯和（b）『從連韻而紐聲相參』之病合併在一起。那麽，正紐和傍紐哪一個犯病率更高呢？當然是傍紐。因此，此説不正是把紐病常例的傍紐放在前面，而採用『傍紐、正紐』這樣的排列方法嗎。」

作以上對表中（六）之分析之後，《札記續記》作以下歸納：

「（一）沈約説的小紐，指傍雙聲的相犯（D），而其大紐，指（a）正雙聲的相犯，（b）『從連韻而紐聲相

參』之病這兩方面。(F)

(二)劉滔説的正紐，是把沈約説的小紐和大紐(a)合併在一起(E)，而其傍紐指沈約説的大紐(b)。(E)

(三)劉善經説的正紐，是指正雙聲的相犯(A′)，而其傍紐是指傍雙聲的相犯(A′)，沈約説的大紐(b)、劉滔説的傍紐，則附説於傍紐。」

《札記續記》對表(一)之内容作以下分析：

「(一)A′的定義是劉善經一系之説，和(四)之A′、(六)之A′相同。(一)A的『有月字更不得安魚、元、阮、願等之字，此即雙聲，雙聲即犯傍紐』一條有疑問。『魚』和『元、阮、願』是傍雙聲這没有問題，但是『元、阮、願』爲正雙聲則有問題。和這糾纏在一起，有『雙聲』，是指把正雙聲、傍雙聲統括在一起的東西，還是指正雙聲、傍雙聲的哪一方，這也有疑問。據《韻鏡》，『魚』屬内轉第十一開牙音清濁疑母第三等的『魚、語、御、○』紐的字。『元、阮、願、月』屬外轉第二十二合牙音清濁疑母第三等的一紐。如果A是劉善經一系的傍紐説，則是指傍雙聲的相犯，因此這裏不會表示正雙聲的例子。然而，因爲這一説是表示正雙聲、傍雙聲之例，則大概不得不斷定這不是劉善經説而是劉滔一系的正紐説。但是，即使把這解作是劉滔一系之説，也還有疑問。那就是，和正雙聲的『元、阮、願』三字相對，傍雙聲的例子僅僅是『魚』一個字，失去了平衡。懷疑原文也許像(四)A′的『牛、魚、妍、硯』一樣，傍雙聲的幾個字和『月』排列着，但下面載録的例詩包含着『魚、元、阮、願、月』的字面，這些例詩被《秘府論》所引用，而把傍雙聲的幾個字誤改爲『魚、元、願、月』。即使A、A′不是一系，A有劉滔一系的正紐說，A′是劉善經一系的正紐說，『魚、元、阮、願』的例字失去平衡這一點也是不可改變的。因此，不論哪一說，『魚、元、阮、願等之字』七字都有誤脱。」

《札記續記》對表中（二）（三）（五）分析如下：

「（三）是（二）的釋文，因此兩者的關係必須弄清楚。（三）A承（二）A，這從『魚月是雙聲，獸傷並雙聲』的字面可以知道。據《韻鏡》，『魚、月』屬疑母第三等，『獸、傷』屬審母第三等之字。」

「（三）B與（二）B關聯，這從字面也很明確。又，從有『大紐』來看，這是沈約之説也是很顯然的。（三）B把（二）B解作表示『元、阮、願、月』正雙聲相犯的例子。如果那樣，（二）B（三）B大概就不是傍紐而應載録於正紐之條。還有，雖然（三）B没有指出，但是（二）B在雙聲相犯之外包含有『無、末』（盛江案：「末」當作「未」）（微母）的傍雙聲相犯，如果從這點考慮，可能（二）B是表示正雙聲、傍雙聲兩方面的例子。因而不能不讓人考慮，（三）B不是照録原文，而是有所省略。」

「（三）C是（三）B的繼續。我們把它解釋作，『今就十字中論小紐』指（二）B『無、末』相犯，『五字中論大紐』指『元、月』、『阮、願』相犯。（三）D可能是整個（三）B的衍文。（二）C據《韻鏡》下面諸字同聲母：『雲、遊』（喻母）、『麗、亂』（來母）、『月、魚』（疑母）、『風、膚』（非母）。（三）E、（三）E′明言雙聲連言不是病。又，E′的『聯綿、賦體』爲對屬的名目。」

《札記續記》將（二）A′和《韻鏡》對照，指出下列諸字爲雙聲：

例字	内外轉開合	七音	清濁	字母	等位	四聲	韻
撫	内一二	脣	次清	敷	三	上	晉
驅	内一二	牙	次清	溪	三	平（去）	虞（遇）
起	内八	牙	次清	溪	三	上	止
曲	内二	牙	次清	溪	三	入	燭
管	外二四	牙	清	見	一	上	緩
琴	内三八	牙	濁	群	三	平	侵
疊	外三九	舌	濁	定	四	平	帖
沈	内三八	舌	濁	澄	三	平	侵（寑）
鳴	内三三	脣	清濁	明	三	平	清
停	内三五	舌	濁	定	四	平	青
踟	内四	舌	濁	澄	三	平	支
未	内一〇	脣	清濁	微	三	去	未
白	外三三	脣	濁	並	二	入	陌

「『起、曲』、『疊、沈』、『驅、管』、『管、琴』、『停、踟』、『未、白』爲傍雙聲相犯，『撫、驅』、『沈、琴』爲『從連韻而

紐聲相參』之犯，『忍、日』爲雙聲相犯（人、忍、刃、日爲一紐）。又，『琴、沈』同是侵韻犯小韻。」

《札記續記》謂：「如以上，（二）B表示傍雙聲同用和正雙聲同用和『從連韻而紐聲相參』的病例。因此，（二）B不適合於劉善經一系的正紐之例。」

「（二）B和（三）B爲一系之説，還有，這是沈約之説，這從（三）B有『此即犯大紐』，（三）B′有『此即犯小紐之病也』可以知道。《秘府論》正紐、傍紐的區分，根據的是劉善經説。然而，可能由於混合有和這内容不同的沈約一系的大紐、小紐之説，因此其結果是，（二）B不合於正紐之例，（二）B′不合於傍紐之例。本來，（二）B、（二）B′似據這二例同時表示正雙聲、傍雙聲相犯和『從連韻而紐聲相參』之病等關於紐的諸病。」

「（三）B′承接（二）B′。『此即犯小紐之病也』指（二）B′的『起、曲』、『疊、沈』、『驅、管』、『管、琴』、『停、踟』、『未、白』這些傍雙聲相犯。」

「（三）C′繼續（三）B′，雖有『今就五字論』，但（二）B′不僅是五字中，而且包含十字中之犯，因此不是正確的解釋。」

「『下句第十九雙聲兩字是也』可能原是『除非故作雙聲』的注記，而被誤寫了。《眼心抄》在（二）B′之下有『此十字犯，又踟蹰兩字雙聲犯也』，以此作爲參考，『下句第十九雙聲兩字是也』懷疑是『下句第十九第二十雙聲兩字是也』之訛。（三）C′的『今就五字（中）論』相當於《眼心抄》的『此十字中犯』。如已述的那樣，（二）B′表示五字中十字中的病例，因此，《眼心抄》的『此十字中犯』大約也和（三）C′的『今就五字論』一樣是誤解。還有，《眼心抄》的『踟蹰兩字雙聲犯也』明顯是誤解。『踟蹰』是雙聲連言，這不是病，這在(三)E、E′已經有明確説明。」

「(二)C′的『肝、割』是正雙聲相犯之例，據《韻鏡》，是外轉第二十三開牙音清見母第一等所屬的一紐。這似和(二)C表示傍雙聲相犯相對應。」

「(五)是元兢《詩髓腦》之説。元兢説和劉善經説同爲一系。衹是没有表示關於『從連韻而紐聲相參』之病的意見。」

《札記續記》對傍紐、正紐二病作了以上考證後，歸納其觀點如下：

「(一)沈約八體説没有正紐、傍紐之目，相當於這二目的是大紐和小紐。小紐指傍雙聲的相犯，大紐指(a)正雙聲的相犯和(b)『從連韻而紐聲相參』之病。可以推定這二目的順序是『大紐、小紐』。」

「(二)正紐、傍紐之目似始於劉滔。劉滔説的正紐是正雙聲和傍雙聲不作區别的所有雙聲的同用，傍紐指沈約大紐中的(b)。紐圖有兩式，沈約一系似採用四字一紐，劉滔一系似採用『六字總歸一入』。沈、劉之説的相異，似最終由於所據的紐圖的不同。劉滔説是以『正紐、傍紐』的順序排列。」

「(三)劉善經説的傍紐、正紐，用劉滔説的名目，但内容有異。劉善經説的正紐指正雙聲的相犯，傍紐指傍雙聲的相犯，『從連韻而紐聲相參』之病附入傍紐之病。劉善經説據沈約一系四字一紐的紐譜提出紐之病，和劉滔説的不同衹在於分類，並没有本質上的不同。劉善經系的順序和劉滔系相反，似採用『傍紐、正紐』的順序。沈約系、劉滔系的病和韻之病一樣，作爲十字内的病犯，但劉善經説則有『韻紐四病，皆五字内之瑕疵，兩句中則非巨病，但勿令相對』，把過去的十字内的禁避，放鬆到五字内的禁避。」

「（四）《文筆式》之説和劉善經説同爲一系。」

「（五）元兢説承劉善經説。未見關於『從連韻而紐聲相參』之病的意見。但是，推測爲初唐人所説的『十規』中的『爽切病』表示了這類病例，從這點看到，當時還是被作爲病。關於紐之病，元兢説『近代咸不以爲累，但知之而已』（A′），『此病更輕於小韻，文人無以爲意者』（A），由此可以知道，初唐紐之病和韻之病一起，人們幾乎不太關心了。」

「（六）《秘府論》的傍紐、正紐以劉善經説爲基調排列諸説，這從傍紐、正紐的順序和開頭的定義可以知道。但是，由於立場還不徹底，因此沈約説、劉滔説、劉善經説混雜在一起，以至於要旨不分明。」

《札記續記》最後指出：「『第七傍紐』之下記有『或名大紐』，『第八正紐』之下記有『或名小紐』，沈約系的大紐（b）相當於劉滔系的傍紐，劉善經説也把它附於傍紐，也許因此『第七傍紐』之下記有『或名大紐』。但是，沈約説的小紐衹是指傍雙聲的相犯，因此，正雙聲相犯的『第八正紐』注記『或名小紐』是誤記。恐怕劉滔系的正紐把正雙聲和傍雙聲的相犯總括在一起而被引用，由此而誤記。」

金子真也統計，空海詩中四聲一紐字相犯有八例。

清水凱夫《沈約韻紐四病考》不贊成前引郭紹虞之説，謂：「首先，郭氏舉劉善經的『韻紐四病，皆五字内之瑕疵，兩句中則非巨疾』作爲根據，説『韻紐四病』真的是五字内之病。但是引句不過是説五字内之犯爲瑕疵，而兩句中之不爲巨病而已，絲毫也没有説韻紐四病是規定一句五字内的音節的。也就是説，這決不是就聲病的原則規定而言，祇不過是就犯則的容許範圍説的而已。」「其次，郭氏把『角徵』看作和『宫商』是同義語」，「郭氏的誤解是明顯的」。「大韻小韻是根據（《宋書・謝靈運傳論》）『一簡之内，音韻盡殊』，而傍紐和正紐是根據『兩句之中，輕重悉異』導出來的。」因爲「音」也就是「韻」，「音韻盡殊」中所謂「音韻」「看作用作熟語表示的『韻』是妥當的」。而「『輕重』和『清濁』是根據七音聲母的不同分類的」。沈約系統的傍紐和正紐，正是紐字雙聲關係的聲病，天卷所引沈約《四聲譜》的「四聲紐字」圖，「所謂『紐』指的是屬於『同轉圖』（同攝），『同聲母』的平上去入四字一組，如『郎朗浪落』，所謂『雙聲』指的是屬於『異轉圖』（異攝），『同聲母』的二字一組，如『黎朗』、『麗落』。可見，『紐』和『雙聲』都是由『七音』的『清濁』亦即『聲母』的具體差異決定的」。

清水凱夫將沈約詩作中屬永明體之五言四句、八句及十句詩與《秘府論》所載傍紐正紐説對照，謂：「一韻（十字）中隔字雙聲在六十三首（四百五十四句）沈約詩中有六十二首（一百八十四句），無犯則詩祇不過一首。」因此，「無論如何也不能説這就是沈約小紐的内容」。而「一句中的隔字雙聲在六十三首沈詩中有二十八首，犯則率爲百分之四十四」，「也不能斷定這就是沈約的小紐」。用《文筆式》的傍紐説，即「不是隔字雙聲而是有關韻的聲病」對照，「在六十三首沈約詩中五十三首（百分之八十四）有犯則」。清水凱夫謂，雙聲的内容上有問題。「沈約在前述四聲紐字圖（盛江案：指天卷《四聲譜》所引的「四聲韻紐圖」）中明確定義：『當行下四字配上四字即爲雙聲。』由此知道，它規定上四字與下四字的組合，亦即陽聲與陰聲的組合雙聲。所以，上四字間或下四字間亦即陽聲間或陰聲間的組合，即便是同聲母也是不作爲雙聲的」，用陰陽聲組合的雙聲來對照沈約詩，就發現，六十三首詩中，「一韻中犯的仍有三十九首（百分之六十二），在一句中犯的祇不過十首（百分之十六）」，「這一結果表明，沈約是把兩句中的『隔字雙聲』看作容許事項，不怎麽避諱，而一句中的『隔字雙聲』卻嚴格避忌，少見有違犯」。因此，「沈約的小紐在原則上規定一韻中『隔字雙聲』，但實質上是僅作爲一句中『隔字雙聲』應用的」。

關於沈約大紐說。清水凱夫謂，異紐聲調不同的同韻形相犯，「在六十三首沈詩中，一韻中犯則五十二首（百分之八十三），一句中（當爲劉滔説）也多達三十首（百分之四十八）」，因此，「這是劉滔的傍紐而不是沈約的大紐」。「若再想一想唐人顛倒大紐、小紐和傍紐、正紐的對應關係而逆傳的原委，則現在的小紐是所謂『傍紐』，所以大紐很可能相當於所謂『正紐』」。《文鏡秘府論》「第八正紐」所收各説，都説明正紐分别陰陽聲避諱「四聲一紐」中的雙聲字，或者「避諱使用成爲同韻形陽聲雙聲的『當行上四字』」，或者避諱「成爲同韻形陰聲雙聲的『當行下四字』」。用陰陽聲分别的正雙聲來對照，則「一韻中犯則在六十三首沈約詩中不過七首（百分之十一），一句中之犯則實際上祇有一首」。「這個結果表明沈約是嚴格避忌所謂『正雙聲』的，換句話説，沈約大紐的内容和正紐一樣，是規定避忌『正雙聲』相犯的」。「至於説大紐是一句中的規定還是兩句中的規定，可以説，大紐是跨兩句間的規定。因爲一句中五字規定的説法不過是唐人的誤傳」，而「最接近沈約的劉善經明確記作『一韻中』」。「總之，沈約的大紐是避忌一韻十字中同聲母，同韻形異聲調二字相犯的規定」。

楊明《蜂腰鶴膝旁紐正紐辨》：「按《文鏡秘府論》所載隋朝、初唐人（劉善經、元兢）的説法，旁紐、正紐均是指一韻之内有不相連的雙聲字，即都是有關聲母之病。這不相連的雙聲字，若不在『四聲一紐』之内，名曰旁紐；（如「壯哉帝王居，佳麗殊百城」，居、佳雙聲，殊、城雙聲，皆犯旁紐。）若在『四聲一紐』之内，名曰正紐。（如「我本漢家子，來嫁單于庭」，家、嫁在「四聲一紐」之内，以今日語音學術語言之，即其聲母、韻母均相同而聲調不同，爲犯正紐。）後世言旁紐、正紐者，多從此説。但若細按《秘府論》中所載沈氏、劉滔之語，則可知齊梁人所謂旁紐、正紐其實並非如此。」楊明例舉了《文鏡秘府論》三條材料（旁紐引劉善經語「沈氏謂此爲小紐」條，「或曰旁紐者據旁聲而來與相忤」條，及正紐「或曰」引「又一法，凡入雙聲者，皆名正紐」），謂：「（一）句中有不相連的雙聲字，不論在『四聲一紐』之中抑或不在『四聲一紐』之中，都稱爲正紐（劉滔）或小紐（沈約）。（二）金、錦、禁、急爲『四聲一紐』，音、飲、蔭、邑爲另一組『四聲一紐』，此兩紐聲母不同，但韻母相同。若句中已用第一紐中之字，便不得再用第二紐中的聲調不同之字。以現代語音學術語釋之，大體上可以説，就是不得用聲母、聲調均不同而韻母相同之字。否則爲犯旁紐（或稱犯大紐）（楊明注：若已用第一紐中之字，又用第二紐中不同聲調之字，如「金」「飲」之類，爲犯旁紐，若用了同聲調之字，如「金」「音」之類，則是犯大韻或小韻之病）。（三）因此，齊梁人（沈約、劉滔）所謂正紐（小紐）是有關聲母之病，它包括了隋朝、初唐人所説的正紐、旁紐。而沈、劉所説旁紐（大紐）則又是另一回事。我們今日若要談齊梁聲病説，自應以沈約、劉滔所説爲準。」

盛江案：各家論旁紐、正紐均有可取，尤以中澤希男分析爲細緻。然天卷韻紐圖與八病爲何種關係，沈約是否有旁紐、正紐之説法，弘法大師編撰《文鏡秘府論》，有無根據自己主觀而改編之處，有多少混成之成份，均需進一步考證，纔能得出較爲可信之結論。一些具體問題尚有疑問。《文筆式》肯定在《四聲指歸》之後，祇可能《文筆式》徵引劉善經，不可能劉善經徵引《文筆式》。傍紐之「魚遊見風月」二句例詩，是五字爲傍紐，而元氏所言之傍紐是「一韻之内有隔字雙聲」，即十字之内，兩者並不同。「魚遊見風月」二句，不太可能是元氏論旁紐之例句。

梅維恒、梅祖麟《梵語對近體詩形成之影響》：「有關兩對頭韻與内在節奏的病犯，植根於印度的被稱爲『yamaka（疊聲）』與『bandha』的聲調概念中。……Bharata（婆羅多）界定yamaka爲開頭音步（韻脚）或其他位置音調上相似音節的重複。Bhāmaha（婆摩訶）界定yamaka爲在意義上互不相同但在音調上相似的音節上的重複。他接下來的詩歌説明，祇有當詩歌有衆所周知的深刻含義、充滿力量、緊密聯繫在一起，清晰悦耳時，yamaka纔是可以接受的。依據Daṇḍin（檀丁），yamaka意爲一組單詞或聲音（varṇa,i·e·，音節）的重複。檀丁對yamaka的態度是特別矛盾的。由於它的效果對他來説不經常是優雅或令人愉快的，yamaka可能出現在開頭、中間，一行詩的末尾或其他任何連接處。它們可能出現在詩節中的第一、第二、第三或第四pāda（音步）（一行詩的四分之一），或者其他任何連接處。bandha的含義理解起來更爲困難。Vāmana（伐摩那）認爲它是『詞語的安排』（padaracanā）。Yamaka與bandha常常與anuprāsa（音節）混淆，Anuprāsa是一個或更多地輔音被重複，有時是未必經常伴隨有元音。Anuprāsa必須發生在相鄰的詞語或者在密切聯繫以使先前的詞語的聲調的感覺保持生命力的詞語中。由於yamaka，伴隨的元音的重複是必須的，並且可以發生在比anuprāsa更遠的距離上。

Agni-purāṇa（《火神往世經》）列舉了十種yamaka和八類bandha，它們被包括在有關詩學著作部分十一章中的一章中，Agni-purāṇa（《火神往世經》）這部書可以追溯到九世紀中葉。……Agni-purāṇa（《火神往世經》）對yamaka及bandha的界定是值得引用的，因爲它們相對明晰一些：『Yamaka包括許多種表示不同意義的聲調的重複。它分爲兩種類型，即鄰近的和非鄰近的。鄰近的在音節的順序上緊密相連，非鄰近的在音節的順序上有所間隔。這兩種分類依據各自的種類由於聲音位置與韻脚的區別，又由兩倍變成四倍。……由多種方式的音節的組合而形成的不同的爲人熟知的對象外在形式多樣化與技巧化的構成，被稱爲bandha。』考察完可靠的印度文獻關於這些非常模糊的詩學術語的界定後，我們試着來給予相關的英語的對待物。Yamaka也許可以被看作『韻律』。有一個條件，即它是一種内在的韻律，因爲在早期，梵語中没有尾韻。它的漢語對待物爲『韻』，特别是那些有關内在韻律的詩病——《文鏡》第五種病，大韻，與第六種病，小韻，正是在yamaka的意義上運用『韻』的。對於bandha來説，最本質的方面是在一首詩中的特定位置，或以特定的模式對於聲調的重複。一位當代印度修辭語言學學者把它描繪成『詩歌的標志……依靠詩歌的單詞排列的技巧』，或『在下面產生圖畫的聲音的排列』，我們因而更願意採用『ligature』（紐帶）一詞作爲對bandha的準確的翻譯。它在漢語中的對應詞是『紐』，按照《説文》的解釋，其意義爲連結，一個結可以被解開。與bandha的意義相同。也應注意的是，儘管『紐』在後來的用法中用來指一個音節的開頭，在沈約的時代，它還是一個綜合性的術語。……沈約所説的意思在《文鏡》第四（盛江案：天卷）中被保存着：『……凡四字一紐，或六字總歸爲一紐。……上三字，下三字，紐屬中央一字，是故名爲總歸一入。』那麼，一個『紐』是一個符號，由音節的主題（即e.g.，ywak）與其變化形式組成。如果是這樣，《文鏡》中第七、第八種病，正紐和傍紐的名稱，看起來譯爲『前面的紐帶』和『側面的紐帶』比較合適。這裏使用的『紐帶』被認爲和bandha有同樣的含義。『紐』作爲一個專有名詞，在語義學意義上的進化，因而與『平』『仄』在它們早期的用法及其梵語前驅均指數字或詩句的總體特徵上是相平行的。」

各家關於八病原典之考察：

《札記》：「考察《秘府論》關於平頭、上尾、蜂腰、鶴膝、大韻、小韻、傍紐、正紐所謂八病的解說中引用書的問題。

平頭。

（a）平頭詩者……謂上去入也。

（b）或曰：此平頭……皆所不能免也。

（c）之一，或曰：沈氏云：……白雲隱星漢。

（c）之二，四言、七言及詩賦頌……乃疥癬微疾，不爲巨害。

上尾。

（a）上尾詩者……此詩之疣，急避。

（b）或云：如陸機詩……綿綿思遠道是也。

（c）之一，或曰其賦頌……其銘誄等病，亦不異此耳。……未可與言文也。沈氏亦云：……不爲病累。

（c）之二，其手筆第一句末……悲笳微吟是也。劉滔云：下句之末……此即是也。

蜂腰。

（a）蜂腰詩者……釋曰：……無有免者。

（b）或曰：君與甘非爲病；……不必須避。

（c）之一，劉氏云：蜂腰者……沈氏云：……即其義也。劉滔亦云：爲其同分句之末也。

（c）之二，其諸賦頌……劉滔又云：……相參而和矣。

鶴膝。

（a）鶴膝者五言詩……釋曰：……故沈東陽著辭曰：……王斌五字制鶴膝……並隨執用。

（b）或曰：如班姬詩云：……犯法準前也。

（c）之一，劉氏云：鶴膝者……亦是通人之一弊也。

（c）之二，凡諸賦頌一同五言之式。……後進之徒，宜爲楷式。……即是不朽之成式耳。沈氏云：……蓋是多聞闕疑，慎言寡尤者歟。

大韻。

（a）大韻詩者……此即不論。

（b）元氏曰：……不須避之。

（c）劉氏云：……即石、益是也。

小韻。

（a）小韻詩……爲同是韻之病。

（b）元氏曰：此病輕於大韻……然此病雖非巨害，避爲美。

（c）劉氏曰：至末。

傍紐。

（a）傍紐詩者……釋曰：……王斌云：……此即可得免紐之病也。

（b）或云：傍紐者……梁塵將欲飛。

（c）元氏云：……元兢曰：……是也。

（d）劉氏曰：傍紐者……沈氏云：……劉滔亦云：……沈氏謂此爲小紐。劉滔以雙聲亦爲正紐。……沈氏亦云：……至末。

正紐。

（a）正紐者……皆如此也。

（b）或云：正紐者……皆名正紐。

（c）元氏云：……元兢曰：……但知之而已。

(d)之一,劉氏曰:……是也。

(d)之二,凡諸文筆……至末。」

「一看右八病的解説,不難窺見大師是順次抄録諸説。右八病的解説中,哪一個的(a)都似是大師綜合諸説提出來的。把蜂腰(b)與《本朝文粹》『七奏狀』《省試詩論》所説相比:

『《詩髓腦》云:蜂腰者,每句第二字與第五字同聲是也。如古詩云:聞君愛我甘,竊獨自雕飾。(君與甘同平聲,獨與飾同入聲,是也。)元兢曰:君與甘非爲病,獨與飾是病也,平聲非爲病也。此病者,輕於上尾、鶴膝,均於平頭,重於四病。』

祇有一二字句的出入,它們出自同一文字,是不用懷疑的。如果是這樣,那就很清楚,(b)是元兢之説。又,由此文考慮,《髓腦》例舉的詩病,除蜂腰之外上尾、鶴膝、平頭這三病和『重於四病』的四病加在一起成爲八病。而且很清楚,『重於四病』的『四病』作爲『元氏曰』引用的是大韻(b)、小韻(b)、傍紐(c)、正紐(c)(其餘的記載,由順序推測,當爲平頭(b)、上尾(b)、鶴膝(b),懷疑這是元兢所説)。」

「又案,蜂腰(c)、鶴膝(c)、大韻(c)、小韻(c)、傍紐(d)、正紐(d)均有『劉氏曰』,這個劉氏好像和上尾(c)之二、蜂腰(c)之一、(c)之二、傍紐(d)等所看到的劉滔是同一個人,其實未必。『劉氏曰』是否管到以下的全文尚有疑問,書中有『沈氏云』、『劉滔亦云』、『劉滔又云』,這似非大師直接引自沈約、劉滔的書,而都是劉氏所引用的字句。如果劉滔與劉氏是同一人,那麽,蜂腰(c)、傍紐(d)就不應該有如劉氏曰云云、劉滔亦云這樣的記載。另外,傍紐(d)云:『劉氏曰傍紐者云云沈氏謂此爲小紐,劉滔以雙聲爲正紐云云』，從這裏看，所謂沈氏、劉滔之説是劉氏所引用的字句，這是不用懷疑的。蜂腰（c）、鶴膝（c）、大韻（c）、小韻（c）、傍紐（d）、正紐（d）中『劉氏曰』究竟是何人現在還無由詳知，但天卷四聲論屢屢引用沈約、劉滔之説，由此推測，讓人懷疑是劉善經。」

「從筆致考慮，劉氏曰或曰似管到這之下的全文，但這是無由確定的。祇是平頭（c）之二、上尾（c）之一、（c）之二、蜂腰（c）之二、鶴膝（c）之二、正紐（d）之二舉例及於賦頌銘誄碑文書啓等，其解説的文致極爲相似。又，平頭（c）之二有『一同此式』，鶴膝（c）之二有『一同五言之式』，又『宜爲楷式』，又『不朽之成式』等語，讓人懷疑這或許是《秘府論》屢屢引用的作者未詳的《文筆式》之説。《文筆十病得失》有『文筆式云（中略）文人劉善經云，筆之鶴膝平聲犯者，益文體有力云云』，從這樣的話來看，可以知道善經也論及筆之聲病。因此，平頭、上尾、蜂腰、鶴膝、大韻、小韻的（c）以及傍紐、正紐的（d）中是否混入了《文筆式》或者其他諸人之説，這也無由得知。可能『或曰』爲劉善經，從而劉善經所説爲其中的主體。」

「又案：蜂腰（a）有『蜂腰詩者，五言詩一句之中，第二字不得與第五字同聲。（中略）釋曰：凡一句五言之中而論蜂腰，則初腰事須急避之。復是劇病』。查《文粹·省試詩論》有『《文筆式》云，蜂腰者，第二字與第五字同聲也。所爲證詩，以上句第二字與第五字同聲，又是劇病云云』。由此可知，這也應該是同一文章，即蜂腰（a）這一部分出自《文筆式》。」

《「文二十八種病」考》：「第一類是從第一平頭到第八正紐的八病。這一群各病的叙述形式相似，即(一)名稱,(二)名義,(三)例詩,(四)釋曰,(五)或曰或元氏曰,(六)或曰或劉氏云,(七)或曰(傍紐正紐的(七)在(四)的位置)這樣的形式順序叙述。」

「整個八病如果説到其自(一)名稱到(四)釋曰的部分是否據沈約説,不一定如此。雖是典據未詳的部分,幸而關於蜂腰項,可以和《本朝文粹》所引《詩髓腦》、《文章儀式》的佚文作比較,今考察如下:

《秘府論》:蜂腰詩者,五言詩一句中,第二字不得與第五字同聲。言兩頭粗,中央細,似蜂腰也。(中略)又曰:聞君愛我甘,竊獨自雕飾。(中略)釋曰:凡一句五言之中而論蜂腰,則初腰事須急避之,復是劇病。

《本朝文粹》卷七:《詩髓腦》云:蜂腰者,每句第二字與第五字同聲是也。如古詩云:聞君愛我甘,竊獨自雕飾。《文章儀式》云:蜂腰每句第二字與第五字同音也。

即使這樣比較,《秘府論》的這一部分也並不就是原原本本地抄某一特定的典籍,應當是二三種典籍,如《詩髓腦》、《文章儀式》、《文筆式》,經空海概括綜合而成(鶴膝就用了王斌説)。因此我以爲,整個八病這一部分是撰者空海根據主觀對諸説加以選擇取舍綜合而成的東西,可以看作是諸家八病説完全融合而形成了空海的新八病説。」

(第一類)八病説構成圖

	（一）（二）（三）（四）	（五）	（六）	（七）
名稱＼原典	未詳	元兢《詩髓腦》	劉善經《四聲指歸》	《文筆式》
平頭	平頭詩者……謂上去入也	或曰此平頭……所不能免也	或曰沈氏云……（終）	
上尾	上尾詩者……詩之疣急避	或云如陸機詩曰……思遠道是也	或曰其賦頌……沈氏亦云……劉滔云……（終）	
蜂腰	蜂腰詩者……無有免者	或曰君與甘……不必須避	劉氏曰蜂腰者……沈氏云……劉滔亦云……劉滔又云……（終）	
鶴膝	鶴膝詩者……王斌五字制鶴膝……並隨執用	或曰班姬詩云……犯法準前也	劉氏云鶴膝者……沈氏曰……（終）	
大韻	大韻詩者……此即不論	元氏曰此病……不須避之	劉氏曰大韻者……（終）	

小韻	小韻詩……同是韻之病	元氏曰此病……不以爲累文	(七)劉氏曰小韻者……(終)	(六)或云小韻……避爲美
傍紐	傍紐詩者……王斌云……(終)	(六)元氏云傍紐者……元兢曰……就之類是也	(七)劉氏曰傍紐者……沈氏云……劉滔亦云……沈氏亦云……	(五)或云傍紐者……將欲飛
正紐	正紐者……皆如此也	(六)元氏曰正紐者……元兢曰……知之而已	(七)劉氏曰正紐……(終)	(五)或曰正紐者……皆名正紐

「其次，(五)的『或曰』在八病的前半四病均作『或曰』而被引用，而後半四病作元氏曰，因此不論從排列上還是從筆法上推測，『或曰』全部可以推定是『元氏曰』即元兢之說。這樣推測並不過分，如果要舉實際例證，則將『蜂腰』的『或曰』和《本朝文粹》卷七《省試詩論》所能見到的元兢《詩髓腦》作一比較就很清楚。」「兩者幾乎是同文，因此，平頭、上尾、鶴膝的『或曰』可以看作就是『元氏曰』即《詩髓腦》(注：平頭、上尾的「或曰」，三寶院本傍注「或元兢本」「或髓腦如本」，但鶴膝的「或曰」傍注「筆札」，這一注記不知根據什麼)。」

「接着是(六)的『或曰』，祇有平頭、上尾作『或曰』，蜂腰以下相應的部分均作『劉氏曰』，因此上述二病的『或曰』，從排列上和文脈上看，可以推定一律是劉氏即劉善經《四聲指歸》說。」

「還有（七）的『或曰』。與（五）（六）的『或曰』是元氏、劉氏不同，這裏什麼也不是，原典未詳。祇有古鈔本三寶院本注記《文筆式》值得注意。但是可以作爲確證的材料現未存。」

《研究篇》下：「《文二十八種病》中第一乃至第八，是沈約提出的詩病。關於這八病，也見於其他典籍如《魏文帝詩格》、《金針詩格》、《詩家全體》、《詩人玉屑》、《冰川詩式》、《困學紀聞》、《古今事文類聚》等。但是，八病的名目相同，而説明並不全同。取其例詩，説明如下（《詩家全體》作「一曰」舉有別一説，把它作爲乙説，其他的作爲甲説以作區別）：

病	（魏文帝詩格）	（金針詩格）	（詩苑類格）	（詩家全體甲）	（詩家全體乙）
平頭	（朝雲晦初景）	（今日良宴會）	（今日良宴會）	（今日良宴會）	（朝雲晦初景）
上尾	（蕩子到娼樓）	（西北有高樓）	（青青河畔草）	（西方有高樓）	（蕩子到娼樓）
蜂腰	（徐步金門旦）	（聞君愛我甘）	（聞君愛我甘）	（遠與君別久）	（徐步金門旦）
鶴膝	（陟野看陽春）	（客從遠方來）	（客從遠方來）	（新製齊紈素）	（陟野看陽春）
大韻	（端坐苦愁思）	（胡姬年十五）	（例詩缺）	（胡姬年十五）	（端坐苦愁思）
小韻	（薄帷覽明月）	（客子已乖離）	（例詩缺）	（客子已乖離）	（薄帷覽明月）
傍紐	（田夫亦知禮）	（丈人且安坐）	（例詩缺）	（丈人且安坐）	（田夫亦知禮）
正紐	（我本漢家子）	（我本漢家子）	（例詩缺）	（我本漢家子）	（我本漢家子）

這當中《魏文帝詩格》和《詩家全體》乙説顯然屬同一系統，假如把這作爲a類，其他三説作爲b類。a類中，正紐的『我本漢家子』，據三寶院本注，《文筆式》有引用。既然如此，可以認爲a類説屬《文筆式》系

統之說。《魏文帝詩格》似以《筆札》爲骨幹，另外雜取《文筆式》系統的佚文。三寶院本注有『筆四病筆札文筆略同』，兩書共通點很多，易於混淆。b類中可以斷定《金針詩格》和《詩苑類格》同説，『西北有高樓』和『青青河畔草』雖然不同，據三寶院本注，後者爲元兢説，這是爲了特地説明『連韻者非病』而重複引用的詩句，因此元兢原本當既有『西北有高樓』，也有『青青河畔草』。而且，『聞君愛我甘』顯然是元兢説，可知這兩書都據《詩髓腦》。又，《詩家全體》甲説也大致相合，祇有『遠與君別久』和『新製齊紈素』不同。後者據三寶院本注可知引自《筆札》，前者和後者相對而書，可以認爲也引自同一書。總之，以上所舉各書的典據，可以推定如下：

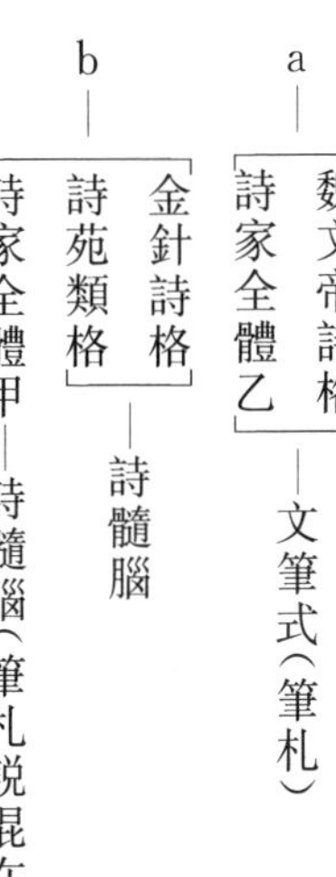

《研究篇》下：「對八病的説明，並不是沈約自己的文字，其主體是唐代諸家的解説。這各家之説，大致按規定的順序排列。《「文二十八種病」考》中，將其區分如下：

一名稱；二、意義；三、例詩；四、釋曰——弘法大師綜合説；五、或曰（元氏曰）；六、或曰（劉氏曰）；七、或曰（未詳説）。

但是，這裏有些疑問。吉田氏把（一）至（四）的部分作爲《詩髓腦》、《文章儀式》、《文筆式》的配合，而認爲這些是『空海基於主觀選擇取舍諸家之説加以綜合，諸家之説已完全融合而成爲空海式的新八病説』。我想整個《秘府論》，根據弘法大師自己的見識改編的地方恐怕絶不會有吧！即使這一條，如果細細品味，仍然是照原文引用，如果比喻性地借用池田龜鑑博士的話，各種文獻的合成是有的，而混成的現象則没有。就平頭病來説，從最初的解説『平頭詩者』到『如此之類是其病也』，和東卷對屬論中上官儀説『隔句對者』乃至『如此之類名爲隔句對』等，是相同的筆致。還有，舉例詩之後『釋曰』這樣的形式也是相同的。」「把這看作是上官儀之説，當是最穩健的推斷。還有，其例詩都出自剛纔作爲a類例舉的當中，而《魏文帝詩格》傳存的是上官儀《筆札華梁》及可以説和它幾乎内容相同的《文筆式》之説。吉田氏所謂（一）至（四）的部分，應當全部看作是上官儀説，決不是數説的融合。吉田氏提出的理由，『聞君愛我甘』的例詩合於《本朝文粹・省試詩論》所引『詩髓腦云』之説，而《秘府論》所引的元兢説（五）的部分也有『君與甘非爲病』，這也可以作多種解釋。就是説，元兢引上官儀説，而嘗試對它進行修正，這就自然要包含同樣的例詩。因而，把這理解爲衹是元兢之説並不妥當。乙這一處，符合《省試詩論》大江時棟詩狀作爲『文筆式云』引用的『蜂腰者，第二字與第五字同聲也。所爲證詩，以上句第二字與第五字同聲，又是劇病』。而且，如前所述，《文筆式》和《筆札華梁》幾乎是相同的内容，這也可以説是支持（一）至（四）的部分是上官儀説的一個證據。」

「其次，如吉田氏考證，（五）是元兢説，還有（六）是劉善經説。」「（七）這一部分，並非哪一項都有，也並非常在（六）之後。有（七）這一部分的，是第四和第六、第七、第八，第四、第六在（六）之前，第七、第八在（五）之前。吉田氏説（七）這一部分原典未詳，雖然三寶院本注爲『文筆式』，但根據是什麽並不清楚，因此結果還是不知原典。但是，這一點，祇要親自見了三寶院本，誰也會明白，這是反映初稿本面貌的一個本子，可以馬上斷定是《文筆式》。吉田氏輕視這個注的結果，是把第四中的（七）這一部分當作元兢説，從而陷入了錯誤。這一部分應該肯定是《筆札華梁》的東西。大概是先録入《筆札華梁》和《文筆式》共通之説，接着如果有一些單獨之説則將其附在一起。這樣看，八病説不應該分爲七段，實際當是三種原典，可以修正如下：

a　上官儀説（《筆札華梁》和《文筆式》共通）

a′　附（祇有《筆札華梁》或《文筆式》中的哪一個獨有之説）

b　元兢（據《詩髓腦》）

c　劉善經説（據《四聲指歸》）」

《札記續記》考證前八病之出典，並列表：

	（一）	（二）	（三）	（四）魏文帝詩格八病
平頭	平頭者……名爲犯平頭	平頭詩曰芳時淑氣清……如此之類是其病也	又曰山方翻類矩……	又曰朝雲晦初景……
上尾	上尾者……名爲上尾	詩曰西北有高樓……如此之類是其病也	又曰可憐雙飛鳧……	又曰蕩子別倡樓……
蜂腰	（一）蜂腰者……同聲……似蜂腰也	（二）（又曰聞君愛我甘……）	（一）詩曰青軒明月時……	（四）又曰徐步金門出……
鶴膝	鶴膝者……有病		詩曰撥棹金陵渚……	又曰陟野看陽雪……
大韻	大韻者……犯大韻		詩曰紫翮拂花樹……	又曰遊魚牽細藻……
小韻	（一）小韻者……小韻病也		（一）詩曰褰簾出户望……	（三）（又曰夜中無與語……）
傍紐	傍紐者……是其病	詩曰魚遊見風月……如此……傍紐病	又曰元生愛皓月……	（又曰雲生遮麗月……）
正紐	正紐者……正紐之病也		又曰撫琴起和曲……	（又曰心中肝如割……）

	平頭	上尾	蜂腰	鶴膝	大韻
(五)	釋曰……謂上去入也	釋曰……急避	(五)釋曰……須急避之復是劇病	釋曰……沈東陽……王斌五字制鶴膝……並隨執用	釋曰……此即不論
(六)文筆式					
(七)筆札華梁				或曰如班姬詩云……須以次……準前也	
(八)詩髓腦	或曰……不能免也	或曰如陸機詩云……此上尾……是也	(六)或曰君與甘非爲病……不必須避		元氏曰……不須避之
(九)四聲指歸	或曰沈氏云……不爲巨害	或云……即是也	(七)劉氏曰……古詩云聞君愛我甘……和矣	劉氏云……寡尤者歟	劉氏云……是也

小韻	（四）釋曰……是韻之病也	（六）或云……避爲美		（五）元氏曰……累文	（七）劉氏曰……即不得耳
傍紐	釋曰……大紐……王斌云……紐之病也	或云傍紐……丈人且安坐……是犯也		元氏云…是也	劉氏曰……相對也
正紐	釋曰……小紐……如此也	或云……皆名正紐		元氏云……知之而已	劉氏曰……不可讀耳

案：表中加（　）的表示出典不明。

「（一）和上尾的（二）和《金針詩格》《格知叢書》的八病在字句上有出入，但屬同原是不用懷疑的。這是這些爲一系之説的一個佐證。（六）的小韻、傍紐三寶院本、天海藏本注『文筆式』，（六）的正紐三寶院也注爲『文筆式』。據此這一系是以《文筆式》爲原典，同時不得不推定，由《金針詩格》傳下來的八病説也是由《文筆式》的遺文構成其骨幹。」

「（七）三寶院本和天海藏本注爲『筆札』。但是這一條和《金針詩格》的八病中的論述也大體一致。《筆札》衹有這一條被引用，和其他不太平衡，感到其筆致和（六）類似，我懷疑，與其依據三寶院本和天海藏本的注，不如相信《金針詩格》的記載，它和（六）不正是同一系之説嗎？總之，我推想，（一）也許加進了另一説的字句，但是主要的還是《文筆式》，上尾的（二）和（六）（七）和它是同一系之説。」

「上尾的(二)屬《文筆式》已如上述，平頭和傍紐的(二)如何呢？這和《金針詩格》的舉例有些不同。《金針詩格》是否真的保留了原文的真實面貌還有疑問。但是，即使《金針詩格》的例詩没有保留原有面貌，大概也不能馬上推斷平頭的(二)和(一)是同一系。爲什麼呢？因爲可以假設删去和(一)同一系例詩的情況。平頭的(八)衹是解説而没有提示例子，平頭的(九)缺少五言的例詩，因此，也許平頭的(二)是在這裏提示(八)(九)的哪一個的例子，也許(八)(九)因爲載録同樣的例子而把它作爲一條在(二)提示出來。總之，不能明確平頭的(二)和(一)是否同一系。」

「蜂腰在《金針詩格》把『聞君愛我甘，竊欲自修飾』作爲例詩，而在《秘府論》大約因爲這一例子和(八)(九)重複而(二)把它删掉，和(三)並記，在(八)則衹載録其解説。」

「傍紐的(二)也許是(八)的例詩。爲什麼呢？因爲(八)衹有解説而無例詩，還有，(八)的例詩把二句作爲例子。和(一)同一系的例詩在(六)也能看到，因此可以認爲(一)和(二)不是同一系。」

「(三)從記載的順序和體裁推測，屬同一系是顯然的。」

「(四)的平頭、上尾、蜂腰、鶴膝的舉例和《魏文帝詩格》的八病一致，(四)的大韻、小韻、傍紐、正紐的舉例和《魏文帝詩格》不一致，但從它們在《秘府論》的記載順序和體裁推測，(四)全部可以看作同一系。也許《魏文帝詩格》的八病已失去原文的面貌，是用别家之説補加過的東西。」

「(五)接着(四)，因此好像是(四)的説明，但鶴膝、大韻、小韻的(五)從字面考慮，顯然是有關(三)的東西，看不出和(四)的關係。平頭、上尾、蜂腰、正紐的(五)，從字面上不能明確它和哪一個有關，傍紐的（五）如下：

『釋曰，魚、月是雙聲，獸、傷並雙聲，此即犯大紐，所以即是，元、阮、願、月爲一紐。今就十字中論小紐，五字中論大紐，所以即是元、阮、願、月爲一紐。王斌云，云云。』

這個『魚月是雙聲，獸傷並雙聲』是和（二）的『詩曰：魚遊見風月，獸走畏傷蹄，如此類者，是又犯傍紐病』有關的東西，『所以即是元阮願月爲一紐云云』關聯於（三），從字面上考慮是顯然的。但是（二）和（三）如上所述並不屬同一系。因此（五）不會是合併（一）（二）而作解説。（二）和（五）是别一説，（二）有『傍紐』，與此相對，（五）則有『大紐』，名目各異，由此大概可以知道這一點。」

「所以我想，傍紐的（五）的『此即犯大紐云云』之前和之後不是同一説。開頭的『魚月云云』十字是（二）的解説，而（二）衹載録例子，其解説大約一併記載於（三）的解説（五）中。傍紐的（五）的原文是用『釋曰此即犯傍紐云云』開始，因爲小韻的（五）正是用『釋曰此即犯小韻云云』開始，正紐的（五）正是用『釋曰此即犯小紐之病云云』開始，由此可以推想這一點。如上所述，可以推定鶴膝、大韻、小韻、傍紐的（五）和（三）屬同一系，而平頭、上尾、蜂腰、正紐的（五）則弄不清其所屬。但是，從記載的順序和體裁等，推測它們屬同一系，不是沒有道理的。大約可以想像，既然（三）和（五）同一系，那麽，（三）和（五）之間夾着的（四）不也是同一系嗎？但是同一系之説，像（一）（二）（六）還有（二）（八）那樣分離開來，還有如果看一下表，可以知道它們是這樣組合的：（一）載録名目的解説，（二）（三）（四）是例詩，（六）（七）（八）（九）載録的是詳細解説。因此，並不能馬上斷定（三）（四）（五）是同一系。這一疑問姑置勿論，我們先考慮一下(三)(五)的原典。

《本朝文粹》卷七《省試詩論》:

『《文筆式》云:蜂腰者,第二字與第五字同聲也。所爲證詩,以上句第二字與第五字同聲爲病云云,又《詩格》所釋,初句第二字不得與第五字同聲,又是劇病云云。』

再看蜂腰的(五):

『釋曰:凡一句五言之中而論蜂腰,即初腰事須急避之。復是劇病。若安聲體,尋常詩中,無有免者。』

如果蜂腰的(五)和《本朝文粹》卷七《省試詩論》的這個『又詩格所釋云云』二十二字同原,把這作爲綫索,那就不難推斷,(五)的原典不就是《詩格》嗎?」

「(五)的鶴膝和傍紐引用了王斌説,地卷《八階》的『和詩階』也引用了王斌説。這個《八階》似是把《文筆式》作爲原典,但我以爲並不是照抄《文筆式》的原文,有的可能是據《詩格》的補筆。王斌説也在被認爲是補筆的部分。」

「(五)的鶴膝有『沈玉東陽著辭曰云云』。不用説,這個『沈玉』就是『沈約』之誤。沈約任東陽太守,是自齊永明十一年至建武元年這一兩年間的事。把沈約稱之爲沈東陽,大約可以證明此説大體作於這一時期。《南齊書·陸厥傳》載:『時有王斌,不知何人,撰《四聲論》,行於世。』把沈約稱之爲沈東陽,引用王斌之説,從這些方面,推測(五)的原典(可能是《詩格》?)是齊梁之交時人的著作,這不一定是太離譜的觀點吧！一説不是也臆測東卷《二十九種對》裏有和（五）同一原典的内容嗎？這多少有些根據。正紐的（五）有『若爲聯綿賦體類，皆如此也』，據此，如果其原典有對屬論，則可以認爲載録了聯綿對和賦體對。聯綿對各家之説有共同載録，但載録賦體對的，卻衹是推定和（五）同一系之説。」

「雖説是孤證，但我想這是一條綫索。如果允許臆測，那麽再往前關於介乎於（三）和（五）之間的（四）的所屬，大致的推定也是可能的吧！對屬論中的一系中，隔句、雙擬、雙聲、意這四對的舉例，和其他系統的舉例衹限於一個例子不同，這則載録了兩個例子。爲什麽呢？因爲我想，被推斷和這一系原典相同的（三）（五）一系，不是載録了（三）（四）兩個例子嗎？因此我臆測（三）（四）（五）不正是一系之説嗎？」

〔中澤希男注：「小西氏《研究篇》下關於八病的原典有考證。其結論，以爲前表的（一）至（五）爲《筆札》《文筆式》，（六）爲《文筆式》，（七）爲《筆札》，（八）爲《詩髓腦》，而（九）爲《四聲指歸》，（八）（九）没有問題，（七）我以爲是《文筆式》（但是因爲不出臆測的範圍，不敢説很有把握）。但是按照以上的考論，把（一）到（六）看作是《筆札》《文筆式》，顯然是錯誤的。這裏，小西氏以爲『《文筆式》敷衍《筆札》』，『《文筆式》和《筆札華梁》似乎幾乎内容相同』，這種根本性的誤解釀成了大錯。傍紐的（一）（二）（六）有傍紐，與此不同，（五）有大紐；而正紐的（一）（六）有正紐，與此不同，（五）有小紐，即使衹提出這一小事，也很容易判别，至少它們不是同一系之説，而是交混了别家之説。」〕

關於《文鏡秘府論》八病與《南史·陸厥傳》等所載永明聲病説之關係，《研究篇》下：「以上，從第一平頭到第八正紐，是永明體八病，可能沈約等所用的也就是這八種。《南史·陸厥傳》叙永明體説：『五字之中，音韻悉異，兩句之中，角徵不同。』這裏所説的『音韻悉異』，恐怕就是指大韻、小韻、正紐、傍紐，這和《秘府論》所引的把韻紐四病作爲五字内之疵相合。所謂『角徵不同』是聲調的病，即指平頭、上尾、蜂腰、鶴膝，蜂腰以外可能表示涉及兩句（十字）或者十字以上的病。《文筆十病得失》加上隔句上尾和踏發聲，共有十病，兩者都是存在於『筆』中的病，總之是上尾的變形。」

逯欽立《四聲考》：「平頭上尾，此言同調（四聲）之病」，「蜂腰鶴膝，此兼言同聲同韻同調（四聲）之病」，「大韻小韻，此言同韻之病」，「旁紐正紐，此言同聲之病」，「由上所論，知八病（或八體）者，乃兼就聲韻調三者而立一音律協和之原則也。照此原則以爲詩，即所謂『永明體』或『齊梁體』，與僅限平仄之律詩不相同。是以如休文所推前修佳句『南登灞陵岸』、『零雨被秋草』之類，質之律體，反似不能工也」。

王夢鷗《初唐詩學著述考》：「首稱『梁沈約曰：詩病有八』，以下所載，幾與《魏文帝詩格》全同。意者，上官儀承衍沈約之緒餘，而定四聲八病之名，故《詩苑類格》因之不改，而南宋人之據《類格》者，如曾慥、王應麟、魏慶之（見《詩人玉屑》卷一一），遂並從而稱『沈約』矣。唯此事，空海於《秘府論》西卷論之頗詳，其言曰：『顒、約已降，兢、融以往，聲譜之論鬱起，病犯之名争興。（下略）予今載刀之繁，載筆之簡，總有二十八種病。』按其所列二十八，其前八種適與《魏文帝詩格》所載者相同，當即《筆札華梁》之所有。其餘二十種，非全與聲韻關連，或因字義相犯，或出語式重沓，以是爲病，當由元兢崔融之輩貴遊文士所增益。」

盛江案：各家均有可取，然亦有疑問。如《研究篇》説，《金針詩格》及《詩家全體》甲亦引「我本漢家子」之例，故「我本漢家子」不能作爲傳《魏文帝詩格》與《詩家全體》乙出《文筆式》之證據。《金針詩格》與《詩家全體》甲六種病引例相同，亦當爲同説。「聞君愛我甘」可能爲元兢説，然亦可能爲齊梁舊説，而被元兢引用並作新釋。

【附録】

宋李淑《詩苑類格》：八病。梁沈約曰：一曰平頭。第一字、第二字不得與第六、第七字同聲。如「今日良宴會，歡樂難具陳」，今、歡皆平聲也。第二曰上尾。謂第五字不得與第十字同聲。如「青青河畔草，鬱鬱園中柳」，草、柳皆上聲也。三曰蜂腰。謂第二字不得與第五字同聲。如「聞君愛我甘，竊欲自修飾」，君、甘皆平聲也，欲、飾皆入聲也。四曰鶴膝。謂第五字不得與第十五字同聲。如「客從遠方來，遺我一書札。上言長相思，下言久離别」，來、思皆平聲也。五曰大韻。如聲、鳴爲韻，上九字不得用驚、傾、平、榮字。六曰小韻。除本韻一字外，九字中不得兩字同韻，如遥、條不同句。七曰旁紐，八曰正紐。謂十字内兩字雙聲爲正紐，若不共一紐，而有雙聲爲傍紐。如流、六爲正紐，流、柳爲傍紐。八種惟上尾、鶴膝最忌，餘病亦通。（《類説》卷五一引）

傳《魏文帝詩格》：八病：一曰平頭，二曰上尾，三曰蜂腰，四曰鶴膝，五曰大韻，六曰小韻，七曰正經（盛江案：當作「紐」），八曰旁紐。平頭一。謂句首二字並是平聲是犯。古詩：「朝雲晦初景，丹池晚飛雪。飄披聚還散，吹揚凝且滅。」上尾二。謂第五字與第十字同聲是犯。古詩：「蕩子到娼家，秋庭夜月華。桂華侵雲長，輕光逐漢斜。」内家字與華字同聲，是韻即不妨。若側聲是同上去入，即是犯也。蜂腰三。謂第二字與第五字同聲是犯。古詩：「徐步金門旦，言尋上苑春。」鶴膝四。謂第五字與第十五字同聲是犯。古詩：「陟野看陽春，登樓望初柳。緑池始霑裳，弱葉未映綬。」言春與裳字同是平聲，故曰犯。上去入亦然。大韻五。謂二句中字與第十字同聲是犯。古詩：「端坐苦愁思，攬衣起四遊。」又古詩：「胡姬年十五，春日正當壚。」愁與遊，胡與壚是犯也。小韻六。謂九字中有明字又用清字是犯。古詩：「薄惟覽明月，清風吹我襟。」（盛江案：「惟」當作「帷」）正紐七。謂十字中有元字又用阮、願、月字是犯。古詩：「我本良家子，來嫁單于庭。」家與嫁字乃是犯也。旁紐八。謂十字中有田字又用寅、延字是犯。古詩：「田夫亦知禮，寅賓延上坐。」（《吟窗雜録》卷一）

傳白居易《金針詩格》：詩病有八：平頭、上尾、蜂腰、鶴膝、大韻、小韻、傍紐、正紐。平頭者，第一字不得與第六字同聲，第二字不得與第七字同聲。如「今日良宴會，歡樂難具陳」，今、歡字同聲，日、樂字同聲也。上尾者，第五字不得與第十字同聲。如「西北有高樓，上與浮雲齊」，樓、齊同聲也。蜂腰者，第二字不得與第五字同聲，兩頭大，中間細，似蜂腰也。如「聞君愛我甘，切欲自修飾」，君與甘平聲，欲、飾皆入聲。鶴膝者，第五字不得與第十五字同聲，所以兩頭細，中心粗，如鶴膝也。如「客從遠方來，遺我一書札，上言長相思，下言久離別」，來、思皆平聲也。若一句舉其法，首尾須避之，第三字不得與第五字相犯，第五字不得與第七字犯。大韻者，重疊相犯，如五言詩以新字爲韻者，九字内若用津、人字，爲大韻。如「胡姬年十五，春日正當壚」，同聲也。小韻者，除本韻外，九字中不得有兩字同韻，如「客子已乖離，那宜遠相送」，即是大（盛江案：當爲「小」字之誤）韻。子與已同聲，離與宜同聲。小韻居五字内最急，九字内稍緩。正紐者，壬、絍、任、入一紐，一句内有壬字，更不得犯絍、任、入字也。如「我本良家子，來嫁單于庭」，家與嫁二字係正紐也。傍紐者，五言詩一句中有月字，更不可用元、阮、願等，此是雙聲，即是傍紐也。五字中急，十字中稍緩。傍紐者，緣聲而來相忤也。然字從連韻而紐，故相參也，若金、錦、禁、急與陰、飲、蔭、邑，是連韻紐之也。若今與飲，陰與錦，此傍會與之相參。「丈人且安坐，梁陳將欲飛」，丈、梁二字，係傍紐也。（格致叢書本，轉據《考文篇》）

傳梅堯臣《續金針詩格》：詩有八病。一曰平頭。第一字不得與第六字同聲，第二字不得與第七字同聲。詩曰：「今日良宴會，歡樂難具陳。」今與歡同聲，日與樂同聲。二曰上尾。第五字不得與第十字同聲。詩曰：「西北有高樓，上與浮雲齊。」樓與齊同聲。三曰蜂腰。第二字不得與第五字同聲，所以兩頭大，中心小，似蜂腰之形。詩曰：「遠與君别久，乃至雁門關。」與字並久字同聲。四鶴膝。第五字不得與第十五字同聲，所以兩頭細，中心麄，似鶴膝之形。詩曰：「新製齊紈素，皎潔如霜雪。裁爲合歡扇，團團似秋月。」素字與扇字同聲。五大韻。爲重疊相犯也。如五言詩以新爲韻者，九字内更著津字、人字等爲大韻也。詩曰：「胡姬年十五，春日正當壚。」胡字與壚字同聲也。六小韻。除十上字中自有韻者是也。詩曰：「客子已乖離，那宜遠相送。」子、已、離、宜字是也。七傍紐。一句中已有月字，不得著魚、元、阮、願字，此是雙聲，即爲傍紐也。詩曰：「丈夫且安坐，梁塵將欲起。」丈、梁之類，即謂犯耳。八正紐。如壬、衽、任、入爲一紐，一句之中，已有壬字，更不得安衽、任字。詩曰，「我本漢家女，來嫁單于庭。」家、嫁是一紐之内，名正雙聲。(《吟窗雜録》卷十八下)

宋魏慶之《詩人玉屑》卷一一：詩病有八，沈約。一曰平頭。第一、第二字不得與第六、第七同聲。如「今日良宴會，歡樂莫俱陳」，今、歡俱平聲也。二曰上尾，第五字不得與第十字同聲。如「青青河畔草，鬱鬱園中柳」，草、柳皆上聲。三曰蜂腰，第二字不得與第五字同聲。如「聞君愛我甘，竊欲自修飾」，君、甘皆平聲，欲、飾皆入聲。四曰鶴膝，第五字不得與第十五字同聲。如「客從遠方來，遺我一書札。上言長相思，下言久離别」，來、思皆平聲。五曰大韻，如聲、鳴爲韻，上九字不得用驚、傾、平、榮字。六曰小韻，除第一字外，九字中不得兩字同韻，如遥、條不同。七曰旁紐，八曰正紐。十字内兩字疊韻爲正紐，若不共一紐而有雙聲爲傍紐。如流、六爲正紐，流、柳爲傍紐。八種惟上尾鶴膝最忌，餘病亦皆通。

《詩家全體》：沈約曰：詩病有八：平頭，犯尾，蜂腰，鶴膝，大韻，小韻，傍紐，正紐。唯犯尾鶴膝最忌，餘病一通。一曰平頭。第一字不得與第六字同聲，第二字不得與第七字同聲。詩曰：「今日良宴會，歡樂難具陳。」今與歡字同聲，日與樂字同聲。一曰，句首二字並是平聲是犯。古詩：「朝雲晦初景，丹池晚飛雪。飄披聚還散，吹揚凝且滅。」二曰犯尾。第五字不得與第十字同聲。詩曰：「西北有高樓，上與浮雲齊。」樓與齊同聲。一曰，古詩：「蕩子别倡家，秋庭夜月華。桂葉侵雲長，輕光逐漢斜。」内家字與華字同聲，是韻不妨。若側聲是同上去入，即是犯也。三曰蜂腰。第二字不得與第五字同聲，所以兩頭大，中心小，似蜂腰之形。詩曰：「遠與君别久，乃至雁門關。」與字並久字同聲。一曰，古詩：「徐步金門旦，言尋上苑春。」步、旦同聲，尋、春同聲。四曰鶴膝。第五字不得與第十五字同聲，所以兩頭細，中心粗，似鶴膝之形。詩曰：「新裂齊紈素，皎潔如霜雪。裁爲合歡扇，團團似明月。」素字與扇字同聲。一曰，古詩：「陟野看陽春，登樓望初柳。緑池始霑裳，弱葉未映綬。」言春與裳同是平聲，故曰犯，上去入亦然。五大韻。爲重疊相犯也。如五言詩以新爲韻者，九字内更著津字、人字等，爲大韻也。詩曰：「胡姬年十五，春日正當壚。」胡字與壚字同聲也。一曰，謂二句中字與第十字同聲是犯。古詩：「端坐若愁思，攬衣起西遊。」愁與遊是犯也。六小韻。除韻脚五字中，又有韻者是也。詩曰：「客子已乖離，那宜遠相送。」子、已、離、宜字是也。一曰，九字中有明字，又用清字，是犯。古詩：「薄帷鑒明月，清風吹我襟。」七旁紐。一句中已有月字，不得着元、阮、願字，此是雙聲，即爲傍紐也。詩曰：「丈夫且安坐，梁塵將欲起。」丈、梁之類，即爲犯耳。一曰，謂十字中有田字，又用寅、延字是犯。古詩：「田夫亦知禮，寅賓延上坐。」八正紐。如壬、衽、任、入，四字爲一紐；一句之中，已有壬字，更不得安衽、任字。詩曰：「我本漢家子，來嫁單于庭。」家、嫁是一紐之内，名正雙聲。一曰，謂十字中元字，又有阮、願、月字，是犯。古詩：「我本良家子，來嫁單于庭。」家與嫁乃是犯也。（日本内閣文庫所藏明刊本，轉據《考文篇》）

明梁橋《冰川詩式》：

平頭。以下沈約八病中四病。平頭。如五言第一字，不得與第六字同聲，第二字不得與第七字同聲，餘以例推。「今日良宴會，歡樂莫具陳。」今、歡字同平聲，日、樂字同入聲。上尾。上尾者，如第五字不得與第十字同聲，餘以例推。「西北有高樓，上與浮雲齊。」樓、齊同平聲。蜂腰。蜂腰者，第二字不得與第五字同聲，兩頭大，中心細，似蜂腰。「聞君愛我甘，切欲自修飾。」君、甘同平聲，欲、飾同入聲。鶴膝。鶴膝者，第五字不得與第十五字同聲，兩頭細，中心粗，如鶴膝也。「客從遠方來，遺我一書札。上言長相思，下言久離別。」來、思同平聲。

大韻。以下沈約八病中四病。大韻者，重疊相犯，如五言詩以新字爲韻者，九字内若用津、人字，及聲、鳴字爲韻者，九字内若用驚、傾、平、榮字，是爲大韻，皆不可。「胡姬年十五，春日正當壚。」胡字與壚字在虞字韻，是爲大韻相犯。小韻。小韻者，除本韻外，九字中不得有兩字同韻，如遥、條同韻之類。「客子已乖離，那宜遠相送。」子字、已字同在紙韻，五字内相犯，離字、宜字同在支字韻，九字内相犯，五字最急，九字較緩。正紐。正紐者，壬、衽、任、入一紐，一句内有壬字，更不得犯衽、任、入字也。「我本良家子，來嫁單于庭。」家字、嫁字係正紐。傍紐。傍紐者，如五言詩一句中有月字，更不可用元、阮、願字，此是雙聲，即傍紐。五字中急，十字稍緩。十字内，兩字雙聲爲正紐，若不共一紐，而又有雙聲，爲傍紐。如流、六爲正紐，流、柳爲傍紐。傍紐者，緣聲而來相忤也。然字從連韻而來，故相參，若金、錦、禁、急，與陰、飲、蔭、邑，是連韻紐之。若金與陰，及飲與錦，此傍會與之相參。此正紐、旁紐之不同。「丈人且安坐，梁陳（盛江案：當爲「塵」誤）將欲起。」丈字、梁字係旁紐。（《四庫全書存目叢書》影印明刻本）

第九，水渾病〔一〕①。

謂第一與第六之犯也〔二〕。假作《春詩》曰：「沼萍遍水纈，榆莢滿枝錢②。」又曰：「斜雲朝列陳〔三〕，迴娥夜抱弦〔四〕③。」

釋曰〔五〕：「沼」文處一，宜用平聲④。池好⑤。「迴」字在六〔六〕，特須宮語〔七〕⑥。宜趍〔八〕⑦。一爲上言之首⑧，六是下句之初，同建水渾〔九〕，以彰第一。且條嘉況⑨，開示文生⑩，製作之家⑪，特宜監察。三隅已發⑫，一角須求，聊説十規〔一〇〕⑬，以張群目。

【校記】

〔一〕「第九水渾病」，原右旁注「此水火二病篇立無之又證本無之故且正之可」，三寶本眉注「イ本一曰水渾」，右旁朱筆注「以下行證本無之」，又墨注「渾玉云後昆褰二反水濆涌之聲也」，高甲本右旁注「以下行證本無之故正之可」。

「第九水渾病」全文和「第十火滅病」全文，楊、六寺本無，以下順序接以「第九木枯病」和「第十金缺病」直至「第廿八駢拇」（楊本衹到「廿三曰落節」，「廿三曰落節」「何處覓消愁」以下無）。《眼心抄》無水渾、火滅二病。

〔二〕「謂第一與第六之犯也」，松本、江户刊本、維寶箋本作雙行小字注。

〔三〕「陳」，三寶本右旁注「陣」。

〔四〕「斜雲」二句，《札記續記》：「『雲』和『娥』同聲，犯火滅。水渾的例詩不會連火滅的例詩也舉出來，因此，兩字中顯然有一字是誤字，『雲』可能是『雪』字。」「『迴娥』的『迴』是『曲』字之誤，這從『曲字在六』可以知道。」《校勘記》：「『迴』爲『曲』之訛，『迴』是平聲，與釋文『特須宮語』不合，先改此『曲』爲『迴』，爾後後文之『曲字在六』也改作『迴』。正紐『撫琴起和曲』，傍紐『胡笳落淚曲』之『曲』字，三寶院本均作『迴』字，注『曲』字，可作爲傍證。」

〔五〕「曰」，松本、江户刊本、維寶箋本作「云」。

〔六〕「迴」，原作「曲」，高甲、高乙本同。《「文二十八種病」解説》：「案（曲）諸本作『迴』，非也，今從宫内廳本。」《「文二十八種病」考》與西澤道寬説同。《校注》：「『迴』，《古鈔本》作『曲』，不可從。」盛江案：據詩例，當作「迴」，據醍甲、仁甲、義演、維寶箋本改。

〔七〕「須」，原作「頂」，高甲、高乙本同。《札記續記》：「『頂』爲『須』之訛是顯然的。」據三寶、醍甲、江户刊本、維寶箋本改。「宫」，天海本作「定」。

〔八〕「趍」，天海本作「遊」。《「文二十八種病」考》：「『趍』字疑衍。」《札記續記》：「『宜趍』的『趍』可能是『迴』之誤。」

〔九〕「同」，《校勘記》謂當作「因」，《譯注》、林田校本改作「因」。

〔一〇〕「十規」，《「文二十八種病」解説》作「一規」，謂：「案，諸本皆作『十規』，非也。」

【考釋】

① 第九水渾病：《考文篇》：「『第九水渾病』以下至『第十二繁説病』，可能引自《文筆式》。」盛江案：水渾與火滅、木枯、金缺諸病，均當爲「十病」，由諸病「釋曰」文筆等觀之，疑出初唐《筆札華梁》。五行以水爲首，故五言詩一六之犯爲水渾。水渾、火滅二病是草稿本文。據三寶本注記，原有三十種病，後將「第九水渾」和「第十火滅」吸收入「第一平頭」中，因成爲「二十八種病」。

水渾：維寶箋：「水渾，一六之兩字同聲，乃成病。一六，五言詩首兩字也，水方在方之始，故名焉，北方坎之位也。杜詩：『汲多井水渾。』」

《「文二十八種病」解説》：「所謂水渾病，是五言詩二句十字中第一字若和第六字（下句第一字）同聲的病。例『沼萍遍水纈，榆莢滿枝錢』，第一字『沼』字爲上聲，『萍』成爲所謂孤平，因此宜改用『池』（平聲）字。又『斜雲朝列陳，曲娥夜抱弦』，第六字即下句第一字『曲』字爲入聲，『娥』字爲孤平，因此宜改用『宫』（平聲）。維寶師説：『水渾，一六之兩字同聲，乃成病。』這是誤解。關於命名爲水渾病的理由，維寶師説：『一六，五言詩首兩字也，水方在方之始，故名焉，北方坎之位也。』這是很大的誤解。《書·洪範》：『五行：一曰水，二曰火，三曰木，四曰金，五曰土。』就是説，水在五行的第一位，據於此，五言詩第一字之病犯稱爲水渾病。接着幾條所舉的火滅、木枯、金缺的病名，都是基於五行順序而命名的。三寶院本『渾』字旁注『水濆涌之聲也』，此爲誤。『渾』字的意思，應該和滅、枯、缺類似相對，因此，當取《爾雅·釋詁》所謂『渾，墜也』注『水落貌』之意。」

《「文二十八種病」考》贊成《「文二十八種病」解説》以《尚書》五行之順序説水渾病名之意，然對詩例之解釋有不同意見，謂：「若將第一字『沼』作『池』，則和第六字『榆』字同聲，犯一六之犯即平頭病，因此，水渾不是被包含在平頭中的病。可能應該看作和八病没有關係的詩病説。」

《譯注》：「從水渾病到金缺病，是關於聲調的病，在這一點上，和『八病』相連接。但是，它又屬於獨立的範疇。水渾是水渾濁的意思。這一病是五言詩第一字和第六字同聲。以下，『火滅』指第二字和第七字同聲，『木枯』指第三字和第八字同聲，『金缺』指第四字和第九字同聲，都用五行之名，並且恰好符合《書·洪範》『五行：一曰水，二曰火，三曰木，四曰金，五曰土』的順序。上尾病別稱的『土崩病』當然應該在金缺病之後，但是不願重複，因此省略掉了。又，如《文二十八種病》目次已言及的，『水渾病』和『火滅病』其性質應該被包含在『平頭』中。所據之書不明。」

②「沼萍」二句：出典未詳。以下《文二十八種病》之「假作」詩，出典均未詳，或者均爲作者自擬詩。《譯注》：「因爲叫做『假作』，這一例詩似可看作筆者爲了説明的方便所作。作爲『假作』引用的例詩，自『第九水渾病』到『第十四繁説病』，又，自『第二十五落節』到『第二十七文贅』，這九章都能看見。原典當在金缺病之後的土崩可能也引用『假作』的詩，《文筆眼心抄》上尾末引的二個例句，可能就是遺留的痕跡。這十種病，很有可能就是西卷序所説的『十病』。又，『假作』的例詩，地卷《六志》也能看見。」

③迴娥夜抱弦：維寶箋：「迴娥，嫦娥也……月宮迴轉圓天，故云迴娥也。抱弦，初月也。」《譯注》：「『沼』爲上聲，『榆』爲平聲，未犯禁止一六同聲的水渾病。如果從『釋』之説，代之以『池』（平聲），反而犯病。」「『斜』和『迴』都是平聲，犯水渾病。但是，即使按照『釋』的説明，改爲『趍』，也仍是平聲，仍是犯病。」

④「沼文」二句：《「文二十八種病」解説》：「『沼』字在五言詩二句十字中處於第一的意思。」

⑤池好：維寶箋：「池好，改『沼萍』而應作『池萍』也。」《考文篇》：「『好』疑爲『浮』，『好』爲仄聲，與『宜用平聲』不合。」《札記續記》：「『池好』爲『避「沼」（上聲）用「池」爲好』之意。」「小西氏《考文篇》謂『池好，「好」疑爲「浮」，「好」爲仄聲，與「宜用平聲」不合』，這當是誤解。」

⑥「迴字」二句：《譯注》：「就例詩一，這個説明説要做到第一、第六用平聲，意爲特意勸人犯水渾

病，頗不得要領。『宮語』，如天卷『宮商爲平聲』那樣，仍是平聲。」

⑦宜趍：維寶箋：「宜趍，趍迴娥字爲宮娥則好也。趍，《說文》：『奔也。』」《「文二十八種病」解說》：「（趍）此字未詳。」《札記續記》：「『宜趍』的『宜』和火滅病條的『暗文處二，宜用埋生之言』的宜字意思相同，本來記作『趍好』也可以的地方，而在字面上倒過來記作『宜趍』。」

《札記續記》以爲「雲」爲「雪（入）」之誤，據「釋曰」校改之後，「水渾」例詩前二字成爲：池萍（平平）—榆莢（平入）。斜雪（平入）—迴娥（平平）。「這樣上下二句的上二字平仄的組合方式相反，和火滅以下四病一致。」「把（池草二句）的『沼』改作『池』（平），反而一六同聲，（「斜雲」二句）的『曲』改作『迴』（平）仍然一六同聲，和定義『謂第一與第六之犯也』不一致。但是，如果參考火滅以下四病例詩的組合方式，這個謎可能也可以解開來。現在把水渾以下四病的例詩根據其說改過來表示如下：（標□的是改正過的字）

火滅：塵埋（平平）—帶永（去上）；怨[志]（去[去]）—啼眸（平平）。

木枯：金風（平平）—玉露（入去）；玉[鑿]（入去）—金車（平平）。

金缺：獸炭（去去）—魚燈（平平）；狐裘（平平）—褻褥（入入）。

土崩：追涼（平平）—對酒（去上）；避熱（去入）—攜琴（平平）。

水渾：池萍（平平）—榆莢（平入）；斜[雪]（平入）—[迴]娥（平平）。

以上看到，除水渾之外，其他四病的上下句上二字平仄的組合方式都是『平平—仄仄』『仄仄—平平』。

這和天卷『調聲』條載的元兢雙換頭説一致。元兢説『雙換頭』『是最善也』，『十規』的作者也看到同樣的意思。但是，水渾病卻是『平平—平仄』『平仄—平平』。就是説，上下句第二字平仄不同，但第一字同爲平聲。這與元兢的單换頭類似。元兢這樣叙述雙换頭説：『唯换第二字，其第一字與下句第一字用平不妨。此亦名爲换頭，然不及雙换。又不得句頭第一字是去上入，次句頭用去上入，則聲不調也。』元兢没有把上下句上一字同平聲作爲病。水渾第一字和第二字平聲重疊，和這個想法不正一致嗎？但是，水渾裏，把『上平—平入』和『平入—入平』作爲病，可這不論在沈約説裏，還是在元兢説裏，都不成爲病。『十規』説把這作爲病的理由不清楚。把『上平—平入』『平入—入平』作爲病，改作『平平—平入』『平入—平平』，從這點看，可以臆測，此説上下句上二字把『雙换頭』作爲常例，這樣的話，則上下句的上二字兩方都必須避免單平單仄，不正是作爲這一點提出犯目的嗎？如果真是那樣，則水渾病的『謂第一與第六之犯也』就是略言，而實際是一六、二七相關而提出的犯目，這和火滅以下三病都是上下句的同位字相犯稍微有點不同。水渾和火滅二病是從八體的平頭説中派生出來的一説，因此，《秘府論》在『平頭』之下注『或一六之犯名水渾病，二七之犯名火滅病』，這不能説是錯誤的。

⑧ 一爲上言之首：《「文二十八種病」解説》：「案意爲第一字爲上句之首。」

⑨ 嘉況：維寶箋：「嘉況，《漢書·萬石君傳》曰：『乃者對太山皇天嘉況，神物並見。』注：『況，賜也。』」《譯注》：「『況』同『貺』，魏文帝《與鍾大理書》（《文選》卷四二）：『嘉貺益腆。』」

⑩ 開示：維寶箋：「開示，《法華經》曰：『開示悟入。』」

⑪ 製作：《文心雕龍·序志》：「歲月飄忽，性靈不居，騰聲飛實，製作而已。」《顏氏家訓·文章》：「詩格既無此例，又乖製作本意。」本書天卷《四聲論》：「製作之士咸取則焉。」

⑫ 三隅：《論語·述而》：「舉一隅不以三隅反，則不復也。」

⑬ 十規：《「文二十八種病」考》：「『十規』當爲十個（詩病的）規則、規約。這恐怕是水渾以下有『十規』的詩論書的原典（書名未詳），空海把它半數抄在《秘府論》中，這裏的文字可能是照原典記述（作爲十病）書寫的。」盛江案：「十規」即西卷《論病》所言之「十病」。關於「十規」，詳參西卷《論病》「十病」條考釋。又，《札記續記》以爲「十規」説和元兢説之産生大致同時，詳「第十二金缺病」考釋。

第十〔一〕，火滅病①。

謂第二與第七之犯也〔二〕②。即假作《閨怨》詩曰：「塵暗離後鏡③，帶永別前腰。」又曰：「怨心千過絶〔三〕，啼眼百迴垂。」

釋曰：「暗」文處二，宜用「埋」、「生」之言。「眼」字居七，特貴「眸」、「行」之語〔四〕④。「離」當陰位⑤，命于南方〔五〕，用字致尤〔六〕，故云火滅〔七〕。一本云離位命滅因以名焉〔八〕。

【校記】

〔一〕「第十」下原有「曰」字，各本同，三寶本左旁注「亻本二曰火滅病」，據前後體例及江户刊本、維寶箋本刪。

〔二〕「謂第二與第七之犯也」，松本、江户刊本、維寶箋本作雙行小字注。「也」，三寶本無。「犯」下三寶、天海本有「此亦即平頭同」六字。

〔三〕「怨心」，《校勘記》：「據下文，當把『眼』字改作『眸』、『行』，但這就和『心』同聲，犯了火滅病，因此『心』當是『志』或『念』字之誤。」

〔四〕「特」，原作「物」，三寶、高甲、高乙、醍甲、仁甲、義演本同。《考文篇》：「各本誤作『物』，水渾病有『特須宮語』，文義相似，版本作『特』是也。」據江户刊本、維寶箋本改。「眸」，原作「牉」，三寶、高乙、醍甲、仁甲、義演本同，據江户刊本、維寶箋本改。

〔五〕「于」，原作「二」，各本同。《校勘記》：「『二』當作『于』，金缺病有『應命秋律于西』。」《考文篇》、林田校本作「二」，今從《校注》、《譯注》據高乙本作「于」。

〔六〕「用」，原作「周」，各本同，三寶本朱筆消之左旁注「因」。維寶箋：「周字，句中無『周』字，故恐『用』字，言用字致尤乎。」《校勘記》：「周、因、同，爲『用』字之訛。」今從高乙本作「用」。

〔七〕「火滅」，松本、江户刊本、維寶箋本作「離位命滅因以名焉」。

〔八〕「一本云離位命滅因以名焉」，松本、江户刊本、維寶箋本無，醍甲、仁甲、義演本作雙行小字注。「因以名焉」下三寶本朱筆注「以上證本無之」。《「文二十八種病」考》：「『離』字以下（盛江案：指「離當陰位」以下）爲衍字。三寶院本注『已上證本無之』，可能爲後人所寫而混入正文。」《考文篇》：「（吉田説）非是，案，三寶院本校語云：『以上證本無之。』即是證本無『一本云離位命滅因以名焉』十一字。」盛江案：「以上證本無之」，《「文二十八種病」考》謂指「離當陰位」以下，小西甚一及中澤希男謂指證本無「一本云離位命滅因以名焉」十一字。並疑非是。所謂「以上證本無之」，蓋是指證本無「第九水渾」「第十火滅」二病，據「第九水渾病謂第一與第六之犯也」之處宮内廳本旁注「水火二病篇立無之又證本無之故且正之可」，又高山寺甲本旁注「以下行」證本無之故正之可」可知，此處之「以上證本無之」正與宮内廳本和高山寺甲本夾注之文相應也。

【考釋】

①火滅：維寶箋：「火滅，火熄也，《法華經》曰：『如薪盡火滅。』」

②謂第二與第七之犯也：《校勘記》：「水渾爲一六、火滅爲二七之犯，木枯、金缺、土崩三病爲上下句同位字之相犯，水渾、火滅二病由八病中的『平頭』病派生而來，因此此處（盛江案：指三寶院本之異文）説：『此亦即平頭同。』」火於五行中居第二，故五言詩二七之犯名火滅。「火滅」爲「十病」之一，疑出初唐《筆札華梁》。

③「塵暗離後鏡」以下例詩四句：《研究篇》下：「水渾（沼萍二句）和火滅的例詩確實有疑問，但這一定是《秘府論》以前的原著的誤用。這樣，水渾和火滅實質上就和平頭是一樣的病。」

④「暗文」四句：《「文二十八種病」解説》：「所舉例詩，『塵暗離後鏡』，『暗』字去聲，『離』字成爲孤平，因此應該改作『埋』或者『生』字。但是『啼眼百迴垂』的『眼』字，必須改作『眸』字或『行』字，其理由難以理解。」

《「文二十八種病」考》：「火滅所舉例詩，第二字是『暗』成爲病，因此可以用『埋』（平）或『生』（平），可是這一來，和第七字『永』（上聲）的關係就看不出來。可能是因爲第二字是去聲的話，第三字『離』就成爲孤平，因此改爲平聲吧？三寶院本標目下注：『此亦即平頭同。』但是和平頭的二七之犯不一樣，那條注可能有誤吧？又，三寶院本平頭注：『私云見御草案本，舊別立水渾火滅病，爲第九第十，而總有三十種病，後改屬第一病，合成二十八病也。』據此，空海草稿本是把它作爲獨立的二病提出來的，可是後人（不是空海吧）改屬第一病，可知這是有誤的。」

《譯注》：「（塵暗二句）第二字『暗』爲去聲，第七字『永』上聲，祇要考慮到要四聲相互對應，就與火滅不合。釋文説如果用『埋』或『生』（均爲平聲）代替『暗』，作『塵埋』『塵生』就可以。如果從平聲與其他三聲的立場來看，這樣處理確實可以避免聲病。」「（怨心二句）第二字『心』爲平聲，第七字『眼』字爲上聲，與火滅病不合。據釋文，用『眸』或『行』（均爲平聲）代替『眼』字，變爲二七同聲，反而犯病。」

特貴眸行之語：《校注》：「『行』讀『行列』之『行』。」

⑤ 離當陰位：維寶箋：「離，卦名，在南方，屬陽，今云『陰位』，恐『陽位』歟。《白虎通》曰：『火在南方，南方者，陽在上，萬物垂枝，火之爲言，委隨也。』命二，第二字命南方也。」

《「文二十八種病」解説》：「『離當』以下七字及『故離』以下五字未詳。」「『離當』以下池田氏（盛江案：指池田蘆洲，有《文鏡秘府論》校本及《文鏡秘府論解説》，均收入一九二一年四月《日本詩話叢書》卷七）譯作『離相當於陰之位，命於二南方，周之字致尤，因此叫作離位，因此命名爲滅』，不知這是什麽意思。」

《校勘記》：「離當陰位，《易·彖傳》荀注：『離者陰卦。』」

《譯注》：「離卦爲☲，上下第二位都爲陰爻，類推到上下句第二字同聲的火滅病。如《易·説卦傳》

『離爲火』，同疏『離爲火，取南方之行』所説的那樣，離於五行中象徵火，於方位象徵南。」

第十一〔一〕，木枯病①。

謂第三與第八之犯也〔二〕。即假作《秋詩》曰：「金風晨泛菊，玉露霄霑蘭。」一本「霄懸珠」〔三〕。又曰：「玉輪夜進轍〔四〕，金車晝滅途〔五〕。」

釋曰：「霄」爲第八〔六〕，言「夜」已精；「夜」處第三，須「霄」乃妙〔七〕。自餘優劣，改變皆然，聊著二門〔八〕，用開多趣。

【校記】

〔一〕「第十一」，醍甲、仁甲、六寺、義演本作「第九」，楊本作「九曰」，三寶、天海本作「第十一曰」，「十一」二字朱筆消之，右旁朱筆注「九」，松本、江户刊本、維寶箋本作「第九又」。盛江案：從草稿本爲三十種病之第十一，從修訂本則删去水渾、火滅二病，當作「第九木枯病」。以下各病草稿本與修訂本之序數均有異。

〔二〕「謂第三與第八之犯也」，原作單行小字注，三寶、天海本同，高甲、高乙、醍甲、仁甲、楊、義演、松本、江户刊本、維寶箋本作雙行小字注，六寺本無此九字。周校：「據前例改爲正文。」今從之。

〔三〕「一本霄懸珠」，三寶本注在「玉露霄霑蘭」之右行間，醍甲、仁甲、楊、六寺、江户刊本、維寶箋本作雙行小字注。

〔四〕「轍」，三寶、高甲、高乙、醍甲、仁甲、楊、六寺、義演、松本、江户刊本、維寶箋本作「徹」。

但是，這裏有些疑問。吉田氏把（一）至（四）的部分作爲《詩髓腦》、《文章儀式》、《文筆式》的配合，而認爲這些是『空海基於主觀選擇取舍諸家之説加以綜合，諸家之説已完全融合而成爲空海式的新八病説』。我想整個《秘府論》，根據弘法大師自己的見識改編的地方恐怕絶不會有吧！即使這一條，如果細細品味，仍然是照原文引用，如果比喻性地借用池田龜鑑博士的話，各種文獻的合成是有的，而混成的現象則没有。就平頭病來説，從最初的解説『平頭詩者』到『如此之類是其病也』，和東卷對屬論中上官儀説『隔句對者』乃至『如此之類名爲隔句對』等，是相同的筆致。還有，舉例詩之後『釋曰』這樣的形式也是相同的。」「把這看作是上官儀之説，當是最穩健的推斷。還有，其例詩都出自剛纔作爲a類例舉的當中，而《魏文帝詩格》傳存的是上官儀《筆札華梁》及可以説和它幾乎内容相同的《文筆式》之説。吉田氏所謂（一）至（四）的部分，應當全部看作是上官儀説，決不是數説的融合。吉田氏提出的理由，『聞君愛我甘』的例詩合於《本朝文粹・省試詩論》所引『詩髓腦云』之説，而《秘府論》所引的元兢説（五）的部分也有『君與甘非爲病』，這也可以作多種解釋。就是説，元兢引上官儀説，而嘗試對它進行修正，這就自然要包含同樣的例詩。因而，把這理解爲衹是元兢之説並不妥當。乙這一處，符合《省試詩論》大江時棟詩狀作爲『文筆式云』引用的『蜂腰者，第二字與第五字同聲也。所爲證詩，以上句第二字與第五字同聲，又是劇病』。而且，如前所述，《文筆式》和《筆札華梁》幾乎是相同的内容，這也可以説是支持（一）至（四）的部分是上官儀説的一個證據。」

「其次，如吉田氏考證，（五）是元兢説，還有（六）是劉善經説。」「（七）這一部分，並非哪一項都有，也統之說。《魏文帝詩格》似以《筆札》爲骨幹，另外雜取《文筆式》系統的佚文。三寶院本注有『筆四病筆札文筆略同』，兩書共通點很多，易於混淆。b類中可以斷定《金針詩格》和《詩苑類格》同說，『西北有高樓』和『青青河畔草』雖然不同，據三寶院本注，後者爲元兢說，這是爲了特地說明『連韻者非病』而重複引用的詩句，因此元兢原本當既有『西北有高樓』，也有『青青河畔草』。而且，『聞君愛我甘』顯然是元兢說，可知這兩書都據《詩髓腦》。又，《詩家全體》甲說也大致相合，衹有『遠與君別久』和『新製齊紈素』不同。後者據三寶院本注可知引自《筆札》，前者和後者相對而書，可以認爲也引自同一書。總之，以上所舉各書的典據，可以推定如下：

a——｛魏文帝詩格、詩家全體乙｝——文筆式（筆札）

b——｛金針詩格、詩苑類格｝——詩髓腦

　　詩家全體甲——詩髓腦（筆札說混在）」

《研究篇》下：「對八病的說明，並不是沈約自己的文字，其主體是唐代諸家的解說。這各家之說，大致按規定的順序排列。《「文二十八種病」考》中，將其區分如下：

一名稱；二、意義；三、例詩；四、釋曰——弘法大師綜合說；五、或曰（元氏曰）；六、或曰（劉氏曰）；七、或曰（未詳說）。

「還有（七）的『或曰』。與（五）（六）的『或曰』是元氏、劉氏不同，這裏什麼也不是，原典未詳。祇有古鈔本三寶院本注記《文筆式》值得注意。但是可以作爲確證的材料現未存。」

《研究篇》下：「《文二十八種病》中第一乃至第八，是沈約提出的詩病。關於這八病，也見於其他典籍如《魏文帝詩格》、《金針詩格》、《詩家全體》、《詩人玉屑》、《冰川詩式》、《困學紀聞》、《古今事文類聚》等。但是，八病的名目相同，而説明並不全同。取其例詩，説明如下（《詩家全體》作「一曰」舉有別一説，把它作爲乙説，其他的作爲甲説以作區別）：

病	（魏文帝詩格）	（金針詩格）	（詩苑類格）	（詩家全體甲）	（詩家全體乙）
平頭	（朝雲晦初景）	（今日良宴會）	（今日良宴會）	（今日良宴會）	（朝雲晦初景）
上尾	（蕩子到娼樓）	（西北有高樓）	（青青河畔草）	（西方有高樓）	（蕩子到娼樓）
蜂腰	（徐步金門旦）	（聞君愛我甘）	（聞君愛我甘）	（遠與君別久）	（徐步金門旦）
鶴膝	（陟野看陽春）	（客從遠方來）	（客從遠方來）	（新製齊紈素）	（陟野看陽春）
大韻	（端坐苦愁思）	（胡姬年十五）	（例詩缺）	（胡姬年十五）	（端坐苦愁思）
小韻	（薄帷覽明月）	（客子已乖離）	（例詩缺）	（客子已乖離）	（薄帷覽明月）
傍紐	（田夫亦知禮）	（丈人且安坐）	（例詩缺）	（丈人且安坐）	（田夫亦知禮）
正紐	（我本漢家子）	（我本漢家子）	（例詩缺）	（我本漢家子）	（我本漢家子）

這當中《魏文帝詩格》和《詩家全體》乙説顯然屬同一系統，假如把這作爲a類，其他三説作爲b類。a類中，正紐的『我本漢家子』，據三寶院本注，《文筆式》有引用。既然如此，可以認爲a類説屬《文筆式》系

小韻	小韻詩……同是韻之病	元氏曰此病……不以爲累文	（七）劉氏曰小韻者……（終）	（六）或云小韻……避爲美
傍紐	傍紐詩者……王斌云……（終）	（六）元氏云傍紐者……元兢曰……就之類是也	（七）劉氏曰傍紐者……沈氏云……劉滔亦云……沈氏亦云……	（五）或云傍紐者……將欲飛
正紐	正紐者……皆如此也	（六）元氏曰正紐者……元兢曰……知之而已	（七）劉氏曰正紐……（終）	（五）或曰正紐者……皆名正紐

「其次，（五）的『或曰』在八病的前半四病均作『或曰』而被引用，而後半四病作元氏曰，因此不論從排列上還是從筆法上推測，『或曰』全部可以推定是『元氏曰』即元兢之説。這樣推測並不過分，如果要舉實際例證，則將『蜂腰』的『或曰』和《本朝文粹》卷七《省試詩論》所能見到的元兢《詩髓腦》作一比較就很清楚。」「兩者幾乎是同文，因此，平頭、上尾、鶴膝的『或曰』可以看作就是『元氏曰』即《詩髓腦》（注：平頭、上尾的「或曰」，三寶院本傍注「或元兢本」「或髓腦如本」，但鶴膝的「或曰」傍注「筆札」，這一注記不知根據什麽）。」

「接着是（六）的『或曰』，衹有平頭、上尾作『或曰』，蜂腰以下相應的部分均作『劉氏曰』，因此上述二病的『或曰』，從排列上和文脈上看，可以作同樣的處理，可以推定一律是劉氏即劉善經《四聲指歸》説。」

〔二〕「夫金生兑位」，《「文二十八種病」考》：「『夫金生』以下三十六字疑衍。」《考文篇》：「（吉田説）非是。」

〔三〕「西」下三寶本有「方」字，又朱筆消之，右旁注「草本有方字」。

〔四〕「向」，原作「勿」，醍甲、仁甲、義演本作「忽」，六寺本「向」字另記在左旁行間，據三寶、高甲、江户刊本、維寶箋本改。

〔五〕「命」，三寶、楊、六寺本作「合」。《校勘記》：「『合』爲『命』之訛，『西』爲『西方』之訛，『火滅病』有『命于南方』，可證。『數』訓『シバシバ』（頻繁）誤。」

〔六〕「謂第四」至「故生斯號」，楊、六寺、松本、江户刊本、維寶箋本作雙行小字注。

〔七〕「陵」，三寶本作「綾」。

〔八〕「餘」下三寶、天海本有「頸」字。

〔九〕「成此」，三寶、六寺本作「此成」。

〔一〇〕「多」，楊本作「他」。

【考釋】

①金缺：《梁書·侯景傳》：「若金甌無一傷缺。」

②夫金生兑位：維寶箋：「兑位，八卦西方之位，即屬金也。《白虎通》曰：『金在西方者，陰初起，萬物禁止，金爲之言禁也。』」《「文二十八種病」解説》：「案：『夫金』以下二十七字難訓。」「五言詩一句十字中第四或第九有病犯，如金甌傷缺。第四爲金，因爲金於五行在第四位。」盛江案：西澤道寬説是。又，「金缺」爲「十病」之一，疑出初唐《筆札華梁》。

③「因數」二句：五言詩上句第四字，故曰上句向終，下句第九字，故曰下句欲末，五行中金居第四，應命秋律，於時節亦將向終，故曰「因數命之，故生斯號」。

④「獸炭」二句：維寶箋：「獸炭，《語林》曰：羊琇擣小炭爲屑，作獸形，後以温酒着火，猛獸皆開口向人，諸豪效之。」盛江案：事亦見《晉書·羊琇傳》。魚燈：用魚油的燈。《譯注》：「第四字『晨』和第九字『霄』均爲平聲，犯金缺病，若從釋文改『霄』爲『夜』，就可避免此病。」

⑤「狐裘」二句：重衣曰褻。《譯注》：「第四字『除』和第九字『排』均爲平聲，犯金缺病。若改『除』爲『卻』（入聲），就可避免此病。」

⑥告往知來：《論語·學而》：「告諸往而知來者。」《易·説卦傳》：「數往者順，知來者逆。」

⑦以上水渾、火滅、木枯、金缺，另加上土崩病（參「第二上尾」「土崩」考釋及《眼心抄》），五病均以五行命名。

《「文二十八種病」考》：「第十一木枯病在第三或第八字，第十二金缺病在第四或第九字，用字上缺少精妙，可能是説，應該像《秘府論》卷四（盛江案：指南卷）《論文意》所説的，『凡作詩之人，皆自抄古人詩語精妙之處，爲隨身卷子』，經常根據樣本領會詩語的精妙。以上的水渾、火滅、木枯、金缺，都是上句或下句的第一、二、三、四在聲韻上或者其他的缺點，其名義上的順序配於五行，因此有這樣的名稱，除此之外，似没有其他意思。」

《札記續記》據火滅等病，以爲平仄的概念先確定在五言詩一句中的上二字，後來纔運用於下三字，並且「十規」和元兢説於大致同時産生。他分析火滅病，指出：「火滅病『謂第二與第七之犯』，如例詩應該把（「塵暗」二句）的『暗』改作『埋（平）』、『生（平）』，（「怨心」二句）的『眼』改作『眸（平）』、『行（平）』。（「塵暗」二句）把『暗』和『永』作爲病而要把『暗』字改爲平聲字，顯然是基於把四聲分爲平和上去入二類，把上去入作爲一類的平仄的觀念。但是，一方面，木枯（「玉輪」二句）把『進（去）——滅（入）』作爲病，土崩（「避熱」二句）把『暫（去）——入（入）』作爲病，這又不得不讓人感到它們不是基於平仄的觀念，而是基於把四聲分爲平上去入四類的想法。永明體和律體，對四聲本身的想法已有不同。永明體是把四聲分爲平上去入四類，而律體則把四聲分爲平和上去入二類，把上去入總括爲仄的概念。『十規』説裹，就上下句的上二字而言具有律體的平仄的想法，而就下三字而言，則還是沿用永明體的平上去入四分的想法，對四聲的想法實際混雜了二種不同的想法。不難想像，這是律體成立以前時間還不久那個時期所提倡的一種説法。根據以上分析，可以設想，平仄的觀念首先是在上二字固定下來，後來纔應用於下三字的調聲，於是形成律體的調聲法。」「元兢對四聲的想法類似於『十規』。天卷調聲條所引的雙換頭説，就是主張上下句的上二字如『平平——上（去入）上（去入）』一樣，平和上去入互相不同，這樣來組合，恰如依據平仄的觀念一樣，但是，西卷《文二十八種病》所引的齟齬病，明顯是基於把四聲分爲平上去入四分的想法。這是『十規』説和元兢説産生於大致同時的一個佐證。」

第十三〔一〕，闕偶病①。

謂八對皆無②，言靡配屬〔二〕，由言匹偶〔三〕，因以名焉〔四〕。假作《述懷》詩曰：「鳴琴四五弄③，桂酒復盈盃。」又曰：「夜夜憐琴酒，優遊足暢情。」

釋曰：上有「四五」之言，下無「兩三」之句；不對「朝朝」之字，空垂「夜夜」之文。如此之徒，名爲闕偶，題斯一目〔五〕，餘況皆然④。

或曰⑤：詩上引事〔六〕，下須引事以對之。若上缺偶對者〔七〕，是名缺偶⑥。犯詩曰〔八〕：「蘇秦時刺股⑦，勤學我便耽。」釋曰：上句「蘇秦」，是其人名，下將「勤學」對之，是其缺偶。不犯詩曰〔九〕：「刺股君稱麗〔一〇〕，懸頭我未能⑧。」釋曰：上有「刺股」，下有「懸頭」，各爲一事，上下相對，故曰不犯。

【校記】

〔一〕「第十三」，醍甲、仁甲、六寺、義演、松本、江户刊本、維寶箋本作「第十一」，三寶、天海本作「十三第曰」，「三」與「第」字行間有顛倒符號「∽」，「三」字朱筆消之，右旁注「一」字，楊本作「十一曰」。

〔二〕「屬」，原作「矚」，各本同。維寶箋：「配矚，應作『配屬』也。」據《眼心抄》改。

〔三〕「由言匹偶」，三寶本右旁朱筆注「與六犯中缺偶同」，並在其右朱筆劃一綫。

〔四〕「謂八對皆無」至「因以名焉」，楊、六寺、松本、江户刊本、維寶箋本作雙行小字注。《「文二十八種病」解説》：「『謂八』以下十七字誤脱難訓。」《校勘記》：「『由言匹偶』《眼心抄》無。這十七字意思不通，不僅訓點有誤，而且有誤脱。

『八對』爲衍，『矚』爲『屬』訛，『無言靡』之『無』爲『靡』之注，『言』爲『無』之訛，『由言』之『言』爲『無』之訛，或者原文如下：『謂皆靡配屬，由無匹偶，因以名焉。』」

〔五〕「題」，三寶、天海本作「頭」，眉注「題」。

〔六〕「詩上引事」，三寶本眉注「凡」，朱筆消之，朱筆改作「或曰」。

〔七〕「上」，《「文二十八種病」解説》：「『缺』上之『上』字疑衍。」

〔八〕「犯詩曰」，楊、六寺、松本、江户刊本、維寶箋本作雙行小字注。

〔九〕「不犯詩曰」，楊、六寺、松本、江户刊本、維寶箋本作雙行小字注，下同。

〔一〇〕「股」，三寶本作「般」，右旁注「股」。

【考釋】

①闕偶病：《「文二十八種病」解説》：「此病因缺少對偶而得名，和聲韻無關。」《譯注》：「所謂闕（缺）偶，是缺少對偶，就是説，本來應該構成對偶的地方，卻没有那樣。」《研究篇》下：「恐怕是唐代初期提倡的詩病。」

②謂八對皆無：《「文二十八種病」考》：「『八對』是指八種對（例如的名對、隔句對、雙擬對、聯綿對）。」《譯注》：「『八對』指什麽不明，或許這一段的開頭部分，在哪個地方有誤字脱字。」盛江案：「八對」當指上官儀「八對」。

③鳴琴四五弄：維寶箋：「鳴琴，陸機詩：『閑夜撫鳴琴。』四五弄，《琴操》曰：『五弄琴曲名。』」

④「釋曰」九句：由「釋曰」文風觀之，「第十三闕偶」「謂八對皆無」至「餘况皆然」，疑出《筆札華梁》，爲「十病」之一。

⑤或曰：《考文篇》：「『或曰詩上』以下至『故曰不犯』，引撰者不明《詩式》。」《校勘記》：「南卷《論文意》（案見上，略），又《詩中密旨》（案見上，略），爲同源。」

盛江案：三寶院本注「與六犯中缺偶同」（見校記〔三〕），「第二十三支離」三寶院本注「詩式六犯」中有「缺偶」，此處作「缺偶」，不作「闕偶」，與「詩式六犯」作「缺偶」者合，知以下典出佚名《詩式》，「詩式六犯」之一。三寶院本眉頭有「凡」字。句頭有「凡」字，與「第二十五落節」（修訂本第二十三）、「第二十六雜亂」（修訂本第二十四）、「第二十七文贅」（修訂本第二十五）體例同。

⑥「詩上」四句：事：事類，典故。本書南卷《論文意》：「若上句用事，下句不用事，名爲缺偶。」

⑦刺股：《戰國策·秦策一》：「（蘇秦）讀書欲睡，引錐自刺其股，血流至足。」

⑧懸頭：《太平御覽》卷三六三引《漢書》：「孫敬字文寶，好學，晨夕不休，及至眠睡疲寢，以繩繫頭，懸屋梁。後爲當世大儒。」

吟窗本王昌齡《詩中密旨》「犯詩八格」：「缺偶病二。詩中上句引事，下句空言也。詩曰：『蘇秦時刺股，勤學我便登。』」

第十四〔一〕，繁説病①。

謂一文再論〔二〕，繁詞寡義〔三〕。或名相類〔四〕，或名疣贅〔五〕②。即假作《對酒》詩曰〔六〕：

「清醥酒恒滿，緑酒會盈杯〔七〕。」又曰：「滿酌余當進，彌甌我自傾〔八〕。」釋曰：「清醥」、「緑酒」，本自靡殊〔九〕；「滿酌」、「盈杯」〔一〇〕，何能有別。「余」之與「我」，同號己身〔一一〕，一説足明，何須再陳〔一二〕。如斯之類，寡義繁文③，製作之家，特宜詳察。詩曰〔一三〕：「遠岫開翠雰，遥山卷青靄④。」此兩句〔一四〕，字別理不殊，是病〔一五〕⑤。崔氏曰〔一六〕⑥：「從風似飛絮，照日類繁英。佛巖如寫鏡，封林若耀瓊⑦。」此四句相次〔一七〕，一體不異，「似」、「類」、「如」、「若」是其病〔一八〕。

【校記】

〔一〕「第十四」，醍甲、仁甲、六寺、義演、松本、江户刊本、維寶箋本作「第十二」，三寶、天海本作「第十四曰」，「四」字朱筆消之，右朱筆注「二」，楊本作「十二曰」。

〔二〕「謂一文再論」，三寶、天海本右旁注「詩格相濫詩體相類與此同也」，全部朱筆消之，再其右朱筆注「或名相類或名疣贅」，其左旁朱筆注「御草本如此」。

〔三〕「繁詞」，高乙本作「繁論詞」。「義」，三寶、楊、六寺本作「議」。

〔四〕「或名相類」，《眼心抄》作「詩體相類即此同」。

〔五〕「謂一文再論」至「或名疣贅」，楊、六寺、松本、江户刊本、維寶箋本作雙行小字注。

〔六〕「作」，原無，各本同，據本卷前後文通例，當有「作」字，今訂補。

〔七〕「杯」，原作「坏」，楊本同，據三寶、高甲等本改。

〔八〕「甌」，三寶、天海本作「執」，右旁注「甌」。

〔九〕「清𨡎」二句，《「文二十八種病」解説》：「『清𨡎緑酒，本自靡殊』，『𨡎』字必須是酒之義，但據《集韻》，『𨡎』同『觴』，故當改作『醽』。『醽』，據《廣韻》，爲渌酒。」

〔一〇〕「滿」，三寶本無，右旁注「滿イ」。《譯注》改「盈杯」爲「彌甌」，注云：「『彌甌』，雖然各本均作『盈杯』，但這是就第二例詩的分析，與『滿酌』相對的當然是『彌甌』，現以意改。」林田校本從《譯注》本。興膳宏説當是。

〔一一〕「號」，高甲本無。

〔一二〕「陳」，原作「練」，各本同。《「文二十八種病」解説》作「論」，謂：「各本作『練』非也。」據楊本改。

〔一三〕「詩」，楊、六寺本作「又」，三寶、天海本右旁注「又」。

〔一四〕「此」，三寶本作「比」。

〔一五〕「此兩句字别理不殊是病」，楊、六寺本作雙行小字注，「别」作「爲」。

〔一六〕「崔氏曰」，三寶、楊、六寺、天海本作「又曰」，三寶、天海本右旁注「草本崔氏曰」，《眼心抄》無此三字。

〔一七〕「此四句相次」，原眉注「似イ」，三寶本左朱筆注「點本引下書之」，「此四句」至「是其病」十六字，松本本作單行小字注，楊、六寺本作雙行小字注。

〔一八〕「是其」，三寶本作「見具」，右旁注「是其」。

【考釋】

① 繁説：《墨子·修身》：「慧者，心辯而不繁説，多力而不伐功。」

《「文二十八種病」解説》：「一詩之中疊用文字相異但意思相類的語詞之病。……但如崔氏説，那不是繁説病，而相當於叢聚病。」《譯注》：「重複同樣旨趣或表現的病。第二十四相濫，第二十九相重，第三十駢拇，實際上都歸於同一病。」

梅維恒、梅祖麟《梵語對近體詩形成之影響》：「婆摩訶（Bhāmaha）要求避免重言的規則：『發生兩個概念傳達同樣的意思的情況，叫ekārtha（意義重複），有時稱之爲重複（punarukta），可能是意義的重複，也可能是詞語的重複。這可以肯定是漢語中第十二種詩病的模型。』」

盛江案：「繁説」爲「十病」之一，疑上官儀説。

②「謂一」四句：關於三寶本旁注「詩格相濫詩體相類與此同也」，《校勘記》：「『詩格』，王昌齡《詩格》。『詩體』，崔融《唐朝新定詩體》。」《譯注》：「當是説王昌齡《詩格》名爲相濫病，崔融《唐朝新定詩體》名爲相類病。」盛江案：三寶院本注中之「詩體」當爲崔融《唐朝新定詩體》。「詩格」，地卷《八階》寶龜院本注：「文筆式略同詩格轉變爲八體後採八階」，其中「詩格」疑爲同一書。叙目注語云「崔名相類」，是知「相類」爲崔融所定名稱。據「第二十九相重」三寶院本注，「疣贅」爲《四聲指歸》「三疾」之一。《莊子・大宗師》：「彼以生爲附贅縣疣。」同書《駢拇》：「附贅縣疣，出乎形哉！而侈于性。」《文心雕龍・鎔裁》：「駢拇枝指，由侈于性，附贅懸疣，實侈于形，二意兩出，義之駢枝也，同辭重句，文之疣贅也。」同篇又謂陸機「綴辭尤繁」，而陸雲「稱清新相接，不以爲病」，是劉勰已將文之疣贅稱爲文「病」，此或爲稱疣贅病之始。又，《抱朴子・辭義》：「屬筆之家，亦各有病，其深者則患乎譬煩言冗，申誡廣喻，

欲棄而惜，不覺成煩也。」名不同而戒此類文病之意同。

③寡義繁文：梁沈約《宋書・謝靈運傳論》：「縟旨星稠，繁文綺合。」

④「遠岫」二句：詩題及撰者未詳。

⑤「此兩」三句：《考文篇》標點作：「此兩句字，別理不殊，是病。」

⑥崔氏曰：此以下至「是其病」，引崔融説。

⑦「從風」四句：詩題及撰者未詳。《譯注》：「内容爲詠雪，前三句句間内容類似，『似』『類』『如』『若』這樣使用同樣旨趣的詞語而且放在同樣的位置上。要戒除這樣的弊病。」

第十五〔一〕，齟齬病者〔二〕①，一句之内，除第一字及第五字，其中三字，有二字相連，同上去入是。若犯上聲，其病重於鶴膝。此例文人以爲秘密〔三〕，莫肯傳授。上官儀云②：「犯上聲是斬刑，去入亦絞刑〔四〕③。」如曹子建詩云：「公子敬愛客④。」「敬」與「愛」是⑤。其中三字，其二字相連，同去聲是也。

元兢曰⑥：平聲不成病，上去入是重病，文人悟之者少，故此病無其名⑦。兢案《文賦》云：「或齟齬而不安。」因以此病名爲齟齬之病焉。

崔氏是名「不調」⑧。不調者⑨，謂五字内，除第一第五字〔五〕，於三字用上去入聲相次者〔六〕，平聲非病限。此是巨病〔七〕，古今才子多不曉。如：「晨風驚疊樹，曉月落危峰⑩。」「月」次「落」同入聲〔八〕。如：「霧生極野碧，日下遠山紅⑪。」「下」次「遠」同上聲〔九〕。如：「定惑關門吏〔一〇〕，終悲塞上翁⑫。」「塞」次「上」，同去聲〔一一〕⑬。

【校記】

〔一〕「第十五」，醍甲、仁甲、六寺、義演、松本、江户刊本、維寶箋本作「第十三」，三寶、天海本作「第十五曰」，三寶本「五」字朱筆消之，右旁朱筆注「三」字，楊本作「十三曰」。

〔二〕「第十五齟齬病者」一行右旁頁邊三寶、天海本注「元氏云兢於八病之别爲八病自昔及今無能盡知之者近上官儀謝其三河間公義府思其於事矣八者何一曰齟齬二曰叢聚三曰忌諱四曰形跡五曰傍突六曰翻語七曰長頡腰八曰長解證」（案：「證」當爲「鐙」訛）。三寶本此條注全文用朱綫劃掉，三寶、天海本在其下朱筆注「草本第十三之上有此文但以朱正了仍如本寫之」。《札記續記》：「這條注『自昔反今』的『反』字，『上官儀謝其三』的『謝』字，『河間公義府思其於事』的『於』字顯然是誤字。……竊以爲『自昔反今』的『反』字爲『及』字之訛，『謝其三』的『謝』字爲『識』字之訛，『思其於事矣』的『於』字爲『餘』字之訛。」

各本無題名，《譯注》據體例另補題名。

〔三〕「此」，原作「比」，三寶本同，據高甲、六寺等本改。

〔四〕「若犯上聲」至「去入亦絞刑」，楊、六寺、松本、江户刊本、維寶箋本作雙行小字注。

〔五〕「第一」下松本、江户刊本、維寶箋本有「字」字。

〔六〕「用」，《校勘記》：「『用』爲『同』之訛。前有『其中有二字相連同上去入是也』、『其中三字其二字相連同去聲是也』、『月次落同入聲』、『下次遠同去上聲』、『塞次上同去聲』，是其佐證。」

〔七〕「巨」，原作「臣」，三寶本同，據高甲、六寺等本改。「病」，原作「瘮」，三寶、高甲、高乙、醍甲、仁甲、六寺、義演本同，據江户刊本、維寶箋本改。

〔八〕「月次落同入聲」，醍甲、仁甲、楊、六寺、江户刊本、維寶箋本作雙行小字注。《「文二十八種病」解説》「次」作「與」，謂：「『次』爲『與』之誤。」

〔九〕「下次遠同上聲」，醍甲、仁甲、楊、六寺、江户刊本、維寶箋本作雙行小字注。

〔一〇〕「定」，三寶本作「字」，注「定」。「闕」，三寶、醍甲、義演本作「開」，三寶本旁注「闕イ」，仁甲本此字蠹蝕。

〔一一〕「塞次上同去聲」，楊、六寺、江户刊本、維寶箋本作雙行小字注。

【考釋】

① 齟齬：《楚辭·九辯》：「圜鑿而方枘兮，吾固知其鉏鋙而難入。」晉陸機《文賦》：「或妥帖而易施，或岨峿而不安。」《文心雕龍·練字》：「聯邊者，半字同文者也。狀貌山川，古今咸用，施於常文，則齟齬爲瑕。」《「文二十八種病」解説》：「此病蓋元兢所發明。」

《考文篇》：「『第十三齟齬病』至『第二十長解鐙病』，元兢説，參以崔融説。」

盛江案：「齟齬病者」至「名爲齟齬之病焉」，元兢説。關於三寶本有關元氏八病之注，王夢鷗《初唐詩學著述考》謂「謝其三」爲人名，並結合元兢生平分析云：「謝其三，其人未詳，但元兢對上官儀直稱名，對李義府則稱河間公，疑其所作八病之説明，乃在顯慶初到龍朔末數年之間。據《舊唐書》（卷八二）《李義府傳》，顯慶二年（六五七）始封李義府爲河間郡公，但至龍朔三年（六六三）即奪職流於巂州，越三年，死於貶所。此言若出於龍朔之後，或當不如是稱李爲『河間公』也。」

中澤希男《王昌齡詩格考》據三寶本注元氏八病分析曰：「二十八種病中這八病顯然以元兢説爲主軸。這八病，除翻語病之外，都是先述某人之説，然後有『元氏曰』，採用元兢補充前説的形式。元兢自身這八病，據其叙述是依據於上官儀、李義府之説，因此，『元兢曰』之前載録之説，就是上官儀或李義府之説。《詩中密旨》『詩有六病例』就是元兢八病中除去忌諱、傍突之外的六病，這六病除形跡病之外，都符合『元兢曰』之前所引之文。總之，『詩有六病例』是否《詩格》的原文另作別論，這不是昌齡的創説則是可以肯定的。」

《譯注》：「各本均不記題名，以下直到第二十二長解鐙病形式均同。大約暗示這八病出處相同。（三寶院本注元兢八病）這八病的順序和本書全部相同，從這點看，可以認爲主要引自元兢《詩髓腦》。關於各病的文章，前半有可以看作是通用之説的解説，後半有以『元氏曰』開頭的著者的話，這種形式，傍紐、正紐已經出現，如下文將要看到的那樣，齟齬病的命名似出於元兢自己。」

鄺健行《杜甫對初唐詩體及其創作技巧的肯定和繼承》：「此病疊經初唐上官儀、元兢、崔融討論，既然文人瞭解者不多，且無定名，想來應是新發現的病犯，不是源於南朝。」（《詩賦與律調》）

② 上官儀云：此以下至「絞刑」，元兢引上官儀説。

③「犯上」二句：吟窗本王昌齡《詩中密旨》「詩有六病例」：「齟齬病一。一句除第一字及第五字，其中三字同上聲及去入聲也。平聲都不爲累。若犯上聲，其病重於上尾；若犯去入聲，其病重於鶴膝。上官儀所謂『犯上聲是斬刑也』。」王夢鷗《初唐詩學著述考》：「（王昌齡《詩中密旨》齟齬病條）疑本上官儀之舊説而爲之定名者。」

絞刑、斬刑：《通典》卷一六五：「謀反及大逆者皆斬，子年十六已上皆絞。」又曰：「已傷者絞，已殺者皆斬。」

④公子敬愛客：出魏曹植《公讌詩》：「公子敬愛客，終宴不知疲。清夜遊西園，飛蓋相追隨。明月澄清景，列宿正參差。秋蘭被長坂，朱華冒綠池。潛魚躍清波，好鳥鳴高枝。神飈接丹轂，輕輦隨風移。飄颻放志意，千秋長若斯。」（《文選》卷二〇）

⑤敬、愛：二字共去聲。

⑥元兢曰：此以下至「名爲齟齬之病焉」，元兢説。

⑦「平聲」四句：《研究篇》下：「『平聲不爲病』，這是像上聲和上聲，去聲和去聲一樣，犯聲調相同，不是説平和仄的關係。因而和律體是別一系統的制禁。恐怕是自隋至唐初産生的。」「上官儀、元兢、崔融等作爲巨病，但『文人悟之者少』，『古今才子多不曉』，從這些來看，作爲實際問題似不太嚴守。」

⑧崔氏是名不調：《考文篇》：「此六字大師文。」

⑨不調者：此以下至「塞次上同去聲」，崔融説。

⑩「晨風」二句：詩題及撰者未詳。

⑪「霧生」二句：詩題及撰者未詳。

⑫「定惑」二句：出唐上官儀《從駕閭山詠馬》：「桂香塵處滅，練影月前空。定惑由關吏，徒嗟塞上翁。」（《全唐詩》卷四〇）塞上翁：用塞翁失馬之典，出《淮南子·人間訓》。

⑬盛江案：何以「中三字有二字相連」何以「平聲不成病」，蓋因近體律句仄仄平平仄與平平平仄仄中二字必然同平。何以中「二字相連，同上去入」即是齟齬病，蓋因近體律句平平仄仄平與仄仄仄平平，中二字相連雖同仄聲，卻可以不同去上入，可以平平去上平，或去上入平平。此蓋近體詩律成熟後之進一步要求。

第十六〔一〕，叢聚病者①，如上句有「雲」，下句有「霞」，抑是常。其次句復有「風」〔二〕，下句復有「月」〔三〕。「雲」、「霞」、「風」、「月」，俱是氣象，相次叢聚，是爲病也。如劉鑠詩云〔四〕②：「落日下遥林，浮雲靄曾闕。玉宇來清風〔五〕，羅帳迎秋月〔六〕③。」此上句有「日」〔七〕，下句有「雲」，次句有「風」〔八〕，次句有「月」〔九〕，「日」、「雲」、「風」、「月」，相次四句，是叢聚④。

元兢曰⑤：蓋略舉氣象爲例，觸類而長⑥，庶物則同。上十字已有「鸞」對「鳳」〔一〇〕，下十字不宜更有「凫」對「鶴」〔一一〕。上十字已有「桂」對「松」，下十字不宜更用「桐」對「柳」〔一二〕。俱是叢聚之病〔一三〕，此又悟之者鮮矣⑦。

崔名叢木病，即引詩云⑧：「庭梢桂林樹〔一四〕，簷度蒼梧雲。棹唱喧難辨〔一五〕，樵歌近易聞⑨。」「桂」、「梧」、「棹」、「樵」俱是木，即是病也⑩。

【校記】

〔一〕「第十六」，醍甲、仁甲、六寺、義演、松本、江户刊本、維寶箋本作「第十四」，三寶、天海本作「第十六曰」，「六」字旁注「四」，楊本作「十四曰」。

〔二〕「其」，原無，高乙、醍甲、仁甲、義演本同，據三寶、高甲、六寺本補。

〔三〕「月」，原無，高甲、醍甲、仁甲、義演本同，據三寶、六寺、江户刊本、維寶箋本補。

〔四〕「云」，松本、江户刊本、維寶箋本作「曰」。

〔五〕「宇」，松本、江户刊本、維寶箋本作「字」。

〔六〕「迎」，《眼心抄》作「延」，作「延」是。

〔七〕「此」，三寶本作「比」。

〔八〕「次句有風」，義演本無，右旁注「有風次句」。

〔九〕「句」，三寶本無。

〔一〇〕「已」，三寶本作「者」，注「已」。

〔一一〕「凫」，天海本作「鳥」，三寶本旁注「鳥イ本此也」。

〔一二〕「用」，《「文二十八種病」解説》：「『用』爲『有』之誤。」

〔一三〕「是」，原作「足」，三寶、高乙本同，據高甲、醍甲、六寺等本改。「叢聚」，原作「叢々」，高甲本同，據三寶、高乙等本改。

〔一四〕「稍」，原作「梢」，三寶、醍甲、仁甲、義演本同，六寺本作「稍」，三寶、醍甲、六寺本右訓「スクナシ」，三寶本左訓「ウエタリ」。《校勘記》：「『稍』是。（《博雅》：『稍，植也。』）」據江户刊本、維寶箋本改。

〔一五〕「棹」，醍甲、仁甲、義演本作「掉」。

【考釋】

①叢聚病：《「文二十八種病」解説》：「此病蓋亦元兢所發明。」《譯注》另補題名，注：「叢聚病，指連續四句用同樣的詞語，和前面的繁説病忌戒句的内容上的重複不同，這是忌戒把詞語作爲單位的重複。」盛江案：以下至「相次四句是叢聚」，元兢説。

②劉鑠（四三一—四五三）：字休玄，劉宋宗室，詩人，《宋書》卷七二、《南史》卷一四有傳。

③「落日」四句：出劉宋劉鑠《擬明月何皎皎》：「落宿半遥城，浮雲藹曾闕。玉宇來清風，羅帳延秋月。結思想伊人，沈憂懷明發。誰爲客行久，屢見流芳歇。河廣川無梁，山高路難越。」（《文選》卷三一）

④吟窗本王昌齡《詩中密旨》「詩有六病例」：「叢雜病四。上句有『雲』，下句有『霞』，次句有『風』，下句有『月』。沈休文詩：『寒瓜方卧襲，秋菰正滿陂。紫茄紛爛熳，緑芋鬱參差。』『瓜』、『菰』、『茄』、

『芋』，同是草類，是叢雜也。」可與參看。

⑤ 元兢曰：此以下至「此又悟之者鮮矣」，元兢説。

⑥ 觸類而長：《易·繫辭上》：「引而伸之，觸類而長之，天下之能事畢矣。」

⑦《研究篇》下：「這可以説是以詞爲單位的繁説病，即忌避同類詞的重複。相當於（日本）連歌的差合。……又，『此又悟之者鮮矣』，未必太嚴守，這是伴隨實際創作的深化而自然應該排除的東西，如果没有特別的趣向，是否避免則隨人而異。」

⑧「崔名」二句：《考文篇》：「『崔名叢木病即引詩云』，此九字大師文。」

⑨「庭梢」四句：詩題及撰者未詳。「庭梢桂林樹」至「即是病也」，崔融説。

⑩ 吟窗本王昌齡《詩中密旨》「犯病八格」：「叢木病四。詩句中皆有木物也。詩曰：『庭稍（盛江案：當爲「梢」誤）桂林樹，簷度蒼梧雲。』」引詩原脱後二句，可與參看。

《文心雕龍·練字》：「聯邊者，半字同文者也。狀貌山川，古今咸用，施於常文，則齟齬爲瑕，如不獲免，可至三接，三接之外，其字林乎。」此「叢木」偏旁俱爲「木」，蓋源自《文心雕龍·練字》所謂「半字同文」。王夢鷗《初唐詩學著述考》：「崔氏所謂『叢木』，猶劉勰所忌之『聯邊』，其意與『叢聚』或『叢雜』病，未必全同，《秘府論》蓋僅連類而及之耳。」

第十七〔一〕，忌諱病者〔二〕①，其中意義有涉於家國之忌是也〔三〕。如顧長康詩云②：「山崩溟海竭，魚鳥將何依〔四〕③。」「山崩」、「海竭」，於國非所宜言，此忌諱病也〔五〕④。元兢曰〔六〕⑤：此病或犯，雖有周公之才⑥，不足觀也。又如詠雨詩稱「亂聲」，泝水詩云「逆流」〔七〕，此類皆是也〔八〕。

皎公名曰避忌之例〔九〕⑦，詩云〔一〇〕：「何況雙飛龍，羽翼縱當乖〔一一〕⑧。」又云〔一二〕：「吾兄既鳳翔，王子亦龍飛⑨。」

【校記】

〔一〕「第十七」，醍甲、仁甲、六寺、義演、松本、江户刊本、維寶箋本作「第十五」，三寶、天海本作「第十七曰」，「七」字朱筆消之，旁注「五」，楊本作「十五曰」。

〔二〕「者」，三寶、天海本無。

〔三〕「家國」，三寶、高甲、高乙、六寺、江户刊本、維寶箋本作「國家」。

〔四〕「將何依」，原作「依將何」，各本同，據《世説新語》改。

〔五〕「忌」，原無，各本同。《考文篇》：「『諱』字上疑脱『忌』字。」今據補。

〔六〕「曰」，三寶、松本、江户刊本、維寶箋本作「云」。

〔七〕「泝」，六寺、松本、江户刊本、維寶箋本作「沂」。

〔八〕「此」，三寶本作「比」。

〔九〕「皎公名曰」至「王子亦龍飛」，楊、六寺本作雙行小字注。「公」，三寶本作「云」。

〔一〇〕「云」，高甲、松本、江户刊本、維寶箋本作「曰」。

〔一一〕「縱」，醍甲、仁甲、六寺、義演本作「終」，三寶、松本、江户刊本、維寶箋本注「終イ」。

〔一二〕「云」，三寶、天海本作「曰」。

【考釋】

①忌諱：《周禮·春官·小史》：「若有事，則詔王之忌諱。」鄭玄注引鄭司農曰：「先王死日爲忌，名爲諱。」以下至「此忌諱病也」，元兢説。

②顧長康：顧愷之（三四九？——四一〇？），字長康，晉著名畫家，晉陵無錫（今屬江蘇）人，《晉書》卷九二有傳。

③「山崩」二句：《世説新語·言語》：「顧長康拜桓宣武墓，作詩云：『山崩溟海竭，魚鳥將何依。』」

④「山崩」三句：《譯注》：「如帝王之死稱爲『崩』一樣，『山崩』是對國家不吉祥的表現。」引漢武帝《賢良詔》：「星辰不孛，日月不蝕，山陵不崩，川谷不塞。」（《文選》卷三五）李善注引《大戴禮記》：「聖人有國，則日月不蝕，星辰不孛，川澤不竭，山不崩解，陵不絶矣。」

《研究篇》下：「六朝中期以後，對反語很敏感之風盛行，忌避忌諱病的發展，大概和這樣的心理有關。隋唐治世似乎特别成爲必要的常識。」

⑤元兢曰：《校勘記》：「『元兢曰』管到『王子亦龍飛』。」盛江案：「元兢曰」以下至「此類皆是也」，元兢説。「皎公名曰避忌之例」以下爲皎然説，非元兢説。中澤希男説疑非是。

⑥周公之才：《論語・泰伯》：「如有周公之才之美，使驕且吝，其餘不足觀也已。」

⑦避忌：維寶箋：「《冰川詩式》五曰：『句内避忌。』」以下至「亦龍飛」，皎然説。

《考文篇》：「『皎公名曰避忌之例』，此八字爲大師文。『詩云』至『亦龍飛』二十四字，皎然《詩議》文，初稿本屬之於地卷十五例中，再治之時，移於西卷『忌諱病』條。」

⑧「何況」二句：出漢蘇武《詩四首》其二：「黄鵠一遠别，千里顧徘徊。胡馬失其群，思心常依依。何況雙飛龍，羽翼臨當乖。幸有絃歌曲，可以喻中懷。請爲遊子吟，泠泠一何悲。絲竹厲清聲，慷慨有餘哀。長歌正激烈，中心愴以摧。欲展清商曲，念子不能歸。俛仰内傷心，淚下不可揮。願爲雙黄鵠，送子俱遠飛。」（《文選》卷二九）李善注：「雙龍，喻己及朋友也。」張銑注：「龍，美喻也。」

⑨「吾兄」二句：出晉傅咸《贈何劭王濟》（《文選》卷二五），詳東卷「第廿三偏對」考釋引。李善注：「吴質《答文帝箋》曰：『曹烈、曹丹，加以公室枝庶，骨肉舊恩，其龍飛鳳翔，實其分也。』」李周翰注：「吾兄，謂劭也；王子，王濟也；鳳翔，龍飛，喻君子得用。」《易・乾卦》：「九五，飛龍在天，利見大人。」

《「文二十八種病」考》：「『當乖』和『飛龍』爲病，『鳳翔』和『龍飛』爲病。」《譯注》：「龍，帝王的象徵，乖，離别，不吉祥。」「王子，指王濟，『鳳』、『龍』都是關於帝王的形容詞，《易・乾卦》九五爻辭有『飛龍在天』，喻天子在位，此爲不敬的用法。」

盛江案：忌諱及下之形跡、傍突、翻語諸病，均言詩之内容需有所避諱。此源自六朝。文學上講忌諱，與社會上講避諱此一漢民族特有之文化現象有關，亦與漢語語言語音之特殊性有關。文學與社會之避諱思想，均反映傳統觀念與心理。

第十八〔一〕，形跡病者①，於其義相形嫌疑而成〔二〕②。如曹子建詩云：「壯哉帝王居〔三〕，佳麗殊百城③。」即如近代詩人〔四〕，唯得云「麗城」④，亦云「佳麗城」⑤，若單用「佳城」，即如滕公佳城〔五〕⑥，爲形跡病也。元兢曰⑦：文中例極多，不可輕下語也。崔云〔六〕⑧：「佳山」、「佳城」〔七〕，非爲形跡墳埏〔八〕⑨，不可用。又如「侵天」、「干天」〔九〕，是謂天與樹木等〔一〇〕，犯者爲形跡。他皆效此〔一一〕。

【校記】

〔一〕「第十八」，醍甲、仁甲、六寺、義演、松本、江户刊本、維寶箋本作「第十六」，三寶、天海本作「第十八曰」，「八」字朱筆消之，旁注「六」，楊本作「十六曰」。

〔二〕「於」上《眼心抄》有「謂」字。

〔三〕「壯」，原作「松」，高甲、醍甲、仁甲、義演本同，原旁注「椅」，據三寶、楊、六寺、江户刊本、維寶箋本改。

〔四〕「如」，三寶、楊、天海本作「少」，三寶、天海本旁注「如草本」。

〔五〕「滕」，六寺、松本、江户刊本、維寶箋本作「縢」，三寶本右旁注「縢草本」，高乙本右旁注「私云墓也」。

〔六〕「云」，松本、江户刊本、維寶箋本作「曰」。「崔云」至「他皆效此」，楊、六寺本作雙行小字注。

〔七〕「佳城」，醍甲、仁甲、義演本作「城佳」，高甲本作「城」。

〔八〕「非」，羅根澤《中國文學批評史》：「『非』疑爲『皆』。」《校注》從之改爲「皆」。「爲」，《校勘記》謂上脱一「唯」字。

〔九〕「干天」，原作小字補記在「侵」字欄下。

〔一〇〕「謂」，原無，醍甲、仁甲、義演本同，據三寶、高甲、高乙、楊、六寺本補。

〔一一〕「效」，楊本作「放」。

「埏」，原作「挺」，各本同，據六寺本改。

【考釋】

①形跡病者：王夢鷗《初唐詩學著述考》及張伯偉《全唐五代詩格彙考》以「形跡病者」至「殊百城」作崔融《唐朝新定詩格》文。王夢鷗《初唐詩學著述考》云：「於叙目下注云『崔同』，則崔於此病未另立名目。」盛江案：以下至「形跡病也」，元兢説。崔融未另立名目，故叙目注「崔同」，然崔融説已見下引，此處未必仍是崔融説。

形跡病：維寶箋：「形跡，唐史曰：温彦博謂魏徵：不能着形跡，遠嫌疑。徵曰：豈有君臣同心事形跡者。」

《譯注》：「形跡病，乍一看好像理所當然，但容易誤解爲不吉祥的事情，不易分辨、容易混淆的表現。……形跡本來是説人的肉體和行動。陶淵明《始作鎮軍參軍經曲阿作》有『真想初在襟，誰謂形跡拘』。」

吟窗本王昌齡《詩中密旨》「詩有六病例」：「形跡病五。篇中勝句清詞，其意涉忌諱者也。」中澤希男《王昌齡詩格考》：「（傳本《詩中密旨》）病目爲『形跡病』而説明相當於『忌諱病』，並且缺少例句，可能祇傳下了『形跡』這一名目，而後人妄自補加了説明。」王夢鷗《初唐詩學著述考》：「此蓋王昌齡所作概括語乎？」

②相形：維寶箋：「《青箱雜記》曰：相形不如相心。」《「文二十八種病」考》：「相形（表現）。」《考文篇》：「相形，吉田氏譯爲『表現』，《毛詩正義》有『物以高下相形』（《鄭風・東門之墠》）的用例，這個形和同條『以形見阪爲難耳』的『形見』相同，是『顯ハス』（表現）的意思。如果這樣，『相形』就是『互ニアラハレ』（互相表現）『互ニ照ラシフヒ』（互相對照）的意思。此處應該這樣解釋。現代語裏説『相形』時，有外貌、姿態之意，和此處意思不合。」《校勘記》：「『形』爲『像』之義。」嫌疑：《禮記・曲禮》：「夫禮者，所以定親疏，決嫌疑，别同異，明是非也。」

③「壯哉」二句：出魏曹植《又贈丁儀王粲》（《文選》卷二四），見本卷「第五大韻」考釋。

④麗城：《校注》引唐太宗《詠烏代陳師道》：「凌晨麗城去，薄暮上林棲。」（《全唐詩》卷一）《譯注》引唐駱賓王《帝京篇》：「三條九陌麗城隈，萬户千門平旦開。」（《全唐詩》卷七七）

⑤佳麗城：梁元帝《劉生》：「結交李都尉，遨遊佳麗城。」（《藝文類聚》卷三三）《譯注》引李白《贈昇

州王使君忠臣》：「六代帝王國，三吳佳麗城。」（《全唐詩》卷一六九）

⑥ 滕公佳城：《西京雜記》卷四：「滕公駕至東都門，馬鳴，跼不肯前，以足跑地久之。滕公使士卒掘馬所跑地，入三尺所，得石槨。滕公以燭照之，有銘焉，乃以水洗寫其文，文字皆古異，左右莫能知，以問叔孫通，通曰：科斗書也。以今文寫之曰：『佳城鬱鬱，三千年見白日，吁嗟，滕公居此室。』滕公曰：『嗟乎，天也，吾死，其即安此乎。』死遂葬焉。」事亦見《博物志》卷七，但時間不一，一在滕公生前，一在滕公死後。滕公：指漢夏侯嬰。

⑦ 元兢曰：此以下至「不可輕下語也」，元兢説。

⑧ 崔云：此以下至「他皆效此」，崔融説。

⑨ 非爲形跡墳埏：《譯注》：「例如沈約《冬節後至丞相第詣世子車中一首》（《文選》卷三〇），描寫墳墓用滕公的典故：『誰當九原上，鬱鬱望佳城。』」維寶箋：「墓道曰埏也。」《校注》引晉潘岳《悼亡詩》三首：「落葉委埏側。」（《文選》卷二三）李善注：「《聲類》：『埏，墓隧也。』」引梁陸倕《爲張纘謝兄諡表》：「日月告時，幽埏浸遠。」（《藝文類聚》卷四〇）

第十九〔一〕，傍突病者①，句中意旨，傍有所突觸。如周彥倫詩云〔二〕②：「二畝不足情，三冬俄已畢〔三〕③。」「二畝」涉其親，寧可云「不足情」也〔四〕。元兢曰④：此與忌諱同，執筆者咸宜戒之〔五〕，不可輒犯也。

【校記】

〔一〕「第十九」，醍甲、仁甲、六寺、義演、松本、江户刊本、維寶箋本作「第十七」，高乙本作「第十九曰」，三寶本「九」字朱筆消之，旁注「七」，下有「曰」字，楊本作「十七曰」。

〔二〕「彦」，原作「充」，各本同。《「文二十八種病」解説》：「彦倫爲顒之字，諸本作充倫非也。今從高山寺本。」《考文篇》：「周彦倫，高山寺乙本如此，各本『彦』作『充』，西澤師云『充』當作『彦』，今按，此説是也。蓋原作『元』，誤作『充』歟。《廣韻》云：『彦魚變反，元愚袁切。』本邦音通。」今據高乙本改。

〔三〕「俄」，松本、江户刊本、維寶箋本作「誐」。

〔四〕「寧」下三寶本重一「寧」字。

〔五〕「戒」，醍甲、仁甲、義演本作「或」，原旁注「惑」，三寶本旁注「惑亻」。

【考釋】

①傍突：維寶箋：「傍突，《説文》曰：『犬從穴中暫出也。』徐鉉曰：『犬匿於穴中伺人，人不意之，突然而出也。』」《「文二十八種病」考》：「以上三病，都與忌諱病相似。」盛江案：以下至「不足情也」，元兢説。

②周彦倫：周顒，見天卷《四聲論》考釋。

③「二畝」二句：現存周顒作品中未見。維寶箋：「二畝者，云步行之程也，不足情，途程近，故步行不足情也。」《「文二十八種病」解説》：「（維寶箋）此説大誤。」維寶箋本加地哲定注：「私云，畝父同音，古

稱父母曰二父，其例有之。」《考文篇》：「（加地）此説未當，二父謂婦之父與婿之父也，《毛詩・小雅》『我行其野』鄭箋云：『婦之父與婿之父，相謂昏姻，言我也，我乃以此二父之命故，我就女居。』」《校勘記》：「韓愈《張中丞傳後叙》：『兩家子弟，材勢智下，不能通知二父之志。』」《譯注》：「『畝』與『母』同音，且都爲上聲，莫侯切，就是説，因爲『二畝』與『二母』（親母和妻子或丈夫的母親）相通，理解成『二母不足情』這樣的意思，從道理上説是不合的。『三冬』，指冬天三個月，正值農閑，是能够鼓勵農家孩子學習的時期。詩的原意是，回顧田作的閑功夫都没有，冬天三個月學習時間馬上就要過去了。」

④元兢曰：以下至「不可輒犯也」，元兢説。

第二十〔一〕，翻語病者①，正言是佳詞〔二〕，反語則深累是也②。如鮑明遠詩云：「鷄鳴關吏起，伐鼓早通晨〔三〕③。」「伐鼓」，正言是佳詞〔四〕，反語則不祥，是其病也④。

崔氏云⑤：「伐鼓」〔五〕⑥，反語「腐骨」⑦，是其病〔六〕⑧。

【校記】

〔一〕「第二十」，醍甲、仁甲、六寺、義演、松本、江户刊本、維寶箋本作「第十八」，三寶、高乙本作「第二十曰」，三寶本「二」字旁注「ヒ」表示消除此字，「十」字下右旁注「八」，楊本作「十八曰」，天海本作「第十八曰」。

〔二〕「正」，原無，高乙本同，據三寶、高甲、醍甲、六寺等本補。

〔三〕「伐」，醍甲、仁甲、義演本作「代」。

〔四〕「佳」，三寶本作「住」，眉注「佳」。

〔五〕「伐」，原作「代」，義演本同，據三寶、高甲等本改。

〔六〕「其」，松本、江户刊本、維寶箋本無。

【考釋】

①翻語病者：以下至「反語則不祥是其病也」，元兢説。或者元兢、崔融均論翻語病，且均引有「伐鼓早通晨」爲例，因元兢説已有「伐鼓早通晨」一例，故後段再引崔融説時，則將此例删去。

翻語病：《「文二十八種病」解説》：「案此病乃與因反切産生的語詞有關的病。崔氏所謂『伐鼓反語是腐骨』，是因爲伐鼓反腐，鼓伐反骨。像這樣由於反切産生不詳之語詞的病叫翻語病。」《研究篇》下：「翻語即反語。産生時可能祇是作爲語言遊戲，但後來和讖緯説結合起來，認爲能够預示吉凶禍福。劉盼遂氏《六朝唐代反語考》這一論文從古文獻中廣泛搜集，幾乎都是如何作爲前兆的東西。因此，忌避會産生壞的意思的反語就成爲自然的趨勢。《五雜俎》卷七：『宋明帝好忌諱，文書上有凶敗喪亡等字，悉避之。移牀修壁，使文士撰祝，設太牢祭土神。』這大概是極端的例子。」

②反語：《文心雕龍・指瑕》：「近代辭人，率多猜忌，至乃比語求蚩，反音取瑕。」本書天卷《調四聲譜》：「土煙天隝，右已前四字，縱讀爲反語，横讀是雙聲，錯讀是疊韻。何者，土煙、天隝是反語。」

③「鷄鳴」二句：出劉宋鮑照《行藥至城東橋》：「鷄鳴關吏起，伐鼓早通晨。嚴車臨迥陌，延瞰歷城闉。蔓草緣高隅，修楊夾廣津。迅風首旦發，平路塞飛塵。擾擾遊宦子，營營市井人。懷金近從利，撫劍遠辭親。争先萬里塗，各事百年身。開芳及稚節，含采吝驚春。尊賢永昭灼，孤賤長隱淪。容華坐消歇，端爲誰苦辛。」（《文選》卷二二）

④「伐鼓」四句：吟窗本王昌齡《詩中密旨》「詩有六病例」：「反語病六。篇中正字是佳詞，反語則深累。鮑明遠詩：『伐鼓早通晨。』『伐鼓』則正字，反語則反字。」可與參看。

《校注》引《金樓子・雜記》：「宋玉（「玉」當是「書」字之訛）戲太宰屢遊之談，後人因此流遷反語，至相習。至如太宰之言屢遊，鮑照之伐鼓，孝綽步武之談，韋粲浮柱之説，是中太甚者，不可不避耳。俗士非但文章如此，至言論尤事反語。何僧智者，嘗於任昉坐賦詩，而言其詩不類。任云：『卿詩可謂高厚。』何大怒曰：『遂以我爲「狗號」。』任逐後解説，遂不相領，任君復云：『經蓄一枕，不知是何木。』會有委巷之口，謂任君曰：『此枕是標櫧之木。』任託不覺悟。此人乃以宣誇於衆，有自得之色。夫子曰：『必也正名乎。』斯言讜矣！」

⑤崔氏云：此以下至「腐骨是其病」，崔融説。

⑥伐鼓：《校注》引晉陸機《贈顧交趾公真》：「伐鼓五嶺表，揚旌萬里外。」（《文選》卷二四）劉宋謝惠連《猛虎行》：「伐鼓功未著，振旅何時從。」（《藝文類聚》卷四一）梁武帝《藉田詩》：「啓行天猶暗，伐鼓地未悄。」（《初學記》卷一四）謂都本《詩・小雅・采芑》「伐鼓淵淵」。《校注》：「惟六朝人所用『伐鼓』一

詞有二義：一爲出師，即本《詩經》；一爲戒晨，《水經・漯水注》云：『後置大鼓於其上（平城白樓），晨昏伐以千椎，爲城裏諸門啓閉之候，謂之戒晨鼓也。』即其義也。若鮑詩所用，則後一義也，此應分别。」盛江案：依崔融意，無論何種義之「伐鼓」，反語均爲「腐骨」，均犯翻語病。

⑦ 腐骨：維寶箋：「《列子》：『堯、舜、桀、紂，死腐骨一矣。』」

⑧ 王夢鷗《初唐詩學著述考》：「（《文鏡秘府論》此病）前之説明語或爲空海所改寫者，但其後既有『崔氏云』之反語解釋，則其前亦當有此詩例見於《新定詩體》中也。」

第二十一〔一〕，長擷腰病者〔二〕①，每句第三字擷上下兩字，故曰擷腰。若無解鐙相間，則是長擷腰病也。如上官儀詩云〔三〕：「曙色隨行漏，早吹入繁笳〔四〕。旗文縈桂葉，騎影拂桃花。碧潭寫春照，青山籠雪花②。」上句「隨」，次句「入」，次句「縈」，次句「拂」，次句「寫」，次句「籠」，皆單字，擷其腰於中，無有解鐙者，故曰長擷腰也。此病或名束〔五〕③。

【校記】

〔一〕「第二十一」，醍甲、仁甲、六寺、義演本作「第十九」，三寶、天海本作「第廿一曰」，「廿一」朱筆消之，右旁注「十九」，楊本作「十九曰」，松本、江户刊本、維寶箋本作「第十九曰」。

〔二〕「擷」，醍甲、仁甲本作「樹」。

〔三〕「官」，原作「宫」，三寶、高甲、高乙、醍甲、仁甲、義演本同，原注「官」，三寶本同，據六寺、江户刊本、維寶箋本改。「云」，松本、江户刊本、維寶箋本作「曰」。

〔四〕「吹」，醍甲、仁甲、義演本作「次」。

〔五〕「束」，原誤作「來」，高甲、高乙、醍甲、仁甲、義演本同，據三寶、楊、六寺、江户刊本、維寶箋本改。「此病或名束」，楊、六寺、松本、江户刊本、維寶箋本作雙行小字注。

維寶箋本此節箋文後有題記「元文元丙辰年七月初四晡時殺青訖　沙門維寶／文鏡秘府論箋卷第十五終」。元文元年爲公元一七三六年。

【考釋】

①長擷腰：以下至「故曰長擷腰也」，元兢説。維寶箋：「長擷腰，恐纈腰歟。《廣韻》曰：『纈，結也。』」《校勘記》：「『擷』爲『纈』音訛。」《「文二十八種病」解説》：「案：把『纈』作『擷』非也。」「纈，《説文》：『結也。』又，所謂腰，元兢説：『腰謂五字之中第三字也。』（《秘府論》卷一調聲）故所謂纈腰，是五言詩一句，第一第二兩字意思相連，第四第五兩字意思相連，第三字單一字爲一意，把上下兩字結束起來的意思。而首尾都祇有纈腰的句子，而絶對没有解鐙相間，即是長纈腰。」《「文二十八種病」考》：「（擷字）原文無礙，無須特意訂正。」《譯注》：「『擷腰』，爲把腰束上。就是説，五言句通常是二、三的節奏，但是，下三字中末二字構成一個意思的時候，全體就成爲二、一、二，中間一字孤立。這樣的句子如果有好幾句，勢必單調，因此，有必要適當地使用具有另一種節奏的『解鐙』之句（二、二、一）。『擷腰』、『解鐙』其自身

並不是什麽病，所忌的是長久連續同樣調子的句子，因此叫『長擷腰病』、『長解鐙病』。」

②「曙色」六句：《全唐詩》未載。

吟窗本王昌齡《詩中密旨》「詩有六病例」：「長擷腰病二。每一句上下兩字之要，無解鐙相間。上官儀詩：『曙色隨行漏，早吹入繁笳。』」

③此病或名束：疑爲崔融説。説詳本卷「第二十二長解鐙病」「此病亦名散」考釋。

第二十二〔一〕，長解鐙病者①，第一第二字意相連〔二〕，第三第四字意相連，第五單一字成其意〔三〕，是解鐙。不與擷腰相間〔四〕，是長解鐙病也。如上官儀詩云〔五〕：「池牖風月清，閑居遊客情。蘭泛樽中色，松吟絃上聲②。」「池牖」二字意相連〔六〕，「風月」二字意相連，「清」一字成四字之意，以下三句，皆無有擷腰相間，故曰長解鐙之病也〔七〕。

元兢曰〔八〕③：擷腰、解鐙並非病，文中自宜有之。不問則爲病。然解鐙須與擷腰相間，則屢遷其體〔九〕④。不可得句相間⑤，但時然之〔一〇〕。近文人篇中有然〔一一〕，相間者偶然耳。然悟之而爲詩者，不亦盡善者乎⑥。此病亦名散〔一二〕⑦。

【校記】

〔一〕「第二十二」，醍甲、仁甲、六寺、義演、松本、江户刊本、維寶箋本作「第二十」，三寶本作「第二十二曰」而「二十」

字旁注「匕」表示消除此字，楊本作「廿曰」。「第二十二」上維寶箋本有卷題「文鏡秘府論箋卷第十六論本五／金剛峰寺瑜伽比丘　維寶　編輯」。

〔二〕「連」上原有「違」字，高甲、高乙本同。《校勘記》：「違連，『違』字衍。」據三寶、醍甲、六寺等本删。

〔三〕「一」，《校勘記》：「『單一字』之『一』字衍（前有「單字擷其腰於中」）。」

〔四〕「相」，三寶、天海本作「指」。

〔五〕「官」，原作「宮」，三寶、高甲、醍甲、仁甲、義演本同，據六寺、江户刊本、維寶箋本改。「云」，松本、江户刊本、維寶箋本作「曰」。

〔六〕「池牖二字意相連」至「故曰長解鐙之病也」，楊、六寺、松本、江户刊本、維寶箋本作雙行小字注。

〔七〕「也」，三寶本無。

〔八〕「元兢」，原作「元氏」，高甲、高乙、醍甲、仁甲、楊、六寺、義演本同，六寺本右旁注「元兢」，據齟齬病以來體例及江户刊本、維寶箋本改。

〔九〕「屢」，原作「屬」，三寶、醍甲、仁甲、義演本同，三寶本右訓「シハシハ」（即「屢」之訓音）。《考文篇》：「『屬』，吉田氏曰『版本作屢，似是』，小西謂未爲是也。」《校勘記》：「『屢』字是。陸機《文賦》：『其爲體也屢遷。』」盛江案：三寶本作「屬」而訓「シハシハ」可證「屬」乃「屢」之訛誤。據楊、六寺、江户刊本、維寶箋本改。

〔一〇〕「但」，三寶、天海本作「俱」，三寶本眉注「但イ」。

〔一一〕「然」，《校勘記》：「『有然』之『然』字衍。」

〔一二〕「此病亦名散」，楊、六寺、松本、江户刊本、維寶箋本作雙行小字注。「散」，三寶本作「散離」，天海本無。《校勘記》：「『散』爲是。與『此病或名束』相對，目次也有『散』。『離』當爲『散』字注，誤入正文。」

【考釋】

① 長解鐙病：以下至「長解鐙之病也」，元兢説。《譯注》：「大概是把二句一聯的五言句的第五字比作鞍鐙，『解鐙』，解下鞍鐙，足下也就是句末勒不緊之意吧。所謂『解鐙』是二、二、一節奏的句子。和長擷腰病的情况一樣，要防止的衹是解鐙的句子連續很長。」

② 「池牖」四句：上官儀此詩《全唐詩》佚載，《全唐詩逸》據此收録。吟窗本王昌齡《詩中密旨》「詩有六病例」：「長解鐙病三。第一、第二字義相連，第三、第四字義相連。上官儀詩：『池牖風月清，閑居遊客情。』」可與參看。

③ 元兢曰：以下至「不亦盡善者乎」，元兢説。

④ 屢遷：晉陸機《文賦》：「其爲物也多姿，其爲體也屢遷。」

⑤ 不可得句相間：《校勘記》：「『不可得句相間』，謂不要一句解鐙，次一句擷腰，次一句解鐙之意。」

⑥ 盡善：《論語・八佾》：「子謂《韶》，盡美矣，又盡善也。謂《武》，盡美矣，未盡善也。」

⑦ 此病亦名散：當爲崔融説。元兢八病，多亦爲崔融《唐朝新定詩格》所有，唯名稱有異。齟齬病，叙目稱「或名不調」，正文稱「崔氏是名不調」；叢聚病，叙目稱「或名叢木」，正文稱「崔名叢木病」；形跡病、翻語病，叙目均稱「崔同」，正文均引有崔氏之説；長擷腰病，叙目亦稱「或名束」，正文稱「此病或名束」；長解鐙病，叙目亦稱「或名散」，正文稱「此病亦名散」。從前數病之例推測，長擷腰之異名「束」，長

解鐙病之異名「散」，亦當爲崔氏之説。

齟齬至長解鐙八病構成一組。此一組之原典，據三寶本關於元兢八病之注（本卷「第十五齟齬病」校記引），各家均以爲出元兢《詩髓腦》。

《研究篇》下：「《秘府論》引用元氏這八病是没有疑問的。但是從論述形式來看，起初有若干解説，中間加入作爲『元兢曰』的説明。這讓人覺得衹是『元兢曰』以下爲《詩髓腦》説，而此前的部分不是他人之説嗎？實際不是這樣。如果看《本朝文粹》卷七『省試詩論』所引《詩髓腦》的蜂腰説，則起初有四十四字的説明，接着纔是作爲『元兢曰』的五十六字的説明。這樣看，『元兢曰』之前的部分可以看作是《詩髓腦》之文。又，其中四病附録有崔融説，另外一處（忌諱）同時叙述了皎然説。還有，《詩中密旨》作爲『詩有六病例』，叙述了齟齬、長擷腰、長解鐙、叢雜、形跡、反語這六種。叢雜之外，名目也好例詩也好，全都合於元兢説。這些詩病，並非元兢獨特之説，似是普遍被運用的東西。」

《札記續記》：「自齟齬至長解鐙八病，以元兢《詩髓腦》説爲主，這從各條有『元兢曰』可以知道。這個以元兢説爲目標的東西中，除翻語、長擷腰之外，都是先載録或説，接着有『元兢曰』闡述自己的意見。傳本《詩中密旨》『詩有六病例』是齟齬、長頡腰、長解鐙、叢雜、形跡、反語這六病。其中的叢雜和《秘府論》的叢聚詩例有異，但其解説大體一致。還有形跡，據其解説，是相當於把忌諱、形跡合在一起作爲一目的東西。其他和《秘府論》『元兢曰』之前載録的文字大體一致。《秘府論》的齟齬病裏，叙述齟齬的名稱是由元兢提出來的。從這些點推測，不能不讓人認爲，《密旨》的六病，不是直接接受元兢載録的某人之說，而是修改元兢之說的產物。」

《札記續記》再引三寶本「齟齬病」條關於元兢八病之注（本卷「第十五齟齬病」校記引），謂：「這個序的目次和順序和《秘府論》完全一致。這個注可能是元兢八病說的小引。我剛纔論述過，這八病從敘述形式上看，是依據什麼人之說而形成了自己之說，據這個注，可知是依據了『上官儀』和『河間公義府』之說。所謂『河間公義府』指李義府（《新唐書》卷二二三《李義府傳》：「永徽六年拜中書侍郎……爵爲侯……未幾準中書令檢校御史大夫，加太子賓客，更封河間郡公」）。注的『上官儀識其三』的『三』指什麼不太清楚，據齟齬病『上官儀云犯上聲是斬刑云云』，這或者便是其中之一。還有，其說也許載録於《筆札華梁》，《舊唐書》（卷八二）《李義府傳》祇載『文集三十卷，傳於代，又著遊記二十卷，尋亡失』，關於詩格類著作沒有流傳。因此其說到底載於何書不得而明。」

第二十三〔一〕，文離〔二〕①。

不犯詩曰〔三〕：「春人對春酒，新樹間新花。」犯詩曰〔四〕：「人人皆偃息，唯我獨從戎②。」

【校記】

〔一〕「第二十三」，高甲本作「第二十一曰」，醍甲、仁甲、六寺、義演、松本、江戸刊本、維寶箋本作「第二十一」，楊本作「廿一曰」。

〔二〕「第二十三支離」，三寶、天海本無，三寶本脚注「第廿一曰犯支離餘本有之」。《考文篇》：「諸本存『犯』字，混初稿本文也。」三寶、天海本前頁邊空白處注「詩式六犯一犯支離二犯缺偶三犯相濫四犯落節五犯雜亂六犯文贅」。「支」，楊、江户刊本、維寶箋本作「友」。

〔三〕「不犯詩曰」，六寺、松本、江户刊本、維寶箋本作雙行小字注。

〔四〕「犯詩曰」，六寺、松本本作雙行小字注。

【考釋】

① 支離：據三寶院本注，此爲佚名《詩式》六犯之一。《莊子・人間世》：「夫支離其形者，猶足以養其身，終其天年，又況支離其德者乎！」《莊子・寓言》「卮言」司馬彪注：「謂支離無首尾言也。」《文心雕龍・聲律》：「割棄支離，宫商難隱。」同書《議對》：「舞筆弄文，支離構辭，穿鑿會巧。」

南卷《論文意》：「凡文章不得不對。上句若安重字、雙聲、疊韻，下句亦然。若上句偏安，下句不安，即名爲離支。」吟窗本王昌齡《詩中密旨》「犯病八格」：「支離病一。五字之法，切須對也，不可偏枯。詩曰：『春人對春酒，芳樹間新花。』」

《「文二十八種病」解説》：「所謂支離，是一首詩中分散而不收合之病。」《「文二十八種病」考》：「從名稱和例詩分析，這是説内容分離而没有系統的詩。」《研究篇》下不贊成吉田幸一的解釋，以爲：「犯詩『人人皆偃息，唯我獨從戎』，條理很清楚，並没有特別的分離之處。《詩中密旨》：『五字之法，切須對也，不可偏枯。』《秘府論》舉的不犯詩『春人對春酒，新樹間新花』，對偶很工整，因此，支離可能是指對偶不工整吧？人們也許會反問，這一條的原典《詩式》六犯中，不是特地設了缺偶病嗎？這不和前面的解釋重複了嗎？但是南卷説『文章不得不對。上句若安重字、雙聲、疊韻，下句亦然。若上句偏安，下句不安，即名爲離支；若上句用事，下句不用事，名爲缺偶』，因此，形式上對偶不工整叫支離（王昌齡叫離支），典故殘缺叫缺偶。支離和上官儀説的闕偶相同，但正是缺偶必須和上官儀的闕偶區别開來。」《譯注》：「支離，七零八落不統一。」

據三寶本注，「第二十三支離」（修訂本第二十一）至「第二十七文贅」（修訂本第二十五）（支離、相濫、落節、雜亂、文贅諸病，六犯中缺偶已見前），引佚名《詩式》，其説多合王昌齡《詩中密旨》説。《考文篇》：「『詩式六犯』至『文贅』二十八字，即是初稿本文。」

《札記續記》分析三寶本關於《詩式》六犯的注，以爲：「其名目和順序和《秘府論》的自『第二十一支離』至『第二十五文贅』完全一致，祇是缺缺偶，但這一名目因爲已經載録與此重複，所以很清楚，此處省略而在前面作附記。這個《詩式》爲何人所撰没有弄清。從支離到文贅這六病的名目可能依據《詩式》，但這六病不可能全文抄自《詩式》。闕偶和支離、相濫，用『不犯詩』、『犯詩曰』、『犯詩曰』這樣的形式載録。因爲這一形式相似，可以推測這三病屬同一系，而即使從『不犯詩』、『犯詩』這樣的話來推測，也很容易想到是『六犯』中的三病。但是落節、雜亂、文贅三病和前三病叙述方式完全不同，勿寧説和前面所述的『十規』相類似。也許這三病和『十規』同一原典。總之，前三病和後三病不是同一系，幾乎没有疑問。大師在這裏曾打算抄出《詩式》『六犯』，但止於前三病，而後三病則載録名目相同的别家之説，這樣理解，可能比較合理。」

中澤希男《王昌齡詩格考》：「《詩式》爲何人所撰不清楚，《二十八種病》的『第二十二相濫』病有『崔氏曰相濫云云』，顯然這是以崔融《新定詩體》作爲原典。『第二十六相反』、『第二十七相重』和其釋文筆致酷似，名目也類似，因此這二病推定爲崔融之説是不會有錯的。（傳本《詩中密旨》的）『詩有六病例』中的叢雜病，元兢稱之爲叢聚病，崔融名之爲聚木病（《二十八種病》叢聚病「崔名叢木病」），而（傳本《詩中密旨》的）『犯病八格』也有『叢木』，與此重複。如果『詩有六病例』和『犯病八格』爲同一人之説，當不會有這樣的重複。『犯病八格』不能忽略的，把元兢、崔融作爲對目的聲對、側對作爲病目。如前所述，昌齡主張應該回避虚和實之對，從這樣嚴格地主張對屬推測，不難想像，聲對、側對這樣遊戲性的文字也是要回避的。總之，二十八種病中找不到可以推定爲把《詩格》作爲原典的條目。《詩中密旨》所傳的『詩有六病例』、『犯病八格』在《秘府論》中幾乎全文被引用，因此，不用懷疑，這是唐人的舊説。但是這是否《詩格》的殘簡，就無法弄清了。」

《譯注》：「《詩式》（撰者未詳）。」「闕偶、支離、相濫、落節、雜亂、文贅六病，據説見於所謂《詩式》，但現行本的皎然《詩式》裏，卻没有與之相當的内容，我想大概是别人的撰述。」「犯詩和不犯詩來例示的方法，在『第十三闕偶』病後段以及『第二十四相濫』（祇有犯詩）中是共通的，這一部分出典可能確實相同。『第二十五落節』以下的構成宗旨和這些不同，而和水渾病以下四病相似。」

張少康《皎然〈詩式〉版本新議》：「從目前我們所能見到的資料來看，還没有發現與皎然《詩式》書名相同的詩論著作。皎然死於貞元後期，貞元九年（七九三），集賢殿御書院徵其文集時，他還請編集者于頔爲其寫序（參見于頔《吴興晝上人集序》），故皎然卒年當在貞元九年以後。空海是貞元二十年到中國，元和元年（八〇六）返回日本的。空海到中國上距皎然卒年最多不過十年，距《詩式》最後編定最多也不過十五六年，所以不僅他帶回的《詩議》是可靠的，而且也可能會看到比較可靠的《詩式》。在此以前，不大可能會有除皎然《詩式》以外的别的《詩式》著作，因此我們認爲三寶院本注引《詩式》『六犯』，仍可能是皎然《詩式》的内容，但它是今本《詩式》的佚文，還是貞元以前《詩式》『草本』的内容，就很難確定了。」

張伯偉《中國詩學研究·唐五代詩格叢考》：「儘管皎然著有《詩式》，但空海引皎然語均出於《詩議》，而不及《詩式》，相信『六犯』不出於皎然。從『六犯』的内容來看，如『相濫』、『文贅』病下，《文鏡秘府論》復引崔融説，尤其是『文贅』病下注『或名涉俗病』，『涉俗』正爲崔融病名；又舊題王昌齡《詩中密旨》『犯格八病』節，也全襲用此《詩式》之『六犯』及崔融《唐朝新定詩格》之『六犯』節。以此推論，本書作者當與崔融同時或稍前。《宋史·藝文志》八著録唐代僧辭遠《詩式》十卷，不知是否即爲此書。」（遼海出版社，二〇〇〇年）

《研究篇》關於《詩式》「六犯」之論述。傳王昌齡《詩中密旨》亦有支離、缺偶、落節篇目。見《文二十八種病》末考釋。

盛江案：此佚名《詩式》多與傳王昌齡説同，「第十四繁説病」三寶本注「詩格相濫詩體相類與此同也」，此《詩格》若爲王昌齡《詩格》，則「相濫」一名也恰與王昌齡説同，故此佚名《詩式》或亦與王昌齡《詩格》説同源。

②以上二例詩詩題及撰者未詳。

第二十四〔一〕，相濫。或名繁説〔二〕①。

謂一首詩中再度用事②，一對之内反覆重論③，文繁意疊，故名相濫。犯詩曰：「玉繩耿長漢，金波麗碧空。星光暗雲裏，月影碎簾中④。」

釋曰：「玉繩」者星名，「金波」者月號。上既論訖〔三〕，下復陳之，甚爲相濫，尤須慎之。

崔氏云〔四〕⑤：相濫者〔五〕⑥，謂形體、途道⑦、溝淖、淖泥、巷陌、樹木、枝條、山河、水石、冠帽、褠衣〔六〕⑧，如此之等，名曰相濫。上句用「山」，下句用「河」，上句有「形」，下句安「體」，上句有「木」〔七〕，下句安「條」，如此參差，乃爲善焉。若兩字一處，自是犯焉，非關詩處〔八〕⑨。或云兩目一處是〔九〕⑩。

【校記】

〔一〕「第二十四」，高乙本作「第二十四曰犯」，三寶本「四」字朱筆消之，旁注「二」，醍甲、仁甲、六寺、義演本作「第二十二」，楊本作「廿二曰」，松本、江户刊本、維寶箋本作「第二十二曰犯」。

〔二〕「或名繁説」，此行三寶本眉注「或名相類病」。「繁説」，天海本作「相類」。《校勘記》：「草本有『或名繁説』，又有『或名相類』。」

〔三〕「訖」，松本、江户刊本、維寶箋本作「説」。

〔四〕「崔」，原作「摧」，三寶本作「催」，原旁注「崔」，三寶本同，據高甲、高乙、醍甲、楊、六寺、江户刊本、維寶箋本改。

〔五〕「者」，原作「都」，旁注「者」，據三寶、高甲等本改。

〔六〕「禑」，三寶、六寺本作「褐」，林田校本作「襦」。

〔七〕「有」，原無，三寶、高乙本同，六寺本作「安」，據醍甲、維寶箋本補。

〔八〕「闕」，原作「開闕」，「闕」字旁注「正」，三寶本右旁注「闕イ」，據三寶、高甲、醍甲、六寺等本改。《校勘記》：「『闕』當爲『開』之校字，校字誤入本文，『詩』當爲『諸』之訛，當是限於兩字一處的場合，不是關於諸處的意思。」又，中澤希男《冠正文筆眼心抄補正》亦有考説，參《文筆眼心抄》校注。

〔九〕「或云」，《眼心抄》無。「目」，原作「月」，醍甲、仁甲、義演本同，據三寶、高甲等本改。「崔氏云」至「或云兩目一處是」，楊、六寺、松本、江户刊本、維寶箋本作雙行小字注。

【考釋】

①「相濫」爲佚名《詩式》六犯之一，崔融説亦名「相濫」，然本節前半爲佚名《詩式》。「繁説」爲「十病」之一，疑初唐説，上官儀説。相濫：晉陸機《文賦》：「每除煩而去濫。」《文心雕龍・鎔裁》：「若情周

而不繁，辭運而不濫，非夫鎔裁，何以行之乎？」「辭如川流，溢則泛濫。」《「文二十八種病」考》：「相濫有二説，（一）是一首詩中，反覆用同一事，這和第十二繁説可以説幾乎相同。」「（二）是崔融説，有着同一意義的文字二字重複而成爲熟語，因此『兩目一處』，如果用於詩中則是相濫病。」

《研究篇》下：「其内容和繁説病相同，剛纔避免重複而省去缺偶，據此例，此處當然也應該省略。繁説病引作爲『崔氏曰』引『從風似飛絮』的説明，這一條也引有『崔氏曰，相濫者，所謂形體、途道』以下的説明，像這樣的手法不能説太高明，因此我想，第九水渾以下，大師没太仔細斟酌，可能衹是作爲參考，信筆寫下去的吧？」

王夢鷗《初唐詩學著述考》：「稽之前文已有繁説病，崔氏名之『相類』，則此相濫，當指同義字之堆疊也。」

《探源》：「（相濫）即同物異名而疊出。」

②「謂一」句：以下至「尤須慎之」，佚名《詩式》六犯之「相濫」。一首詩：維寶箋：「一首詩有首聯有胸聯，以首數焉，故云一首。」

③重論：《文心雕龍·檄移》：「而體義大同，與檄參伍，故不重論也。」

④「玉繩」四句：詩題及撰者未詳。類似之詩句，有南齊謝朓《暫使下都夜發新林至京邑贈西府同僚》：「金波麗鳷鵲，玉繩低建章。」（《文選》卷二六）李善注引《春秋元命包》曰：「玉衡北兩星爲玉繩星。」

維寶箋：「長漢，《詩・大雅》（盛江案：《雲漢》）曰：『倬彼雲漢，昭回于天。』《字彙》曰：『天河在箕斗二星之間，其長竟天。』金波，《漢書・天文志》『穆穆以金波』注：『月光如金波之流。』」

⑤崔氏云：《考文篇》：「『崔氏云』至『非關詩處』，崔融説。」盛江案：「崔氏」説範圍各家所論不一，王夢鷗《初唐詩學著述考》録至「自是犯焉」，張伯偉《全唐五代詩格彙考》録至「或云兩目一處是」。《考文篇》説是。

⑥相濫者：王夢鷗《初唐詩學著述考》：「但稽之前文已有繁説病，崔氏名之爲『相類』，既此相濫，當指同義字之堆疊也。」

⑦形體、途道：維寶箋：「形體，《陸平原集》三《百年歌》曰：『形體雖是志意非。』途道，《陸清河集》二《還京邑祖餞》曰：『道途與戀。』」

⑧褟衣：維寶箋：「褟衣，恐『袖衣』歟。」《校注》引《龍龕手鑒》：「褟，俗通；襦，正，人朱反，短衣也。二。」《譯注》：「褟衣，不明，或爲褐衣之誤。」

⑨非關詩處：《「文二十八種病」解説》：「非關詩處，四字難訓。」《譯注》：「非關詩處，這一句難以理解，或有誤字脱字。底本（宫内廳本）『關』上有『開』字，可能爲衍字。」

⑩兩目一處是：《校勘記》：「『目』爲名目之意。所謂『兩目』是屬於同類的二個名目的意思。」《考文篇》：「『或云兩目一處是』，原典未詳，或是《詩體》説（盛江案：指「第十四繁説病」三寶本注「詩格相濫詩體相類與此同也」所説的「詩體」）。」

王夢鷗《初唐詩學著述考》：「綜觀上列六病例（盛江案：指相類、不調、叢木、形跡、相濫、反語六病），其見於《秘府論》者，皆爲崔氏之零星語句，不成文例，蓋其原文已爲空海所改編，其間或詳或略，並不足以代表原書。」「觀此所載，則崔融之《新定詩體》，其原書亦必從『調聲』『詩病』而及於『屬對』『體性』等等。唯因傳世既久，後人擬作，往往相與混糅，不特原文受其撓亂，難辨真贋，其間又經殘落補綴，補綴又再殘落，乃至面目全非，是又不僅變書名及撰者姓名已也。」

第二十五〔一〕，落節①。

凡詩詠春，即取春之物色；詠秋，即須序秋之事情。或詠今人，或賦古帝，至於雜篇詠，皆須得其深趣，不可失義意。假令黃花未吐〔二〕，已詠芬芳〔三〕；青葉莫抽，逆言蓊鬱〔四〕；或專心詠月，翻寄琴聲；或意論秋〔五〕，雜陳春事；或無酒而言有酒，無音而道有音〔六〕，並是落節〔七〕。若是長篇託意，不許限。

即假作《詠月》詩曰：「玉鈎千丈掛〔八〕②，金波萬里遥③。蚌虧輪影滅〔九〕④，蓂落桂陰銷〔一〇〕⑤。入風花氣馥，出樹鳥聲嬌。獨使高樓婦，空度可憐霄。」

釋曰：此詩本意詠月〔一一〕，中間論花述鳥，乍讀風花似好〔一二〕，細勘月意有殊。如此之輩，名曰落節。

又《詠春》詩曰⑥：「何處覓消愁〔一三〕，春園可暫遊。菊黄堪泛酒，梅紅可插頭⑦。」

釋曰：菊黄泛酒，宜在九月，不合春日陳之〔一四〕；或在清朝，翻言朗夜，並是落節〔一五〕。

【校記】

〔一〕「第二十五」，三寶、天海本作「第二十五曰」，高甲、松本、江户刊本、維寶箋本作「第二十三曰」，醍甲、仁甲、六寺、義演本作「第二十三」，楊本作「廿三曰」。

〔二〕「令」，原作「今」，據三寶、高甲等本改。「花」，高乙本作「色」。

〔三〕「芬」，原作「芥」，據三寶、高甲等本改。「芬」上三寶本有一「芳」字，朱筆消之。「芳」，高乙本作「子」。

〔四〕「逆」，天海本作「豫」。

〔五〕「或意論秋」，儲皖峰《文二十八種病》：「『意』上疑有脱文，故以□表之。」《校注》從之，作「或□意論秋」。盛江案：「意」上疑脱「本」字。

〔六〕「而」，松本、江户刊本、維寶箋本無。「音」，三寶本作「意」，旁朱筆注「音」。

〔七〕「並」，原無，高甲、高乙、醍甲、仁甲、義演本同，據三寶、楊、六寺、江户刊本、維寶箋本補。

〔八〕「掛」，原作「桂」，三寶、高甲、高乙、醍甲、仁甲、楊、六寺、義演本同，據江户刊本、維寶箋本改。

〔九〕「虧」，三寶本作「鶴」，旁注「虧」。

〔一〇〕「落」，《校勘記》：「『落』爲『莢』之訛。」盛江案：《校勘記》説非也，與「虧」相對，作「落」不誤。

〔一一〕「此」，原作「比」，三寶本同，據高甲、高乙、醍甲、六寺等本改。

〔一二〕「好」，原無，高乙本同，據三寶、高甲、醍甲、六寺等本補。

〔一三〕「何處覓消愁」以下楊本全無。「何」上三寶本有一「云」字，朱筆消之。

〔一四〕「合」，三寶本作「令」，旁注「合イ」。

〔一五〕「並」，原作「亟」，高乙本同，醍甲、仁甲、義演本作「遂」，據三寶、高甲、六寺、江户刊本、維寶箋本改。

【考釋】

①落節：本節爲佚名《詩式》六犯之「落節」。維寶箋：「落節，《陸平原集》二《鼓吹賦》曰：『仰歸雲而落音節。』」

《譯注》：「又，落節、雜亂、文贅三病，例詩都用『假作……詩』的形式來表示，採取了自水渾病到繁説病同樣的形式。大概引自《文筆式》吧？」

《「文二十八種病」解説》：「案所謂落節病是説與語句的題目不一致。」

《「文二十八種病」考》：「落節是説不合題詠本意的表現。」

《研究篇》下：「這是六犯中最重要的病犯。不論吟詠什麽，『皆須得其深趣，不可失義意』，其反面就是落節。」「這在詩裏是忌戒不要脱離想要表現的事物，但主要之處，可能還在於對對象的把握要深入，要求有真實的感受。這一點，因爲南卷《論文意》中的王昌齡説有和這相關的論述，因此可以這樣説。王昌齡説中，對景象的把握也把焦點放在季節性上，的確很有意思。在東洋，自然的變化一定要取季節的形態。這可以説是東洋整體的特色。連印度古代醫典Caraka－saṃhitā也細緻描述了季節和生活的關係。至於Kālidāsa的名篇Ṛtusaṃhāra則更不用説。對自然的把握最顯著之點在季節性，能够産生這樣的理論不是偶然的。（日本的）連歌和俳諧也一樣，這不衹是吟詠本季節的景物不能採用其他季節的景物的意思。把想像遊移到本季節之外，是因爲没有細緻觀察東洋式自然的正確狀態，没有真實地面對自然自身。昌齡説創作的要旨是『凝心目擊其物，便以心擊之，深穿其境』。像這樣真實感受的一刹那間，還會有别的夾雜之物紛擾的餘地嗎？這不限於對自然的把握，對人事和詠史及其他事物也是一樣的。若月則傾心於月，若琴則傾心於琴，在這裏，必須把握純粹的詩美。混入和本題無關的事物，作品藝術效果自然不好，但在這層意思之外，其中心更在於，用那樣的態度就不能真正把握自然的真像。花未開放而詠花盛開，無酒而言有酒，諸如此類，不能不陷入單憑主觀概念而虚構造作，昌齡所説的『以心擊之，深穿其境』的感受便不可企望。這裏便把這斥之爲落節。」

《譯注》：「落節一語，過去的文獻難以看到其用例。禁戒偏離應該吟詠的主題，而走到岔道上去，特别關於季節，要禁戒脱離實際存在的季節感的表達方法。不正是用季節脱落這樣的旨趣而命名的嗎？」

盛江案：本病所論，確實多與脱離季節有關，然如「或詠今人，或賦古帝，至於雜篇詠」、「或無酒而言有酒，無音而道有音」、「本意詠月，中間論花述鳥」云云，皆非言季節脱落。是知落節之「節」非僅指季節，或有更寬泛的含義。如指節奏，如《楚辭·九歌·東君》：「展詩兮會舞，應律兮合節。」指法度，如

《禮記・中庸》：「發而皆中節謂之和。」文論家亦以此義轉而論文，如《文心雕龍・章句》：「其控引情理，送迎際會，譬舞容迴環，而有綴兆之位，歌聲靡曼，而有抗墜之節也。」蓋詩文寫作，自有其本來應當吟詠之意趣，失落詩文本來之意趣法度，而翻言它事，則情理不得控引，發而不能中節，是謂之落節。落節也者，脱漏失落本意之節度也。

②玉鉤：彎月。維寶箋：「鮑照《翫月城西門廨中》：『始見西南樓，纖纖如玉鉤。』李白詩：『青天懸玉鉤。』」

③金波：月光。維寶箋：「梁元帝詩：『徐步待金波。』」參本卷「第二十四相濫」（修訂本第二十二）考釋。

④蚌虧：《吕氏春秋・精通》：「月也者，群陰之本也。月望則蚌蛤實，群陰盈；月晦則蚌蛤虚，群陰虧。」高誘注：「虚，蚌蛤肉隨月虧而不盈滿也。」

⑤蓂：蓂莢，傳説堯時瑞草名，夾階而生，每月朔日，生一莢，十五日畢，至十六日後，日落一莢，至月晦而盡，故以是可占日月之數，參《白虎通・封禪》，又見《竹書紀年》上「陶唐氏」。桂陰：維寶箋：「《酉陽雜俎》曰：『月桂高百丈。』《淮南子》曰：『月者大陰之精。』」

⑥《詠春》：《譯注》：「這也當是筆者『假作』之詩。」

⑦吟窗本王昌齡《詩中密旨》「犯病八格」：「落節病三。一篇之中，合春秋言是犯。詩曰：『菊花好泛酒，樓花好插頭（盛江案：「樓」當爲「榴」之訛）。』」

第二十六〔一〕，雜亂〔二〕①。

凡詩發首誠難，落句不易②，或有制者〔三〕，應作詩頭，勒爲詩尾，應可施後，翻使居前，故曰雜亂〔四〕③。

假作《憶友》詩曰〔五〕：「思君不可見，徒令年鬢秋。獨鶩積寒暑〔六〕，迢遰阻風牛④。粤余慕樵隱，蕭然重一丘⑤。」

釋曰：「粤余」一對，合在句端〔七〕，「思君」一對，合居篇末。然則篇章之内〔八〕，義別爲科⑥，先後無差，文理俱暢，混而不別，故名雜亂⑦。

【校記】

〔一〕「第二十六」，三寶、天海、高甲、松本、江户刊本、維寶箋本作「第二十四曰」，醍甲、仁甲、義演本作「第二十四」。

〔二〕「雜亂」上原有「犯」字，各本同，據《眼心抄》、六寺本删。

〔三〕「製者」，三寶本有消除標記，右旁注「餘本此字也」。

〔四〕「應作詩頭勒爲詩尾應可施後翻使居前故曰雜亂」，三寶、天海本本文無，左旁頁邊注「别者應作詩頭勒爲詩尾應可施後翻使居前故曰雜亂」。

〔五〕「友」，醍甲、仁甲、義演本作「支」。

〔六〕「暑」，原作「署」，三寶本同，據高甲、高乙、醍甲、六寺等本改。

〔七〕「合」，三寶本作「今」，天海本作「令」，三寶本旁注「合」。

〔八〕「章」，原作「帝」，據三寶、高甲、高乙、醍甲、六寺等本改。

【考釋】

①雜亂：本節爲佚名《詩式》六犯之「雜亂」。《校勘記》：「『第二十四曰犯雜亂』、『第二十五曰犯文贅』、『第二十八曰駢拇者』，這三條加『曰』字，是没有整理。」《「文二十八種病」解説》：「所謂雜亂病，説一首詩中首尾詩句的安排錯亂。」《譯注》：「禁戒不關照詩句前後次序的病。」

②落句：《滄浪詩話・詩體》：「有發端，有落句。」原注：「結句也。」僧文彧《詩格》：「論詩尾，亦云斷句，亦云落句，須含蓄旨趣。」（《吟窗雜録》卷一一）

③《文心雕龍・附會》：「使衆理雖繁，而無倒置之乖。……首尾周密，表裏一體，此附會之術也。」又《章句》：「跗萼相銜，首尾一體。」又《鎔裁》：「故能首尾圓合，條貫統序。」可與此參看。

④風牛：「風馬牛」之省略語，此處極言其遠。《左傳》僖公四年：「楚子使與師言曰：『君處北海，寡人處南海，唯是風馬牛不相及也。』」孔穎達正義：「牝牡相誘曰風。」

⑤「粤余」二句：《漢書・叙傳》：「漁釣於一壑，則萬物不奸其志；棲遲於一丘，則天下不易其樂。」《世説新語・品藻》：「一丘一壑，自謂過之。」

⑥義别爲科：《研究篇》下：「這個釋中的『義别爲科』的『科』，和（南卷）定位論所説的意思一樣。」

⑦《研究篇》下：「雜亂是句子排次不得當。不要應該放在前面的句子卻放在末尾，放在後面比較恰當的句子反而放在前面。」如例詩，「把第一第二句和第五第六句交换一下情況就好了，但像例詩現在這樣，不管怎樣都不穩妥，這就叫作雜亂病」。

《文心雕龍·章句》：「若辭失其朋，則羈旅而無友，事乖其次，則飄寓而不安。是以搜句忌於顛倒，裁章貴於順序。」與本節所論之旨同，是劉勰已提出戒雜亂之説。

第二十七〔一〕，文贅①。或名涉俗病〔二〕。

凡五言詩，一字文贅②，則衆巧皆除；片語落嫌，則人競褒貶〔三〕。今作者或不經雕匠，未被揣磨③，輒述拙成，多致紕繆。雖理義不失，而文不清新④；或用事合同〔四〕⑤，而辭有利鈍〔五〕⑥。

即假作《秋詩》曰〔六〕：「熠燿庭中度〔七〕⑦，蟋蟀傍窗吟。條間垂白露，菊上帶黄金。」

釋曰：此詩據理，大體得通⑧。然「庭中」、「傍窗」，流俗已甚⑨；「黄金」、「白露」，語質無佳。

凡此之流，名曰文贅。

又《詠秋》詩曰：「熠燿流寒火，蟋蟀動秋音。凝露如懸玉，攢菊似披金⑩。」此則無贅也〔八〕⑪。

又曰⑫：「渭濱迎宰相〔九〕⑬。」官之「宰相」即是涉俗流之語〔一〇〕，是其病〔一一〕。

又曰⑭：「樹蔭逢歇馬，魚潭見洗船〔一二〕⑮。」又曰〔一三〕：「隔花遥勸酒，就水更移牀〔一四〕⑯。」是即俗巧弱弊之過也〔一五〕⑰。

【校記】

〔一〕「第二十七」，原作「第二十七犯」，高乙本同，三寶、天海本「七」字左旁有「匕」之消除標記，右旁注「五犯イ」，高甲、醍甲、仁甲、義演本作「第二十五犯」，六寺本作「第二十五」，松本、江户刊本、維寶箋本作「第二十五曰犯」，據前後體例删「犯」字。

〔二〕「或名」，三寶、天海本左旁注「崔」。「涉」，松本、江户刊本、維寶箋本作「陟」。三寶、天海本這一頁右旁頁邊注「其例曰渭濱迎宰相是宰相即是陟俗流之語是其病也別本也」，有引綫補入這一節。

〔三〕「人」，原作「大」，高乙、醍甲、仁甲、義演本同，據三寶、高甲、六寺、江户刊本、維寶箋本改。

〔四〕「合」，原作「令」，三寶本同，天海本作「全」，三寶本脚注「合イ」，據高甲、醍甲、六寺、江户刊本、維寶箋本改。

〔五〕「而」，三寶本作「文」，右旁注「而イ」。

〔六〕「秋」，原作「利」，高甲、高乙本同，據三寶、醍甲、六寺、江户刊本、維寶箋本改。

〔七〕「熠」，原無，高乙本同，三寶本眉注「燿」，據高甲、醍甲、六寺、江户刊本、維寶箋本補。

〔八〕「此則無贅也」，醍甲、仁甲、江户刊本、維寶箋本作雙行小字注。

〔九〕「宰」，原作「辛」，高乙本同，三寶本作「寄」，右旁注「宰」，據高甲、醍甲、六寺等本改。

〔一〇〕「之」，六寺本無。「即」下原衍一「即」字，高乙本同，據三寶、高甲、醍甲、六寺本删。

〔一一〕「官之宰相」至「是其病」，六寺、江户刊本、維寶箋本作雙行小字注。

〔一二〕「潭」，原作「澤」，高乙、醍甲、仁甲、義演本同，據三寶、高甲、六寺、江户刊本、維寶箋本改。

〔一三〕「又曰」，三寶、天海本無，右旁注「又曰草本有之」。

〔一四〕「牀」，三寶、六寺本作「林」，三寶本旁注「牀」，醍甲、仁甲、義演本作「秋」。

〔一五〕「是即俗巧弱弊之過也」，醍甲、仁甲、楊、六寺、義演、江户刊本、維寶箋本作雙行小字注。「即」，松本、江户刊本、維寶箋本作「則」。「弊」，原無，三寶、高乙、醍甲、仁甲、義演本同，三寶本旁補注「弊」，據六寺、江户刊本、維寶箋本補。

【考釋】

①「文贅」爲佚名《詩式》六犯之一。「涉俗」爲崔融説。文贅，維寶箋：「文贅，文章疣贅也。陟俗，韓文曰：『時應事作俗語令人慚。』」《「文二十八種病」解説》：「詩語有雅俗之别，詩中雜用俗語叫作文贅病。」

《研究篇》下：「崔融稱爲涉俗病，是最恰當的。……所謂『俗』，是指用辭不熟練，没有作爲詩語的品格。既指措辭的不雅，也包含語詞自身的俗臭。認爲『渭濱迎宰相』是『官之宰相即是涉俗流之語，是其病』，便説明這一點。對用詞的雅俗的意識，到宋代也還是這樣。《詩話總龜》卷二十八：『聖俞嘗云：詩句義理雖通，語涉淺俗而可笑者，亦其病也。如有《贈漁父》一聯云：眼前不見市朝事，耳畔唯聞風雨聲。説者云：病肝風。』便是這樣，這句中，可能『市朝』一詞涉於淺俗。」《譯注》：「贅，比喻没有用，没有也可以的存在。如同『文贅』别名爲涉俗病一樣，禁戒把流俗的表現帶入詩中。」

「或名涉俗病」之左三寶本注記「崔」字，知别名「涉俗病」出自崔融《唐朝新定詩格》。

② 「凡五」二句：以下至「此則無贅也」，佚名《詩式》之「文贅」。一字：維寶箋：「《左傳序》曰：『春秋以一字爲褒貶。』」

③ 揣磨：即揣摩。《戰國策・秦策一》：「（蘇秦）得太公《陰符》之謀，伏而誦之，簡練以爲揣摩。」

④ 清新：《文心雕龍・鎔裁》：「及雲之論機，亟恨其多，而稱清新相接，不以爲病。」

⑤ 合同：《文心雕龍・事類》：「據事以類義。……凡用舊合機，不啻自其口出。」

⑥ 利鈍：維寶箋：「利鈍，《出師表》曰：『成敗利鈍，非臣之所能識也。』」

⑦ 熠燿：《詩・豳風・東山》：「熠燿宵行。」毛傳：「熠燿，燐也；燐，螢火也。」

⑧ 大體：《漢書・丙吉傳》：「以吉知大體。」《文心雕龍・通變》：「是以規略文統，宜宏大體。」又《總術》：「文場筆苑，有術有門。務先大體，鑒必窮源。」又《附會》：「凡大體文章，類多枝派。」

⑨ 流俗：《孟子・盡心下》：「同乎流俗，合乎污世。」

⑩ 「熠燿」四句：撰者未詳。疑亦爲作者假作之詩。

⑪ 《譯注》：「並舉不犯詩和犯詩詩例的方法，似支離病等。」以上佚名《詩式》六犯之「文贅」。

⑫ 又曰：此以下至「是其病」，有「涉俗流」語，與題名三寶本注「崔」字之注記「或名涉俗病」相合，當爲崔融説。

⑬ 渭濱迎宰相：詩題及撰者未詳。詩寫周文王與太公望吕尚在渭水之濱相見之事。《考文篇》：「『其例曰渭濱迎宰相』，據三寶院本校語（盛江案：指本節開頭校記引三寶院本注「其例曰渭濱迎宰相是宰相即是陟俗流之語是其病也别本也」），或本引『渭濱迎宰相』，以之案，則『渭濱』至『其病也』即非《詩式》語。」

⑭ 又曰：此以下至「弱弊之過也」，皎然説。原非詩病。

⑮ 「樹蔭」二句：出北周庾信《歸田》，全詩爲：「務農勤九穀，歸來嘉一廛。穿渠移水碓，燒棘起山田。樹蔭逢歇馬，魚潭見洒船。苦李無人摘，秋瓜不直錢。社鷄新欲伏，原蠶始更眠。今日張平子，翻爲人所憐。」（《庾子山集注》卷四）維寶箋：「歇馬，《高帝紀》曰：『武王休馬于華山之陽。』」

⑯ 「隔花」二句：出北周庾信《結客少年場行》，全詩爲：「結客少年場，春風滿路香。歌撩李都尉，果擲潘河陽。隔花遥勸酒，就水更移牀。今年喜夫婿，新拜羽林郎。定知劉碧玉，偷嫁汝南王。」（《樂府詩集》卷六六）

⑰ 吟窗本皎然《詩議》：「俗巧者，由不辨正氣，習弱師弊之道也，其詩曰：『樹蔭逢歇馬，魚潭見洗船。』又詩曰：『隔花遥飲酒，就水更移牀。』」南卷《論文意》引皎然《詩議》同。

第二十八〔一〕，相反〔二〕①。謂詞理别舉是也〔三〕。詩曰〔四〕：「晴雲開極野，積霧掩長洲②。」上句既叙「晴雲」，下句不宜「霧掩」〔五〕，理不順耳〔六〕③。

【校記】

〔一〕「第二十八」，原作「第二十八曰」，三寶、高乙、天海本同，高甲、醍甲、仁甲、義演本作「第二十六曰」，六寺、松本、江户刊本、維寶箋本作「第二十六」。據前後體例删「曰」字。

〔二〕「反」，原作「及」，各本同，當爲「反」訛，吟窗本王昌齡《詩中密旨》作「反」。今改。

〔三〕「謂詞理别舉是也」，六寺本作單行小字注，松本、江户刊本、維寶箋本作雙行小字注。「是也」，三寶本右旁注「其病也」，天海本作「是其病也」。

〔四〕「詩」，原作「又」，三寶、高乙本同，三寶本眉注「詩」，據高甲、醍甲、六寺、江户刊本、維寶箋本改。

〔五〕「霧掩」，疑當作「積霧」。

〔六〕「理不順耳」，原作「順不理耳」，各本同。「不」字三寶、天海本左旁注「别草本」，右旁注「列證本」，高甲本左旁注「别イ」。《考文篇》作「順别理耳」，周校、《譯注》、林田校本作「理不順耳」，《校注》作「不順理耳」。《考文篇》：「各本及《眼心抄》作『不理』，非也，三寶院本校語云『别草本』，則草本作『别』不可疑之。『别理』合上『詞理别舉』，案：東晉草體『别』似『不』，而平安初期人士專擬右軍，後人不辨草體，誤作『不』若『列』。有誤作『列』之本，豈非證本原作『别』乎。」盛江案：亦可能作「理不順耳」。疑草本作「别」，而修訂時改作「不」字，「順不理耳」間有顛倒符號，如下文「已上有驅馬」之

「已上」二字間三寶本之有顛倒符號然。後人未辨，未顛倒而抄之。是當作「理不順耳」。《校勘記》：「當作『理不順耳』。」

「上句既叙」至「順不理耳」，六寺、松本、江户刊本、維寶箋本作雙行小字注。

【考釋】

① 相反：《考文篇》：「『第二十六相反』至『第二十七相重』中『是相重病也』，恐是崔融説。」盛江案：小西説是。地卷崔融之「十體」，東卷崔融之「切側對」、「雙聲側對」、「疊韻側對」之格式均爲「謂……是」，與此處之「相反」與「相重」格式相合，故當爲崔融説。

維寶箋：「《列子》曰：『仲尼曰，發發相反。』」

《「文二十八種病」解説》：「所謂相反，是説一篇之内所述事情自相矛盾。」

《研究篇》下：「（相反）作爲詩病，是相當原始的東西，忌嫌菊黄和梅紅，清朝和朗夜，春花和秋月同出是落節病，這恐怕是落節病的發展吧。」

② 「晴雲」二句：詩題及撰者未詳。吟窗本王昌齡《詩中密旨》「犯病八格」：「相反病五。詩中兩句相反失其理也。詩曰：『晴雲開遠野，積霧掩長洲。』」

③ 梅維恒、梅祖麟《梵語對近體詩形成之影響》：「儘管在梵語與古典漢語中存在着巨大的差異，在兩種語言中，幾種詩病的名稱在機能上的相似也是令人震驚的。例如：婆摩訶和檀丁提出的詩病(doṣa)的一種叫vyartha，其意義在詩學中是『不一致』、『矛盾』或『反對』。而這恰和《文鏡秘府論》第二

十六種病（盛江案：指相反病）相同。甚至婆摩訶對這條規則的解釋與相應的漢語規則所給出的解釋都相似：『詩病vyartha意即一詞有互相矛盾的含義，其矛盾應該被説明，這個詞的第一個含義與第二個含義相反，這樣就産生一種矛盾的效果。』」「婆摩訶和檀丁的另一項禁忌是反對apakrama（「倒置」），《文鏡秘府論》第十八種病（盛江案：指翻語病）的靈感大概淵源於此。而且不用考慮婆摩訶和檀丁有關kālavirodhi（「不合時宜」）是《文鏡秘府論》第二十三種病（盛江案：指落節病）的直接來源。同樣，婆摩訶的第九項詩病，visandhi（「不相連貫」）是《文鏡秘府論》第二十一種病（盛江案：指支離病）的來源。婆摩訶的第二項詩病，arthāntara，通常在英語中被譯爲『多餘的表述』，也許可更確切的翻譯成『對語』（對偶），且十分可能是《文鏡秘府論》第二十六種病的來源。」

第二十九〔一〕，相重①。

謂意義重疊是也〔二〕。或名枝指也〔三〕②。

詩曰：「驅馬清渭濱，飛鑣犯夕塵。川波張遠蓋〔四〕，山日下遥輪〔五〕。柳葉眉行盡〔六〕，桃花騎轉新③。」已上有「驅馬」、「飛鑣」〔七〕，下又「桃花騎」，是相重病也〔八〕④。

又曰：「遊雁比翼翔，歸鴻知接翮〔九〕⑤。」

【校記】

〔一〕「第二十九」，原作「第二十九曰」，三寶、天海本同，三寶、天海本「九」字左旁注有抹消符號「ヒ」，右旁注「七」，高甲、醍甲、仁甲、義演、松本、江户刊本、維寶箋本作「第二十七曰」，六寺本作「第二十七」，據前後體例删「曰」字。

〔二〕「謂意義重疊是也」，松本、江户刊本、維寶箋本作雙行小字注。「疊是也」，三寶本作單行小字注。

〔三〕「謂意義重疊是也或名枝指也」，六寺本作雙行小字注。「指」下原有「疊是」二字，三寶本同，三寶本又抹消之。盛江案：「疊是」二字草本涉上而衍，故如三寶本抹消之，宫本等未辨一併抄下，遂成誤字。據高甲、醍甲、六寺等本删。「也」，三寶、六寺本無。

〔四〕「波」，原作「披」，高乙本同，醍甲、仁甲、義本作「陂」，據三寶、高甲、六寺本改。

〔五〕「日」，原右旁注「白」。

〔六〕「行」，疑爲「自」之訛。

〔七〕「已上有驅馬」，原作雙行小字注，醍甲、仁甲、義演本同，高甲本朱筆注「下同注也」、「以上諸本注也若粗者上五字後同可粗歟」，據三寶、高甲本改。「已上」，三寶本有顛倒符號「︸」，右旁注「亻本」。

〔八〕「已上有驅馬」至「是相重病也」，六寺、松本、江户刊本、維寶箋本作雙行小字注。

〔九〕「遊雁比翼翔歸鴻知接翮」一行之右頁邊之空欄，三寶、天海本注「四聲指歸云又五言詩體義中含疾有三一曰駢拇二曰枝指三曰疣贅異本」，並用細綫引至「第三十駢拇者」一行。「接」，三寶本旁注「構亻」。

【考釋】

①相重：維寶箋：「《漢書·荆燕吴傳》曰：『事發相重，豈不危哉？』」

《研究篇》下分析相反、相重之原典，指出包含沈約八病、元兢八病和《詩式》六犯等説的文獻中，應當不會有相反相重。「但是唯一的例外是崔融説。這不是單獨的一組，而是分散的附屬於其他各病。這是由於崔融大半重複他人之説，直接引用原典不太方便，故有所不同。相反相重等，如果可以説自由地帶來的少數病犯，恐怕祇能是崔融説。我們看相反相重的論述方式，首先有用『謂』開頭的説明，其次作爲『詩曰』『又曰』舉出例詩，最後則如『是相重病也』一樣結束，這方式和地卷《十體》和其他病中被引用的崔融説相同。因此我想推斷，相反相重引自崔融《唐朝新定詩格》。把散見於其他各病中崔融説集中起來，可以認爲崔融提出了以下八病：相濫，不調，叢木，形跡，涉俗，相反，相重（盛江案：當還有翻語，原闕）。相濫和相反、相重，可以用廣義的相濫來綜合概括，細分的話則各自有差別，這是相互關聯的名目。」

②「或名枝指也」當爲空海之注，亦可能爲崔融之注。「枝指」爲劉善經説。枝指：《莊子・駢拇》：「駢拇枝指，出乎性哉！而侈於德。」成玄英疏：「駢，合也；拇，足大指也。謂足大拇指與第二指相連，合爲一指也。枝指者，謂手大拇指傍枝生一指，成六指也。」《文心雕龍・麗辭》：「張華詩稱『遊雁比翼翔，歸鴻知接翮』，劉琨詩言『宣尼悲獲麟，西狩泣孔丘』。若斯重出，即對句之駢枝也。」《研究篇》下：「和繁説以及相濫一樣都是忌嫌同類事物的重出。」《譯注》：「重複意思相同的事之病。和下面的駢拇病一樣，都和已出的繁説病、相濫病互相重複。」

《校勘記》：「《詩中密旨》：『相重者，詩意並物色重疊也。』此處之『枝指疊是也』當是『枝指，詩意並物色重疊也』之訛。」

③「驅馬」六句：詩題及撰者未詳。吟窗本王昌齡《詩中密旨》「犯病八格」：「相重病六。詩意並物色重疊也。詩曰：『驅馬清渭濱，飛鑣犯夕塵。川波增遠益，山月下重輪。』」

④「謂意義重疊是也」至「是相重病也」，當爲崔融説。以下爲劉善經説。

⑤「遊雁」二句：出晉張華《雜詩二首》其二，全詩爲：「荏苒日月運，寒暑忽流易。同好逝不存，迢迢遠離析。房櫳自來風，户庭無行跡。蒹葭生牀下，蛛蝥網四壁。懷思豈不隆，感物重鬱積。遊雁比翼翔，歸鴻知接翮。來哉彼君子，無愁徒自隔。」（《玉臺新詠》卷二）

《考文篇》：「『又曰遊雁』至『第二十八駢拇』中『此之謂也』，是劉善經説。」

第三十〔一〕，駢拇者〔二〕①。

所謂兩句中道物無差〔三〕，名曰駢拇〔四〕。庾信詩云〔五〕：「兩戍俱臨水〔六〕，雙城共夾河②。」此之謂也〔七〕③。

【校記】

〔一〕「第三十」，原作「第三十曰」，三寶、高乙、天海本同，三寶、天海本「十」下朱筆右旁注「八」，高甲、醍甲、仁甲、義演、松本、江户刊本、維寶箋本作「第二十八曰」，六寺本作「第二十八」，據前後體例删「曰」字。各本俱無題名，《譯注》據各篇體例補題名。

〔二〕「拇」，原作「梅」，高乙、醍甲、仁甲、義演本同，據三寶、高甲、六寺本改。

〔三〕「所」,《「文二十八種病」解説》無。

〔四〕「拇」,原作「梅」,三寶、高甲、高乙、醍甲、仁甲、義演本同,據六寺、江户刊本、維寶箋本改。「駢拇」下六寺本有「云如」二字,松本、江户刊本、維寶箋本有「如」字。

〔五〕「庾」,原作「庚」,三寶、醍甲、仁甲、六寺、義演本同,據高甲、江户刊本、維寶箋本改。

〔六〕「戍」,三寶、天海本作「城」,三寶本旁注「戍」。「水」,原作「求」,高乙本同,三寶本右旁注「木」,據三寶、高甲、醍甲等本改。

〔七〕「此之謂也」一行之後,下一節「文筆十病得失」之右的頁邊空欄,三寶、天海本注「枝指者所謂一意兩出如張華詩云遊雁比翼翔歸鴻知接翮此是疣贅者此謂同辭重句道物無別イ本」。

【考釋】

① 駢拇:此爲《四聲指歸》「三疾」之一。《「文二十八種病」考》:「關於駢拇、枝指,高野山三寶院本注:『《四聲指歸》云:又五言詩體義中含疾有三:一曰駢拇,二曰枝指,三曰疣贅。』如果這是《四聲指歸》的佚文,則這三病據劉善經説。又,三寶院本駢拇條夾注:『枝指者,所謂一意兩出,如張華詩云:「遊雁比翼翔,歸鴻知接翮。」此是疣贅者。此謂同辭重句道物無別。』據此,則枝指和相重是一樣的。又,意義上疣贅和駢拇都一樣,甚至可以把這三病看作同一病。」

《研究篇》下謂:西卷《論病》所説的「三疾」,就是三寶院本「第三十駢拇」(修訂本第二十八)前夾注所説的劉善經《四聲指歸》駢拇、枝指、疣贅這三疾。三寶院本夾注所説的「異本」,大概是初稿本。「現存修訂本系統沒有枝指和疣贅，代替它們的是相反和相重。爲什麼呢？可能由於劉善經的三疾和剛纔的各病有重複之處。所謂疣贅是『同辭重句，道物無別』，這和繁説是同一個東西，可以斷定，爲了避免重複而把它給删去了。衹在繁説病題下留下『或名疣贅』的注。」「劉善經把枝指解釋爲『一意兩出』，雖説是兩出，但其有多種多樣的形式，因此作爲説明並不高明。有的説法和枝指内容相同，並且更爲準確，取代枝指的就是相重。我想可能文獻有相反病一目，承認其價值而立爲一項，因此便把它一併録下。就是説，所謂『三疾』，到再治時，衹剩下駢拇，其他都被解體消除了。」

《研究篇》下：「（駢拇）是把兩句中的叙述沒有變化作爲病，和相重病指語詞同類不同，駢拇病是忌避句意的重複。這當中有含義廣狹的區别，其趣旨都是一樣的。」「原來，相反等三病最初從《四聲指歸》，順序爲第二十八駢拇、第二十九枝指、第三十疣贅，再治時，則將它改爲第二十八（二十六）相反、第二十九（二十七）相重、第三十（二十八）駢拇。但是，『道物無差』和剛纔的繁説病相同，不需要特地立一項。『異本』所説把『同辭重句，道物無差』作爲疣贅病，疣贅和駢拇内容相同，疣贅又指繁説病的别名，因此，結果是一樣的。這些地方處理得不太恰當。」

② 「兩戌」二句：現存庾信文集未見。

③ 關於《文二十八種病》之原典，諸家考説均已分見前引。《研究篇》下將其説歸納如下（小西甚一注：「沈約説也許衹是據劉善經説、上官儀説、元兢説所引用的間接的面貌，但還是舉出其名目，因此爲方便起見，稱爲沈約説。」）：

一、沈約説（《四聲譜》歟）

平頭、上尾、蜂腰、鶴膝、大韻、小韻、傍紐、正紐　（所謂「八體」）

二、劉善經説（《四聲指歸》）

駢拇、枝指、疣贅　（所謂「三疾」）

三、上官儀説（《詩式》中間接引用）

（闕偶）、（相濫）、（落節）、（雜亂）、（文贅）、（齟齬）　（「齟齬」爲元兢所引）

四、《文筆式》説（撰者未詳）

a　水渾、火滅、金缺、木枯、土崩　（a取自《文筆式》之前之説）

b　闕偶、繁説、觸絶、傷音、爽切　（b爲《文筆式》自説歟，所謂「十病」）

五、元兢説（《詩髓腦》）

齟齬、叢聚、忌諱、形跡、傍突、翻語、長擷腰、長解鐙

六、崔融説（《唐朝新定詩格》）

相濫、相反、相重、不調、叢木、形跡、翻語、涉俗

七、《詩式》説（撰者未詳）

支離、缺偶、相濫、落節、雜亂、文贅　（所謂「六犯」）

《研究篇》下：「此外，還有皎然《詩議》所引用的東西（避忌之例），但那本來不是詩病，大師把它作

爲詩病，因此這裏不算原典。作爲異稱，還有大紐、小紐、相類、束、散等。大紐小紐好像從齊梁時代就被使用，過去有的東西，我想已經在《四聲指歸》中注了出來。相類似是出自叫作『詩體』一書的名目，此書到底是什麽樣的書，未考。束和散出處完全不明。當然，這些名目，適當地把重複的病合併起來，歸納爲二十八種（初稿本三十種）。關於原典的概括歸納，表示如下：

第一群	平頭	筆札（文筆式）		詩髓腦	四聲指歸
	上尾	筆札（文筆式）		詩髓腦	四聲指歸
	蜂腰	筆札（文筆式）		詩髓腦	四聲指歸
	鶴膝	筆札（文筆式）	筆札		四聲指歸
	大韻	筆札（文筆式）		詩髓腦	四聲指歸
	小韻	筆札（文筆式）	文筆式	詩髓腦	四聲指歸
	傍紐	筆札（文筆式）	文筆式	詩髓腦	四聲指歸
	正紐	筆札（文筆式）	文筆式	詩髓腦	四聲指歸
第二群	水渾	文筆式			
	火滅	文筆式			
	金缺	文筆式			
	木枯	文筆式			
	土崩	文筆式			
	闕偶	文筆式	詩式		
	繁説	文筆式			

群	病名				
第三群	齟齬	詩髓腦	唐朝新定詩格		
	叢聚	詩髓腦	唐朝新定詩格		
	忌諱	詩髓腦		詩議	
	形跡	詩髓腦	唐朝新定詩格		
	傍突	詩髓腦			
	翻語	詩髓腦	唐朝新定詩格		
	長擷腰	詩髓腦			
	長解鐙	詩髓腦			
第四群	支離	詩式			
	相濫	詩式	唐朝新定詩格		
	落節	詩式			
	雜亂	詩式			
	文贅	詩式	唐朝新定詩格		
第五群	相反	唐朝新定詩格			
	相重	唐朝新定詩格			四聲指歸
第六群	駢拇				四聲指歸

典據第一段所表示的，是作爲分類基礎的原典。據上表，我想容易看出各種詩病由哪家之説和哪家之説組合而成的狀態（土崩祇在《眼心抄》中有，姑且一併出）。」

盛江案：水渾、火滅、金缺、木枯、土崩、闕偶、繁説、觸絶、傷音、爽切十病，與東卷前十一種對之B

類，即《筆札華梁》一類比較，均用駢儷文體，文筆相似，因疑此十病中雖時取前人之説，然有上官儀自説，且均經上官儀潤色，編入《筆札華梁》。前八病（平頭、上尾至傍紐、正紐）之首段，多用散句，文風與此十病迥異，而與東卷前十一種對之A類即原典當出《文筆式》一類相似，「第三蜂腰」首段「釋曰」，以「初腰事」即第一句論蜂腰，與《文筆式》合。「第六小韻」引《文筆式》稱「居五字内急，九字内小緩」，「第七傍紐」首段也説「五字中犯最急，十字中稍寬」，二説當出一家，因疑前八病首段之原典不當再出自《筆札華梁》，而當出《文筆式》。然《文筆式》多直接編入前人成説，故同一病中有數處之説，既有論「詩」之平頭、上尾等「八病」，又有論「文筆」之「十病」（論文筆之十病，詳下《文筆十病得失》）。「第六小韻」、「第七傍紐」、「第八正紐」，同一病中，首段之後，又得以再引《文筆式》。「第四鶴膝」稱「沈東陽著辭曰」，顯然爲齊梁舊説，因爲唯有沈約同時人，且恰當沈約爲東陽太守時，方可作此稱呼，若爲後人所作，則當稱「沈隱侯」云云。

又，此表中，「繁説」一目當還有《四聲指歸》（疣贅）、崔融（相類）説。「長擷腰」一目當有「束」，「長解鐙」一目當有「散」，均疑崔融説。另，上尾病別名土崩，大韻病別名觸絶，小韻病別名傷音，傍紐、正紐之別名爽切，傷音、爽切疑出《筆札華梁》，觸絶病爲「十病」之一，亦疑出《筆札華梁》。

文筆十病得失①

平頭。第一句上字、第二句上字，第一句第二字、第二句第二字，不得同聲。

詩得者：「澄暉侵夜月，覆瓦亂朝霜〔一〕②。」失者：「今日良宴會，歡樂難具陳〔二〕③。」

筆得者：「開金繩之寶曆，鈎玉鏡之珍符〔三〕④。」失者：「嵩巖與華房迭遊，靈漿與醇醪俱別⑤。」

然五言頗爲不便，文筆未足爲尤〔四〕。但是疥癬微疾〔五〕，非是巨害〔六〕⑥。

【校記】

〔一〕「瓦」，原作「光」，三寶、高乙本同，三寶本右旁注「瓦亻」，江戶刊本、維寶箋本注「光亻」。《校勘記》：「『光』與『瓦』都可，若是『覆瓦』，是入上，是『覆光』，是入平。如果『覆光』正確，則沈約所説的『平平（澄暉）—入平（覆瓦）』即第二字與第七字同聲不是病，和元兢等説顯著不同。」盛江案：第二字作「光」，平聲，與上句第二字「暉」同聲，犯平頭，作「瓦」爲上聲，未犯平頭。據醍甲、仁甲、六寺、江戶刊本、維寶箋本改。

〔二〕「歡」，原作「擁」，三寶、高乙、天海本同，三寶、天海本下注「歡亻」，據高甲、醍甲、仁甲、六寺、江戶刊本、維寶箋本改。

〔三〕「鈎」，原作「鈞」，三寶本同，據高甲、醍甲、六寺等本改。「符」，原作「荷」，高甲、高乙本同，高甲本注「符イ」，據三寶、醍甲、仁甲、六寺等本改。

〔四〕「文筆」，《札記續記》：「『文筆』恐怕是『手筆』之訛，劉善經説並没有述及手筆的平頭，但因爲文的銘誄作爲微疾，在筆本來就不成爲問題。」

〔五〕「但」，天海本作「俱」，三寶本注「俱イ」。「微」，原無，高乙本同，據三寶、高甲、醍甲、六寺等本補。「疾」，六寺本作「失」。

〔六〕「巨」，原作「臣」，三寶本同，據高甲、醍甲、六寺等本改。

【考釋】

①羅根澤《文筆式甄微》：「（一）《文筆十病得失》一篇，於叙完平頭、上尾、隔句上尾、踏發、蜂腰、鶴膝、大韻、小韻、正紐、旁紐以後，始説出《文筆式》云云，固然以下還有不少的文字，但審其語意，都統攝於『《文筆式》云』。這就是説，以下顯然都是《文筆式》的言論。由此知標出『《文筆式》云』以下，是前叙平頭等病的總結，而叙平頭等病的文字，也當然似出於《文筆式》了。」「《文鏡秘府論》很多略改標題即將別人的文章拉入的」，「在遍照金剛並不存心抄襲，而祇是以『公言』的態度編書。所以《四聲論》發端就説『論曰：經案云云』，《十七勢》發端就説『王氏論文云』，而此篇既於結束全文的地方標明『《文筆式》云』，則不惟以下出於《文筆式》，以上亦應出於《文筆式》了。」「（二）『《文筆式》云』以下，有云：『文以兩句而會，筆以四句而成。文繫於韻，兩句相會，取於諧合也。筆不取韻，四句而成，任於變通。故筆之四

句，比文之二句，驗之文筆，率皆如此也。體既不同，病時有異。其文之犯避，皆準於前。……筆有上尾、鶴膝、隔句上尾、踏發等四病，詞人所常避也。其上尾、鶴膝，與前不殊。』對於『文之犯避』，説『皆準於前』，對於筆之上尾、鶴膝，説『與前不殊』，其所謂前，當然指的叙平頭以至旁紐之文，假使前文不出於《文筆式》，則成了『没頭案』了。」「（三）此文筆十病，除踏發病外，是與同卷的《文二十八種病》重複的。《文二十八種病》雖也泰半採取他人之説，但經過遍照金剛的組織。」「此《文筆十病得失》所以未收入《文二十八種病》者，以彼側重文病，此則兼重筆病。假使此亦作於遍照金剛，則應將文病收入《文二十八種病》，而另爲《筆十病得失》，不應與《文二十八種病》疊床架屋，徒兹紛擾。不錯，《文二十八種病》雖側重文病，而筆病亦不是絶對不講。」「但《文二十八種病》有時評筆病，則此益成贅疣，益知不是遍照金剛的著作，而是遍照金剛所選録，而出處當然以《文筆式》成分最多了。」「（四）除踏發病外，皆與《文二十八種病》重複，而所釋則不全同。《文二十八種病》謂：『傍紐詩者，五言詩一句之中有月字，更不得安魚、元、阮、願等之字，此即雙聲，雙聲即犯傍紐。』此則云：『傍紐。雙聲是也。如詩二句内有風一字，則不得復有此等字。』《文二十八種病》謂：『正紐者，五言詩壬、衽、任、入，四字爲一紐。一句之中，已有壬字，更不得安衽、任、入等字。如此之類，名爲犯正紐之病也。』此則云：『凡四聲爲一紐，如壬、荏、衽、入，詩二句内，已有壬字，則不得復有荏、衽、入等字。』彼皆僅限一句，此則兼限二句，彼以『衽』爲上聲，此則以『衽』爲去聲。益足以證明《文二十八種病》經過遍照金剛剪裁去取，此則是《文筆式》的原抄而已。」

「《文筆式》的著作年代。《文筆式》的作者是誰，今已無從稽考，但大概是隋時人。所以知者：（一）

《文筆十病得失》及《八階》所引的詩例，没有一首是唐代的。《八階》引王斌有言曰『無山可以減水，有日必應生月』，王斌是何時人不可知，但劉善經《四聲指歸》（即《文鏡秘府論》中之《四聲論》）謂『略陽王斌《五格四聲論》』，可知在劉善經前，王斌是洛陽人。至《文筆十病得失》所引人物……束晳是晉人，徐陵、左思、鮑照、任孝恭是南朝人，温子昇、邢子才、魏收是北朝人，庾信生於南朝而死於北朝。對温子昇、邢子才、魏收，皆稱爲『近代詞人』，可見距他們的時代不很遠。而又引『文人劉善經云』：『筆之鶴膝，平聲犯者，益文體有力。』對他人皆直書姓名，對劉善經獨冠以『文人』二字，或者與劉善經同時。既然下未引及唐代，上截至隋代的劉善經，且有與劉善經同時的嫌疑，則作者當然是隋時人。」「（二）此外還有可以證成此説者。六朝至唐代的文人，是不大瞧得起北朝的文人的。而《八階》所稱引有一人，就是北朝的洛陽人。《文筆十病得失》不惟稱引温子昇、邢子才、魏收諸不甚爲南朝以至唐代所推重的北朝文人，而且很親密地稱爲『近代詞人』。這或者可以暗示作者是北人，不是南人。隋代起於西北，那時的文人，大都生於北方。」「《文筆式》的作者既有北人的嫌疑，而隋代文人又多是北人，這或者也可以透露《文筆式》的作者是隋時人的消息吧。」「（三）還有病犯之説。在隋以前所盛行者，祇有平頭、上尾、蜂腰、鶴膝、大韻、小韻、正紐、旁紐八病。《文二十八種病》所舉的上述八病以外的病犯，大抵出於唐代，今《文筆十病得失》所舉文病亦祇有上述自平頭以至旁紐八病。筆始多出隔句上尾及踏發二病。假使不是隋時人作，而是唐時人所作，則應當有《文二十八種病》中八病之外的其他病犯了。」

《研究篇》上：「考察一下《文筆式》的引文，不少處不如認爲是對《筆札華梁》的敷衍，可以推定大約是與上官儀同時或者稍後一點的作品，當然也許是《筆札華梁》援用《文筆式》，但是，没有作於隋代的確證。羅説並不出於臆説的範圍。但不晚於盛唐時期，這是比較可靠的。」《考文篇》謂「『文筆十病得失』以下至『筆勢縱横動合規矩』，引劉善經《四聲指歸》」，而不是引自《文筆式》。

《研究篇》下：「後半《文筆十病得失》，《眼心抄》作《筆十病得失》，此處較妥當。所據原典似與《文二十八種病》相同。首先舉出平頭至正紐八病，注其得與失各自舉出例詩，這一部分，歸納在一起，可能出自同一原典。而且，考察一下這一部分所説，很多地方和剛纔沈約八病中被認爲是劉善經之説相符合。此略舉幾處：『未足爲尤。但是疥癬微疾，非是巨害』（平頭）。『失者：同源派流，人易世疏。越在異域，情愛分隔』（上尾）。『筆復有隔句上尾。第二句末字，第四句末字，不得同聲』（同上）。『失者：同乘共載，北遊後園。輿輪徐動，賓從無聲』（同上）。『又有踏發聲。第四句末字，第八句末字，不得同聲』（同上）。『失者：聞君愛我甘』（蜂腰）。『平聲賒緩，有用最多，參彼三聲，殆爲大半』（同上）。『客從遠方來，遺我一書札。上言長相思，下言久離别』（鶴膝）。『如是皆次第避之，不得以四句爲斷』（同上）。『若手筆得故犯』（同上）。『大韻。一韻以上，不得同於韻字。如以新字爲韻，勿復用鄰、親等字』（大韻）。『小韻。二句内除本韻，若已有梅字，不得復用開、來字』（小韻）。『若故疊韻，兩字一處，於理得通』（同上）。『正紐。凡四聲爲正紐，如壬、荏、衽、入，詩二句内，已有壬字，則不得復有荏、衽、入等字』（正紐）。『失者：曠野莽茫茫』（同上）。『凡諸手筆，亦須避之。若犯此聲，則齟齬不可讀』（同上）。『傍紐。雙聲是也』（傍紐）。『失者：壯哉帝王居，佳麗殊百城』（同上）。『凡用聲，用平聲最多。五言内非兩則三，此其常也。亦得用一用四。若四，平聲無居第四；若一，平聲多在第二，此謂居其要也。猶如宮羽調音，相參而和』（或説）。這些全都相同，因此，這一部分引自《四聲指歸》是没有問題的。」「可能《四聲指歸》有論八病得失一條，弘法大師以此爲基礎，把散見於同書的相關各條抽出來加進去吧！原來可能有『八病得失』，之所以成爲十病，是因爲把隔句上尾和踏發聲各自獨立出來，推想這是大師的計劃。」

「其次，自中間有『《文筆式》云』的地方至西卷終末，如所表示的那樣，引自《文筆式》。文字和《筆札華梁》似亦相同。據三寶院本，這一條之前，注有『筆四病筆札文筆略同異本』。所謂『筆四病』，是關於以下部分整體的題名。這樣看來，最初的《文筆十病得失》衹是引自《四聲指歸》這一部分的題名，但因爲『筆四病』的内容包含在文筆十病裏，大約因此再治時把『筆四病』抹消了。筆四病中途有『文人劉善經云』，可能有人要認爲這不是混雜了劉善經説嗎？但這衹是指『筆之鶴膝，平聲犯者，益文體有力』這十三字。《文筆十病得失》的原典，一直未詳，據個人之見，如上所述，前半爲劉善經説，後半爲上官儀説。」

《札記續記》：「羅根澤氏認爲《文筆式》爲隋代北人所作的推斷是妥當的。」「《文筆十病得失》原典不明。但是天卷總序載録目次把它改稱爲『十種疾』，從這一點推測，《文筆十病得失》不就是載録此説的某書的原題嗎？三寶院本、天海藏本傳有『筆四病筆札文筆略同』的注，本文既然明確記載『《文筆式》云』，則這個注衹能解作『取自《文筆式》，而和《筆札華梁》大體相同』這樣的意思。『筆四病』的犯目全部被包含在《文筆十病得失》中。其説也大體一致。把『筆四病筆札文筆略同』的注聯繫這一事實，也可以解作『這個筆四病引用自《文筆式》，但前面引自《筆札華梁》的文筆十病得失之説大體相同』的意思。這樣解釋的話，《文筆十病得失》的原典就是《筆札華梁》。但是，這個注也許和《文筆十病得失》沒有關係，祇是就『筆四病』而叙述，祇是停留在『這個筆四病引用自《文筆式》，和《筆札華梁》大體相同』的意思上，這樣考慮，《筆札華梁》是原典的想像就完全失去了根據。還有，《文筆式》的『蜂腰』和《文筆十病得失》的『蜂腰』説法明顯不同。但是，『筆四病』中没有包含『蜂腰』，因此，這並不妨礙前面的假説。」「《文筆十病得失》、《文二十八種病》所引的劉善經説對比明顯的類似。但是以這一事實馬上理解爲《文筆十病得失》就是劉善經説，大師把劉善經説分作『八病』和『十病』兩條來載録，這看法也是膚淺的。『十病得失』和『八病』所引的劉善經説不是同一原典，結合以下諸點自然可以明白（以下把《文筆十病得失》一方略稱之爲甲，把『八病』所引的劉善經説略稱之爲乙）。」

「平頭的『然五言頗爲不便，文筆未足爲尤。但是疥癬微疾，非是巨害』，顯然是概括乙的『四言、七言及詩賦頌，以第一句首字，第二句首字，不得同聲，不復拘以字數次第也。……銘誄之病，一同此式，乃疥癬微疾，不爲巨害』（「詩」爲「諸」之訛）。乙（盛江案：疑爲「甲」誤）的『文筆』恐怕是『手筆』之訛。但是這樣一來意思就難通。爲什麼呢？因爲五言詩本來就是文。假如『手筆』是正確的話，甲和乙就成爲同一説，爲什麼呢？因爲在乙即使是文也把銘誄的平頭作爲微疾，『手筆』則本來就是微疾，可以這樣理解，《十病得失》的作者繼承了這個思想，因此概括地説『手筆未必爲尤』。這樣理解的話，其結果祇不過是表現的不同。是甲的原文把乙作了這樣的概括呢？還是原文更進一步的接近於乙呢？是《秘府論》抄出的時候，爲避免和乙的重複而作這樣的概括呢？哪一個都不能下判斷。既然如此，則這一條不能成爲解開《十病得失》原典之謎的佐證。」

「乙在上尾的句例裏明確記載：『孔文舉《與族弟書》云』『魏文帝《與吴質書》云』。甲的上尾也引有這一例子，但是，省略了其出典。還有，引自《與吴質書》的例句，與乙比較還省略了二句。但是這種不同和前面的情況一樣，不能成爲説明兩説相異的有力的綫索。」

「甲的蜂腰舉了五言句之外四字、六字、七字、八字句二四同聲和分句末同聲之例。但是，祇是開頭有定義：『第一句中第二字、第五字不得同聲。』和例句不一致。乙引劉滔説，説二四同聲和分句末同聲，但作爲例子，祇從阮瑀《止欲賦》引了二句。這就不得不推測，甲定義和例句不一致，是因爲《秘府論》把它抄出來時有省略，可能原文像乙一樣，引自劉滔説。因此，這一條也不能作爲甲和乙是别一説的明證。」

「甲的蜂腰有『第一句中第二字、第五字不得同聲。詩得者：惆悵崔亭伯。失者：聞君愛我甘』，但是，乙有如下載録：『五言詩第二字不得與第五字同聲。古詩云：聞君愛我甘，竊欲自雕飾。』蜂腰有祇在第一句二五同聲作爲病，和不止第一句，即使第二句也作爲病之説。甲爲前説，乙爲後説。乙舉『聞君愛我甘，竊欲自雕飾』二句，是因爲把『君、甘』和『竊、飾』作爲病。與此不同，甲祇舉『聞君愛我甘』，是因爲祇把『君、甘』作爲病，而不把下句的『竊、飾』作爲病。在『惆悵崔亭伯，幽憂馮敬遠』（《張散騎集·白頭吟》之句）中也同樣。如果甲和乙是把劉善經説分作兩處論述，應該不會像這樣齟齬。我想，這一條可以作爲甲和乙不是同一原典的有力的佐證。」

「甲的鶴膝條，有『若手筆得故犯，但四聲中安平聲者，蓋（益）辭體有力云云』，據《文筆式》條：『文人劉善經云：筆之鶴膝，平聲犯者，蓋（益）文體有力。豈其然乎。』可知那也是引自劉善經説。根據這一條，甲是依據於乙之説可能越來越清楚。」

「甲是『正紐、傍紐』的順序排列，但乙則反過來，取『傍紐、正紐』的順序。這不得不推定前者爲劉滔一系，後者爲劉善經一系之説。這種相異也是甲和乙原典不同的有力佐證吧。」

「甲的『傍紐』條：『如詩二句内有風一字，則不復有此等字。』對照『正紐』條：『二句内已有壬字，則不得復有荏、任、入等字。』『傍紐』條『此等字』不是原原本本照抄原文而有省略，這是很顯然的。甲不是原原本本照抄原文，《秘府論》抄出的時候有所省略，這是一個佐證吧。」

「甲分『得者』和『失者』來表示例句，和乙在整體上有不同。如果甲和乙是把劉善經説分作二處，則甲不是原文的面貌，必須想到《秘府論》按照這樣的形式改寫過。但是，如果修改到這種程度，爲什麽乙祇舉詩病，而甲祇舉筆病，避免重複，又把《文筆式》的『筆四病』也和甲一起合抄，而不作整理呢？現存的《眼心抄》，乙作了大幅度的省略，把甲和《文筆式》的『筆四病』歸納在一起載録。這樣考慮的話，甲的體裁是照原文傳抄下來，從而看出甲和乙不是同一原典，難道這不是平心之論嗎。」

「把以上歸納如下：（一）甲的原典不明，從原注推測，懷疑不是《文筆華梁》（盛江案：原文如此，疑爲《筆札華梁》之誤）的段落。（二）甲和乙有明顯的類似。因而甲顯然是依據乙之説。但是，甲並不把乙全體抄録下來，『蜂腰』、『傍紐』、『正紐』等各條的不同，是其傍證。（三）甲和乙有明顯的類似。因此甲和乙爲同一説，《秘府論》把它分作甲和乙抄出來，很容易産生這樣的想法，即其原典是《四聲指歸》。但是，這兩説既然相異，則這種想法顯然是誤解。（四）甲在抄出時，爲了避免和乙重複，好像有所省略。因而，可以想像，比較《秘府論》所引之文，原文更接近於乙。」

甲和乙不會是同一説，「《四聲指歸》既然載録甲説，再載録内容重複的乙説是不可想像的。」「如果認爲大師把《四聲指歸》之文編輯起來，把甲載録出來，那麽，認爲甲和乙不可能有這樣的重複，這不是順理成章嗎？甲是依據於乙之一説，大師在抄録甲的時候，儘量避免和乙的重複，而對乙作了不少省略，這樣認爲可能是平心之論吧。」

《探源》：「所謂十病，就是沈約八病再加上『隔句上尾』和『踏發』二病，不過『初稿本』『《文筆式》云』作『筆四病筆札文筆略同』，則標題『文筆十病得失』恐係出自劉善經之手，羅根澤所云十病，本是劉氏引沈約説並加上自己的意見。」

《校注》：「《文筆十病得失》，當出劉善經之手，以所舉得失諸例，多與《文二十八種病》所引劉善經説合也。」「本書自此（盛江案：指「文筆式云製作之道」句）至本卷終所引，當俱出是書。文有云：『其文之犯避，皆準於前。假令文有四言、六言、七言等，亦隨其句字，準前勘其聲病，足悟之矣。』故下文舉例，皆就非韻之筆而言，有以知其自此至本卷終所引，皆《文筆式》之文也。文稱徐陵、邢邵、温子昇、魏收爲近代詞人，又引徐陵文言『誠臣』，當出作者避楊忠諱而改，然則此書蓋出隋人之手也。」

張伯偉《全唐五代詩格彙考》：「使用『誠臣』一詞未必可證其一定出於隋人之手。如唐太宗《賜蕭瑀》詩亦有『疾風知勁草，板蕩識誠臣』（《全唐詩》卷一）之句，但據《舊唐書·蕭瑀傳》載，此詩乃作於唐貞觀年間，即爲一證。《文筆十病得失》録《文筆式》云云，其中引及鮑照《河清頌序》，鮑照之『照』各本均作『昭』，顯然出於避武后『曌』之諱而改。又，《七種言句例》自一言句至七言句全録《筆札華梁》，八言至十一言則録《文筆式》，顯然是對《筆札華梁》之增補。又，《日本國見在書目》大致按作者先後分類排列，《文筆式》乃在杜正倫《文筆要決》之下，元兢《詩髓腦》之前。據《舊唐書·杜正倫傳》，杜氏乃卒於唐高宗顯慶三年（公元六五八年）以後。綜上所述，我認爲《文筆式》的產生時代當稍後於《筆札華梁》，即武后時期。」

《譯注》：「這一章的前半部（至「動合規矩」），取自劉善經《四聲指歸》，和《文二十八種病》中劉氏説相重的部分不少。關於『十病』的筆的説明，《文筆眼心抄》中『筆十病得失』中原原本本能看見，其內容是簡要歸納劉善經的文章，重點由『文』移到『筆』。」《譯注》末附《解説》：「被引用的例詩中，多有題目、撰者不明之作，而能判明作者的，大概屬六朝作品。可以肯定的最新作品，是東卷『的名對』舉例的初唐李百藥的詩。而且《文筆十病得失》引用的論文，所舉例句都是六朝作品，而且稱『北地三才子』的温子昇、邢子才、魏收爲『近代詞人』……大概此書作成於隋至唐朝最初年的可能性大。……從《秘府論》引用的內容推察，似乎是涉及『文』和『筆』兩個領域而論述各種技法的書。『式』即『律令格式』的『式』，原是法律用語，指補充律令的詳細規則。」

盛江案：《文筆十病得失》前半及後半，均當出《文筆式》。羅根澤所説根據可信。又，《文二十八種病》引劉説，以分句之末都不得同聲論筆之蜂腰，如例句「思在體爲素粉，悲隨衣以消除」，則是三、六同聲爲病，而以二、四同聲爲五言詩甚於蜂腰之病。《文筆十病得失》前半論蜂腰未有此説。由舉例觀之，《文筆十病得失》前半六言之「襲元凱之軌高」，及八言之「潤草需蘭者之謂雨」，均非以分句之末同聲爲病，而以第二字與末字同聲爲病。此亦合於其他筆之例句。是知《文筆十病得失》前半論蜂腰，以第二字與末字同聲爲病，而不全以前後分句末同聲爲病。同是論蜂腰，劉善經則兼論上下兩句，《文筆十病得失》前半祇就「第一句」言。《文筆十病得失》前半之説恰與《省試詩論》所引《文筆式》一致。均是證據。《文筆十病得失》前半與《文二十八種病》引劉氏説確有諸多相同之處，然引例引言相同而實際觀點多相左。如同引「聞君愛我甘」之詩例，《文筆十病得失》前半祇引此一句，以説明祇第一句須避蜂腰，而第二句不須避之。《文二十八種病》引劉氏説則同時尚引其下句即「竊獨自雕飾」，用以説明五言詩每句均須避蜂腰。兩家均同引前人者亦有之，如沈約、劉滔之説。《文筆十病得失》所引有原典實始出於《四聲指歸》者。然《文筆式》本即好引劉善經之説，不足以證明其《文筆十病得失》前半出《四聲指歸》。

《文筆式》之年代，東卷「第一的名對」引例「雲光鬢裏薄，月影扇中新。年華與妝面，共作一芳春」，出李百藥（五六五—六四八）《戲贈潘徐城門迎兩新婦》。由文筆風格觀之，此例當出《文筆式》，若然，則《文筆式》當作於此後，而在盛唐之前。然羅根澤據《文筆十病得失》後半所提出種種作於隋代之根據亦可信。或者《文筆十病得失》後半據隋代材料直接編録，故未引及唐代作品，稱温子昇、邢子才、魏收諸人爲「近代詞人」，對劉善經獨冠以「文人」二字。

②「澄暉」二句：出典未詳。《譯注》：「第一句上字『澄』爲平聲，第二句上字『覆』爲入聲，第一句第二字『暉』爲平聲，第二句第二字『瓦』爲上聲，避免了平頭病。底本（宮内廳本）『瓦』作『光』（平聲），這就犯了關於第二字的平頭。」維寶箋：「李白詩：『條如瓦溝霜。』」

③「今日」二句：出《古詩十九首》其四，全詩爲：「今日良宴會，歡樂難具陳。彈筝奮逸響，新聲妙入神。令德唱高言，識曲聽其真。齊心同所願，含意俱未申。人生寄一世，奄忽若飈塵。何不策高足，先據要路津。無爲守窮賤，轗軻長苦辛。」（《文選》卷二九）《詩家全體》、《冰川詩式》引沈約「八病」平頭病引詩例「今日良宴會」（已見前引）。《譯注》：「（失者）『今』和『歡』爲平聲，『日』和『樂』爲入聲，二處均犯平頭。」

④「開金」二句：出陳徐陵《爲貞陽侯與陳司空書》（《文苑英華》卷六七七），然「曆」作「牒」，「鈎」作「紐」。金繩：《南史・齊高帝紀》：「披金繩而握天鏡，開玉匣而總地維。」《譯注》：「第一字『開』和『鈎』都爲平聲，犯平頭，按其意思，『鈎』最好代之以『紐』（去聲）。第二字『金』爲平聲，『玉』爲入聲。」玉鏡：《尚書帝命驗》：「桀失玉鏡，用其噬虎。」原注：「玉鏡，喻清明之道。」（《古微書》）珍符：《史記・司馬相如列傳》：「或謂且天爲質闇，珍符固不可辭；若然辭之，是泰山靡記而梁父靡幾也。」

⑤「嵩巖」二句：出典未詳。第一字「嵩」和「靈」，第二字「巖」和「漿」，均爲平聲，犯平頭。

⑥「但是」二句：本卷《文二十八種病》「第一平頭」引《四聲指歸》中語：「銘誄之病，一同此式，乃疥

癬微疾，不爲巨害。」

上尾。第一句末字，第二句末字，不得同聲。

詩得者：「縈鬟聊向牖〔一〕，拂鏡且調莊①。」失者：「西北有高樓〔二〕，上與浮雲齊〔三〕②。」筆得者：「玄英戒律〔四〕，繁陰結序。地卷朔風，天飛隴雪〔五〕③。」失者：「同源派流〔六〕，人易世疎。越在異域，情愛分隔④。」

筆復有隔句上尾⑤。第二句末字，第四句末字，不得同聲。得者：「設醴未同，興言爲歎〔七〕。深加將保〔八〕，行李遲書〔九〕⑥。」失者：「同乘共載，北遊後園。輿輪徐動〔一〇〕，賓從無聲⑦。」

又有踏發聲〔一一〕⑧。第四句末字，第八句末字，不得同聲。得者：「夢中占夢⑨，生死大空⑩。得無所得，菩提純浄⑪。教其本有⑫，無比涅槃〔一二〕。示以無爲〔一三〕，性空般若⑬。」失者：「聚斂積寶〔一四〕，非惠公所務⑭；記惡遺善〔一五〕，非文子所談⑮。陰虬陽馬⑯，非原室所構⑰；土山漸臺〔一六〕⑱，非顔家所營⑲。」

又諸手筆，第二句末與第三句末同聲〔一七〕，雖是常式，然止可同聲，不應同韻。

【校記】

〔一〕「縈」，三寶本右旁注「營イ」。「鬢」，原作「髮」，三寶本同，三寶本右旁注「鬢イ」，據高甲、醍甲、六寺、江户刊本、維寶箋本改。

〔二〕「北」，原作「比」，高乙本同，據三寶、高甲等本改。

〔三〕「上」，原作「筆」，高乙本同，高甲本作「筆上」，據三寶、醍甲、六寺、江户刊本、維寶箋本改。

〔四〕「英」，松本、江户刊本、維寶箋本作「黄」，右旁注「英イ」。「戒」，醍甲、仁甲、義演本作「戎」，六寺本作「式」，眉注「戒」。

〔五〕「雪」，松本、江户刊本、維寶箋本作「雲」，右旁注「雪イ」。《校勘記》：「『雪』是。」

〔六〕「源」，原作「厚」，高乙本同，據三寶、高甲、醍甲、六寺等本改。「派流」，原作「流派」，高乙本同。盛江案：當爲「派流」，若爲「流派」，則不犯上尾，據三寶、高甲、醍甲、六寺等本改。

〔七〕「歎」，原作「難」，《眼心抄》、三寶、高乙本同，三寶本右旁注「歎」，據高甲、醍甲、六寺、江户刊本、維寶箋本改。

〔八〕「將」，六寺、松本、江户刊本、維寶箋本作「相」，江户刊本、維寶箋本右旁注「將イ」。《校勘記》：「『將』『相』通。」

〔九〕「行」下原衍「相」字，三寶、高甲、高乙本同，據醍甲、仁甲、六寺、江户刊本、維寶箋本删。

〔一〇〕「輿」，三寶本作「興」，注「輿」。

〔一一〕「踏」，松本、江户刊本、維寶箋本作「蹈」。

〔一二〕「比」，原作「此」，據三寶、高甲、醍甲、六寺等本改。

〔一三〕「亦」，醍甲、仁甲、義演本作「亦」。

〔一四〕「寳」，醍甲、仁甲、義演本作「實」。

〔一五〕「惡」，原無，高乙本同，據三寳、高甲、醍甲、六寺本補。「遺」，三寳、高甲本作「爲」。

〔一六〕「土」，原作「立」，高乙本同，據三寳、高甲、醍甲本改。

〔一七〕二「第」字，三寳本均作「事」，均右旁注「第」。

【考釋】

①「縈鬟」二句：出陳張正見《艷歌行》，全詩爲：「城隅上朝日，斜暉照杏梁。併卷茱萸帳，争移翡翠牀。縈鬟聊向牖，拂鏡且調妝。裁金作小靨，散麝起微黄。二八秦樓婦，三十侍中郎。執戟超丹地，豐貂入建章。未安文史閣，獨結少年場。彎弧貫葉（一作「月」）影，學劍動星芒。翠蓋飛城曲，金鞍横道傍。調鷹向新市，彈雀往睢陽。行行稍有極，暮暮歸蘭房。前瞻富羅綺，左顧足鴛鴦。蓮舒千葉氣，燈吐百枝光。滿酌胡姬酒，多燒荀令香。不學幽閨妾，生離怨採桑。」（《樂府詩集》卷二八）

②「西北」二句：出《古詩十九首》第五首，已見《文二十八種病》「第二上尾」引。「樓」與「齊」均爲平聲，犯上尾。

③「玄英」四句：出典未詳。玄英：《爾雅》：「冬爲玄英。」《譯注》：「句末之字，『律』爲入聲，『序』爲上聲，『風』爲平聲，『雪』爲入聲，不犯病。」

④「同源」四句：出漢孔融《與族弟書》，已見本卷《文二十八種病》「第二上尾」引。「流」與「疎」爲平

聲,「域」與「隔」爲入聲,四句均犯上尾病。

⑤ 筆復有隔句上尾:本卷《文二十八種病》「第二上尾」:「若諸雜筆不束以韻者,其第二句末即不得與第四句同聲,俗呼爲隔句上尾,必不得犯之。」《譯注》:「隔句上尾和踏發聲,祇是關於『筆』的病。」

⑥「設醴」四句:出典未詳。設醴未同:維寶箋引《漢書·楚元王傳》:「元王敬禮申公等,穆生不耆酒,元王每置酒,常爲穆生設醴。及王戊即位,常設,後忘設焉。穆生退曰:『可以逝矣!醴酒不設,王之意怠。……』稱疾卧。」深加將保:陳徐陵《武皇帝作相時與嶺南酋豪書》:「各處榮禄,深加將保。」(《文苑英華》卷六八二)行李:《左傳》襄公八年:「君有楚命,亦不使一介行李告于寡君。」杜預注:「行李,行人也。」維寶箋:「遲,希望也。」

⑦「同乘」四句:出魏曹丕《與吳質書》,已見前《文二十八種病》「第二上尾」。「園」、「聲」同平聲而未押韻,犯隔句上尾。

⑧ 踏發聲:本卷《文二十八種病》「第四鶴膝」:「又今世筆體,第四句末不得與第八句末同聲,俗呼爲踏發聲。譬如機關,踏尾而頭發,以其軒輊不平故也。」

⑨ 夢中占夢:《莊子·齊物論》:「夢飲酒者,旦而哭泣;夢哭泣者,旦而田獵。方其夢也,不知其夢也。夢之中又占其夢焉,覺而後知其夢也。」《詩·小雅·斯干》:「乃寢乃興,乃占我夢。」

⑩ 大空:維寶箋:「大空,《大般若經》曰:『空空大空勝義空。』」

⑪ 純浄:維寶箋:「純浄,《大日經》:『浄白純浄法。』」

⑫本有：維寶箋：「本有，《梁武帝集》十一《涅槃經疏序》曰：『佛性開其本有之源。』」

⑬性空：維寶箋：「性空，《北山録》曰：『真也者，性空也，性空之空，謂之真空。』般若，《智度論》曰：『般若定實相，甚深極重。』」

以上八句出典未詳。《譯注》：「第四句末『浄』爲去聲，第八句末『若』爲入聲，未犯踏發聲。」

⑭「聚斂積實」，語出《左傳·文公十八年》「季文子使大史克對曰」。惠公，當指魯惠公。「聚斂積實」一段話追述前事，魯惠公是魯隱公和桓公之父。

⑮文子：季文子，即季孫行父，齊桓公子成季友之孫。

⑯陰虬陽馬：建築上的精緻雕刻物。晉張協《七命》：「陰虬負簷，陽馬承阿。」（《文選》卷三五）魏何晏《景福殿賦》：「承以陽馬，接以員方。」（《文選》卷一一）李善注：「陽馬，四阿長桁也。」

⑰原室：《莊子·讓王》：「原憲居魯，環堵之室，茨以生草；蓬户不完，桑以爲樞；而甕牖二室，褐以爲塞；上漏下濕，匡坐而弦歌。」

⑱土山：維寶箋：「《司馬文苑集》一《哀二世賦》曰：『東馳土山兮，北揭石瀨。』」漸臺：漢武帝時所建。《漢書·郊祀志》：「（建章宫）其北治大池，漸臺高二十餘丈。」顔師古注：「漸，浸也。」漢張衡《西京賦》：「漸臺立於中央。」（《文選》卷二）

⑲顔家：一説指顔延之，維寶箋：「顔家，《宋書》曰：『顔延之居身清儉，不營財利，布衣蔬食，獨酌郊野，當其爲適，傍若無人。』」一説指顔回，《校注》及《譯注》主此説。《論語·雍也》：「子曰：『賢哉，回也。一簞食，一瓢飲，在陋巷，人不堪其憂，回也不改其樂。賢哉，回也。』」盛江案：與前句「原室」相對，

則後説爲是，蓋同以孔門弟子爲典據也。

以上八句出典未詳。第四句末「談」與第八句末「營」均爲平聲，犯踏發聲。

蜂腰。第一句中第二字〔一〕、第五字不得同聲①。詩得者〔二〕：「惆悵崔亭伯〔三〕②。」失者：「聞君愛我甘〔四〕③。」筆得者：「刺是佳人〔五〕④。」四言。失者：「楊雄《甘泉》〔六〕⑤。」四言〔七〕。得者：「雲漢自可登臨⑥。」六言。「摩赤霄而理翰〔八〕⑦。」六言。失者：「美化行乎江漢〔九〕⑧。」六言〔一〇〕。「襲元凱之軌高⑨。」六言。得者：「高巘萬仞排虚空〔一一〕⑩。」七言。「盛軌與三代俱芳⑪。」七言。「猶聚鵠之有神鵷⑫。」七言〔一二〕。失者：「三仁殊塗而同歸⑬。」七言。「偃息乎珠玉之室⑭。」七言〔一三〕。得者：「雷擊電鞭者之謂天〔一四〕⑮。」八言。失者：「潤草霑蘭者之謂雨⑯。」八言。或云〔一五〕：平聲賒緩，有用最多〔一六〕，參彼三聲，殆爲大半〔一七〕⑰。

【校記】

〔一〕「第一」，三寶本作「事一」，注「第」。

〔二〕「詩得者」上原衍「同聲」二字，三寶本同，三寶本二字旁有抹消符號，據高甲、醍甲、仁甲、六寺、江戶刊本、維寶箋本刪。

〔三〕「崔亭伯」下《眼心抄》注「五言」。

〔四〕「甘」，原作「耳」，高乙本同，據三寶、高甲、醍甲本改。「甘」下《眼心抄》注「五言是詩也筆亦同此」。

〔五〕「刺」，高甲、仁甲、六寺本作「判」。

〔六〕「楊」，三寶、高甲、六寺本作「揚」。

〔七〕「四言」，六寺本無。

〔八〕「摩」，松本、江户刊本、維寶箋本作「麾」。「摩」上六寺本有「得」字。「翰」，三寶、醍甲、仁甲、六寺、義演本作「輸」，三寶、醍甲、義演本注「翰亻」。

〔九〕「美化」，原作「義紀」，三寶、高乙本同，六寺本作「美紀」，三寶本旁注「美化」，據高甲、醍甲、仁甲、江户刊本、維寶箋本改。

〔一〇〕「江漢」下「六言」之右原尚有二小字，然未辨何字。

〔一一〕「排虚空」，三寶本作「非空」，旁注「排虚空」。

〔一二〕「猶聚鵲之有神鵵七言」，原無，醍甲、仁甲、義演本此句在「三仁殊塗而同歸七言」之下，據三寶、高甲、六寺、江户刊本、維寶箋本補。

〔一三〕「偃息乎珠玉之室七言」，醍甲、仁甲、義演本無。

〔一四〕「雷」，原作「雪」，據三寶等本改。

〔一五〕「云」，三寶本作「言」。

〔一六〕「有」，原作「在」，各本同，本卷《文二十八種病》「第三蜂腰」引劉滔説（詳下）作「有」，「在」爲「有」之形訛，今改。

〔一七〕「半」，六寺本作「平」。

【考釋】

① 楊明《讀〈文鏡秘府論校注〉附録〈本朝文粹·省試詩論〉》：「明言『第一句』，而不是説『一句之中』或『每句』等，則其意似謂上句纔避蜂腰，下句則不須避。不過這句話的可靠性本身又值得懷疑。首先，其下舉詩與筆『得者』、『失者』之例，詩得者爲『惆悵崔亭伯』，失者爲『聞君愛我甘』，確實都是上句；而筆得者、失者共十三例，從可查到出處的句子看，即有『揚雄甘泉』、『美化行乎江漢』兩句並非上句。其次，大江匡衡、紀齊名奏狀中均未曾引及此語。按理説此語對於大江匡衡甚爲有利，大江氏卻不曾言及。總之，永明至唐初，所謂蜂腰是規定每句都須避忌，還是下句不必避，有關記載確有不明白之處，可以進一步討論。但至少《詩髓腦》、《文筆式》都不曾説下句不須避忌。」「案《大江狀二》云：《文筆式》云『蜂腰者，第二字與第五字同聲也。所爲證詩，以上句第二字與第五字同聲爲病』云云。其引《文筆式》並無『第一句』字樣。因此這句話大約並非出於《文筆式》。當然也還未必就出於劉善經。」

盛江案：楊明所論甚爲細緻。然筆得者失者之例，不唯有兩句並非上句，且非是二、五同聲。故而所謂「第一句中第二字、第五字不得同聲」，當主要指詩。《本朝文粹·省試詩論》載《大江狀二》謂《文筆式》「以上句第二字與第五字同聲爲病」，雖無「第一句」字樣，然所謂「上句」，即「第一句」，此點顯而易見，無須懷疑。《省試詩論》載大江匡衡二篇奏狀，前一奏狀言「夫蜂腰病者，上句可避之由，見《文筆式》。因之先儒古賢不避下句蜂腰」，後一奏狀言《文筆式》説蜂腰者「以上句第二字與第五字同聲爲病云云」，又言《詩格》「初句第二字不得與第五字同聲，又是劇病云云」，《文二十八種病》「第三蜂腰」「釋曰」又言「凡一句五言之中而論蜂腰，則初腰事須急避之。復是劇病」，均謂上句須避蜂腰，所謂「一句五言之中」、「初腰」、「初句」、「第一句」，所言之意均同。是則説明，永明至唐初，確出現過上句避蜂腰一説，而《文筆式》正持此説。五言詩一聯上下兩句，明確言「上句」避蜂腰，當即包含無須每句避蜂腰，「下句」無須避蜂腰之意。故而大江匡衡前一奏狀謂「因之先儒古賢不避下句蜂腰」，後一奏狀又謂「《文筆式》、《詩格》下句已不載蜂腰之有無」，而《文筆十病得失》論蜂腰，舉詩之得者失者，均祇舉「上句」，而不舉「下句」。《省試詩論》載紀齊名前一奏狀謂「《文筆式》無每句之文，則省略也」，用「省略」解釋，卻未見任何根據，祇曰「《文筆式》誠雖省略，下句不可避之由亦不見」，故紀齊名所謂《文筆式》「省略」之説，祇是一種推測。

②惆悵崔亭伯：出陳張正見《白頭吟》，全詩爲：「平生懷直道，松桂比真風。語默妍蚩際，沈浮毁譽中。讒新恩易盡，情去寵難終。彈珠金市側，抵玉春山東。含香老顔駟，執戟異揚雄。惆悵崔亭伯，幽憂馮敬通。王嬙没胡塞，班女棄深宫。春苔封履跡，秋葉奪妝紅。顔如花落槿，鬢似雪飄蓬。此時積長歎，傷年誰復同。」（《樂府詩集》卷四一）崔亭伯：漢文人崔駰，《後漢書》卷八二有傳。

③聞君愛我甘：本卷《文二十八種病》「第三蜂腰」已兩處引此句爲例，其中一處爲劉善經所引。日本《本朝文粹》卷七《省試詩論》：「《文筆式》云：『蜂腰者，第二字與第五字同聲也。所爲證詩，以上句第

二字與第五字同聲爲病云云。』又《詩格》所釋：『初句第二字不得與第五字同聲，又是劇病云云。』然則依下句不可避蜂腰，《文筆式》、《詩格》下句已不載蜂腰之有無。」説明蜂腰重視首句初腰爲《文筆式》和佚名《詩格》之説。又，《文筆十病得失》後半亦説：「其蜂腰，從五言内辨之，若字或少多，則無此病也。」《文二十八種病》引劉善經説，均以上下二句論蜂腰。《文筆十病得失》前半以「第一句中第二字、第五字不得同聲」論蜂腰，明顯與劉善經説不同，而與日本《省試詩論》所載《文筆式》説及《文筆十病得失》後半相同，此證《文筆十病得失》前半與後半均出《文筆式》，而非出《四聲指歸》。

④刺是佳人：出典未詳。《譯注》：「『是』爲去聲，『人』爲平聲，爲二、四不同，參《文二十八種病》蜂腰劉善經引劉滔説，前面《文二十八種病》劉善經説幾乎没有關於筆的説明。據以下例句而判斷，筆的情況，不能完全適用『第一句中第二字、第五字不得同聲』這樣關於詩的規則。關於筆，不是禁止二、五同聲，而應該是避免第二字和不論句之長短的最後一字同聲。這些例句，似省略了《四聲指歸》的説明部分。」

⑤楊雄《甘泉》：楊雄：即揚雄。晉皇甫謐《三都賦序》：「相如《上林》，揚雄《甘泉》。」（《文選》卷四五）揚雄《甘泉賦》，見《文選》卷七。「雄」、「泉」均爲平聲，故爲失者。

⑥雲漢自可登臨：出典未詳。第二字「漢」爲去聲，第六字「臨」爲平聲，故爲得者。

⑦摩赤霄而理翰：出梁沈約《齊丞相豫章文憲王碑》：「摩赤霄而理翰，望閶闔以上馳。」（《藝文類聚》卷四五）維寶箋：「《淮南子·人間》曰：『夫鴻鵠羽翮之所成，奮翼揵黷，背負青天，膺摩赤霄。』《潛確

類書》引《道書》：『天有九霄，赤霄、青霄、碧霄、玄霄、絳霄、黄霄、紫霄、縉霄、縹霄也。』」盛江案：此句不知因何而爲「得者」？由節奏點分句之末觀之，當指「霄」（第三字，平聲）與「翰」（末字，去聲）不同聲，而由此段前後例觀之，作者似以第二字與末字同聲爲筆之蜂腰病，若然，則此句當指第二字與末字不同聲（「赤」爲入聲，末字「翰」爲去聲，依四聲論則不同聲）。

⑧美化行乎江漢：出晉潘岳《荆州刺史東武戴侯楊使君碑》：「宏略被于南國，美化行乎江漢。」（《藝文類聚》卷五〇）《詩·周南·漢廣序》：「漢廣，德廣所及也，文王之道，被于南國，美化行乎江、漢之域，無思犯禮，求而不可得也。」「化」與「漢」均爲去聲，故爲失者。

⑨襲元凱之軌高：出典未詳。元凱：《左傳》文公十八年：「昔高陽氏有才子八人……天下之民謂之八愷。高辛氏有才子八人……天下之民謂之八元。」《譯注》：「元凱……也有可能指晉的杜預（字元凱）。」軌高：《後漢書·橋玄傳》：「故太尉橋公，懿德高軌，泛愛博容。」「元」與「高」均爲平聲，故爲失者。《校勘記》：「這二句雖是『失者』之例，因二、五不同聲，不是二、五同聲之例。又，『襲元凱之軌高』爲犯二、四同之失，『美化行乎江漢』爲『上去平平平去』，『襲元凱之軌高』爲『入平上平上平』，『化』爲去聲馬韻時爲『教也』，平聲麻韻時爲『變化』之意。這個『化』如果用於平聲，則是二、四同聲，二、五同聲。」

盛江案：「美化行乎江漢」之「化」讀去聲，此句之失，非指二、四同聲，二、五同聲，而指第二字（「化」）與末字（「漢」）同爲去聲。「襲元凱之軌高」之失亦非指二、四同聲。此句節奏點分句末當爲「凱」與「高」，「凱」爲上聲，「高」爲平聲，實不同聲。由前後例，尤以此句觀之，作者實以筆之第二字與末字同聲爲蜂腰之病。第二字可爲前一分句之末，也可非是，如此句，第二字「元」與末字「高」均爲平聲，故犯筆之「蜂腰」病。此點與《文二十八種病》引劉善經説（劉善經又引劉滔説）有異。《文筆十病得失》前半論筆之蜂腰，觀點與劉善經不同，此爲二者不當爲同一出典的根據之一。

⑩高巘萬仞排虚空：「巘」爲上聲，「空」爲平聲，故爲得者。此以下七言五句出典未詳。

⑪盛軌與三代俱芳：「軌」爲上聲，「芳」爲平聲，故爲得者。

⑫猶聚鵠之有神鵷：《校勘記》：「這一句爲『平入入平上平平』，遵守二、五不同，二、四不同，因而是『得者』，而不是『失者』。醍本誤。」盛江案：「聚」爲上聲，亦作去聲，「鵷」爲平聲，故爲得者。

⑬三仁殊塗而同歸：《譯注》：「類似的表現，班固《幽通賦》：『三仁殊於一致。』（《文選》卷一四）《論語・微子》：「微子去之，箕子爲之奴，比干諫而死。孔子曰：『殷有三仁焉。』」《易・繫辭下》：「天下同歸而殊塗，一致而百慮。」」盛江案：「仁」與「歸」均平聲，故爲失者。

⑭偃息乎珠玉之室：「息」與「室」均入聲，故爲失者。

⑮雷擊電鞭者之謂天：「擊」爲入聲，「天」爲平聲，故爲得者。以下八言二句出典未詳。

⑯潤草霑蘭者之謂雨：維寶箋：「《春秋元命苞》曰：『露以潤草霑蘭。』」《譯注》：「與前句可能同一出處。」盛江案：「草」與「雨」均上聲，故爲失者。

⑰「平聲」四句：本卷《文二十八種病》「第三蜂腰」引劉滔曰：「平聲賒緩，有用處最多，參彼三聲，殆爲大半。」此處所引當亦劉滔之説。《四聲指歸定本箋》：「或云，即前引劉滔之説，知此條亦劉善經

《指歸》之文。」

鶴膝。第一句末字，第三句末字〔一〕，不得同聲。詩得者：「朝關苦辛地，雪落遠漫漫。含冰陷馬足，雜雨練旗竿①。」失者：「沙幕飛恒續，天山積轉寒。無同亂郢曲，逐扇掩齊紈②。」「客從遠方來，遺我一書札。上言長相思，下言久離别③。」

筆得者：「定州跨躡夷阻〔二〕，領袖蕃維〔三〕。跱神岳以鎮地〔四〕，疎名川以連海④。」「原隰龍鱗，班頌何其陋；桑麻條暢，潘賦不足言⑤。」失者：「璇玉致美〔五〕，不爲池隍之用；桂椒信好〔六〕，而非園林之飾〔七〕⑥。」「西郊不雨〔八〕，彌迴天眷；東作未理，即動皇情⑦。」如是皆次第避之〔九〕，不得以四句爲斷⑧，若手筆，得故犯〔一〇〕，但四聲中安平聲者，益辭體有力⑨。如云：「能短能長，既成章於雲表；明吉明凶，亦引氣於蓮上〔一一〕⑩。」

【校記】

〔一〕「三」，三寶本作「二」。

〔二〕「州」，原作「洲」，各本同，據《眼心抄》改。「夷」，原作「禹」，三寶、高乙本同，三寶本右旁注「夷亻」，據高甲、醍甲、仁甲、六寺、江户刊本、維寶箋本改。

〔三〕「領」，高乙本作「頷」。

〔四〕「以」，原作「川」，三寶、高乙本同，三寶本「川」字抹消之，旁注「以亻」，據高甲、醍甲、六寺、江户刊本、維寶箋本改。

〔五〕「美」，原作「義」，三寶、高乙、松本、江户刊本、維寶箋本同，三寶本「義」字抹消之，眉注「美」，據《眼心抄》、醍甲、仁甲、六寺本改。

〔六〕「椒」，六寺本作「樹」。

〔七〕「而」，原作「文」，三寶、高乙本同，原右旁注「又」，三寶本「文」字抹消之，右旁注「而」，醍甲、仁甲、義演、松本、江户刊本、維寶箋本作「又」，據《眼心抄》、六寺本改。

〔八〕「雨」，原作「兩」，高乙本同，據三寶、高甲等本改。

〔九〕「避」，原作「辟」，高乙本同，據三寶、高甲、醍甲、仁甲、六寺、義演等本改。

〔一〇〕「手」，原作「乎」，高乙本同，據三寶、高甲、醍甲本改。

〔一一〕「氣」，三寶本無，眉注「炁氣字也」。

【考釋】

①「朝關」四句：此陳張正見《雨雪曲》前半四句（《樂府詩集》卷二四），《樂府詩集》「朝」作「胡」，「苦辛」作「辛苦」，「落」作「路」，「陷」作「踏」，「練」作「凍」。此四句第一句末字「地」去聲，第三句末字「足」入

聲，故曰得者。

②「沙幕」四句：此陳張正見《雨雪曲》後半四句，《樂府詩集》「幕」作「漠」，「續」作「暗」，「無同亂郢曲」作「無因辭日逐」，「逐」作「團」。天山：維寶箋：「《薛仁貴傳》曰：『將軍三箭定天山。』」郢曲：楚歌，指《陽春》、《白雪》之曲。劉宋鮑照《翫月城西門廨中》：「蜀琴抽《白雪》，郢曲發《陽春》。」（《文選》卷三〇）李善注：「客歌郢中，故稱郢曲也。……《對問》曰：『客有歌於郢中者，其爲《陽春》、《白雪》，國中屬而和者不過數人。』」逐扇掩齊紈：用漢班婕妤《怨歌行》「新裂齊紈素」意。此四句「續」與「曲」均入聲，犯鶴膝。

③「客從」四句：出《古詩十九首》第十七首，本卷《文二十八種病》「第四鶴膝」劉善經説亦引此詩，詳該條考釋。

④「定州」四句：出典未詳。《校注》：「『夷阻』，猶言『夷險』。」維寶箋：「定州，《十道志》曰：定州，博陵郡，禹貢冀州之域，虞舜十二州，蓋并州之域……後改爲中山國。」地當今河北定縣。此四句「阻」爲上聲，「地」爲去聲，故曰得者。

⑤「原隰」四句：出典未詳。班頌：指漢班固《西都賦》，有句云：「溝塍刻鏤，原隰龍鱗。」（《文選》卷一）潘賦：指晉潘岳《西征賦》，有句云：「華實紛敷，桑麻條暢。」（《文選》卷一〇）此四句「鱗」爲平聲，「暢」爲去聲，故曰得者。

⑥「璇玉」四句：出劉宋顏延之《陶徵士誄一首并序》（《文選》卷五七），《文選》「用」作「寶」，「好」作

「芳」，「飾」作「實」。李善注：「《山海經》曰：『升山，黄酸之水出焉，其中多璇玉。』《説文》曰：『璇，亦瓊字。』」維寶箋：「《説文》：湟，城池也，有水曰池，無水曰湟。』」此四句「美」與「好」均上聲，犯鶴膝。

⑦「西郊」四句：北周庾信《三月三日華林園射馬賦并序》有此四句，然順序有異：「西郊不雨，即動皇情，東作未登，彌迴天眷。」（《庾子山集注》卷一）西郊：《禮記・月令》：「迎秋於西郊。」東作：《書・堯典》：「平秩東作。」孔傳：「歲起於東，而始就耕，謂之東作。」皇情：《書・大禹謨》：「皇天眷命。」此四句「雨」與「理」均上聲，犯鶴膝。

⑧「如是」二句：此語亦見本卷《文二十八種病》「第四鶴膝」引劉善經説：「皆次第相避，不得以四句爲斷。」

⑨「但四」二句：本節後半引「文人劉善經云：筆之鶴膝，平聲犯者，益文體有力。豈其然乎」。益辭體有力：《校注》：「益爲本書習用字，猶今言更加也。東卷《二十九種對》『異類對』：『但如此對，益詩有功。』南卷《論文意》：『若語勢有對，言復安穩，益當爲善。』本章下文：『筆之鶴膝，平聲犯者，益文體有力。』益字義俱同。儲皖峰《文二十八種病》謂當作『蓋』，非是。」

⑩「能短」四句：出北齊魏收《赤雀頌序》，亦見本卷《文二十八種病》「第四鶴膝」引劉氏善經説。能短能長：《列子・天瑞》：「能短能長，能圓能方。」引氣於蓮上：維寶箋：「《抱朴子》曰：『千歲之龜，五色具焉，而額上兩骨起似角，浮蓮葉之上。』」此四句「長」和「凶」都爲平聲，故爲失者。

《四聲指歸定本箋》：「《文筆十病得失》末條引文人劉善經云：『筆之鶴膝，犯平聲者，益文體有力。』

其言即在此條中，知此雖未標出處，實即劉氏《四聲指歸》之説也。」

大韻。一韻以上，不得同於韻字。如以「新」字爲韻，勿復用「鄰」、「親」等字〔一〕①。詩得者：「運阻衡言革，時泰玉階平〔二〕②。」失者：「新裂齊紈素，鮮潔如霜雪③。」筆得者：「播盡善之英聲，起則天之雄響〔三〕。百代欽其美德〔四〕，萬紀懷其至仁〔五〕④。」失者：「傾家敗德〔六〕，莫不由於憍奢；興宗榮族〔七〕，必也藉於高名⑤。」凡手筆之式，不須同韻，或有時同韻者〔八〕，皆是筆之逸氣〔九〕。如云：「握河沈璧〔一〇〕，封山紀石。邁三五而不追〔一一〕，踐八九之遥跡⑥。」

【校記】

〔一〕「勿」，原作「句」，高乙、醍甲、仁甲、義演本同，據三寶、高甲、六寺本改。

〔二〕「平」，原作「乎」，高乙本同，原右旁注「平」，據三寶、高甲、醍甲本改。

〔三〕「雄」，原作「雅」，高甲、高乙本同，據三寶、醍甲、六寺本改。

〔四〕「欽」，原作「飲」，高乙、醍甲、仁甲、六寺、義演本同，據三寶、高甲、江户刊本、維寶箋本改。

〔五〕「懷」，原作「壞」，高乙、六寺本同，據三寶、高甲、醍甲本改。

〔六〕「傾」，原作「傿」，六寺本同，六寺本眉注「傾」，據三寶、高甲、醍甲本改。

〔七〕「族」，原作「挨」，三寶、高甲、醍甲、仁甲、義演本同，據六寺本改。

〔八〕「時」下三寶、六寺、松本、江户刊本、維寶箋本有疊字符號「々」。

〔九〕「是」，天海本作「楚」。

〔一〇〕「握」，松本、江户刊本、維寶箋本作「掘」。「壁」，原作「壁」，高乙、六寺本同，據三寶、醍甲、江户刊本、維寶箋本改。

〔一一〕「追」下原有「退」字，高乙、六寺本同，據三寶、高甲、醍甲本删。

【考釋】

① 本卷《文二十八種病》「第五大韻」引劉善經曰：「大韻者，五言詩若以『新』爲韻，即一韻内，不得復用『人』、『津』、『鄰』、『親』等字。」

② 「運阻」二句：出梁任昉《出郡傳舍哭范僕射》，全詩爲：「平生禮數絶，式瞻在國楨。一朝萬化盡，猶我故人情。待時屬興運，王佐俟民英。結懽三十載，生死一交情。攜手遁衰孽，接景事休明。運阻衡言革，時泰玉階平。濬沖得茂彦，夫子值狂生。伊人有涇渭，非余揚濁清。將乖不忍别，欲以遺離情。不忍一辰意，千齡萬恨生。已矣平生事，詠歌盈篋笥。兼復相嘲謔，常與虚舟值。何時見范侯，還叙平生意。與子别幾辰，經塗不盈旬。弗覩朱顔改，徒想平生人。寧知安歌日，非君撤瑟晨。已矣余何歎，輟春哀國均。」（《文選》卷二三）李善注：「曾子曰：『天下有道，則君子訢然以交同；天下無道，則衡

言不革。』孔安國《尚書》曰：『衡，平也。』言平常之言也。彼言不革，此言革，言亂之甚也。《長楊賦》曰：『玉衡正而泰階平。』」玉衡、泰階俱星名。

③「新裂」二句：爲漢班婕妤《怨歌行》首二句，本卷《文二十八種病》「第五鶴膝」已引此詩，《文選》「鮮」作「皎」。

《譯注》：「韻字『雪』屬《廣韻》入聲十七薛，上句的『裂』仍爲薛韻，下句的『潔』屬與薛同用的十六屑韻，二處犯大韻。」

④「播盡」四句：出典未詳。盡善：已見前注。則天：《孝經·三才》：「則天之明，因地之利。」《譯注》：「筆的情況，就以下的例句看，似因爲用偶數句末的字和同韻的字而被看作大韻。」

⑤「傾家」四句：出典未詳。《譯注》：「『家』和『奢』屬下平聲九麻，『榮』屬下平聲十二庚，『名』屬同十四清（和庚同用），二處犯組大韻。」

⑥「握河」四句：出南齊王融《三月三日曲水詩序》（《文選》卷四六），李善注：「《帝王世紀》曰：『堯與群臣沉璧於河，乃爲《握河記》，今《尚書候》是也。』《孝經鈎命決》曰：『封于太山，考績燔柴；禪于梁父，刻石紀號。』《禮記·逸禮》曰：『三皇禪云云，五帝禪亭亭。』《史記》：『楚子西曰：「孔子丘述三五之法，明周、召之業。」』八九，謂七十二君。曹植《魏德論》曰：『越八九於往素，踵黄帝之靈矩。』」維寶箋：「《文館詞林》六百六十五後魏孝文帝《大赦詔》曰：『蹈八九之遥跡化隆。』」《譯注》：「『璧』、『石』、『跡』（都爲入聲二十二昔）押脚韻。」

《四聲指歸定本箋》：「此條與前條（盛江案：指《文二十八種病》「第五大韻」「劉氏曰」條）大同，特舉例更詳。」

小韻〔一〕①。二句内除本韻，若已有「梅」字〔二〕，不得復用「開」、「來」字。

詩得者：「功高履乘石〔三〕，德厚贈昭華〔四〕②。」失者：「昊天降豐澤〔五〕，百卉挺威蕤〔六〕③。」若故疊韻，兩字一處，於理得通④。故謝朓詩云〔七〕：「悵望南浦時〔八〕，徙倚北梁步〔九〕⑤。」

以筆準詩亦如此。筆得者：「西辭酆邑，南據江都。」失者：「西辭酆邑，東居洛都⑥。」若故疊韻，理通亦爾，故徐陵《殊物詔》云〔一〇〕⑦：「五雲曖曃〔一一〕⑧，鱗宗所以效靈〔一二〕；六氣氛氳〔一三〕⑨，柔和所以高氣〔一四〕⑩。」

【校記】

〔一〕「小」，原作「少」，三寶、高甲、松本、江户刊本、維寶箋本同，據醍甲、仁甲、六寺本改。

〔二〕「梅」，原作「海」，高乙本同，三寶本右旁注「海亻」，據三寶、高甲、醍甲、六寺本改。

〔三〕「乘」，原作「垂」，據三寶、高甲、醍甲等本改。「履乘石」，原作「乘履石」，各本同，據《文選》李善注引《尸子》、《尚書大傳》改。盛江案：此處原本當有顛倒符號。

〔四〕「昭」，原作「照」，三寶、高乙、六寺本同，原右旁注「昭」，從高甲、醍甲、六寺本作「昭」。

〔五〕「天」，三寶本作「夫」。

〔六〕「威」，三寶、高甲、醍甲、六寺本作「葳」，三寶本脚注「威イ」。

〔七〕「朓」，原作「聎」，三寶、高乙、醍甲、仁甲、義演、松本、江户刊本、維寶箋本同，六寺本作「眺」，當作「朓」，今改之。

〔八〕「悵」，松本、江户刊本、維寶箋本作「帳」。

〔九〕「徙」，原作「徒」，三寶、高乙、醍甲、仁甲、六寺、義演本同，據高甲、江户刊本、維寶箋本改。「倚」，原作「傍」，高乙本同，據三寶、高甲、醍甲本改。

〔一〇〕「徐」，原作「除」，高乙、六寺本同，據三寶、高甲、醍甲本改。

〔一一〕「曖」，松本、江户刊本、維寶箋本作「暖」。

〔一二〕「鱗」，周校：「『鱗』疑當作『麟』。」「宗」，原作「宋」，據三寶、高甲、醍甲本改。

〔一三〕「氛」，原無，高甲、高乙本同，據三寶、醍甲本補。

〔一四〕「柔和」，原作「乘知」，三寶本作「垂知」，眉注「柔和イ」，醍甲、仁甲、義演本作「乘和」。《校勘記》：「『柔』、『垂』，當爲『乘』之訛。」據六寺本改。「氣」，原無，醍甲、仁甲、義演本同，六寺本作「乘イ」，據江户刊本、維寶箋本補。「高氣」下松本、江户刊本、維寶箋本有「可尋」二字，右旁注「二字イ本ニナシ」（二字一本無之）。維寶箋：「『可尋』二字，一本無焉，最佳矣。」《考文篇》：「『高』下當有脱字，版本補『氣』字未知所據，『可尋』二字疑即『氣』字來處之語。」

【考釋】

①小韻：《文二十八種病》「第六小韻」引劉氏曰：「小韻者，五言詩十字中，除本韻以外自相犯者，若已有『梅』，更不得復用『開』、『來』、『才』、『臺』等字。」

②「功高」二句：出典未詳。梁任昉《百辟勸進今上箋》：「是以履乘石而周公不以爲疑。」（《文選》卷四〇）李善注：「《尸子》曰：『昔者，武王崩，成王少，周公旦踐東宮，履乘石，假爲天子七年。』《周禮》曰：『王行，先乘石。』鄭司農曰：『乘石，王所登上車之石也。』」昭華：維寶箋：「《尚書大傳》曰：『舜耕於歷山，堯妻之以二女，屬其九子也，贈以昭華之玉。』」事亦見於《淮南子·泰族》，高誘注：「昭華，玉名。」

③「昊天」二句：出漢王粲《公讌詩》，全詩爲：「昊天降豐澤，百卉挺葳蕤。涼風撤蒸暑，清雲卻炎暉。高會君子堂，並坐蔭華榱。嘉肴充圓方，旨酒盈金罍。管絃發徽音，曲度清且悲。合坐同所樂，但愬杯行遲。常聞詩人語，不醉且無歸。今日不極歡，含情欲待誰。（下略）」（《文選》卷二〇）李善注：「《爾雅》曰：『夏爲昊天。』《毛詩》曰：『百卉具腓。』《字林》曰：『卉，草總名也。』《楚辭》曰：『上葳蕤以防露。』王逸注曰：『葳蕤，草木初生貌。』」盛江案：此二句上句「澤」與下句「百」均屬入聲二十陌韻，犯小韻。

④「若故」三句：本卷《文二十八種病》「第六小韻」引劉氏曰：「若故爲疊韻，兩字一處，於理得通，如『飄飖』、『窈窕』、『徘徊』、『周流』之等，不是病限。若相隔越，即不得耳。」

⑤「悵望」二句：南齊謝朓《臨溪送別》首二句，全詩爲：「悵望南浦時，徙倚北梁步。葉上涼風初，

日隱輕霞暮。荒城迥易陰，秋溪廣難渡。沫泣豈徒然，君子行多露。」（《謝宣城集校注》卷三）梁江淹《别賦》：「送君南浦，傷如之何。」（《文選》卷一六）李善注：「《楚辭》曰：『子交手兮東行，送美人兮南浦。』」此二句「悵望」與「徙倚」均爲疊韻。

⑥「筆得者」與「失者」四例句，出典未詳。鄷邑：周文王滅崇作鄷邑，武王封其弟爲鄷侯，在今陝西户縣東。維寶箋：「《左傳》曰：『康有鄷宮之朝。』杜預注曰：『有始平縣東鄷邑臺。』」江都：在今江蘇揚州。

「西辭鄷邑」二句中上句「鄷」與下句「東」均屬上平聲一東韻，犯小韻。

⑦《殊物詔》：今存徐陵文集未收。

⑧五雲：青、白、赤、黑、黄五色之雲。《周禮·春官·保章氏》：「以五雲之物，辨吉凶、水旱，降豐荒之祲象。」鄭玄注引鄭司農曰：「以二至二分觀雲色，青爲蟲，白爲喪，赤爲兵荒，黑爲水，黄爲豐。」《關尹子·二柱》：「五雲之變，可以卜當年之豐歉。」（《四部備要》，中華書局一九八九年）

⑨六氣：《左傳》昭公元年：「天有六氣……六氣曰陰、陽、風、雨、晦、明也。」《莊子·逍遥遊》：「若夫乘天地之正，而御六氣之辯。」成玄英疏曰：「李頤曰：平旦朝霞，日午正陽，日入飛泉，夜半沆瀣，並天地二氣爲六氣也。……又支道林云：六氣，天地四時也。」

⑩《四聲指歸定本箋》：「此條亦與前説（盛江案：指《文二十八種病》「第六小韻」之「劉氏曰」）相同，惟舉例較多。」

正紐①。凡四聲爲一紐〔一〕，如「壬」、「荏」、「衽」、「入」，詩二句內，已有「壬」字，則不得復有「荏」、「衽」、「入」等字。

詩得者：「《離騷》詠宿莽②。」失者：「曠野莽茫茫〔二〕③。」

凡諸手筆〔三〕，亦須避之。若犯此聲，則齟齬不可讀④。如云〔四〕，得者：「藉甚岐嶷，播揚英譽。」失者：「永嘉播越，世道波瀾⑤。」

【校記】

〔一〕「一紐」，原作「正紐」，各本同，義不可通。《文二十八種病》「第八正紐」引劉氏曰：「正紐者，凡四聲一紐。」又，天卷《調四聲譜》：「凡四字一紐。」《校注》、《譯注》、林田校本並改作「一紐」，今從之改。

〔二〕「茫」，原作「范」，三寶、高甲、高乙、醍甲、仁甲、六寺、義演本同，據江户刊本、維寶箋本改。

〔三〕「諸」，仁甲、松本、江户刊本、維寶箋本作「詩」。

〔四〕「如云」，各本有，《譯注》、林田校本並作衍字删。盛江案：「如云」之下或脱詩句，今存之。

【考釋】

① 正紐：本卷《文二十八種病》順序爲傍紐、正紐，此處順序有變。

②《離騷》詠宿莽：出典未詳。《譯注》：「晉左思《吴都賦》（《文選》卷五）有『職貢納其包匭，《離騷》詠其宿莽』之句。」《楚辭·離騷》：「夕攬洲之宿莽。」王逸注：「草冬生不死者，楚人名曰宿莽。」

③曠野莽茫茫：出魏阮籍《詠懷詩》。「莽」和「茫」屬《韻鏡》内轉第三十一開脣音清濁第一等「茫莽漭莫」紐，犯正紐。

本卷《文二十八種病》「第八正紐」：「劉氏曰：正紐者，凡四聲爲一紐，如『任』、『荏』、『衽』、『入』，五言詩一韻中已有『任』字，即九字中不得復有『荏』、『衽』、『入』等字。古詩云：『曠野莽茫茫。』即『莽』與『茫』是也。」可與參看。

④「凡諸」四句：本卷《文二十八種病》「第八正紐」：「凡諸文筆，皆須避之。若犯此聲，即齟齬不可讀耳。」可與參看。

⑤「得者」與「失者」四例句：出典未詳。藉甚：維寶箋：「《漢書·陸賈傳》曰：『名聲藉甚。』」岐嶷：《校注》引晉左思《吴都賦》：「岐嶷繼體。」（《文選》卷五）播越：離散，流亡。《左傳》昭公二十六年：「茲不穀震蕩播越，竄在荆越。」「永嘉」二句中「播」和「波」均屬《韻鏡》内轉第二十八合脣音清第一等「波跛播○」紐。

《四聲指歸定本箋》：「此條與二十八種病正紐條引劉氏之説略同，唯舉得失例加詳耳。」

傍紐。雙聲是也①。如詩二句内有「風」一字，則不得復有此等字〔一〕②。

詩得者:「管聲驚百鳥,衣香滿一園③。」失者:「壯哉帝王居,佳麗殊百城④。」若故雙聲者,得有如此,故庾信詩云〔二〕:「胡笳落淚曲〔三〕,羌笛斷腸哥〔四〕⑤。」

筆得者:「六郡豪家,從來習馬;五陵貴族,作性便弓⑥。」失者:「曆數已應,而《虞書》不以北面爲陋〔五〕;有命既彰,而周籍猶以服事爲賢〔六〕⑦。」若故雙聲者〔七〕,亦得有如此。如云:「鑒觀上代⑧,則天禄斯歸;逖聽前王〔八〕⑨,則曆數攸在〔九〕⑩。」如是次第避之〔一〇〕,不得以二句爲斷⑪。

【校記】

〔一〕「不得復有此等字」,維寶箋:「此等字者,未出字體,恐有脱落歟。」《眼心抄》亦如此。

〔二〕「庾」,三寶、六寺本作「庚」。

〔三〕「曲」,原作「回」,三寶、高乙本同,三寶本旁注「曲」,據高甲、醍甲、仁甲、六寺等本改。

〔四〕「羌」,原作「元」,三寶、高乙、醍甲、仁甲本同,三寶本旁注「羌」,據高甲、六寺本改。「腸」,原作「腹」,高甲、高乙、醍甲、仁甲、六寺、義演本同,據三寶、江户刊本、維寶箋本改。

〔五〕「而」,松本、江户刊本、維寶箋本無。「北」,醍甲、義演本作「此」。

〔六〕「而」,原無,三寶、醍甲、仁甲、義演本同,據高甲、六寺、江户刊本、維寶箋本補。「猶」,三寶、天海本無。「服」,三寶本作「眼」,旁注「服」。「事」,原蠹蝕,據三寶、高甲、醍甲等本補。

〔七〕「故」，醍甲、仁甲、義演本作「放」。

〔八〕「逖」，原作「遊」，高甲、高乙、醍甲、仁甲、義演本同，醍甲、義演本眉注「逖イ」，據三寶、六寺、江户刊本、維寶箋本改。

〔九〕「攸」，原作「彼」，各本同。維寶箋：「『彼如是』者，『彼』恐衍矣，應回可案，『此』『次第』之上，作『彼此如是』也。」《考文篇》：「案（維寶箋此説）非也，『此』字與『歸』字不對。」《校注》：「儲校本作『□彼』，云：『數下似有闕文，故以□表之。』未足爲據。」盛江案：陳徐陵《禪位陳王詔》：「天之曆數，寔有攸在。」（《梁書·敬帝紀》）又《眼心抄》作「攸□」，今據改。

〔一〇〕「如是」下原有「此」字，各本同。祖風會本注：「『如是此』三字難訓，恐有脱誤。」據《眼心抄》删「此」字。

【考釋】

①傍紐雙聲是也：本卷《文二十八種病》「第七傍紐」引劉氏曰：「傍紐者，即雙聲是也。」

②不得復有此等字：《考文篇》：「（維寶箋）此説非也，『此』字承『風』焉，言與『風』同紐之字。」盛江案：維寶箋説見前。

③「管聲」二句：出北周庾信《詠畫屏風詩二十四首》其四，全詩爲：「逍遥遊桂苑，寂絶到桃源。狹石分花逕，長橋映水門。管聲驚百鳥，人衣香一園。定知歡未足，横琴坐石根。」（《庾子山集注》卷四）《文苑英華》卷一五七作《詠春》詩。

④「壯哉」二句：出魏曹植《贈丁儀王粲》，已見本卷《文二十八種病》「第七傍紐」引劉氏説。

⑤「胡笳」二句：出北周庾信《擬詠懷詩二十七首》其七，全詩爲：「榆關斷音信，漢使絶經過。胡笳落淚曲，羌笛斷腸歌。纖腰減束素，别淚損横波。恨心終不歇，紅顔無復多。枯木期填海，青山望斷河。」（《庾子山集注》卷三）哥：古「歌」字。「胡笳」、「落淚」二組雙聲。

⑥「六郡」四句：出典未詳。六郡：《漢書·地理志》：「漢興，六郡良家子選給羽林、期門，以材力爲官，名將多出焉。」顔師古注：「六郡謂隴西、天水、安定、北地、上郡、西河。」五陵：漢班固《西都賦》：「南望杜霸，北眺五陵。」（《文選》卷一）李善注：「宣帝葬杜陵，文帝葬霸陵，高帝葬長陵，惠帝葬安陵，景帝葬陽陵，武帝葬茂陵，昭帝葬平陵。」《校注》引劉宋傅季友《爲宋公至洛陽謁五陵表》「奉謁五陵」（《文選》卷三八）李善注：「郭緣生《述征記》曰：『北邙東則乾脯山，山西南晉文帝崇陽陵，陵西武帝峻陽陵，邙之東北宣帝高原陵、景帝峻平陵，邙之南則惠帝陵也。』」盛江案：隋唐間人言「五陵」，如岑參《與高適薛據同登慈恩寺浮圖》「五陵北原上，萬古青濛濛」（《全唐詩》卷一九八）、杜甫《秋興八首》之三「五陵衣馬自輕肥」（《杜詩詳注》卷一七）等，並指漢之五陵。此處既言「五陵貴族」，則當指漢之五陵，非指晉五陵明矣。《校注》引梁簡文帝《七勵》：「五陵金穴，六郡豪家。」（《文苑英華》卷三五一）梁何遜《七召》：「六郡湊其衣冠，五陵窮其軌躅。」（《何遜集校注》卷二）北周庾信《三月三日華林園馬射賦》：「六郡良家，五陵豪選。」（《庾子山集注》卷一）謂均以「六郡」、「五陵」對文，與此同，《校注》是也。

⑦「曆數」四句：出典未詳。《虞書》：《史記·樂書》：「太史公曰：『余每讀《虞書》，至於君臣相敕，維是幾安，而股肱不良，萬事墮壞，未嘗不流涕也。』」《書·堯典》「虞書」唐孔穎達正義：「《堯典》雖曰唐

事，本以虞史所録，末言舜登庸由堯，故追堯作典，非唐史所録，故謂之《虞書》也。」北面：《孟子・萬章上》：「舜南面而立，堯帥諸侯北面而朝之，瞽瞍亦北面而朝之。」《韓非子・有度》：「賢者之爲人臣，北面委質，無有二心，朝廷不敢辭賤，軍旅不敢辭難。」有命：《書・泰誓》：「吾有民有命，罔懲其侮。」又：「謂已有天命。」《論語・顔淵》：「死生有命，富貴在天。」周籍：當即指《書・周書》。《書・堯典》「虞書」孔穎達正義：「鄭序以爲《虞夏書》二十篇，《商書》四十篇，《周書》四十篇。」服事：《論語・泰伯》：「三分天下有其二，以服事殷。周之德，其可謂至德也已矣。」劉寶楠注引包曰：「殷紂淫亂，文王爲西伯而有聖德，天下歸周者，三分有二，而猶以服事殷，故謂之至德。」《譯注》：「第一、二句的『數』和『書』，『不』和『北』，第三、四句的『既』（見母居聲未韻）和『賢』（匣母胡田切先韻）、『章』和『周』、『籍』和『事』，均爲雙聲。」

⑧ 鑒觀上代：《論語・八佾》：「周監於二代，郁郁乎文哉。」出典未詳。

⑨ 逖聽：維寶箋：「逖聽，逖，遠矣，《周書・牧誓》曰：『逖矣西土之人。』」

⑩ 曆數：《校勘記》：「陳徐陵《陳武帝即位詔》：『梁氏以天禄永終，曆數攸在，遵與能之典，集大命於朕躬。』又《梁禪陳詔》：『天之曆數，實有攸在。』」《論語・堯曰》：「堯曰：『咨，爾舜！天之曆數在爾躬，允執其中。四海困窮，天禄永終。』」何晏集解：「曆數，謂列次也。」

⑪《四聲指歸定本箋》：「此條與前條（盛江案：指本卷《文二十八種病》「第七傍紐」之「劉氏曰」條），皆以雙聲解爲傍紐，知亦劉善經《四聲指歸》之説。」

或云〔一〕①：若五字内已有「阿」字，不得復用「可」字〔二〕。此於詩章，不爲過病〔三〕，但言語不浄潔〔四〕，讀時有妨也〔五〕。今言犯者，唯論異字〔六〕。如其同字，此不言，言同字者〔七〕，如云「文物以紀之〔八〕②，聲明以發之」、「大東小東」、「自南自北」等③，是也。

或云④：凡用聲，用平聲最多。五言内非兩則三〔九〕，此其常也。亦得用一用四。若四，平聲無居第四〔一〇〕；若一，平聲多在第二，此謂居其要也⑤。猶如宫羽調音〔一一〕，相參而和⑥。

又云：賦頌有第一、第二、第三、第四或至第六句相隨同類韻者〔一二〕。如此文句，儻或有焉〔一三〕，但可時時解鐙耳〔一四〕⑦，非是常式〔一五〕。五三文内，時一安之⑧，亦無傷也。又，辭賦或有第四句與第八句而復韻者⑨，並是大夫措意〔一六〕，盈縮自由，筆勢縱横，動合規矩⑩。

【校記】

〔一〕「或云」，原無，三寶、高乙、天海本同，三寶本旁注「或云」，據高甲、醍甲、仁甲、六寺、江户刊本、維寶箋本補。

〔二〕「可」，醍甲、仁甲、義演本作「何」。

〔三〕「不爲過病」，原作「不過爲病」，各本同，據《眼心抄》改。

〔四〕「言」，原作「云」，高乙本同，據三寶、高甲、醍甲本改。

〔五〕「妨」，原作「姉」，高乙本同，據三寶、高甲、醍甲本改。

〔六〕「唯」，三寶、醍甲、仁甲、義演本作「準」，三寶本旁注「唯」。

〔七〕「字」，原作「聲」，各本同，《眼心抄》作「字」。祖風會本注：「『同聲』，《眼心抄》作『同字』，似是。」今據改。

〔八〕「物」，六寺本作「特」。「之」，原無，各本同，《考文篇》據《左傳》補，今從補之。

〔九〕「三」，三寶本作「二」，右旁注「三イ」。

〔一〇〕「第四」，三寶本作「東西」，右旁注「第四」。

〔一一〕「調音」，三寶本作「謂意」，右旁注「調音」。

〔一二〕「至」，三寶本右旁注「四或」。「類」，三寶、六寺本無，三寶本右旁注「類或」。《校勘記》：「『同類韻』爲『同韻』之訛，從三寶院本校語『類或』推測，『類』爲『同』之校字。」

〔一三〕「或」，松本、江户刊本、維寶箋本作「式」。維寶箋：「『儻式』，恐『或』歟。」

〔一四〕「時時」，《譯注》謂衍一「時」字。「耳」，原作「可」，高甲、高乙本同，據三寶等本改。

〔一五〕「式」，三寶、天海本作「或」，三寶本右旁注「式」。

〔一六〕「大夫」，高甲、醍甲本作「丈夫」。三寶本作「大丈」，「丈」字抹消之，右旁注「夫」，六寺本作「大丈夫」。「大丈」不詞，「大丈夫」蓋因「大丈」而衍，「大」、「丈」形近而訛。蒙冷衛國先生惠示，《漢書・藝文志》：「登高能賦可以爲大夫。」上言「辭賦」，下言「大夫」，意義關聯，以「大夫」爲佳。「措」，原作「借」，高乙本同，據三寶、高甲、醍甲本改。

【考釋】

① 或云：《譯注》：「這一段所說，前面的《文二十八種病》未見。」「『阿』字是形聲字，聲符用『可』，因

此五字中具有同樣構成因素的字就會重出。《文心雕龍·練字》例舉有關於用字的四個規則的第二『聯邊』，也就是『半字同文者』，這裏大概就是相當於這樣的告誡。就是説，在同一句中最好儘量避免用同一偏旁的字。」盛江案：「阿」與「可」，異紐同韻，爲沈約之大紐，劉滔之傍紐。

② 文物以紀之：見《左傳》桓公二年。

③「大東」二句：《詩·小雅·大東》：「小東大東，杼柚其空。」《詩·大雅·文王有聲》：「自西自東，自南自北，無思不服。」

④ 或云：《考文篇》：「『或云凡用聲』至『相參而和』，劉善經引劉滔説。」盛江案：此爲劉滔説，爲劉善經與《文筆式》共引。

⑤ 居其要：晉陸機《文賦》：「立片言而居要。」

⑥「凡用聲」十二句：本卷《文二十八種病》「第三蜂腰」引劉滔云：「平聲賒緩，有用處最多，參彼三聲，殆爲太半。且五言之内，非兩則三，如班婕妤詩云：『常恐秋節至，涼風奪炎熱。』此其常也。亦得用一用四。若四，平聲無居第四。如古詩云『連城高且長』是也。用一，多在第二。如古詩云『九州不足步』，此謂居其要也。然用全句平，止可爲上句，取固無全用。如古詩云『迢迢牽牛星』，亦並不用。若古詩云『脈脈不得語』，此則不相廢也。猶如丹素成章，鹽梅致味，宫羽調音，炎涼御節，相參而和矣。」可與此參看。

⑦ 但可時時解鐙耳：維寶箋：「時時可替用韻也。」《譯注》：「解鐙，這個場合大概是指轉换風格。」

⑧「五三」二句：維寶箋：「五三，五韻三韻連續之內。六韻連續而置之，置焉無傷，不置亦不遮也。」《譯注》：「如《文心雕龍·章句》篇『若夫筆句無常，而字有條數，四字密而不促，六字格而非緩。或變之以三五，蓋應機之權節也』那樣，『五三』大概是指五言句、三言句。」《校注》：「安即『宅句安章』之安。」

⑨復韻：維寶箋：「後（盛江案：當作「復」）韻者，第四句末與第八句末用同韻字也，非用同字韻也。而或俱平聲，或俱上去入用之，則成沓發病也。」

⑩《四聲指歸定本箋》：「此條文句，多見《二十八種病》『蜂腰』條所引劉氏之說，宜亦劉善經之言。蓋皆與八病之說有關涉者。又據西卷《二十八種病》『第二十七相重』條引『又曰：遊雁比翼翔，歸鴻知接翮』，又『第二十八』曰：『駢拇者，所謂兩句中道物無差，名曰駢拇。庾信詩云：兩戍俱臨水，雙城共夾河，此之謂也。』據小西《考文篇》謂皆是劉善經說。又據三寶院本、天海藏本於『駢拇者』及前行之間有小字注曰『四聲指歸云：又五言詩體義中含疾有三：一曰駢拇，二曰枝指，三曰疣贅，異本』，乃空海初稿本之文字。是則《四聲指歸》本沈約之說，條陳八病，多引古典明其得失，以爲屬文調聲之標準。然亦間有涉及修辭之術者矣。」

《探源》：「《指歸》不止於四聲，是詩文作法的總指導參考書。」

《文筆式》云〔一〕①：製作之道，唯筆與文。文者，詩、賦、銘、頌、箴、讚、弔、誄等是也〔二〕②；

筆者，詔、策、移、檄、章、奏、書、啓等也③。即而言之，韻者爲文，非韻者爲筆④；文以兩句而會〔三〕，筆以四句而成〔四〕。文繫於韻〔五〕，兩句相會，取於諧合也。筆不取韻，四句而成，任於變通〔六〕。故筆之四句，比文之二句〔七〕，驗之文筆，率皆如此也。體即不同〔八〕，病時有異。其文之犯避，皆准於前〔九〕。假令文有四言、六言、七言等〔一〇〕，亦隨其句字，准前勘其聲病〔一一〕，足晤之矣。其蜂腰，從五言内辨之⑤，若字或少多〔一二〕，則無此病者也。

【校記】

〔一〕「文筆式」，此頁右邊空欄三寶、天海本注「筆四病筆札文筆略同異本」，並用細綫引至「文筆式」處。

〔二〕「弔」，原作「即」，高乙本同，據三寶、高甲、六寺本改。「誄」，原作「誅」，高乙、醍甲、仁甲、義演本同，據三寶、高甲、六寺本改。

〔三〕「文」，三寶本右旁注「而」。「而會」，原作「文會」，高乙本同，據三寶、高甲、醍甲、六寺本改。

〔四〕「而」，松本、江户刊本、維寶箋本無。

〔五〕「文繫於韻」至「率皆如此也」，六寺本作雙行小字注。

〔六〕「任」，原作「住」，高乙、醍甲、仁甲、六寺、義演、江户刊本、維寶箋本同，《校注》作「在」，未明所據，《校勘記》謂作「任」爲是，據三寶本改。

〔七〕「比」，原作「此」，三寶、醍甲、仁甲、義演本同，據六寺本改。

〔八〕「即」，三寶、醍甲、仁甲、義演本同，三寶本右旁注「既」，高甲、六寺、江户刊本、維寶箋本作「既」，六寺本眉注「即亻」。

〔九〕「准」，六寺本作「唯」。

〔一〇〕「假令文」至「無此病者也」，高甲、六寺本作雙行小字注。「文」，三寶、天海本作「又」，三寶本右旁注「文亻」。

〔一一〕「准」，原作「唯」，高甲、高乙本同，據三寶、醍甲、六寺本改。「前」，原無，據三寶、高甲、醍甲、六寺本補。

〔一二〕「少」，原作「小」，各本同，從《考文篇》作「少」。

【考釋】

①《文筆式》云：《考文篇》：「『《文筆式》云』以下至『庶可免也』，引《文筆式》。」《研究篇》上又謂：《文筆式》不少處援用《筆札華梁》，「《文筆十病得失》前半爲劉善經説，後半爲上官儀説」。《研究篇》説詳前《文筆十病得失》題下考釋。

盛江案：三寶本旁注「筆札」即《筆札華梁》。又，西卷卷首目録「文筆十病得失」之次，亦有「筆四病異本無也」之旁注。「筆四病」指下文所述上尾、鶴膝、隔句上尾、踏發四病。

《札記續記》：「三寶院本、天海藏本《文筆十病得失》下有『筆四病』之目，旁注『異本無也』，據此草本似有『筆四病』之目。這個『筆四病』顯然相當於本文（盛江案：指《文筆十病得失》）『《文筆式》云』以下的内容。本文的『《文筆式》云』之旁三寶院本、天海藏本注有『筆四病，筆札文筆略同異本』。和别的例子一樣，這個注除『異本』二字外，是承傳的草本的注記，這是不會錯的。草本目次載録『筆四病』，但定稿時卻把它删掉，之所以這樣，是因爲《文筆十病得失》已包含有『筆四病』。」

②「詩賦」句：《文心雕龍·明詩》：「詩者，持也，持人情性。」又《詮賦》：「賦者，鋪也，鋪采摛文，體物寫志也。」又《銘箴》：「銘者，名也，觀器必正名。」「箴者，所以攻疾防患，喻鍼石也。」「夫箴誦於官，銘題於器，名目雖異，而警戒實同。」又《頌讚》：「頌者，容也，所在美盛德而述形容也。」「讚者，明也，助也。」又《哀弔》：「弔者，至也，詩云『神之弔也』，言神至也。」又《誄碑》：「誄者，累也，累其德行，旌其不朽也。」

③「詔策」句：《文心雕龍·詔策》：「漢初定儀則，則命有四品，一曰策書，二曰制書，三曰詔書，四曰戒敕。……策者，簡也。制者，裁也。詔者，告也。敕者，正也。」又《檄移》：「檄者，皦也，宣露於外，皦然明白也。」「移者，易也，移風易俗，令往而民隨者也。」又《章表》：「漢定禮儀，則有四品，一曰章，二曰奏，三曰表，四曰議。章以謝恩……章者，明也。」又《奏啓》：「上書稱奏，陳政事，獻典儀，上急變，劾愆謬，總謂之奏。奏者，進也，言敷于下，情進于上也。」「啓者，開也，高宗云：『啓乃心，沃朕心。』取其義也。」又《書記》：「故書者，舒也，舒布其言，陳之簡牘，取象於夬，貴在明決而已。」

④「韻者」二句：《文心雕龍·總術》：「今所常言，有文有筆，以爲無韻者筆也，有韻者文也。」《文心雕龍》第六《明詩》至第十五《諧隱》爲「文」，第十六《史傳》至第二十五《書記》爲「筆」。題名所列文體，「文」有詩、樂府、賦、頌、讚、祝、盟、銘、箴、誄、碑、哀、弔、雜文、諧隱，「筆」有史傳、諸子、論、説、詔、策、

檄、移、封、禪、章、表、奏、啓、議、對、書、記。

⑤「其蜂」二句：《譯注》：「蜂腰限制適用於五言，這樣的想法，與前出劉善經所説明顯對立。」

盛江案：《文筆十病得失》前半後半均以首句論蜂腰，此正爲《文筆式》與劉善經説相區別之處，恰證前半與後半均出《文筆式》，引有《四聲指歸》之説，而非整體出《四聲指歸》。

【附録】

信範《九弄十紐圖私釋》下：《秘府論》云：文者，詩、賦、銘、頌、箴、讚、弔、誄等是也。

了尊《悉曇輪略圖抄》卷七裏書：《秘府論》四卷引《文筆式》云：製作之道，唯筆與文。文者，詩、賦、銘、頌、箴、讚、弔、誄等是也；筆者，詔、策、移、檄、章、奏、書、啓等也。即而言之，韻者爲文，非韻者爲筆，文以兩句而會，筆以四句而成文。

《校注》引日本《二中歷》一二《書體歷・文筆事》：文：詩、賦、銘、頌、箴、讚、弔、誄；筆：詔、策、移、檄、章、奏、書、啓。今案：有韻爲文，非韻爲筆。

筆有上尾、鶴膝、隔句上尾、踏發等四病〔一〕，詞人所常避也。其上尾、鶴膝，與前不殊。束晳表云〔二〕①：「薄冰凝池，非登廟之珍〔三〕②。」「池」與「珍」同平聲，是其上尾也〔四〕。左思《三都賦序》云〔五〕③：「魁梧長者〔六〕，莫非其舊〔七〕。風謡歌舞，各附其俗④。」「者」與「舞」

同上聲，是鶴膝也〔八〕。

隔句上尾者，第二句末與第四句末同聲也。如鮑照《河清頌序》云〔九〕：「善談天者，必徵象於人〔一〇〕；工言古者，必考績於今〔一一〕。」「人」與「今」同聲是也〔一二〕。但筆之四句，比文之二句〔一三〕。故雖隔句，猶稱上尾，亦以次避，第四句不得與第六句同聲，第六句不得與第八句同聲也。

踏發廢音者〔一四〕⑤，第四句末與第八句末同聲也。如任孝恭書云⑥：「昔鍾儀戀楚，樂操南音⑦；東平思漢〔一五〕，松柏西靡⑧。仲尼去魯，命曰遲遲〔一六〕⑨；季后過豐〔一七〕，潸焉出涕〔一八〕⑩。」「涕」與「靡」同聲是也〔一九〕。凡筆家四句之末〔二〇〕，要會之所歸。若同聲，有似踏而機發，故名踏發者也〔二一〕⑪。若其間際有語隔之者〔二二〕，犯亦無損，謂上四句末〔二三〕，下四句初，有「既而」、「於是」、「斯皆」、「所以」、「是故」等語也〔二四〕。此等之病，並須避之。

【校記】

〔一〕「隔句上尾」，仁甲本作「句上尾隔」。「踏發」，原作「沓發」，各本同，《眼心抄》作「踏」，《文二十八種病》「第四鶴膝」引劉氏説、《文筆十病得失》前半「上尾」均作「踏」，今據改。

〔二〕「束皙表云」至「是鶴膝也」，六寺本作雙行小字注。「束」，原作「東」，高乙、六寺本同，據三寶、高甲、醍甲本改。

「晳」，原作「哲」，各本同，從《考文篇》改。

〔三〕「廟」，原作「曆」，高乙、醍甲、仁甲、義演本同，天海本作「苗」，據三寶、高甲、六寺本改。

〔四〕「其」，三寶、天海本無。

〔五〕「左」，原作「在」，高乙本同，原右旁注「左」，松本、江户刊本、維寶箋本作「佐」，楊本眉注「左」，據三寶、高甲、醍甲本改。

〔六〕「梧」，原作「脴」，三寶、高甲、高乙、醍甲、仁甲、六寺、義演本同，松本、江户刊本、維寶箋本作「悟」，據《文選》改。

〔七〕「非」上三寶本有「作」字。

〔八〕「鶴膝也」，原無，高甲、高乙本同，據三寶、醍甲、仁甲、六寺本補。

〔九〕「照」，原作「昭」，各本同。《譯注》：「當爲避武后諱。」「昭」通「照」，今作「照」。「鮑照」下原有「鶴膝也」三字，此三字爲上一行所脱，誤移至此處，據三寶、高甲、醍甲、六寺等本删。

〔一〇〕「徵」，原作「微」，三寶、高甲、高乙、醍甲、仁甲、六寺、義演本同，據江户刊本、維寶箋本改。

〔一一〕「必」，《宋書》作「先」，嚴可均輯《全上古三代秦漢三國六朝文·全宋文》作「允」。「績」，原作「續」，各本同，據《鮑參軍集》及《眼心抄》改。

〔一二〕「人與今同聲」至「與第八句同聲也」，六寺本作雙行小字注。

〔一三〕「比」，原作「此」，三寶、醍甲、仁甲、義演、江户刊本、維寶箋本同，據高甲、六寺本改。「文」，原無，據三寶、高甲、醍甲、六寺本補。

〔一四〕「踏」，原作「沓」，六寺本作「水」，眉注「沓」，其餘各本作「沓」，從《考文篇》改。「音廢」，原作「癈音」，三寶、醍甲、仁甲、六寺、義演本同，據高甲、江户刊本、維寶箋本改。

〔一五〕「東」，原作「陳」，三寶、高甲、高乙、醍甲、仁甲、六寺、義演本同，據江户刊本、維寶箋本改。

〔一六〕「曰」，松本、江户刊本、維寶箋本作「云」。

〔一七〕「季」，原作「秀」，三寶、高乙本同，據醍甲、六寺、江户刊本、維寶箋本改。

〔一八〕「出涕」，原作「步深」，高乙本作「步出深」，天海本作「出沸沸」，據三寶、高甲、醍甲、六寺本改。

〔一九〕「涕與靡同聲」至「踏發者也」，六寺本作雙行小字注。「涕」，原無，高甲本同，據三寶、醍甲、六寺等本補。

〔二〇〕「凡筆家」以下，原多有蠹蝕，據三寶、醍甲、六寺、江户刊本、維寶箋本正之。「凡筆家四句之末」，高甲、高乙本均作「凡筆家四而機發故句之末」。

〔二一〕二「踏」字，原作「沓」，各本同，從《考文篇》改。

〔二二〕「其」，三寶本旁注「有イ」。

〔二三〕「謂上四句末」至「是故等語也」，六寺本作雙行小字注。

〔二四〕「於是」，原作「提是」，高乙本同，據三寶、高甲、醍甲、六寺本改。「是故」前三寶本有「也」字。

【考釋】

①束皙（二六三？—三〇二？）：字廣微，晉文人，陽平元城（今河北館陶南）人，《晉書》卷五一有傳。

②「薄冰」二句：《束皙集》：「薄冰凝池，非宗廟之寶；零露垂林，非綴冕之飾。」（《太平御覽》卷一

二）東晳表題名未詳。

③左思：參天卷《四聲論》考釋。《三都賦序》：見《文選》卷四。

④「魁梧」四句：《文選》作「風謡歌舞，各附其俗。魁梧長者，莫非其舊」，順序與此互倒。《校注》：「尋此四句犯鶴膝，即第一句末字與第三句末字同聲也。此云：『者與舞同上聲。』是原文以『魁梧長者』爲第一句也。察其文義與音律，亦以此爲是，今本爲非，《文選》當據此乙正。」

⑤踏發：羅根澤《文筆式甄微》：「踏發則大概是《文筆式》的作者所創立，故不能不詳釋。」盛江案：隋劉善經《四聲指歸》已論及「踏發」聲，見本卷《文二十八種病》「第四鶴膝」引「劉氏曰」。

⑥任孝恭（？—五四八）：南朝梁文人，臨淮（今安徽靈璧）人，《梁書》卷五一、《南史》卷七二有傳。

⑦「昔鍾」二句：《左傳》成公九年：「晉侯觀于軍府，見鍾儀。問之曰：『南冠而縶者，誰也？』有司對曰：『鄭人所獻楚囚也。』……使與之琴，操南音。」杜預注：「南音，楚聲。」

⑧「東平」二句：梁劉孝標《重答劉秣陵沼書》：「冀東平之樹，望咸陽而西靡。」（《文選》卷四三）李善注：「《聖賢塚墓記》曰：『東平思王塚在東平。無鹽人傳云：思王歸國京師，後葬，其塚上松柏西靡。』」

⑨「仲尼」二句：《孟子·萬章下》：「孔子之去齊，接淅而行；去魯，曰：『遲遲吾行也。』」趙岐注：「遲遲，不忍去也。」

⑩「季后」二句：《史記·高祖本紀》：「（十二年）高祖還歸，過沛，留。置酒沛宮，悉召故人父老子

弟縱酒，發沛中兒得百二十人，教之歌。酒酣，高祖擊筑，自爲歌詩曰：『大風起兮雲飛揚，威加海内兮歸故鄉，安得猛士兮守四方！』令兒皆和習之。高祖乃起舞，慷慨傷懷，泣數行下。」晉潘岳《西征賦》：「丘去魯而顧歎，季過沛而涕零。」（《文選》卷一〇）《詩・小雅・大東》：「睠言顧之，潸焉出涕。」

⑪ 本卷《文二十八種病》「第四鶴膝」引劉氏曰：「又今世筆體，第四句末不得與第八句末同聲，俗呼爲踏發聲。譬如機關，踏尾而頭發，以其軒輊不平故也。」

其鶴膝，近代詞人或有犯者，尋其所犯，多是平聲。如温子昇《寒陵山碑序》云①：「並寂漠銷沈，荒涼磨滅。言談者空知其名〔一〕，經過者不識其地〔二〕。」又邢子才《高季式碑序》云〔三〕②：「楊氏八公③，歷兩都而後盛〔四〕④；荀族十卿⑤，終二晉而方踐〔五〕。」又魏收《文宣謚議》云〔六〕⑥：「九野區分⑦，四遊定判⑧。賦命所甄，義兼星象〔七〕。」「沈」與「名」、「公」與「卿」、「分」與「甄」並同聲，是筆鶴膝也。文人劉善經云〔八〕⑨：「筆之鶴膝，平聲犯者〔九〕，益文體有力〔一〇〕⑩。」豈其然乎？此可時復有之，不得以爲常也〔一一〕。

其雙聲疊韻，須以意節量。若同句有之，及居兩句之際而相承者〔一二〕，則不可矣〔一三〕。同句有者，還依前注〔一四〕。其居兩句際相承者〔一五〕，如任孝恭書云：「學非摩揣，誰合趙之連鷄〔一六〕。但生與憂偕〔一七〕，貧隨歲積⑪。」「鷄」與「偕」相承而同韻，是其類也〔一八〕。又徐陵

《勸進表》云〔一九〕⑫：「蚩尤三塚〔二〇〕，寧謂嚴誅〔二一〕⑬。」「誅」、「塚」相承雙聲，是也〔二二〕。

【校記】

〔一〕「空」，原作「豈」，高乙本同，據三寶、高甲、醍甲、六寺本改。

〔二〕「經」下原有「位」字，高乙本同，據三寶、高甲、醍甲、六寺本删。「地」，原作「也」，高乙本作「又」，據三寶、高甲、醍甲、六寺本改。

〔三〕「季」，原無，高甲、高乙、醍甲、仁甲、義演本同，據三寶、江户刊本、維寶箋本補。「式」，維寶箋：「『式』恐『珉』歟？高林字季珉。」「邢」，原作「刑」，各本同，據三寶本旁注改。

〔四〕「而後」下原衍「而後」二字，高乙本同，據三寶、高甲、醍甲、六寺本删。

〔五〕「踐」，《考文篇》及《校勘記》均以爲當作「賤」以與前句末「盛」相對。《譯注》、林田校本從之，原旁訓「イヤシ」。《校注》：「『踐』讀如『踐奄』之『踐』，《尚書序》：『成王東伐淮夷，遂踐奄。』孔傳：『成王即政，淮夷奄國又叛，王親征之，遂滅奄而徙之。』《釋文》：『踐，似淺反，馬同。《大傳》云：藉也。』疏云：『鄭玄讀「踐」爲「翦」，翦，滅也。孔不破字，蓋以踐其國，即是踐滅之事，故孔以踐爲滅也。』或謂恐應作『賤』，非是。」

〔六〕「宣」，原作「寅」，右旁注「宣」，高乙本同，據三寶、高甲、醍甲、六寺本改。「謚」，原作「溢」，三寶、高甲、高乙、醍甲、仁甲、六寺、義演本同，原旁注「謚」，據江户刊本、維寶箋本改。

〔七〕「象」，三寶、天海本作「家」。

〔八〕「文人」，三寶、天海本作「又文」，旁注「文人」。

〔九〕「平聲」，原無，高乙本同，「犯者」原右旁注「平聲」，今據原注及三寶、高甲、醍甲、仁甲、六寺、江户刊本、維寶箋本補。

〔一〇〕「益」，六寺、松本、江户刊本、維寶箋本作「蓋」，三寶本旁注「蓋」。《校注》：「東卷《異類對》：『但如此對，益詩有功。』本卷上文『但四聲中安平聲者，益辭體有力』，與此文意、語法俱同。『益』以形近，故誤作『蓋』耳。南卷《論文意》：『言復安穩，益當爲善。』益義與此同，益猶今言更加也。」

〔一一〕「不」，原無，高乙本同，據三寶、高甲、醍甲、六寺、江户刊本、維寶箋本補。「不」下松本、江户刊本、維寶箋本有「可」字。

〔一二〕「及」，三寶、天海本作「反」。「而」，松本、江户刊本、維寶箋本無。

〔一三〕「則不可矣」至「其居兩句際」，天海本無。

〔一四〕「同句有者還依前注」，六寺本作雙行小字注。「注」，原作「住」，高甲、高乙、醍甲、仁甲、義演本同，據三寶、六寺本改。

〔一五〕「其」，原無，高乙、醍甲、仁甲、義演本同，據三寶、高甲、六寺本補。「其居」，松本、江户刊本、維寶箋本作「居其」。

〔一六〕「誰」，三寶、醍甲、仁甲、六寺、義演本作「詎」。

〔一七〕「生」，原無，高乙本同，據三寶、高甲、醍甲、六寺、江户刊本、維寶箋本補。「偕」，原作「階」，高甲、高乙本同，據三寶、醍甲、六寺、江户刊本、維寶箋本改。

〔一八〕「鵶與偕相承而同韻是其類也」，六寺本作雙行小字注。

〔一九〕「進」，原作「善」，醍甲、仁甲、義演、松本、江户刊本、維寶箋本同，三寶、天海本作「進善」，據六寺本改。

〔二〇〕「蚩」，原作「豈」，高乙本同，據三寶、高甲、醍甲、六寺、江户刊本、維寶箋本改。「塚」，原作「冡」，高乙本同，據三寶、高甲等本改。

〔二一〕「嚴」，原無，據三寶、高甲等本補。

〔二二〕「塚」，原作「冡」，高乙本同，據三寶、高甲等本改。「相承雙聲是也」，原作「相是承雙聲也」，高乙本同，據三寶、高甲等本改。「是」，醍甲、仁甲、義演本無。「誅塚相承雙聲是也」，六寺本作雙行小字注。

【考釋】

①温子昇：參本卷《文二十八種病》「第四鶴膝」考釋。《寒陵山碑序》：載《藝文類聚》卷七七，作「《寒陵山寺碑序》」，原文「並」字無，「漠」作「寞」，「經過」作「遥遇」。維寶箋：「《潛確類書》十七：『韓陵山，在府城北。』魏劉楨詩曰：『朝發白馬，暮宿韓陵。』即此也。《北史》：高歡破爾朱榮於此，山下立碑，温子昇爲文。」

②邢子才：邢邵（四九六—？），字子才，參本卷《文二十八種病》「第四鶴膝」考釋。《高季式碑序》：現存邢邵作品中未見。

③楊氏八公：當指楊震一族，據《後漢書·楊震傳》，震八世祖喜高祖時有功封赤泉侯，昭帝時爲丞相，「自震至彪，四世太尉」。

④兩都：指西漢（都長安）與東漢（都洛陽），班固有《兩都賦》。

⑤荀族十卿：當謂荀淑、荀爽以下一族，據《後漢書·荀淑傳》、《三國志·魏書·荀彧傳》及注引

《荀氏家傳》、《晉書・荀勖傳》，荀淑，淑子爽，淑孫悦，荀爽兄緄，緄子衍、諶、彧，衍子紹，紹子融，諶子閎，彧子惲、俁、詵、顗，惲子甝、霬，彧從子攸，攸孫彪，荀爽曾孫荀勖，勖祖棐，勖子藩，藩子邃、闓，藩弟組，組子奕等，自東漢至晉，並或位至高官，或知名當時，至劉宋後無聞焉。維寶箋：「《荀氏家傳》曰：『惟我之先生千有晉，人物盈朝（盛江案：以上二句當作「惟我之先，至于有晉，人物盈朝」），衮衣暐曄，六世九公，不亦偉乎。』」

⑥《文宣謚議》：現存魏收作品中未有《文宣謚議》一文，《藝文類聚》卷一四帝王部引有《文宣帝謚議》一文，但作者爲邢子才。

⑦九野：猶九天。《吕氏春秋・有始》：「天有九野，地有九州。」《列子・湯問》：「八紘九野之水，天漢之流，莫不注之。」張湛注：「九野，天之八方中央也。」

⑧四遊：《禮記・月令》題解孔穎達正義引鄭玄注「考靈耀」：「地與星辰俱有四遊升降。四遊者，自立春，地與星辰西遊，春分，西遊之極，地雖西遊，升降正中，從此漸漸而東，至春末復正；自立夏之後北遊，夏至，北遊之極，地則升降極下，至夏季復正；立秋之後東遊，秋分東遊之極，地則升降正中，至秋季復正；立冬之後南遊，冬至南遊之極，地則升降極上，冬季復正：此是地及星辰四遊之義也。」又云：「但日與星辰四遊相反。」

⑨劉善經：參天卷序考釋。

⑩「筆之」三句：《研究篇》下：「劉善經説祇是『筆之鶴膝，平聲犯者，益文體有力』十三字，『豈其然

乎』以下承此進行反駁，因而，這一部分全部可以斷定爲上官儀之説。」

⑪「學非」四句：現存任孝恭作品中未見。摩揣：維寶箋：「摩揣，《戰國策》曰：『簡練以爲揣摩。』」趙之連鷄：《戰國策·秦策一》：「秦惠王謂寒泉子曰：『趙固負其衆，故先使蘇秦以幣帛約乎諸侯。諸侯不可一，猶連鷄之不能俱止於棲之明矣。』」鮑彪注：「連謂繩繫之。」《後漢書·吕布傳》：「比於連鷄，埶不俱棲。」

⑫《勸進表》：即《勸進梁元帝表》（《文苑英華》卷六〇〇）。

⑬「蚩尤」二句：《雲笈七籤》卷一〇〇引《軒轅本紀》：「所殺蚩尤，身首異處，帝閔之，令葬其首塚於壽張，其肩膂塚在山陽，其髀塚在鉅鹿。」（中華書局二〇〇三年）

然聲之不等，義各隨焉。平聲哀而安，上聲厲而舉，去聲清而遠〔一〕，入聲直而促〔二〕①。詞人參用，體固不恒。請試論之。筆以四句爲科，其内兩句末並用平聲，則言音流利〔三〕，得靡麗矣；兼用上去入者，則文體動發，成宏壯矣〔四〕。

看徐、魏二作〔五〕，足以知之〔六〕。徐陵《定襄侯表》云②：「鴻都寫狀，皆旌烈士之風〔七〕③；麟閣圖形〔八〕，咸紀誠臣之節④。莫不輕死重氣，效命酬恩。棄草莽者如歸〔九〕⑤，膏平原者相襲。」上對第二句末「風」〔一〇〕，第三句末「形」〔一一〕，下對第二句末「恩」〔一二〕，第三句末「歸」，皆是平聲。魏收《赤雀頌序》云⑥：「蒼精父天⑦，銓與象立；黄神母地〔一三〕⑧，輔政機修〔一四〕。靈圖之跡鱗襲⑨，天啓之期翼布⑩。乃有道之公器⑪，爲至人之大寶⑫。」上對第二句末「立」，第三句末「地」，下對第二句末「布」，第三句末「器」，皆非平聲，是也。徐以靡麗標名〔一五〕⑬，魏以宏壯流稱⑭，觀于斯文〔一六〕，亦其效也〔一七〕。

又名之曰文⑮，皆附之於韻〔一八〕。韻之字類〔一九〕，事甚區分。緝句成章，不可違越。若令義雖可取，韻弗相依〔二〇〕，則猶舉足而失路〔二一〕，抃掌而乖節矣⑯。故作者先在定聲，務諧於韻，文之病累，庶可免矣〔二二〕。

【校記】

〔一〕「去」，原作「平」，高乙本同，據三寶、高甲、醍甲、仁甲、六寺本改。

〔二〕「直」，原作「宜」，高乙本同，據三寶、高甲、醍甲、六寺本改。

〔三〕「利」，六寺、江户刊本、維寶箋本作「和」，三寶本旁注「和イ」。

〔四〕「壯」，三寶、天海本作「肚」。

〔五〕「徐」，三寶本作「除」。

〔六〕「足」，天海本作「之」。

〔七〕「旌」，松本、江户刊本、維寶箋本作「殊」，旁注「旌イ」。

〔八〕據三寶、高甲、六寺、醍甲、江户等各本改。

〔九〕「草」，醍甲、仁甲、義演本無，天海本作「早」。「如」，高乙本無。

〔一〇〕「二」下原衍「三」字，高甲、高乙本同，據三寶、醍甲、六寺、江户刊本、維寶箋本删。

〔一一〕「形」，原作「刑」，高甲、醍甲、仁甲、六寺、義演、松本、江户刊本、維寶箋本同，「刑」通「形」，據上文及三寶本作「形」。

〔一二〕「末」，原作「不句」，據三寶、高甲等本改。

〔一三〕「神」下醍甲、義演本重一「神」字。

〔一四〕「政」，高乙本作「改」。「修」，三寶、六寺本作「綻」，六寺本脚注「修」。

〔一五〕「徐」，原作「條」，高乙本同，據三寶、高甲、醍甲本改。「麗」下三寶本衍「慄」字。

〔一六〕「斯」，原作「期」，高乙本同，據三寶、高甲、醍甲、六寺本改。

〔一七〕「亦」，三寶本作「二」，旁注「亦亻」。

〔一八〕「皆」上三寶、六寺本有「可」字。「之」，原無，醍甲、仁甲、義演本同，據三寶、高甲、六寺本補。

〔一九〕「字」，《校勘記》：「『字』字爲衍？」

〔二〇〕「雖」，醍甲、義演本作「難」。「韻」，原作「龍」，三寶、天海本同，據高甲、醍甲、六寺、江户刊本、維寶箋本改。

〔二一〕「路」，三寶本無，右朱筆注「路」。

〔二二〕「矣」，三寶、天海本作「夫」，下注「矣或證本」。

〔二三〕卷末尾題，原作「一交了/願主僧融□/傳持□□□」，三寶本作「西」，醍甲、仁甲、六寺、義演本作「文鏡秘府論　西」，江户刊本、維寶箋本、祖風會本作「文鏡秘府論卷五終」。義演本尾題後卷末頁裏書「於時天正廿載孟夏上澣以證本馳禿筆耳　義演」。維寶箋本箋文後題記「元文元年秋八月二十日殺青　紀沙門維寶/文鏡秘府論箋卷第十六終」。

【考釋】

①「平聲」四句：唐神珙《四聲五音九弄反紐圖序》：「譜曰：平聲者哀而安，上聲者厲而舉，去聲者清而遠，入聲者直而促。」

《校注》：「此爲詮釋四聲最早之文。釋真空《玉鑰匙》亦有此文。尋《元和新聲韻譜》云：『平聲者哀而安，上聲者厲而舉，去聲者清而遠，入聲者直而促。』當亦本此。然其序云：『本於沈約。』則此之詮釋四聲者，實又肇端於沈約也。」

《譯注》：「各句末的『安』、『舉』、『遠』、『促』各自屬平、上、去、入各聲，這點應當注意。」

蔡瑜《唐詩學探索》：「從四聲的音律特質來看聲與義的呼應關係，説明四聲參用不同可形成不同的文體風格，故其接續舉例説明用平聲與用上去入的不同風格效應。」

②徐陵：參本卷《文二十八種病》「第四鶴膝」考釋。《定襄侯表》：今存徐陵作品中未見。楊守敬本眉注「佚」。

③「鴻都」二句：鴻都：漢代藏書之所。又，《後漢書・蔡邕傳》：「光和元年二月，遂置鴻都門學，畫孔子及七十二弟子像。」烈士：《韓非子・詭使》：「而好名義不仕進者，世謂之烈士。」《史記・伯夷列傳》：「烈士徇名。」

④「麟閣」二句：麟閣：即麒麟閣。《三輔黄圖・閣》：「麒麟閣，蕭何造，以藏秘書，處賢才也。」《漢書・蘇武傳》：「甘露三年，單于始入朝。上思股肱之美，乃圖畫其人於麒麟閣，法其形貌，署其官爵姓

名。」顔師古注引張晏曰：「武帝獲麒麟時作此閣，圖畫其象於閣，遂以爲名。」誠臣：《校注》：「『誠臣』，即忠臣，此避隋諱改。」

⑤ 草莽：《孟子·萬章下》：「孟子曰：『在國曰市井之臣，在野曰草莽之臣，皆謂庶人。』」趙岐注：「在野居之曰草莽之臣。莽亦草也。」

⑥《赤雀頌序》：魏收現存作品中未見。楊守敬本眉注「佚」。本卷《文二十八種病》「第四鶴膝」引魏收《赤雀頌序》中另一段佚文。

⑦ 蒼精：春之神。《禮記·月令》：「孟春之月……其帝大皥，其神句芒。」鄭玄注：「此蒼精之君，木官之臣，自古以來，著德立功者也。」父天：《易·説卦傳》：「乾，天也，故稱乎父；坤，地也，故稱乎母。」

⑧ 黄神：中央之神黄帝。《禮記·月令》：「中央土，其日戊巳，其帝黄帝，其神后土。」鄭玄注：「此黄精之君，土官之神，自古以來，著德立功者也。」

⑨ 靈圖之跡鱗襲：晉成公綏《大河賦》：「靈圖授録於羲皇。」（南齊王融《三月三日曲水詩序》李善注引，《文選》卷四六）《漢書·蒯通傳》：「天下之士雲合霧集，魚鱗雜襲。」

⑩ 天啓之期翼布：《左傳》閔公元年：「卜偃曰：『畢萬之後必大。萬，盈數也；魏，大名也。以是始賞，天啓之矣。』」

⑪ 公器：《莊子·天運》：「名，公器也，不可多取。」

⑫ 至人：《莊子·逍遥遊》：「至人無己，神人無功，聖人無名。」大寶：《易·繫辭下》：「天地之大德

曰生，聖人之大寶曰位。」

⑬徐以靡麗標名：《梁書・庾肩吾傳》：「齊永明中，文士王融、謝脁、沈約文章始用四聲，以爲新變，至是轉拘聲韻，彌尚麗靡，復逾於往時。」《陳書・徐陵傳》：「（徐陵）其文頗變舊體，緝裁巧密，多有新意。」

⑭魏以宏壯流稱：《北齊書・魏收傳》：「帝曾遊東山，敕收作詔，宣揚威德，譬喻關西，俄頃而訖，詞理宏壯。」

⑮又名之曰文：羅根澤《文筆式甄微》：「雖僅説到文，未説到筆，而『製作之道』，既然『惟文與筆』，文皆附之於韻，筆當然皆不附之於韻。」

⑯挊：維寶箋：「挊掌，《戰國策》曰：『蘇秦與李充抵掌而談。』」《考文篇》、《校注》、《譯注》、林田校本並作「弄」。「挊」即「弄」之俗別字，遼釋行均《龍龕手鑒》二《手部》：「挊、挵、拼，三俗，盧貢反。」（《叢書集成初編》）

【附録】

《歌經標式》（藤原濱成，寶龜三年〔七七二〕作，真本）：

歌病略有七種：

一者頭尾，二者胸尾，三者腰尾，四者黶子，五者遊風，六者同音韻，七者遍身。

一頭尾者，第一句尾字與二句尾字不得同音。（例略）

二者胸尾，第一句尾字二句三、六等字不得同聲。（例略）

三者腰尾，他句尾字者，本韻不得同聲，他句者言除本韻餘三句。（例略）

四者黶子，五句中與本韻不得同聲，一黶子不是巨病，二黶子已上爲巨病。（例略）

五者遊風病，一句中二字與尾字同聲同字，是也。（例略）

六者同聲韻，共同字是也。（例略）

七者遍身，二韻中除本韻二字以上不得用同音。（例略）

凡歌體有三：一者求韻，二者查體，三者雜體。

求韻。一者長歌，二者短歌。長歌以第二句尾字爲韻，以第四句尾字爲二韻，如是展轉相望。短歌以第三句尾字爲初韻，以第五句尾字爲終韻以還頭。句終句頭並爲六句，當於唱歌歌（盛江案：當爲「可」字）用之。還頭臨着不須還。韻有二種，一者粗韻，二者細韻。粗者，山、玉、嶋、濱等類。細韻如言、時、離、吟、知等類。

（《日本歌學大系》）

《倭歌作式》（喜撰式）：

抑五七五七七，一文之中豫有四病。一者巖樹，二者風燭，三者浪船，四者落花也。……

第一巖樹者，第一句初字與第二句初字同聲也。（例略）

第二風燭者，每句第二字與第四同聲也（盛江案：「四」下疑脱「字」字）。（例略）

第三浪船者，五言之第四、五字與七言之第六、七字同聲是也。（例略）

第四落花者，每句交於同文，詠誦上中下文散亂也。（例略）

（《日本歌學大系》）

《和歌式》（孫姬式）：

和歌八病。避病之處頗有損益，觸類長之時之猶後。

第一同心。一篇之内再用同詞，或謂之和蘩聯。第二亂思。義不優猶文而造次難讀，或謂之和形跡。第三欄蝶。欲勞句首疎義於末，或謂之和平頭。第四渚鴻。偏拘於韻不勞其始，或謂之和上尾。第五花橘。諷物綴詞直用其本名，或謂之和翻語。第六老楓。一篇終一章上四下三用也，或謂之和齟齬。第七中飽。一篇之内或有三十六言，或謂之和結腰。第八後悔。混本之詠音韻不諧，或謂之和解鐙。

第一同心者，一篇之内再用同辭。詞人用心恨其同之。（例略）若以意自用者不拘此。殊更重詠無罪。（例略）又雖文辭同義理已異，亦無妨也。（例略）文辭雖異義理其同最不宜耳。（例略）

第二亂思者，義非優於文，造次讀之，去錯亂思慮。（例略）若能興趣顯露鮮舉言之則歌可愛。

第三欄蝶者，欲勞句首疎義於末，猶蝶之集欄，隨花次第及其分散，趣舍各異。或謂之和平頭。（例略）若能聲略如始調暢用之，則混種是矣。

第四渚鴻者，偏拘於韻不勞其首，猶游渚之鳧任縱横其將飛而别列。（例略）若能通流用之可以去其失矣。（例略）

第五花橘者，諷物綴詞或直稱其本名。猶橘之錯花實者也。（例略）

第六老楓者，一篇終章上四下三用之，猶香楓之樹，枝葉先零臨其秋而無夏花色云云。詞已似貧吟詠所難，必宜翻。（例略）若能變其體，宛轉用之，其所望也。（例略）

第七中飽者，雖五章分句，或有三十二三四五六言。猶人飾外貌中有邪心，終然被人飽厭云云。唯癖疥瘻疾不爲巨害。（例略）若能守持一言不員盈縮彌爲麗助耳。（例略）

第八後悔者，混本之詠音韻不諧，披讀章句循環耽味，後見者唯悔恨云云。（例略）若能協調用之，則綺麗也。（例略）

（《日本歌學大系》）

《作文大體》：

夫學問之道，作文爲先，若祇誦經書，不習詩賦，則所謂書廚子，而如無益矣。辨四聲詳其義，嘲風月味其理，莫不起自此焉。備絶句聯平聲，總二十八韻，號曰倭注《切韻》。于時天慶二年仲春五日也。

……

第二，五言詩。

凡五言詩者，上句五字，下句五字，合十字成一章之名也。《天寶集》曰：二、四不同，二、九對避之，又避下三連病，云云。

萬里人南去，三春雁北飛。

不知何歲月，得與汝同歸。

第三，七言詩。

凡七言詩者，上句七字，下句七字，合十四字成一篇之名。《白氏文集》云：二、四不同，二、六對避之，又是避下三連病，云云。

柳無氣力條先動，池有波水冰盡開。

今日不知誰計會，春風春水一時來。

……

第五，詩病。

凡詩有八病，其尤可避者，平頭、上尾、蜂腰、鶴膝，此四病也。

平頭病者，近來不去之。上句第一、二字與下句第一、二字，同平上去入是也。但第一字同平聲，不爲病也。

上尾病者，近來尤避之。五言詩第五字與第十字，又七言詩第七字與第十四字，同平上去入是也。隨四聲詩分別之。但發句連韻不爲病矣。

蜂腰病者，近來尤避之。五言七言共，每句第二字與第四字，同平上去入是也。謂之二四不同矣。平聲不爲病，但上句云云。

鶴膝病者，五言上句第二字與下句第九字，不同平上去入是也。謂之二九對矣。七言上句之中第二字與第六字，不同平上去入是也。謂之二六對矣。

然則他聲詩用他聲之韻者，可避平聲，如絶句詩四韻長韻，可準知之耳。

下三連病者，五言七言共，每句終三字連同聲是也。

念二病者，近來不去之。一首之中有同字同心是也。

越韻病者，是尤可去，謬用相似之韻也。所謂清韻用青字等也。

越調病者，可去之。文字之數，或有餘句，或有不足之句也。

……

雜筆大體

雜序賦願文等有二病。

一長短病，二上尾病。長短病者，片方句長，片方句短也。上尾病者，少異詩病，謂詩必他平他平去也。

（盛江案：《研究篇》下據觀智院本《作文大體》文字與此有異，兹並録如下：

凡詩有八病，其尤可避者，平頭、上尾、蜂腰、鶴膝，此四病也。

平頭者，上句第一、二字與下句第一、二字，同平上去入，是也。第一字同平聲不爲病。

上尾者，第五字與第十字同平上去入，是也。發句連韻不爲病。

蜂腰者，每句第二字與第五字同平上去入，是也。平聲不爲病。

鶴膝者，第五字與第十五字同平上去入，是也。用他聲韻時可避平。

七言詩之平頭、上尾、蜂腰、鶴膝等，準五言而可知。）

（《新校群書類從》卷一三七）

《省試詩論》（作於日本長德三年（九九七））：

（一）正五位下行式部少輔兼東宮學士文章博士越前權守大江朝臣匡衡誠惶誠恐謹言

請特蒙天裁召問諸儒決是非今月十七日文章生試判違例不穩雜事狀

一、諸儒同心，不令知匡衡，恣成總落判事

右謹檢案內，《式》云：「凡擬文章生者，春、秋二仲月試之。試畢，喚文章博士及儒士二三人，省共判定云云。」然則匡衡爲省輔，兼文章博士，於評定場，尤爲要須之人，而諸儒不用匡衡所陳，任情成總落判。論之政道，事甚非常；存《式》之旨，何有濫吹。

一、以學生大江時棟所獻詩，大內記紀齊名誤稱有病累，抑留強處落第事

右件時棟詩，諸人之中，適免病累，仍文章博士道統朝臣及匡衡，示可擇上件詩之由，而擇上之儒齊名，稱有下句蜂腰病，確執抑留。夫蜂腰病者，上句可避之由，見《文筆式》。因之先儒古賢不避下句蜂腰。近古之名儒都良香奉試《聽古樂詩》，以卧爲韻，其詩云：「明王尤好古，靜聽時臨座。」如此則聽與

座用去聲，不爲病累，已以及第。自餘試用他聲韻及第詩等，專無忌下句蜂腰。今案：齊名所立之《詩髓腦》，下句蜂腰者，是不可避之病也。然則時棟詩已免瑕瑾。吹毛之求，還爲文道之蠹害，加以此度試題，韻以八字，已同賦體，奇法過差之試也。往古未聞八字之例，祈以萬年，已褒帝德，成王、周公之事也。當今宜獻萬年之壽。如此則總落之判有忌諱，諸儒所爲無是非。《咸池》不齊度於蛙咬，而衆聽者惑疑。能不惑者其唯子野乎。雖云萬乘之尊，難奪匹夫之志，何況諸儒之間，緣底廢匡衡之言。抑先例或及第判，或總落判，一定之後，若學生所愁，有理之時，改諸儒之所定，有敕召其詩，列及第者，不可勝計，延喜則藤原有述、同連純、和氣兼濟，天曆則藤原篤茂、大江昌言等是也。何況匡衡苟爲儒者，所訴之事，盍仰天選。儒有内舉不避親，外舉不避仇，唯以進才爲業，何以埋才爲計，不爲私而言，爲公訴之。

以前條事，言上如件。望請：天裁早召問諸儒涇渭試判之事，匡衡誠惶誠恐謹言。

長德三年七月廿日，正五位下行式部少輔兼東宫學士文章博士越前權守大江朝臣匡衡。

（二）從五位下行大内記兼越中權守紀朝臣齊名解申進申文事

辨申文章博士大江朝臣匡衡愁申學生同時棟省試所獻詩病累瑕瑾狀

一、病累

件詩云：寰中唯守禮，海外都無怨。

今案：外與怨同去聲，是蜂腰病也。《詩髓腦》云：「蜂腰者，每句第二字與第五字同聲是也。」如古詩云：聞君愛我甘，竊獨自雕飾。君與甘同平聲，獨與飾同入聲，是也。」元兢曰：「君與甘非爲病，獨與飾是病。所以然者，如第二字與第五字同上去入皆是病，平聲非爲病也。此病者，輕於上尾、鶴膝，均於平頭，重於四病。」《文章儀式》云：「蜂腰每句第二字與第五字同音也。」不得然者，件時棟詩，已犯此病。因兹評定之場不能選上。

爰匡衡陳云：「蜂腰上句可避之，下句不可避之。《髓腦》云：此病均於平頭。平頭近年以來不避之病也。然則準之平頭，不可避者。」齊名答曰：「八病之中，必可避者，平頭、上尾、鶴膝、蜂腰等四病也。犯平頭者，或優之，或不優之。上尾、鶴膝、蜂腰必避之。就中《髓腦》置每句之文，所爲證詩，下句以獨與飾爲病，何更以均於平頭之文，背試場之恒例，謂不可避矣。」

匡衡陳云：「《文筆式》無每句之文，又《聽古樂》試詩，都良香犯此病及第，依此等例，不可避者。」齊名答云：「《文筆式》無每句之文，則省略也，《詩髓腦》有每句之文，則覼縷也。《文筆式》誠雖省略，下句不可避之由亦不見。」

若依無每句之文，祇避第二字與第五字者，發句上句之外，不可避歟？加之《髓腦》、《文章儀式》等，其意一同也。至於良香及第者，若優名士歟？何以本朝隨時之議，猥背唐家不易之文？披陳之旨，其理不明者。

一、瑕瑾

同詩云：浴來人盡樂，霑得世皆喜。似玉潤門千，如毛加户萬。

今案：上章霑字，霑德之義也。下章潤字，亦潤德之義也。霑與潤，其義一也。二句用之，未窺作者之域者也。

又云：蓮莆自生廚，鳳凰頻集界。

今案：此題詩美周成王之文也，成王時無蓮莆生廚之瑞，而不叙周日之事，空表堯年之祥，求之文章，尤爲乖違。

又云：澤猶覃草木，信幾及鱗介。日下識葵傾，風前看草靡。

今案：上章云草木，下章云草靡，草字兩處，草義一同，著作之趣，可爲巨害。

又云：功名嘲傅説，巧思拉般爾。

今案：傅説者一人，般、爾者，魯般、王爾二人名，而並二人對一人。況乎般、爾之事，非帝德之意。

又云：舜海浪聲空，堯山雲色静。

今案：此章徒褒堯、舜之德，不述成王之美，時代相違，詞義既戾，就中浪聲空三字，甚迂誕也。若是海水不揚波之意歟？波與浪其意不同，可謂大訛。

又云：絳闕仰清景。

今案：清景者何景哉？帝德之意，其義不見，文之荒涼，不知意趣。

右大外記中原朝臣致時仰云：左大臣宣奉敕，文章博士大江朝臣匡衡奏狀稱：學生大江時棟奉試詩，適免病累瑕瑾；大内記齊名抑留不選上，諸儒僉議，已爲總落。召問齊名可令辨申者。件時棟詩，病累瑕瑾，共以不免，評定之日，具陳此旨。夫以舉直事君者，臣之節，掄材薦士者，儒之行也，匡衡非華他（盛江案：當作「佗」字），而强愈巨病，吐莠言而獨負群議，不實之舉，誰謂忠鯁。今承綸言，指陳大略，謹解。

長德三年八月十五日，從五位下行大内記兼越中權守紀朝臣齊名。

（三）正五位下行式部權少輔兼東宮學士文章博士越前權守大江朝臣匡衡解申進申文事

請重蒙天裁辨定大内記紀齊名稱有病累暇瑾所難學生大江時棟奉試詩狀

一、蜂腰難

寰中唯守禮，海外都無怨。

齊名難云：「外與怨同去聲，是蜂腰病也。《詩髓腦》云：蜂腰者，每句第二字與第五字同聲是也，古詩曰：聞君愛我甘，竊獨自雕飾。君與甘平聲，獨與飾同入聲。元兢曰：君與甘非爲病，獨與飾是病，所以然者，如第二字與第五字同上去入皆是病，平聲非爲病也。此病輕於上尾、鶴膝，均於平頭，重於四病。又《文章儀式》云：蜂腰每句第二字與第五字同音也。不得然者。」

今案：所難之旨，甚非常也，何者？案《髓腦》，八病之中，以四病爲可避之，所謂平頭、上尾、鶴膝、蜂腰也。此四病之中，平頭、蜂腰，斟酌避之。所以然者，平頭有二等之病：上句第二字與下句第二字同聲者，巨病也，必避之。上句第一字與下句第一字同上去入者，雖立爲病之文，不避之。蜂腰有每句之文，上句第二字與第五字同聲，必避之。下句第二字與第五字同聲者，雖立每句之文，不避之。是所謂均平頭之義也。由此觀之，《髓腦》之意，蜂腰者，上句第二字與第五字可避之也。而齊名不述均於平頭之義，强陳下句可避蜂腰之旨，若上句下句共避蜂腰病者，此病可謂重於上尾、鶴膝，不可謂輕於上尾、鶴膝。可謂甚於平頭，不可謂均平頭。若依齊名之新説，下句猶避蜂腰者，彼輕於上尾、鶴膝，均平頭之文，此時可削棄之，抑至於《文章儀式》每句之文，一同《髓腦》，不可違載。《文筆式》云「蜂腰者，第二字與第五字同聲也。所爲證詩，以上句第二字與第五字同聲爲病」云云。又《詩格》所釋「初句第二字不得與第五字同聲，又是劇病」云云。然則依下句不可避蜂腰。《文筆式》、《詩格》下句已不載蜂腰之有無，而齊名迷《髓腦》之理，則失均平頭之義，破後《格式》之文，亦任口陳省略之由。今就此難下句避蜂腰者，《格式》及古今避來病之外，新可加病歟？夫都良香者，文章之規模，詩人之夔旌也，而齊名申云「至於良香及第者，優名士歟」云云。以荒涼之空語，塵先儒之明文，若謂優名士者，作他聲韻試詩，下句不避蜂腰，預及第之輩，皆是名士歟？皆是優歟？所言不明，無可準的。自古以來，省試詩題，以他聲字爲韻，尤希有也。適用他聲韻之時，下句不避蜂腰，皆預及第。是不爲難之故也。其詩云：

《連理樹》詩以德化先被荒垂爲韻，依次用之，百廿字成之。題者大輔南淵年名。

有名王及第詩：

初知標帝道，始覺呈皇德。覺與德同入聲。

坂上斯文及第詩：題同。

覆燾專布德，逐育正施德。育與德同入聲。

《聽古樂》詩以卧爲韻，百廿字成之。題者少輔大江音人。

都良香及第詩第八句云：

明王尤好古，静聽時臨座。聽與座同去聲。

藤原淵名及第詩第五七句云：

三成奏轉切，肆夏歌何惰。夏與惰同去聲。

文聲方亮發，韻氣寧殘破。氣與破同去聲。

高階令範及第詩第四句云：

郊天功始洽，陳廟德終播。廟與播同去聲。

《龍圖授義》詩以德爲韻，限八十字。題者贈太政大臣天神。

橘公廉及第詩第八句云：

至哉先聖道，斟酌方淵塞。酌與塞同入聲。

多治敏範及第詩第一句第三句云：

三皇誰在昔？穆穆宓義德。德與穆同入聲。

垂衣施化遠，刻木出震直。木與直同入聲。

件詩等，就中《龍圖授義》詩之題者，菅家先祖贈太政大臣，預判文章博士橘廣相卿。《聽古樂》詩之題者，則江家先祖音人卿，預判文章博士菅原是善卿。皆是東西曹司之祖宗，試場評定之龜鏡也，以儇才奥學之妙簡，明明秩秩之公心，所定置也。而齊名偏執，忝破先賢之旨，諸儒同心，不信匡衡之言，白日之明無私，祇仰天判，朱雲之忠難變，不能地忍。又齊名爲損均於平頭之義，陳以平頭或優之或不優之旨。《髓腦》立平頭之處，上句第一字與下句第一字同聲者，是病也云云。然而古今不避之，近則《平露生庭》詩題，田口有信及第詩云：「四方誇雅正，萬姓感居多。」四與萬同去聲。然則有信已不避之，是又優名士歟？所陳之旨，左之右之，無謂。

一、瑕瑾難

浴來人盡樂，霑得世皆喜。似玉潤門千，如毛加户萬。

齊名難云：「上章霑字，霑德之義也。下章潤字，亦潤德之義也。霑與潤其義一也，二句用之，未窺作者之域者也。」

今案：所難之旨，甚無理致。何者？《論語》曰：「東里子産潤色。」顧野王案：「潤，飾也。」又麻杲《切韻》曰：「潤，益也。」然則飾門千、益門千之訓，何難之有矣？又縱使以潤字雖讀霑訓，古今省試詩，以字異訓同之字，並句用之是例也。

《日月光華》詩限百卄字。

藤原正時及第詩云：

夜魄清無損，朝曦静不群。扶桑晨上旭，芳桂霽飛熏。朝與晨其義一也。

《海水不揚波》詩限八十字。

藤原長穎及第詩云：

滄海無波白，初知遇太平。金宮奔浪静，玉闕亂濤晴。波浪濤三字，其義一也，非祇兩字，已用三字。

文室尚相及第詩云：

棹歌音自亮，舟宿夢長成。霽雪好無彩，臘雪寧有聲。音與聲是也。

萐莆自生廚，鳳凰頻集界。

同難云：「此題詩，美周成王之文也，成王時無萐莆生廚之瑞，而不叙周日之事，空表堯年之祥，求之文章，尤爲乖違。」

今案：所難之旨，甚以軟弱。何者？此度試以《既飽以德》爲題，以「君子萬年，介爾景福」爲韻，褒當今之德，取喻之詞也。

《春秋潛潭巴》曰：「君臣和德，道度葉中，則萐莆孳於庖廚。」《孝經援神契》曰：「天子形乎四海，德洞淪冥萐莆生。」《白虎通》曰：「孝道至，則萐莆生。」云云。然則何獨稱唐堯之時？又虞舜之時有之，爰唯是聖代所生之樹也，當今是聖代也，萐莆何不生廚乎？

仁猶覃草木，信幾及鱗介。日下識葵傾，風前看草靡。

同難云：「上章云草木，下章云草靡，草字兩處，草義一同也。著作之趣，可爲巨害。」

今案：先例及第詩，並句用同字，專不爲難。

《涇渭殊流》詩七言六韻。

大和宗雄及第詩云：

二流涇渭最靈奇，合注交通不是隨。共度二宫威浩蕩，同經三百色參差。二流與二宫並用之是也。

嶋田惟上及第詩云：

涇渭分流不雜移，濁清誠識自然爲。洋洋既出朝那縣，浩浩能流鳥鼠垂。分流與能流是也。

《連理樹》詩限百廿字。

有名王及第詩云：

靡隔布深仁，無私施景化。神工誠不隱，天道斯無詐。無私與無詐是也。

《山水有清音》詩限八十字。

源當方及第詩云：

四時懷不變，五夜感相侵。灑灑何時息，蕭蕭幾處沉。四時與何時是也。

件詩等，或六韻，或八韻，或十二韻，並句用同字，皆預及第，何況此度詩十六韻，百六十字之内用同字，更何難之有矣。

功名嘲傅説，巧思拉般爾。

同難云：「傅説者一人，般、爾者，魯般、王爾二人名，而並二人對一人者。」

今案：所難之旨，甚無謂矣。何者？白居易詩云：「幸逢堯舜無事日，得作羲皇向上人。」是四韻之第二句也。堯舜者，二帝名也，羲皇者，一帝名也，以一人名對二人名，先賢之跡也，並以兩事對一事，是作者之常也。

又難云：「般爾之事，非帝德之意云云。」

今案：天下無爲，俗阜民淳之時，衆才群藝，各得其所，夫明王不嫌片善，不棄小藝，然則巧匠者在朝，豈是非帝德之廣及？所難之旨異體也。

舜海浪聲空，堯山雲色静。

同難云：「此章徒褒堯舜之德，不述成王之美，時代相違，詞義既戾。」

今案：此難同於蓮莆之難。製作之旨，專無失誤，何者？自古已來，以堯舜之事，稱帝王之德，是作者之常也，而如齊名之難者，美帝德之詩，永不可稱堯舜歟？難以不可難之事，是未知例致者也。

又難云：「浪聲空，甚迂誕也，若是海水不揚波之意歟？波與浪其意不同，可謂大訛。」

今案：此難大訛，何者？海水不揚波，及第者七人也，其六人皆用浪字，專不爲難。

藤原忠村詩云：

欲知賢聖代，無浪海中平。

吉野茂樹詩云：

唯望榮光色，誰聞怒浪聲。

藤原蔭基詩云：

卷錦波終滅，翻花浪不輕。

同長穎詩云：

金宮奔浪静，玉闕亂濤晴。

直幹王詩云：

浪收漁釣逸，雲霧蜃樓傾。

文屋尚相詩云：

浪花春豈發，潭月夜尤清。

件詩等，並用浪，而今所難，還亦大訛也。

又張楚金《翰苑·海部》云「接玉繩以暢濤，蕩瑶光而吐浪」云云。

又徐堅《初學記·海部》曰：「唐太宗文皇帝《春日望海》詩云：拂潮雲卷色，穿浪日舒光云云。又晉潘岳《滄海賦》曰：察波浪之來往云云。又晉孫綽《望海賦》曰：長鯨岳立以裁浪云云。」

此外諸部類書海部，莫不置浪字，是齊名偏守一隅，未涉九流之失也。

絳闕仰清景。

同難云：「清景者，何景哉？帝德之意，其義不見，文之荒凉，不知意趣者。」

今案：以君明喻日月，皇明燭照，然則普天之下，何不仰其清景？又《文選·東都賦》曰：「皇城之内，宫室光明云云。」然則向絳闕仰清景，又何難之有？强致吹毛之求，巧迴銷骨之計，心祇有仇，事則無理。

右件詩，齊名所難，甚無所據，今依宣旨進申文如件，望請殊蒙天裁，任理致辦定。匡衡誠惶誠恐謹言。

長德三年八月廿九日。

（四）從五位下行大内記兼越中權守紀朝臣齊名解申進申文事

依宣旨言上犯平頭及第不及第並犯蜂腰落第例等狀

右大外記中原朝臣致時仰云：「左大臣宣奉敕：學生大江時棟省試詩，依犯蜂腰，諸儒相共處不第。然則犯件病落第，並平頭病例，可勘申者。」謹檢案内，世有《龍門集》，是撰集古今省試詩之書也。件書載及第文，不載落第文，仍犯蜂腰病落第例，不能勘申。又平頭病，依《詩髓腦》案之，不可優之。但見本朝省試詩，多闕及第，是優恕歟？至於蜂腰者，其重與鶴膝不異，縱雖及第，何爲恒規？非敢鬬智於英儒，衹爲竭忠於聖主也，是以評定之日，爲公爲道，討論大略，諸儒相共處之不第。方今絲綸不及諸儒，沙汰獨在小臣，亦猶立松節於繁霜，守葵心於聖日也。區區之心，迷於歧路，聊述愚管，伏待天裁，謹解。

年　月

（《本朝文粹》卷第七奏狀下，總一七六、一七七、一七八、一七九條）

（本篇分別作（一）、（二）、（三）、（四））

《春記》（長久二年〔一〇四一〕三月十三日條）：

早旦參關白殿，覽文書等。此中前將軍賴行子行善申文並例文等，是内大臣一日所被付給也。其申文云：犯鶴膝病預及第之例，唐家白居易、章孝標，本朝藤左丞相在。件人等。皆犯此病及第云云。關白命云，件申文尤所驚奇也。件例太以非常也。敢不可云事也。非常之又非常也。但行善更不可知，衹引汲之人所爲也。引勘件例之人，必蒙災難歟。總必然耳。以此旨可奏之者。予即參内奏之，件申文奇怪事也。至於居易等事，可致災殃於彼人也。公家强不可知，但狀中云，判定日，儒士推撰，公卿許容，已及天覽更被返卻。皆恐鳳銜之有限，不訴鶴膝之無咎者。此事尤所咎思也。鶴膝無咎之由，有相示之人歟。尤可尋問其人事也。以此由可觸關白也。（轉自《研究篇》下）

《宇槐記抄》：仁平三年五月廿四日壬子，午刻許參上，頃之退下。召試衆六人，仰陳已詩難申他詩難之由。各申曰：可陳已詩難，不能申他詩難。即下給公賢注文，令陳之。各成勘文獻之。先日茂明朝臣申曰：光範詩第三句第一字有第八字守。俱爲上聲，犯平頭病者。光範陳曰：守字去聲上聲兩音也，仍無其病者。所申可然。自餘五人先仰下時犯其病，登省例可相合也。不承指仰。犯病登省例不相合者，各無所陳。登宣申曰：實題詩以存題意爲及第，無不存題意爲及第之例。敦綱申曰：以昭華玉題詩以言多無題意之句，然而登省，即獻其詩，令見登宣之處，無所陳，各退出。

……

五月廿六日甲寅，永範朝臣持來東宮切韻禮部韻略玉篇等，夾算守字去聲所所，仰曰：光範詩已無其病，定浴恩歟。在御定，自餘五首皆有病。其中誰得題意哉。答曰：登宣詩存禮義之情。又曰：同詩曰掩恩云云，此事不審。若本文歟。（轉自《研究篇》下）

《詩律》（赤澤一太乙著，天保四年〔一八三三〕京都五車樓初印）：詩病。凡詩病有二十四種，其例如左。第一水渾病。謂五言一六相犯者。犯者同四聲相犯也，無拘。第二火滅病。謂五言二七相犯者，無拘，避爲美。第三木枯病。謂五言三八相犯者，無拘。第四金缺病。謂五言四九相犯者，無拘。

第五土崩病。一曰上尾。謂五言五十相犯者，避爲可。第六蜂腰病。謂五言一句中，二五相犯者，無拘。第七鶴膝病。謂五言詩五字十五字相犯者，無拘。第八大病。一曰觸地。謂同韻同聲者，如押新字爲韻，更不可安人、津、鄰、身、陳等字也，無拘，避爲佳。第九小病。一曰傷音。謂同韻他聲者，無拘。第十傍紐病。一曰大紐，又曰爽絶。謂句中有月字，更不可安魚、元、阮、願等字也，無拘。第十一正紐病。一曰小紐，亦名爽切。謂句中有壬字，更不可安衽、任、入也。第十二平頭病。謂五言一六二七並犯者。以上諸病不足累詩，如能避者彌佳，若立字要切，於句調暢不可移者，不須避之。觀古今名家諸作，可考已。第十三闕偶病。謂上下不對者。第十四繁説病。一名相類，又名疣贅。謂一意再説者，尤忌。第十五齟齬病。一名不調。謂五言時一句中，三字同聲相連者，不必拘，且要下句相承，以均其勢。第十六叢聚病。一曰叢木。謂風、雲、煙、霞，氣象相叢者，可避。地名相叢者，名爲輿地志病。如李白《娥眉山月》，是妙手，不可引此塞口。人名多者，名爲點鬼簿病，楊炯故事。數目多者，曰算博士，駱賓王故事。金玉珠璧多用者，曰至寶丹，宋王珪故事。服色多用，曰紬緞簿。器形多，曰骨董簿，俱是叢聚病之類。第十七忌諱病。如山崩、海竭、逆流、亂聲等，應制應教之作，宜慎此病。孟襄陽「不才明主棄」句，誤卻終身。佳城字，即疑滕公。及侵天、干天等，名曰形跡病，宜加斟酌。意旨傍觸者，名曰傍突病，如「二畝不足情，三冬俄已畢」，周充倫。正言即佳，反語卻累者，曰翻語病。崔氏曰：「伐鼓，反語腐骨，是病。」此病何必拘拘。俱皆忌諱之類。第十八長擷腰病。又名束病。謂每句第三字擷上下兩字。第十九長解鐙病。一曰散病。謂五言下一字單成其意。相速連，此病非病。句中宜有之，若不與他相間，則爲病。第二十支離病。如「人人皆偃息，唯我獨從戎」。無拘，人有感慨，其言輒支離，如詩云「我獨賢勞」是也。第二十一相濫病。如樹木、枝葉、山河、水石等。一事再用者，上有馳馬飛鑣，下用桃花騎，曰相重病。又曰枝指。晴雲、積霧並用，曰相及病。二句一意，無所差别者，如「兩戍俱臨水，雙城共夾河」，庾信。曰駢拇病。俱是相濫。第二十二落節病。如月詩論華出鳥，春詩插菊述梅。第二十三雜亂病。謂首尾錯亂，不能成編者。少年士作絶句轉結，難成起承，或律詩先造句，不全起結等，皆有此病，宜戒之。第二十四文贅病。一云涉俗。謂一字加贅，衆巧皆去；片語落嫌，人競致譏者。作者輕忽，雕琢輒述拙作，皆有此病。勿忽諸。今世作者，不諳詩律，漫然任口綴述，未嘗知四聲爲何物也。故予揭古人所論病目，以示大概者如此。

《詩轍》（三浦晉撰）：本邦僧空海《文鏡秘府論》者，乃得其説，是親承唐人者。甚爲可信。其言曰：平頭詩者，五言詩第一字不得與第六字同聲，第二字不得與第七字同聲。同聲者，不得同平上去入四聲，犯者名爲犯平頭。上尾詩者，五言詩者，第五字不得與第十字同聲，名爲上尾。蜂腰詩者，五言詩一句之中，第二字不得與第五字同聲。言兩頭粗，中央細，似蜂腰也。鶴膝詩者，五言詩第五字不得與第十五字同聲。言兩頭細，中央粗，似鶴膝也，以其詩中央有病。大韻詩者，五言詩若以新爲韻，上九字中，更不得安人、津、鄰、身、陳等字，既同其類，名犯大韻。小韻詩，除韻以外，而有迭相犯者，名爲犯小韻病也。傍紐詩者，五言詩一句之中有月字，更不得安魚、元、阮、願等之字，此即雙聲，雙聲即犯傍紐。亦曰，五字中犯最急，十字中犯稍寬。如此之類，是其病。正紐者，五言詩壬、衽、任、入，四字爲一紐；一句之中，以有壬字，更不得安衽、任、入等字。如此之類，名爲犯正紐之病也。